호스 댄서

# THE HORSE DANCER

## 호스 댄서

**조조 모예스** 장편소설

이정민 옮김

살림

# 프롤로그

그의 시야에 그녀의 노란 드레스가 들어왔다. 드레스 자락이 마구간 말 미의 희미한 불빛에 아른거리고 있었다. 그는 자기 눈을 믿을 수가 없 어 잠시 멈춰 섰다. 그때 그녀가 창백한 팔을 들어 올렸고, 그의 말 제론 티우스가 여인의 손길에 몸을 맡기려는 듯 마구간 문 위로 우아한 머리 를 기울였다. 그는 거의 달리듯 힘차게 걸음을 재촉했다. 젖은 자갈길 에 발을 내딛을 때마다 부츠 밑창에 박힌 금속이 부딪혀 딸각딸각 소리 를 냈다.

"왔구나!"

"앙리!"

그는 돌아보는 그녀에게 팔을 두르며 가볍게 키스한 뒤 고개를 숙였 다. 머리카락에서 풍기는 아득한 향기를 들이마셨다. 그의 입에서 새어 나온 하얀 입김이 발밑에서 피어오르는 희뿌연 연기처럼 보였다.

"오늘 오후에 도착했어요."

그녀는 그의 어깨에 얼굴을 묻고 말했다.

"옷 갈아입을 시간도 없었다니까요. 몰골이 말이 아닌데…… 사람들 틈에 끼어서 장막 사이로 당신을 얼핏 봤어요. 와서 꼭 행운을 빌어주고 싶었어요."

그녀는 두서없이 얘기했지만 무슨 말을 하는지 대충은 알아들을 수 있었다. 그녀가 여기 함께 있다는 사실만으로도 감격스러웠다. 몇 달 동안이나 만나지 못한 그녀가 지금 자신의 품에 안겨 있다니.

"어디 좀 봐요!"

그녀는 한 발짝 물러나 챙 달린 검은 모자에서부터 구김살 하나 없는 깔끔한 제복까지 꼼꼼히 훑어 내려갔다. 그러고는 금빛 견장에 먼지라도 앉은 것처럼 손으로 툭툭 털어냈다. 아쉽게 손을 떼는 그녀를 그는 고마운 마음으로 지켜보았다. 여러 달이 흘렀는데도 어색하지 않은 게 놀랍기만 했다. 그녀는 애교를 부리지 않았다. 속임수 같은 건 전혀 모르는 사람이었다. 한동안 머릿속에만 존재했던 여인이 이렇게 다시 눈앞에 나타났다.

"정말 멋져요."

그녀가 말했다.

"난…… 계속 있진 못해. 10분 후에 말을 타러 가야 해서."

그가 말했다.

"알아요…… 근데 카루젤 축제는 너무 흥미진진해요. 오토바이 행렬과 시가행진하는 탱크를 봤어요. 하지만 앙리, 당신이 있는 기마병들이 단연 으뜸일 거예요."

그녀는 중앙 무대가 있는 뒤쪽을 흘끗 돌아보며 말을 이었다.

"프랑스에 사는 온 국민이 당신을 보러 여기 온 것 같다니까요."

"저기…… 비예는 구했나?"

두 사람은 서로에게 살짝 눈살을 찌푸렸다. 최선을 다하고는 있지만 여전히 언어가 제일 문제였다.

"비예……."

그는 짜증이 나는지 고개를 저었다.

"티켓 말이야, 티켓. 좋은 자리로."

그녀가 활짝 웃어 보이자 잠시 불편했던 마음도 눈 녹듯 풀렸다.

"아, 그럼요. 에디트와 에디트 엄마, 나 모두 맨 앞줄에서 구경할 거예요. 다들 당신이 말 타는 모습을 보고 싶어 안달이에요. 당신에 대해 죄다 말했죠. 우린 샤토 드 베리에르에 묵을 거예요."

주변에 듣는 사람도 없는데, 그녀는 귓속말을 하듯 목소리를 낮췄다.

"진짜 으리으리한 호텔이에요. 윌킨슨 가족은 돈이 엄청 많은 모양이에요. 우리보다 훨씬 더 부자예요. 여기까지 나를 데려와주다니 정말 친절한 분들이에요."

그는 조잘거리는 입술을 넋을 잃고 바라보았다. 큐피드의 화살에 맞은 것처럼 정신이 혼미했다. 하얀 산양 가죽 장갑을 낀 두 손으로 그녀의 얼굴을 부드럽게 감쌌다.

"플로렌스……."

그는 속삭이듯 말하고 다시 한번 그녀에게 키스했다. 이미 어스름한 땅거미가 내려앉은 후인데도 그녀의 살갗에는 태양의 자취가 서려 있었다. 사람을 홀리는 기운이었고, 마치 온기를 내뿜기 위해 태어난 사람 같았다.

"날마다 당신이 그리웠어. 예전에는, 카드르 누아르 승마학교밖에 몰랐지. 지금은…… 당신 없는 세상을 상상할 수가 없어."

"앙리……."

플로렌스도 그의 뺨을 어루만졌다. 몸이 가까이 닿자 그는 머리가 아
찔했다.

"라샤펠!"

앙리가 휙 돌아보았다. 디디에 피카르가 자기 말 앞에 서 있었다. 그
옆에서 마부가 안장을 준비하는 모습도 보였다. 디디에는 장갑을 끼면
서 비아냥거렸다.

"자네의 영국 창녀만큼만 승마에 대해 생각한다면 아마 우린 큰일을
해낼 수 있을 거야, 응?"

플로렌스는 프랑스어를 잘 몰라서 그 말을 다 이해하진 못했겠지만
피카르의 얼굴에 스친 표정을 읽은 듯했다. 저 프랑스 남자가 무슨 말
을 했든 그것이 칭찬이 아니라는 것쯤은 짐작하고도 남았으리라, 앙리
는 생각했다.

익숙한 분노가 치밀어올랐지만 이를 악물고 참았다. 앙리는 플로렌
스를 향해 고개를 저으며 피카르가 어리석은 말을 했을 뿐 자신과는 무
관하다는 점을 알리려고 했다. 피카르는 늘 이런 식이었다. 앙리가 영
국 여행에서 플로렌스를 처음 만난 후부터 줄곧 모욕적이고 도발적인
발언을 서슴지 않았다. 그때부터 피카르는 영국 여자들이 품위 없이 행
동한다고 떠들어댔다. 영국 여자들은 옷 입는 법을 모른다거나 돼지처
럼 여물통 같은 데에 밥을 먹는다고, 프랑스 돈 몇 푼이나 맛도 없는 맥
주를 얻어먹을 수만 있다면 아무하고나 잠을 잔다고 비난했다. 하지만
앙리는 그런 말들이 자신을 겨냥하고 있다는 것을 잘 알았다.

피카르의 증오가 플로렌스와 아무 상관이 없다는 사실을 이해하게

되기까지 몇 주가 걸렸다. 모든 것이 별 볼 일 없는 농부의 아들에게 밀려 카드르 누아르 내에서 자신의 존재감이 떨어지고 말았다는 피카르의 분노에서 비롯되었다. 그렇다고 해서 그런 말을 듣는 게 괜찮아진 건 아니다.

피카르의 목소리가 드넓은 운동장에 울려 퍼졌다.

"뤼시앵 고티에 항구 부근에 방이 여러 개 있다고 하더군. 마구간이 있는 구내보다야 훨씬 낫겠지, 안 그래?"

앙리는 플로렌스의 손을 꽉 쥐고는 목소리를 차분하게 내리려고 애쓰며 말했다.

"자넨 절대 그럴 리가 없겠지만 말이야. 자네한텐 과분한 여자라고, 피카르."

"이봐, 농부. 그거 몰라? 어느 매춘부가 돈을 준다는데, 자넬 마다하겠냐고?"

피카르가 히죽거리며 말하고는 안장 끝 등자에 잘 닦인 부츠를 얹고 풀썩 뛰어올랐다.

앙리가 욱해서 튀어 나가려는 순간 플로렌스가 그를 막아 세웠다.

"자기…… 이제 난 자리로 돌아가는 게 좋겠어요. 당신도 준비할 시간이에요."

뒤로 물러선 그녀는 잠시 머뭇거리더니 하얗고 가느다란 손으로 그의 목덜미를 끌어당겨 키스를 퍼부었다. 그는 그녀가 무엇 때문에 이러는지 잘 알았다. 피카르의 독기 어린 분노에 앙리가 휘둘려서는 안 된다고 생각했을 것이다. 그리고 그녀가 옳았다. 그녀의 입술이 앙리의 입술에 닿는 순간 기쁨이나 환희 외에 다른 감정이 자리를 대신할 수는 없었기 때문이다. 플로렌스가 미소를 지으며 말했다.

"행운을 빌어요, 에퀴이에."

"에퀴이에!"

앙리가 그 말을 따라했다. 곧바로 그는 화제를 돌려 플로렌스가 자신의 도움 없이도 '기수'를 뜻하는 프랑스 말을 정확히 찾아냈다며 기뻐했다.

"나도 공부하고 있다고요!"

플로렌스는 장난스럽게 말한 뒤 자긍심이 가득 담긴 눈을 한 채 키스를 보냈다. 그러고는 돌아서서 길게 늘어선 마구간을 따라 달려갔다. 자갈길을 밟는 힐 소리만 또각또각 울렸다.


카루젤 군 축제는, 소뮈르의 젊은 기병대 장교들이 매년 실시되는 훈련을 무사히 마친 뒤 한 해의 마감을 기념하는 전통 행사였다. 대개 7월 어느 주말쯤에 펼쳐지는 축제 때에는 고풍스런 도시를 찾는 방문객들로 넘쳐났다. 사람들은 젊은 기수들의 늠름한 모습뿐만 아니라 멋진 기마행렬과 오토바이의 신기한 곡예 장면, 차체에 전쟁의 상흔이 그대로 남은 탱크의 행진을 보기 위해 몰려들었다.

당시는 1960년이었다. 조니 알리데*를 비롯한 대중문화가 유행하고 경직된 의식을 거부하는 시대가 찾아왔지만, 소뮈르에서는 변화의 기류가 거의 보이지 않았다. 카드르 누아르 국립 승마학교는 23명의 프랑스 엘리트 기수들로 구성되었는데, 일부는 군 출신이고 일부는 민간인 신분이었다. 이들은 해마다 고난이도 승마 공연을 펼쳤고, 바로 이 행사가 카루젤 축제의 하이라이트였다. 실제로 승마 공연 티켓은 지역 주

---

* 프랑스의 국민가수이자 배우.

민을 포함해 프랑스 유산에 자부심을 느끼는 사람들에게 팔려나가 며칠이 안 돼 매진되었다. 때로는 루아르강 전역에 나붙은, '중력을 거스르는 위풍당당함과 신비로움을 뽐내는 말과 기수'라는 문구가 적힌 공연 포스터에 흥미를 느껴 티켓을 구매하는 사람들도 꽤 많았다.

카드르 누아르는 대략 200여 년 전에 설립되었다. 나폴레옹 전쟁에서 프랑스 기병대가 참패를 당하고 수많은 인명을 잃은 후, 한때 정예 기수들로 이름을 날린 부대를 재건하겠다는 취지로 16세기경부터 승마학교가 존재했던 소뮈르에서 시작되었다. 카드르 누아르가 설립되자 베르사유와 튀일리 궁전, 생제르맹의 훌륭한 승마학교 강사들이 소뮈르로 모여들기 시작했고, 승마 교육이라는 고상한 전통이 새로운 세대에게 전수되어 오랫동안 이어지고 있었다.

탱크가 등장하고 전쟁 무기가 점점 더 기계화되는 시기가 도래하자 카드르 누아르 같은 전망이 불투명한 조직이 과연 유용한가라는 질문이 제기되었다. 하지만 그 후로도 수십 년 동안 당시 프랑스 유산의 일부를 담당해온 조직을 해체할 수 있을 거라고 생각한 정부는 없었다. 검은 제복을 입은 기수들은 상징적인 의미가 컸고, 아카데미 프랑세즈*와 최고급 요리 및 패션이라는 전통을 가진 프랑스는 다른 어떤 나라보다 전통을 중요하게 여겼다. 어쩌면 기수들 각자가 새로운 역할을 개척해야만 살아남을 수 있다는 점을 인식하고 자신의 임무와 권한을 넓혀나간 덕분이었는지도 모른다. 그런 차원에서 학교는 교육을 더욱 철저히 했을 뿐만 아니라 국내외 공식 행사를 통해 기수들의 세련된 기술과 훌륭하게 조련된 말들을 알리고자 했을 것이다.

---

* 프랑스 지식인들의 권위 있는 학술단체.

앙리 라샤펠은 카드르 누아르 승마학교야말로 자신이 있어야 할 곳이라고 생각했다. 그날 밤 공연은 교내에서 펼쳐지는 데다 어렵게 익힌 기술을 가족과 친구들에게 보여줄 수 있다는 점에서 의미가 컸다. 대기는 캐러멜과 와인, 폭죽 냄새로 가득했고, 조심스럽게 움직이는 수많은 사람들의 열기로 후끈했다. 승마학교 한가운데에 있는 우아하고 아름다운 샤르도네 건물 주위에는 이미 엄청난 관중이 운집해 있었다. 7월의 열기와 평화로운 저녁, 축제 분위기는 한껏 들떠 있었다. 풍선이나 솜사탕 막대를 든 몇몇 아이들이 이리저리 뛰어다녔고, 아이들의 부모는 바람개비와 탄산 와인을 파는 가판대를 찾으러 가거나 다리를 가로질러 북쪽 노천카페로 무리지어 걸어가는 사람들 틈에서 방향을 잃고 우왕좌왕했다. 그러는 동안에도 공연이 펼쳐질 대형 모래 조련장 부근에는 이미 많은 사람이 자리를 잡았다. 거기서 새어나오는 웅성거림이 바람을 타고 퍼져나갔다. 그들은 희미한 불빛 아래 앉아 간간이 부채질을 하며 공연이 시작되기를 끈기 있게 기다렸다.

"모두 주목해주십시오!"

진행자의 외침을 들은 앙리는 안장과 고삐를 확인하고 자신의 제복에 문제가 없는지 조련사에게 열 번도 넘게 물었다. 그러고는 제론티우스의 코를 문지르면서 그 귀에 대고 용기와 격려의 말을 속삭여주었다. 말의 목에는 마부가 섬세하게 땋은 장식이 둘려 있었다. 제론티우스의 나이는 열일곱이었다. 학교에 있는 다른 말들에 비하면 연로한 편이어서 은퇴를 앞두고 있었다. 3년 전에 앙리가 카드르 누아르에 들어오자마자 그의 짝이 되어 지금까지 끈끈한 유대를 맺어왔다. 이 학교의 고풍스런 담벼락 안에서는 자기 말의 코에 키스하면서 여자에게도 낯간지러운 애정을 표현하는 젊은 남자를 종종 볼 수 있었다.

"준비됐나?"

승마학교 교장이자 최고 기수인 '위대한 신'이 금박 제복과 세모난 모자를 착용한 채 공연 준비구역 한가운데를 성큼성큼 걸어왔다. 그 뒤를 다른 기수들이 따르고 있었다. 교장은 젊은 기수들과 가만히 못 있는 그들의 말 앞에 서서 말했다.

"자네들도 알다시피 이번 공연은 지난 1년을 정리하는 중요한 자리라네. 이런 의식은 130여 년 전으로 거슬러 올라가지. 어쩌면 우리 학교의 전통은 그보다 훨씬 오래전인 그리스 시대의 크세노폰 장군까지 따져봐야 할지도 모른다.

우리 시대는 지나치게 변화를 강요하는 것처럼 보인다. 낡은 방식을 버리고 자유롭고 손쉬운 방법을 찾아야 한다면서 말이야. 하지만 카드르 누아르는 지금도 믿고 있다. 다른 무엇보다 탁월함을 추구해야 하고 선발된 인재들을 위한 자리가 있어야 한다고. 오늘 밤 자네들은 명예로운 대사가 되어 진정한 품위와 아름다움은 오로지 훈련과 인내, 공감과 자기부정을 통해서만 가능하다는 점을 보여주게 될 것이다."

위대한 신은 주위를 둘러본 다음 말을 이었다.

"우리의 공연은 단 한 차례의 행사로 끝나는 예술이다. 소뮈르의 시민들이 놀라운 광경을 지켜보며 자부심을 느끼도록 해주길 바란다."

결의를 다지는 듯 여기저기서 나지막한 소리가 울리더니 하나둘 말에 오르기 시작했다. 어떤 사람은 모자를 만지작거렸고, 어떤 사람은 티 하나 없는 부츠를 비벼 털었다. 불안을 떨치려는 몸짓들이었다.

"준비됐나, 라샤펠? 많이 긴장한 건 아니지?"

"네, 괜찮습니다."

앙리는 똑바로 섰다. 교장의 눈이 어디 흠은 없는지 재빠르게 제복을 훑는 것이 느껴졌다. 애써 차분함을 유지하려던 노력은 땀방울이 관자놀이를 흘러 빳빳한 깃으로 떨어지는 바람에 허사가 되고 말았다.

"첫 번째 카루젤 축제인데, 아드레날린이 솟는 게 당연하지. 그건 부끄러운 일이 아니야."

교장은 제론티우스의 목덜미를 쓰다듬으며 말했다.

"이 늙은 말이 자넬 도와줄 걸세. 그러니 안심하고 카프리올*을 수행해도 좋아. 그다음엔 팡타슴을 잘 다뤄서 안정적인 크루파드**를 구사해주게. 알았나?"

"네, 알겠습니다."

앙리는 연례행사의 핵심 역할을 자신에게 주느냐 마느냐를 놓고 승마학교 강사들의 의견이 분분했다는 사실을 알고 있었다. 지난 몇 달동안 그의 훈련 양이 터무니없이 부족했다는 사실은 교내에서 모르는 사람이 없을 정도였다. 어느 날 마구간에서 마부는 그 무렵 떠돌던 얘기를 들려주었다. 앙리의 반항적인 기질 때문에 카드르 누아르에서 다져놓은 그의 입지가 위기에 몰리고 말았다는 것이다.

하지만 앙리는 자신을 방어하려 하지 않았다. 자신이 느낀 엄청난 변화를 사람들에게 설명할 방법이 없었기 때문이다. 애정의 속삭임을 한 번도 들어본 적이 없거나 부드러운 손길을 느껴본 적이 없는 사람들에게 플로렌스의 목소리와 상냥함, 풍만한 가슴과 아득한 향기가 기마술을 다룬 지적인 논문보다 훨씬 더 강렬하게 자신을 사로잡았다는 얘기를 어떻게 한단 말인가?

---

\* 말이 공중으로 뛰어올라 최고점에서 뒷다리를 힘차게 내지르는 동작.
\** 엉덩이를 들어 뒷다리를 힘 있게 내뻗는 동작.

앙리 라샤펠은 아버지의 위세에 눌린 혼돈과 무질서의 세계에서 어린 시절을 보냈다. 성인이 되어 조금 나아졌다고 해봤자 2프랑짜리 와인 한 병을 사서 마시거나 조롱에 익숙해지려 했던 게 고작이었다. 그랬던 그에게 기병대 지원은 숨통을 틔워주는 생명줄 같은 것이었다. 게다가 꾸준한 노력으로 인정을 받았고, 카드르 누아르 내에서도 쉽지 않은 자리에 추천까지 받았으니 인생에서 기대할 수 있는 정상에 다다른 기분이었다. 스물다섯 나이에 처음으로 느껴보는 느긋함이었다.

앙리는 특별한 재능을 지닌 사람이었다. 농장에서 생활한 덕분에 힘든 일에도 지치지 않는 탄탄한 체력을 갖추게 되었고 성질이 까다로운 말들을 다루는 능력도 탁월했다. 언젠가는 기수들을 교육하는 강사가 될 거라고 다들 입을 모았고, 한술 더 떠 제2의 위대한 신이 될 수도 있다고 예견하는 사람도 있었다. 앙리 역시 기마술을 열심히 배우고 철저히 익혀서 기수로서 기쁨과 보상을 누리며 남은 인생을 살 것이라고 굳게 믿고 있었다.

그즈음에 영국 클러큰웰 출신의 플로렌스 제이콥스를 만났다. 그녀는 말을 좋아하지도 않았는데, 어쩌다보니 영국에서 열리는 프랑스 승마학교의 공연 티켓을 얻게 되었다. 그녀를 만난 후부터 앙리의 모든 것이 달라졌다. 평온한 마음과 단호한 결의는 사라지고 인내심도 바닥을 드러냈다. 겪은 만큼 안다고, 지금의 앙리라면 젊은 자신에게 이런 말을 건네주었을 것이다. 첫사랑으로 이어질 운명이었다 하더라도 열정은 결국 사그라들 수 있다고. 하지만 당시 앙리는 외톨이로 지냈기 때문에 그런 사려 깊은 조언을 해줄 만한 친구가 없었다. 검은 머리 아가씨가 눈에 띈 순간부터 그의 머릿속은 온통 그 생각뿐이었다. 그녀는 사흘 밤 내내 무대 옆쪽에서 눈을 동그랗게 뜬 채 공연을 지켜보았다.

앙리는 공연을 모두 마치고 나서 그녀를 찾아내 자신을 소개했다. 그때부터는 플로렌스와 함께하지 못하는 모든 순간이 짜증스러웠고 깊이를 알 수 없는 무의미한 심연처럼 느껴졌다. 더 이상 다른 일들이 손에 잡히지 않았다.

하루아침에 앙리는 집중력을 잃고 말았다. 프랑스로 돌아오는 길에는 낡고 빛바랜 원칙에 의문이 들기 시작했고, 시대에 뒤떨어졌다고 생각되는 시시콜콜한 일들에 화가 나기도 했다. 그는 기수단 선임 강사인 드보가 과거에만 얽매여 있다고 비판했다. 세 번째 교육 과정까지 연이어 빼먹자 그의 마부가 그러다가는 퇴학당하고 말 거라고 충고했다. 그제야 비로소 앙리는 마음을 다잡아야겠다는 생각이 들었다. 크세노폰의 역작들을 열심히 읽었고 문제가 될 일을 벌이지 않았다. 다행히 플로렌스가 전보다 자주 편지를 보내준 덕분에 조금은 마음을 놓을 수 있었다. 그해 여름에 자신을 만나러 오겠다는 약속을 적어 보내기도 했다. 몇 개월 후에는 카루젤 축제의 핵심 역할인 크루파드가 그에게 주어졌다. 이는 기수로서 도전해볼 만한 고난이도 동작들 중 하나였다. 그에 따라 피카르가 경쟁에서 밀려났고, 피해 의식에 사로잡힌 특권층 동료의 심기를 건드린 셈이 되었다.

위대한 신이 탄탄한 포르투갈산 종마에 올라 우아하게 두세 걸음을 뗀 다음 말했다.

"기대를 저버리지 말아주게, 라샤펠. 오늘 저녁 새로운 시작을 만들어보자고."

신경이 쭈뼛 일어선 앙리는 말문이 막혀 고개만 끄덕였다. 그는 말에 올라 고삐를 그러쥐었다. 짧게 깎은 머리 위에 쓴 검은 모자를 매만졌다. 관중석은 조용했고 가끔씩 누군가 낮게 웅얼거리는 소리만 들렸다.

오케스트라 연주를 기다리는 기대에 찬 침묵처럼 수천 명의 관중이 예의 주시하는 가운데에서만 나올 수 있는 무거운 정적이었다. 동료들이 짤막하게 행운을 비는 소리도 어렴풋이 들려왔다. 앙리는 제론티우스를 몰아 리본 장식을 멋지게 단 말들의 군대식 행렬 중간 자리로 들어갔다. 그가 들어서자 모두 그의 지시를 초조하게 기다렸다. 곧이어 두툼한 붉은색 장막이 올라가기 시작했고, 환하게 드러난 조명등이 손짓하듯 그들을 부르고 있었다.

기수들의 정돈된 이미지와 품위 있는 승마 공연은 흠잡을 데 없었지만 카드르 누아르의 생활은 정신적·육체적 평가가 끊이지 않는 긴장의 연속이었다. 앙리 라샤펠은 날마다 기진맥진한 기분이 들었고, 강사들의 끝없는 지적과 말을 제대로 다루지 못해 곡예를 망쳤다는 무력감때문에 눈물을 흘릴 뻔할 때가 한두 번이 아니었다. 게다가 달리 증명할 길은 없지만 앙리의 경우처럼 군대를 거쳐 승마학교에 들어온 사람들에 대한 이상한 편견도 있는 듯했다. 반면에 프랑스 상류사회 출신으로 민간 승마대회를 통해 이 엘리트 학교에 들어온 사람들은 이미 오랫동안 기술을 연마했을 뿐만 아니라 좋은 말을 소유하는 특권도 누렸다. 카드르 누아르 내에서 모든 사람은 평등하고 오직 말 위의 기술로만 평가를 받는다는 주장은 이론에 불과했다.

하지만 투르 출신의 농사꾼 앙리는 아침 6시부터 늦은 밤까지 부지런히 몸을 움직였고, 항상 힘든 일을 도맡아 했다. 다루기 힘든 말과 소통하는 능력도 뛰어나다는 평판을 차근차근 쌓아갔다. 강사들은 묵묵히 자기 자리를 다져나가는 앙리를 주시했다. 그는 호감을 주는 사람이었다. 그런 이유로 온순하고 노련한 제론티우스 외에 나이가 어리고 골치 아픈 행동만 일삼는, 성질이 불같은 진회색의 거세한 말 팡타슴을 할당받았다. 그는 지난 일주일 내내 팡타슴에게 그런 중요한 역할을 맡겨도 좋을지 남모르게 고심했다. 하지만 이제 관중의 눈이 자신에게 집중되고 현악기의 아름다운 선율이 귓가를 울리는 가운데, 제론티우스를 타고 차분하게 달리고 있는 앙리는 문득 크세노폰의 표현처럼 '날개를 단 사람'이 된 것 같은 착각이 들었다. 플로렌스가 감탄 어린 눈길로 자신을 바라보고 있으리라는 생각도 들었다. 조금 있으면 자신의 입술이 그녀의 피부와 만날 수 있을 것이다. 노련한 말이 땅 위를 깃털처럼 가볍게 달리듯 그녀의 살갗을 우아하게 누비고 점점 더 깊이 빠져들게 되겠지. 기쁨에 겨워 귓불도 파르르 떨리겠지. 자신의 존재 이유가 이 모든 행위를 위해 있다는 생각마저 들었고, 자신이 필요한 모든 것이 거기에 있다고 느껴졌다. 그때 낡은 기둥이 즐비한 벽 쪽의 횃불들이 깜박거리는 모습이 눈에 띄었다. 곧이어 규칙적인 말발굽 소리가 울리더니 말들이 앙리 주변으로 다가와 잘 짜인 대열을 이루었다. 그는 대형 조련장 쪽으로 천천히 말을 몰았다. 그 순간만큼은 당당하고 멋진 제론티우스 외엔 아무 생각이 들지 않았다. 늙은 말이 주인을 웃게 만들려고 슬쩍 발굽을 튀기며 으스댔다.

"똑바로 앉아, 라샤펠. 농부가 말을 타는 것 같잖아."

앙리는 눈을 깜박이며 옆을 힐끗 돌아보았다. 피카르가 그와 나란히 달리다가 어깨를 스치며 지나갔다.

"왜 그렇게 안절부절못하는 거야? 자네의 창녀가 어딜 간지럽히기라도 한 거야?"

피카르가 소리를 죽이고 야유하듯 물었다.

앙리는 뭐라고 대꾸하려다가 그만두었다. 위대한 신이 "르바드!"라고 소리쳤기 때문이다. 그러자 기수들이 일제히 말의 뒷무릎을 굽히고 몸을 일으켜 앞다리를 들어 올리게 했고, 관중석에서 한차례 박수가 터져 나왔다.

말들이 들고 있던 앞발을 내리자 피카르가 몸을 돌려 나가며 말했다.

"자네의 창녀도 농사꾼을 좋아하나?"

목소리는 멀어져갔지만 선명하게 귀에 남았다.

앙리는 입술을 깨물며 냉정을 잃지 않으려고 애썼다. 자신의 분노가 고삐를 타고 내려가 온순한 말에게까지 전해져서는 안 되었다. 멀리서 진행자가 방금 전 동작의 세부적인 내용을 설명하는 소리가 들렸다. 앙리는 자기 생각을 억누르려고 안간힘을 썼다. 그러고는 작은 소리로 크세노폰의 말을 되풀이해 중얼거렸다.

"분노는 자기 말과의 효과적인 소통을 약화시킨다."

피카르가 오늘 밤을 망쳐놓도록 놔두지 않을 것이다. 그때 진행자의 말소리가 들려왔다.

"신사 숙녀 여러분, 이제 무대 한가운데서 무슈 드 코르동이 르바드 동작을 수행하는 장면을 보시겠습니다. 말이 어떻게 뒷다리만으로 정확히 45도 각도를 유지하며 균형을 잡는지 살펴보시기 바랍니다."

앙리는 뒤쪽 어딘가에서 검은 말이 뒷다리로 일어서는 움직임을 희미하게 의식했고, 곧바로 박수갈채가 이어졌다. 그는 집중한 채 제론티우스의 주의를 흐트러뜨리지 않으려고 노력했다. 하지만 피카르가 플로렌스 근처에서 음담패설을 외쳐댈 때에는 그녀의 얼굴을 떠올리지 않을 수 없었다. 불안한 표정이 얼굴을 훑고 지나갔을 게 뻔하다. 혹시라도 플로렌스가 그에게 털어놓은 것보다 더 많은 프랑스어를 알고 있는 거라면 어쩌지?

"이번에는 연로하지만 노련한 말 제론티우스가 카프리올을 수행하는 모습을 봐주십시오. 이것은 말과 기수 모두에게 상당히 까다로운 동작에 해당합니다. 말이 공중으로 뛰어오르며 네 다리가 모두 땅에서 떨어지기 때문에 잘못하면 기수가 낙마하기 십상인 동작이죠."

앙리는 속도를 줄였다. 손의 저항력을 느끼자마자 신속하게 박차를 가했고, 이어서 제론티우스가 몸을 흔들기 시작하는 것을 느꼈다. 에너지를 끌어모으기 위해 정지한 상태에서 몸을 흔드는 동작인 테르 아 테르였다. 그는 속으로 중얼거렸다.

'사람들한테 꼭 보여줄 거야. 저 자식한테도 보여주고 말 거야.'

세상의 모든 것이 자취를 감추는 순간이 왔다. 오로지 자신과 용감한 말과 끓어오르는 에너지만이 느껴졌다. 앙리는 "데리에르*!"라고 외치면서 말의 엉덩이 쪽으로 채찍을 휘두르고 배에다 박차를 가했다. 제론티우스가 뒷다리를 내밀며 공중으로 높이 뛰어올랐다. 그 순간 하얀 눈이 쏟아지듯 카메라 플래시가 터졌고 기쁨의 함성과 박수갈채가 동시에 울려 퍼졌다. 이제 앙리는 붉은 장막이 있는 쪽으로 천천히 말을 몰고 가며 플로렌스를 힐끗 쳐다보았다. 그녀는 일어서서 뜨거운 박수를 보내고 있었고 얼굴은 자랑스러운 미소로 가득했다.

"좋아, 잘했어!"

앙리는 말에서 미끄러져 내려와 제론티우스의 등을 쓰다듬어주었다. 곧이어 조련사가 와서 말을 데리고 갔다. 관중석에서 자신을 칭찬하는 소리가 희미하게 들려왔고, 공연장에서는 어느새 다른 선율의 음악이 흐르고 있었다. 붉은 장막 사이로 두 기수가 기다란 고삐로 말을

---

\* 다리를 몸의 뒤로 하는 자세.

다루며 공연을 펼치는 모습이 언뜻 보였다.

"팡타슴의 신경이 곤두서 있어요."

마부가 뒤에서 다가오며 말했다. 그는 걱정이 되는지 짙고 검은 눈썹을 찡그렸다. 그러면서 두 사람 주위를 빙빙 도는 회색 말을 제지했다.

"조심해요, 앙리."

"괜찮을 거예요."

앙리는 무심하게 말한 뒤 모자를 들어 올려 이마에서 흐르는 땀을 닦았다. 마부는 옆에 있던 기수들에게 고삐를 넘겨주고 앙리에게 돌아서서 조심스럽게 모자를 벗겼다. 다음 공연은 머리에 아무것도 쓰지 않은 채 이루어질 예정이었다. 공연 도중에 모자가 미끄러져 벗겨지면 집중에 방해되기 때문이다. 하지만 늘 그랬듯이 그게 오히려 더 불편하고 불안한 느낌을 주었다.

앙리는 자기 앞에서 공연장을 향해 걸어 들어가는 청회색 말을 물끄러미 바라보았다. 목덜미는 이미 땀으로 색이 짙어져 있었다.

"어서 가요, 이제."

조련사가 앙리의 등을 기세 좋게 두드리며 공연장 쪽으로 밀어냈다. 기수 세 명이 말을 둘러싸고 있었다. 말의 머리 양옆에 한 명씩, 다른 한 명은 뒤쪽에.

앙리는 환한 조명등 아래로 성큼성큼 걸어 나갔다. 별안간 저들처럼 뭐라도 잡을 게 있으면 좋겠다는 생각이 간절히 들었다.

"좋은 기회야!"

마부의 목소리가 들리는 듯하다가 이내 떠들썩한 박수 소리에 묻혀 버렸다. 진행자의 설명이 이어졌다.

"신사 숙녀 여러분, 드디어 크루파드를 관람할 시간입니다. 이 동작은 1,700년대의 기병대에서 유래했습니다. 당시엔 기병이 안장에 얼마나 오래, 잘 앉아 있는지를 보는 수단이었죠. 이런 동작을 완벽하게 익히려면 대체로 4, 5년이 걸린다고 합니다. 이번에 라샤펠 씨는 고삐와 등자 없이 팡타슴에 오를 예정입니다. 그리스 시대로까지 거슬러 올라가는 이 동작은 말보다는 기수의 자질을 평가하는 데 더 많이 활용되고 있습니다. 품격 있는 로데오*라고나 할까요?"

한차례 웃음소리가 일었다. 앙리는 조명등 불빛에 부신 눈을 찡그리며 팡타슴을 힐끗 돌아보았다. 긴장과 흥분을 가까스로 억누르는 것처럼 하얀 눈을 이리저리 굴리고 있었다. 날 때부터 곡예용 말로 훈련받은 탓인지 팡타슴은 머리 쪽에 뭐든 단단히 묶는 것을 싫어했다. 축제의 소음과 특유의 냄새, 사람들의 환호성 등은 가뜩이나 성마른 기질을 더욱 자극하는 듯했다.

앙리는 말의 긴장한 등을 부드럽게 어루만지며 중얼거렸다.

"쉬이…… 괜찮아, 괜찮아."

팡타슴 양옆에 서 있던 뒤샹과 바르쥐의 얼굴에 잠깐 미소가 번지다 사라졌다. 둘 다 말의 변덕스러운 감정 변화에 재빠르게 대처할 줄 아는 유능한 기수였다.

"푹 앉아봐, 응?"

바르쥐가 활짝 웃으며 말하고는 앙리가 말에 오를 수 있게 손으로 발을 받쳐주었다.

"하나, 둘, 셋…… 일어서."

팡타슴에게서 팽팽한 긴장이 느껴졌다. 좋은 징조일 거야, 앙리는

---

* 길들지 않은 말이나 소를 타고 굴복시키거나 버티는 경기.

혼잣말을 하며 안장에 앉아 자세를 바로잡았다. 아드레날린이 분출돼서 더 높이 뛸 수 있을 거야. 그렇게 되면 관객들은 물론 위대한 신에게도 더 좋은 일이 아니겠는가. 그는 심호흡을 하며 애써 마음을 가다듬었다. 볼모로 잡힌 인질처럼 등 뒤로 깍지를 낀 거북하고 소극적인 자세로 앉아 있을 때였다. 문득 아래쪽을 내려다보다가 팡타슴 뒤쪽에 서 있는 기수가 누군지 알게 되었다. 피카르였다.

"자네가 정말 어떤 기수인지 어디 한번 볼까, 라샤펠?"

피카르가 말했다.

대꾸할 시간도, 필요도 없었다. 앙리는 두 다리를 최대한 길게 뻗으며 장갑 낀 손을 움켜쥐었다. 그때 진행자의 말소리가 들렸고, 무대에는 기대에 부푼 정적이 감돌았다.

"이제 보시겠습니다."

바르쥐가 뒤를 힐끗 돌아보았다. 말이 테르 아 테르 동작을 취하고 있었다.

"하나, 둘, 데리에르!"

긴장감이 고조된 순간 피카르가 채찍으로 말의 둔부를 찰싹 내리치는 소리가 들렸다. 팡타슴이 갑자기 엉덩이를 치켜세우며 껑충 뛰어올랐다. 그 충격으로 앙리는 앞으로 내던져졌지만 손을 앞으로 뻗어 움켜쥐며 가까스로 몸을 지탱할 수 있었다. 말은 금세 안정을 되찾았고, 우레와 같은 박수가 터져 나왔다.

"나쁘지 않았어, 라샤펠."

바르쥐의 칭찬을 들으며 앙리는 팡타슴의 가슴을 움켜쥔 손에 단단히 힘을 주었다.

바로 그때 느닷없이, 미처 준비할 새도 없이 "데리에르!"라는 외침이 또 한 번 울려 퍼졌다. 팡타슴이 뒷다리를 들어 올리며 또다시 껑충 뛰어올랐다. 갑작스런 도약에 당황한 앙리는 몸의 균형을 잡기 위해 두 팔을 옆으로 뻗었다.

"안 돼, 너무 빠르잖아, 피카르. 앙리가 떨어질 수도 있다고."

혼란에 빠진 앙리의 귀에 바르쥐의 화난 음성과 깨깩거리는 말 울음소리가 들려왔다. 팡타슴은 등에 잔뜩 힘을 주고 억눌린 울음소리를 내뱉고 있었다.

"2초만, 2초만 더 버틸 수 있게 해줘."

앙리는 웅얼거리면서 몸을 바로 하려고 안간힘을 썼다. 하지만 그러기도 전에 채찍 소리가 또 울렸다. 이번에는 위에서 세게 내리치는 소리였고, 말은 제어할 수 없을 정도로 몸부림쳤다. 그의 몸이 다시 앞으로 쏠리면서 돌연 엉덩이가 안장에서 크게 원을 그리며 붕 떠올랐다.

격분한 팡타슴은 몸을 이리저리 휘두르며 날뛰었고, 옆에 있던 두 기수는 말의 머리를 잡으려고 기를 썼다. 바르쥐는 씩씩대며 앙리가 알아듣기 힘든 말을 중얼거렸다. 그들은 붉은 장막 가까이에 있었다. 노란 드레스를 입은 플로렌스가 언뜻 눈에 들어왔다. 혼란과 근심이 가득한 얼굴이었다. 그 순간 "마지막, 데리에르!"라는 외침과 함께 뒤에서 다시 우렁찬 채찍 소리가 울렸다. 앙리가 아직 자세를 수습하기도 전이었다. 등이 휘청하며 몸이 휙 날았고, 무분별한 채찍에 격노한 팡타슴은 앞으로, 옆으로 미친 듯이 날뛰었다. 앙리는 이제 정말 균형을 잃어버릴 지경이었다. 그는 말의 땋은 머리 장식을 붙들고 있다가 팡타슴이 계속 날뛰자 몸이 거꾸로 뒤집혔고, 손을 뻗어 말의 목을 움켜잡으려 했지만 결국 비명을 내지르며 바닥에 곤두박질치고 말았다.

앙리는 쓰러진 채 누워서 현장에 술렁거리는 소란을 희미하게 의식했다. 바르쥐가 욕을 퍼붓자 피카르가 맞섰고, 진행자는 어이없는 웃음을 흘렸다. 앙리가 모랫바닥에서 머리를 들어 올리자 이런 소리가 귓가를 때렸다.

"어떻습니까? 앉아 있는 것조차 힘든 동작으로 보이지 않습니까? 다음엔 더 잘할 수 있을 겁니다. 라샤펠 씨, 그렇죠? 보십시오, 신사 숙녀 여러분. 뛰어난 기수로서 최고 수준에 도달하기 위해선 더 많은 훈련이 필요한가봅니다."

바르쥐가 앙리에게 다가와 어서 다시 말에 올라타라고 낮게 중얼거렸다. 앙리는 무심코 고개를 숙였다가 모래로 뒤범벅이 된 검은 제복을 보고 수치심을 느꼈다. 그는 아무 말 없이 몸을 털며 일어나 말에 올라탔고, 그들은 동정 어린 박수를 받으며 공연장을 빠져나왔다.

앙리는 충격으로 망연자실했다. 바로 앞에서 바르쥐와 피카르가 소리를 낮춰 언쟁을 주고받고 있었지만, 귓속에서 피가 꿀렁꿀렁 흘러나왔기 때문에 자세한 내용을 알아들을 수가 없었다.

"이게 뭐 하는 짓이냐고?"

바르쥐가 고개를 저으며 말했다.

"지금까지 크루파드 공연을 하면서 말에서 떨어진 기수는 아무도 없었어. 자네가 우리 모두를 우습게 만든 거라고."

앙리는 아직 상황을 제대로 파악하지 못하는 눈치였다.

"그건 내 잘못이 아니야. 라샤펠이 잘 타는 건 말이 아니라 영국인 창녀밖에 없다고."

그때 앙리가 말에서 미끄러져 내려와 피카르에게 다가갔다. 그의 귀에서는 여전히 피가 흐르고 있었다. 사실 앙리는 자신이 팔을 뻗는 것조차 의식하지 못했다. 오른쪽 주먹이 피카르의 이빨을 갈기는 순간 쿵

하는 둔탁한 소리를 들었을 뿐이다. 그 소리는 꽤나 만족스러운 울림을 주었다. 뭔가가 부러졌다는 사실을 피부를 통해 느낄 수 있었다. 곧바로 고통이 엄습하자 그제야 앙리는 자신이 무슨 짓을 저질렀는지 깨달았다. 주변에 있던 말들이 날카로운 소리를 내며 화들짝 옆으로 달아났고, 기수들도 놀라 소리쳤다. 모래판에 나가떨어진 피카르는 맞은 데를 손으로 누르며 놀란 눈을 부릅떴다. 그러더니 허둥지둥 일어나서 앙리를 향해 돌진해 가슴팍에 머리를 들이받았다. 앙리는 한동안 숨을 제대로 쉴 수가 없었다. 아무리 덩치가 좋은 사람이라도 순식간에 넘어뜨릴 만한 기습이었다. 앙리는 키가 아주 큰 편은 아니었지만 매질에도 익숙한 어린 시절을 보냈고 국가 방위군에서 6년 동안이나 근무한 경력이 있었다. 잠시 휘청했던 앙리는 피카르 위에 올라타 얼굴과 가슴을 주먹으로 사정없이 내리치기 시작했다. 지난 몇 달간 꾹꾹 눌러왔던 분노가 봇물 터지듯 터져 나왔다.

그러다가 그의 주먹이 단단한 뭔가에 맞으면서 살이 찢어졌고 그 틈을 타서 왼쪽 눈으로 강한 타격이 들어왔다. 입 안에는 모래가 버석거렸다. 그때 누군가 나타나 그들을 잡아채듯 끌고 갔고 비난과 불신이 가득한 호통 소리가 이어졌다.

"피카르! 라샤펠!"

앙리는 시야가 흐릿해서 연신 눈을 깜박거렸다. 침을 뱉고 비틀거리는 그를 누군가 똑바로 잡아 세웠고, 장막 너머에서 울려 퍼지는 현악기의 느린 음악이 귓속을 파고들었다. 위대한 신이 노기 띤 얼굴로 앙리 앞에 서 있었다.

"도대체 이게 무슨 짓들인가?"

앙리는 스스로도 납득이 되지 않는지 고개를 크게 가로저었다. 그때마다 붉은 피가 튀는 게 보였다.

"저……"

그는 아직도 숨을 헐떡이며 말을 잇지 못했다. 엄청난 실수를 저질렀다는 자책감이 가슴을 짓눌렀다.

위대한 신이 무거운 목소리로 말했다.

"카루젤 축제의 핵심은 품위와 위엄 그리고 기강이다. 그런데 두 사람은 자제력을 잃어버렸어. 우리의 명예를 실추시켰다. 마구간으로 돌아가게. 거기 가서 과제를 수행해."

위대한 신이 말에 오르자 피카르는 창백한 얼굴을 손수건으로 누른 채 휘청휘청 걸어갔다. 피카르가 걸어가는 모습을 물끄러미 지켜보던 앙리는 문득 장막 저편 무대가 이상하리만치 조용하다는 데 생각이 미쳤다. 저 사람들이 다 보았다는 사실을 떠올리자 두려움이 몰려왔다.

"길은 두 가지."

포르투갈산 종마에 앉은 위대한 신이 그를 내려다보며 말했다.

"지난번에도 말했듯 두 가지 방법이 있다, 라샤펠. 이제 자네의 선택만 남았네."

"하지만 전……"

앙리가 말을 꺼내려 했지만 위대한 신은 이미 조명등 불빛 속으로 사라진 뒤였다.

# I

이처럼 말이 뒷다리로 일어서는 것은
모든 사람의 시선을 사로잡을 만큼 경이로운 장면이다.

─ 크세노폰, 『기마술』, 기원전 350년경

8월

리버풀 스트리트행 6시 47분 열차는 승객들로 만원이었다. 이른 아침부터 기차가 이토록 붐비다니 어안이 벙벙했다. 너태샤 매컬리는 재킷을 치워주는 여자에게 고맙다고 인사하며 자리에 앉았다. 서늘한 새벽인데도 벌써부터 열이 오른 참이었다. 너태샤 뒤에서 오던 양복 입은 남자는 맞은편 승객들 사이의 빈틈을 비집고 앉자마자 신문을 펼쳐 들었다. 신문이 옆에 앉은 사람의 책을 일부 가렸지만 여자는 별로 의식하지 못하는 듯했다.

이쪽은 너태샤의 출근길이 아니었다. 어제는 법률 세미나를 마치고 케임브리지에 있는 호텔에서 하룻밤을 묵고 나온 터였다. 호주머니에는 변호사들로부터 받은 명함이 두둑하게 들어 있었다. 그들은 너태샤의 발제에 만족하며 다음 회의 일정과 가능한 작업을 제안했다. 어제 저녁에 싸구려 와인을 너무 마신 탓인지 속이 부글거렸다. 간단하게라도 아침을 먹고 싶은 마음이 굴뚝같았다. 너태샤는 술을 잘 마시지 않는데, 어제 행사에서는 얼마나 마신 건지 알 수 없었다. 대화에 정신이 팔려 있다보면 어느새 또 잔이 가득 채워져 있었기 때문이다.

너태샤는 뜨거운 일회용 커피 컵을 한 손에 들고 다이어리를 내려다보았다. 마음속으로는 머리도 식힐 겸 오늘은 꼭 30분 이상 짬을 내보겠다고 다짐했다. 물론 다이어리에는 운동 한 시간과 점심 한 시간이라는 일정이 적혀 있었다. 엄마의 충고대로 이제는 자기 관리에 신경을 쓰려고 했다.

하지만 우선은 다음 사항들이 먼저 눈에 띄었다.

* 오전 9시, LA 대 산토스, 7번 법정
* 페르시 이혼 소송. 아동 심리학 감정?
* 수수료! 법적 지원 상황과 관련해 린다에게 확인
* 방어 – 참고인 진술은 어디로? 오늘 반드시 팩스 보낼 것


페이지마다 최소한 2주 예정의 빡빡한 일정들이 몇 차례 수정을 거쳐 빼곡하게 기록되어 있었다. 너태샤가 다니는 '데이비슨 브리스코'의 동료들은 거의 모두 블랙베리류의 소형 전자 기기로 갈아타 새로운 삶을 누리고 있었지만 그녀는 단순한 펜과 종이가 더 좋았다. 린다는 글자를 알아보기 힘들다고 불만을 토로했다.

너태샤는 커피를 홀짝거리다가 날짜를 확인하고는 움찔했다. 그러고는 이렇게 적어 넣었다.

기차가 덜커덩거리며 런던을 향해 달려갔다. 드넓게 펼쳐지던 케임브리지셔의 들판이 도시 외곽의 우중충한 산업지대로 넘어가고 있었다. 너태샤는 집중해서 서류를 들여다보기 시작했다. 그녀의 맞은편에는 아침으로 치즈 들어간 햄버거를 아무렇지도 않게 먹고 있는 여자와, 이어폰에서 새어 나오는 쿵쾅거리는 음악과 멍한 표정이 영 어울리지 않는 십 대 소년이 앉아 있었다. 오늘도 무더운 하루가 이어지려나보았다. 혼잡한 객차로 일찍부터 스머든 열기가 여기저기 퍼지며 사람들의 체온과 뒤섞여 공기를 무겁게 짓눌렀다.

너태샤는 잠을 청하려고 눈을 감았다. 하지만 휴대전화가 울리는 바람에 다시 눈을 떴다. 얼른 가방 안을 뒤져 화장품과 지갑 사이에 끼여 있던 전화기를 찾았다. 화면이 환하게 밝아지며 문자 메시지가 떴다.

왓슨 사건에서 지방 정부가 손을 들었어요. 오전 9시 법정에 가실 필요 없어요.
벤

너태샤는 지난 4년 동안 데이비슨 브리스코에서는 유일하게 법정변호사와 사무변호사 역할을 병행하고 있었다.* 법률 서류 작성과 변론을 한꺼번에 아우르는 역할은 특히 아동을 대변하는 그녀의 전문 분야에 아주 유용했다. 아이들은 상담을 담당했던 변호사가 옆에 있으면 법

---

* 영국에서는 법정에서 변론권을 독점하는 법정변호사와 의뢰인의 법률 자문과 서류 작성을 담당하는 사무변호사가 구분되어 있었다. 그러나 현재는 일부 법원에서 법정변호사의 변론 독점권이 폐지되어 사무변호사도 변론을 할 수 있게 되었다.

정에 나와도 덜 동요하는 것 같았다. 너태샤 입장에서 보면 의뢰인과의 관계를 원활하게 이어갈 수 있을 뿐만 아니라 변론에 나설 때에도 좀 더 공격적인 자세를 취할 수 있어 좋았다.

고마워. 30분 후엔 도착할 거야.

너태샤는 안도의 한숨을 내쉬며 답 문자를 보냈다. 그러고는 괜히 아침을 걸렀다며 험한 소리를 중얼거렸다.

휴대전화를 가방에 도로 넣으려는데 다시 전화벨이 울렸다. 담당 연수생 벤이었다.

"10시 30분에 파키스탄 소녀를 만나기로 조정한 거 아시죠? 다시 알려드리려고요."

"그 부모가 아동보호 소송에 맞서고 있는 사건 말이지?"

옆에 앉은 여자가 신경질적인 기침을 토했다. 너태샤는 창틀에 새긴 '휴대전화 금지'라는 문구를 힐끗 올려다보고는 고개를 파묻고 다이어리를 뒤적였다.

"게다가 우린 두 사람에 대해 아동유괴 소송까지 제기했잖아. 관련 서류를 좀 더 찾아낼 수 있을까?"

그녀가 소리를 죽여 말했다.

"이미 찾아냈어요. 그리고 크루아상도 준비해뒀죠. 아무것도 못 드셨을 것 같아서요."

벤이 자랑스럽게 말했다.

정말 아무것도 먹지 못했다. 만약 회사가 연수 시스템을 없애버린다면 자신은 굶어 죽고 말 거라는 생각이 들었다.

"아몬드가 들어 있는 걸로 골랐어요. 변호사님이 좋아하시는."

"확실하네. 복 받을 거야, 벤."

너태샤는 전화를 끊은 다음 다시 한번 사건을 훑어보기로 했다. 서류 가방에서 소녀의 법률 서류를 막 꺼내 든 순간 전화벨이 또 울렸다.

이번에는 혀를 차는 소리가 들렸다. 그녀는 아무하고도 눈을 마주치지 않은 채 죄송하다는 말을 웅얼거리며 전화를 받았다.

"너태샤 매컬리입니다."

"린다예요. 방금 마이클 해링턴한테서 연락이 왔어요. 변호사님과 함께 페르시 이혼 소송을 맡겠다고 하셨어요."

"잘됐네."

그것은 복잡한 양육권 문제가 걸린 고액 이혼 소송이었다. 재정 부문을 맡아줄 유력한 변호사가 필요했다.

"오늘 오후에 변호사님을 뵙고 몇 가지 문제를 논의하고 싶어하는데, 2시쯤 시간 괜찮으세요?"

잠깐 시간을 따져보고 있을 때였다. 옆에 앉은 여자가 투덜거렸는데, 그 어조가 매우 퉁명스러웠다.

"아마 괜찮을 거야."

그러다가 다이어리를 가방에 넣어둔 사실이 기억났다.

"아니, 잠깐만, 누구 오기로 한 것 같은데."

그때 옆의 여자가 어깨를 톡톡 쳤다. 너태샤는 수화기를 손으로 막고 말했다.

"2분만 통화할게요."

자기도 모르게 목소리에 짜증이 묻어나왔다.

"통화 금지 구역이라는 거 알아요. 하지만 정말 급한 전화라서요."

너태샤는 전화기를 귀와 어깨 사이에 끼우고 다급하게 다이어리를 찾았다. 여자가 다시 어깨를 툭툭 치자 화가 치민 너태샤가 몸을 거칠게 돌리며 말했다.

"제가 말씀드렸잖아요. 잠시만⋯⋯."

"당신 커피가 제 재킷 위에 있어요."

아래를 내려다보니 일회용 컵이 크림색 재킷 가장자리에 위태롭게 놓여 있었다.

"어머, 미안해요."

너태샤는 얼른 컵을 집어 들었다.

"린다, 좀 늦춰줄 수 없을까? 그때쯤이면 비는 시간이 있을 거야."

"알았어요."

통화를 마치고 전화를 끊으려 할 때 린다의 킬킬거리는 웃음소리가 귓가를 울렸다. 너태샤는 다이어리에 적어놓은 법원 출석 기록에 줄을 그어 지우고 새로운 미팅 일정을 추가했다. 다이어리를 가방에 집어넣으려는데, 맞은편 신문 헤드라인이 눈길을 끌었다.

너태샤는 몸을 쑥 빼고 첫 번째 단락에 나온 이름을 확인했다. 몸을 점점 더 가까이 내밀자 신문을 들고 있던 남자가 이맛살을 찌푸렸다.

"죄송합니다."

그녀는 기사 내용이 믿기지 않아 놀라움을 감추지 못하고 물었다.

"저⋯⋯ 죄송하지만 잠깐만 신문 좀 볼 수 있을까요?"

남자는 너무 당황해서 거절하지도 못했다. 너태샤는 신문을 채가듯 받아 기사 내용을 두 번이나 읽었고, 핏기가 사라진 얼굴로 신문을 돌려주며 힘없이 감사 인사를 전했다. 옆에 앉은 십 대 소년은 눈앞에서 벌어진 희한한 광경이 믿기지 않는다는 듯 히죽히죽 웃었다.

사라는 샌드위치 두 개를 각각 대각선으로 잘라 기름종이 위에 두 덩어리씩 올려놓고 조심스럽게 포장했다. 그런 다음 하나는 냉장고에 넣고 다른 하나는 사과 두 개와 함께 자신의 가방에 넣었다. 이어서 젖은 행주로 조리대를 닦은 뒤 라디오를 끄기 전에 부스러기가 남아 있지 않은지 작은 주방을 훑어보았다. 할아버지는 부스러기가 떨어져 있는 것을 아주 싫어했다.

아래쪽에서 끼이익 하는 소리가 울렸다. 우유 배달차가 도착했다는 뜻이었다. 우유 배달부는 언젠가 5층으로 배달을 다녀온 사이에 누군가 차를 몰고 가버린 후로 더 이상 높은 층에는 배달을 하려 하지 않았다. 그래도 맞은편 보호 시설에 계신 할머니들을 위해서는 여전히 우유 병을 올려다 주었다. 사람들은 대부분 가까운 슈퍼에 가서 1리터짜리 우유를 한꺼번에 몇 개씩 구입하는 방법을 선택했다. 그렇게 쇼핑백이 불룩해지도록 담아 혼잡한 버스를 타거나 걸어서 가져왔다. 사라가 그렇게 했다면 할아버지는 분명히 한 개씩만 사오도록 했을 것이다. 그래서 사라는 거의 매일 아침 슈퍼를 다녀왔다.

사라는 손목시계를 확인한 뒤 커피가 다 걸러졌는지 여과지를 살폈다. 가끔씩 할아버지한테 진짜배기를 얻으려면 시간이 걸린다고 얘기하곤 했지만 할아버지는 어깨를 으쓱하며 그래봤자 어떤 건 별 도움이 되지 않는다고 대답했다. 사라는 머그잔 바닥을 닦은 뒤 좁은 복도를 지나 할아버지의 방 앞에 멈춰 섰다.

"할아버지?"

사라는 어깨로 문을 밀어 열었다. 자그마한 방 안에 아침 햇살이 가득했다. 아주 잠깐 따사로운 야외로 들어선 듯한 착각이 일었다. 런던 동부의 낡아빠진 건물 안이 아니라 멋진 바닷가나 아늑한 시골 정원 같은 느낌이 들었다. 침대 맞은편으로 작은 책상이 어슴푸레하게 드러났고, 할머니의 사진 아래 솔빗과 옷솔 등이 가지런하게 놓여 있었다. 할아버지는 할머니가 돌아가신 후로 더 이상 더블 침대를 쓰지 않았다. 싱글 침대를 쓰니 방이 넓어 보인다는 얘기만 되풀이할 뿐이었다. 하지만 사라는 커다란 침대의 빈자리를 마주할 수 없었던 할아버지의 마음을 누구보다 잘 알았다.

"커피요."

할아버지는 일어나 앉았다. 침대 옆 탁자를 더듬어 안경을 찾았다.

"지금 나가는 거니? 시간이 몇 시지?"

"6시 막 지났어요."

할아버지는 손목시계를 들어 눈을 가늘게 뜨고 보았다. 잠옷을 입은 모습이 오늘따라 허약해 보였다. 평소에도 제복을 걸치듯 항상 옷을 정갈하게 챙겨 입는 할아버지였다.

"10분 버스를 타려면 늦은 거 아니니?"

"뛰어가면 탈 수 있어요. 냉장고에 샌드위치 넣어놨어요."

"카우보이 존한테 얘기해둬라. 오늘 오후에 주겠다고."

"어제 얘기했어요. 괜찮다고 하셨어요."

"그리고 계란 좀 담아두라고 전해. 내일 가지러 갈 거라고."

버스가 1분 늦게 온 덕분에 간신히 탈 수 있었다. 사라는 숨을 헐떡거리며 몸을 던지듯 버스에 올라탔다. 메고 있던 가방이 요동치듯 흔들렸다. 탑승권을 보여준 뒤, 매일 아침 같은 자리에 앉는 인도 여자에게 고개를 끄덕여 보인 뒤 자리에 앉았다. 오늘도 여자는 대걸레와 양동이를 쥐고 있었다.

"날씨가 좋네요."

여자가 말했다. 그때 버스는 마권 판매소를 지나고 있었다.

사라는 뒤를 힐끗 돌아보았다. 지저분한 거리가 희미한 아침 햇살에 드러나 보였다.

"네, 좋을 것 같아요."

"그런 부츠를 신고 있으면 더울 텐데요."

여자가 말했다.

사라가 가방을 툭툭 치며 대답했다.

"여기에 학교에 신고 갈 신발이 들어 있어요."

두 사람은 마주 보며 어색하게 웃었다. 오랫동안 침묵을 지키다가 갑자기 말을 쏟아낸 사람들처럼 잠시 분위기가 썰렁했다. 사라는 의자에 등을 기대고 앉아 창밖으로 고개를 돌렸다.

이른 아침이라 카우보이 존의 축사까지 20분이 채 걸리지 않았다. 하지만 교통 혼잡이 시작되는 한 시간 후부터는 거의 세 배는 오래 걸렸다. 보통은 사라가 제일 먼저 그곳에 도착해 존에게서 받은 여벌 열쇠로 문을 열고 들어갔다. 사라가 암탉들을 풀어줄 즈음이면 존은 노래를 흥얼거리며 벋정다리로 어기적어기적 길을 걸어 올라오곤 했다.

사라가 철책 문을 열고 들어갈 때마다 독일 셰퍼드 종인 시바는 컹컹 한번 짖고 누군지 확인한 다음, 앉아서 꼬리로 바닥을 두드리며 기다렸다. 사라는 호주머니에서 과자를 꺼내 시바에게 던져주었다. 큰 소리가 나지 않게 문을 닫으며 자그마한 마당 안으로 들어섰다.

런던 동부의 한 귀퉁이인 이곳에는 한때 마구간이 달린 축사들이 군데군데 흩어져 있었다. 말들은 주로 맥주 공장 마차와 석탄이나 폐품을 실은 수레를 끌었고, 토요일 오후에는 공원을 한 바퀴 돌고 나오는 수레 경마용 말이나 개인 소유의 말들도 심심치 않게 볼 수 있었다. 카우보이 존의 축사는 이제 얼마 남지 않은 것들 가운데 하나로, 축사 안에는 창고가 달린 마구간 서너 개가 있었고, 네 개의 아치형 구조물 위의 구름다리에는 철로가 지나고 있었다. 위치는 조만간 시내 중심가로 편입될 가능성이 높은 길 끝에 자리 잡고 있었다. 아치형 구조물 앞쪽에는 자갈 바닥에 벽으로 둘러싸인 작은 마당이 있었다. 마당에는 켜켜이 쌓은 돗짚자리와 닭장, 대형 쓰레기 수거통 몇 개, 카우보이 존이 몰고 다니는 낡은 차와 한 번도 꺼진 적이 없어 보이는 화로가 보였다. 20분 남짓마다 머리 위로 통근 열차가 덜컹거리며 지나갔지만 그 소리를 신경 쓰는 사람이나 동물은 거의 없었다. 닭들은 부리로 먹이를 쪼아 먹고 있었고, 염소 한 마리가 먹을 게 맞나 가늠하려는 듯 무언가를 덥석 베어 물었으며, 시바는 낯선 사람이 기웃거리면 언제든 달려들 기세로 앉아 철책 문 바깥쪽을 경계의 눈초리로 지키고 있었다.

현재 축사에서 돌보는 말은 모두 열두 마리였다. 몰티즈 샐과 그의 친구들이 소유한, 눈초리가 사나운 경주용 말들과 은퇴한 마차꾼 토니의 힘센 짐마차용 말 두 마리, 지역 아이들이 타고 다니는 각양각색의 꾀죄죄한 조랑말들이 있었다. 이런 사실을 아는 사람이 주변에 얼마나 되는지는 알 수 없었다. 다만 툭하면 말들을 쫓아냈던 공원 관리인은 그런 사실을 잘 알았다. 그는 가끔 말들이 계속 무단 침입할 경우에는 소송을 걸겠다며 봉투에 '스페어페니 래인 아치, 말 소유주'라고 기입한 협박성 편지를 보내기도 했다. 하지만 카우보이 존은 상관없다는 듯 웃었고, 편지를 화로에 던져 넣으며 이렇게 말하곤 했다.

"내가 알기로는 말들이 이곳에 먼저 있었다고."

존은 자신이 필라델피아 블랙 카우보이의 초기 멤버라고 주장했다.

사실 그들은 목장을 운영하는 카우보이들이 아니었다. 그의 말에 따르면 미국에는 시에서 관할하는 넓은 운동장 같은 게 있었는데, 거기서 사람들은 동물들을 기르거나 경주를 시킬 수 있었다. 더욱이 갈데없는 청소년들이 와서 일을 배우기도 했는데, 그렇지 않았다면 빈민가를 전전하며 황폐한 삶에서 벗어나지 못했을 것이다. 존은 1960년대에 런던에 왔다. 그는 이 도시를 좋아했지만 너무 많은 말들을 잃어버렸다. 그래서 사우설 시장에서 무릎이 부러진 순종 말과 시의회 소유지만 오래되어 버려지다시피 한 마구간을 사들였다. 나중에 시의회가 마구간을 판 것을 후회했다는 말이 돌기도 했다.

카우보이 존의 축사는 어떻게 바라보느냐에 따라 바람직한 시설이기도 하고 성가신 존재이기도 했다. 시 공무원들은 곱지 않은 시선을 내비쳤고, 환경 위생 및 병충해 방제와 관련된 경고문을 끊임없이 발행했다. 하지만 존은 치즈 소스에 범벅이 된 채 밤새도록 이곳에 나와 있어도 설치류 한 마리 찾아볼 수 없을 거라고 반박했다. 부동산 개발업자들 역시 이곳을 좋아하지 않았다. 그들은 아파트를 짓고 싶어했지만 카우보이 존은 축사를 팔려고 하지 않았다. 하지만 이웃들은 대체로 별 상관이 없다고 생각했다. 거의 매일 존의 목장을 들러 그와 담소를 나누거나 그곳에서 제공되는 농산물을 사갔기 때문이다. 인근 음식점에서도 좋아했는데, 암탉이나 달걀, 특이한 염소가 필요할 때마다 전화를 걸어왔다. 그 밖에는 학교에 가지 않는 시간에 이곳에서 시간을 보내는 사라 같은 사람들이 있었다. 빅토리아 시대의 잘 정돈된 마구간들이 늘어서 있고 건초와 짚 더미가 쌓여 있는 그곳은 도시의 소음과 혼란에서 잠시나마 벗어날 수 있는 피난처 같은 곳이기도 했다.

"아직도 그 멍청한 거위를 밖에 내놓았어요?"

카우보이 존이 산책을 마치고 왔을 때 사라는 조랑말들에게 건초를 던져주며 물었다. 존은 카우보이모자를 쓴 채 담배를 물고 있었다. 따뜻한 햇살 아래를 걸어서인지 쑥 들어간 두 볼이 땀으로 번들거렸다.

"아니, 그 녀석이 자꾸 내 다리를 물어서 말이야."

"저도 물렸어요. 새로 생긴 음식점에서 거위가 필요하지 않은지 알아봐야겠어요. 발목 주변이 온통 부푼 자국들이라니까요."

두 사람은 잠시 멈춰 서서 지난주 시장에서 존이 충동적으로 사온 커다란 새를 쳐다보았다.

"자두 소스!"

갑자기 생각났다는 듯 그가 소리쳐 대답했다.

사라는 아주 어려서부터 이곳에서 많은 시간을 보냈다. 사라가 어린 아이였을 때에도 할아버지는 카우보이 존의 털이 복슬복슬한 셰틀랜드 종 조랑말 위에 사라를 앉혀놓곤 했고, 할머니는 흐뭇해하면서도 혀를 끌끌 차곤 했다. 그 미소에는 말에 대한 할아버지의 열정이 손녀에게 전해지지 않기를 바라는 마음이 엿보였다. 사라의 엄마가 집을 떠났을 때 할머니가 우는 소리를 듣지 못하도록, 혹은 몇 번인가 엄마가 다시 집으로 돌아왔을 때에도 할머니가 호통을 치거나 애원하는 소리를 듣지 못하도록 할아버지는 사라를 이곳으로 데려왔다.

바로 이곳에서 할아버지는 사라가 경속보*를 완전히 익힐 때까지 뒷골목을 이리저리 다니며 말타기를 가르쳤다. 할아버지는 존의 축사에 말을 맡긴 소유자들이 말을 다루는 방식을 경멸했다. 도시에 거주한다는 사실이 훈련을 게을리해도 좋다는 이유가 될 수 없다고 주장했다.

---

* 승마에서 속보의 리듬 2박자 중 1박자는 일어서고, 1박자는 앉아주는 속보.

할아버지는 사라가 말에게 먹이를 준 다음에 아침을 먹도록 했고, 부츠를 잘 닦은 다음에 몸을 씻을 수 있게 허락했다. 할머니가 돌아가신 후에는 다들 '부'라고 부른 부세*가 왔다. 둘 다 집중할 무언가가 필요했고, 예전 같지 않은 집에서 벗어날 이유가 필요했다. 또한 십 대에 접어든 순진한 손녀를 지켜보면서 할아버지는 뭔가 다른 방안이 필요하다고 느꼈다. 그는 구리 빛깔의 수망아지와 손녀를 훈련시키기 시작했다. 동네 아이들이 말타기라고 부르는 것 이상으로 손녀를 훈련시켰다. 예를 들면 말 등에 앉아 여러 가지 체조 동작을 하는 마상체조와 경계선을 쳐놓고 빠르게 달려가는 것, 공원 의자나 과일 상자, 때로는 그보다 높은 장애물을 타넘는 것 등이다. 그는 손녀에게 반복 연습을 시켰다. 밀리미터 단위의 정확한 각도로 다리를 움직이고 손을 적게 쓰는 정밀한 행동까지 가르쳤다. 사라가 친구들과 놀고 싶어 울며 애원할 때에도 허락하지 않을 때가 많았다. 훌륭한 기술을 터득하는 길은 끊임없이 연습하고 훈련하는 것뿐이라고 했다. 이는 부의 다리를 아스팔트길에서 보호하기 위한 것이기도 했고, 자신이 알고 있는 것들을 최대한 많이 가르쳐주고 싶어서이기도 했다.

할아버지는 언제나 근엄한 목소리로 말했는데, 그래서 존과 주변 사람들이 그를 캡틴이라고 부르기도 했다. 반은 농담이었지만 그 속에는 경계하고 조심하는 마음도 어느 정도 담겨 있었다.

"차 마실래?"

카우보이 존이 주전자를 가리키며 물었다.

"아니요. 말을 탈 시간이 30분밖에 없어서요. 오늘은 학교에 일찍 가

---

* 프랑스 전통 승마술의 명인인 프랑수아 부세의 이름을 따서 지은 이름.

봐야 해요.”

“아직도 기술을 익히고 있는 거니?”

“그럼요.”

사라가 짐짓 공손한 자세를 취하며 대답했다.

“오늘 오전엔 할아버지 말씀대로 플라잉 체인지*와 피아프**에 집중해볼까 해요.”

그러면서 말의 멋진 목을 쓰다듬었다.

카우보이 존이 코웃음을 치며 말했다.

“내가 늙은이 야단 좀 쳐야겠구먼. 다음에 서커스단이 오면 팔을 물어뜯어버리라고 해야겠어.”


너태샤의 전문 분야를 고려할 때, 그 아이를 반사회적 행위 금지 명령이라는 새로운 소년범 보호관리 법령의 수혜자로 만드는 건 그리 어려운 일도 아니었다. 가끔씩 그런 비슷한 기사가 신문에 실릴 때도 있었다. 하지만 이번 사건은 너태샤에게도 큰 충격을 안겨주었다. 아이가 저지른 범죄의 심각성 때문이라기보다는 그 아이가 누군지 알았기 때문이다. 사무실에서 일하다보면 거의 날마다 아이들이 찾아와서 좌절과 학대, 방치를 당한 이야기를 풀어놓았다. 10년 동안 그런 이야기를 하도 많이 듣다보니, 언제부터인가는 별로 놀라는 기색 없이 아이들의 이야기를 들으면서 점검할 사항을 차분하게 되뇔 수 있었다. 이 아이가 이런저런 기준에 부합하는가? 법적 지원 서류에 서명은 했는가? 변호

---

\*  말이 구보를 하면서 발을 바꾸는 동작.

\*\* 제자리에서 속보로 걷는 동작.

는 어느 정도나 가능한가? 믿을 만한 증인은 있는가? 다른 아이들처럼 알리 아마디도 그렇게 기억에서 희미해졌어야 마땅했다.

알리는 두 달 전쯤 쑥 들어간 눈으로 경계심을 드러내며, 불신과 절망이 가득 찬 얼굴로 양모와 함께 너태샤의 사무실에 나타났다. 기증받은 저렴한 운동화에 발을 대충 쑤셔 넣고 마른 몸에 맞지 않은 셔츠를 헐렁하게 걸친 채였다. 소년의 말대로 자신을 거의 파멸시켜버린 고국으로 송환되는 것을 막으려면 법원 명령이 시급해 보였다.

"사실 전 이민국 관련 담당이 아니에요."

너태샤는 설명했지만, 관련 업무를 처리하는 라비는 휴가 중이었고 모자의 처지는 암담하기 이를 데 없었다.

"제발 부탁이에요."

양모가 간곡히 말했다.

"당신이 어떤 사람인지 알아요, 너태샤. 이런 일쯤 쉽게 해결해줄 수 있잖아요."

2년 전에 너태샤는 양모의 다른 아이를 변호해준 적이 있었다.

너태샤는 서류를 죽 훑어본 다음 얼굴을 들고 소년에게 미소를 지었다. 잠시 후 소년도 미소를 지어 보였다. 확신은 아니지만 조금은 기대와 안심이 담긴 미소였다. 그녀가 서류에 적힌 내용들을 빠르게 읽어나가자 점점 조급해진 소년이 자기 얘기를 하기 시작했고 양모가 곧바로 통역을 해주었다. 양모가 제대로 이해하지 못한 말들은 손짓을 동원해 최대한 알리려 애썼다.

소년의 가족은 반정부 인사로 찍혀 탄압을 받은 듯했다. 아버지는 직장에서 집으로 돌아오는 길에 종적을 감췄고, 소년의 엄마 역시 거리에서 두들겨 맞은 후 누이와 함께 사라졌다. 알리는 절망적인 상태가 되어, 13일 동안 걸어서 국경에 도달했다. 얘기하는 동안 소년은 울먹이기 시작했고, 당혹감을 감추지 못한 채 눈을 깜박거리며 눈물을 참으려 애썼다. 이대로 고국으로 돌아간다면 알리는 죽음을 피하지 못할 것이다. 아직 열네 살 소년이었다.

하지만 어찌 보면 그다지 특별할 것도 없는 사연이었다. 얘기를 마치자 그들은 돌아갔다.

그들이 떠날 때 너태샤는 알리의 어깨에 손을 얹었다. 그때까지 소년의 키가 그렇게 큰지 미처 몰랐다. 얘기하는 내내 소년의 일부가 떨어져 나가기라도 한 것처럼 몸이 오그라들어 보였기 때문이다.

"최선을 다해볼게. 하지만 난 아직도 다른 사람한테 부탁하는 게 더 낫다고 생각해."

결국 너태샤는 알리에게 법원 명령을 받아주었다. 그리고 머릿속에서는 벌써 소년의 일이 희미해지려 하고 있었다. 그러다가 서류 뭉치들을 가방에 쓸어 담고 법정을 나설 준비를 마쳤을 때 한 귀퉁이에서 어깨를 들썩거리며 소리 죽여 흐느끼고 있는 소년을 목격했다. 잠시 당황해서 지켜보던 너태샤는 시선을 거두고 소년을 지나쳐 걸어갔다. 그런데 그 순간 알리가 양모에게서 도망치듯 달려 나와 목에 걸려 있던 목걸이를 잡아당겨 너태샤의 손에 꼭 쥐어주는 것이 아닌가. 그럴 필요 없다고 말했지만 소년은 눈을 마주치려고도 하지 않았다. 고개를 숙인 채 몸 전체가 물음표 모양이 되어 가만히 서 있기만 했다. 여전히 손바닥은 그녀의 손을 꼭 누른 채. 그렇게 손을 맞잡고 있는 행위가 자신의 종교 원칙을 거스르는 것인데도 말이다. 이상하게도 소년의 손길은 마치 어른처럼 그녀의 손을 감싸 쥐었고, 그 기억은 지금도 생생했다.

그런데 바로 그 손이 이틀 전 밤, 아직 이름이 밝혀지지 않은 26세 여점원을, 그것도 피해자의 집에서 잔인하게 공격한 혐의를 받고 있었다.

너태샤의 전화가 다시 울렸다. 이번에는 누군가 대놓고 혀를 차는 소리가 들렸다. 그녀는 다시 한번 사과하고 일어나 소지품을 챙겨 혼잡한 객차를 빠져나왔다. 도중에 열차가 갑자기 왼쪽으로 휙 쏠리는 바람에 하마터면 중심을 잃고 쓰러질 뻔했다. 다시 자세를 바로잡은 너태샤는 가방을 옆구리에 낀 채 휴대전화 사용이 허용된 입식 구역 쪽으로 비틀거리며 걸어가 창문 옆 빈자리를 골랐다. 거기 서서 가방을 내려놓은 다음 좀 전에 울린 번호로 다시 전화를 걸어보았다. 받지 않았다. 그녀는 괜히 자리를 내주고 왔다며 투덜거렸다. 전화기를 다시 호주머니에 넣으려고 할 때 화면에 문자 메시지가 떴다.

안녕, 급히 물건을 사러 가야 해서 말이야. 다음 주쯤 당신 괜찮은 시간에 볼 수 있지? 맥

맥. 너태샤는 자그마한 화면을 노려보았다. 웬일인지 주변은 소음 하나 없이 조용했다. 달리 선택의 여지가 없었다.

그렇게 해.

너태샤는 문자에 답을 적고 휴대전화를 집어넣었다.

도시 한구석인 이곳에는 한때 사무변호사들의 사무실이 빽빽하게 들어차 있었다. 디킨스 소설에나 나올 법한 후줄근한 몇몇 건물에 나란히 들어선 사무실마다 황금색 칠을 한 간판이 달려 있었는데, 하나같

이 사업과 조세, 부부간의 다양한 문제와 관련해 법률 자문을 약속하는 '파트너'라는 문구가 적혀 있었다. 지금은 대부분 도시 외곽의 새로운 상업 지구로 옮겨 이름 있는 건축가들이 설계한 번쩍거리는 유리 건물에 입주한 상태였다. 그곳에 거주하는 사람들은 21세기형 전망을 제대로 반영한 공간에 살고 있다고 자부하는 듯했다. 하지만 너태샤와 다른 다섯 명의 변호사가 일하고 있는 데이비슨 브리스코는 이런 흐름에 편승하지 못했다. 게다가 조지 왕조풍의 낡아빠진 건물 한쪽을 차지하고 있는 너태샤의 어수선하고 비좁은 방은 변호사 사무실이라기보다는 교수 연구실 같았다.

"변호사님이 말한 서류예요."

멀쑥하고 학구적인 청년 벤이 분홍 리본 장식이 달린 파일을 너태샤 앞에 놓으며 말했다. 수염 하나 보이지 않는 그의 희고 고운 볼을 보고 있으면 도저히 스물다섯이라는 나이를 믿을 수 없었다.

"크루아상엔 손도 대지 않았네요."

"미안."

너태샤는 책상에 놓인 파일을 획획 넘겨보며 말했다.

"입맛이 없어졌어. 벤, 부탁 하나만 들어줘. 알리 아마디 서류 좀 찾아줄래? 두 달 전쯤 진행됐던 긴급 재판 자료야."

그러면서 기차역에서 사온 신문을 힐끗 쳐다보았다. 수면 부족으로 열차에서 기사를 잘못 읽은 걸 수도 있다고 기대해보았지만 허사였다.

문이 열리고 코너가 들어왔다. 그는 얼마 전 너태샤가 생일 선물로 사준 파란색 줄무늬 셔츠를 입고 있었다.

"굿모닝, 잘나가는 변호사님."

코너가 책상 너머로 몸을 굽히고 너태샤에게 가벼운 입맞춤을 했다.

"지난밤 일은 어떻게 됐어?"

"괜찮았지. 정말 괜찮았어. 좋은 기회 놓친 거야, 코너."

"나도 간밤엔 사내애들 데리고 노느라 정신없었어. 그런 게 어떤 건지 모를걸. 애들이 좀 더 클 때까진 한가로운 저녁은 꿈도 못 꿔."

"좋은 시간 보낸 모양이지?"

"화끈했지. 〈해리 포터〉 DVD를 보고 콩을 얹은 토스트도 먹고 한바탕 몸싸움도 했지. 내가 없어서 호텔 침대가 너무 크지 않았어?"

너태샤가 몸을 뒤로 기대앉으며 말했다.

"코너, 내가 당신 회사를 위해 얼마나 필사적으로 일하는데. 자정까지 녹초가 되도록 일하느라 공원 벤치라 해도 곯아떨어졌을 거라고."

그때 벤이 다시 들어와 코너에게 고개를 숙여 인사한 뒤 파일을 책상에 놓으며 말했다.

"알리 아마디 재판 자료예요."

코너가 파일을 들여다보며 물었다.

"두 달 전에 맡은 본국 추방 사건 아냐? 그걸 왜 다시 들춰보는데?"

"벤, 미안하지만 가게에서 맛있는 커피 좀 사다줄래? 린다가 갖다준 갈색 물 말고."

코너가 벤에게 지폐 한 장을 건네며 말했다.

"내 것도 부탁해. 더블 샷 에스프레소로. 우유 빼고."

"자기 무덤을 파요."

너태샤가 놀리듯 중얼거렸다.

"그래도 난 효율적으로 해낼 거야."

코너가 맞장구를 치며 벤이 자리를 뜰 때까지 기다렸다.

"무슨 일이야?"

"이거 좀 봐."

너태샤가 신문을 건네며 기사를 가리켰다.

코너가 빠르게 기사를 훑으며 말했다.

"어, 여기 당신 의뢰인이 있네."

"맞아."

그녀는 팔을 죽 뻗으며 잠시 고개를 책상 위로 떨구었다. 그런 다음 아몬드 크루아상 하나를 집어 들었다.

"내 의뢰인이 거기 나와 있어. 리처드한테 말해야 할지 모르겠어."

"우리 대표님? 오, 노노노노노! 고통을 자처할 필요는 없지."

"꽤 심각한 범죄야."

"그리고 예측할 수도 없었던 범죄지. 그쯤 해둬, 너태샤. 모든 일을 다 할 순 없다고. 그 정도는 알잖아."

"알아. 다만 이건…… 너무 암울해. 그 아인……."

너태샤는 기억을 떨쳐버리려는 듯 고개를 흔들었다.

"모르겠어. 그런 부류로 보이진 않았는데."

"그런 부류로 보이지 않았다고?"

코너가 어이없다는 듯 웃었다.

"글쎄, 그래 보이지 않았어."

그녀가 식은 커피를 꿀꺽꿀꺽 마셨다.

"난 단지 그런 끔찍한 일에 일부 관여했다는 게 꺼림칙할 뿐이야. 책임감을 느끼지 않을 수가 없어."

"뭐라고? 당신이 여자를 폭행하라고 시키기라도 했단 거야?"

"그런 말이 아니잖아. 난 그 아이가 이 나라에서 계속 지낼 수 있게 도와주고 싶었어. 여기 남아 있게 했으니 책임이 있잖아."

"무슨 일이 벌어질지 알고 일하는 사람은 없어. 어떻게 알겠냐고?"

"글쎄……."

"쓸데없는 생각 하지 마, 너태샤."

코너가 파일을 두드리며 말했다.

"라비가 당시에 있었다면 그가 맡았을 일이야. 됐고, 다른 일이나 신경 써. 오늘 밤 내가 간단히 한잔 살게. 우리 만나는 거 변동 없지? 아처리는 어떨까? 타파스*를 새로 시작했다던데."

하지만 너태샤는 조언을 해줄 줄만 알았지, 받는 데는 익숙하지 않았다. 그날 오후에는 아마디의 파일을 두 번이나 살펴보면서 몇 가지 단서를 찾고 있었고, 울면서 자신의 손을 부드럽게 잡아주던 소년이 어쩌다 그런 폭력적인 행위를 하게 되었는지 이유를 캐고 있었다. 아무리 생각해도 앞뒤가 맞지 않았다.

"벤? 지도책이 하나 필요한데, 어디 없을까?"

"지도책이요?"

20분도 채 안 돼 벤은 표지가 군데군데 훼손된 지도책을 가져왔다.

"너무 낡고 옛날 거라서…… 페르시아와 뭄바이에 대해선 참고자료가 적혀 있네요."

벤이 미안해하며 머리를 긁적거렸다.

"필요한 부분은 인터넷을 찾아보면 더 잘 나와 있어요. 제가 찾아드릴 수도 있고요."

"난 신기술 혐오자야, 벤."

너태샤가 페이지를 획획 넘기며 말했다.

---

* 여러 요리를 조금씩 담아내는 스페인식 음식.

"잘 알면서. 종이로 보는 게 더 좋아."

갑자기 너태샤는 소년이 태어난 곳을 찾아보고 싶었다. 그 소도시의 이름이 아직도 기억에 남아 있는 게 신기했다.

손가락으로 장소 하나하나를 짚어가며 지도책을 뚫어져라 살피고 있을 때 문득 한 가지 분명한 사실이 머리를 스치고 지나갔다. 시설 보호사나 사무변호사, 양모 가운데 누구도 알리에게 물어보지 않은 명백한 질문. 어떻게 1,500킬로미터나 되는 거리를 13일 만에 걸어갈 수 있었단 말인가? 거기에는 틀림없이 무슨 사연이 있을 것 같았다.

그날 저녁 너태샤는 술집에 앉아 철저하지 못했던 자신을 비난했다. 코너에게 의심스러웠던 사연을 이야기하자 그는 잠깐 쓴웃음을 흘리며 어깨를 으쓱했다.

"이런 애들은 필사적이야. 당신이 듣고 싶어할 얘기만 한다고."

너태샤는 거의 매일 그런 애들을 보았다. 난민을 비롯해 문제아들, 쫓겨나거나 방치된 청소년, 칭찬이나 지지, 포용 같은 단어를 알 길이 없는 십 대들. 그런 아이들의 얼굴은 너무 일찍 철면피가 되었고, 그들의 마음은 철저히 생존 본능에 따라 움직이도록 굳어져 있었다. 너태샤는 거짓말하는 아이들에게 설명하고 설득할 수 있다고 믿었다. 예를 들면 부모가 자신을 학대하는 것은 집에서 함께 살고 싶어하지 않기 때문이라고 주장하는 여자애들, 성년이 될 무렵에 자라는 까칠하고 텁수룩한 수염이 훤히 드러나 보이는데도 열한 살이나 열두 살이라고 우기는 망명 신청자들. 하지만 진정성 없는 뉘우침과 비행이 끊임없이 되풀이되는 구조 속에서 그 애들이 범죄에 빠지기란 어렵지 않았다. 그런 상황에서 너태샤는 알리에게 감동을 받았다.

코너가 그녀를 똑바로 응시하며 물었다.

"좋아. 그럼 제대로 된 단서를 잡았다고 확신하는 거야?"

"아직은 주장에 불과해."

너태샤는 지나가는 웨이터에게 생수를 달라고 부탁했다.

"그 아이가 그렇게 멀리까진 걸어갈 수 없었을 거란 말이지?"

"2주도 채 안 되는 시간으로는."

너태샤는 자기도 모르게 냉소적인 목소리가 되었다.

"그러려면 하루에 110킬로미터 이상을 걸어야 돼. 내가 계산해봤어."

"난 도대체 당신이 왜 그렇게 흥분하는지 모르겠어. 당신에겐 특권이 있어. 게다가 그 아이를 변호하는 동안 이런 부분에 대해선 아무것도 몰랐잖아. 그러니까 그게 뭐가 문제냐고? 당신은 아무 말도, 아무것도 할 필요 없어. 제기랄, 이런 역할은 왜 맨날 나한테만 오냐고. 난 보통 의뢰인들 가운데 절반 정도한테는 물어보는 것 외엔 아무 말도 하지 말라고 하거든. 예상치 못한 얘기를 들을까봐."

하지만 만약 너태샤가 아이의 얘기를 좀 더 철저히 검토했다면 알리가 거짓말을 하는지도 모른다고 좀 더 일찍 생각했을 것이다. 만약 그랬다면 그 사건에서 손을 뗐을지도 모른다. 사실을 여러 측면에서 융통성 있게 바라보지 못할 때가 너무 많았다. 어쩌면 그 여자, 익명의 26세 여점원이 피해를 입지 않았을 수도 있었다. 그 부분을 너무 소홀히 여기고 지나가버렸다. 그래서 그 아이를 세상에 내보내고, 법정에 다시 나타날 사람은 아니라 여기며 런던 사회의 빈틈으로 몰아넣고 말았다.

런던에 오게 된 과정에 대해 거짓말을 했다면 다른 어떤 거짓말도 할 수 있는 아이로 보아야 했다.

코너는 등을 뒤로 기댄 채 와인을 길게 한 모금 마신 다음 말했다.

"이제 그만 잊어버려, 너태샤. 절망에 빠진 아이들은 재앙이 들끓는 지옥 같은 곳으로 돌아가지 않으려고 기를 쓸 수밖에 없어. 아무튼 그래서 뭐 어쩌겠다는 건데? 그냥 넘어가자고."

세간의 주목을 받는 중대한 사건을 맡을 때에도 코너는 믿기 어려울 정도로 낙관적인 자세를 취했다. 자신이 이기든 지든 그다지 중요하지 않다는 듯 법정 밖에서는 밝게 미소 지었다. 사람들과도 반갑게 인사를 나누었다. 그가 호주머니를 두드리며 말했다.

"한 잔 더 시킬까? 오늘은 주머니가 빌 때까지 마셔야겠어."

너태샤는 지갑을 확인하려고 가방을 뒤지다가 손가락에 무언가가 걸리는 것을 느꼈다. 꺼내보니 은색 말이 그려진 자그맣고 닳아빠진 부적이었다. 승소한 날 아침에 알리가 건네준 선물이었다. 가진 게 너무 없는 소년에게 다시 돌려줘야겠다고 생각해놓고 잊어버린 물건이었다. 실패를 떠올리게 해주는 물건이기도 했다. 오늘 아침에 맞닥뜨린 이상한 광경이 생각났다. 도시 근교에서 접하기 힘든 기이한 환영이었다.

"코너, 오늘 아침에 정말 이상한 걸 봤어."

기차가 리버풀 스트리트역을 지난 뒤 무슨 이유인지 모르겠으나 한 터널 안에서 15분 동안이나 멈춰 서 있어야 했다. 실내 온도가 급격히 상승해 승객들이 가만히 앉아 있지 못할 정도로 긴 시간이었다. 전화벨 소리를 감추려고 진을 빼고 있던 너태샤조차 칠흑같이 새카만 창밖을 멍하니 응시하며 아직 과거가 되지 못한 전남편을 생각하고 있었다.

너태샤가 주춤거리며 일어서려 할 때 드디어 열차가 귀에 거슬리는 끼익 소리를 내며 조금씩 앞으로 나아갔고, 잠시 후 환한 햇살을 볼 수 있었다. 그녀는 맥에 대한 상념을 떨쳐버렸고, 알리 아마디에 대해서도 더 이상 생각하지 않기로 했다. 그 아이는 이제 예전에 가졌던 이미지에서 맥 빠질 정도로 동떨어진 존재가 되어버렸다.

바로 그 순간에 그것을 보았다. 하지만 너무 빨리 스쳐 지나갔고 너무도 비현실적인 느낌이었다. 목덜미에 경련이 일 정도로 뒤를 돌아보았지만 그것이 뭔지 정확히 표현할 수가 없었다. 순식간에 지나가버렸고, 흐릿한 거리와 뒷마당, 지저분한 발코니와 군데군데 얼룩진 빨랫줄 등이 시야를 방해한 탓도 있었다.

기차에서 내려 희뿌연 도시 한복판에 들어온 후에도 오랫동안 그 광경은 하루 종일 머리에서 떠나지 않았다. 그때 창밖으로 고층 건물들 사이의 조용한 거리에 한 젊은 여자가 서 있는 모습이 보였다. 여자는 기다란 막대기를 쥐고 팔을 들어 올리고 있었는데, 뭔가 위협한다기보다는 지시하는 몸짓이었다.

놀랍게도 여자 앞에는 커다란 말이 뒷다리로 일어서는 진기한 풍경이 펼쳐지고 있었다. 말은 윤기 있고 탄탄한 근육이 돋보이는 엉덩이로 한동안 완벽한 균형을 유지했다.

너태샤는 들고 있던 목걸이를 가방에 떨어뜨리며 온몸에 전율이 이는 것을 느꼈다.

"방금 내가 한 말 들었어?"

"음, 뭐라고?"

코너는 신문을 읽고 있었다. 그는 이미 흥미를 잃은 듯했다.

너태샤는 그를 물끄러미 쳐다보다가 말했다.

"아무것도 아니야. 가서 술이나 더 가져올게."

# 2

그 말은 성질이 온순하고 어떤 손길에 익숙하며
사람들을 좋아한다는 점을 기억해두자. ······
말에게도 편안함을 느끼는 조건이 있다.

−크세노폰, 『기마술』

부는 런던 동부의 뒷골목에서 흔히 볼 수 있는 그런 말이 아니었다. 부
는 육중하지만 겁 많은 짐마차용 말도 아니었고, 목이 가늘고 잘록한
순종 페이스메이커도 아니었다. 페이스메이커가 슬쩍 이륜마차 쪽으로
물러나 속보로 걸으며 눈속임을 하면, 중앙분리대가 있는 대로에서 부
정한 경주가 가능하고 이때 돈뭉치가 불법적으로 오가곤 했다. 또한 부
는 승마학교에서 잘 훈련받은 일반 승마용 말도 아니었고, 통통하고 다
리가 짧고 검은색과 흰색이 뒤섞인 조랑말도 아니었으며, 지구력이 강
하지만 그다지 빨리 달리지는 못하는 노새도 아니었다.

　부는 셀 프랑세* 중에서도 뼈대가 굵은 순종이었다. 그래서 같은 품
종의 다른 말들에 비해 다리도 더 튼튼하고 등의 힘도 더 강했다. 부는

---

\* 어깨 높이 160센티미터의 프랑스산 경종마.

골격이 워낙 탄탄해서 절대 넘어지지 않을 것같아 보였다. 몸통이 짧아서 높이 뛰어오르는 데 유리했고, 개들처럼 성질이 온순해서 사람과의 친화력도 좋았다. 교통이 혼잡한 지역에서도 별로 동요하지 않았고, 무리 지어 다니는 것도 좋아했다. 하지만 쉽게 따분해하는 성격 때문에 할아버지는 부를 위해 마구간에 줄을 걸어 공을 주렁주렁 매달아놓기도 했다. 그것을 본 카우보이 존은 저 늙은이가 조만간 농구 경기에도 부를 데려갈지도 모르겠다며 투덜댔다.

사라와 같은 학교를 다니거나 그 지역에 사는 다른 아이들은 사소한 선물 포장용 종이나 비닐봉지에도 최고를 따졌고, 연예인처럼 옷을 차려입는 데 시간을 허비했으며, 교과서보다는 잡지책을 더 탐독했다. 하지만 사라는 그런 것에 아무 관심이 없었다. 안장에 앉아 깨끗한 가죽과 따뜻한 말의 익숙한 냄새를 들이마시면 모든 것을 잊어버렸다.

부를 타고 있으면 사라는 짜증스럽고 너저분하고 우울한 기분에서 해방될 수 있었다. 자기 반에서 가장 깡마른 여자애이고 그래서 브래지어를 착용할 필요도 없다는 점, 아무도 말을 걸지 않는 터키 여자애 르네와 자신만이 휴대전화와 컴퓨터가 없다는 사실을 잊을 수 있었다. 세상에 자신과 할아버지뿐인 듯한 외로움에서도 벗어날 수 있었다.

사라와 부 사이에 아무 문제가 없을 때 사라는 부의 위풍당당함과 에너지에 압도당하곤 했지만, 둘 사이의 소통이 원활하지 못할 때(예를 들면 사라의 마음이 학교에 가 있거나 갈증과 피로를 느낄 때) 부는 심술궂게 행동했다. 서로를 꿰뚫어보고 이해할 때, 부에게서 뿜어져 나오는 기운은 한없이 부드럽고 가슴이 뭉클할 정도였다.

할아버지는 말에 대해 잘 모르는 사람들에게 이렇게 얘기하곤 했다. 부는 트랙터 이후에 등장한 롤스로이스 같다고. 모든 게 섬세하게 조율

되어 어떤 것에도 즉각적인 반응을 보이는 우아한 생명체라고. 찰싹 때리거나 소리치지 않아도 차분하게 소통할 수 있고, 정서적 교감을 이루거나 의지를 공유할 수 있다고. 사라가 요청하면 부는 무엇이든 들어주었다. 엉덩이에 힘을 주고 커다란 머리를 가슴께로 숙이며 자신의 기운을 끌어모았다. 부의 유일한 한계는 사라 자신의 한계일 뿐이며, 이제껏 알았던 어떤 말보다 강인한 심장을 지녔다고 할아버지는 말했다.

하지만 항상 그랬던 것은 아니다. 사라의 팔에는 지금도 달 모양의 흉터가 두 개 남아 있다. 부가 문 자국이었다. 할아버지와 사라가 부의 나쁜 버릇을 고쳐주려고 혼을 내자 부는 고삐를 풀려고 몸부림쳤고, 눈물을 글썽이며 꼬리를 쳐든 채 공원을 가로질러 달려갔다. 그러자 공원에 있던 엄마들이 비명을 지르며 유모차를 끌고 혼비백산 달아났다. 할아버지는 부가 차에 치이지 않게 해달라고 프랑스 말로 크게 기도했고, 이후에도 그건 사라의 잘못이었다고 말한 적이 한두 번이 아니었다. 그때마다 사라는 아니라고 소리치고 싶었지만, 이제는 할아버지 말이 옳다는 생각도 들었다.

다른 동물에 비해 말들은 사람의 영향을 많이 받는다. 천성적으로 겁이나 걱정이 많고 성질도 까다로운 단점이 있지만 주변 사람들이 자신을 어떻게 대해주느냐에 따라 정직하고 민감하게 반응한다. 어린아이와 마찬가지로 상대에게 또 한 번 기회를 주는 것은 사랑받고 싶은 마음이 간절하기 때문이다. 개들이 두들겨 맞은 후에도 저항하지 않고 다시 주인에게 돌아가는 것과는 달리 말들은 토라지면 결코 쉽게 다가오게 놔두지 않는다. 그래서 할아버지는 부에게 절대 소리치지 않았다. 부가 십 대 애들처럼 말썽 부리고 제멋대로 행동하는 것처럼 보여도 결코 화를 내거나 실망감을 드러내지 않았다.

부는 이제 여덟 살이 되었다. 예절을 알 정도로 교육을 받았고 사뿐 사뿐 걸을 수 있을 정도로 영리했다. 사라가 이 혼란스러운 도시에서 휩쓸리지 않게 거리를 유지하고, 미래로 나아갈 수 있게 도와주었다.

카우보이 존이 빗자루에 기대선 채 공원 쪽을 지켜보고 있었다. 나무가 울창한 공원 모퉁이에서 사라가 작은 원을 그리며 꾸준히 말을 몰고 있었다. 그러다가 가끔씩 속도를 늦춰 칭찬을 하거나 말이 다리를 뻗칠 수 있게 해주었다. 사라는 모자를 쓰고 있지 않았는데, 좀처럼 하지 않던 행동이었다. 할아버지는 모자를 쓰지 않고 말에 오르는 것을 허락하지 않았기 때문이다. 햇살이 사라의 머리카락과 부의 엉덩이에 부딪혀 반짝 빛났다. 우편배달부가 자전거를 타고 지나가면서 뭐라고 소리치자 사라가 손을 들어 인사했다. 하지만 얼굴은 돌리지 않고 그대로 하던 일에 집중했다.

사라는 이 지역에 사는 애들과 달리 착실한 아이였다. 대부분의 아이들은 한산한 거리에서 말발굽이 갈라질 때까지 서로 경주를 벌이곤 했다. 그러고 나면 지칠 대로 지치고 땀에 젖은 말을 아무렇게나 마구간에 밀어 넣고는 다음 날 부모님이 방세를 가지고 올 거라는 말만 남긴 채 집으로 달아나버렸다. 그 애들은 어른들에게도 무례하게 굴었고 말 사료비를 담배를 사는 데 써버리곤 했다. 다만 공원 근처에서 기웃거리고 있을 때면 존이 다가가 담배를 빼앗으며 말했다.

"난 너희 폐를 걱정해서 이러는 게 아냐. 내 늙은 말들이 숯불구이가 되는 걸 두고 볼 수가 없어서야."

그러면서 담배를 깊게 빨곤 했다. 그날 몰수한 마지막 담뱃갑은 겨우 여덟 살밖에 안 된 아이한테서 나온 것이었다.

존은 사라 라샤펠이 담배를 피웠을 거라고는 생각하지 않았다. 사라의 할아버지인 캡틴은 말의 고삐를 바짝 조이듯 손녀를 엄격히 훈육했다. 늦게까지 밖에서 놀거나 술과 담배를 하거나 쓸데없이 길모퉁이를 서성거리지 못하게 했다. 그런데도 결코 짜증 한번 부리지 않는 걸 보면 사라를 제대로 가르친 듯했다.

하지만 사라의 엄마는 달랐다.

카우보이 존은 모자를 벗고 이마를 닦았다. 한낮의 열기는 이미 한참 전부터 낡은 가죽을 뚫고 피부로 스며들었다. 몰티즈 샐은 자신이 이 축사를 인계받는다 하더라도 달라질 건 없다고 호언장담했다. 캡틴의 말은 물론, 방세를 꼬박꼬박 내기만 한다면 누구의 말이든 안전하게 지낼 수 있을 거라고 했다. 지난 40년 동안 그래왔듯 앞으로도 훌륭한 마구간 역할을 하게 될 거라고 강조했다.

"난 기반이 필요해."

몰티즈는 끈질기게 얘기했다.

"여긴 우리 집에서 가깝고, 내 말들도 아주 편히 지내니까 말이야."

그는 이미 결정이 다 된 것처럼 말했다. 금방이라도 쓰러질 듯 노후했지만 이곳은 무엇을 사고팔든 유용한 활동무대가 될 것이다. 존은 무슨 말이라도 하고 싶었지만 몰티즈 같은 사람한테 쉽게 말을 뱉어서는 안 되었다. 특히 그가 어떤 제안을 할 때에는 더욱 신중해야 했다.

사실 카우보이 존은 몸과 마음이 지친 상태였다. 여기 재산을 정리하고 시골로 가서 살면 어떨까 자주 생각하는 편이었다. 작은 오두막과 말들이 풀을 뜯을 수 있는 한 구획의 땅만 있다면. 도시 생활은 갈수록 힘에 부쳤고 점점 더 노인네가 돼가고 있었다. 시의회를 상대로 싸우는 것도 지긋지긋했고, 술주정뱅이와 얼간이 들이 매일 밤 축사 입구에 던져 나뒹구는 병들을 줍는 일에도 진절머리가 났다. 그래도 동물들이 병을 밟고 다치지 않게 하려면 치워야 했다. 지불해야 할 돈을 내지 않으려는 아이들과 입씨름하는 일도 이제는 지쳤다. 시간이 흐를수록 초록빛깔 지평선을 바라보며 살고 싶다는 생각이 굴뚝같았다.

몰티즈는 이곳을 계속 축사로 유지하겠다고 약속했다. 게다가 상당한 금액의 돈을 주겠노라고 제안했다. 존이 노후의 꿈을 실현하기에 충분한 돈이었다. 하지만 여전히…… 그만한 돈과 평화로운 삶, 자신의 말들이 풀숲에서 꼬리를 흔들며 다니는 모습을 상상해도 그자한테 이곳을 넘겨주는 게 영 꺼림칙했다. 왠지 모르게 몰티즈가 지키지도 않을 약속을 하고 있다는 느낌을 지울 수가 없었다.


"생일 축하한다!"

열쇠로 문을 열고 아파트 안에 들어섰을 때, 할아버지가 말했다.

"감사해요!"

사라도 미소로 화답했다.

작년과 마찬가지로 식탁 위에 생일 케이크가 놓여 있을 거라고 생각했지만, 사라는 거실로 먼저 갔다. 할아버지가 텔레비전 앞에 서서 자리를 가리키며 말했다.

"여기! 앉아라, 어서."

그러고는 손녀의 양 볼에 키스했다. 제일 좋은 넥타이를 매고 있었다.

사라는 식탁 쪽을 돌아본 뒤 물었다.

"우리 차 안 마셔요?"

"피자 먼저 먹자. 그다음엔 네가 하고 싶은 대로 하렴."

할아버지가 준비한 메뉴를 가리키며 말했다. 테이크아웃 음식을 사먹는 경우는 드물었다.

"그다음은 또 뭐예요?"

사라는 가방을 내려놓고 신이 나서 소파에 앉았다. 할아버지는 기분이 아주 좋은지 입가를 씰룩거리며 웃어 보이기까지 했다. 이런 모습을 마지막으로 본 게 언제였는지도 기억이 나지 않았다. 4년 전에 할머니가 돌아가시고 난 뒤 할아버지는 부가 올 때를 제외하고는 자기 안으로만 은둔했다. 사라는 할아버지가 누구보다 손녀를 사랑한다는 사실을 잘 알았다. 할아버지의 사랑은 텔레비전에 나오는 것과는 달랐다. 사랑한다는 말을 해준 적도 없었고, 사라가 무슨 생각을 하는지 묻지도 않았다. 다만 잘 먹고 잘 씻고 있는지, 숙제를 게을리하지는 않는지 살폈고, 돈을 아껴 쓰거나 물건을 수리하는 일, 기마술 등 현실적인 여러 문제에 대해 조언해주었다. 두 사람은 이미 오래전에 빨래를 비롯한 집안일을 익혔고 매주 생필품을 가장 싸게 사는 방법도 알아냈다. 사라가 슬픔에 빠져 있으면 할아버지는 손녀의 어깨에 손을 얹고 균형감을 잃지 말라고 말해주었으며, 들떠 있으면 차분해질 때까지 기다려주었다. 사라가 잘못을 저지르면 퉁명스러운 목소리와 탐탁잖은 눈길로 불만을 드러냈다. 한마디로 할아버지는 말을 다루듯 사라를 대했다.

"먼저 볼 게 있다."

할아버지가 말했다.

할아버지의 시선이 머문 곳에 DVD 플레이어가 있었다. 아침까지만 해도 없던 물건이었다.

"이거 DVD 플레이어예요?"

사라는 무릎을 꿇고 반짝거리는 금속 표면을 손가락으로 더듬었다.

"새것은 아니야."

할아버지는 약간 미안해하며 대답했다.

"그래도 나무랄 데는 없단다. 훔친 물건도 아니고. 중고품 정리하는 데서 사온 거란다."

"우리도 이젠 뭐든 볼 수 있는 거죠?"

사라는 신이 나서 소리쳤다. 학교 친구들처럼 영화를 빌려볼 수 있게 되었다. 영화 얘기를 할 때마다 사라는 항상 몇 년은 뒤처져 있었다.

"그럼, 뭐든 볼 수 있지. 그리고 곧 흥미진진한 걸 보게 될 거다. 그 전에 먼저……."

할아버지는 뒤쪽에 놓여 있던 병을 집어 들고 요란한 소리와 함께 뚜껑을 딴 뒤 잔에 와인을 따랐다.

"열네 살이네? 와인을 좀 마셔도 될 나이지."

할아버지는 고개를 끄덕이며 손녀에게 잔을 건네주었다.

시큼한 맛이 별로였지만 사라는 티를 내지 않으려고 애썼다. 콜라 맛이 더 좋았지만 괜히 그런 말로 이 순간을 망치고 싶지는 않았다.

할아버지는 만족한 표정으로 안경을 고쳐 쓰고 리모컨을 들여다보았다. 미리 낮에 연습해둔 듯 제법 익숙한 손놀림으로 버튼을 눌렀다. 텔레비전 화면이 몇 번 깜박거리다가 켜졌다. 할아버지도 사라 옆 소파에 자리를 잡고 앉았다. 무너질 것처럼 쿠션이 푹 꺼졌지만 흐트러지지 않은 자세로 술잔을 기울였다. 사라는 할아버지의 얼굴을 힐끗 쳐다봤다. 설레는 마음으로 어깨에 머리를 기댔다.

클래식 음악이 흘러나오기 시작했다. 그러더니 하얀 말이 화면을 가로지르며 뛰어다녔다.

"이게 뭐……?"

"카드르 누아르 승마학교란다."

할아버지가 가르쳐주었다.

"이제 우리 목표가 뭔지 알게 될 거다."

말에 대해 좀 아는 사람들조차 카드르 누아르를 들어본 경우는 드물었다. 그 학교는 프랑스 엘리트 기수들이 다니는, 1,700년대부터 존재해온 불가사의한 조직으로, 지금은 사람들의 기억에서 희미해지고 있었다. 이 학교에서 주로 이루어지는 논쟁은 크루파드나 르바드 같은 오랜 역사를 자랑하는 동작들을 수행할 때 말의 뒷다리를 정확히 어떤 각도로 올려야 하는지 정도였고, 기수들은 모두 예부터 내려온 검은색 제복을 입었다. 카드르 누아르는 현재 1년에 한두 명만 신입생을 받았다. 게다가 영리를 목적으로 하지 않았고, 일반 대중에게 그들의 기술과 지식을 전하려는 목적도 없었다. 보통 사람들은 알기도 힘든 분야에서 오로지 최고의 기술만을 추구했다. 대부분은 이런 조직이 시의적절한가 의문을 제기할 수도 있겠지만, 경이로울 정도로 민첩하고 아름다운 광경을 보면 깊은 감동을 받지 않을 수 없을 것이다. 어두운 제복을 입은 기수들을 태운 말들은 완벽한 대칭과 조화로 대열을 이루거나 기묘하게 춤을 추는 것 같은 스텝을 밟고 중력을 거스르는 듯한 놀라운 도약을 수행했다. 말을 특별히 좋아하지 않더라도, 프랑스 사람이 아니더라도 그런 조직이 아직까지 존재한다는 사실에 감탄할 것이다.

사라는 40분짜리 영상을 묵묵히 지켜보았다. 그리고 완전히 넋을 잃고 말았다. 부에게 달려가 지금까지 본 것들을 시험해보고 싶었다. 이 정도는 할 수 있으리라 믿었다. 부는 영상에 나오는 말들보다 결코 못하지 않았다. 부를 타보았기에 사라는 누구보다 그 점을 잘 알았다. 영상을 보고 있을 때에도 사라의 손과 발은 연신 씰룩거렸다. 마치 자신이 화면 속의 말을 몰고 고대 그리스 시대부터 이어져 내려온 동작들을 직접 연기하는 것 같았다.

사라가 혼자 말을 타고 연습하는 공간은 역사적인 도시의 훌륭한 궁전이 아니라 쓰레기가 여기저기 나뒹구는 지저분한 공원이었다. 사라가 입은 옷은 금빛 수술이 달린 검은색 제복과 챙 달린 모자가 아니라 청바지와 티셔츠가 전부였다. 그래도 사라는 영상에서 본 남자 기수들이 어떤 기분이었을지 알 것 같았다. 말과 교감하면서 임무를 완수하느라 잔뜩 긴장했을 텐데, 오랫동안 카메라를 들이대고 있었으니 말이다. 그 밖에도 사라는 학교 친구들과는 공유해본 적이 없는 연대감을 느꼈다. 지금까지 할아버지한테 배운 모든 것이 딱 들어맞는다는 기분이 들었다. 할아버지는 저들이 수년 동안 훈련을 거듭해온 사실도 알려주었다. 이제 사라는 할아버지가 목표로 삼는 게 무엇인지 알 것 같았다. 바로 카프리올이었다. 말이 수행하기에 가장 복잡하고 까다롭고 아름다운 동작. 네 다리를 동시에 떼어 발레리나처럼 우아하게 도약해야 하고, 깃털처럼 가볍게 몸을 들어 올려서 중력의 법칙을 비웃기라도 하듯 뒷다리를 걷어차며 공중 부양해야 했다. 오싹함과 함께 경외감이 솟을 정도로 아름다운 동작이었다.

그동안 프랑스 학교에 대한 얘기를 꾸준히 들어왔지만 그때마다 어떤 생각을 했는지 뚜렷하게 기억나지는 않았다. 그냥 막연했다고 할까? 할아버지가 무슨 말을 들려주든 카우보이 존의 축사와 공원 훈련이라는 현실을 할아버지가 말하는 미래로 바꿀 방법은 없었다. 다큐멘터리가 끝나고 올라가는 크레디트 화면을 보면서 DVD 영상이 할아버지가 원하는 목표에 역효과만 불러일으킨 게 아닌가 생각이 들었다. 할아버지가 실현하기 힘든 꿈을 꾸고 있다는 사실만 확인했을 뿐이다.

그런 생각을 하자 사라는 마음이 불편했다. 괜히 미안한 생각도 들어 할아버지를 힐끗 돌아보았다. 그러면서도 자신의 생각이 뻔히 들여다보이는 건 아닌지 걱정이 되었다. 할아버지는 여전히 화면을 응시하고 있었다. 그때 한 줄기 눈물이 볼을 타고 흘러내렸다.

"할아버지?"

사라가 물었다. 할아버지는 턱에 힘을 주었다. 잠시 후 마음을 가라앉힌 듯한 목소리로 말했다.

"사라, 네가 벗어날 방법은 이 길뿐이야."

무엇을 벗어난다는 거지? 사라는 지금의 생활이 할아버지가 걱정한 것만큼 나쁘다고 여긴 적이 없었다.

"내가 너를 위해 해줄 수 있는 건 이것밖에 없다."

사라는 침을 꿀꺽 삼켰다.

할아버지는 DVD를 들어 올리며 말을 이었다.

"소뮈르의 옛 친구 자크 바르쥐한테서 편지 한 통을 받았다. 카드르누아르에서도 이제 여자 둘을 받는다는구나. 지난 수백 년 동안 여자를 뽑거나 고려해본 적이 없었지. 근데 이제 뽑는다는구나. 군대를 다녀올 필요는 없어. 그냥 실력을 보여주면 돼. 이번이 기회야, 사라."

할아버지가 너무 힘주어 말하는 바람에 사라는 약간 움츠러들었다.

"넌 능력을 타고났으니 훈련을 받을 필요가 있어. 난 네가 인생을 허비하는 걸 원치 않는다. 네가 여기 남아 얼간이들과 어울리는 걸 보고 싶지 않구나. 그러면 결국 이 근방에서 유모차나 밀고 다닐 게 뻔해."

할아버지가 말을 마치며 창문 너머 주차장 쪽을 가리켰다.

"하지만 전······."

할아버지가 손을 들어 올리며 말을 가로챘다.

"이것밖에는 네게 줄 게 없단다. 내 지식과 노력."

그러더니 환한 미소와 함께 부드러운 목소리로 덧붙였다.

"검은 제복을 입은 우리 손녀, 어? 카드르 누아르의 여성 기수."

사라는 말없이 고개만 끄덕였다. 할아버지는 결코 감정을 쉽게 드러내는 편이 아니었지만 지금은 왠지 쓸쓸하고 회한에 가득 차 있는 것처럼 보였다. 아무래도 와인 탓인 듯했다. 평소엔 거의 술을 마시지 않았는데, 모처럼 마신 와인이 감정을 자극한 것 같았다. 사라는 술병을 만지작거리며 할아버지와 눈을 마주치지 않은 채 말했다.

"좋은 선물이었어요."

할아버지가 무거운 다리를 끌고 사라에게 다가왔다. 어느 정도 감정을 추스른 것처럼 보였다.

"아니야! 이게 다가 아니야. 두 번째 선물이 궁금하지 않니?"

사라가 안도하며 활짝 웃었다.

"피자?"

"에이, 고작 피자라니! 아니야. 자, 여기."

할아버지가 봉투 하나를 꺼내 손녀에게 건넸다.

"이게 뭐예요?"

할아버지는 확인해보라는 듯 고개를 끄덕였다.

사라는 봉투를 열고 내용물을 살폈다. 봉투를 만지작거리던 손길이 뚝 멈췄다. 티켓 네 장이었다. 두 장은 페리 티켓이었고, 나머지 두 장은 카드르 누아르 공연 티켓이었다.

"바르쥐가 보내주었단다. 11월에 여행을 떠나자."

사라는 한 번도 해외로 나간 적이 없었다. 할머니가 살아 있었을 때조차도.

"우리 프랑스로 가나요?"

"네겐 새로운 세상을 만날 시간이고 내겐 돌아갈 시간이지. 내 친구 바르쥐가 이제 '위대한 신'이 되었단다. 그게 뭔지 아니? 카드르 누아르에서 가장 중요하고 가장 경험이 많은 기수라고 할 수 있지. 프랑스 전체에서는 아니지만."

사라는 한 장짜리 인쇄물을 들여다보았다. 검은 옷을 입은 기수들과 윤기 있게 빛나는 말들이 보였다.

할아버지는 새로운 열정이 솟는 것처럼 보였다.

"여권 신청서에 벌써 다 적어놓았단다. 네 사진만 있으면 돼."

"그런데 이런 걸 다 어떻게 마련했어요?"

"몇 가지 물건을 좀 팔았지. 걱정할 필요는 없다. 행복하지? 생일 선물로 만족하지?"

그때 사라는 할아버지 팔목에 손목시계가 없다는 사실을 알아챘다. 할머니한테 결혼 선물로 받은 론진 시계였다. 너무 소중해서 사라가 어릴 때에는 만지지도 못하게 했던 물건이었다. 물어보고 싶었지만 말이 목구멍에 걸려 나오지 않았다.

"사라?"

사라는 할아버지의 품으로, 해진 점퍼 안으로 뛰어들었다. 말이 영 나오지 않으려 해서 고맙다는 말조차 할 수 없었기 때문이다.

# 3

격정이나 분노, 조바심이나 두려움 같은 감정 상태에 있다면
말을 다루어서는 안 된다. ……말과의 효과적인 소통을 원한다면
불안정한 감정을 최대한 배제하는 것이 좋다.

―크세노폰, 『기마술』

결혼에 대해 이성적으로 생각할 수 있었던 시기만 해도 너태샤는 자신
의 결혼이 왼손에서 시작해 오른손으로 끝났다고 자조 섞인 농담을 하
곤 했다. 손가락들이 그런 재앙을 초래할 줄은 미처 몰랐다며 썰렁한
유머까지 덧붙였다.

아이러니한 사실은 막상 맥이 떠난 후부터는 너태샤와 코너가 키스
조차 하지 않았다는 점이다. 그럴 만한 기회가 부족했다고 말할 수만은
없었다. 너태샤의 결혼 생활이 점점 더 악화될 무렵, 코너와 함께 점심
을 먹고 가벼운 농담을 주고받는 시간들이 위안이 되었을 때에는 코너
자신도 그녀에 대한 감정을 분명히 밝혔다.

"쭉정이만 남은 노인네 같아. 봐줄 수가 없네."

코너는 특유의 화법으로 말했다. 그가 너태샤의 어깨에 손을 얹으면
그녀는 매번 손을 치우곤 했다.

"당신도 생활을 정리할 필요가 있어."

"당신처럼 끝내라고?"

악명 높았던 그의 이혼은 사무실에서도 전설로 남아 있었다.

"심한 고통이 따르긴 하지. 그래도 곧 익숙해질 거야."

그의 처지를 고려하면 코너야말로 그녀가 현재 겪고 있는 상황을 누구보다 잘 이해할 수 있는 사람임에는 틀림없었다.

부모 세대에서 결혼 생활이 종지부를 찍는 경우는 대부분 죽음이나 불행한 사고, 노골적이고 반복적인 부정행위에 직면할 때였다. 상처가 견디기 힘들 정도로 깊어지고 부수적인 피해 역시 심각한 수준에 이르면 파경을 맞았다. 너태샤의 결혼 생활처럼 서서히 무너지거나 관리를 소홀히 해서 벌어진 일과는 달랐다. 지난 몇 달 동안 너태샤는 자신이 결혼을 하기는 한 건지 의문이 들었다. 남편은 정서적으로나 물리적으로 결혼이라는 틀을 벗어나 있을 때가 많았다. 해외 출장이 점점 더 잦아졌다. 집에 있을 때조차 대화는 악의적인 언쟁으로 끝나버리기 일쑤였다. 두 사람은 상처를 주고받거나 또다시 거부당하는 일을 두려워했고, 서로를 상대하지 않는 쉬운 길을 선택했다.

"가스 요금 청구서가 있네."

남편은 이런 식으로 말하곤 했다.

"나더러 내라고 하는 거야, 아니면 자기가 내겠다고 말하는 거야?"

"난 단지 당신이 확인하고 싶어할 것 같아서."

"왜? 당신은 이 집에 진짜 사는 게 아니니까? 좀 깎아달라는 건가?"

"바보 같은 소리 좀 하지 마."

"그럼 자기가 그냥 내면 될 거 아냐, 내 책임이란 식으로 말하지 말고. 아, 참, 카트리나한테서 또 전화가 왔어. 알지, 가슴 성형을 한 스물

한 살짜리 여자애. 당신이 '매키'라고 부르는."

너태샤의 목소리가 가느다랗게 떨려 나왔다.

이번에도 남편은 문을 쾅 닫고 다른 데로 가버렸다.

두 사람은 7년 전에 바르셀로나로 향하는 비행기 안에서 만났다. 너태샤는 변호사 자격증을 딴 누군가를 축하할 겸 로스쿨 동기들과 함께 길을 나선 참이었다. 맥은 짧은 휴가를 마치고 나서 부주의하게 친구의 아파트에 놓고 나온 카메라를 찾으러 가는 길이었다. 그 실수를 혼란스럽고 건전하지 못한 맥의 생활 방식을 보여주는 경고로 받아들였어야 했다. 하지만 당시에는 짧은 머리에 카키색 재킷을 입은 멋있는 남자 옆에 앉았다는 행운 외엔 다른 생각을 하지 못했다. 그는 농담에도 잘 웃어주었고 너태샤가 하는 일에 대해서도 매우 궁금해했다.

"그래서 지금은 어떤 일을 하고 있는 건가요?"

"법률 자문과 변론을 겸하는 변호사예요. 대체로 제 의뢰인들을 대변하는 일을 하죠. 전문 분야는 아동문제고요."

"청소년 범죄자?"

"보호가 필요한 아이들이죠. 아이들에게 유리한 걸 찾다보면 이혼도 다루게 되고요. 1989년에 제정된 아동법 덕분에 대두된 분야죠."

너태샤는 지금도 여전히 부모의 이혼으로 피해를 입은 아이들 문제를 해결하기 위해 노력하고 있고, 지역 당국과 이민국에게 임시 거처를 제공해줄 것을 강력히 요청하고 있다. 피해가 심각한 경우에는 학대받은 곳으로 다시 돌아가는 악순환에 빠지지 않도록 아이들에게 새로운 위탁 시설을 얻어주는 적극적인 방법을 시도하기도 했다. 다만 이런 방법을 남발하지 않으려고 주의했다. 어쨌든 개선된 삶을 사는 아이들이 조금이라도 생긴다면 그걸로 충분하다고 생각했다.

맥은 그런 너태샤를 좋아했다. 자기 분야의 사람들과는 달리 의미 있는 삶을 산다고 추켜세웠다. 바르셀로나 공항에 내려서 정중하게 작별 인사를 건네자, 마중 나온 그의 여자 친구가 어두운 표정을 지으며 토라지는 듯했다. 그런데 여섯 시간도 채 지나지 않아 맥은 여자 친구를 버리고 너태샤한테 전화를 걸어 런던에서 데이트를 즐겨도 되는지 물었다. 너태샤는 그의 여자 친구한테 미안한 생각이 들었다. 그는 아무렇지도 않게 쾌활한 목소리로 덧붙였다. 심각한 사이는 아니었다고. 하긴 맥에게 심각한 일 따위는 없었을 것이다.

둘의 결혼은 전적으로 너태샤에게 책임이 있었다. 맥에게 결혼은 막연히 같이 사는 일 이상의 의미는 없었다. 너태샤는 자신이 결혼을 원한다는 사실을 깨닫고 약간 놀랐다. 영원한 것을 느끼고 싶었고 그들 관계에서 물음표를 제거하고 싶었다. 프러포즈는 따로 없었다.

"그게 당신한테 그렇게 중요하다면 해주지, 뭐."

어느 날 오후 맥은 너태샤와 다리를 휘감은 채 누워 있다가 말했다.

"대신에 준비는 당신이 해줘."

참가만 하겠다는 뜻이었다. 이것이 결혼을 하게 된 과정이었다.

결혼 초기에는 크게 신경 쓰지 않았다. 맥이 농담 삼아 말한 것처럼 너태샤는 만사를 통제하려는 경향이 있었고 스스로도 잘 알았다. 정신 없이 바쁘게 돌아가는 생활에 규제를 두려는 자신만의 방식이었고, 북적거리는 가정환경에서 성장한 탓이기도 했다. 너태샤와 맥은 서로의 약점을 잘 알았다. 그것에 대해 서로 놀리기도 했다. 그러다가 양쪽 다 원하면서도 미처 몰랐던 아기 문제로 둘 사이에 금이 가기 시작했고, 어느새 깊은 골이 생기게 되었다.

너태샤가 아기를 유산한 시기는 임신 사실을 알고 나서 일주일밖에 지나지 않았을 때였다. 그녀는 생리일을 꼬박꼬박 적어두었는데, 다음 예정일이 한참 지났는데도 생리가 나오지 않았고 예정일을 넘긴 시간으로 보아 임신이 아니랄 수 없는 상황이었다. 처음에 맥은 꽤 충격을 받은 눈치였고, 너태샤 역시 비슷한 심정이었으므로 그에게 화를 낼 수는 없었다.

"이제 어떻게 하지?"

너태샤가 손에 임신 테스트기를 들고 물었다. 마음속으로는 어떤 대답을 들어도 남편을 미워하지 말자고 다짐하면서.

맥이 머리를 긁적이며 대답했다.

"글쎄, 잘 모르겠지만 난 당신이 원하는 대로 할게."

하지만 두 사람이 그 문제를 깊이 생각해볼 사이도 없이 분화도 제대로 안 된 태아는 스스로 결정을 내리고 사라져버렸다.

너태샤는 슬픔으로 넋을 잃었고, 한동안 마음을 추스르기 힘들었다.

그녀가 솔직한 심정을 털어놓은 후 두 사람은 내년에 다시 아기를 갖기로 합의했다.

"올해는 며칠이라도 휴가를 가져보자. 또 좋은 일이 있을 거야."

그러고 나자 기대와 흥분으로 마음이 설레기까지 했다. 앞으로 아기가 생기면 둘 다 엄마, 아빠 역할을 잘 수행할 수 있을 것 같았다.

바로 그 무렵에 너태샤는 데이비슨 브리스코의 자리를 제안받았다. 두 사람은 1년 후에 아기를 갖는 게 좋을 것 같다고 의견 일치를 보았다. 그런 다음 이즐링턴에 집을 사고 집수리를 시작하느라 또다시 1년을 연기하기로 했다. 그해에 두 가지 변화가 있었다. 맥의 일이 지지부진 풀리지 않은 데 반해 너태샤는 승승장구했다. 몇 달 동안이나 둘은 거의 보지도 못하고 지냈다. 어쩌다 마주쳐도 너태샤는 조심조심 걸어

다니며 남편의 심기를 건드리지 않으려고 애썼다. 그러다가 정말 예상치 못하게 다시 임신이 되었다.

시간이 한참 지난 후에, 맥은 너태샤가 코너 브리스코와 함께 그 일을 시작하기 전부터 이미 자신에게 문을 걸어 잠갔다고 비난했다. 그녀는 부인할 수 없었기에 아무 말도 하지 않았다. 하지만 말하지 않을 권리도 있는 법이다. 4년 동안 세 번이나 아기를 가졌지만 매번 초기를 넘기지 못하고 유산이 되었다. 의사는 너태샤가 무슨 큰일이라도 해낸 듯 정밀 검사를 받을 '자격'에 대해 운운했다. 하지만 영 마음이 내키지 않았다. 누군가 몸에 손을 대는 것도 싫었고, 암울했던 시간을 되돌아보는 것도 싫었다. 예상 가능한 문제를 확인하고 싶지도 않았다.

분노와 설움에 빠진 아내를 위로해줄 거라 믿었던 맥은 쉽게 물러나버렸다. 그는 더 이상 아내의 고통에 대응할 자신이 없는 것 같았다. 일주일 동안 눈물 콧물이 범벅된 얼굴로 침대에서 일어나지도 않고 텔레비전에 아기만 나와도 울음을 터뜨리는 너태샤를 못 견뎌했다.

너태샤가 어느 정도 기운을 차리고 나니 남편에 대한 배신감을 느끼지 않을 수 없었다. 자신이 필요로 할 때 남편은 함께 있어주지 않았다. 물론 시간이 한참 지난 후에는 남편 역시 마음고생이 심했을 거라는 생각이 들었지만, 당시에는 그럴 여유가 없었다. 남편이 고통을 호소하는 자신에게 소리를 지르며 다른 일을 하러 나갔다는 서운함과 함께 자신은 뭔가를 해달라고 계속 조르기만 한다는 자괴감이 들어 괴로웠다. 두 사람은 더 이상 잠자리도 하지 않았다. 남편에 대한 분노를 삭이지 못한 너태샤는 냉정하게 결심하고 행동했다.

그러는 동안에도 줄곧 여자들의 전화가 끊이지 않았다. 슬라브어 억양을 가진 요염한 목소리의 여자들 혹은 몹시 화가 난 듯한 목소리로 무례하게 말하는 십 대들의 전화도 받았다. 그는 이렇게 대응했다.

"그저 일일 뿐이야. 그게 내 주 수입원인 거 몰라? 나도 그런 일은 좋아하지 않아."

둘 사이는 더 이상 친밀하지 않았다. 너태샤는 무엇을 믿어야 할지 몰랐다. 다행히 그녀 옆에는 코너가 있었다. 법조계의 브레인인 코너는 이미 실패를 경험한 후이기 때문에 불행한 결혼 생활이 주는 스트레스를 누구보다 잘 알았다. 코너는 이렇게 말했다.

"내 경우는 계속되는 부정행위가 문제였지. 어떤 여자들은 지나치게 불합리하거든."

너태샤는 쾌활한 얼굴 뒤에 숨은 고통을 볼 수 있었고, 자기도 모르게 거기에 끌리고 있다는 것을 느꼈다.

너태샤는 코너와 함께 점심을 먹는 횟수가 잦아졌고, 회사 사람들도 수상한 기운을 느끼는 듯했다. 일이 끝나면 같이 술을 마시러 가기도 했다. 맥이 옆에 있는 것도 아닌데, 뭐가 나빠? 코너와 연애 좀 하는 게 부정도 아니라는 생각이 들었다. 맥은 지금도 멋진 장소에서 누군가와 연애질을 하고 있을지도 모른다. 그런데도 어느 날 코너가 탁자 너머로 가벼운 입맞춤을 하자 너태샤는 자기도 모르게 몸을 움츠렸다.

"난 아직 유부녀야, 코너."

말은 그렇게 했지만 그럴 필요가 있었나 싶기도 했다.

"뭔가 해보려는 외로운 영혼을 나무라면 안 돼."

그러면서 코너는 다음 날에도 그녀를 데리고 점심을 먹으러 나갔다.

오래 지나지 않아 너태샤는 코너에게 의지하게 되었고, 별다른 양심의 가책도 느끼지 않았다. 코너와 다정하게 지내든 말든 맥에게는 중요한 문제도 아닌 것 같았다. 두 사람은 더 이상 언쟁을 벌이지도 않았다. 같은 공간에 살 뿐 가끔씩 건조한 질문이나 반박이 오가는 게 전부였다. 물론 보이지 않는 곳에 들끓고 있던 화가 어느 순간 갑자기 분출돼 나오기도 했다. 그러면 남편은 돌아서서 문을 쾅 닫고 나가버렸다.

그 파티는 원래 집수리를 마친 걸 축하하기 위해 오래전부터 계획되어 있던 것이었다. 먼지막이 커버와 석고 보드를 떼어내고 아름다운 외관으로 탈바꿈한 집을 자랑하기 위한 것이었다. 그 무렵 너태샤는 별로 축하할 일도 아닌 것 같아 파티를 열고 싶지 않았다. 하지만 파티를 취소하면 또 무슨 소리를 들을지 몰라 어쩔 수 없이 따랐다.

정원에는 출장 뷔페 직원들이 분주히 오갔고 4인조 밴드도 차례를 기다리고 있었다. 언뜻 보면 너태샤와 맥은 행복한 부부로 비쳐질지도 몰랐다. 날씬한 영양 같은 모델들을 대동한 사진작가들과 너태샤의 법조계 친구들이 한데 어울려 즐겼고, 이들의 웃음소리가 높은 담장 위로 퍼져나갔다. 그녀는 이 자리를 인적 네트워크 형성의 기회로 활용해야 한다는 것을 잘 알았다. 이토록 크고 말쑥한 집에 살고 있다는 사실이 어색하고 생소했지만 여기 모인 손님들이 자신에게 해를 주는 것도 아니었다. 샴페인이 터지고 음악이 흘렀으며 런던 하늘에서 내리쬐는 햇빛이 정원에 세워놓은 차양 속으로 은은하게 스며들었다.

하지만 너태샤는 기분이 몹시 우울했다.

맥은 거의 그날 내내 너태샤를 외면했다. 등을 돌린 채 서서 그녀가 모르는 사람들과 어울리며 떠들썩하게 웃었다. 그가 초대한 여자들은 모두 키가 180센티미터도 넘는 것 같았다. 너태샤는 쓸쓸한 마음으로 그들을 지켜보았다. 조금 특이할 뿐 별것 아닌 옷들조차 그들이 입으니 세련되고 섹시해 보였다. 반면에 너태샤는 다림질할 시간이 없어서 입고 싶었던 옷 대신에 무난한 상의와 스커트를 입었는데, 왠지 모르게 촌스럽다는 느낌을 지울 수가 없었다. 맥은 빈말이라도 멋져 보인다는 말 한마디 없었다. 사실 외모에 대한 언급을 하지 않은 지는 오래였다.

너태샤는 돌계단에 서서 맥을 바라보았다. 둘의 관계를 회복하기엔 늦어버린 걸까? 관계를 회복할 만한 게 남아 있기나 한 걸까? 그때 맥은 키 큰 여자에게 귓속말을 했고, 여자의 눈이 가늘어지며 장난기 어린 미소가 번졌다. 과연 저 남자가 속삭인 말은 무엇일까?

그때 옆에서 누군가 말을 걸었다.

"자, 자, 속이 너무 빤히 들여다보이는군. 가서 술이나 한잔하자고."

코너였다. 너태샤는 그의 손에 이끌려 파티가 열린 정원으로 내려갔다. 그녀의 얼굴에도 다시 미소가 피어났다.

"괜찮아?"

차양 한쪽 구석에 왔을 때 코너가 물었다.

너태샤는 잠자코 고개만 끄덕였다.

코너의 눈이 그녀의 눈에 머물렀다. 웬일인지 농담도 건네지 않았다.

"마르가리타가 만병통치약이야."

그러고는 바텐더를 불러 세워 네 잔을 만들어달라고 부탁했다. 너태샤가 싫다고 하는데도 그는 막무가내로 두 잔을 연달아 마시게 했다.

"와우."

감탄사를 낸 지 몇 분도 되지 않아 너태샤는 코너의 팔에 매달렸다.

"도대체 뭐야?"

"긴장을 풀어준 거지. 사람들이 수군거리는 게 싫은 거잖아. '저 여자 무슨 문제 있어?'라고 여기 모인 사람들이 중얼거리는 게."

"코너, 뭘 어떻게 한 거야?"

너태샤가 키득거리며 말했다.

"70퍼센트는 회복된 기분이야."

"너태샤 마르가리타. 왠지 사랑스러운 느낌 아니야? 한 바퀴 돌자."

걸을 때마다 힐 굽이 자꾸만 잔디에 박혔고, 박힌 굽을 빼내며 걷느라 몸이 휘청거렸다. 코너가 팔을 잡아주자 너태샤도 고맙게 받아들였다. 두 사람은 잘 아는 변호사들이 모여 있는 곳으로 걸음을 옮겼다.

코너가 얼버무리며 대화에 끼어들었다.

"대니얼 휴이슨이 지난달 사창가에서 포착된 사실을 다들 알고 있나요? 지금 무슨 생각을 하든 말하지 마세요. '당신도 사창가에 있었다고 들었는데.' 지금 다들 이런 생각을 하고 있는 거죠?"

"코너!"

너태샤가 그의 팔에 매달린 채 중얼거렸다.

"이제 좀 괜찮아?"

"내 옆에 있어. 당신한테 기대야 하니까."

"언제든, 필요하다면."

코너가 쾌활하게 인사하고는 무리를 빠져나왔다. 너태샤는 사람들의 말소리가 희미하게만 들려왔다. 술기운이 온몸으로 퍼지면서 마르가리타의 효과가 점점 더 커지는 듯했다. 하지만 코너가 곁에 있으므로 너태샤는 크게 신경 쓰지 않았다. 그가 옆에 있다는 사실 외에 다른 것은 생각하지 않기로 했다. 재미있는 농담에는 웃었고 주변 사람들에게도 고개를 끄덕이며 미소를 지었다. 구두 굽이 다시 박히는 순간 너태샤는 머리가 핑 돌면서 비틀거렸고, 코너에게 풀썩 몸을 기대었다. 정원이 너무 혼잡해서 그런 광경은 전혀 문제가 되지 않았다. 그쪽에 있던 사람들은 대부분 서로 어깨를 맞대고 있었기 때문이다. 코너가 손을 뻗어 휘청거리는 그녀의 등을 받쳐주었을 때 너태샤는 그의 손가락을 잡으며 고마움을 표시했다. 그는 바보짓을 하려는 자신을 구해주었다. 받아들이기 어려운 일도 아니었고, 어찌 보면 자연스러운 진전이었다. 갑자기 목덜미가 화끈거렸다. 햇살 때문만은 아니었을 것이다.

고개를 돌리니 대충 6미터쯤 떨어진 곳에 맥이 서 있는 게 보였다. 그는 너태샤의 손을 바라보고 있었다. 얼굴이 상기된 채 불안정한 자세를 취하고 있던 그녀는 얼른 코너의 손에서 몸을 뺐다. 곧바로 자책감이 밀려오면서 최악의 상황을 만든 게 아닌가 하는 후회가 밀려들었다. 하지만 일은 이미 벌어졌다.

맥의 표정이 말해주고 있었다. 그의 마음이 떠나버린 사실을. 어쩌면 이미 오래전 일인지도 모르겠지만.


"조만간 머리 좀 하셔야겠어요."

린다가 뒤에서 말했다. 컴퓨터 화면을 통해 비서의 입술이 아래로 처지는 것이 보였다. 너태샤는 사무실에서 쓰던 수건으로 진갈색 머리를 질끈 묶고 있었다.

"시간 없어."

너태샤가 앞에 놓인 파일 더미로 다가앉으며 말했다. 이어서 코끝에 안경을 걸친 채 양말만 신은 발을 책상에 올렸다.

"이 서류들을 다 훑어봐야 해. 법원 제출 마감이 2시야."

"하지만 밝은 부분이 다 자라 나왔어요. 얼른 손봐야 할 것 같은데."

"자기가 좀 해줄 수 없나?"

"몇 년 동안 다른 사람 염색은 해본 적이 없어요. 특히 이런 점심시간엔 안 해요. 돈 잘 버시잖아요. 제대로 받으세요. 유명한 미용실에서."

그렇게 말하면서 린다는 머리카락 한 올을 집어 뽑았다.

너태샤가 씩씩거리며 말했다.

"악몽 중의 악몽이야."

"변호사님은 맘만 먹으면 성공할 수 있잖아요. 이런 거 안 해도."

"꼭 우리 부모님처럼 말하네. 마실 차 좀 없나?"

너태샤는 마지막 페이지를 빠르게 읽은 뒤 서류를 내려놓고 다음 서류로 손을 뻗었다. 그때 휴대전화가 삐 소리를 냈다. 맥이 그날 아침 두 번째로 문자를 보내왔다. 언제쯤 집에 가면 좋겠느냐고 묻는 내용이었다. 그녀는 거의 열흘째 날짜를 미루고 있었다.

미안, 내일도 할 일이 많아. 목요일쯤 알려줄게.

문자를 보내고 전화기를 내려놓기도 전에 다시 알림이 울렸다.

수요일 저녁에 30분만.

사실 너태샤는 맥과 마주치고 싶지 않았다. 게다가 처리해야 할 일도 많았다. 남편과는 이미 1년 동안이나 떨어져 지냈다. 하루 이틀 더 늦는다고 큰일 날 일도 아니었다. 그녀는 다시 문자를 썼다.

빠져나갈 상황이 아니야. 검토할 게 산더미야. 미안.

내 물건이 필요해. 금요일까지는. 당신 없어도 내가 가져오면 돼. 현관 번호 좀 알려줘.

너태샤는 전화기를 홱 눌러 껐다. 마음을 가다듬으려고 애쓰며 린다에게 물었다.

"린다, 괜찮은 미용사를 찾아가는 게 좋단 말이지? 자기 머리 스타일 좋은데."

"그러는 게 나을 거예요. 미시즈 매컬리."

"미스 매컬리."

"아, 네. 안 그래도 여쭤보려 했는데. 미즈 매컬리를 원하신다면……호칭을 다시 정리해야겠어요."

"왜 내가 '미즈'를 원할 거라고 생각해?"

린다가 어깨를 으쓱하며 말했다.

"잘은 모르겠지만 딱 그 타입이신 것 같아서요."

"무슨 타입?"

린다는 거리낌 없이 태연하게 말했다.

"아무한테도 영향을 안 받는 독자적인 스타일이잖아요. 모두가 그렇게 알아주길 원하고, 거기서 기쁨을 찾는. 게다가 '미즈'라는 호칭엔 시련을 겪었다는 의미가 느껴지잖아요. '미스'처럼 순백의 결혼식을 갈망하지는 않죠."

그러더니 두 손을 너태샤의 머리 양쪽에 대고 정면을 보게 돌렸다.

"시련을 겪었다고."

너태샤가 그 말을 따라했다.

"모욕을 주는 건지 칭찬을 하는 건지 모르겠네."

그때 벤이 들어와서 책상에 또 다른 서류를 올려놓았다. 너태샤가 몸을 숙여 서류를 집어 들었다. 뒤에서 불평하는 소리가 들려왔다.

"린다, 그 사회복지사가 아마디 문제로 다시 전화하진 않았어?"

너태샤는 무슨 얘기를 해야 할지 막막했지만 몇 가지 실마리부터 풀어야 했다. 사회복지사는 어쩌다 잘못된 정보를 수집하게 되었을까? 소년의 이야기를 의심한 사람은 없었을까?

"아마디…… 신문에 났던 그 아이 말인가요? 변호사님이 변론했던? 어쩐지 이름이 낯익더라니."

린다는 역시 놓치는 법이 없었다.

"그 애가 누군가를 공격한 게 맞죠? 정말 너무 충격적이에요. 그런 부류로 보이진 않았는데."

너태샤는 담당 연수생 앞에서 이 사건을 말하고 싶지 않았다.

"아직은 정확하지 않아. 자, 자, 린다, 그만하는 게 좋겠어. 난 20분 후면 법원에 가야 하는데, 샌드위치 한 조각 못 먹었다고."


"어떻게 됐어?"

코너가 법원 밖에서 기다리고 있었다. 너태샤는 상체를 기울여 그의 볼에 키스했다. 더 이상 다른 변호사들이 힐끗거리는 것을 신경 쓰지 않았다. 이제 두 사람은 인정받는 커플이었다. 한쪽은 이혼을 하고 한쪽은 별거 중이지만 과거에 비하면 훨씬 원숙하고 현명해진 커플. 거기에 불명예스러운 면은 없었다.

"성공했지. 예상대로야. 페닝턴이 보고를 제대로 못 받았더라고."

"역시 내 여자야."

코너가 너태샤의 뒤통수를 쓰다듬으며 말했다.

"머릿결도 좋아. 저녁 먹을까?"

"이런, 나도 그러고 싶지만 내일까지 살펴볼 자료가 산더미야."

그의 얼굴에 구름이 드리우는 것을 본 너태샤가 팔을 잡으며 말했다.

"하지만 딱 한 잔 정도는 괜찮아. 이번 주 내내 거의 못 봤잖아."

두 사람은 기분 좋게 걸으며 한산한 링컨스인 법학원을 빠져나온 뒤 혼잡하고 북적거리는 거리로 들어갔다. 술집을 향해 길을 가로지를 때 보니 햇살이 아스팔트 위를 튕기며 강렬한 빛을 내뿜고 있었다. 너태샤는 실내로 들어가기도 전에 재킷을 벗어 들었다.

"이번 주말엔 시간이 안 날 것 같아."

술집에 들어서자 코너가 선수를 치듯 말했다.

"말썽꾸러기 사내 녀석들 때문에. 당신한테 말해둬야 할 것 같아서."

코너의 두 아들은 다섯 살과 일곱 살이었다. 부모가 이혼한 지 1년이 넘었는데도 적응이 안 되는지, 아빠의 여자 친구에 대해 별로 의식 못 하는 듯했다. 너태샤는 내심 실망했지만 티 내지 않으려고 애썼다.

"어머, 울즐리 레스토랑 예약해뒀는데."

"설마, 장난이지?"

"아니, 사귄 지 6개월 된 기념으로. 당신은 관심 없겠지만."

"나를 냉정하고 낭만도 없는 사람이라고 생각했겠군."

"그렇게 표현을 잘하는 사람은 아니잖아, 그치?"

너태샤가 약간 애교를 섞어 말했다.

"대신 데리고 갈 사람이나 찾아봐야겠다."

코너는 그럴 가능성이 별로 없다고 생각하는 눈치였다. 그는 마실 것을 주문한 다음 너태샤에게 몸을 돌리고 말했다.

"그 여자가 주말에 더블린으로 갈 일이 있는 모양이야."

그는 전처를 항상 '그 여자'로 불렀다.

"그래서 금요일 저녁부터 월요일 아침까지 녀석들을 돌봐야 해. 그 동안 두 놈과 뭘 해야 할지 모르겠어. 애들은 아이스 스케이트장에 가고 싶어하는데. 아이스 스케이팅이라니 말이 돼? 바깥 온도가 27도인데 말이야."

너태샤는 함께 가겠다고 말해도 좋을까 궁리하며 술을 홀짝거렸다. 만약 이번에도 코너가 같이 가는 걸 사양한다면 분명 무슨 사정이 있을 것이다. 지금 같은 상황에서는 그녀가 동행하고 싶어한다는 가능성을 내비치지 않는 게 현명해 보였다.

"뭐든 방법이 있겠지."

너태샤가 신중하게 대답했다.

"월요일 저녁은 어때? 괜찮다면 당신 있는 곳으로 내가 바로 갈게. 난 언제든 당신을 맞을 준비가 돼 있으니까."

"얻을 수 있는 것만 바라는 게 좋겠지."

너태샤는 씁쓸한 속마음을 은근히 내비쳤다. 코너는 왜 자신을 두 아들한테 소개하려 하지 않을까? 아직도 둘 사이가 변할 수 있는 관계라고 여기는 걸까? 아니면 아이들에게 쉽게 소개하기 힘든, 모성과는 거리가 먼 사람이라고 생각하는 걸까?

너태샤는 오늘도 하루 종일 법정에서 분쟁을 처리하느라 바빴다. 지난 1년은 사생활을 즐길 만한 여유조차 없었다.

"그럼, 월요일에 봐."

그녀는 애써 웃으며 말했다.

두 사람은 와인을 마시며 일 얘기를 나눴다. 코너는 너태샤가 다음 주에 대면해야 할 판사에 대해 조언해주었다. 둘은 술집 문 앞에서 헤어졌고, 너태샤는 남은 일을 하러 사무실로 돌아갔다. 잠시 짬을 내어 엄마와 통화를 하며 아빠의 건강염려증에 대해 장황한 이야기를 들었다. 사교생활을 묻는 말에는 저간의 사정을 넌지시 내비치기도 했다. 9시경에는 사무실 문을 잠근 뒤 후텁지근한 늦여름 밤의 거리로 나섰다. 그리고 택시를 불러 집으로 향했다.

창밖으로 런던 거리가 스쳐 지나갔다. 술집이나 레스토랑을 나선 젊은 커플들이 느릿느릿 길을 걷고 있었다. 혼자라고 생각하니 세상은 더욱 커플로 가득 차 보였다. 코너와 데이트를 나왔어야 했다. 하지만 지금까지 변함없이 자신을 버티게 해준 것은 일이었다. 코너와 함께하기 위해 자꾸 일을 멀리했다면 삶 자체가 공허해져버렸을 것이다.

갑자기 슬픔이 북받쳐 올라와 너태샤는 가방을 뒤져 휴지를 찾았다. 그리고 내일 진행할 서류에 억지로 눈길을 주었다. 자, 힘내, 너태샤. 정신 바짝 차려. 왜 이렇게 마음이 불안정한지 알 수가 없었다.

너태샤는 서류를 덮고 방금 도착한 문자를 들여다보았다. 이어서 한숨을 깊이 들이마신 뒤 답장을 썼다.


번호는 안 바꿨어. 아무 때나 와도 돼. 늦어지면 불은 켜두고 커튼은 쳐주고 가길.

# 4

칭찬이야말로 이 세상에서 가장 듣기 좋은 소리다.

−크세노폰, 『기마술』

사라가 도착했을 때 랠프가 정문에 서 있었다. 사라는 의아한 얼굴로 그를 쳐다본 뒤 시계를 확인했다. 열두 살 소년 랠프는 한낮이 되기 전에 일어난 적이 거의 없었다. 주로 밤늦게 자고 다음 날 늦게 일어났는데, 소년에게 학교는 기분 내킬 때만 가는 곳이었다.

"저기 몰티즈 샐이 우르릉거리며 오는군."

랠프가 길을 건너오는 트럭을 가리키며 말했다. 몰티즈는 어깨를 움츠려 재킷을 입으면서 휴대전화를 확인하고 있었다.

"같이 갈래?"

"어디?"

"고가도로 쪽에. 축구 경기장 옆에 있는 거. 경주가 열릴 거야. 20분밖에 안 걸릴걸. 빈센트가 그러는데, 트럭 뒤에 타고 가면 된대."

랠프는 입가에 담배를 물고 기대에 찬 눈으로 사라를 보았다.

"몰티즈가 암말을 준비시킬 때 내가 옆에서 도와줬거든."

스페어페니 래인에 차량이 평소보다 두 배나 많이 나와 있는 이유를 이제야 알 수 있었다. 남자들은 차에 오른 뒤 문을 쾅 하고 닫았다. 고요한 아침에 그들의 목소리가 낮게 울렸다. 잠시 후 여기저기서 시동 거는 소리가 들려왔다. 다들 기대감에 들떠 있는 게 공기를 통해 전해졌다. 사라는 어떡해야 할지 몰라 또 한번 시계를 힐끔거렸다.

"카우보이 존도 벌써 저기 나와 있네. 어서, 재미있을 거야."

사라는 지금쯤 말을 훈련시키고 있어야 했다. 그런데 랠프가 이렇게 눈앞에 서서 기다리고 있었다. 이 축사에서 그런 경주를 한 번도 보지 못한 사람은 사라밖에 없을 것이다.

"빨리, 어쩌면 이번 여름엔 마지막일지도 몰라."

사라는 잠시 머뭇거리다가 랠프를 따라 빨간 트럭이 있는 쪽으로 달려갔다. 트럭의 엔진은 이미 자줏빛 기둥 같은 배기가스를 아침 공기 속으로 내뿜고 있었다. 사라는 가방을 뒤로 내팽개친 뒤 랠프의 손을 잡고 밧줄 더미와 방수포가 쌓여 있는 곳 위로 힘겹게 올라갔다. 빈센트가 잠깐 기다리라고 소리친 다음 차량 네 대가 주차돼 있는 곳 뒤의 한산한 거리에 차를 댔다. 차량마다 머리가 텁수룩한 남자들이 타고 있었고, 열린 창문 사이로 담배 연기가 길게 꼬리를 물고 새어나왔다.

"몰티즈가 피케츠 로크에서 여행객들한테 크게 내기를 걸었나봐."

랠프가 소리쳐 말했지만 요란한 엔진 소음 때문에 잘 들리지 않았다. 그때 경찰차가 옆을 지나가자 둘은 잠시 몸을 획 수그렸다.

"근데 어떤 암말?"

"저기 회색 말."

"저번에 마차를 걷어찼다는 그 말?"

"새로 한 마리 또 들였나보던데. 눈가리개 가죽도 더 좋은 걸로 구입했대. 이 말로 큰돈을 벌걸. 정말 큰돈을 벌게 될 거야."

그는 두 팔을 크게 벌리며 함박웃음을 지었다.

"할아버지한테 내가 여기 온 거 말하면 안 돼."

사라가 소리쳤다. 랠프는 담배를 한 모금 깊이 빨아들인 다음 도로 위로 꽁초를 튀기듯 내던졌다. 두말할 필요가 있겠는가.


그레이하운드 경주*나 일요일마다 열리는 축구 경기와 달리 도시 동쪽에서 볼 수 있는 마차 경주는 대부분 예고도 없이 간헐적으로 열렸다. 조명등을 환하게 밝힌 경기장이나 경주로 같은 것은 따로 없었고, 어느 쪽이 확률이 높은지 알려주고 내기를 거는 사람들을 독려하는 마권업자 등도 없었다. 대신에 1년에 몇 차례 은밀한 장소에서 경쟁자들끼리 만나 어느 구역을 얼마만큼 달릴지 상의하곤 했다.

이렇게 정해지는 '경주로'는 대개 일반 도로였으므로 따로 장애물은 없었다. 다만 양쪽 관계자들이 보낸 픽업트럭이 교통량이 적은 이른 새벽부터 도로에 나와 목적지를 향해 달렸다. 이들은 두 개 차선을 점령하며 능숙한 솜씨로 서로 나란히 달렸다. 그러다가 약속된 지점에 이르면 경고 표시등을 깜박거리며 서서히 속도를 줄여 멈추었고, 그러면 뒤따르던 차량들도 멈추지 않을 수 없었다. 다른 운전자들이 무슨 일인가 하고 의아해하는 사이에 경주마들이 가벼운 이륜마차를 끌고 도로에 끼어들었다. 경주는 보통 1.6킬로미터쯤 이어지다가 끝나곤 했는데, 말의 다리와 채찍이 멀어지며 희미해지는 사이 뒤에서는 연신 고성과 욕

---

* 그레이하운드에게 전기 장치로 뛰는 모형 토끼를 쫓게 하는 내기.

설이 오갔다. 약속된 결승선을 향해 말들이 전속력으로 달리는 동안 도로의 운전자들도 목을 길게 빼고 구경했다. 어떤 때는 어린아이 둘이 결승선 테이프를 들고 있기도 했다. 얼마 후 테이프가 끊어지면서 경주가 끝나면 참가자들은 도로 옆길로 사라져 축하를 나누거나 시비를 가렸다. 경찰이 도착할 즈음이면 그곳에서 무슨 일이 벌어졌는지 보여주는 어떤 증거(예를 들면 말똥이나 담배꽁초들)도 남아 있지 않았다.

랠프의 얘기에 따르면 지금 이 도로가 몰티즈 샐이 가장 좋아하는 경주로라고 했다.

"새로 깐 아스팔트야, 그치?"

랠프는 매끈한 지면을 발로 문지르며 말했다.

트럭 뒤에서 뛰어내린 랠프와 사라는 공업단지로 연결되는 고가도로 아래에 서서 주변을 둘러보았다. 송전탑 바로 아래 이동 주택에서 나온, 문신을 새긴 남자들이 특대형 바퀴를 장착한 번쩍거리는 트럭들 앞에 앉아 있었다. 다들 뭉툭하고 때 묻은 손가락에 담배를 끼운 채 휴대전화를 귀에 대고 있었다. 그들은 두둑한 현금 뭉치에서 지폐 몇 장을 빼내 각자 자기 손바닥에 침을 뱉은 뒤 지폐를 붙이고 손을 흔들어 보기도 했다. 번득이는 그들의 눈동자에서 믿음을 버리지 않겠다는 의지가 엿보였다. 길을 사이에 두고 대체로 키가 작고 차는 지저분하지만 옷은 깔끔하게 차려입은 몰티즈 쪽 사람들이 한쪽에, 여행자들은 다른 쪽에 서 있었다. 카우보이 존은 밴에 기대서서 골똘히 생각에 잠긴 채 손으로 만 담배를 뻐끔뻐끔 피우고 있었다. 한 손으로는 말들을 가리키며 보조석에 앉은 누군가와 간간이 대화를 나누었다. 사라가 잘 모르는 소년이 검은색 말에 안장도 없이 다리를 앞으로 뻗은 채 앉아 고삐로 말을 이끌며 차들 사이를 이리저리 누비고 다녔다.

거기서 조금 떨어진 곳에 몰티즈 샐이 자기 말의 마구에 달린 쇳쇠를 확인하고 있었다. 그는 바싹 짧게 깎은 머리에 모자를 눌러쓰고 있었다. 말이 꿈지럭거리며 가만히 있지 못하자 이따금씩 책망하면서도 금니를 드러내며 환하게 웃었다. 곧이어 경쟁자의 말을 비난하면서 다리의 불리한 각도를 몸으로 흉내 내고 가슴이 좁다고 질책했다.

"저들은 몰티즈를 아주 싫어해."

랠프가 담배 하나를 더 피워 물고 말했다.

"작년에 누군가의 부인과 함께 있는 장면을 들켰거든. 저들이 암말을 상품으로 만들어버렸어."

"상품이라니?"

랠프는 바보 아니냐는 눈빛으로 사라를 보았다.

"만약 이번 경주에서 지면 몰티즈는 저 암말을 포기해야 돼."

"너무 심한 거 아냐?"

사라가 말했다. 랠프는 땅바닥에 침을 뱉었다.

"아니, 저 유랑자들은 몰티즈의 운명이 자기들 손에 달렸다고 생각하는 거지. 게다가 저들은 장비도 잘 갖추고 있어. 아무튼 우린 빈센트의 트럭에 있는 게 좋겠어. 서둘러 도망가야 할지도 모르니까."

랠프가 웃음을 흘렸다. 곤란한 상황을 즐기는 듯한 웃음이었다.

남자들이 다시 트럭에 올라타자 사라는 긴장과 흥분으로 온몸에 전율을 느꼈다. 엄청나게 크고 거친 콘크리트 기둥들과 고가도로 위에서 차량들이 이동하는 우레 같은 소리 때문에 신경이 더 곤두섰다. 점점 차량이 늘어나는 것을 보니 벌써 교통 체증이 일기 시작한 모양이었다.

그때 누군가 호루라기를 불었고 개가 짖었다. 랠프는 사라를 데리고 고가도로 진입로로 달려갔다. 트럭 세 대가 방향을 바꿔 사전에 약속한 대형을 이루며 왔던 길을 돌아 나갔다. 시야에서 희미해지더니 고가도로 위 차량 대열에 합류할 준비를 마친 듯했다. 진입로에는 남자들이 서서 구경하고 있었고, 경주마들은 고삐가 단단히 잡힌 채 콧김을 내뿜으며 발굽으로 도로 위를 살살 긁었다. 몰티즈는 회색 암말에 연결된 붉은색 이륜마차 위에 쭈그려 앉아 있었다. 다리에 힘을 주고 한 손으로 고삐를 느슨하게 잡은 채 연신 뒤를 돌아보며 신호를 기다렸다. 그의 존재는 모든 시선을 사로잡았다. 사라도 어느새 그를 주시하고 있었다. 자신에 찬 크고 환한 미소와 모든 것을 알고 있는 듯한 눈빛. 랠프는 초조한지 또 담배에 불을 붙이고 낮은 목소리로 중얼거렸다.

"자, 자, 어서, 자, 자……."

이제 모든 눈이 고가도로 위 교통 상황을 주시하고 있었다. 남자들은 나지막한 목소리로 얘기를 나누었다. 하지만 교통 흐름은 여전히 속도가 줄지 않고 있었다.

"도니의 차가 경찰에 잡혀 옆으로 빠진 게 분명해. 빌어먹을 자동차세를 안 냈거든."

누군가 웃으며 농담을 하자 긴장된 분위기가 잠시 누그러졌다.

그때 어디선가 외침 소리가 들리더니, 멀리서 여행자 픽업트럭의 경고 표시등이 깜박거리는 게 보였다.

"출발!"

드디어 두 기수가 등을 구부리며 고삐를 높이 치켜들자 진입로에 서 있던 말 두 마리가 마차 바퀴를 부드럽게 굴리며 앞으로 나아갔다. 그들은 도로의 빈 구간을 따라 말을 재촉하며 속도를 높였다.

"어서 가, 몰티즈!"

랠프가 소리를 질렀다. 흥분한 탓인지 목소리가 갈수록 높아졌다.

"달려!"

그러고는 트럭이 있는 곳으로 가자고 사라의 소매를 잡아당겼다. 빈센트는 이미 시동을 걸어놓고 시야에서 거의 사라진 경주마들을 따라잡을 준비를 하고 있었다.

랠프는 먼저 사라를 밀어 트럭에 올라타게 한 뒤 자신도 풀썩 뛰어올랐다. 여기저기서 바퀴가 끼익하는 소리가 들려오는 가운데 앞이 막힌 차량들이 요란하게 경적을 울려댔다. 사라는 트럭 뒤편에 붙은 창살을 감싸 쥔 채 앉아 바람이 귓불을 스치는 것을 느꼈다.

"몰티즈가 해내고 있어!"

랠프가 다시 소리쳤다.

"몰티즈가 앞서가고 있어!"

사라도 회색 암말을 보았다. 신기할 정도로 빠른 걸음으로 속도를 올리고 있었다. 여행자들이 얼굴을 찡그리는 모습도 볼 수 있었다. 그는 오른손을 들어 더 빨리 달리도록 말에게 채찍을 휘둘렀다. 하지만 말이 잠시 속도를 줄이자 욕설을 쏟아냈다.

"계속해, 몰티즈!"

사라는 작지만 용감한 암말에게서 눈을 떼지 못했다. 회색 암말은 속도를 유지하기 위해 온 힘을 다했는데, 작은 말발굽이 지면에 닿지 않는 것처럼 보일 정도였다. 계속해, 사라는 마음을 졸이며 응원했다. 암말이 경주에서 지고 여행자들에게 넘겨질까 두려웠다. 흑백이 뒤섞인 콥종의 말들이 어슬렁거리고 망가진 카트가 뒹구는, 잡초만 우거진 불모지에서 영원히 길을 잃을까 두려웠다. 사라는 생존하고자 싸우는 작은 말과 무언의 교감이 이루어지는 것을 느꼈다.

드디어 승리의 환호성과 함께 경주가 끝났다. 말들은 신속하게 고가

도로를 벗어났고, 트럭들도 뒤따라 길에서 빠져나왔다. 혼란 속에서 정체돼 있던 차량들이 다시 속도를 올리며 앞으로 나아갔다. 빈센트의 트럭도 방향을 바꿔 진입로를 향해 달렸다. 돌아오는 길에 사라는 무릎과 팔을 트럭 옆면에 쾅 하고 부딪쳐 눈물이 찔끔 날 정도로 아팠다. 움푹 팬 자국이 남을 정도였다. 그 바람에 가방이 열리고 책들이 튕겨져 나왔다. 책들을 주워 담고 고개를 드니 몰티즈가 서지도 않은 마차에서 뛰어내리는 모습이 보였다. 그는 두 손을 높이 들어 동료들과 하이파이브를 하며 축하 인사를 나눴다. 사라와 랠프도 덩달아 승리감에 도취되어 서로 움켜잡고 기쁨을 함께했다. 회색 암말은 당장 몇 주 동안 카우보이 존의 축사에서 안전하게 지낼 수 있게 되었다.

"나도 덕분에 1파운드를 벌었어!"

랠프는 흥분으로 상기된 채 사라의 교복을 붙들었다.

"경주에서 이기면 몰티즈가 우리 모두한테 아침을 사겠다고 했어."


학교를 마치고 돌아오니 할아버지가 있었다. 부의 마구간에서 몸을 구부린 채 부의 엉덩이를 거울처럼 윤이 나게 닦아주고 있었다. 얼굴은 보이지 않지만 할아버지의 거친 숨소리를 들을 수 있었고, 꼼꼼히 다린 셔츠가 T자 모양으로 젖어 있는 게 보였다. 할아버지는 어떤 일이든 완벽하게 할 수 없다면 아예 시작도 하지 않았다. 군대식 훈련을 통해 철저히 몸에 밴 습관이었다.

사라가 아치형 문에 들어섰을 때, 카우보이 존은 마구간 문에 기대서서 반질반질한 컵에 차를 마시고 있었다. 그는 웬만해선 다른 일에 신경을 쓰지 않으나 축사 마당만큼은 항상 깨끗이 쓸었다.

"서커스 아가씨 나오셨네."

존이 말했다. 머리가 넓적하게 생긴 희고 검은 말의 엉덩이에 기대 있던 랠프가 사라에게 윙크를 했다.

"서커스 복장은 어디다 뒀어?"

존이 킬킬 웃으며 말했다.

"버스가 늦게 왔어요."

사라가 건초 더미에 가방을 내려놓으며 말했다.

"수학 시험을 다시 본 거니?"

할아버지가 물었다.

"스무 개 중에서 열두 문제 맞았어요."

사라는 책을 흔들어 보이며 할아버지가 표지에 묻은 흙먼지나 검댕이 자국을 보지 못하기를 바랐다. 랠프와 눈이 마주쳤는데, 웃음이 터질 것 같아 간신히 참는 듯했다.

"몰티즈 샐이 오늘 검은색 말을 팔아버린 얘기 들으셨죠? 노솔트에서 이탈리아 사람들한테서 얻은 말 있잖아요."

할아버지가 손을 말의 가슴에 올리자 부는 고분고분하게 뒤로 물러났다.

"페이스메이커 말이지?"

할아버지가 물었다. 몰티즈 샐은 경주마를 쉴 새 없이 매매했다.

카우보이 존이 고개를 끄덕였다.

"오늘 오후에 어떤 사람이 와서 말을 데려가더라고요."

"어슬렁거리다가 그런 말을 얻었으니 땡잡은 거죠. 그 사람 끝이 뾰족한 구두를 신고 안짱다리로 열심히 뛰더라고요."

랠프가 말했다.

"용맹스러운 말이었는데 팔아버렸어."

존이 머리를 흔들며 아쉬움을 드러냈다.

"켄터키 경마라도 나가는 것처럼 말이 의기양양하게 마구간에서 나오더라고."

"하지만 어떻게……."

사라가 말을 꺼내는데, 랠프가 가로채듯 말했다.

"귓속에 구슬을 박아놨대요."

카우보이 존이 모자로 소년을 치며 말했다.

"이 녀석 다 엿듣고 있었단 말이지?"

"아침에 지나가는 사람이 다 들도록 말했잖아요."

랠프가 항의하듯 대꾸했다.

"말이 고개를 거칠게 흔들며 나오더라고요. 말을 판 돈으로 두 마리 더 샀대나. 토요일에 오는 모양이에요. 두 마리 다 경주용이고."

사라는 할아버지가 말을 사고파는 몰티즈의 수법을 못마땅해한다는 걸 알고 있었다. 할아버지는 아무 말도 듣지 않는 척했다.

랠프는 입에서 껌을 뱉어 마구간 문에 붙이고 말했다.

"아저씨가 팔로미노를 이탈리아 놈한테 팔 때에도 엉덩이에 생강 조각을 끼워두지 않았나요? 말이 활기를 띠게 한다면서."

카우보이 존의 모자가 또 한번 랠프를 겨냥했다.

"내가 뭘 어쨌다고 그러는 거야! 그 말은 전혀 문제가 없었다고. 근거도 없는 말로 날 속여먹다니. 그런 말도 안 되는 소릴 하고도 발붙이고 있는 걸 행운으로 알라고. 학교에 있어야 할 놈이 도대체 왜 학교는 안 가고……."

말끝을 흐리던 존이 갑자기 대문을 향해 살금살금 걸어가더니 지나가던 빨간 머리 중년 여성에게 큰 소리로 말을 걸었다.

"패리 부인! 어젯밤에 내가 텔레비전에서 본 사람이 당신 맞죠?"

여자가 걸음을 멈추지 않자 존은 주의를 끌 목적으로 모자를 벗어 흔들었다. 그러고는 문 옆에 서서 외쳤다.

"맞네! 어제 본 사람이 당신 맞네요!"

여자가 당황스러운 얼굴로 걸음을 주춤하며 고개를 돌렸다.

옆에서 랠프도 낮게 탄식을 뱉었다.

"〈영국 차세대 톱모델〉에 나왔잖아요! 거기서 웃고 있는 거 본 듯한데. 계란 좀 사실래요? 맛있는 아보카도도 있는데. 원한다면 한가득 줄 수 있어요. 싫어요? 제 말 듣고 있죠? 모델 계약 끝나면 꼭 다시 와요."

존은 함박웃음을 지으며 다시 이쪽으로 돌아오고 있었다.

"우체국 다녀오는 모양이야. 저 여자 스무 살만 젊었어도……."

존은 말을 길게 늘이며 아쉬움을 나타냈다.

"그러면 아저씨한테 노인용 보조기를 가져다줄걸요."

랠프가 놀려댔다.

할아버지는 아무 말도 하지 않았다. 오로지 솔질만 바쁘게, 열심히 할 뿐이었다. 너무 세게 빗기는 바람에 부가 네 다리에 단단히 힘을 주고 참는 듯했다.

존은 컵을 들고 차를 벌컥벌컥 마셨다.

사라는 이런 오후의 풍경이 좋았다. 말들은 따뜻한 햇살을 받으며 졸린 듯이 서 있고, 남자들은 실없는 농담을 주고받는 이 나른함이. 할머니의 부재가 어느 때보다 절절하게 느껴졌다. 할머니는 이런 분위기에 누구보다 잘 어울리던 분이었다.

"네 할아버지한테도 누누이 말했지만 바로 저래서 할아버지가 새 여자 친구를 만들지 못하는 거란다. 저것 좀 봐!"

존이 응시한 곳을 보니 할아버지가 부의 반질반질한 옆구리를 힘차게 쓸어내리고 있었다. 카우보이 존은 두 손으로 열심히 솔질하는 흉내를 내며 사라에게 윙크를 보냈다.

"내가 말했잖아요, 캡틴. 여자들은 부드럽게 다뤄줘야 한다고."

할아버지는 심술궂은 눈으로 존을 힐끗 보고, 또 작업에 몰두했다.

"내 생각인데 말이야, 프랑스 사람들은 대단한 사랑꾼들인 것 같아."

존이 말했다.

할아버지는 어깨를 으쓱하며 솔에 묻은 먼지를 두드려 털었다.

"이봐, 자넨 아직 사랑과 솔질의 차이를 모르는 모양이군. 자네 말들이 왜 그리 정신이 없는지 알 만하네."

그 말에 존과 랠프가 큰 소리로 웃음을 터뜨렸다. 사라도 정확한 의미를 이해하진 못했지만 히죽히죽 웃음이 나왔다. 그러다가 할아버지가 모자를 찾아 쓰라고 말하는 바람에 얼른 웃음을 멈추었다.


태양이 철교 아래로, 고가도로 너머로 조금씩 움직이며 가라앉았다. 교통 혼잡이 시작되었고 공원 주변에도 차들이 줄을 서서 기다렸다. 운전자들은 잠시 눈길을 돌려 잔디 위의 광경을 구경하기도 했다.

사라는 운전자들을 의식하지 못했다. 할아버지는 사라 옆에 서서 팔을 쭉 뻗어가며, 부가 도약할 힘을 차분히 끌어모을 수 있게 도왔다.

"똑바로 앉아라."

할아버지가 중얼거렸다.

"모든 건 기좌*에서 비롯되는 법이야. 다리는 항상…… 하지만 똑바

---

\* 기수의 신체와 말의 몸체가 맞닿는 부위.

로 앉아서 차분하게 말을 몰아야 한다. 그렇게."

사라는 자세를 바로잡느라 땀이 삐질삐질 났다. 왼쪽 눈가로 할아버지의 채찍이 보였다. 하지만 그걸로 부의 엉덩이를 내리친 적은 없었다. 말이 서서히 힘을 끌어모으는 게 느껴졌다. 사라는 다리를 부의 옆쪽에 가볍게 대고 두 눈은 말의 뾰족한 귀를 똑바로 응시한 채 최대한 침착하게 앉아 있었다. 그때 할아버지의 목소리가 들렸다.

"아니야, 앞으로. 부가 앞으로 나아가게 해야지. 자, 다시 해봐."

두 사람은 거의 40분 동안이나 피아페 동작에 집중하고 있었다. 등에 흐른 땀이 이제 교복 셔츠에까지 배어들었고, 햇살이 달궈진 머리 위로 쏟아져 내렸다. 속보로 앞으로 나아갔다가 멈추고, 다시 속보로 걸으며 제자리에서 뛸 수 있도록 에너지를 끌어모았다. 좀 더 정교한 동작을 하기 전에 이루어지는 리드미컬한 걸음걸이였다. 사라가 아직 이 과정에 익숙해지지 못했다고 할아버지는 몇 번이나 말했다.

몇 달 전에는 사라가 애원하다시피 해서 말이 어떻게 뒷다리로 균형을 잡고 르바드 동작을 하는지 할아버지가 직접 보여주기도 했다. 사라는 말이 땅에서 발을 떼는 동작들, 예를 들면 쿠르베트*나 카프리올 등을 너무나 해보고 싶었지만 할아버지는 허락하지 않았다. 오로지 땅에서 발을 떼지 않는 기본 동작들만을 반복해서 연습해야만 했다. 사람들이 지켜보고 있는 이런 공원에서는 안 된다고 했다. 부는 서커스용 말이 아니기 때문이었다. 할아버지 말씀이 옳았지만 때로는 너무 지루했다. 영원히 출발선에 갇혀 있는 기분이었다.

"잠깐만 쉬었다 해도 돼요? 너무 더워요."

---

* 뒷다리로 서서 살짝 뛰어오르는 동작.

"훈련도 하지 않고 어떻게 뜻을 이루겠다는 거냐? 안 돼. 계속해. 부도 이제야 적응해가고 있는데."

사라는 아랫입술을 삐죽 내밀어 말없이 항의를 표시했다. 할아버지와 말싸움을 해봤자 소용없었다. 하지만 몇 시간째 똑같은 동작만 반복하고 있자니 여간 힘들지 않았다. 문득 오늘 아침에 보았던 작은 회색 암말이 생각났다. 어딘가 다른 데로 가고 싶었다.

"할아버지……."

"집중해! 얘기 그만하고 말에만 신경 써."

아이 두 명이 뛰어가며 소리쳤다.

"말을 몰아, 카우보이!"

사라는 부의 두 귀 사이만 꼼짝 않고 지켜보았다. 두 귀 사이가 땀으로 번들거렸다.

"앞으로 갔다가 살짝 뒤로 말을 몰아."

사라는 말이 앞으로 나아가게 했다가 잠시 주춤한 뒤 조심스럽게 고삐에 힘을 주고 뒤로 약간 물러서게 했다.

"아니야! 앞으로 다시 기울어지고 있잖아."

사라는 말의 목을 붙잡고 쓰러지며 큰 소리로 울부짖었다.

"안 그랬다고요!"

"앞뒤가 안 맞는 신호를 보내고 있잖아."

할아버지는 실망으로 얼굴이 잔뜩 구겨졌다.

"다리는 이것을 말하는데 기좌는 다른 것을 말하면 말이 어떻게 판단하겠냐고?"

사라는 입술을 깨물었다. 도대체 우리가 왜 이걸 해야 하는 거죠? 외치고 싶었다. 난 할아버지가 원하는 걸 해낼 만큼 능력이 안 된다고요.

어리석은 짓일 뿐이에요.

"사라…… 어서 집중해라."

"난 집중했어요. 부가 안절부절못하는 거예요. 그래서 내 말을 듣지 못하는 거라고요."

"부는 네가 내 말을 듣지 않는 걸 알고 있어. 그게 부가 네 말을 안 듣는 이유야."

언제나 잘못은 부가 아니라 사라한테 있었다.

"그렇게 앉아 있으면 말을 듣지 말라고 가르치는 거나 다름없다."

사라는 너무 더웠다.

"좋아요."

그러고는 고삐를 한 손에 몰아 쥔 뒤 말에서 미끄러져 내려왔다.

"내가 그렇게 잘못하는 거라면 할아버지가 해요."

사라는 자기도 의식하지 못한 반항에 망연자실해서 단단한 땅에 그대로 서 있었다. 할아버지한테 이렇게 반박해본 적이 있었던가.

할아버지는 손녀를 조용히 응시했다. 굴욕을 당한 사람처럼 두 눈이 이글이글 불타고 있어서 사라는 말없이 시선을 떨구었다.

"미안하구나."

할아버지가 불쑥 말했다.

사라는 할아버지가 무슨 말을 덧붙일지 몰라 기다렸다. 하지만 할아버지는 부의 옆쪽으로 성큼성큼 걸어가서 등자에 왼발을 올렸다. 작게 끙 하는 소리를 내며 뛰어올라 말 등에 부드럽게 내려앉았다. 부의 두 귀가 뒤로 팔락거렸다. 익숙지 않은 무게에 조금 놀란 듯했다. 할아버지는 아무 말도 하지 않고 안장 위로 등자를 교차시켜 올린 뒤 두 다리가 길게 늘어질 수 있게 했다. 그런 다음 등을 꼿꼿이 세우고 두 손은 아무것도 잡지 않은 채 부가 크게 원을 한 바퀴 그리며 돌게 했다.

사라는 이마에 손을 얹어 눈부신 햇살을 가린 채, 할아버지가 말 위에 앉는 광경을 지켜보았다. 지금까지 한 번도 보지 못한 모습이었다. 할아버지는 그 누구도 알아보기 힘들게 부에게 무언가를 요구했고, 부는 하얀 거품을 머금은 채 제자리에서 다리를 높이 차올렸다. 사라는 목구멍에서 숨이 턱 하고 막히는 기분이 들었다. 할아버지는 DVD 영상에서 보았던 남자 기수들 같았다. 아무것도 하지 않는 듯했지만 모든 걸 주관하고 있었다. 사라는 자신도 모르게 움켜쥔 두 주먹을 호주머니에 밀어 넣었다. 너무 집중한 나머지 부의 몸에는 투명한 땀이 송골송골 맺혔고, 근육으로 불거진 목을 따라 실개천같이 주르륵 흘러내렸다. 할아버지는 여전히 아무것도 하지 않는 것처럼 보였지만 부의 발굽은 리듬에 맞춰 북을 두드리듯 쩍쩍 갈라진 땅바닥을 계속 두드렸다. 그러다가 갑자기 요동 운동으로 동작을 바꾸었다. 정지한 상태에서 몸을 흔드는 테르 아 테르였다. 갑자기 "이랴!" 하는 외침에 깜짝 놀라 사라는 주춤 물러섰다. 부는 뒷다리로 일어서며 앞다리를 부드럽게 접어 가슴쪽으로 끌어당겼다. 균형을 잡으려고 애쓰는 동안 부의 엉덩이 근육이 미세하게 떨리는 것이 보였다. 르바드 동작이었다.

그 순간 아스팔트길 위에 서 있던 누군가가 "우후!" 하고 탄성을 내질렀고, 사라 뒤편에 모여 있던 사람들도 웅성거리며 환호했다. 부는 앞다리를 내렸고, 할아버지는 안장에 앉아 다리를 흔들었다. 힘든 일을 마쳤다는 것을 보여주듯 땀이 파란색 셔츠를 진하게 물들이고 있었다.

할아버지는 부한테 뭐라고 중얼거리면서 손으로 부의 목을 천천히 쓰다듬은 다음 고삐를 사라에게 건넸다. 사라는 그런 동작을 어떻게 하는지, 그렇게 잘하면서 왜 더는 말을 타지 않는지 물어보고 싶었다. 하지만 할아버지는 질문할 틈도 주지 않고 말을 꺼냈다.

"부가 너무 열심히 하려고 하는구나. 게다가 지나치게 긴장을 하고 있어. 균형에 대한 걱정을 덜어주기 위해서라도 무대로 다시 데려가는 게 좋겠어."

멀찍이 떨어진 잔디에 앉아 있던 몇몇 여자들도 얼음과자를 먹으며 구경거리를 지켜보고 있었다. 그들은 짧은 스커트를 입고 있어서 햇볕에 그을린 다리가 그대로 드러나 보였다.

"한 번 더 보여줘요."

그중 한 명이 요청했다.

사라 역시 방금 전 광경에 아직 놀라움이 가시지 않은 상태였다.

"내가 한번 해보면 어떨까요?"

사라가 묻자, 부를 쓰다듬던 할아버지가 조용히 답했다.

"안 돼."

그러고는 얼굴을 문질렀는데, 땀 때문에 손이 미끄러져 나갔다.

"안 돼. 부가 너무 지쳐 있어."

사라가 고삐를 풀어주자 고맙다는 듯 부가 목을 길게 뺐다.

"말에 올라라. 집엔 걸어서 가자."

"저쪽에 아이스크림 차가 있어요."

사라가 기대에 차서 말했지만 할아버지는 듣고 있는 것 같지 않았다.

"너무 기분 나쁘게 생각하지 마라."

할아버지가 걸으면서 말했다.

"가끔은…… 내가 너무 많은 걸 바라는구나. 부도 어리고…… 너도 어린데……."

그러면서 사라의 손을 꼭 잡아주었다. 그것은 할아버지가 잘못을 인정할 때면 취하는 행동이자 마음의 표현이었다.

두 사람은 일단 공원 주변을 한 바퀴 돌면서 부가 뭉친 근육과 긴장을 풀게 했다. 그다음 공원 정문을 향해 오솔길을 걸었다. 할아버지가 생각에 잠겨 있는 듯해서 사라는 무슨 말을 해야 할지 몰랐다. 말을 타는 할아버지의 모습이 계속 눈앞에 아른거렸다. 전에는 결코 볼 수 없었던 모습이다. 할아버지가 카드르 누아르의 젊은 기수들 가운데 한 사람이었다는 것을 사라도 알고 있었다. 할머니 말씀에 따르면 스물두 명만이 금 수술이 달린 검은 제복을 입을 수 있었고, 그것은 기마와 관련된 수많은 기술에 통달했다는 의미였다. 그들 대부분은 이미 세계무대에서(예를 들면 마술 경연대회나 야외 승마, 장애물 뛰어넘기 등) 나라를 대표한 경험으로 학교에 들어갔다. 하지만 할아버지는 아주 힘든 길을 걸어야 했다. 툴롱 지방의 가난한 소작농의 아들로 태어나 기병대 생활을 거친 후에야 엘리트 승마학교의 일원이 될 수 있었다.

할머니는 처음 할아버지를 보았을 때, 말을 타고 있는 모습이 너무 멋져서 심장이 멎는 줄만 알았다고 추억했다. 할머니는 말을 좋아하지 않았지만 매일 할아버지를 보러 갔고, 널찍한 강당 앞에 서서 자신은 알 수 없는 무언가에 열중한 할아버지를 보며 넋을 잃었다고 했다.

사라는 할아버지가 젊어서 말을 타는 모습을 상상해보았다. 어쩌면 부는 텔레파시를 통해 할아버지로부터 어떤 요구를 받았을지도 모른다는 생각이 들었다. 좀 전에 마법을 본 듯했기 때문이다.

사라와 할아버지는 친숙하게 지내는 공원 경비원에게 손을 흔들며 인사한 뒤 집을 향해 걸었다. 부가 다리를 무겁게 움직일 때마다 아스팔트길을 두드리는 말발굽 소리가 딸그락딸그락 울렸다.

마구간 근처의 큰길을 건넜을 때, 마침내 할아버지가 침묵을 깼다.

"존이 축사를 팔려는 모양이더구나."

할아버지는 심각한 얘기를 할 때면 '정신 나간 카우보이'가 아닌 존이라는 이름을 부르곤 했다.

"그러면 부는 어디다 맡겨요?"

사라가 물었다.

"다른 데 갈 필요는 없단다. 축사는 그대로 두기로 한 모양이야."

카우보이 존이 축사를 팔아야 할 정도로 돈을 받지 못한 경우는 한 번도 없었다. 때로는 엄청난 돈이 들어와 신이 나서 어쩔 줄 몰라하기도 했다. 그동안 존은 잠정 구매자에게 매매할 의사가 없다고 말해왔고, 오히려 말과 고양이, 닭 들을 어디 둘 생각인지 물어보곤 했다.

할아버지는 고개를 저으며 말했다.

"가까운 누군가가 관심을 보인다고 하더라. 주인이 바뀌어도 변할 건 없을 거라고 하고. 그래도 기분이 좋진 않구나."

할아버지는 잠시 말을 끊고 심란한 표정을 지으며 얼굴을 닦았다.

"우리도 자주 계란을 사 먹었는데."

"맞아요, 할아버지. 축사에서 계란을 가져다 먹었죠."

"오늘은 날이 무척 덥구나."

할아버지의 옷깃이 땀에 젖어 짙은 색으로 변해 있었다. 오히려 말을 탈 때보다 더 거무죽죽했다. 할아버지는 도움을 구하는 사람처럼 부의 목덜미로 손을 뻗었고, 갈기를 어루만지며 중얼거렸다.

사라는 지난 시간을 돌이켜보았다. 그동안 할아버지의 기분이 어떤 변화를 보였는지, 부가 도로 경계석 쪽에 가만있지 못했을 때 할아버지가 부의 버릇을 고치지 못한 이유를 매번 살펴봤어야 했다는 생각이 들었다. 그때 트럭 두 대가 지나갔고, 그중 한 운전자가 사라를 향해 무례한 행동을 취했다. 할아버지는 등을 돌려 손녀를 막아섰고, 사라도 고개를 돌렸다. 이해하기 힘들지만 어떤 남자들은 여자애들이 나쁜 목적으로 말을 몰고 다닌다고 믿고 싶어했다.

두 사람은 이제 한산한 거리로 접어들었는데, 반갑게도 밤나무가 시원한 그늘을 드리우고 있었다. 부는 관심을 끌고 싶었는지 다리를 뻗으며 할아버지의 등을 슬쩍 밀었다. 할아버지는 별다른 반응을 보이지 않았다. 대신 얼굴에 흐르는 땀을 문질러 닦으며 말했다.

"같이 오믈렛을 만들어 먹자. 향기 좋은 허브를 얹어서."

"제가 할게요."

사라가 말했다. 그들은 축사로 돌아가는 길을 건너면서, 잠시 멈춰서서 기다려주는 운전자에게 손을 들어 감사를 표시했다.

"샐러드도 만들어 먹어요."

그 순간 갑자기 할아버지가 고삐를 놓으며 말을 더듬었다.

"계란을…… 가져와야……."

게다가 눈을 심하게 찡그리고 있었다.

"뭐라고요?"

할아버지는 사라의 말을 듣지 못했다.

"좀 앉아야……."

"할아버지?"

사라는 기다리고 있는 차를 힐끗 돌아보았다. 그들은 아직 길 한가운데에 있었다.

"다 지나갔어."

사라는 할아버지가 무슨 말을 하는지 이해할 수가 없었다.

"할아버지!"

사라가 소리쳤다.

"길을 건너야 해요."

부는 자갈이 깔린 길을 발굽으로 두드리고 머리를 뒤로 홱홱 젖혔다. 할아버지는 침대에 몸을 접고 앉으려는 것처럼 한쪽으로 몸을 비스듬하게 기울이며 길에 주저앉으려 하고 있었다. 차 안에 있던 남자가 더이상 기다리지 못하고 경적을 짧게 한 번 울렸다. 그러다가 뭔가 심상치 않았는지 목을 길게 빼고 앞 유리를 뚫어져라 바라보았다.

갑자기 주변에 있던 모든 것이 정지된 느낌이었다. 사라는 몸을 던져 말에서 가볍게 뛰어내렸다.

"할아버지!"

사라는 다시 한번 소리치며 고삐를 붙들고는 할아버지의 팔을 잡아당겼다.

할아버지는 눈을 감은 채 가슴속에 있는 무언가를 골똘히 생각하는 것처럼 보였다. 그래서 사라가 아무리 크게 소리쳐도 듣지 못하는 것 같았다. 할아버지의 얼굴은 마치 누군가가 잡아당기고 있는 것처럼 한쪽이 축 늘어져 있었다. 이런 이상한 몰골은 늘 옆에서 겁먹은 사라를 다독여주던 평소 모습과는 너무도 달랐다.

"할아버지! 일어나요!"

사라가 계속해서 소리치자 부는 몸을 이리저리 흔들며 주둥이로 사라를 건드렸다.

"괜찮아요?"

길 건너편에서 누군가 고함을 질렀다. 하지만 그 사람이 어디 있는지 보이지 않았다. 그때 차에서 내린 남자가 할아버지 쪽으로 성큼성큼 걸어왔고, 사라는 짐마차를 끄는 말을 붙들고 소리를 질렀다.

"존 아저씨! 도와줘요!"

두려움에 휩싸여 새된 소리가 새어나왔다. 사라가 마지막으로 기억하는 것은 카우보이 존이었다. 그는 한가로이 산책을 하다가 눈앞에 펼쳐진 광경과 맞닥뜨렸고, 알아들을 수 없는 소리를 외치며 사라를 향해 휘청휘청 달려왔다.


청소부가 천천히 오가며 리놀륨 바닥을 닦고 있었다. 청소 도구에 달린 두 개의 솔이 윙윙거렸다. 카우보이 존은 사라 옆 딱딱한 플라스틱 의자에 앉아 벌써 마흔 번도 넘게 시계를 확인했다. 두 사람은 거의 네 시간째 이곳에 앉아 있었다. 네 시간 동안 간호사 한 명만이 잠깐 와서 사라가 괜찮은지 보고 갔을 뿐이다.

지금쯤 존은 축사로 돌아가 있어야 했다. 동물들이 배가 고플 시간이었고, 주변의 아이들이 들어오지 못하도록 문을 걸어 잠가야 했다.

하지만 존은 사라 옆을 떠날 수 없었다. 빌어먹을, 아직 십 대 소녀에 불과하지 않은가. 사라는 움켜쥔 두 손을 무릎에 올린 채 아무 말 없이 앉아 있었다. 할아버지가 꼭 회복되기를 바라는 마음이 간절해서인지 얼굴은 핏기 없이 하얀 가면을 쓴 것처럼 보였다.

"괜찮은 거니? 커피 한잔 가져다줄까?"

존이 물었다.

청소부가 그들 옆을 천천히 지나가면서 카우보이 존의 모자를 힐끗거렸다. 그리고는 심장 병동으로 가던 길을 재촉했다.

"아니요."

사라가 대답한 다음 작은 소리로 덧붙였다.

"고마워요."

"할아버지는 괜찮을 거야."

존이 열 번째 말했다.

"강철같이 강인한 사람이잖아. 너도 알지?"

사라는 고개를 끄덕였지만 확신은 없었다.

"이제 곧 누군가 나와서 알려줄 거다."

잠깐 주저하던 사라가 다시 고개를 끄덕거렸다.

두 사람은 다시 말없이 앉아 어디선가 울리는 기계의 신호음과 윙윙 거리는 소리만 듣고 있었다. 그러는 동안 의료용 앞치마를 두른 간호사들이 그들 앞을 획획 지나갔다. 존은 부산하게 엉덩이를 들썩거리며 일어날 구실을 찾고 있었다. 저 늙은이가 쓰러질 때 보았던 얼굴이 머릿속을 떠나지 않았다. 고통과 고뇌로 이글거리던 눈빛과 당혹감에 휩싸여 빳빳하게 경직된 아래턱이 생생하게 떠올랐다.

"라샤펠 양?"

사라는 깊은 생각에 빠져 멍하니 있다가 의사가 부르는 소리에 몸을 벌떡 일으켰다.

"네, 할아버지 괜찮으신 거죠?"

"당신도…… 가족이신가요?"

의사는 존에게 시선을 돌리며 물었다.

"가족이나 마찬가지죠."

존이 일어나서 대답했다.

의사는 병동 쪽을 힐끗 돌아본 다음 말을 이었다.

"엄격히 따지자면 이런 얘길 아무한테나 하면 안 되지만……"

"저한테는 말씀하셔도 됩니다."

존이 천천히 말했다.

"캡틴한테는 여기 손녀밖에 다른 가족이 없죠. 전 오랜 친구랍니다."

의사는 그들 옆 의자에 앉았다. 그러고는 사라에게 설명을 시작했다.

"할아버지는 뇌출혈로 인한 뇌졸중을 일으키신 거란다. 무슨 말인지 알겠니?"

사라는 고개를 끄덕이며 대답했다.

"조금은요."

"지금은 어느 정도 안정을 되찾았지만 다소 혼란스러운 상태란다. 당장은 말하기 힘드실 테고 혼자서는 아무 일도 할 수 없단다."

"하지만 조만간 괜찮아지는 거죠?"

"말했다시피 안정을 찾으셨지만, 앞으로 24시간이 굉장히 중요해."

"할아버지를 봐도 될까요?"

의사가 존과 눈을 마주쳤다.

"앞으로 좋아질 수 있는 건지 알고 싶습니다."

존이 단호하게 말했다.

"지금은 여러 의료 기기에 의존해 있는 상태입니다. 조금은 충격을 받을 수도 있어요."

"사라는 강해요. 할아버지만큼이나."

의사가 시계를 들여다보더니 말했다.

"좋습니다. 절 따라오세요."


이런, 세상에, 노인의 상태는 딱하기 이를 데 없었다. 갑자기 30년은 더 늙어 보일 정도였다. 각종 관들이 코와 피부에 연결돼 있었고, 잿빛으로 변한 얼굴은 축 늘어져 보였다. 존은 자기도 모르게 손으로 입을 가렸다. 노인 옆에는 기계가 연신 부연 선을 그으며 불규칙하고 부드러운 신호음을 울리고 있었다.

"이런 게 다 뭐죠?"

존이 침묵을 깨고 물었다.

"심박동수와 혈압 등을 추적 관찰하는 겁니다."

"그러면 괜찮아질까요?"

의사는 유연하게 대처하려고 노력했고, 존은 의심쩍은 표정으로 의료 기기를 유심히 살폈다.

"아까 말씀드렸듯이 앞으로 24시간이 매우 중요합니다. 최대한 신속하게 도움을 받을 수 있다면 그게 최선이지요. 뇌졸중의 경우는 시간을 다투는 질병이므로 더욱 그렇습니다."

존과 의사의 대화가 잠시 끊긴 사이에 사라는 침대 가장자리로 다가가 조심스럽게 의자에 앉았다. 할아버지를 방해할까 무척이나 두려워하는 것처럼.

"할아버지한테 얘기하고 싶으면 해도 돼."

의사가 부드럽게 말했다.

"옆에 있다는 걸 알려주면 좋아."

사라는 절대 울지 않았다. 눈물 한 방울 흘리지 않았다. 대신에 가느다란 손을 뻗어 할아버지 손을 한동안 꼭 붙들고 있었다. 하지만 턱은 자기도 모르게 앙다물었고, 그런 모습은 할아버지를 쏙 빼닮았다.

"손녀가 여기 있다는 걸 느낄 겁니다."

존이 말하고는 둘만의 시간을 주기 위해 커튼 밖으로 걸어 나갔다.

밖으로 나왔을 때에는 이미 날이 저물어 주위가 어둑어둑했다. 존은 앰뷸런스가 사람을 실어 내리는 곳 주위를 서성거리며 담배를 피웠고, 분주하게 오가는 간호사들의 어두운 표정은 애써 외면했다. 대신 그중 한 명에게 나긋나긋한 목소리로 말했다.

"우리 같은 사람이 있어야 당신들이 계속 일할 수 있는 거니까 고마워해야 한다고."

존에게는 무엇보다 담배가 절실히 필요했다. 지금까지 캡틴은 항상 강인하게 버텨왔고, 존이 다른 데로 떠난다 해도 오랫동안 흔들림 없이 견고하고 고집스럽게 자리를 지켜줄 거라 믿었다. 하지만 병상에 아이처럼 무력하게 누워 있는 모습은, 침을 흘릴 때마다 간호사들이 닦아주는 광경은 몸서리치는 충격이 아닐 수 없었다.

존은 회전문 옆에 서 있는 사라를 발견했다. 두 손을 호주머니 깊숙이 찌르고 어깨를 움츠린 채였다. 처음에 사라는 존을 못 본 듯했다.

"여기."

사라를 부르고 나서 존은 아이가 제대로 갖춰 입지도 않았다는 사실을 깨달았다.

"내 재킷을 걸쳐라. 몸이 너무 차구나."

사라는 비참한 심정에서 헤어나지 못한 듯 고개를 가로저었다.

"네가 감기에 걸리면 캡틴한테도 좋지 않아. 너한테 신경 쓰지 않았다고 날 또 얼마나 구박하겠니? 아마 욕이란 욕은 다 먹어야 할 거다."

사라가 그를 올려다보며 물었다.

"아저씨는 할아버지가 정말 말을 탈 수 있었다는 걸 알고 있었어요? 그러니까, 지금도 말을 탈 수 있을 거라고?"

존은 잠시 균형을 잃은 사람처럼 한 걸음 뒤로 물러났다.

"말을 탄다고? 물론 알고 있었지. 모든 걸 다 안다고 할 순 없지만, 그럼, 알았지. 네 할아버지는 기수였잖아."

사라는 미소를 지었지만 애써 노력한 흔적이 역력했다. 존은 쓸쓸해 보이는 사라의 어깨에 재킷을 걸쳐주었다. 그렇게 둘은, 늙은 카우보이와 소녀는 어깨를 나란히 맞대고 버스 정류장 쪽으로 걸음을 옮겼다.

# 5

*건강하고 온전한 말을 판단하는 기준은*
*당연히 신체 조건과 관련이 있으며,*
*기질적인 조건은 아직까지 밝혀진 바가 없다.*

*-크세노폰, 『기마술』*

집에 불이 환하게 켜져 있었다. 너태샤는 스위치를 끄면서 주변을 둘러보았다. 오늘 아침에 불을 켜두고 나갔는지 기억을 더듬어보았다. 커튼을 열어둔 채 집을 나서지도 않았다. 그것은 집에 누군가 혼자 있다는 사실을 널리 알리는 꼴이었기 때문이다.

"아, 이런, 몇 주 전부터 당신이 온다고 했었지."

현관문을 연 후에야 너태샤는 사태를 파악하고 말했다. 그러려고 한 건 아니었는데, 목소리가 퉁명스럽게 나왔다.

맥이 인화지를 한 아름 안은 채 현관에 서 있었다.

"미안, 일이 좀 생겼어. 머리가 돌 지경이야. 오늘 오후에 당신 휴대전화에 문자 남겼는데. 금방 끝날 거라고."

너태샤는 가방을 뒤적거리며 말했다.

"아, 그런 거 못 받았는데."

갑자기 등장한 전남편 때문에 몹시 당황한 상태였다.

두 사람은 한동안 서로를 마주한 채 서 있었다. 한때는 두 사람의 보금자리였지만 지금은 그녀의 공간이 돼버린 집에 맥이 들어와 있었다. 머리 스타일이 약간 변했고 티셔츠도 못 보던 것이었다. 왠지 모르게 행복해 보인다는 느낌마저 들었다. 너태샤는 문득 자신이 없는 1년 동안이 그토록 좋았나 하는 생각에 가슴 한구석이 욱신거렸다.

"가지고 있던 장비들이 필요해서 말이야."

그가 뒤쪽을 가리키며 말했다.

"근데 전에 있던 곳에 안 보이네."

"내가 옮겨놨어."

너태샤는 대답하면서도 이런 말이 불쾌하게 들릴 수도 있겠다는 생각이 들었다. 그의 흔적을 모조리 지워버리려는 사람처럼 보일 수도 있었기 때문이다.

"2층 서재에 있어."

"아, 그래서 내가 못 찾았구나."

그는 애써 미소 지으며 말했다.

"여기다 놔둘 게 많아져서…… 그리고……."

너태샤는 말끝을 흐렸다.

'그리고 당신 물건을 여기저기 놔두고 보는 게 너무 괴로웠어. 가끔씩은, 아주 가끔씩은 커다란 망치로 부숴버리고 싶은 충동도 느꼈어.'

그를 맞이할 준비가 돼 있었다면 좋았을 텐데 하는 아쉬움도 있었다. 늦잠 잔 시간을 감안하더라도 늦게까지 일했고, 커피도 너무 많이 마셨다. 화장은 거의 지워졌다. 얼마나 지치고 창백한 몰골이겠는가.

"그럼, 잠깐 올라갔다 올게. 오래 걸리진 않을 거야."

맥이 말했다.

"아니, 아니야! 서두르지 마. 어차피 난…… 우유나 좀 마시면서. 천천히 찾아."

'미안해, 맥. 정말 미안해. 난 늘 그렇게 말했지. 그런데 뭣 때문에? 당신 목소리는 너무 차분하고 이성적이었어. 늘 아무 일도 아니라는 듯 얘기했고 이해한다는 듯이 나를 바라보았지. 내가 떠나는 이유가 그 사람 때문이라고 생각하는 거야? 정말 그래?'

너태샤는 그가 다른 소리를 늘어놓기 전에 집에서 나왔다. 맥이 공손한 사람이라는 것쯤은 그녀도 잘 알고 있었다. 어쩌면 너태샤가 코너와 함께 있느라 늦는다고 생각했는지도 모른다. 물론 맥은 그렇게 말하지 않았다. 그건 결코 그의 스타일이 아니었다.

너태샤는 평소에 이 슈퍼마켓을 자주 이용하지 않았다. 범죄가 잦은 외곽에 자리 잡은 곳이었다. 가끔 누군가 계산도 하지 않고 카트를 밀고 나가면 거기 있던 모두가 환호성을 지르는 그런 가게였다. 그런데도 차를 몰고 이곳까지 오게 된 건, 두려움이나 살벌한 느낌을 걱정하기에 앞서 집에서 벗어나고 싶다는 막연한 욕구를 따랐기 때문이다.

너태샤는 냉동 요구르트 앞에서 혼잣말을 중얼거리는 부랑자를 피하면서 유제품 코너에 섰다. 머릿속이 너무 분주했기 때문에 자신이 거기에 온 이유조차 잊어버리고 말았다.

맥이 집에 돌아와 있었다. 부모님은 애초에 그를 결혼 상대로 적당하지 않다고 보았고, 자신도 수수께끼 같은 무책임한 사람과 결혼했다고 후회했다. 실제로 결혼 생활은 두 사람 모두를 피폐하게 했다.

너태샤는 너무 오랫동안 남편을 잊어버리려 했고, 실제로 맥은 그렇게 되도록 도와주기도 했다. 때로는 일부러 잠적한 게 아닌가 싶기도 했다. 결혼 생활이 유지되던 마지막 한 해 동안에는 남편이 너무 자주 집을 비워서 원래부터 혼자 살아왔다는 착각이 들 정도였다. 집에 와 있는 맥을 보는 순간 차라리 고독이 수월하다고 느꼈던 모든 기억이 되살아나면서 화가 치밀었다. 그래서 필요한 물건을 챙겨서 가라는 말만 남기고 집을 나왔다. 이제는 희미해졌지만, 암울하고 불편한 울림을 상대가 느껴보기를 바라는 심정도 있었다.

'난 또다시 이런 감정 느끼기 싫어. 이 암울한 기분을 되새기고 싶지 않아. 당신 할 일만 하고 가. 난 이대로 편안하게 내버려두고.'

계산대 근처 통로에서 소란스런 소리가 들려오는 바람에 너태샤는 상념에서 벗어났다. 곧바로 시리얼 코너로 걸어가 무슨 일이 벌어지고 있는지 살폈다.

뚱뚱한 아프리카계 남자가 십 대 소녀의 팔을 붙들고 있었다. 아이는 많아도 열여섯 살이 안 돼 보였는데, 무자비한 남자의 손아귀에 팔뚝을 잡힌 채 머리가 산발이 되도록 버둥거리고 있었다.

"괜찮니?"

너태샤가 오트밀 상품들 뒤편에서 나와 여자애한테 물었다. 하지만 상황은 심상치 않아 보였다.

"난 변호사야."

너태샤가 설명을 덧붙였다. 그때 남자의 경비 명찰이 눈에 들어왔다. 계산대 여직원이 말했다.

"잘됐네. 어차피 감방 가면 변호사 필요할 텐데. 따로 전화할 필요도 없고 좋겠네."

"난 훔치려고 한 게 아니에요."

여자애가 다시 팔을 흔들며 말했다. 아이의 얼굴은 환한 불빛을 받아 더욱 창백해 보였고, 휘둥그레진 두 눈은 경계심을 잔뜩 드러냈다.

"흥, 그러면 피시 핑거가 냉동고에서 뛰어올라 네 주머니로 쏙 들어갔단 말이야?"

"다른 물건을 고를 동안 잠깐 넣어둔 거라고요. 제발 이것 좀 놔줘요. 맹세해요. 훔치려고 한 게 아니에요."

여자애는 눈물이 글썽글썽해서 말했다. 괜히 과장해서 저항하는 것 같지는 않았다. 너태샤가 겪어본 아이들의 태도와는 사뭇 달랐다.

"나를 곧장 지나쳤다고요, 저 애가."

여직원이 말했다.

"날 뭐 바보로 아나."

"어쩌면 그냥 계산하려고 간 것일 수도 있잖아요."

너태샤가 의견을 내놓았다.

"저 애가요?"

뚱뚱한 경비원이 어깨를 으쓱하며 말했다.

"저 앤 가진 돈이 없어요."

"저런 애들은 돈이 없죠."

여직원이 덧붙였다.

"돈을 떨어뜨린 것 같아요."

여자애가 바닥을 이리저리 둘러보며 중얼거렸다.

"도망가지 않을 테니 돈을 찾아보게 해줘요. 누가 집어가기 전에요."

"저게 얼마죠? 피시 핑거 맞죠?"

너태샤가 지갑을 찾으며 말했다. 계산대 여직원이 눈썹을 치켜올렸다. 너태샤는 피곤했다. 여자애가 경비원에 붙잡혀 눈물 흘리는 모습을 마음에 담은 채 집으로 가고 싶지 않았다.

"모르고 한 실수라고 해두죠. 제가 대신 계산할게요."

여직원과 경비가 마치 사기극의 공범을 보듯 쳐다보다가, 너태샤가 5파운드짜리 지폐를 내밀자 시선을 거두었다. 아주 잠깐 주춤거리던 여직원이 계산대에 피시 핑거의 금액을 찍고 잔돈을 거슬러주었다.

"다시는 이곳에 얼굴 내밀 생각은 하지도 마."

여직원이 니코틴으로 찌든 손가락을 쿡 찌르며 쏘아붙였다.

"알겠어?"

여자애는 아무 말도 하지 않았다. 어깨를 밀쳐 경비원의 손아귀에서 빠져나가더니 피시 핑거를 손에 든 채 서둘러 문으로 걸어갔다. 문이 자동으로 열리자 여자애가 걸어 나갔고 곧바로 어둠 속으로 사라졌다.

"저거 봐요."

경비원의 피부가 형광등 조명 아래 반짝 빛났다.

"고맙다는 말 한마디 없잖아요."

"저 애는 도벽이 있다니까요. 지난주에도 여기 있는 걸 봤어요. 그땐 우리가 증명할 방법이 없었지만."

"이런 말이 위안이 될지 모르겠지만 어쨌든 저 애한테는 이번 주 음식을 장만한 셈이잖아요."

너태샤가 둘러대며 우윳값을 치렀다. 문득 고개를 돌리니 아까 마주쳤던 부랑자가 이번에는 세탁 세제를 뚫어져라 쳐다본 다음 어두컴컴한 거리로 걸어 나가는 게 보였다.

밖으로 나온 너태샤가 몇 걸음 떼지 않았을 때였다. 좀 전의 여자애가 불쑥 옆으로 다가섰다. 조금만 덜 정신이 팔렸어도 너태샤는 화들짝 놀라며 나쁜 일이 일어날 거라 생각할 뻔했다. 하지만 여자애는 손을 내밀며 말했다.

"돈을 조금 찾았어요. 호주머니에 있었는데, 흘렸나봐요."

소녀의 손 위에는 50펜스와 동전 몇 개가 놓여 있었다. 그 나이 또래 여자애한테 보기 힘든 굳은살이 손바닥에 박여 있었다. 너태샤는 더 이상 관여하고 싶지 않아서 계속 발걸음을 옮기며 말했다.

"돈은 넣어둬. 난 괜찮아."

그러고는 차 문을 열었다.

"전 훔치려 하지 않았어요."

너태샤가 돌아보며 물었다.

"넌 항상 밤 11시에 저녁거리를 산다고 하던데?"

여자애가 어깨를 으쓱했다.

"병원에 찾아볼 사람이 있거든요. 집에 돌아가도 먹을 게 없어서."

"어디에 살고 있니?"

자세히 보니 아이는 처음에 생각했던 것보다 더 어린 것 같았다. 열세 살 혹은 열네 살 정도로밖에 보이지 않았다.

"샌다운이요."

너태샤는 제멋대로 비대해진 주택 단지를 힐끗 쳐다보았다. 이 도시에서는 명성이 자자한 곳이었다. 고층 건물들은 두 사람이 서 있는 거리에서도 아주 잘 보였다. 그때 왜 그랬는지 정확한 이유는 알 수 없었다. 어쩌면 집에 돌아가 맥을 다시 볼 준비가 안 되었거나 그가 떠난 자리를 마주할 준비가 안 되었던 것인지도 모른다. 당시 그 지역은 시끌벅적한 소란으로 들끓었다. 멀리서 차들이 경적을 울려댔고 가까운 모퉁이에서는 두 남자가 격한 말싸움을 벌이고 있었다. 그들은 서로에 대한 분노로 목소리가 점점 높아졌다.

'당신은 지금 마주한 현실만큼 모질지 못해.'

코너가 목소리를 잔뜩 깔고 말한 적이 있었다.

'당신 안에는 겉보기와는 전혀 다른 너태샤 매컬리가 있지.'

'그런가, 놀라운데.'

너태샤는 그렇게 대꾸했다. 자신이 듣기에도 의구심이 뚝뚝 묻어나는 목소리였다.

두 남자는 이제 발길질과 주먹질을 주고받고 있었다. 싸움의 양상이 언쟁에서 폭력으로 바뀌고 있었다. 자연스럽게 욕설이 오갔고, 어디선가 몇몇 남자들이 달려오는 발소리가 어둠 속에서 울려 퍼졌다.

"이렇게 늦은 밤에 혼자 밖에 나오면 안 돼."

너태샤는 차로 씩씩하게 걸어가며 말했다.

"어서 타. 집에 데려다줄게."

소녀는 한동안 너태샤를 살피는 눈치였다. 그녀의 정갈한 옷과 신발, 차를 차례로 훑었다. 낡은 볼보 같은 고루하고 실용적인 차를 모는 운전자라면 자신을 납치하지는 않을 거라고 생각하는 듯했다.

"조수석 문 잠금장치는 고장 난 상태야."

너태샤가 슬쩍 운을 뗐다.

"그게 도움이 될지는 모르겠다만……."

소녀는 걱정스럽지 않은 게 어디 있겠냐는 듯 한숨을 내쉬고는 차에 올라탔다.


너태샤는 아파트 주차장에 들어서면서부터 자신의 충동적인 행동에 후회가 들기 시작했다. 무리를 지은 젊은이들이 주변을 서성거리고 있었다. 일부는 무리에서 빠져나와 앞바퀴를 들고 자전거를 몰았고, 또 다른 애들은 담배꽁초를 집어던지고 서로에게 야유를 보내며 희희낙락했다. 너태샤가 주차 공간으로 후진해 들어가자 젊은이들이 낯선 차량을 알아보고 잠시 멈춰 섰다.

"아직 이름도 말해주지 않았구나."

아이는 잠시 주저하다가 대답했다.

"제인이에요."

"여기서 오래 살았니?"

아이는 고개를 끄덕이고는 조용히 문을 열려고 했다.

너태샤는 이제 집으로 돌아가고 싶었다. 안전하고 친숙한 거실로, 안락하고 평화로운 자신만의 세계로 돌아가고 싶었다. 그 속에서 와인 한잔을 마시며 좋은 음악을 듣고 싶었다. 지금까지 경험으로 판단할 때 이런 지역은 빨리 차를 돌려 나오는 게 현명했다. 이 구역은 불량한 젊은이들의 영역이었다. 대부분은 자신의 구역 밖으로 수 킬로미터도 벗어난 적 없을 것이다. 반면에 자기 영역에 속하는 것들에는 고집스러울 정도로 열렬한 집착을 드러내기도 했다. 경제적으로 어렵고 거친 이런 곳에서는 지금 같은 복장이나 자동차가 중산층임을 알리는 요소가 될 것이다. 하지만 그 순간 너태샤는 옆자리에 앉은 마르고 창백한 소녀를 돌아보지 않을 수 없었다. 집에 안전하게 들어가는 것을 보지 않고 어떻게 그냥 내리라고 할 수 있겠는가?

너태샤는 결혼반지와 신용카드를 빼서 뒷주머니에 슬쩍 옮겨 넣었다. 이렇게 해두면 누군가 지갑을 채간다 해도 현금만 손해 보면 된다.

"그러지 않아도 돼요."

제인이 고개를 돌리고 말했다.

"다 아는 사람들인걸요."

"네가 집에 들어가는 걸 보고 갈게."

너태샤는 나이 어린 의뢰인을 상대하듯 전문가다운 무심한 말투로 말했다. 아이가 그다지 기뻐하는 것 같지 않자 이렇게 덧붙였다.

"괜찮아. 무슨 일이 있었는지 아무 말도 하지 않을게. 밤이 늦었잖아. 네가 잘 들어가는지 확인하고 싶어서 그래."

"그럼 집 앞까지만요."

그들은 함께 차에서 내렸다. 너태샤는 평소보다 자세를 똑바로 하려고 애쓰며 걸었다. 껌 자국이 가득한 보도 위를 내딛을 때마다 또각또각 소리가 거만하게 울렸다. 두 사람이 집 근처 계단에 가까워질 무렵 한 소년이 자전거를 굴리며 옆을 지나갔다. 너태샤는 움찔하지 않으려고 애썼고, 아이는 고개를 들지 않았다.

"할아버지는 좀 나아지신 거지, 사라?"

소년이 모자를 머리 위로 끌어당기며 물었다. 그러고는 웃는 얼굴로 몇 바퀴 제자리를 돌다가 가버렸다. 가로등 불빛에 비쳐 소년의 얼굴이 흐릿하게 드러났다.

'사라?'

승강기가 고장 난 상태여서 그들은 3층까지 걸어 올라갔다. 계단은 식상할 정도로 익숙한 풍경을 보여주었다. 낙서로 뒤덮이고 오줌 냄새가 진동했다. 퀴퀴한 기름이나 생선 냄새가 풀풀 나는 테이크아웃 음식 상자도 여기저기 뒹굴었다. 복도에서는 열린 창문을 통해 음악 소리가 쿵쾅거리며 들려왔고 아래쪽에서는 자동차 경보음이 요란하게 울렸다. 다행히 그게 자기 차가 아니라는 것을 너태샤는 금방 알아챘다.

"전 여기 살아요."

사라가 한 집을 가리키며 말했다.

"여기까지 데려다주셔서 감사해요."

그 후에 왜 바로 자리를 뜨지 않았는지 너태샤는 정확히 알 수 없었다. 가짜 이름 때문이었는지도 모른다. 혹은 소녀가 너무 간절해 보여서 발걸음이 떨어지지 않았는지도 모른다. 그래서 서둘러 걸음을 옮기는 소녀를 계속 따라갔고 사라가 가리킨 집 앞에 걸음을 멈추었다. 당황스럽게도, 문은 잠금장치가 부서지고 나무가 쪼개져 있는 상태였다. 쪼개진 틈으로 불이 환하게 밝혀진 아파트 내부가 들여다보였다.

두 사람은 한동안 미동도 없이 서 있었다. 드디어 너태샤가 한 발짝 앞으로 나아가 문을 세게 밀면서 물었다.

"누구 없어요?"

침입자들이 어떻게 나올지 알 수 없는 상황이었다. 혹시라도 물음에 답을 할까 하는 심정으로 옆을 돌아보았다. 사라는 놀란 가슴을 억누르기 위해 손으로 입을 틀어막고 있었다.

침입자들은 이미 오래전에 떠난 듯했다. 문이 열리면서 자그마한 현관과 거실이 드러났다. 텔레비전 스탠드 위가 텅 비어 있는 점을 빼고는 거실은 의외로 아주 깔끔했다. 좀 더 들어가보니 주방 찬장문은 모두 열어젖혀 있었고, 조그만 책상 서랍도 다 열려 있었다. 사진 액자가 내동댕이쳐져 있었는데, 사라는 그것을 집어 들어 깨진 유리 조각들을 조심스럽게 떼어냈다. 1960년대에 찍었음직한 부부의 흑백사진이었다. 갑자기 사라가 매우 어리고 작아 보이면서 안쓰러워졌다.

"경찰에 신고할게."

너태샤가 가방에서 휴대전화를 꺼내며 말했다. 맥이 여러 번 전화를 걸어온 사실을 그제야 확인했다. 문득 미안한 생각이 들었다.

"소용없어요."

사라가 피곤한 기색을 드러내며 말했다.

"여기서 무슨 일이 일어나든 경찰은 신경도 쓰지 않아요. 지난주에 오브라이언 부인네도 일을 당했지만 경찰은 나올 필요도 없다는 식으로 말했어요."

사라는 다시 조심조심 방들을 살펴보고 돌아왔다. 너태샤는 현관으로 가서 문고리를 걸었다. 건물 아래쪽에서는 여전히 젊은이들이 시끌벅적하게 떠들고 있었지만, 더 이상 차 걱정은 하지 않기로 했다.

"뭐 잃어버린 거 있니?"

너태샤가 사라를 따라다니며 물었다. 이 집은 예상했던 것보다 어수선하지 않았다. 오히려 괜찮은 물건들도 보이고 질서 있게 정리된 집이라는 인상을 주었다.

"텔레비전이 없어졌어요."

사라가 아랫입술을 떨며 말했다.

"그리고 제 DVD 플레이어와 여행 자금도요."

그러더니 갑자기 무언가 생각난 것처럼 방으로 뛰어갔다. 방문이 열리는 소리에 이어 뭔가를 뒤지는 소리가 들렸다. 다시 나타난 사라가 희미한 웃음을 지으며 말했다.

"다행히 이건 가져가지 않았어요. 할아버지 연금 수급장이에요."

"부모님은 어디 계시니?"

"엄마는 여기 없어요. 할아버지와 저, 둘뿐이에요."

사라가 어색하게 말했다.

"할아버지는 어디 계신데?"

사라는 잠시 주저했다.

"병원에요."

"그럼 누가 널 돌보는 거야?"

사라는 아무 말이 없었다.

"혼자 지낸 지 얼마나 됐어?"

"2주 지났어요."

너태샤는 마음속으로 신음을 내질렀다. 너무 많은 일들이 한꺼번에 일어나고 있었다. 스스로 초래한 일을 비롯해 자신이 처리해야 할 일이 너무 많았다. 슈퍼마켓에서 우유만 사가지고 나왔어야 했다. 사실 우유도 별로 필요한 게 아니었다. 차라리 그냥 집에서 전남편과 언쟁이나 벌이는 게 나을 뻔했다.

너태샤는 집으로 전화를 걸었다.

"빌어먹을, 도대체 어디 있는 거야?"

맥이 폭발할 것처럼 말했다.

"우유 하나 사러 가는데 얼마나 걸리는 거야?"

"맥,"

너태샤가 조심스럽게 말을 꺼냈다.

"날 좀 도와줘야겠어. 당신의 도구가 필요해. 내 가방도 가져다주고. 연락처가 적힌 수첩이 필요하거든."


맥이 너태샤와 살 집을 수리하는 데는 4년이 걸렸다. 너태샤의 부모님이 보시기에 맥의 그런 점은 다른 결점을 보완하는 장점이었다. 그는 지붕을 고치거나 벽돌을 쌓는 일을 제외하면 미장 공사와 목공 일 등 모든 것을 아주 잘해냈다. 게다가 디자인 부분에도 세심하게 관여했다. 그는 손재주가 있었다. 카메라만큼이나 전동 공구도 능숙하게 다루었다. 너태샤는 예술적 기질을 타고나지 못했지만 그에게는 모든 대상의

이면을 바라볼 줄 아는 능력이 있었다. 그의 머릿속에는 아름다운 이미지를 모아둔 방이 하나 있어서 필요한 시기에 필요한 것들을 적절하게 꺼내 쓰는 것 같았다.

새로 설치할 잠금장치는 안전할 거라며 맥은 휘파람을 불며 말했다. 수리공을 부르는 것은 현재 사라의 재정 상태로 볼 때 무리라는 점을 너태샤는 재빨리 깨달았다. 게다가 사라는 여행 자금을 잃어버려서 몹시 절망한 상태였다. 맥은 40분도 채 걸리지 않아 너태샤가 알고 지내던 사람과 함께 나타났다.

"크리스타, 너태샤 매컬리 알죠?"

맥이 크리스타의 이름을 부르며 말했다.

"안녕하세요, 너태샤. 그런데 이거 뭔가 좀 뒤바뀌지 않았나요?"

"알아요. 하지만 곤란한 상황이 벌어져서요. 혹시 십 대 소녀가 머물 만한 데가 어디 없을까요?"

너태샤는 오늘 사건에 대한 개략적인 설명을 덧붙였다.

"미안하지만 없어요."

크리스타가 말했다.

"전혀 없어요. 어제 아침에 동반자 없는 망명 신청 어린이 열네 명이 한꺼번에 이 구역으로 들어오는 바람에 우리 위탁 시설도 가득 찼죠. 저녁 내내 전화통을 붙들고 있었다니까요."

"전……."

"그보다 당장 오늘 밤은 지역 경찰서에 문의하는 게 낫지 않을까요? 시간도 절약할 겸 일단 그쪽으로 데려가는 게 좋을 것 같은데. 장담할 순 없지만 내일쯤엔 우리 쪽에 자리가 날 수도 있고요."

거실로 가보니 맥이 일을 다 마친 상태였다. 도대체 그런 기다란 철

조각은 어디서 구해왔는지 문틀에 단단히 고정시켜놓은 뒤였다.

"다시는 아무도 들어올 수 없을 거야."

맥이 가지고 온 도구들을 주워 담으며 말했다.

너태샤는 전남편에게 어색한 미소를 지어 보였다. 그의 현실적인 능력에 다시 한번 감탄했고, 한밤중에 불려 나오면서도 아무런 불만을 달지 않은 것에 대해서도 고마운 마음이 들었다. 맥은 지금 사라와 30센티미터쯤 떨어져 앉아 액자에 끼운 사진들을 살피고 있었다. 사진은 맥이 누군가의 집을 평가하는 첫 번째 기준이었다.

"그러니까 여기가 할아버지 집이란 말이지?"

맥이 물었다.

"할아버지는 대위였어요."

사라는 꾸깃꾸깃한 휴지를 만지작대며 가라앉은 음성으로 말했다.

"저건 정말 멋진 사진이군. 그렇지 않아, 너태샤? 저 말 근육 좀 봐."

사진가들이 대부분 그렇듯 맥은 사람의 마음을 편안하게 해주는 재주가 있었다. 누구와도 금방 친해지는 놀라운 능력을 타고났다. 너태샤는 감동을 받은 표정을 애써 감추려 하지 않았다. 하지만 지금 당장 시급한 것은 경찰서에 달린 방에서 하룻밤을 묵는 게 좋겠다는 말을 사라에게 어떻게 하느냐였다.

"들고 갈 가방이 있지? 교복도 필요하겠구나."

너태샤가 물었다.

사라가 옆에 있는 여행용 가방을 가볍게 툭툭 쳤다. 아이는 다소 불안해 보이긴 했지만 오늘 느닷없이 자신의 삶을 뒤흔든 사람들에 대해서는 심각성을 느끼지 못하는 듯했다. 시간은 어느새 자정에서 30분이 지나 있었다.

"그럼 우린 이 아이를 어디로 데려가야 하지?"

맥이 너태샤에게 물었다.

너태샤가 한숨을 내쉬며 말했다.

"오늘 밤은 조금 힘들 거야. 우리가 좀 더 안전한 데를 찾을 때까지는 임시 거처에 데려다줄 수밖에 없어."

두 사람 다 너태샤를 바라보며 다음 말을 기다렸다.

"내가 아는 사람들에게도 좀 물어봤는데, 불행하게도 지금은 마땅한 데가 없네. 너무 늦은 밤인 데다…… 갑자기 아이들이 몰려들었나봐."

"그럼 어디로 가야 되는데?"

맥이 다시 물었다.

"아무래도 오늘 밤은 경찰서에 데려다줘야 할 것 같아. 좀 더 시간이 일렀다면 좋았을 텐데."

사라를 안심시켜주려는 말이었으나, 아이의 얼굴은 하얗게 변했다.

"당장은 마땅한 위탁 시설을 구하기가 어렵나봐. 내일은 상황이 어떨지 모르겠지만."

"경찰서라고?"

맥이 못 믿겠다는 듯 물었다.

"다른 데가 없어."

"하지만 당신은 관련 기관을 많이 알고 있잖아. 주로 이런 일들을 담당해왔으니까. 관계자들한테 아이가 묵을 데가 없는지 알아보라고 해."

"어쩔 수 없을 땐 경찰서에 의존하기도 해. 그래봤자 잠깐 동안이야, 맥. 크리스타도 내일 아침이면 더 나은 데를 찾게 될 거라고 했어."

사라가 고개를 저으며 말했다.

"전 경찰서에 가지 않을 거예요."

"사라, 너 혼자 여기 있을 순 없어."

"안 갈 거예요."

"타슈, 이건 말도 안 돼. 저 앤 이제 열네 살이야. 경찰서에서 잘 수는 없어."

"달리 선택의 여지가 없잖아."

"아니요, 그렇지 않아요. 말했잖아요. 집에 혼자 있어도 괜찮아요."

한동안 긴 침묵이 이어졌다.

너태샤는 자리에 앉아서 생각을 정리했다.

"사라, 주변에 아는 사람 없니? 같이 지낼 학교 친구나 친척은?"

"없어요."

"엄마와는 연락이 가능하지 않을까?"

사라의 표정이 어두워졌다.

"엄마는 돌아가셨어요. 저와 할아버지뿐이에요."

너태샤는 이해를 바라는 심정으로 맥을 돌아보았다.

"이건 좀 특별한 경우야, 맥. 아무리 하룻밤이라도 아이를 여기 혼자 둘 순 없어."

"그럼 우리 집으로 데려가면 되잖아."

너태샤는 그런 발상 외에도 그가 우리라는 소유격을 사용하는 것에 당혹감을 느꼈다.

"방금 도둑질을 당한 열네 살짜리 여자애를 불한당 같은 놈들이 드나드는 경찰서에 보낼 수는 없다고."

맥이 목소리에 힘을 주어 말했다.

"거기라면 안전할 거야. 다른 사람들과 같이 유치장에 있는 게 아니잖아. 경찰들이 잘 보살펴줄 거야."

"알 게 뭐야."

"맥, 아이를 집으로 데려갈 수는 없어. 바람직한 절차도 아닐뿐더러 이런저런 상황으로 볼 때……."

"절차는 무슨 빌어먹을. 어린애를 집이 아닌 경찰서에서 재우는 게 낫다고 주장한다면 그놈의 절차는 쓰레기통에나 갖다 버리라고 해."

맥의 말투가 격해졌다. 몹시 심각하다는 의미였다.

"맥, 우린 위탁 보호자로 승인받지도 못했어. 사라한테는 전문가의 보호가 필요하다고."

"나도 학교에서 애들 가르치기 시작할 때 그 정도 교육은 받았어."

'애들을 가르친다고?'

맥은 사라를 돌아보며 물었다.

"우리 집이라면…… 조금은 안심이 되겠지? 우리가 할아버지한테 연락해서 알려드릴게."

사라는 너태샤를 힐끗 쳐다본 다음 대답했다.

"그럴 것 같아요."

"사라를 우리 집에 못 데려가게 하는 절차상의 문제가 또 남았나?"

너태샤가 수락하기 어려운 이유를 찾고 있다고 생각했는지 맥은 비아냥거리는 말투로 '절차상의'라는 단어를 강조했다.

너태샤는 주장하고 싶었다. 내 직업이, 내 일이 부랑자들을 집으로 받아들이는 것은 아니라고. 만약 그렇게 한다면 누군가는 분명히 전문가로서의 판단에 의문을 제기할 것이다. 게다가 이 아이를 잘 알지도 못했다. 슈퍼마켓 절도 현장에서 만났을 뿐이고 아이의 설명에 확신이 들지도 않았다.

너태샤는 사라를 물끄러미 바라보았다. 그와 동시에 자신을 절망에 빠뜨리고 궁지에 몰고 있는 또 다른 아이 아마디를 생각하지 않을 수 없었다.

"5분만 생각할 시간을 줘."

너태샤는 사라의 침실로 가서 크리스타에게 전화를 걸었다.

"지금은 좀 바쁜데."

너태샤가 말을 꺼내기도 전에 크리스타가 앞질러 말했다.

"문제가 생겨서 누굴 좀 데리러 가야 해서요."

"그런 게 아니에요."

너태샤가 재빨리 말했다.

"크리스타, 저도 문제가 생겼어요. 아이가 경찰서에 가기를 거부해요. 남…… 맥도 그 생각을 좋아하지 않고요. 대신에 아이를 우리 집에 데려가고 싶어해요."

긴 침묵이 흐르고 있었다.

"크리스타?"

"아, 네……. 혹시 아이의 부모를 아나요? 당신에게 위탁 보호자가 돼 달라고 요청했나요?"

"전혀 그렇지 않아요."

다시 긴 침묵이 이어졌다.

"당신은 아이를 전혀 모르는 건가요?"

"오늘 밤에 처음 만났어요."

"당신도…… 그러고 싶은가요?"

"아이는……,"

너태샤는 잠시 말을 중단하고 슈퍼마켓에서 마주쳤던 장면을 떠올렸다.

"착해 보였어요. 집에는 아무도 없고 아파트는 도둑을 맞았고. 정말…… 어려운 문제네요."

크리스타는 수년 동안 너태샤를 알고 지냈지만 선뜻 그런 일을 할 수 있는 사람이라고 보지는 않았다.

"글쎄요. 저도 이런 경우는 처음이라서. 다른 기록에서도 본 적이 없어요. 만약 아이가 괜찮다고 한다면, 당신들도 아이를 경찰서에 보내는 것보다 데리고 있는 게 안전하다고 생각한다면 하룻밤 정도는 괜찮지 않을까요? 아무튼 나중에 다시 전화 주세요."

너태샤는 전화를 끊었다. 소녀의 방은 깔끔하고 질서정연했다. 그 또래 여자애들이 그러리라고 생각했던 것보다 더 잘 정리가 돼 있었다. 잡지에서 오려낸 듯한, 질주하는 말들의 컬러 사진들이 곳곳에 붙어 있었고, 사라처럼 보이는 여자애가 갈색 말을 타고 있는 사진들도 있었다. 푸른 초원과 끝없이 펼쳐진 해변에서 찍은 사진들은 유리창 바깥의 애매한 풍경과는 영 어울리지 않아 보였다.

너태샤는 피곤이 몰려와서 잠시 눈을 감고 앉아 있다가 거실로 나왔다. 맥과 사라가 얘기를 나누다가 멈추고 너태샤를 바라보았다. 사라의 눈 주위가 피로와 충격으로 푸르스름하게 변해 있었다.

"오늘 밤만 우리 집으로 가자."

너태샤가 애써 웃음을 지으며 말했다.

"내일 아침부터는 사회복지사가 네 문제를 담당해줄 거야."

사라는 아무 말도 하지 않고 방으로 올라갔다. 집까지 오는 동안에도 내내 말이 없었다. 자신의 처지가 매우 불안정하다는 데 생각이 미친 듯했고, 그 점을 눈치챈 맥이 농담과 위로를 건네며 사라의 기분을 풀어주기 위해 애썼다. 별거하기 전 너태샤에게 보여준 모습과는 딴판이었다. 사려 깊고 다정한 태도와 부드러운 말투는 질투가 날 정도였다. 다른 사람에게는 저렇게 친절을 베풀다니. 그런 모습을 지켜보는 일은 고통스러웠다. 그의 결점을 상기하는 게 차라리 수월하다는 생각마저 들었다.

너태샤는 맥과 사라의 갑작스러운 등장이 불러일으킨 상반된 감정을 추스르기 힘들었다. 그 때문에 운전을 하는 내내 거의 아무 얘기도 할 수가 없었다. 그날 밤 상황은 점점 더 비현실적으로 흘러갔다. 짧은 시간 동안 뜻밖의 일을 겪어서인지 이상할 정도로 친숙한 느낌이 들었다. 지금까지 맥이 죽 함께 있었다는 착각이 들 정도였다.

맥이 아이들에게는 얼마나 좋은 사람이었는지 오래 잊고 있었다. 조카들을 제외하면 주변에 아이들이 거의 없었기 때문이다.

"남는 방이 있지?"

맥이 물었다. 너태샤는 두 사람이 집에 들어가도록 물러서며 말했다.

"침대에 상자들을 좀 올려놨는데."

언젠가 너태샤가 정리해둔 그의 책들이었다. 예전에도 맥은 책을 아무 데나 꽂아놓곤 했다.

"내가 옮길게."

맥이 사라에게 손짓하며 말했다.

"당신은 사라가 마실 만한 것 좀 찾아봐."

"핫초코? 아니면 다른 거라도?"

너태샤가 물었다. 그 말을 하는 순간 요새 아이들이 무엇을 좋아하는지 아무것도 모르는 아줌마가 된 기분이었다.

사라는 고개를 저으며 열린 문 사이로 거실을 들여다보았다. 맥은 바닥 여기저기에 널려 있는 사진 관련 물건들을 정리했다.

"집이 아주 좋네요."

갑자기 다른 사람의 눈으로 자기 집을 보는 것 같은 느낌이 들었다. 크고 안락하고 세련된 가구가 비치된 집. 거주자가 고소득자라는 것이 고스란히 드러나고, 하나하나 세심하게 고른 소품들이 돋보이는 집. 사라가 격차를 느낄 만했다. 최근에 떠난 남자의 단서를 읽은 건 아닌지도 궁금했다.

"올라가기 전에 뭐 필요한 거 있니? 교복을 다리게 다리미를 좀 갖다줄까?"

"아뇨, 괜찮아요."

사라가 정중히 사양했다.

"그럼 2층으로 안내해줄게."

너태샤가 말했다.

"층계참에 화장실이 있으니까 혼자 편하게 쓸 수 있을 거야."


"너무 신경 쓰지 마."

너태샤가 천천히 계단을 내려오자 맥이 말했다.

"난 서재에 소파 겸용 침대를 마련해뒀으니까."

어느 정도 예상한 일이었다. 그가 도움을 준 사실을 생각한다면, 더구나 이런 새벽에 내쫓을 수는 없었다. 하지만 한 지붕 아래에서 전남편과 하룻밤을 보낸다고 생각하니 이상하게 마음이 편치 않았다.

"와인 한잔할래?"

너태샤가 물었다.

"난 한잔 마셔야겠어."

맥이 말을 길게 늘이며 대답했다.

"좋-지."

너태샤는 와인을 두 잔 따른 다음 한 잔을 맥에게 건넸다. 그는 소파에 앉았고, 그녀는 신발을 차서 벗어던진 다음 안락의자에 책상다리를 하고 앉았다. 새벽 2시 15분 전이었다.

"내일은 당신이 모든 걸 다 처리해줘야 해, 맥."

너태샤가 말을 꺼냈다.

"난 아침 일찍 법원에 가야 하거든."

"뭐든 말만 해."

너태샤는 멍하니 맥을 바라보았다. 과거의 그는 할 수 있는 일이 없었거나 아무 일도 하지 않으려 했다.

"내가 누구한테 전화를 걸어야 하는지, 사라를 어디에 내려줘야 하는지 적어줘. 가능하면 조금이라도 더 자게 내버려둘게. 아주 힘든 밤이었을 거야."

"우리 모두 마찬가지야."

"저 아이한텐 충격이 컸겠지. 어른이라도 견디기 어려웠을 거야."

맥이 말했다.

"저 앤 잘 처리해나갈 거야."

"어쨌든 잘한 일이야."

그가 계단을 향해 손짓하며 말했다.

"아이를 두고 왔다면…… 분명 후회했을 거야."

"그래."

두 사람은 한동안 말없이 와인을 홀짝거렸다.

"그래서 당신은 어떻게 지내?"

너태샤가 무거운 정적을 견디지 못하고 먼저 말을 꺼냈다.

"괜찮아. 당신도 좋아 보이는데."

너태샤가 눈썹을 치켜 올리며 말했다.

"응, 피곤하지만 좋아. 그 머리 잘 어울리네."

너태샤는 그의 머리카락을 만지고 싶은 충동과 싸웠다. 맥은 늘 이런 충동을 느끼게 했다.

"요즘은 무슨 일 해?"

너태샤는 화제를 돌릴 겸 물었다.

"일주일에 3일은 수업을 하고, 나머지 시간엔 광고 일들을 하지. 인물 사진이나 여행 관련 사진을 찍고 있어. 솔직히 말하면 일거리가 많진 않아."

"수업?"

너태샤는 믿기지 않는다는 듯한 느낌을 주지 않으려고 애썼다.

"내가 잘못 들었나 해서."

"대단한 건 아니고. 돈은 좀 벌어."

너태샤는 그 말의 뜻을 이해했다. 오랫동안 맥은 타협하기를 거부했다. 광고 일이 줄었을 때에도 애들을 가르쳐보라는 제안을 탐탁지 않게 여겼다. 어딘가에 얽매이는 것을 극도로 싫어했다. 자신이 흥미를 느끼는 일에만 전념하고 싶어했다. 그러다보니 재정 상황은 늘 기복이 심했고 대개는 쪼들리는 편이었다.

지금 그는 한결 분별 있고 의욕이 넘치는 사람으로 보였다. 너태샤는 왠지 속은 기분이 들었다.

"광고계에 환멸을 좀 느꼈어. 가르치는 일이 생각만큼 나쁘지 않더라고. 사람들도 날 좋아해주는 것 같고."

놀라운데, 너태샤는 마음속으로 중얼거렸다.

"어딜 가게 되든 그 일은 계속 할 생각이야. 돈을 아주 잘 버는 일은
아니지만."

너태샤는 곧 닥칠 충격에 대비하듯 온몸이 뻣뻣해지는 걸 느꼈다.

"그래서……."

"그래서 말인데, 적절한 때가 되면, 너태샤. 우리도 이 집을 정리하는
문제를 생각해봐야겠어."

너태샤는 그가 무슨 말을 하고 있는지 알았다. 재정 상태를 정리하고
합의를 보자는 얘기일 것이다.

"무슨 뜻이야?"

"잘 모르겠어. 하지만 계속 떠돌이 생활을 할 수는 없다는 얘기야. 벌
써 1년이 다 돼가고 있어."

너태샤는 한동안 유리잔만 내려다보고 있었다. 그래, 바로 이거지,
생각하면서. 하지만 고개를 들었을 때 그녀의 얼굴은 아무런 표정이 없
어 보였다.

"괜찮아?"

너태샤는 말없이 마지막 남은 와인을 마셨다.

"타슈?"

"지금은 이 문제를 생각하고 싶지 않아."

너태샤가 불쑥 말을 던졌다.

"너무 피곤해."

"그래, 내일 얘기하자."

"아까도 말했지만 난 아침 일찍 법원에 가야 돼."

"알아. 그러니까 언제라도 당신이……."

"갑자기 돌아와서 당장 내 집을 팔자고 하는 건 무리야."

너태샤가 톡 쏘듯 말했다.

"우리 집이야."

그가 정정했다.

"그리고 내가 느닷없이 다시 나타난 것처럼 말하지 마."

"지난 6개월 동안 난 당신이 어느 나라에 있는지조차 몰랐어."

"당신이 연락할 마음만 있었다면 내 동생한테 전화해서 얼마든지 물어볼 수 있었어. 하지만 당신은 여기 앉아서 그저 사태가 정리될 때까지 기다렸을 뿐이야."

"사태가 정리될 때까지?"

너태샤가 되물었다.

맥이 한숨을 쉬며 말했다.

"싸움을 걸려는 게 아니야, 타슈. 난 단지 상황을 바로잡으려는 것뿐이야. 오히려 정리하자고 늘 조른 건 당신이잖아."

"나도 잘 알아. 하지만 지금은 너무 피곤해. 오늘은 너무 큰일을 겪었어. 당신만 괜찮다면 재산 분할 문제는 나중에 얘기했으면 좋겠어."

"좋아. 하지만 이제부터 난 런던에 살아야 하니 거처할 데가 필요하다는 말을 해두려는 거야. 그리고 별다른 이유가 없다면 우리 관계가 정리될 때까지 당분간 남는 방을 쓸게."

너태샤는 가만히 앉아서 방금 들은 말을 다시 물었다.

"여기서 지낸다고?"

"그래."

"농담하는 거지?"

그가 엷은 미소를 지으며 되물었다.

"나랑 사는 게 그렇게 나빴어?"

"하지만 우린 더 이상 같이 지낼 수 없어."

"그렇겠지만 이 재산의 반은 내 몫이고, 나도 집이 필요해."

"맥, 이건 정말 불가능한 일이야."

"난 못 할 것도 없어. 겨우 몇 주면 돼, 타슈. 이런 말을 하면 너무 세게 나가는 것 같아 미안하지만, 만약 정 싫다면 이번에는 당신이 지낼 만한 데를 알아봐. 나로선 이미 1년 동안 당신이 혼자 이 집에서 지낼 수 있게 해줬잖아. 이젠 내게도 그럴 자격이 있는 거 아냐?"

그가 어깨를 으쓱하며 말했다.

"이봐, 이 집은 넓어. 우리가 그렇게까지 행동할 필요는 없잖아? 악몽이 될 뿐이야."

그는 당황스러울 정도로 여유로웠고 만족스러워 보이기까지 했다.

너태샤는 그에게 욕을 해대고 싶었다. 그의 머리에 물건을 집어던지고 싶었다. 당장이라도 현관문을 박차고 나가 호텔 방을 잡고 싶었다. 하지만 집에는 함께 책임지기로 약속한 열네 살짜리 아이가 있었다.

너태샤는 아무 대꾸도 없이 성큼성큼 걸어서 더 이상 누구의 것도 아닌 2층 침실로 올라가버렸다. 어이없게도 부동산 중개인이 집주인의 머리가 폭발할 지경인 집을 팔려면 얼마나 힘들까 하는 걱정이 들었다.

# 6

사진 속 소녀가 부모를 보며 활짝 웃고 있었다. 부모는 양쪽에서 아이의 손을 하나씩 잡은 채 금방이라도 바닥에서 들어 올릴 것 같은 포즈를 취하고 있었다. 포스터에는 이런 글귀가 적혀 있다. '위탁 양육은 변화를 불러옵니다.' 그렇다면 사진 속 부모는 소녀의 진짜 부모가 아닌 것이다. 이들은 행복한 가정을 연기하기 위해 돈을 받고 출연한 모델일 뿐이다. 어쨌거나 이들에게 가족 간의 유사성은 없었다.

갑자기 아이의 가짜 미소에 짜증이 치솟았다. 사회복지사 사무실에 앉아 포스터를 들여다보던 사라는 몸을 돌려 창밖을 바라보았다. 저 멀리 지역 공원의 크고 작은 나무들이 내다보였다. 빨리 스페어페니 래인으로 돌아가야 했다. 오늘 아침에 못 간다면 카우보이 존이 부를 대신 돌봐줄 테지만 자신의 손길과 같을 수는 없었다. 길들이는 방식도 다를 것이고 무엇보다 존은 다른 일을 보러 나가야 했다.

여자가 서류 작성을 다 마치고 나서 말했다.

"자, 사라, 우린 이제 너에 대한 파악을 대충 끝냈고, 앞으로 어떻게 도움을 줄 수 있는지 알아볼 거야. 일단은 할아버지가 나아지실 때까지 임시로 지낼 만한 가정을 찾아볼게. 어때, 괜찮을 것 같지?"

여자는 사진 속 아이와 같은 또래를 대하듯 사라에게 말했다. 모든 문장은 의문문처럼 끝이 올라갔다. 질문이 아닌 게 분명한 문장도 끝을 올려 말했다.

"난 아동보호 서비스 접수 및 평가 팀에서 나왔어. 네 문제를 어떻게 해결하면 좋을지 볼까?"

"이런 경우는 어떻게 진행되나요?"

사라 옆에 있던 맥이 물었다.

"그런 가정이 따로 있습니까? 단기간만 아이들을 데리고 있으면서 돌보는."

"우리 기관에는 다양한 위탁 가정이 등록되어 있습니다. 모두 우리 고객들이죠. 하룻밤만 아이를 맡기도 하지만 대부분은 몇 년 동안 함께 지낸답니다. 사라의 경우는 단기 위탁으로 끝나길 바라지만요."

"할아버지가 회복되실 때까지."

맥이 덧붙여 설명했다.

"맞습니다."

여자가 말하는 방식은 의미가 명쾌하지 않다고 사라는 생각했다.

"너와 비슷한 처지에 있는 아이들도 꽤 많으니까 너무 걱정하지 마."

맥과 너태샤는 아침을 먹으며 이야기를 나눴다. 사실 대화를 나누었다기보다는 맥이 일방적으로 혼자 떠들었다고 보는 게 타당했다. 사라는 두 사람이 언쟁을 벌인 건지 아닌지, 대화 내용도 자신과 관련된 건지 아닌지 판단이 서지 않았다. 예전에 할아버지와 할머니가 언쟁을 벌이는 모습을 한 번도 본 적이 없었기 때문에 더욱 헷갈렸다. 할머니는 할아버지와 말싸움을 할 수 있다고 농담처럼 말하곤 했지만 할아버지는 결코 따져 물으려 하지 않았다. 어느 날에는 할아버지가 짜증을 내고 나서 곧바로 조용해지더니 돌에만 시선을 고정한 채 한동안 꼼짝도 하지 않았다고 했다.

"꼭 어떤 조각상과 싸움을 하는 것 같더라니까."

할머니는 그렇게 농담을 했다.

갑자기 눈물이 핑 돌았다. 사라는 아래턱에 힘을 주면서 눈물을 참으려 애썼다. 맥과 너태샤를 따라나섰던 것이 너무도 후회되었다. 지난밤에는 두려움이 앞섰던 것도 사실이다. 하지만 이제 사라는 자신의 의지와 무관하게 삶이 어딘가로 넘겨졌다는 점을 어렴풋이 이해했다. 그 삶을 이해하지 못하는 사람들 때문에.

여자가 서류 하나를 뒤적이며 말했다.

"그동안 할아버지, 할머니와 함께 살고 있었다지? 엄마는 어디 계시는지 아니, 사라?"

사라는 고개를 저었다.

"엄마를 마지막으로 본 게 언제인지 물어도 되겠니?"

사라는 곁눈질로 맥을 힐끗 쳐다보았다. 사라는 할아버지랑 엄마에 대한 얘기를 나눠본 적이 없었다. 모르는 사람들 앞에서 가족의 빨래를 널어 말리는 것 같은 이상한 기분이 들었다.

"엄마는 죽었어요."

사라는 더듬더듬 말했다. 이런 얘기까지 해야 한다고 생각하니 조용히 화가 끓어올랐다.

"몇 년 전에 돌아가셨어요."

그 순간 그들의 얼굴에 연민이 드러났지만 사라는 엄마가 그립지도 않았다. 할머니가 그리운 것과는 전혀 달랐다. 엄마는 두 팔 벌려 달려가 안기고픈 따뜻한 품이 결코 아니었다. 오히려 어린 시절 내내 드리워 있던 예측할 수 없는 혼돈의 그림자 같은 존재였다. 사라는 엄마를 몇 가지 이미지로만 기억했다. 다른 사람들의 집으로 끌려가던 모습과 소파에 그대로 잠들어 있는 모습. 그 밖에도 가물가물하지만 시끄러운 음악과 언쟁이 뒤섞인 소리, 금방 사라져버릴 것 같은 불안감 등이 함께 떠올랐다. 나중에 할아버지, 할머니와 함께 살게 된 후에야 사라는 정돈된 일상과 사랑의 감정이 어떤 건지 알게 되었다.

여자는 뭔가를 휘갈겨 쓰더니 기대에 찬 목소리로 물었다.

"함께 지낼 친구들은 전혀 없는 거니? 아니면 다른 가족이라도?"

왠지 사라의 일에서 손을 떼고 싶어하는 것 같다는 생각도 들었다. 하지만 몇 주 동안이나 계속 자신을 데리고 있겠다고 나서는 사람은 없었다. 사라는 인기가 없었다. 몇 안 되는 친구들은 모두 사라의 집만큼이나 좁은 아파트에서 살았다. 사라가 있고 싶어도 전혀 그럴 형편이 못 되었다.

"전 가야 해요."

사라는 맥에게 조용히 말했다.

"알아."

그가 대답했다.

"걱정하지 마. 네가 늦을 거라는 걸 학교에서도 알고 있어. 지금 제일 중요한 건 네 문제를 처리하는 거야."

"그런데 할아버지가 지금 어디 계시다고 했지?"

여자가 사라에게 미소를 지으며 물었다.

"세인트 테레사 병원에 계세요. 거기서 할아버지를 옮길 거라고 했는데, 언제인지는 모르겠어요."

"우리가 알아봐줄 수 있어. 연계 프로그램을 시행하고 있으니까."

"전처럼 할아버지를 매일 볼 수 있을까요?"

"그건 잘 모르겠구나. 네가 어디로 가느냐에 따라 다를 거야."

"그게 무슨 말입니까?"

맥이 물었다.

"아이의 집에서 가까운 데로 가는 게 아닌가요?"

여자가 한숨을 내쉬며 말했다.

"안타깝지만 아직 조직적인 체계를 갖추지 못해서요. 아이들을 집에서 가까운 데로 보낸다고 보장하지는 못하겠네요. 하지만 할아버지가 집으로 돌아오실 때까지 최대한 자주 볼 수 있게 노력해볼게요."

여자의 말은 중요한 게 빠진 공허한 느낌을 준다고 사라는 생각했다. 확실한 것들로 채워져야 할 자리가 텅 비어 있다는 인상을 지울 수가 없었다. 제발 할아버지나 부에게서 수 킬로미터 정도만 떨어진 친절한 가족에게 가게 되기를 빌었다. 여기서 몇 시간이나 걸리는 곳에 가게 된다면 할아버지를 어떻게 돌보겠는가? 절대 그래서는 안 되었다.

"근데 말이에요."

사라가 맥을 돌아보며 말했다.

"전 혼자서도 잘 지낼 수 있어요. 정말이에요. 누군가 조금만 도와준다면 집에서도 잘 지낼 수 있다고요."

여자가 웃었다.

"미안한데, 사라. 우리가 널 혼자 두는 것 자체가 불법이야."

"하지만 전 잘 대처할 수 있다고요. 집에 도둑을 맞은 것 외에는 아무 문제가 없잖아요. 전 꼭 집에서 가까운 데 있어야 한단 말이에요."

"그렇게 되도록 우리가 최선을 다할게."

여자가 부드러운 목소리로 말했다.

"이제 학교에 데려다줄게. 학교가 끝나면 담당 사회복지사가 널 만나러 갈 거야. 그리고 네가 지낼 곳으로 데려갈 거고. 행운을 빌게."

"전 그럴 수 없어요."

사라가 통명스럽게 말했다.

"학교가 끝나면 갈 데가 있단 말이에요."

"방과 후 활동이 있다면 우리가 학교에 잘 말씀드릴게. 한 회 빠진다고 큰일 날 일은 아니니까."

사라는 그들에게 어떻게 말해야 할지 열심히 머리를 굴렸다. 부에 대해 말한다면 다들 어떤 반응을 보일까?

"그런데 있잖아, 우리가 종교 기관 쪽으로 생각을 돌리면 더 빨리 해결할 수도 있을 거야. 대체로 어느 쪽에 관심이 있는지 말해줄래?"

여자의 목소리가 나긋나긋해지자 사라는 자기도 모르게 맥을 힐끔거렸다. 맥은 이곳이 다소 불편한 것처럼 보였다. 어디에다 마음을 둘지 모르는 사람처럼 계속 안절부절못했다. 사라의 기분이 어떨지 모르지 않을 텐데. 갑자기 사라는 그가 미웠다. 자신을 이 난장판에 던져놓은 맥과 너태샤가 몹시 원망스러웠다. 어젯밤에 그렇게 당황하지만 않았어도 혼자서 어떻게든 처리할 수 있었을 텐데. 틀림없이 카우보이 존이 도와주었을 것이다. 그랬다면 사라는 지금도 집에서 지낼 수 있었을 것이다. 하루에 두 번씩 부를 돌보면서 할아버지가 돌아오길 기다리며 버틸 수 있었을 것이다.

"사라? 어느 쪽이니? 영국 국교회? 가톨릭? 힌두교? 이슬람교?"

"힌두교도예요."

사라는 반항하듯 대답했다. 두 사람이 어리둥절한 표정으로 사라를 바라보자 다시 한번 강조했다.

"힌두교도라고요."

사라는 여자가 그 말을 받아 적는 모습을 보고 웃음이 터져 나올 뻔했다. 저들을 아주 골치 아프게 하면 집으로 돌려보내줄지도 몰랐다.

"전 엄격한 채식주의자예요."

사라가 덧붙이자 맥은 아침에 만들어준 베이컨 샌드위치는 뭐냐는 표정을 지어 보였다. 사라는 개의치 않고 뻔뻔한 태도를 취했다.

"알…… 았어."

여자는 계속해서 몇 자 더 적은 다음 말했다.

"거의 다 됐어요, 매컬리 씨. 지금 가셔야 한다면 여기서부터는 제가 알아서 처리할게요."

"제가 밀실공포증이 좀 있어서요. 그래서 엘리베이터 있는 건물에는 못 살아요."

이번에는 여자의 표정이 살짝 일그러졌다. 처음 볼 때만큼 호의적이지 않다고 사라는 어렴풋이 느꼈다. 여자가 딱딱한 어조로 대답했다.

"아, 그래. 그러면 학교와 병원에 말해둘게. 무슨 문제나 필요가 생기면 저쪽에서 알려주도록."

맥은 서둘러 서명을 마친 다음 사라에게 조용히 물었다.

"괜찮지?"

"네, 좋아요."

맥은 불안해 보였다. 아이의 삶을 망가뜨린 사실을 이제야 알아차린 거라고 사라는 생각했다. 맥은 사라에게 종이쪽지를 건네며 말했다.

"내 번호야. 문제가 생기면 언제든 전화해. 할 수 있는 거라면 뭐든 도울게. 알았지?"

그러고는 여자에게도 몇 가지 당부를 했다.

여자는 미소를 지으며 의례적인 답변을 덧붙였다.

"물론이지요. 우린 아이들이 최대한 빨리 일상을 되찾을 수 있도록 최선을 다해 돕고 있어요."

맥은 일어서서 아파트에서 가져온 몇 가지 개인 기록이 적힌 서류를 여자에게 건넸다.

"건강히 잘 지내라, 사라."

그는 인사를 마치고도 계속 자리를 뜨지 못했다. 가도 되는지 확신이 서지 않는 듯했다.

"하루빨리 집으로 돌아가기를 빈다."

사라는 아무 말 없이 앉아서 의자 다리만 발로 툭툭 찼다. 그것만이 조금이나마 의사 표시를 할 수 있는 방법이었다.


"정말 다행이에요. 스내피 스냅 씨한테 전화를 해야 하나 했어요."

"미안해요. 급한 일이 좀 생겨서."

맥이 카메라 가방을 바닥에 던지듯 내려놓으며 말했다. 그는 능력을 인정한 미술 감독 루이자에게 가볍게 인사한 다음 거울 앞에 앉아 정신 없이 문자를 보내고 있는 어린 여배우를 향해 돌아섰다. 뒤에서 메이크 업 아티스트가 얼마나 신경을 써서 머리를 말고 있는지 전혀 의식하지 못하는 듯했다.

"안녕하세요, 맥입니다."

그가 손을 내밀며 인사했다.

"안녕하세요, 세레나예요."

여배우가 말했다.

"한 시간이나 늦었어."

마리아가 손목시계를 두드리며 투덜거렸다. 그녀가 입은 청치마는 엉덩이를 겨우 가릴 정도로 짧았고, 두 겹으로 덧댄 하늘하늘한 배꼽티를 입고 있어서 매끈한 배가 아슬아슬하게 드러났다. 그녀 뒤에서 누군가가 CD 플레이어를 만지작거리고 있었다.

"나중에 내가 시간 더 내줄게."

맥이 마리아의 볼에 키스하며 파인 등을 어루만졌다.

"그럼, 준비할까요? 루이자, 나한테 한 번만 더 설명해줄래요?"

루이자는 어린 여배우의 사진 촬영에 필요한 분위기와 스타일에 대해 간단하게 설명했다. 의상 담당 소녀도 고개를 끄덕이며 귀 기울여 들었다. 맥은 소녀처럼 고개를 끄덕이며 열심히 듣는 척했지만 마음은 여전히 방금 다녀온 아동복지 부서에 가 있었다. 40분 전에 음침한 건물 계단을 내려오면서 맥은 이상하게 마음이 놓이지 않고 무거웠다. 사무실에 앉아 있는 동안 사라는 매우 불안하고 위축돼 보였고, 갑작스럽게 변해버린 상황을 받아들이지 못하고 힘들어했다. 맥은 당분간 사라를 데리고 있는 게 어떻겠느냐고 너태샤에게 물어보려고 했다. 하지만 무거운 분위기 속에서 아침을 준비하는 동안 그런 말을 꺼내는 일 자체가 불가능하다는 걸 깨달았다. 너태샤는 사라를 집으로 데려올 경우 자기 일에 누가 된다고 여겼고, 맥이 얼마 동안 집에 있겠다고 하자 말도 안 되는 소리라며 맞섰다. 그러니 어떻게 낯선 사람을 집에 데리고 있자고 얘기할 수 있었겠는가?

"붉은색을 많이 쓸 거고 아주 대담하게 갈 거예요. 사진에 대한 설명도 덧붙일 거고요, 맥. 저 아이는 어린 여배우이면서 미래에는 훌륭한 여배우가 될 겁니다. 어린 주디 덴치이자 덜 정치적인 버네사 레드그레이브라고 할 수 있죠."

맥은 문자 메시지를 보며 키득거리는 세레나를 보면서 한숨을 억눌렀다. 그는 지난 10년 동안 사진을 찍어오면서 능력 있는 여배우들을 많이 만나보았다. 하지만 그중에서 초기에 받은 매스컴의 주목을 그대로 이어가 시트콤에 발탁된 경우는 겨우 두 명에 불과했다.

"오케이, 이제 준비 다 됐어요."

마리아가 가느다란 화장 브러시를 입에 문 채 능숙한 손놀림으로 여배우의 금발을 핀으로 고정하고 나서, 출입구에 나타나 말했다. 의상 담당 소녀는 기다란 가로장에서 옷들을 꺼내 한쪽 팔에 차곡차곡 포개 놓았다.

"이런 옷들을 선보일까 해요."

소녀가 말했다.

"이제 10분 정도 남았어요. 난 무대 배경 확인하러 갑니다."

루이자가 말하고 자리를 떴다.

마리아가 맥에게 다가와 특유의 묵직한 슬라브어 억양으로 말했다.

"당신이 무엇 때문에 늦었는지 물어보려 했지. 하지만 그 순간 내가 무슨 상관인가 하는 생각이 들었어."

맥은 그녀의 벨트 고리에 손가락 하나를 걸어 가까이 끌어당겼다. 마리아의 머리카락에서 사과 냄새가 풍겼고, 피부에서는 화장품과 헤어스프레이, 여러 겹 바른 연고 냄새도 났다.

"말한다 해도 내 말을 믿지 않을 거야."

"여자들을 데리러 갔겠지."

마리아가 쏘아붙였다.

"실은 열네 살짜리 여자애였어."

그녀의 입술이 너무 가까이 다가와 있어서 윗입술 옆에 난 조그만 주근깨까지 보일 정도였다.

"별로 놀랍지도 않은걸. 역겨운 남자 같으니라고."

"난 최선을 다하고 있어."

마리아는 맥에게 키스한 다음 곧바로 그에게서 벗어났다.

"이 일이 끝나면 소호에서 또 다른 일이 있어. 만나고 싶지?"

"당신 집으로 갈까?"

"당신은 전부인 집에서 지내겠다며?"

"내 집이기도 해. 내가 말했잖아."

"그 여잔 당신이 다시 들어가겠다는데 아무렇지도 않은가봐?"

"그 문제를 의논할 시간도 없었어."

마리아가 실눈을 뜬 채 말했다.

"도대체 믿을 수가 없어. 자존심이 있는 여자라면 어떻게 전남편을 다시 받아줄 수 있겠어? 크라쿠프 출신의 예전 남자 친구가 언젠가 집에 다시 찾아왔을 때 난 아빠 총으로 그 사람을 겨누기까지 했는데."

그러면서 총을 겨누는 시늉을 해 보였다. 맥은 그런 것까지는 생각지도 못했다.

"그것도…… 한 가지 선택이 되겠군."

"그 후로 난 이런 일과 관련해서는 늘 기분이 별로야. 사실 그 친구는 내 CD 플레이어를 돌려주려고 나타난 것뿐이었는데 말이야."

마리아는 돌아서기 전에 과일 그릇으로 손을 뻗어 포도 알갱이 하나를 집어 든 다음 문으로 걸어갔다.

"어쨌든 전 남자 친구를 놓친 건 다행이었다고 할 수 있지."


지긋지긋한 문짝들이 끼어 또 꼼짝을 하지 않았다. 카우보이 존은 맹꽁이자물쇠를 세게 잡아당기며 문짝들을 제자리에 맞추려고 안간힘을 썼다. 그때 익숙한 얼굴이 엉덩이에 가방을 쾅쾅 부딪치며 달려오는 게 보였다.

"이제 막 문을 닫으려는 참이었는데."

그가 자물쇠를 벗기며 말했다.

"어제 하루 종일 널 기다렸어. 무슨 일이 난 줄 알았다. 도대체 어디 있었던 거냐?"

그러고는 귀에 거슬리는 소리를 내며 거칠게 기침을 내뱉었다.

"저들이 날 교도소 같은 데 데려다놨어요."

사라는 자갈이 깔린 바닥에 가방을 떨어뜨리고는 존을 지나쳐 곧장 부의 마구간으로 달려갔다. 존은 문짝들을 잘 당겨 닫은 다음 벋정다리로 사라를 뒤따랐다. 쌀쌀한 가을 기운이 뼛속까지 스며들었다.

"네가 감옥에 갔다는 말이냐?"

"감옥이 아니라요."

사라가 마구간 문에 채운 빗장을 벗기며 대답했다.

"사회복지센터요. 할아버지가 없는 집에 혼자 지내게 놔둘 수 없대요. 그러고는 날 멍청한 집에 맡겨버렸어요. 정말 교도소 같은 데 살고 있더라니까요. 내가 할아버지랑 함께 있다는 걸 알려줘야 해요. 그것만이 여기로 돌아올 수 있는 유일한 방법이에요."

사라는 부의 목을 와락 끌어안으며 길게 몸서리쳤다. 마치 그날의 억눌린 감정을 그대로 분출하는 것 같았다.

"잠깐, 기다려."

존이 전등을 켜며 말했다.

"다시 말해봐라. 도대체 무슨 일이 일어난 거냐?"

사라가 눈을 반짝거리며 존을 마주 보았다.

"화요일날 아파트에 도둑이 들었거든요. 그날 밤 나를 집까지 태워 준 변호사나 뭐라나 하는 여자분이 집에 혼자 있으면 위험하다고 자기 집에 하룻밤 묵게 해주었어요. 다음 날 나를 사회복지센터로 데려갔고, 그런 다음엔 다른 사람의 집으로 가게 되었어요. 할아버지가 회복될 때까지 거기서 지내야 된대요. 하지만 그 집은 정말 교도소 같았다니까요. 그런 집은 처음 봐요. 게다가 여기까지 오는 데 버스로 한 시간 십오 분이나 걸렸어요."

"쓸데없이 뭐하러 일을 피곤하게 만드는 거야?"

"난 아주 잘 지내고 있었다고요. 도둑이 들기 전까지는요."

사라가 큰 소리로 말했다.

"할아버지는 이 일을 아시니?"

"모르겠어요. 내일까지는 병원에 가지도 못해요. 그 사람들도 부에 대해서는 몰라요. 얘기 안 했거든요. 알면 또 부를 어딘가로 데려갈지도 모르잖아요."

카우보이 존이 고개를 저으며 말했다.

"걱정하지 마라. 부는 아무 데도 안 갈 테니. 난 네 마구간 비용을 받지 않았어. 어차피 그건 네 할아버지 연금 수급장에서 나오게 돼 있으니까. 그래서 내 교통비와 점심값 외엔 아무것도 받지 않았어."

사라는 작은 태풍 앞에 서 있는 것처럼 조마조마해 보였다.

"너무 초조해할 것 없다. 할아버지가 일어나시면 임대료 문제는 처리할 테니. 말 사료값은 가지고 있지?"

사라는 호주머니에 손을 넣어 현금을 세어본 뒤 존에게 넘겨주었다.

"건초더미 네 개와 사료 두 부대 값은 충분히 되겠네요. 하지만 아저씨가 먹을 것 좀 챙겨주었으면 해요. 마구간 청소를 하러 올 수 있을지도 잘 모르겠어요."

"알았다, 알았어. 대신 마구간을 치워주마. 애들 중 한 명을 시켜도 되고. 대장장이는 어떠냐? 화요일에 오기로 한 사람 너도 알지?"

"알아요. 저금해놓은 돈도 좀 있어요. 이번 달은 그걸로 어떻게 되겠지만 임대료는 못 낼 것 같아요."

"내가 말했잖니, 캡틴이 복귀하면 그때 처리하면 된다고."

"꼭 갚아드릴게요."

사라는 카우보이 존이 자기 말을 믿지 않을지도 모른다고 생각하는 듯했다. 존이 한 걸음 물러선 뒤 말했다.

"당연하지. 넌 내가 바보인 줄 아니?"

그러더니 다른 말들을 손으로 가리키며 말을 이었다.

"여기 있는 놈들한테는 내가 꼬박꼬박 다 받아내는 거 모르냐? 심지어 시궁쥐들조차 그냥은 못 지낸다. 하지만 너랑 할아버지는……. 자, 이제 진정하고 말이나 챙겨라. 나중 일을 미리 걱정하지 말자."

사라는 조금 안심이 되는 모양이었다. 솔을 집어 들고 부의 몸을 문지르기 시작했다. 할아버지가 했던 것처럼 팔을 크게 휘둘러 리듬을 타면서 부의 몸통을 차근차근 닦아나갔다. 그런 단순한 동작을 반복하면서 마음의 안정을 찾는 듯했다.

"사라……, 내가 지내던 공간에서 생활해보면 어떻겠니? 좀 좁긴 하지만. 난 거기서 너무 오래 지내기도 했고. 내게 좀 더 큰 집이 있거나 주변에 여자라도 있었다면……. 그렇다 해도 여자애를 데리고 있는 게 간단한 문제는 아니겠지만 말이다."

사라는 좁은 건 아무 상관이 없다고 말했다.

존은 잠시 가만히 서 있다가 말을 꺼냈다.

"내가 가고 나면 네가 문을 좀 잠가줄 수 있지?"

사라가 금방 이곳을 떠나고 싶어하지 않으리라는 것은 불을 보듯 뻔한 사실이었다. 그는 마구간 문에 기대서 사라의 표정을 살피기 위해 모자를 뒤로 넘겼다.

"내가 한번 맞혀볼까? 내가 너 대신 할아버지를 찾아뵈주길 원하는 거지?"

사라가 자세를 바로 하고 대답했다.

"그래주실 수 있어요? 할아버지를 이틀 동안이나 혼자 내버려두고 싶지 않아서요."

"알았다. 할아버지도 부가 여기서 잘 지내고 있는지 궁금할 테니까. 그리고 따로 말씀드릴 것도 있단다. 너하고도 얘기를 해야겠지만."

사라는 또다시 충격을 각오한 사람처럼 긴장한 표정을 지었다.

"이곳을 몰티즈 샐한테 넘길까 생각하고 있단다."

사라의 눈이 휘둥그레졌다.

"하지만 왜……."

"걱정할 거 없어. 할아버지한테도 말씀드리겠지만 변하는 건 아무것도 없을 거야. 난 집이 팔릴 때까지만 여기 있을 예정이야. 그때까지는 계속 매일 아침마다 문을 열고 필요한 일을 할 거다."

"어디로 가시는데요?"

사라가 물으면서 부의 목에 팔을 두르며 매달렸다. 누군가 말을 끌고 갈까봐 겁을 집어먹은 얼굴이었다.

"시골로 갈까 해. 푸른 초원이 있는 데로. 내 동물들한테도 그게 좋을 것 같아서."

그는 자기 말들을 향해 고개를 끄덕이며 더듬더듬 말했다. 그러고는 물고 있던 담배를 떼고 땅바닥에 침을 뱉었다.

"이번에 할아버지 일을 지켜보면서 나도 충격이 컸단다. 나도 이제 늙었어. 남은 인생은 평화로운 곳에서 살고 싶구나."

사라는 더 이상 할 말이 없어 물끄러미 존을 바라보았다.

"얘야, 아무것도 바꾸지 않겠다고 몰티즈 샐이 약속했단다."

잠시 쉬었다가 존이 다시 말을 이었다.

"그 인간도 캡틴에 대해선 잘 알잖아. 당장 네 어려운 사정도 알고 있어. 당분간은 하던 대로 유지한다고 했으니 너무 걱정하지 마라."

사라는 아무 말도 하지 못했다. 존은 사라의 얼굴을 물끄러미 지켜보았다. 지금 같은 처지에서 무슨 말을 할 수 있겠는가?


"신속하게 처리해줘서 고마워요, 해링턴 씨. 페르시 부인이 곧 여기로 올 예정이니 먼저 서류 일부라도 함께 검토해보면 좋겠네요."

그때 벤이 휴지 갑과 차가운 와인 한 병을 가지고 들어왔다.

"보통 우린 '우는 시간'을 권장하진 않지만."

벤이 와인 병을 조심스럽게 책상에 내려놓자 너태샤가 다시 말했다.

"이런 자질이 엿보이는 고객을 만나면……."

"……웬만하면 눈물을 흘리도록 놔두고."

너태샤가 미소를 지으며 말했다.

"좋아하는 샤블리 와인 한 잔 마시면서 고통을 덜어도 좋을 거예요."

"사실 전 이런 도시 외곽에서는 특별한 술이 담긴 수상한 캔을 몰수하는 일에 관심이 많을 거라 예상했어요."

유명한 이혼 전문 변호사인 마이클 해링턴의 매력과 재미있는 말투는 소문으로만 듣던 날카로운 지성과는 거리가 있어 보였다. 너태샤는 법정에서 그를 처음 지켜보던 때가 떠올랐다. 당시 그녀는 연수생 시절이었고 그는 상대편 변호사로 나왔다. 저렇게 쉬운 방식으로도 변호할수 있구나 감탄하며 녹음이라도 해두고 싶었던 기억이 났다. 하지만 정작 소송 자체는 실패하고 말았다.

"좋아요."

너태샤는 시계를 힐끗 확인한 다음 말을 이었다.

"아무튼 간단한 개요를 말하자면 이렇습니다. 결혼 12년 차고 두 번째 부인이라는 점. 첫째 부인이 떠나자마자 두 사람이 만난 것에 대한 논란이 있었고, 1년여 전에는 페르시 씨가 입주 가정부와 벌인 간통 현장을 부인이 목격한 사실이 있습니다. 꽤 흔한 스토리죠. 우리에겐 두 가지 문제가 있어요. 하나는 재산 공개가 불충분해서 금전적 보상 문제에 대한 합의가 제대로 이루어지지 않았다는 점이고, 다른 하나는 페르시 씨가 결혼 생활 내내 신체적·정신적으로 부인을 학대하고 열한 살짜리 딸에게도 언어폭력을 일삼았다는 것을 근거로 페르시 부인이 접근 조정 사항들을 따르지 않고 있다는 점이에요."

"엉망진창이네요."

"아, 네. 보고서에는 이런 점들이 드러나 있지 않습니다."

너태샤는 서류를 획획 넘기며 설명했다.

"부인 주장에 따르면 오히려 그런 사실들을 숨기려고 모든 노력을 다했다고 하네요. 재계에서 남편의 평판을 망치고 싶지 않았기 때문에 그랬답니다. 이제 부인은 잃을 게 없다고 합니다. 하지만 페르시 씨는 접근이 용이하지 않다는 점을 들면서 스스로 제시한 보상금 합의마저 철회하도록 협박한다는군요.

그의 명성을 고려하면 이번 소송은 당연히 세간의 이목을 끌겠죠. 가정법원 심리도 벌써 잡혀 있답니다. 분쟁조정 회의는 재앙 그 자체였죠. 반면에 페르시 부인은…… 글쎄요, 부인은 이번 소송을 적극적으로 공론화하고 싶어해요. 제가 할 수 있는 역할은 일단 부인이 신문사를 찾아가는 일만은 막는 거라고 생각해요."

너태샤는 잠시 말을 중단한 채 손가락 끝을 마주 대고 꾹꾹 눌렀다.

"당신도 곧 이 여성이 변호하기 쉬운 고객이 아니라는 사실을 알게 될 거예요."

벤이 문틈으로 얼굴을 들이밀고 말했다.

"부인이 오셨어요."

너태샤를 힐끗 쳐다본 뒤 마이클은 일어나서 스트레칭을 하며 부인을 맞을 준비를 했다.

데이비슨 브리스코에서 일하는 동안 너태샤는 매 맞는 여자들을 적잖게 보았다. 실제로 아이들을 변호하는 과정에서 눈 주위가 퍼런 엄마들이 아이에게 욕설을 해대는 모습을 자주 목격했다. 여자들은 수년 동안 당한 학대로 주눅이 들어 기어들어가는 목소리로 말했고, 조지나 페르시처럼 아무도 만나려 하지 않았다.

"그 사람이 또 나를 협박하고 있어요!"

벤이 사무실 문을 미처 닫기도 전에 부인은 두 손으로 너태샤의 팔을 움켜잡으며 말했다. 윤기가 흐르는 손톱이 너태샤의 살 속으로 파고

들었다.

"그 사람이 어젯밤에 전화해서 만약 계속 루시를 못 만나게 한다면 불의의 사고를 당할지도 모를 거라고 겁을 주었어요."

그녀의 머리카락이 어깨 위에서 길고 부드러운 물결 모양을 그리며 출렁거렸다. 철저한 운동과 인내로 다듬어진 탄탄하고 매력적인 몸매 덕분에 값비싼 의상이 더욱 진가를 발휘했다. 하지만 계속되는 분노로 일그러진 표정은 완벽한 화장으로도 감출 수가 없었다. 그녀가 한마디 할 때마다 방 안의 모든 에너지가 입 속으로 빨려 들어가는 듯했다.

"진정하고 앉으세요, 페르시 부인."

너태샤가 그녀를 의자에 앉힌 다음, 와인 한 잔을 따라 건넸다.

"마이클 해링턴을 소개할게요. 저번에 말씀드렸던 변호사님 기억나시죠. 앞으로 법정에서 부인을 변호해주실 분이에요."

페르시 부인은 아무 말도 듣지 않는 듯했다.

"모두 다 녹음해두었다고 그 사람한테 말했어요. 날 협박한 것을 포함해 모든 걸 다. 물론 그러진 못했지만 너무 두려웠어요. 만약에 나한테 무슨 짓을 했다가는 녹음해둔 것들을 당신한테 넘기겠다고 말했어요. 반응이 어땠는지 알아요? 날 보고 비웃더라고요. 뒤에서 웃고 있는 그 음탕한 계집애 소리도 들리더군요."

그러더니 마이클 해링턴을 애원하듯 바라보았다.

"게다가 내 신용카드까지 정지시켜버렸어요. 하비 니컬스 매장에서 카드를 거절당하는 게 얼마나 당혹스러운 일인지 아세요? 주변에 내가 아는 사람들도 있었다고요."

"며칠 안에 잠정 합의가 이루어질 수 있도록 최선을 다할게요."

"전 접근 금지 명령을 원해요. 집 근처에 얼씬도 못하게 해주세요."

"페르시 부인."

너태샤가 말을 꺼냈다.

"제가 전에 설명드렸죠. 부인과 따님이 피해를 당하고 있다는 물리적 증거가 없다면 저희가 도와드리기 어려워요."

"그 사람이 절 미치게 하고 있다고요, 해링턴 씨. 나를 점점 더 압박해서 제정신이 아니게 만들고 있어요. 그래서 판사가 제 딸을 저한테서 떼어놓게 하려는 속셈이에요."

이제 그녀는 마이클이 여기에 있다는 이유만으로 하소연을 늘어놓기 시작했다. 그가 남성이든 여성이든 아무 상관이 없을 거라고 너태샤는 생각했다.

"페르시 부인."

마이클 해링턴이 그녀 옆에 앉으며 말했다.

"이번 소송 보고서를 보고 솔직히 꼭 드리고 싶은 말씀이 있었습니다. 저쪽에서 제시하는 정서 불안 요인보다는 부인이 법원의 결정을 따르지 않아서 패소할 위험이 더 크다는 사실을 아셔야 합니다."

"전 제 딸을 그자의 손에 절대로 맡길 수 없어요."

부인은 아주 단호하게 말했다. 너태샤를 처음 만날 때처럼 소매를 걷어 맨살을 드러냈다. 길고 하얀 상처가 팔꿈치까지 나 있었다.

"이건 그 사람이 날 계단 아래로 밀쳐서 생긴 상처예요. 루시한테는 안 그랬을 거라고 생각하시나요? 내 딸을 그런 사람에게 보내도 된다는 말씀인가요?"

마이클은 보고서를 들여다보고 있었다. 너태샤는 몸을 앞으로 숙이고 말했다.

"그러니까 루시에게 그런 위험이 닥칠 수 있다는 증거나 정황을 제시해야 한다는 거예요. 언젠가 제게 말씀하셨죠. 남편이 당신을 때리는 것을 보모가 본 적이 있다고요. 그런데 부인 진술에는 그런 내용이 빠져 있더라고요."

"그건 과테말라인 보모였어요. 폴란드인이 아니라."

"그럼, 과테말라인 보모의 진술을 얻을 수 있을까요?"

"제가 어떻게 알겠어요? 그 보모는 지금 과테말라에 있는데! 게다가 행동이 바르지 못해서 내보내지 않을 수 없었어요."

부인은 와인을 한 모금 마시고 말을 이었다.

"내 옷들을 함부로 입는 걸 봤어요. 어울리지도 않고 사이즈도 맞지 않는데 말이죠!"

마이클 해링턴이 펜 뚜껑을 닫은 다음 말했다.

"페르시 부인, 혹시 남편이 부인이나 따님한테 폭력을 휘두르는 장면을 목격한 사람은 또 없을까요?"

"말했잖아요. 그 사람은 아주 영리하다고요! 남들이 보는 데서는 절대로 그러지 않죠. 아무도 내 말을 믿어주지 않을 거라고 했어요."

부인이 갑자기 큰 소리로 흐느껴 울기 시작했다.

너태샤가 마이클과 눈을 맞추고는 휴지 갑을 집어 부인에게 건넸다.

"언론에 알릴 거예요!"

부인이 너태샤를 도전적인 눈초리로 바라보며 말했다.

"그 사람이 어떤 사람인지 세상에 말할 거예요. 그 사람과 그 음탕한 여자에 대해서도요."

"언론에 대해서는 좀 더 조심하고 때를 기다리는 게 좋을 겁니다."

마이클이 에둘러 표현했다.

"언론 활용이 법원 판결에 유리하게 작용한다는 보장은 없으니까요.

그보다는 신중하게 행동하고 빌미를 잡히지 않아야 해요."

"너태샤, 당신 생각도 그런가요?"

두 변호사가 고개를 끄덕이며 의견을 통합했다.

"하지만 이건 너무 끔찍해요."

부인이 말하고는 휴지를 뽑아 코를 요란하게 풀었다.

"진정하세요, 페르시 부인."

마이클이 위로를 건네자 부인이 코를 훌쩍였다.

"자, 이제 다시 시작해봅시다. 본질을 제대로 이해해야 합니다."

너태샤는 벤에게 문자를 보냈다.


다들 먼저 퇴근해. 우린 언제 끝날지 모르겠어. 내일 봐.


엄청난 부자와 시간을 보내는 일은 고급 인테리어 잡지를 읽는 일과 비슷하다는 생각이 들었다. 침대에 벗어둔 옷들을 보면서 너태샤는 자신의 운명에 불쑥 짜증이 일었다. 잡티 하나 없는 피부에 값비싼 옷들을 걸치고 명품 구두를 신은 여자와 비교하니 이런 평범한 옷들이 갑자기 촌스럽기 짝이 없었고, 누가 봐도 표준인 몸매마저 살찌고 둔해 보였다. 하지만 너태샤는 자신의 처지가 조지나 페르시보다 못할 것도 없다고 스스로를 위로했다. 비록 별거 중이긴 해도 아직까지 버티고 있지 않은가. 페르시 부인은 그 후에도 한 시간 이상을 계속 떠벌렸고, 변호사의 충고나 조언에 귀를 닫은 채 모순된 주장만 이어갔다. 분노와 비통과 타고난 불안 증세가 뒤섞여 나온 결과였다. 부인이 떠날 즈음에는 마이클 해링턴도 완전히 지친 기색이었다.

침대 옆에 서 있던 너태샤는 별안간 현관문이 열리는 소리를 듣고 화들짝 놀랐다. 잠시 정적이 흐른 후 곧이어 현관 쪽에서 조심스럽게 "안녕!" 하고 인사하는 소리가 들려왔다. 맥이었다. 무슨 말을 해야 할지 몰라 머뭇거린 듯했다.

너태샤는 자기도 모르게 이를 악물었다. '안녕, 여보, 나 왔어.' 뭐, 그런 건가? 다시 행복한 가족으로 돌아가기라도 했단 말인가. 너태샤는 잠깐 기다렸다가 소리쳤다.

"2층에 있어."

그러면서도 이쪽으로 오라는 소리처럼 들릴까 걱정이 되었다.

아뿔싸, 그는 무턱대고 계단을 올라오고 있었다. 미칠 노릇이었다. 어느새 그가 문간에 머리를 드러냈다.

"테이크아웃 음식을 좀 사올까 하는데. 당신도 뭐 좀 먹지 않을래?"

"아니, 난…… 나갈 거야."

"떠나는 게 아니고?"

맥이 가방을 가리키며 물었다.

"주말 동안만."

너태샤는 서랍장으로 걸어가 잘 개어놓은 상의 두 벌을 꺼냈다.

"어디 좋은 데라도 있어?"

"켄트로 갈 거야."

너태샤는 남편이 어디론가 떠난 후 임대해두었던 작은 집에 대해 얘기할까 말까 망설였지만, 살 곳을 벌써 마련해두었다고 맥이 잘못 이해할까 두려웠다. 그렇게 되면 이 집에 대한 자격을 더욱 강조하고 나설지도 몰랐다. 코너는 맥에게 아무것도 내보이지 말라고 경고했다. 남편이 아무리 나아진 것처럼 보인다 하더라도. 언젠가는 결국 그것이 문제를 일으킬 거라고 했다.

"그러니까 주말엔 당신 혼자 이 집을 쓸 수 있는 거지."

그렇게 덧붙인 뒤 너태샤는 가방에 옷가지를 챙기고 침실 옆 욕실로 가서 화장품도 주섬주섬 주워 담았다.

맥은 청바지 호주머니에 두 손을 깊숙이 찌르고 서서 어색하게 주변을 둘러보았다. 이 방에서 둘이 함께 보낸 시간의 망령이 그를 괴롭히는 것처럼 보였다. 너태샤는 남편이 떠난 후에도 방 안의 물건들을 하나도 바꾸지 않고 그대로 두었다는 데 생각이 미쳤다. 어쩌면 그게 코너가 여기 머물고 싶어하지 않은 이유였는지도 모르겠다.

"그렇다면 오늘 밤샘 파티나 해볼까?"

그러자 너태샤가 장단을 맞추듯 방 안을 빙글빙글 돌았다.

"농담이야. 머리빗이 빠진 것 같군."

너태샤는 잠시 망설이다가 빗을 챙겨 넣었다. 그 집에도 있다는 말을 차마 할 수가 없었다.

맥이 머리를 긁적이며 물었다.

"이번엔 코너랑 함께 가는 모양이지?"

너태샤는 마침 맥에게 등을 돌린 채 물건을 정리하고 있었다.

"맞아."

"그 사람은 잘 있나?"

"잘 지내고 있어."

"당신이 이러는 게 나 때문이라면 너무 신경 쓰지 마. 명령만 내리면 그런 날 밤은 나가줄 테니까. 나도 누군가의 자율권을 침해하고 싶지는 않아. 당신이 다른 데로 가야 한다고 생각하지 않아."

"그런 게 아니야. 내 말은, 당신 때문이 아니라는 거야."

너태샤는 거짓말을 좀 더 보탰다.

"우린 주말마다 자주 다니는 편이야."

"나도 갈 데는 몇 군데 있어. 언제든 얘기하라고."

너태샤는 계속해서 짐을 꾸렸다. 그가 여기 있다는 것만으로도 시선을 의식하게 되고 침해당하는 기분이 들었다. 침실은 유일한 안식처였다. 맥이 돌아왔다 해도 이곳은 여전히 그런 공간이어야 했다. 그가 저렇게 서 있으면 침대에서 뒹굴며 보낸 즐거웠던 시간들과 함께 영화를 보며 토스트를 구워 먹던 행복한 시절이 자꾸만 떠올랐다. 그리고 혼자 남은 세상에서 처절하게 외로웠던 수많은 밤들도. 운동화, 부츠, 청바지, 머리빗…… 너태샤는 물건 이름을 대며 지난 추억과 거리를 두려고 안간힘을 썼다.

"켄트 어디로 가는데?"

"뭐야? 스무고개라도 하자는 거야?"

너태샤의 입에서 생각지도 못한 말이 튀어나왔다.

"난 그냥 예의 좀 차리려고 한 것뿐이야. 날마다 서로를 피해만 왔지만 이런 공손한 대화 정도는 해도 되지 않을까 싶어서."

그는 차분한 어조로 말을 이었다.

"잘 다녀오라고 아내한테 손을 흔들어주는 거라고."

"전처라고 해야지."

"애인과 주말을 보내러 가는 전처. 꽤 세련된 것 같지 않아? 도중에 날 만날지도 몰라."

너태샤는 이런 대화를 나누는 게 너무 힘들다는 말을 하고 싶었다. 상상했던 것보다 훨씬 더 힘들다고. 조금 허용했을 뿐인데 너무 많은 감정을 소모하고 있다고. 하지만 대신 이렇게 말했다.

"서식스주에서 가까운 작은 마을이야."

맥이 이맛살을 찌푸리더니 방 안으로 한 발짝을 옮기며 말했다.

"이런, 나도 그 근처에 볼일이 있는데. 더 오래 머물면 안 되겠는걸. 세부 사항이 다 조율되었다고 에이전트가 전화로 알려왔거든."

또다시 얽혀들었다는 느낌에 너태샤는 부츠를 손에 든 채 망연자실 방 한가운데에 서 있었다.

"우리 동의한 거지, 타슈?"

그가 너태샤의 말투를 흉내 내며 물었다.

"날 더 이상 그런 식으로 부르지 마. 타슈가 아니라 너태샤야."

그녀가 짜증을 냈다.

"미안."

그가 사과했다.

"내가 돈이 많다면 이러지도 않을 텐데. 나도 이 집을 팔고 싶지 않아. 내가 여기에 얼마나 많은 시간과 노력을 들였는지 당신도 알잖아."

너태샤는 부츠를 내려놓았다. 그때 밖에서 누가 음악을 연주하기 시작했다. 테라스 있는 건물에서 울려 퍼지는 거친 리듬이 귀에 거슬렸다.

"하지만 달리 좋은 방법이 있는 것도 아니고."

"난 꼭 그렇다고 보지는 않지만,"

너태샤가 애써 쾌활한 목소리로 말했다.

"뭐, 팔아야 한다면 파는 거지."

곧이어 가방의 지퍼를 닫고 가볍게 미소를 지어 보인 뒤 이제 곧 전 남편이 될 사람을 지나쳐 계단을 내려갔다.

# 7

느닷없는 광경이나 소리, 예기치 못한 일로 사람들이 갈팡질팡하는 것처럼
갑작스러운 신호는 혈기왕성한 말을 혼란에 빠뜨릴 수 있다.

-크세노폰, 『기마술』

10월

병원에서 할아버지를 또 옮긴 모양이었다. 사라는 20분이 걸려서야
뇌졸중 병동으로 돌아가 있는 할아버지를 찾아냈다. 사라가 마지막으
로 할아버지를 본 것은 지난주 폐렴 증상 때문에 집중치료실로 옮기고
나서였다.

"우리도 지금쯤이면 좀 더 회복되실 거라 생각했어."

간호사가 커튼이 쳐진 구역으로 사라를 데리고 가며 말했다.

"근데 철 결핍성 연하장애가 왔어. 음식을 삼키기가 어렵지. 정말 보
기 안쓰러워. 견디기 힘드실 거야."

"할아버진 어린아이가 아니에요."

사라가 무뚝뚝하게 말했다.

"올해로 일흔넷이에요."

간호사는 무슨 말을 할 것처럼 주춤하다가 다시 성큼성큼 걸음을 재촉했다. 사라는 간호사를 따라가기 위해 총총 뛰어야 했다. 간호사는 파란 꽃무늬 커튼 앞에 멈춰 선 뒤 커튼을 걷어 사라가 들어가게 했다.

사라는 침대 가까이 의자를 끌어당겨 앉았다. 침대는 할아버지가 반쯤 앉아 있을 수 있게 등이 올라가 있었다. 더욱 희끗희끗해진 턱과 가슴팍이 헐렁한 환자복을 보면서 사라는 마음이 아팠다. 지금까지 이렇게 까칠한 수염이 잔뜩 돋은 할아버지를 본 적이 없었다. 스스로 몸을 돌볼 수 없는 상황이 할아버지는 얼마나 고통스러울까.

사라는 침대 옆 캐비닛을 조용히 열어 할아버지의 소지품들이 잘 있는지 살폈다. 간호사들에게 물어 개인 물품을 찾으러 다녀야 할 때가 몇 번 있었다. 병원에 입원한 뒤로 지금껏 파자마 두 벌과 새로 가져온 새 비누, 면도날 한 통이 없어졌다. 사라는 선반을 죽 훑으며 세면도구 가방과 작은 타월, 할아버지 할머니 사진을 확인하고 안도했다. 사진을 꺼내 캐비닛 위에 올려놓았다. 거기다 올려놓으면 할아버지가 하루 종일 할머니를 볼 수 있을 것이다.

사라는 시계를 힐끗 보았다. 어떻게 하면 효율적으로 시간을 활용할 수 있을지 궁리하면서. 휴잇 부부는 일상생활에 대해 아주 엄격한 것 같았다. 사라가 어디 가는지 모두 얘기하는데도 오후 4시에는 집에 돌아와야 한다고 주장했다. 벌써 2시가 다 되어갔다. 시간에 맞춰 스페어 페니 래인에 도착해 부를 데리고 나오기란 거의 불가능해 보였다.

사라는 할아버지의 손을 만졌다. 종이처럼 건조해진 피부가 사라의 마음을 움츠러들게 만들었다. 4주 동안 병원에 있으면서 할아버지는 강인한 체력을 잃었을 뿐만 아니라 영혼마저 빠져나간 사람처럼 보였다. 불과 몇 주 전에 앞다리를 들어 올리도록 말을 다루었던 사람이라고는 도저히 믿기 어려웠다. 사라는 한꺼번에 모든 것이 뒤바뀐 현실을 받아들이기가 어려웠고, 눈앞이 아찔하고 불안한 마음을 가눌 수가 없었다. 갑자기 세상의 모든 일이 불합리해 보였다.

"할아버지?"

할아버지는 눈을 뜨고 눈앞의 담요만 멍하니 바라보았다. 자신이 어디에 있는지조차 모르는 것 같았다. 그때 할아버지가 천천히 고개를 들었다.

"할아버지?"

할아버지는 아무 표정이 없었다. 사라는 할아버지 옆 선반에 가지런하게 놓인 약들을 곁눈질로 보았다. 만약을 대비하기 위해 몇 주 동안 항생제를 처방하고 있다고 간호사는 말했다. 사라는 손을 뻗어 할아버지의 안경을 눈앞에 내밀었다.

"요구르트를 좀 가져왔어요."

다행히 목에 끼운 관이 제거되었으므로, 가능하면 할아버지가 쉽게 삼킬 수 있는 음식을 가져오려고 애썼다. 할아버지가 병원 음식을 좋아하지 않는다는 것을 알았기 때문이다.

할아버지의 눈빛이 부드러워졌다. 사라가 옆에 있다는 사실을 아는 듯했다. 사라는 할아버지의 손에 자기 손을 포갰다.

"할아버지가 좋아하는 블랙체리도 있어요."

할아버지가 손을 움켜쥐는 게 느껴졌다.

"부도 잘해주고 있어요. 어제는 더 많이 걷고 달렸는데도 별로 열이 나지 않았어요. 밤기운이 차가워져서 먹이 양도 좀 늘렸고요. 앞으로는 사탕무 한 국자를 추가로 줄까 하는데, 괜찮겠죠?"

할아버지는 보일 듯 말 듯 고개를 끄덕였지만 그것만으로도 충분했다. 다행히 상황은 더 나빠지지 않았다.

"여기서 나가는 대로 부한테 가보려고요. 오늘은 산책 삼아 습지대로 나가볼까 해요. 토요일 오후라서 공원엔 갈 수 없으니까요, 사람들이 너무 많잖아요. 거기 가면 부도 맘껏 다리를 쭉쭉 뻗으며 걸을 수 있을 거예요."

이 말은 거짓말이었다. 요즘 사라는 그때그때 상황에 맞게 행동할 수밖에 없었다. 할아버지도 병원에 있는 동안에는 달리 할 수 있는 일이 없으므로 가능하면 좋은 소식만 듣고 마음을 편히 갖는 게 중요했다.

"그리고 지금 함께 지내는 가족도 친절한 분들이에요. 우리가 만든 것처럼 맛있지는 않지만 음식도 잘 해주시고요. 할아버지가 집에 돌아오면 커다란 생선에 마늘을 잔뜩 넣어 스튜를 끓여드릴게요. 할아버지 그거 좋아하잖아요."

할아버지가 손을 씰룩거렸다. 손을 들어 올리려고 애쓰는 것 같았다. 사라는 계속해서 조잘거렸다. 사소하고 일상적인 대화를 통해 정상적인 생활로 돌아가고픈 의지가 생길 수도 있기 때문이다.

"마실 것 좀 드릴까요?"

물이 담긴 플라스틱 컵을 들어 올리며 사라가 물었다. 고개가 약간 흔들리는 게 보였다. 사라는 컵을 할아버지의 입술에 갖다 대고 다른 한 손으로 턱을 살짝 기울였다. 물이 입 안으로 조금씩 흘러 들어갔다. 이제는 시중을 드는 일도 별로 어렵게 느껴지지 않았다. 자기 외엔 이런 일을 해줄 사람도 없었다.

"시간."

할아버지의 말에 사라가 눈을 크게 뜨고 돌아보았다.

"빵. 모자."

말하기가 힘겨워 짜증이 나는지 할아버지가 눈을 감았다.

"간호사를 불러올까요?"

할아버지가 얼굴을 찌푸렸다.

"몸을 좀 더 일으켜줄게요."

사라는 등을 받친 베개를 곧추세워 할아버지의 자세를 바로잡아주었다. 그런 다음 능숙한 손놀림으로 침대를 정리하고 할아버지가 좀 더 품위 있게 보이도록 구겨진 파자마 깃을 가지런하게 펴주었다.

"좀 나아졌지요?"

할아버지는 고개를 끄덕였지만 조금은 착잡해 보였다.

"너무 속상해하지 말아요, 할아버지. 의사가 그랬어요. 언젠가는 죽음이 오겠지만 그렇게 쉽게 찾아오지는 않는다고요. 생각해봐요. 아무 약도 듣지 않는다고, 오히려 더 악화되고 있다고 할 정도로 상태가 안 좋았잖아요."

할아버지는 살짝 못마땅한 눈치였다. 사라가 자꾸 가르치려들어서 기분이 좋지 않은 모양이었다. 사라가 계속 지켜보자 할아버지의 시선이 탁자와 사라의 가방 쪽으로 기울었다.

"요구르트요? 좀 드실래요?"

할아버지는 안도하는 표정으로 한숨을 쉬었다.

"모자."

할아버지가 다시 말했다.

"알았어요, 모자."

사라가 대답하고는 가방에서 작은 수저를 꺼내고 요구르트의 뚜껑을 떼어냈다.

1년 동안 떨어져 지내며 마음을 다독였음에도 결혼 생활의 끝을 재촉하는 현실과 마주하는 일은 쉽지 않았다. 그런 상황에서 옳고 그름을 따지는 일은 무의미하며, 각자의 시각과 입장에서 판단하고 결정할 수밖에 없다. 견해의 차이가 존재할 뿐 어차피 완전무결한 것은 없다. 법적인 진실은 누가 자신의 견해를 더 잘 주장하느냐에 따라 결과가 달라진다. 다만 논쟁을 끝낼 기회를 가지기 훨씬 이전에 이미 끝이 예정되어 있었는지도 모른다.

맥이 떠나고 처음에는 현실을 받아들이자고 수없이 자신을 다독였다. 두 사람은 성격이나 기질 면에서 근본적으로 달랐다. 너태샤는 화가 치밀면 몸에서 진이 다 빠져나가도록 자신을 소진시켰고, 좋아하지 않는 사람한테 감정의 화살을 돌리곤 했다. 분명한 사실은 두 사람 모두 지난 1년 동안 결코 행복하지 못했다는 점이다. 힘들더라도 차라리 함께 시간을 보냈더라면 현실을 더 빨리 파악하고 대처했을 것이다.

런던 집에서 혼자 지내는 것도 쉽지는 않았다. 맥이 늘 하던 농담처럼 따지고 보면 '맥이 지은 집'이었고, 곳곳에 그의 노력이 배어 있었다. 모든 장소마다 잃어버린 것들을 떠올리게 하는 사연이 있었다. 남편이 개조한 계단과 두 번이나 새로 지어야 했던 선반, 그의 책과 CD와 옷가지, 어디선가 가져와서 보관했던 짐조차 그녀를 괴롭혔다. 두 사람이 좋아하고 같이 골랐던 물건들도 버리지 못하고 한곳에 그대로 두었다.

"1~2주 내에 나머지 물건들도 가져갈게."

남편이 말했을 때 너태샤는 현관 바닥에 굳어버린 것처럼 서 있었다. 맨발에 전해지던 차디찬 돌의 감촉이 지금도 생생히 기억났다. 그렇게 하는 게 합리적이라고 생각한다는 듯 결국 그녀도 고개를 끄덕였다. 곧이어 현관문이 닫히고, 벽에 기대 있던 너태샤는 서서히 미끄러져 내려가다 바닥에 주저앉고 말았다. 정신이 혼미한 상태로 얼마 동안이나 그렇게 앉아 있었는지는 기억나지 않았다.

그 후 몇 주 동안, 그리고 가족과 친구들이 그녀의 결혼 생활이 끝나 버린 사실을 알기 전까지 너태샤는 주말이나 이른 아침, 늦은 밤 시간을 골라, 이를테면 사무실에 앉아 일에 몰두하지 않는 시간이면 차를 몰고 밖으로 나갔다. 도시의 거리와 고가도로, 다리 아래와 드문드문 불이 켜진 고속도로 등을 종횡무진으로 달렸다. 차에 기름을 채울 때에만 잠시 멈춰 섰다. 차 안에서는 라디오를 틀어놓고 들었다. 주로 토크 쇼를 들었는데, 전화를 걸어온 청취자들의 사연을 듣고 있으면 자신의 삶이 그리 나쁘지 않다는 위로를 받기도 했다. 그 밖에도 시사 프로그램이나 다큐멘터리, 드라마 등을 들었다. 음악은 듣지 않았다. 이런 상황에서 음악을 듣는 것은 지뢰밭을 걷는 행동만큼이나 위험한 짓이라고 생각했기 때문이다. 감정을 자극하는 노래가 아무 예고도 없이 내면을 부수고 들어올 우려가 있었다. 가끔은 다이얼을 돌리다가도 느닷없이 눈물이 주르륵 흐를 때가 있었다. 뉴스를 들으면서 기사 내용에 혀를 차거나 극단적인 견해에 탄식을 하는 게 차라리 나았다.

그날도 머리가 다소 혼란스러웠던 너태샤는 토요일 아침까지 운전과 청취라는 두 가지 일에만 전념했고 그러다가 켄트라는 지방에 도착하게 되었다. 갑자기 후벼 파듯 속이 쓰렸고, 곰곰이 되짚어보니 열여덟 시간 동안이나 아무것도 먹지 않았다는 사실을 깨달았다. 주위를 둘러보니 멀지 않은 곳에 찻집이 하나 보였다. 예스럽게 꾸민 데다 비영어권 사람들이 선호할 만한 가게였다. 그곳에서 너태샤는 버터를 바른 빵을 반쯤 먹고(사실 몇 주 동안 계속 음식을 넘기려고 애썼지만 잘 되지 않았다) 음식값을 낸 뒤 싱그러운 가을 아침 속으로 나와 마을 길을 산책했다.

어디선가 피어오르는 매캐한 연기를 맡으며 물들어가는 잎사귀를 감상하고 산울타리에서 자란 야생 자두의 떫은맛도 느껴보았다. 그렇게 걷다보니 신기하게도 마음이 한결 가벼워졌다.

농장 쪽으로 이어진 듯한 길을 걷다가 너태샤는 셋집 표지판이 있는 작은 집을 우연히 발견했고, 곧바로 중개인 번호를 찍어 집이 아직 안 나갔다면 임대하겠다는 메시지를 남겼다. 돈이 행복을 가져다준다고 믿지는 않았지만 그나마 안락한 곳에서 맘껏 우울하게 도와줄 수는 있다고 생각했다.

그때부터 코너는 두 아들을 만나지 않는 주말이면 너태샤와 함께 그 집을 찾았다. 코너는 맥처럼 현실적인 사람은 아니었지만 기꺼이 친구가 되어주었다. 함께 있을 때면 소파에 누워 신문을 읽거나 벽난로 불을 피우며 한가롭게 불꽃을 바라보거나 너태샤가 요리하는 것을 돕곤 했다. 날씨가 좋을 때면 그녀가 정원을 가꾸고 돌보는 동안 의자에 앉아 맥주 한잔을 즐기기도 했다. 너태샤는 식물에 대해 거의 아는 게 없었지만 제초 작업을 하거나 정원을 어슬렁거리는 일만으로도 기쁨을 느꼈다. 삭막한 도시 생활과 직업적 스트레스에서 어느 정도 벗어날 수 있었기 때문이다.

그 집을 빌린 지도 어느새 1년이 다 되어갔다. 너태샤가 정원에 기울인 수고는 지난여름에 작은 결실을 거두기도 했다. 비옥해진 땅에서 다년생 식물들이 싹을 틔웠고 장미가 활짝 꽃을 피웠으며 사과나무에서도 열매가 열렸다. 한번은 길 아래 농장에(나중에는 농장이라기보다는 마구간이라는 사실을 알게 되었지만) 사는 여자가 정원 입구에 비료 몇 포대를 내려주고 간 적도 있었다.

"뭘 바라고 주는 게 아니라우."

활달해 보이는 여자가 기분 좋게 말했다.

"우리 집엔 산더미처럼 쌓여 있거든요. 특히 장미가 피는 곳에 뿌려 주면 아주 잘 자란답니다."

켄트의 작은 집은 너태샤에게 마음의 평화를 가져다주었다. 이제 그 집은 그녀의 관심과 애정의 대상이 되었다. 어느 순간부터는 주말에 켄트를 찾지 않으면 집에서도 제대로 쉬는 것 같지가 않았다.

이제 런던에 살지 말아야 할 이유가 한 가지 더 추가되었다. 맥이 남겨둔 물건들을 가지러 오는 데 거의 1년이 걸린 셈이었다.


"그래서…… 애들은 이번 주말에 뭐 하기로 했어?"

"잘 모르겠어. 애들 엄마가 할머니 집으로 데리고 갈 거 같은데."

"잘 모르겠다고? 당신답지 않네."

"아, 그게, 내가 애들을 내려줄 때 애 엄마 기분이 너무 별로여서 제대로 얘기도 못 했거든."

말하는 동안 코너의 입술이 처졌다. 코너는 전처에 대한 얘기를 할 때마다 억울한 마음을 억누르지 못했고 그것이 은연중에 얼굴에 나타났다. 그런 코너가 늘 신기했던 너태샤가 기억을 되살리며 물었다.

"근데 애들이 스케이트를 타러 가고 싶다고 하지 않았나?"

두 사람은 중년의 고비를 맞이한 코너의 스포츠카를 타고 있었다. 그는 백미러를 힐끗 쳐다본 뒤 차선을 변경하면서 한층 가벼워진 목소리로 대답했다.

"애들은 그러고 싶어했지. 난 할머니처럼 말했고. 근데도 녀석들은 20분도 안 돼 금방 또 졸라댔지. 마실 물 좀 있어? 입이 바싹 마르네."

너태샤는 가방에서 작은 물병을 꺼내 뚜껑을 열어주었다. 코너는 전

방에 시선을 고정한 채 물병을 입술로 가져갔다.

"내가 말했던 레스토랑으로 데리고 가는 건 어때? 마술사가 나온다고 한 곳 말이야."

"그래, 그거 좋아하겠다. 안 그래도 물어보려 했는데."

코너가 맞장구를 쳤다.

"근데 정말 가고 싶어할까?"

"왜 아니겠어?"

그는 또 한 번 물을 꿀꺽꿀꺽 마신 다음 덧붙였다.

"다음 일요일에 데려가야겠다. 그때쯤엔 애들을 만날 것 같으니까."

너태샤가 그를 지켜보며 물병을 받아 들었다. 아직 코너가 지내는 아파트에 가본 적이 없었다. 두 아이를 찍은 사진에서 보이는 아파트는 사적 공간이라고는 믿기 어려울 정도로 너무 밋밋했다. 흩어져 있는 장난감과 밝은 침구 외에는 아무것도 없는 침실이었는데, 아무리 봐도 호텔 스위트룸 정도로밖에 보이지 않았다. 코너는 수도자의 미의식을 가지고 사는 사람 같았다. 집에 세탁기가 있었지만 빨래는 늘 세탁 업체에 맡겨 배달을 받곤 했다. 옷들이 집 안 여기저기에 널려 있는 게 보기 싫다고 했다. 그는 요리도 하지 않았다. 주변에 솜씨 좋은 음식점들이 많은데, 굳이 자기가 할 필요가 있느냐는 것이었다. 주방은 사용하지 않아도 늘 반짝반짝 빛이 났는데, 별 이유도 없이 일주일에 두 번씩이나 청소를 했기 때문이다.

그의 내면에는 새로운 생활을 거부하는 정서가 은근히 있는 것 같았다. 회사에서 제공된 아파트에 터를 잡고 싶지 않은 마음은, 그곳에 오래 머물 생각이 없다는 그의 말투에서도 잘 드러났다. 오히려 켄트의 작은 집에 오면 마음이 편안해지는 것처럼 보였다. 불을 피워 고기를 굽고 선반을 바꿔 다는 모습을 보면 한때는 애처가가 아니었을까 하는 생각도 들었다.

"있잖아……. 말하지 않으려고 했는데, 페르시 소송이 잘 해결되면 리처드가 당신한테 얘기 좀 하자고 할 거야."

"무슨 얘기?"

"모르는 척하지 마. 그렇게 순진하지 않으면서."

그의 입술 주위로 엷은 미소가 번졌다.

"파트너 제의라도 하려는 건가?"

"놀라는 척하긴. 당신 최근 실적을 보면 회사에 많은 이익을 가져다 줬잖아. 이번 페르시 소송 역시 회사 이미지를 부각시키고 있는 셈이지. 사실 리처드는 당신이 가족법 관련 소송을 진행하는 것에 대해 우려를 했거든. 근데 그렇게 빨리 성과가 나오니까 놀라긴 했나봐. 다음 주엔 또 뭐가 기다리고 있는 거야?"

너태샤는 마음을 차분하게 먹으려고 애썼다. 가끔 스스로도 예상치 못한 방향으로 감정이 흐를 때가 있었다.

"페르시 소송 문제로 해링턴 씨와 한 번 더 만나기로 했어. 그리고 아동유괴 사건과 시대 과제라 할 수 있는 아동 망명신청자 소송, 말레이 음식점 라비스 건도 있어."

그녀는 문득 아침에 전화 확인을 못 했다는 사실을 떠올리고 가방에서 휴대전화를 꺼냈다. '아이는 신원 확인 없이 들어왔어요. 본인은 15세라고 주장하는데, 지역 당국은 아니라고 하네요'라는 문자가 들어와 있었다. 아이의 말대로라면 지역 당국은 제17번 조항에 따라 아이를 돌봐주어야 할 의무가 있지만 그렇지 않고 나이가 더 많다고 밝혀지면 아이는 국립 망명지원 서비스 센터로 보내지게 될 것이다. 어쨌든 문제는 항상 비용에 있었다.

"그 사건 맡을 거야?"

"힘든 소송이 되겠지. 소년이 아직 어리다는 걸 입증해야 할 책임이 우리한테 있으니까. 유일한 희망은 절차상의 문제를 제기하는 거야. 만약 나이가 문제된다면 아이가 심사를 담당한 직원한테 아무 이야기도 듣지 못했다는 점을 강조하려고. 그 점을 물고 늘어지려고 해."

아이에 대한 서류는 일관성이 없었기 때문에 그런 경우 소송에서 이기기는 쉽지 않았다. 게다가 정책적 압력을 많이 받았으므로 대부분은 성인으로 평가되어 본국으로 송환될 가능성이 컸다.

"아이의 나이에 대해선 당신도 의심스러운 모양인데."

"어떻게 생각해야 할지 잘 모르겠어. 내 말은, 소년이 면도든 뭐든 하지 않더라도 거짓말은 할 수 있으니까. 요즘은 웬만하면 다들 열다섯 살이라고 주장하는 것 같더라고."

"당신답지 않게 너무 냉소적인데."

"글쎄, 난 사실을 말했을 뿐이야. 아니면 주변에 꺼칠한 수염이 난 애들이 너무 많아서 그런가?"

너태샤는 코너의 시선을 느낄 수 있었다.

"근데 당신이 맡았던 이란 소년에 대해선 전혀 얘기가 없네."

너태샤는 고개를 들고 코너를 보았다.

"계속 신경 쓰던 아이 말이야. 자기가 주장한 데서 오지도, 가려고 한 곳으로 가지도 않았다는 아이."

"알리 아마디 말하는 거야?"

"사회복지사한테도 말 안 했지?"

너태샤는 팔짱을 끼고 말했다.

"내가 무슨 말을 했어야 하는데? 별로 말할 가치도 없는 일이야."

"좋아. 그 일로 당신은 피해를 입었을 수도 있지. 하지만 당신 일은 사람들을 평가하는 게 아니라 당신이 가진 정보로 그들을 대변해주는 거야."

코너는 너무 잘난 척한 게 아닌가 싶어 너태샤를 힐끔힐끔 보았다.

"그냥 당신이 그 아이한테 너무 실망한 듯해서 하는 소리야. 그러니까 그 아이는 자기가 말한 것 이상으로 할 수 없었을 거란 말이지. 실제로 당신을 속이려고 그런 건 아니었을 거야."

"알아."

사실 너태샤는 그 사건을 너무 개인적인 일로 받아들이고 있었다. 거짓말을 듣는 게 지긋지긋했다. 그토록 오랫동안 맥에게 미안함을 느끼는 것도 바로 그런 이유였다.

"그 아이가 뭘 하려고 했는지 당신이 몰랐을 수도 있어."

"그것도 알아. 당신 말이 맞아. 하지만…… 그 일 때문에 그들 모두를 부정적으로 바라보게 된 것도 사실이야. 자료를 다시 살피고 있는데, 허점이 한두 개가 아니더라고."

"그렇지만 그들의 사연을 과학적으로 접근할 필요까진 없잖아."

"아마 그렇겠지. 그렇다고 그 아이가 형사 재판소로 가게 된 현실을 바꿀 순 없으니까. 거기엔 내 잘못도 있어."

코너가 고개를 저으며 말했다.

"스스로에게 너무 가혹할 필요는 없어. 당신이 인간 본성에 대해 모두 설명할 수는 없잖아. 내가 변호한 사람들의 이야기에 너무 신경을 곤두세우면 빌어먹을 우리가 무슨 일을 맡을 수 있겠냐고."

너태샤는 병뚜껑을 열고 물을 조금 마셨다.

"지금까지 난 확신을 가지고 일했어. 법의 테두리 안에서 좋은 일을 하고 더 나은 한쪽에 있다고 자부하며 살았지. 그렇다고 당신이 있는 쪽이 훌륭하지 않다는 말은 아니야. 당신은 내 분야와는 다른 종류의 일을 하는 거니까."

"돈이지."

"그래."

너태샤가 웃었다.

"어쨌든 아마디 관련 사건은……. 글쎄, 그게 날 냉소적으로 만들었을 수도 있겠지만 결코 그렇게 되길 원한 건 아냐."

코너가 이를 드러내고 웃으며 말했다.

"자신을 극복해야지. 냉소적으로 변하는 게 싫으면 호스피스에서 일해야지, 이런 살벌한 로펌에서 일할 게 아니라."


코너는 소유욕이 강한 사람이 아니었다. 오히려 두 사람 사이에서도 일일이 간섭하고 개입하는 인상을 주지 않기 위해 애쓰는 편이었다. 마음을 자꾸 바꾸거나 약속을 지키지 않는 등 그녀를 가볍게 여기는 태도도 보이지 않았다. 다만 늘 자신의 주변에 보이지 않는 벽을 치는 게 문제였다. 그는 자신의 소망이나 필요에 대해 말하는 법이 없었다. 다정했지만 그 애정이 어떤 의미를 지니는지 드러내지 않았다. 그래서인지 너태샤도 요즘 들어 불거진 개인적인 변화가 문제가 될 거라는 생각을 별로 하지 못했다. 차에서 짐을 부리며 대화를 주고받을 때까지는.

"그 사람은 주중 내내 거기 있었던 거야?"

코너가 상자를 내려놓으며 물었다.

"화요일부터."

"그럼 당신은 나한테 얘기도 안 할 생각이었나?"

"이번 주엔 거의 볼 수가 없었잖아. 말하는 건, 뭐 쉬웠겠어? 법원 앞에서 만났을 때 '안녕, 전남편이 다시 집으로 돌아왔어'라고 귓속말로 얘기할까?"

"전화해서 말하면 됐잖아."

"그래. 하지만 그러고 싶진 않아. 불편하고 어색해."

"그렇긴 하겠다."

그는 상자와 쇼핑백을 집어 든 다음 허리를 곧추세우고 집 안으로 들어갔다.

"그럴 것 같지?"

너태샤가 그의 말투를 흉내 내며 물었다.

"모르겠다. 그래서 지내긴 어때?"

그의 목소리는 지나치게 차분했다.

너태샤는 코너를 따라 주방으로 갔다. 지난 주말에 싱크대 위에 놔둔 꽃들이 다 시들어버렸다. 갈색으로 변한 꽃잎들이 꽃병 주위로 또르르 말려 있었다.

"지낼 만한 데가 정말 없었던 모양이야. 따지고 보면 반은 그 사람 집이니까."

코너는 돌아서서 너태샤를 똑바로 쳐다보며 말했다.

"내가 만약 파산을 하고 뇌수술을 받은 말기 환자라 하더라도 당신은 내 전처가 사는 곳 근처에는 얼씬도 못하게 했을걸."

"글쎄, 우리가 인생의 전 과정을 함께 겪은 건 아니잖아."

"당신은 아직 이혼을 하지 않았다는 뜻인가? 그럼 난 여기서 계속 그리워해야만 하는 건가?"

"조만간 이혼할 수밖에 없다는 거 알잖아, 코너. 다만 아직은 시기상조야."

"시기상조라고? 아주 분명한 때가 아니고?"

그는 지나치게 넘치는 기운으로 쇼핑한 물건들을 풀기 시작했다. 등을 돌리고 있었지만 너태샤는 그의 아래턱에 단단히 힘이 들어가 있으리라는 걸 알 수 있었다.

"진심이야?"

"예비 전남편이라는 자가 당신 집에 다시 들어와 있다고 하는데, 어떻게 심각하지 않겠냐고!"

너태샤는 코너의 옆을 지나쳐 걸으며 말했다.

"이런 맙소사, 코너! 마치 내 인생이 별로 복잡할 것도 없었다는 듯이 말하네. 소유욕이라곤 없는 사람인 줄 알았는데."

"그건 무슨 소리지?"

"휴일마다 그다지 헌신적이지 않았으면서 지금은 내 전남편과 재산 분할 문제를 꼬투리 잡고 있잖아."

"그건 다른 얘기지."

"다르다고? 당신은 날 아이들한테 소개하지도 않으면서."

코너는 망연자실한 표정으로 두 손을 들어 올렸다.

"그래, 언젠가는 당신이 애들 문제를 꺼낼 줄 알았어."

"당신이 정말로 이 문제를 고민해보겠다고 한다면 나도 충분히 그럴 의향이 있어. 그런데 가끔씩 당신은 내가 존재하지도 않는 것처럼 행동할 때가 있어. 그건 어떻게 생각해? 심지어 애들이 주변에 있으면 날 만나려 하지도 않잖아."

"애들은 아직 충격에서 벗어나지 못하고 있어. 여전히 혼란한 상태야. 애들 엄마와 나는 만나도 거의 말을 하지 않아. 그런 상황에서 애들한테 두 번째 엄마를 소개한다면 무슨 도움이 되겠어, 그렇지 않아?"

"내가 왜 두 번째 엄마가 돼야 하지? 그냥 친구일 수는 없는 거야?"

"애들이 바보인 줄 알아? 걔들도 상황 파악은 금방 한다고."

너태샤의 목소리가 점점 높아지고 있었다.

"그래서 뭐? 우리가 함께 있으려면 애들 사이에서 난 붙박이 가구처럼 있어야 한다는 거야? 아니면 나 역시 계속 그리워해야 하는 건가?"

"물론 그렇지 않아. 그리고 우린 함께 있을 거야. 하지만 애들 문제를 그렇게 서두를 필요는 없잖아."

그는 잠시 목소리를 가다듬은 다음 말을 이었다.

"너태샤, 당신은 아직 자식이라는 존재를 잘 몰라. 아이를 키워보기 전에는 이해하기 힘들 거야. 자식은…… 자식은 가장 먼저일 수밖에 없어. 여전히 아프고 슬픈 존재야. 난 걔들을 보호해야 할 의무가 있는 사람이야."

너태샤는 코너를 똑바로 마주 보며 말했다.

"내가 애들을 이해할 수 없을 거라고? 정말 그렇게 생각해, 코너? 내가 아이를 낳지 못했기 때문에 아무것도 모를……."

"이런 젠장, 너태샤, 그걸 그런 식으로 받아들이면……."

"꺼져."

그녀는 차가운 목소리로 중얼거렸다. 그러고는 계단을 뛰어 올라갔다. 한 번에 두 계단씩 성큼성큼 올라 욕실로 들어가 문을 닫았다.


말의 콧구멍이 꼭 접시 모양 같았다. 나팔처럼 넓게 퍼져서 컴컴한 구멍 안쪽의 핑크빛 속살까지 보일 정도였다. 두 눈은 하얗고 두 귀는 뒤쪽의 움직임을 탐색하느라 연신 앞뒤로 팔락거렸다. 가느다란 네 다리는 정교한 투스텝을 따라하고 있었다. 몰티즈 샐이 이륜마차에서 내려 말에게 다가가 목을 쓰다듬었다. 말의 목은 땀으로 번들거렸다.

"네 생각은 어때, 빈센트? 이 녀석이 돈을 좀 벌어다 줄 것 같으냐?"

몰티즈가 마차에서 마구를 떼어내며 조카에게 다른 쪽 마구도 벗기라고 손짓했다.

"돈 좀 벌어다 줄 것 같아요. 걸음걸이가 참 재미있네요. 다리는 별로 마음에 안 들지만."

"이 말은 말이야, 열다섯 번 출전해서 열네 번 이겼어. 네 다리보다야 훨씬 낫지. 사람으로 치자면 슈퍼모델감이야."

"그렇다면야."

"페이스메이커 중에서 이만한 경주용 말을 찾기는 쉽지 않아. 아주 괜찮은 놈이야. 그런 느낌이 들어. 랠프? 호스로 말 다리에 물 좀 뿌려줄래?"

랠프는 말을 데리러 앞으로 뛰어나왔다. 작은 마차에 매여 있다가 풀려난 말이 마당에서 발레를 하듯 빙글빙글 도는 바람에 고삐를 단단히 잡아야 했다.

사라는 꾸벅 인사하며 그들을 지나쳤다. 사라가 들어가자 그들은 출입문을 닫았고 카우보이 존이 어디선가 모습을 드러냈다. 항상 느끼는 것이지만 몰티즈 샐 주변의 남자들은 남의 눈을 지나치게 의식하는 듯했다.

그들은 늘 몰티즈 샐 주변에 모여 있었다. 그들에게 부인이 있듯이 샐 부인이라고 하는 사람이 있었다. 하지만 카우보이 존은 자기가 아는한 그 부인은 한 번도 그 집을 벗어난 적이 없다고 했다.

"몰티즈가 그 여자를 집에 둔 지도 20년은 되었을걸. 요리나 청소는 아주 잘할 거야."

그는 모자를 고쳐 쓰며 덧붙였다.

"그러든가 말든가."

사라는 마구간으로 걸어가는 동안 그들의 시선을 느꼈지만, 다행히 랠프가 부산을 떠는 말의 다리에 물을 뿌리느라 애를 먹는 바람에 불편한 시선을 피할 수 있었다.

경주용 말과 페이스메이커를 볼 때마다 사라는 안타까운 마음이 들었다. 멋진 다리에 크고 아름다운 눈망울을 가진 말들은 축사로 보내져 잔뜩 살을 찌운 다음 다리가 못 쓰게 될 때까지 혹은 몰티즈의 눈 밖에 날 때까지 죽어라고 달려야 했다. 그러고 나면 가차 없이 버려졌다. 그렇게 말들을 우리에 가두거나 거리에 나가 달리게 하고, 두려운 기색을 보이거나 말을 듣지 않으면 가혹하게 벌을 내리는 방식을 할아버지는 늘 못마땅하게 여겼다. 몰티즈 셸이 화를 내면서 말에게 채찍질을 가하면 사람들은 조용히 눈빛만 주고받을 뿐 아무 말도 하지 못했다. 그는 그런 사람이었다.

사라가 마구간으로 들어서자 부는 빨리 자기를 봐달라는 듯 머리를 난간에 갖다 대고 부드러운 소리로 울었다. 사라는 박하사탕 하나를 준 다음 부의 목을 끌어안고 익숙한 냄새를 깊이 들이마셨다. 부는 먹을 것을 더 찾는 것처럼 사라의 호주머니를 킁킁거렸다. 사라는 물을 갈아주고 부가 자고 일어난 지푸라기들을 정리하기 시작했다.

카우보이 존이 도와주긴 했지만 부를 돌보는 일은 점점 더 어려워졌다. 금붕어 한 마리조차 집에 두지 않을 정도로 깔끔한 휴잇 부부는 사라가 예상한 시간에 돌아오지 않으면 노골적으로 불만을 드러냈다. 사라는 변명거리를 찾기가 어려웠을 뿐만 아니라(매번 지연되는 버스와 이런 저런 이유로 방과 후에 남는 일, 할아버지 병문안 등으로 사라는 지칠 대로 지쳐 있었지만 그런 사정을 휴잇 부부가 이해해줄 리가 없었다) 그때마다 사라가 어디 있는지 아는 게 얼마나 중요한지, 몇 시간 동안이나 행방을 모르는 게 얼마나 불안한지에 대한 짜증 섞인 잔소리를 견디고 들어야 했다. 그래서 감시가 너무 심하다 싶을 때에는 학교 수업을 몇 시간 빼먹곤 했다. 학교에서는 아직 빠진 수업을 세세하게 기록하는 것 같지 않았기 때문이다. 그런 시간은 덤으로 주어진 시간에 불과했지만 달리 선택의 여지가 없었다. 그렇게라도 하지 않으면 부를 돌볼 시간을 확보할 수가 없었다.

사라는 부를 마구간에서 데리고 나가 스페어페니 래인 주변을 산책하듯 걸어 다녔다. 지나가는 차를 피하기 위해 부를 도로의 연석 가까이에 붙어 걷게 했는데, 가끔씩 부가 분출하는 기운을 참지 못하고 달려 나가려 하거나 빨간불에 멈추어야 할 때에는 부드러운 말로 타이르곤 했다. 하지만 이는 예상 가능한 경우에만 해당했다. 부는 움직이기 좋아하는 말이었고, 신체 단련뿐만 아니라 정신 훈련도 필요한 동물이었다.

"타고난 조건에 비해 너무 영리하다니까."

카우보이 존이 혀를 내두르곤 했는데, 부는 마구간 문 제일 꼭대기에 붙어 있는 쥠쇠를 풀고 나간 적이 한두 번이 아니었다.

"네가 감당하기엔 너무 영리해."

할아버지도 자주 그렇게 말했다.

사라는 길 꼭대기에 가만히 서서 먼지가 잦아드는 모습을 지켜보았다. 그날 할아버지 상태가 얼마나 위태위태했는지 돌이켜보면 눈앞이 아찔했다. 강철같이 굳건했던 사람이 남한테 의존해야만 하는 허약한 상태로 추락한다면 어떤 기분이 들까? 그렇게 된 할아버지를 마주하는 일도 쉽지는 않았다. 할아버지가 다시 집으로, 원래의 생활로 돌아올 수 있을까? 어쨌거나 그 희망을 버려서는 절대로 안 되었다.

사라는 부와 함께 한 번 더 길을 오르락내리락하면서 그동안 시간을 많이 못 내줘서 미안하다고 사과했다. 그러자 마치 그 말을 알아듣기라도 하는 것처럼 부는 고개를 쳐들고 쫑긋 선 두 귀를 뒤로 젖혀 보였다. 그러고는 어서 빨리 가자고 말하듯 발걸음을 재촉했다. 하지만 축사 가까이에 다다르자 몹시 실망한 듯 고개가 축 처져 있어서 미안한 마음이 들었다. 사라가 문을 밀고 들어섰을 때 몰티즈 샐과 그의 친구들은 마당 한쪽에 서서 담배를 피우며 얘기를 나누는 중이었고, 랠프는 그들 주위를 서성이고 있었다. 랠프는 몰티즈 샐을 맹목적으로 따랐는데, 가령 몰티즈가 담배 한 개비를 던져주면 기뻐서 어쩔 줄을 몰라했다.

먹이를 모아둔 창고 문을 열었을 때 사라는 가슴이 철렁했다. 건초가 어느새 네 다발밖에 남아 있지 않았다. 반 더미도 채 안 되는 양이었다. 이번 주엔 너무 정신이 없어서 존에게 먹이를 더 구해달라는 말을 깜박 잊고 말았다. 존의 창고는 이미 잠겨 있었다.

사라는 호주머니를 뒤져 동전을 찾았다. 46펜스와 버스표가 나왔다. 이 정도면 랠프한테서 건초를 조금 살 수 있을지도 몰랐다.

그때 뒤쪽에서 무슨 소리가 들려왔다. 몰티즈가 자기 창고 문을 열면서 휘파람을 불었다. 문틈으로 차곡차곡 쌓아둔 건초 더미와 값비싼 사료 포대가 보였다. 그렇게 훌륭하고 많은 사료가 한곳에 쌓여 있는 모습은 처음 보았다. 신기해서 뚫어져라 쳐다보고 있을 때 몰티즈가 갑자기 획 뒤를 돌아보는 바람에 사라는 현장을 들킨 사람처럼 얼굴이 빨개졌다.

그가 사라의 창고로 시선을 옮기며 물었다.

"먹이가 모자라는 모양이지, 엉?"

처음에 사라는 아무 대답도 하지 않았다. 건초를 묶은 망을 푸느라 바쁘게 손을 놀리고만 있었다.

그가 군침을 흘리며 물었다.

"창고 안이 거의 비어 있군그래."

"괜찮아요."

사라가 대답했다.

몰티즈 샐이 창고 문을 닫는 사라를 향해 다가왔다. 그의 셔츠는 구김 하나 없이 깔끔했는데, 말 근처에는 얼씬도 하지 않은 사람 같았다. 입을 벌려 얘기할 때마다 누런 금이빨이 드러나 보였다.

"건초가 충분하다고?"

그와 눈이 마주치자 사라는 슬그머니 눈길을 돌렸다.

"존 아저씨가…… 좀 빌려줄 거예요."

"존은 정리할 게 많아. 내일까지는 못 올 거야. 어쩌면 좋으나?"

"아직은 충분해요."

사라는 건초 네 자루를 양팔에 안은 다음 허리를 똑바로 세운 채 지나가려 했다. 하지만 그는 사라 앞에 우뚝 섰다. 길을 막은 건 아니지만 비켜달라고 해야 할 정도였다.

"넌 훌륭한 말을 가졌더구나."

"알아요."

"고작 그 정도로 말을 제대로 먹일 순 없어."

"내일까지는 괜찮아요."

그는 입에 물고 있던 담배를 손에 쥔 다음 사라가 들고 있던 건초 다발에서 한 가닥을 빼서 벌건 담뱃불에 갖다 대었다. 건초가 금세 타들어가며 시커멓게 변했다.

"이렇게 잘 타들어가서야, 원. 네 할아버지는 아직도 아프시냐, 엉?"

사라는 고개를 끄덕였다. 머리 위에서 기차가 우르릉거리며 지나갔지만 그에게서 시선을 뗄 수가 없었다.

"훌륭한 말에게 이런 쓰레기 같은 걸 먹여서야 되겠냐. 여기다 내려놔라."

몰티즈는 담배를 다시 입에 문 채 자기 창고로 가서 건초 한 더미를 꺼냈다. 아직 푸른 기운이 남아 있는 건초에서 초원의 향긋한 냄새가 풍겼다. 그는 거의 힘도 들이지 않고 건초 더미를 옮겨 사라의 창고 한 구석에 놔주었다. 사라가 벽에 기대서 있는 동안 그는 다시 자기 창고로 가서 값비싼 사료가 담긴 커다란 포대를 집어 들었다. 끙 하는 소리와 함께 포대를 휙 날라서 사라의 창고로 옮겨주며 말했다.

"이 정도면 당분간 버틸 수 있을 거야."

"전 없어요."

사라가 작은 소리로 말했다.

"가진 돈이 없어요."

그는 사라의 처지를 바로 알아차린 듯했다.

"돈이 생기면 그때 갚으면 돼, 알았지? 내가 여길 운영하는 동안 부실한 먹이 때문에 훌륭한 말이 쓰러지는 꼴은 못 본다."

그러더니 마른 건초 더미를 발로 툭툭 차며 말했다.

"저건 화로에나 던져버려."

"하지만……."

"저런 걸 존한테 받았어, 응?"

그가 사라의 눈을 똑바로 쳐다보며 물었다. 사라가 마지못해 고개를 끄덕였다.

"오늘부터는 나한테 받아가. 난 이제 말을 타러 가야겠다."

그는 약간 으스대는 자세로 팔을 휘두르며 마당으로 걸어갔다. 사라는 몰티즈가 친구들에게 돌아가는 모습을 지켜본 뒤 상체를 웅크려 새 건초 더미의 냄새를 들이마셨다. 확실히 자기가 가지고 있던 것보다 품질이 좋았다. 할아버지가 그곳에 있었다면 절대로 공짜로는 받지 못하게 했을 것이다. 하지만 지금은 그런 걸 따질 상황이 아니었다.

사라는 시계를 보고 움찔 놀랐다. 14분 후에는 휴잇 부부의 집에 돌아가 있어야 했다. 14분 안에 버스를 두 번 갈아타고 55분 걸리는 여행을 마쳐야 했다. 사라는 잽싸게 건초 더미의 끈을 잘라 한 아름 집어 든 다음 부가 기다리는 곳으로 뛰어갔다.


런던 집은 고요하기 그지없었고 이상할 정도로 매서운 기운이 느껴졌다. 너태샤는 문을 닫고 주변을 두리번거리며 누군가를 불러보았지만 돌아오는 소리는 없었다. 어찌 된 일인지 런던 거리마저 조용했고 그래서인지 집 안이 더욱 썰렁했다. 교외의 작은 집보다 훨씬 공허하게 느껴졌다. 문득 집 안에 누군가 있을지도 모르겠다는 생각이 들었다.

너태샤는 여기저기 흩어져 있는 카메라 가방들을 넘어서 거실로 들어갔다. 한쪽 구석에 촬영용 조명들이 놓여 있는 광경을 보고 절로 한숨이 새어 나왔다. 자동응답기에는 빨간 불빛이 켜져 있었다. 아무런 메시지가 들어와 있지 않다는 뜻이었다.

와인과 담배 냄새가 코를 자극했다. 아무래도 맥이 사람들을 초대한 듯한데, 주변에는 아무것도 보이지 않았다. 질서정연했던 쿠션들이 들쑥날쑥 제멋대로 놓여 있는 걸 보니 텔레비전 앞에서 밤을 보낸 모양이었다. 너태샤는 쿠션을 하나하나 집어 가지런하게 정리하다가 자신이 왜 이 일을 하고 있는지 불쑥 짜증이 치밀어 올랐다.

다시 현관으로 돌아간 너태샤는 가방을 집어 들고 2층으로 올라갔다. 계단을 오르는 자신의 발소리가 너무 생소하게 느껴졌다. 자기 집에 왔는데도 손님이 된 기분이었다.

주말에 너태샤와 코너는 험악한 언쟁을 벌인 뒤 서로 사과하고 화해했지만, 신랄한 비난과 격해진 감정으로 둘 다 충격이 만만치 않았다. 맥이 집에 들어와 있다는 사실이 코너를 자극한 점이 은근히 기뻤지만 한편으로는 화가 나기도 했다. 코너는 자기 사생활과 관련해서는 틈을 내주지 않으면서 너태샤의 생활에 대해서는 모든 걸 알고자 했다.

"조만간 애들과 시간을 잡아볼게."

코너가 너태샤를 집 앞에 내려주며 말했다.

"약속해. 조금만 더 시간을 줘, 알았지?"

그러더니 집에 들어가도 되는지 물어보지도 않고 가버렸다.

너태샤는 가방을 침대에 던져놓고 옷을 갈아입기 위해 단추를 풀었다. 이제 일요일 저녁이면 어김없이 되풀이되는 일상이 이어질 것이다. 세탁기를 돌리고, 텔레비전을 보면서 회사에 입고 갈 셔츠를 다리고, 책상에 앉아 내일 아침 법원에 가지고 갈 서류를 챙기고, 필요한 모든 것이 빠짐없이 준비되었는지 확인할 것이다.

너태샤는 한동안 꼼짝하지 않고 서 있었다. 새로운 환경에 적응하지 못해 그대로 얼어붙어버린 사람 같았다. 지금은 집에 없지만 맥은 자기 집을 돌려달라고 시위하듯 집 안 곳곳에 흔적을 남겨두었다.

"그 사람이 책이나 사진 같은 걸 가져가서 어디 감춰두지 않았는지 확인해야 할 거야."

코너가 조언을 했다.

"이혼 소송에서 모든 접근을 허용하는 건 백지수표를 쓰는 것과 마찬가지야."

하지만 너태샤는 물건을 잃어버리는 일 따위는 아무래도 상관없었다. 정말 견딜 수 없는 것은 맥의 존재와 그의 기운이었다.

너태샤는 여전히 남편한테 화가 나 있다는 사실을 깨달았다. 자신이 필요할 때 함께 있어주지 않아서 화가 났고, 마음을 추스르고 새로운 삶을 다짐하고 있는 이때에 다시 나타나서 간신히 다져놓은 둑을 무너뜨리려고 해서 화가 났다. 그는 결과를 따져보지 않고 일을 저지르는 타입이었다. 너태샤는 그가 집에 들어오지만 않았어도 지난 주말의 일은 발생하지 않았을 거라고 생각했다. 물론 그의 잘못이 아니라는 사실을 머릿속으로는 인정했지만, 이 집을 떠나야 하는 상황도 그의 잘못 때문인 것 같았다. 그런데도 정작 그는 어느 것에도 휘둘리지 않는 사람처럼 보였다. 여느 때와 다름없이 매력적인 미소를 지으며 아무 일도 없었던 것처럼 돌아왔다. 이 세상에 그에게 상처를 줄 수 있는 것은 없다는 듯이. 그들의 결혼과 이혼 문제는 아주 작은 감정의 변화밖에 일으키지 못한다는 듯이.

너태샤는 자기도 모르게 맥이 자는 방을 향해 걸어갔다. 그리고 방 앞에서 이름을 부른 다음 머뭇머뭇 문을 밀어 열었다. 맥이 자고 일어난 구겨진 이부자리와 구석에 떨어져 있는 옷가지들이 보였다. 방 안에서는 희미하게 마리화나 냄새도 나는 듯했다.

결국 달라진 것은 없었다. 너태샤는 잠시 입구에서 망설이다가 조용히 한 발을 들여놓았다. 곧바로 욕실로 향했다. 그의 면도기와 칫솔, 치약이 유리컵 안에 들어 있었다. 욕실 매트가 타일 바닥에 삐딱하게 놓여 있었지만 그것을 똑바로 놓고 싶은 충동과 끝까지 싸웠다. 그러면서도 한편으로는 그런 무질서를 지켜보며 안도했다. 역시 자기가 알았던 사람이 맞다고. 혼란스럽고 결함이 많은 사람이라고. 그래서 이혼하려는 것이고 지금까지 너무 봐준 거라고 자신을 다독였다.

밖으로 나가려고 발길을 돌리는 순간 욕실 구석의 유리 선반에 놓인 물건이 눈에 띄었다. 금색 상자에 들어 있는 값비싼 여성 보습 크림이었다. 그 옆에는 화장을 지울 때 쓰는 소품들도 있었다.

내면에서 피어오르던 무언가가 차갑게 식으며 굳어지는 것을 느꼈다. 너태샤는 눈만 한 번 깜박이고는 발소리에 신경 쓰지 않고 주저 없이 방을 나왔다.

# 8

저런 동물들을 능숙하고 우아하게 다룰 때
남자들의 위엄이 가장 잘 드러난다.

-크세노폰, 『기마술』

교장실에 깔린 카펫은 남빛 플러시 천으로 만든 아주 부드럽고 값비싼
제품이었다. 교장실에 불려온 학생들은 대부분 신발을 신고 그 카펫을
밟아도 되는지, 아니면 신발을 벗어야 하는지 판단하지 못하고 주춤거
렸다. 이는 그 학교의 주의력 결핍 및 과잉행동 장애ADHD 정도를 나
타낸다기보다는 야단을 듣기 위해 핍스 씨를 찾은 아이들의 마음이 얼
마나 심란한지를 보여주는 단면이었다.

사라는 카펫 때문에 심란한 것이 아니었다. 거의 48시간 동안이나
마구간에 가지 못했기 때문에 불안하기 짝이 없었다.

"이번 학기 들어 영어 수업을 빼먹은 게 벌써 네 번째야, 사라. 네가
가장 잘하는 과목이잖아."

핍스 씨는 앞에 놓인 서류를 넘기며 말했다.

사라는 가지런히 모은 두 손을 비틀고 있었다.

"집안 사정이 어렵다는 건 나도 알고 있다. 그래도 출석률은 항상 좋았잖아. 학교 오는 데 무슨 문제라도 생긴 거니? 혹시 위탁 부모가 제대로 도와주시지 않는 거니?"

사라는 사실을 말할 수가 없었다. 휴잇 부부에게 버스 카드를 잃어버렸다고 말한 뒤 카드를 새로 사라고 받은 돈을 부의 잠자리 마련을 위해 몽땅 써버렸다는 말을 도저히 할 수 없었다.

"그분들에게 네 출결 사항까지 확인해달라고 해야 하는지 모르겠구나, 사라. 그분들이 도움을 주기 어렵다면 우리가 알아야 하잖아."

"잘 도와주고 계세요."

"그러면 수업에 빠지는 이유가 뭐지?"

"그게…… 버스 노선이 달라져서 제가 헷갈린 것 같아요. 그래서 버스를 몇 번 놓쳤어요."

드디어 부가 일상의 변화에 반응하기 시작했다. 그날 아침에 부는 마구간에서 탈출한 뒤 유모차를 끌고 가는 여자에게 겁을 집어먹고 거리로 냅다 달려들었다. 그 바람에 택시가 경적을 요란하게 울려댔고, 흥분한 사라도 택시 기사에게 고래고래 소리쳤다. 사라가 말을 공원으로 데리고 갔지만 부는 입을 삐죽거리고 날뛰면서 지시를 따르지 않았다. 사라는 부에게 화를 내면서 실망감을 드러냈다. 하지만 금방 후회가 되었고, 참담한 기분이 되어 땀을 뻘뻘 흘리며 걸어왔다.

"지역 당국에서 택시 요금을 대줄 수 있을 거야. 교통이 문제라면 우리가 필요한 조치를 취해줄 수도 있단다, 사라."

그러면서 교장은 손가락 끝을 마주 대었다.

"하지만 난 그게 다가 아닐 거라고 생각한다. 여기 서류를 보면 목요일 오후엔 지리 수업을 두 번, 금요일 오후엔 체육 수업을 세 번이나 빼먹었다고 나와 있어. 어떻게 된 일인지 말해주겠니?"

사라는 말없이 발끝만 내려다보고 있었다. 이런 카펫을 가진 부자는 그녀의 인생을 이해할 수 없을 것 같았다.

"할아버지를 보러 갔어요."

사라는 작은 소리로 대답했다.

"할아버지가 아직도 병원에 계신 거야?"

사라가 고개를 끄덕였다. 심지어 지난 금요일에 병원에 갔을 때는 할아버지가 화를 내기도 했다. 할아버지는 고개를 들어 벽에 걸린 시계를 보며 중얼거렸다.

"나쁜, 다음에는."

사라는 할아버지가 무슨 말을 하는지 이해하려고 애쓸 필요도 없었다. 다시는 이 시간에 오지 말라는 의미였던 것이다. 하지만 할아버지는 아무것도 몰랐다. 사라가 걸어서 혹은 버스를 타고 런던 북동부를 오가느라 일주일의 절반을 허비하고 있다는 사실을, 여러 사람과 약속한 시간을 지키느라 정신없이 바쁘게 마구간을 들락거리고 있다는 사실을 알지 못했다.

"할아버지 건강은 좀 나아지셨니?"

교장의 말투가 좀 더 부드러워졌다. 다른 아이였다면 눈물을 터뜨렸을 것이다. 핍스 씨가 여자애들의 눈물에 약하다는 건 모르는 사람이 없었으니까. 하지만 사라는 짧게 대답했다.

"조금요."

"네겐 힘든 시간이겠구나. 그 점은 이해하지만 그래도 학교는 인생에서 아주 중요한 거란다. 기댈 수 있는 곳이기도 하지. 앞으로도 힘들면 우리한테 말해야 한다. 나나 다른 선생님들한테. 여기 있는 모든 사람은 네가 잘 살아가길 바라고 있단다."

교장은 의자에 등을 기댄 채 끊임없이 말했다.

"할아버지를 보러 간다고 아무 때나 학교를 빠져서는 안 된다. 곧 다가올 시험에도 대비해야지. 이번 시험은 아주 중요하단다. 네가 어려워하는 과목도 몇 개 있지, 아마? 앞으로는 수업을 빠지는 일이 없도록 해. 무슨 일이 닥치든 네게 힘이 되어줄 학교를 떠나서는 안 된다."

사라는 고개를 끄덕였지만 시선을 마주치지는 못했다.

"이번엔 성적이 좀 오를 수 있으면 좋겠구나, 사라. 할 수 있지?"

카우보이 존이 마지막으로 병원에 다녀간 적이 있었다. 할아버지를 보러 오자마자 사라에게 처음 했던 말은 지금까지 밀린 임대료를 면제해주겠다는 것이었다. 몰티즈 샐에게도 전했으니 이제 셈은 끝났다고 했다. 몰티즈가 축사를 인계받으면 그때부터 새롭게 계약이 시작된다는 것이었다. 존은 사라가 안도하는 표정을 지었다고 생각하는 듯했다. 하지만 사라는 오히려 얼굴에 피가 몰렸다. 그의 말이 무슨 뜻인지 짐작하고도 남았기 때문이다. 그는 할아버지가 더 이상 돈을 갚을 수 없을 거라고 예상했던 것이다. 할아버지가 집으로 돌아오기 힘들 거라고 생각하는 듯했다.

"이제는 절대로 수업에 빠지지 마라, 사라. 알았지?"

사라는 얼굴을 들고 대답했다.

"알겠습니다."

그러면서도 교장이 자기 마음을 꿰뚫어보는 건 아닌지 궁금했다.


너태샤는 주방에서 맥을 발견하고 화들짝 놀랐다. 아직 7시 15분 전이었다. 둘이 같이 살 때에도 맥은 아침 10시 이전엔 절대로 일어난 적이 없었던 사람이다.

"하트퍼드셔에서 할 일이 있어. 홍보 사진 촬영이야. 거기까지 가려면 족히 한 시간 반은 걸릴 테니까."

맥은 이미 샤워를 마친 듯 희미한 아로마 샴푸 향기와 면도용 크림 냄새를 풍겼다. 너태샤는 아무 소리도 못 들었는데, 이상한 일이라고 생각했다.

"미안한데, 마지막 하나 남은 티백을 썼어."

맥은 토스트 조각을 집어 들며 말했다. 그는 너태샤의 신문을 읽고 있었다.

"나갔다 오는 길에 좀 사 올게. 당신은 아직 커피 마시지?"

너태샤는 찬장 문을 닫으며 말했다.

"그래야 되겠네."

"아 참, 목요일부터 2~3일 정도 나가 있을 거라고 했잖아. 근데 그 일이 불발돼버렸어. 여기 계속 있어야 할 것 같은데, 그래도 되겠지?"

"그래."

조리대 위에는 우유가 엎질러져 있었다.

"이거 볼래?"

그가 신문을 가리키며 물었다.

"미안, 침범하려고 한 건 아니었는데."

너태샤는 고개를 저은 뒤 어디에 앉아야 할지 몰라 잠시 망설였다. 반대편 자리는 잘못하다가는 발이 닿을 위험이 있었고, 옆자리는 괜히 친하게 군다는 인상을 줄지도 몰랐다. 그렇게 이도 저도 선택을 못 한 채 너태샤는 시리얼 그릇을 손에 들고 어정쩡하게 서 있었다.

"난 스포츠면만 있으면 돼. 주요 기사가 있는 면은 당신이 봐. 부동산 중개인한테서는 연락 온 거 없어? 어젯밤에 물어보려고 했는데."

"주말에 집을 둘러보러 오겠다고 얘기한 커플이 둘 있어. 그건 그렇고, 방에서 마리화나를 피우지 말아줬으면 고맙겠어."

"별로 신경 안 썼잖아."

"실은 신경 쓰였어. 말을 안 했을 뿐이지. 그게 중요한 게 아니야. 사람들이 집을 보러 올 텐데, 괜한 냄새를 풍길 필요는 없다고 생각해."

"알았어."

"그리고 중개인이 열쇠를 가지고 있으니까 당신이 여기 있을 필요는 없어."

그는 너태샤를 더 잘 볼 수 있게 의자를 당겨 앉으며 물었다.

"내가 여기 있을 필요가 없다고? 당신은 다시 나가고?"

"그래."

"집이 팔리려면 몇 주는 걸릴 텐데, 이번 주말엔 어디로 갈 거야?"

"그게 중요해?"

그는 두 손바닥을 들어 올린 채 변명했다.

"정중히 대화하려고 했을 뿐이야, 타슈."

"난 켄트로 갈 거야."

"멋져. 당신은 거길 좋아하는군. 코너가 거기다 좋은 델 얻어놓은 모양이야."

"비슷하다고 할 수 있어."

"여긴 잘 안 오나, 그 친구는?"

"나도 이유를 모르겠어."

너태샤는 시리얼을 먹는 일에만 집중했다.

"좀 의외긴 해. 우리가 아직 같이 있는데도 그다지 걱정하지 않는 걸 보면. ……좋아, 좋아."

그러더니 맥은 자리에서 일어났다.

"나도 알아. 이제 시작이니까. 우린 과거를 얘기해선 안 되는 거고."

너태샤는 눈을 감은 채 숨을 크게 들이마셨다. 이런 이야기를 나누기에는 너무 이른 아침이었다. 그래도 의미심장한 한마디를 덧붙일 필요가 있었다.

"물론 우리도 지난 일들에 대해 얘기할 수 있어, 맥. 다만 지난 결혼 생활에 대해 비아냥거리는 말들은 더 이상 하지 말자고."

"나도 동감이야. 말했듯이 그 친구가 여기 오고 싶어하면 내가 자리를 피해줄 수 있어. 당신이 괜찮다면 요일별로 지정할 수도 있고. 화요일엔 내가 나가 있고 수요일엔 당신이 나가 있는 식으로 말이야."

그는 신문에서 뭔가를 한참 살피더니 덧붙였다.

"꽤 현대적인 방법이지 않아?"

너태샤는 커피를 집어 들며 말했다.

"모든 게 잘 정리될 거야. 우리가 굳이 '데이트하는 밤'을 규칙으로 정해놓지 않아도."

데이트하는 밤이라, 너태샤는 보이지 않는 여자의 존재를 예민하게 느꼈다. 맥이 묵는 방 욕실로 기어들어가 굳이 확인하지 않았더라도 주말에 그 여자가 왔다는 것을 알 수 있었다. 문득 공기 중에 떠도는 여자의 체취를 감지하기도 했고, 하루 종일 침대에서 시간을 보냈을 때처럼 느슨하고 여유로운 맥의 태도를 통해서도 알 수 있었다. 우리 집에서 주말 내내 섹스를 즐겼단 말이지, 그런 생각을 하며 너태샤는 스스로를 저주했다.

입 안에서 시리얼이 진흙처럼 찐득하게 뭉쳐버렸다. 너태샤는 마지막으로 한 입을 먹은 다음 시리얼 그릇을 식기세척기에 밀어 넣었다.

"당신 괜찮아?"

"좋아."

"또 그 소리. 지겹지도 않아?"

가끔씩 맥이 자신을 시험하고 있다는 생각도 들었다. 더는 못 참겠으니 떠나겠다고 두 손 들기를 바라는 사람 같았다. 절대 떠나지 말라고 코너는 감정을 억제하면서까지 조언했다. 너태샤가 그 집을 떠나는 순간 도덕적·법적 이점을 상실하게 될 것이라고 했다. 그는 누구보다 많은 시간과 노력을 집에 투자했으니 실제로는 떠나고 싶어하지 않을 것이라고 주장했다.

"집을 팔고 싶어하는 쪽은 바로 그 사람이야."

너태샤가 반박하자 코너가 대꾸했다.

"그 사람이 원하는 게 바로 당신의 그런 생각이야."

코너는 어떤 행위에서든 불온하고 파괴적인 가능성을 읽어낼 줄 알았다. 그는 맥을 공간을 선점하고 있는 적으로 보았다. 그래서 여지를 주지 말라고, 물러서지 말라고, 계획을 내보이지 말라고 경고했다.

"난 지겨운지 모르겠는데."

너태샤는 환한 표정을 지으며 말했다.

"훌륭해."

맥의 목소리가 부드러워졌다.

"사실 돌아오기 전에는 집 문제를 어떻게 해결해야 할지 몰라 걱정했거든."

너태샤는 그 말을 믿어야 할지 갈피를 잡을 수 없었다. 아무 걱정도 없는 사람처럼 보였기 때문이다. 어쨌든 크게 변한 것은 없어 보였다.

"어, 다시 한번 말하지만 내 걱정은 하지 마."

맥이 그녀를 똑바로 응시하고 있었다.

"왜?"

너태샤가 물었다.

"아무것도 변하지 않았네, 타슈?"

"무슨 뜻이야?"

그는 한동안 너태샤의 얼굴을 유심히 살피더니 미소가 사라진 얼굴로 말했다.

"당신은 여전히 아무것도 양보하지 않는군."

두 사람은 한참 동안 서로를 노려보았다. 그러다가 맥이 먼저 시선을 돌렸고 차를 벌컥벌컥 마셨다.

"아, 그런데 지난밤에 빨랫감을 세탁기에 넣다가 바구니에 있던 것들도 같이 넣고 돌렸어."

"어떤 거?"

"응……. 파란색 티셔츠랑 대부분은 속옷이었는데."

그는 차를 다 마신 다음 덧붙였다.

"란제리라고 해야 하나."

그러고는 신문을 휙 넘겼다.

"헤어지고 나서 많이 발전한 것 같지 않아?"

너태샤의 얼굴이 붉으락푸르락 달아올랐다.

"걱정하지 마. 저온으로 돌렸으니까. 나도 그 정도는 알아. 심지어 손빨래 설정으로 맞추기까지 했다니까."

"하지 마, 하지 마……."

속옷 빨래를 생각하니 나타샤는 무방비로 노출된 기분이 들었다.

"그냥 도와주려고 한 것뿐인데."

"아니, 아니, 하지 마. 당신…… 당신은…….”

너태샤는 가방을 집어 들고 맥을 밀치듯 지나쳐 문 쪽으로 걸어갔다
가 휙 돌아서서 말했다.

"내 속옷에 손대지 마, 알았어? 내 옷, 내 물건에 손대지 말라고. 내
옷을 뒤지지 않아도 당신이 여기 지내는 것만으로도 충분히 힘들다고.”

"쳇, 잘난 척 그만해. 내가 당신 빨래나 뒤지면서 쾌감을 느낀다고 생
각하나본데. 이런 맙소사, 난 그저 도와주려고 한 것밖에 없다고.”

"아무튼 하지 마, 알았어?"

맥은 식탁에 신문을 탕 내려놓았다.

"걱정하지 마. 앞으로는 당신 옷들 근처엔 얼씬도 하지 않을 테니까.
옛날처럼 말이야.”

"다행이네. 듣던 중 아주 반가운 소리야.”

너태샤가 쏘아붙였다.

"미안해. 난 그저…….”

그가 한숨을 길게 뱉으며 말했다.

두 사람은 한동안 바닥만 내려다보고 있었다. 그러다가 동시에 고개
를 드는 바람에 시선이 딱 마주쳤다. 맥이 눈썹을 치켜세우며 말했다.

"이제부터는 내 옷들만 따로 세탁할게, 됐지?"

"좋아."

너태샤가 대답한 뒤 문을 닫고 나갔다.


사라는 발끝을 등자에 밀어 넣고 말의 목 위로 상체를 굽혔다. 바람
이 눈가에 흩날리는 눈물을 스치고 지나갔다. 너무 빨리 달려서인지 온

몸이 저리듯 아팠다. 사라는 두 손을 말의 기갑*에 붙인 채 고삐를 움켜잡았고, 자세를 유지하기 위해 배에 잔뜩 힘을 주고 바람과 중력의 위세에 맞섰다. 두 다리는 가능하면 말의 옆구리에 바짝 붙이려고 애썼고 두 팔은 말의 목을 지그시 눌렀다. 부의 속도가 빨라지면서 사라의 호흡도 점점 더 가빠졌고 우레와 같은 말발굽 소리가 두 귀를 때렸다. 사라는 말을 멈추지 않았다. 부는 벌써 몇 주 동안이나 이렇게 달려보지 못했다. 게다가 이 습지대는 아주 넓은 평지여서 부가 지칠 때까지 달려도 전혀 문제될 게 없었다.

"달려."

사라가 부에게 속삭였다.

"계속 달려."

하지만 그 말은 자꾸만 목구멍 안으로 기어들어갔다. 사라가 무슨 말을 하더라도 부는 말을 듣지 않았을 것이다. 부는 지금 달리는 일에만 집중했고 본능이 말하는 대로만 움직였다. 이 자유를 맘껏 즐기라고, 꽉 조여 있던 근육을 날개처럼 활짝 펴고 거친 들판을 새가 날듯 두 다리로 가로지르라고, 폐가 팽팽해지도록 빠르게 질주하라고. 사라는 그런 부를 이해했고 자신도 그것이 필요했다.

저 멀리 하늘 위로 쭉 뻗어 있는 철탑이 보였다. 철탑에는 도시 전체로 정교하게 뻗어나간 전선들이 얽혀 있었다. 그 아래로 콘크리트 기둥들이 떠받치고 있는 길고 가느다란 도로가 습지대를 가로지르고 있었다. 고가도로에는 수많은 차량들이 언제 끝날 줄 모르는 행렬을 이어나갔다. 멀리서 울려 퍼지는 경적 소리가 사라의 귀에까지 들려왔다. 하

---

\* 말의 양 어깨 사이에 도드라진 부분.

지만 그 소리를 가늠하느라 정신을 팔고 있을 수는 없었다. 부는 통근 시간대에 걸린 자동차와 트럭보다 훨씬 더 빨리 달리고 있었다. 덕분에 사라도 전율을 느꼈지만 그것도 잠시, 이대로 달리다가는 과연 멈출 수 있을까 하는 두려움이 스멀스멀 몰려왔다. 이렇게 멀리까지 이렇게 빠른 속도로 달려본 적이 없었다. 그때 부가 갑자기 방향을 틀었다. 기다란 풀숲에 쓰러져 있던 낡은 자전거를 피하기 위해서였다. 사라는 균형을 잡기 위해 몸을 틀었고, 잠시 주춤했던 부는 더 빠르게 밀고 나가려고 엉덩이 쪽에 힘을 집중하는 것 같았다. 사라는 눈앞이 흐릿해지면서 숨이 턱 하고 멎는 기분이었다. 말의 목에서 고개를 든 사라는 입술에 달라붙은 갈기를 뱉어내며 얼마나 멀리 달려왔는지 거리를 헤아려보았다. 그러면서 고삐를 살짝 당겼다. 하지만 부가 말을 듣지 않는다면 멈춰 세울 힘이 자신에게는 없었다. 한편으로는 계속 달리는 게 차라리 낫겠다는 생각도 들었다. 풀로 덮인 둔덕을 달려 고속도로를 타면 어떨까. 차량들 틈으로 미끄러지듯 들어가 발굽에 불꽃이 일 때까지 달리면 어떨까. 아니면 철탑 아래를 달려 대형 창고와 주차장을 지나 시골 지역에 닿을 때까지 계속 질주하는 건 어떨까. 그렇게 기다란 풀숲을 헤치고 복잡하지 않은 미래로 나아가면 어떨까.

하지만 부의 주인은 여전히 할아버지였다. 고삐가 점점 팽팽해지는 것을 느꼈는지 부는 고분고분하게 조금씩 속도를 늦추며 두 귀를 앞뒤로 팔락거렸다. 마치 사라가 보낸 신호를 정확하게 이해했다고 알리는 몸짓 같았다. 한숨 돌린 사라는 안장에 궁둥이를 털썩 붙인 다음 허리를 꼿꼿이 세우고 앉아 고삐를 조절했다. 이제 속도를 줄이고 집으로 돌아가자고.

고속도로에서 15미터쯤 떨어진 지점부터는 보통 걸음 수준으로 속도를 더욱 늦추었다. 전속력으로 달리느라 힘이 들었는지 부의 옆구리는 빠르게 들썩거렸고, 나팔 모양으로 벌어진 콧구멍은 가쁜 숨을 뱉으며 연신 시끄러운 파열음을 토해냈다.

사라는 아주 차분하게 앉아 지금까지 달려온 거리를 눈을 가늘게 뜨고 바라보았다. 더 이상 바람은 불지 않았지만 사라의 눈에서는 눈물이 흘러내렸다.

사회복지사인 루스 테일러가 학교 정문에 와 있었다. 사라는 가방에서 열심히 동전을 찾다가 그 여자를 발견했다. 루스는 정문 바로 옆에 서 있었고, 그녀의 깔끔하고 작은 빨간 자동차는 길 건너편에 세워져 있었다. 루스는 남의 눈에 띄는 것을 별로 좋아하지 않는 성격 같았다. 정문에서 나오던 아이들은 하나같이 루스를 빤히 쳐다보았다. 사라도 어쩔 수 없이 정문을 향해 걸어갔다. 루스는 '사회복지사'라는 형광색 글자가 새겨진 타바드*를 입고 있어서 더욱 두드러져 보였다. 사회복지사들은 사복 경찰관들처럼 모두 그런 옷을 입고 다녔다.

"사라?"

루스가 여기까지 온 이유를 헤아려보니 사라는 갑자기 가슴이 쿵쾅거렸다. 사라가 서둘러 달려오는 모습을 보고 분위기를 감지한 루스가 먼저 말했다.

"할아버지한테 안 좋은 일이 생긴 건 아니야. 걱정할 필요 없어."

사라는 가슴을 쓸어내린 후 차를 세워둔 곳으로 마지못해 루스를 따라갔다. 그녀는 조수석 문을 열어주며 사라가 차에 오르도록 했다. 사

---

* 천의 한가운데 구멍을 내어 머리를 넣어 입는 형태의 외투.

라는 오늘 밤 할아버지를 보러 갈 계획이었다. 루스에게 병원까지 태워다 달라고 부탁할까 잠시 망설였다. 그러다가 뒷좌석에 놓인 검은색 가방 두 개를 보았다. 그중 하나에서 자신의 운동복 하의가 빠져나와 있는 게 보였다. 5주 하고 이틀이 흘렀다. 저 가방들이 무엇을 의미하는지 알 수 있었다.

"서 다른 데로 가나요?"

"휴잇 부부는 할 만큼 하셨어, 사라."

루스가 차에 시동을 걸면서 말했다.

"너 때문만은 아니야. 그분들은 네가 아주 좋은 아이라고 생각하셔. 하지만 자꾸만 사라지는 아이를 책임지는 일이 버거우신 모양이야. 그건 매키버 부부도 마찬가지였어. 그분들도 네게 무슨 일이 생길까 늘 걱정하셨어."

"제겐 아무 일도 일어나지 않아요."

사라가 경멸 섞인 목소리로 대답했다.

"학교에서도 걱정하고 있어. 네가 수업에 여러 번 빠졌다고 하시는구나. 무슨 일이 있는지 말해주지 않을래?"

"아무 일도 없어요."

"남자애들과 관련된 일이니? 아니면 남자 어른? 네가 보이지 않은 시간이 꽤 많았어. 우리가 살피지 않은 것도 아닌데. 요즘엔 휴잇 씨 집과 학교 사이를 더 많이 주목하고 있었거든."

"아니에요. 남자애도, 남자 어른도 없어요."

"그럼 뭔데?"

사라는 뒤꿈치로 발밑을 질질 끌었다. 학교에서 줄지어 나오는 아이들이 모두 차 안을 들여다보고 지나갔다. 사라는 이렇게 구경거리가 되어 앉아 있는 대신에 제발 루스가 어딘가로 차를 몰고 가주기만을 바랐다. 그런 바람에도 아랑곳없이 루스는 사라가 대답하기만을 기다렸다.

"할아버지가 보고 싶었어요."

"하지만 그게 다가 아니지? 학교에서 네가 없어졌다고 마지막으로 전화한 화요일에 나도 병원에 갔어. 널 데려오려고 갔지만 그날 넌 거기에 없었어. 어디 갔던 거니?"

사라는 자기 손만 물끄러미 내려다보고 있었다. 고삐를 잡았던 손에는 아직도 물집이 잡혀 있었다. 사람들이 사정을 알아보러 가리라는 걸 모르지는 않았다. 그런데도 사라는 부를 생각하는 마음을 멈추지 못했다. 정확하게는 부를 타고 달렸을 때 느꼈던 기분, 다른 미래를 생각하면서 잠깐 동안 맛보았던 해방감을 잊을 수가 없었다. 사라는 손을 슬쩍 가방 안으로 밀어 넣었다. 마구간 열쇠가 손끝에 닿았다.

"날 도와줘야 해, 사라. 널 위해 해줄 수 있는 게 점점 줄어들고 있어. 5주 동안 위탁 가족을 벌써 두 번이나 바꾼 셈이잖아. 그분들은 모두 훌륭하고 다정한 사람들이야. 결국 보육원으로 가고 싶은 거니? 널 요양시설에 보낼 수도 있어. 거기 가면 그 안에만 갇혀서 지내야 해. 아니면 통행금지 시간을 정하거나 학교와 집을 오갈 때 누군가가 날마다 따라다니게 할 수도 있어. 그런 걸 원하는 거니, 사라?"

사라는 가방 안에서 종이쪽지를 꺼냈다.

"네가 필요하면 뭐든, 아무거나"라고 맥은 말했다. 사라는 고개를 들어 루스를 바라보며 말했다.

"맥 아저씨 집으로 다시 가고 싶어요."


열 명이 문의를 했고 그중 여섯 명이 집을 보고 갔지만, 사겠다는 제안을 하는 사람은 단 한 명도 없었다. 부동산 중개인이 미안해하며 말했다.

"집을 파는 게 생각보다 쉽지 않습니다. 신경이 곤두서는 일이죠."

"어쨌거나 이 집을 꼭 팔아야 해요."

너태샤는 이제 와서 이런 말을 하게 될 줄은 몰랐다. 정말 집을 떠나고 싶은 건 아니었지만, 그건 맥이 집으로 돌아오기 전에나 가능한 소망이었다.

"그렇다면 집값을 좀 내리는 게 어떨까요? 가격이 충분히 싸면 대부분 팔리거든요. 아, 그리고 실례되는 말씀이지만 손님방을 깔끔하게 정리한다면 도움이 될 겁니다. 집을 보러 온 사람이 욕실에 가기 위해 남자 속옷을 넘어 다녀야 한다면 결코 바람직한 일은 아니죠."

너태샤는 욕조에 기대어 집을 팔기 위해 가격을 어느 정도 내려야 할지 고심했다. 구매자의 마음을 끌어당길 정도는 돼야 했지만 너무 많이 내려서도 안 되었다. 왠지 뭔가에 속고 있는 기분이 들었다. 좋은 동네에 있는 아름다운 집이었고, 이 동네는 런던에서도 선호하는 지역에 (모두가 그렇게 말했다) 속했다. 게다가 너태샤는 어딘가에 아파트를 구입할 수 있는 돈이 필요했다.

다시 아파트에서 살 생각을 하니 눈앞에 암울한 그림자가 드리워졌다. 대체로 사람들은 30대 중반에 이르면 어느 정도 인생의 기반을 다지게 될 거라고 기대한다. 인생의 동반자를 만나 만족스러운 집에 살면서 자기 분야에서도 탄탄한 경력을 쌓을 거라 예상한다. 거기엔 아이도 한두 명쯤 추가될 것이다. 너태샤는 자신의 평평한 배를 힐끗 내려다보았다. 아이를 낳지 못했으니 넷 중에서 하나를 이루지 못한 셈이다. 대단한 성적이라고 볼 수는 없었다. 더욱이 아마디 사건이 터지고 나서는 경력 분야에서도 결함이 생겼다.

"너태샤?"

그녀는 욕조에서 일어나 앉아 문을 잠갔는지 기억을 더듬었다.

"나 여기 있어!"

너태샤가 소리쳤다. 제발 맥이 아무도 집에 데려오지 않았기를 기원하면서.

무언가가 둔탁하게 바닥에 떨어지는 소리에 이어 맥의 발자국 소리도 들려왔다. 그의 장비들(각종 조명과 카메라 가방, 알루미늄 포일 조명 보조 장치 등)이 차근차근 현관을 통해 들어오는 게 느껴졌다. 너태샤는 하루빨리 현관 입구에 발판을 마련해야겠다고 생각했다.

"욕실에 있어!"

너태샤가 다시 소리쳤다. 맥이 문 밖에서 잠깐 멈춰 서는 소리를 들으며 자신이 이상하게 그를 의식한다는 느낌이 들었다. 티셔츠에 청바지를 입고 머리를 긁적거리는 그의 모습이 눈앞에 보이는 듯했다.

"슈퍼마켓에 다녀왔어. 이것저것 좀 사왔어. 주방에 놔둘게. 티백이랑 다른 것도 있어."

훌륭해, 메달이라도 달라는 거야? 너태샤는 속으로 중얼거렸다.

"그리고 부동산 중개인한테도 전화를 걸어봤어. 마지막으로 보고 간 사람들이 집을 사겠다고 할지도 모르겠다는군. 집을 보고 간 지 이틀밖에 안 됐는데."

"그렇지 않을걸, 맥. 당신도 뭐가 좋다고 금방 사진 않잖아. 그렇게 쉽게 이루어지진 않을 거야."

그때 밖에서 그가 문자를 받는 듯한 움직임이 느껴졌다. 곧이어 문자를 보내느라 목소리에 산만함이 묻어났다. 맥은 한 번에 두 가지 일을 못하는 사람이었다. 너태샤는 다시 물속으로 깊이 몸을 누였다. 거품이 턱까지 차올랐고 맥의 목소리도 더 작게 들렸다.

"아무튼 다음 수요일에 누군가 올 거라는 말 당신도 들었지? 그러니까 아직은 모르는 거야."

두 사람은 이 집을 함께 보러 왔다. 그날 맥은 일을 마치자마자 카메라를 목에 건 채 바로 이곳에 왔다. 너태샤는 사진가라는 걸 자랑하러 온 거냐며 놀려댔지만 그가 집 안 여기저기를 사진으로 찍어놓은 덕분에 나중에 다시 보면서 조명이나 공간 등 세세한 부분까지 살필 수 있었다. 두 사람은 여러 가지 조건이 마음에 들어 사진을 살펴본 다음 날 아침에 집을 사겠다고 제안했다.

"아, 그리고 전화를 또 한 통 받았어."

이번에는 자신 없이 머뭇거리는 말투였다.

너태샤는 눈을 닦아낸 다음 물었다.

"뭔데?"

"사회복지사한테 왔어. 그날 밤 우리 집에서 자고 간 여자애 말이야."

"걔가 왜?"

"그 애를 몇 주 동안만 봐줄 수 없겠냐고 묻더라고. 위탁 가족을 찾는데 문제가 생긴 것 같아."

맥은 잠시 뜸을 들이다가 덧붙였다.

"그 애가 우리한테 오고 싶어한대."

아침 식사 접시를 바라보며 짓던 경계의 눈빛과 5층 거실의 참상을 마주하며 충격을 감추지 못하던 아이의 얼굴이 떠올랐다.

"하지만 우린 그 애를 잘 모르는데."

"우리가 자기 가족 친구라고 한 것 같아. 잘못되긴 했지만 굳이 반박하고 싶지는 않았어. 그리고 우린 좀 힘들 거 같다고 얘기했고.”

너태샤가 욕조에서 나오며 물었다.

“왜?”

그는 바로 대답을 하지 않고 문으로 가까이 다가서는 것 같았다.

“저번엔…… 별로 탐탁지 않아 했잖아. 잘 모르는 사람을 집에 들이고 싶지 않다고. 그 사람들한테는 당신 업무가 너무 많아서 어렵다고 말했어.”

“우린 그 애에 대해선 아무것도 몰라.”

“그렇지.”

너태샤는 하얗고 부드러운 타월로 몸을 두른 뒤 욕조 가장자리에 앉았다. 그리고 문을 바라보며 물었다.

“당신은 어떻게 생각해?”

“난 상관없어. 몇 주 동안 그 애를 도울 수 있다면 좋지. 우리가 집을 팔 때까지. 그런대로 괜찮은 아이 같고.”

너태샤는 그의 목소리를 듣고 알 수 있었다. 자신과 마찬가지로 안도하고 있다는 것을. 서로 생각은 달랐지만 이제 두 사람은 어쩔 수 없이 갈등을 중단해야 했다.

너태샤는 다시 그때 일을 떠올렸다. 그 애는 피시 핑거를 훔치려 한 게 아니라고, 돈을 내려 했다고 주장했다. 본인이 맹세하지 않았던가. 그런 애들이 다 이익을 노린다고 할 수는 없다. 한 번쯤 기회를 주어야 할지도 모른다.

“타슈?”

어쩌면 이건 예전부터 소망하던 부모 역할을 해볼 수 있는 기회인지도 몰랐다.

"몇 주가 될지 모르겠지만 당신도 일을 조절하고 신경 써야 할 게 많을 거야. 난 조만간 큰 사건을 맡아야 해서 당장 시간 내기는 어려워."

"내가 어떻게든 할 수 있을 거야."

"잘 모르겠어……. 큰 책임이 따르는 일인데. 당신도 마찬가지야. 수상한 담배는 그만 피우고 술도 적당히 먹어야 할 거야. 기분 내키는 대로 아무 때나 나가고 들어오면 안 돼. 생활 습관을 많이 바꿔야 할 텐데. 사실 난 당신이 그럴 수……."

"그쪽에 전화할게."

맥의 발소리는 이미 계단을 향하고 있는지 희미해져갔다.

"그리고 다음엔 뭘 해야 하는지 알아볼게."

# 9

먼저 말의 기분을 잘 헤아릴 줄 알아야 한다.
그것은 분노가 사람에게 미치는 영향을 이해하는 것과 유사하다.

-크세노폰, 『기마술』

너태샤는 사라가 계단을 내려오는 소리를 들었다. 사라의 발소리는 믿을 수 없을 정도로 가벼웠다. 마치 아무한테도 발소리를 들키고 싶어 하지 않는 사람 같았다. 하지만 너태샤는 아무리 작은 움직임이라 해도 집에서 들리는 다른 사람의 소리를 정확히 알아챘다. 식탁에 앉아 일하던 그녀는 보고 있던 자료에서 고개를 들었다. 이윽고 의자에 기댄 채 현관 쪽으로 시선을 돌리며 물었다.

"밖에 나가니?"

사라는 현관을 향해 걸어가다가 뒤를 휙 돌아보았다. 누군가 지켜보고 있을 거라고 전혀 예상하지 못한 듯했다. 두툼한 재킷에 줄무늬 모직 스카프를 두른 사라가 말했다.

"오래 걸리지 않을 거예요."

"어디로 가는데?"

너태샤는 별일 아니라는 듯 짐짓 무심한 말투로 물었다.

"친구 만나러요."

너태샤가 자리에서 일어서며 말했다.

"태워다 줄까?"

"아니……, 괜찮아요."

"어, 앞으로는 어디 갈 때 태워줄게. 점점 밤이 길어지는 계절이 왔으니까. 난 상관없어."

사라는 미소를 지어 보이며 대답했다. 사람의 마음을 사로잡는 미소였다.

"정말 괜찮아요. 버스 타고 가면 돼요."

그러고는 너태샤가 다른 말 꺼내기 전에 서둘러 나갔다. 그녀는 덩그러니 남아 손가락에 헐렁하게 펜을 끼운 채 현관문만 노려보았다.

사라가 온 지도 열흘이 지났다. 처음 이틀 동안은 모두 서먹서먹했다. 사라는 거의 말을 하지 않았고, 너태샤가 집에 있으면 방에서 나오지 않았다. 그러다가 3일째부터는 그런대로 일상의 틀을 갖추기 시작했다. 너태샤는 주로 맨 먼저 일어나 아침 식사를 준비했고, 맥은 사회복지사의 충고에 따라 아침마다 사라를 학교에 내려주고 방과 후에도 두세 시간을 함께했다. 그런 다음에는 너태샤의 일이 끝나는 시간에 따라 사라와 맥, 아니면 셋이 함께 저녁을 먹으며 단란한 가정을 흉내 냈다. 처음에는 맥과 둘이서 밥을 먹는 일도 몹시 어색했다. 대화는 띄엄띄엄 부자연스럽게 이루어졌다. 하지만 맥은 사라가 말을 잘 받아주지 않더라도 끊임없이 얘기를 하려고 애썼다. 조금씩 편해지기 시작했고, 때로는 다정한 분위기도 만들어졌다. 두 사람은 주로 사라의 생활과 이런저런 필요한 것들, 사라의 고집스런 성격에 대해 얘기를 나눴다.

학교에서 두 차례 전화해서 사라가 수업에 빠졌다는 사실을 알려주었다. 사라는 시간표를 혼동했다고 주장했다. 한번은 수업에 들어갔는데 선생님이 착오를 일으킨 것 같다고 했다. 사회복지사 루스는 지금까지 사라가 일상적인 규율을 지키지 못할 때가 많았다고 전해주었다.

"저희도 그동안 사라가 있어야 할 장소에 보이지 않아 곤란을 겪어왔어요."

너태샤는 저간의 사정을 충분히 전달받지 못한 상태에서 사라를 맡았다는 것을 알았다.

"솔직히 십 대 아이들은 대체로 그렇지 않은가요?"

맥이 별일 아니라는 듯 쾌활하게 대꾸했다.

"나도 어릴 때는 꼭 가야 하는 자리에 절대 안 갔어요."

"사라한테 너무 많은 자유를 주어서는 안 된다고 생각해요."

루스는 너태샤에게 좀 더 관심을 보이며 말을 이었다.

"주변 사람들 말에 따르면 사라의 할아버지는 상당히 엄격하셨다고 해요. 그런 안정적인 환경이 무너지면서 조금씩 궤도에서 벗어나는 것 같습니다. 사라는 수업에 꽤 많이 빠졌고 그 시간에 무엇을 했는지도 말하려 하지 않아요. 그렇다고 사라가 두 분에게 문제가 될 거라는 말씀을 드리는 건 아닙니다. 전 단지 규칙적인 일상을 통해 바람직하게 성장할 수 있도록 도와주십사 하는 마음에서 드리는 말씀이에요. 사라도 마찬가지고요. 언제, 어디로 외출하는지 늘 대화를 나누고 그 경계선을 명확히 해줄 수 있다면 모두에게 도움이 될 거예요."

사라가 너태샤 부부와 함께 지내고 싶다고 했기 때문에 두 사람이 누구보다 유리한 상황에 있다고 루스는 말했다.

"아이들은 자기가 선택한 환경에서 뭐든 더욱 잘해나간다고 합니다.

바로 이런 경우를 두고 하는 말인 것 같아요."

하지만 그동안 너태샤는 사라와 함께 보낸 시간이 거의 없었기 때문에 그 말에 우쭐할 수가 없었다. 사라는 집에 돌아오면 되도록 너태샤와 같이 있는 시간을 피하고 싶어하는 눈치였다. 저녁을 먹을 때에는 짧고 퉁명스러운 대답이 전부였고, 너태샤가 집에 있을 때에도 대부분 자기 방에서 꼼짝을 하지 않았다. 게다가 외출이 너무 잦아서 다른 사람이 집에 들어와 있다는 생각이 전혀 들지 않을 정도였다.

처음으로 저녁을 같이 먹던 날 맥이 먼저 말을 꺼냈다.

"네 또래 애들 중에서는 네가 처음으로 우리 집에 온 손님이야. 자, 앞으로 어떻게 지내고 싶니?"

당시 맥은 너무 명랑하고 느긋했다.

너태샤는 그때 오븐용 접시를 레인지 위에 올려놓고 타버린 피자를 긁어내고 있었다. 그러면서 두 사람의 대화를 엿듣지 않는 것처럼 보이려고 태연하게 행동했다.

"학교가 끝나면 전 주로 친구들을 만나러 가요."

사라가 조심스럽게 말했다.

맥이 어깨를 으쓱하며 말했다.

"좋아. 하지만 친구는 당분간 일주일에 두 번만 보는 것으로 줄이자. 다른 날에는 학교가 끝나면 곧장 집에 와서 숙제도 하면서 같이 시간을 보내면 좋을 것 같구나. 네가 뭘 하면 좋을지 아직 나도 잘 모르겠지만."

"전에도 평소에 여기저기 잘 다녔어요."

"우린 아직 다른 사람과 같이 지내는 일에 익숙해지지 않아서 말이야. 그래서 적응할 시간이 필요해, 사라. 네게도 곧 여분의 열쇠를 주겠지만 우선은 뭐든 우리와 함께하는 걸로 하자. 알았지?"

사라도 어깨를 으쓱하며 대답했다.

"알겠어요."

너태샤는 맥이 사라를 데리고 있으려고 한 건 둘 사이의 불편함을 해소해보려는 연막 장치라고 생각했다. 하지만 맥은 사라를 돌보는 일에 최선을 다했다. 담배를 끊었고 술은 와인이나 맥주 한 잔 이상은 마시지 않았다. 너태샤가 집에 없을 때를 대비해 요리책들도 훑어보는 듯했다. 그는 어떻게 대화해야 하는지, 아이가 무엇을 먹고 싶어하며 텔레비전에서 무엇을 보고 싶어하는지 직관적으로 아는 것 같았다. 사라는 가끔씩 그가 하는 말을 듣고 웃었고, 학교에서 돌아오면 그날 있었던 일들을 조금씩 털어놓았다.

너태샤는 사라와 얘기할 때 적절한 말투를 찾느라 늘 애를 먹었다. 자신이 듣기에도 의뢰인에게 설명하는 말투를 그대로 쓰고 있었다. 가령 '뭐 필요한 거 없니? 학교에서 점심으로는 어떤 것들이 나오니?' 등 추궁하는 듯한 부자연스러운 질문이 대부분이었다. 그런 대화를 나눌 때면 사라는 경계하는 표정을 감추지 않았다.

사라는 너태샤가 손님방을 꾸며주는 일도 별로 달가워하지 않았다. 너태샤가 새로 사 온 이불 커버와 욕실에 놓을 세면용품을 보여주어도 예의 바른 미소를 지을 뿐이었다. 주말에 외출을 권하거나 벽에 붙일 포스터나 사진을 사자고 제안해도 모두 정중하게 거절했다. 어느 날 오후 사라가 학교에 가고 없을 때 너태샤는 사라가 어떤 아이이고 무엇이 필요한지 알아볼 요량으로 몰래 방에 들어간 적이 있었다. 하지만 사라의 소지품은 몇 개밖에 되지 않았다. 저렴한 체인점 옷가지는 평범한 십 대들의 옷과 크게 다르지 않았고, 그 밖에는 조부모인 듯한 분들과 함께 찍은 사진, 말 관련 책들, 교복이 전부였다. 그런데 이상하게도 사라의 신발은 다른 깔끔한 물건들과는 달리 지저분하고 진흙투성이일 때가 많았고, 청바지는 늘 더러운 자국이 여기저기 묻어 있고 뭔지 모를 자극적인 냄새가 코를 찔렀다. 어느 날 저녁 너태샤가 이런 얘기를 꺼내자 사라는 얼굴색이 변하면서 친구와 함께 공원에서 개를 데리고 다녔다고 변명했다.

"괜찮아, 때가 되면 마음을 터놓을 거야."

사라가 자기 방으로 가버린 뒤 맥이 말했다.

"아이한테 지금 상황이 얼마나 황당할지 생각해봐. 지난 몇 달 사이에 인생이 완전히 뒤집어진 거잖아."

사라 혼자만 그런 게 아니라고 말하고 싶었다. 하지만 너태샤는 그대로 서류를 집어 들고 다시 주방으로 일하러 갔다. 자기 집에 불청객을 들였다는 생각이 점점 더 짙게 들었다.


"……그래서 이번 주말엔 켄트에 못 갈 거 같아."

코너는 방금 들은 얘기를 믿을 수 없다는 듯 너태샤의 말을 되풀이했다.

"당신과 맥이 아이를 맡아 돌보고 있다고?"

"그게 아니야, 코너. 그런 의미로 아이를 데리고 있는 게 아니야. 할아버지가 회복될 때까지만 우리 집에서 함께 지내고 있을 뿐이야. 그래야 아이 생활도 편해지고 모든 상황이 수월해진다고 하니까."

코너는 그와 같은 입장에 동의할 수 없었다.

"내가 뭔가를 놓치고 있는 건가?"

코너는 손가락으로 가죽 가방을 문지르며 말했다.

"처음엔 그 친구가 다시 들어와 살더니 지금은 당신과 같이 아이를 돌보고 있다는 거잖아. 그래서 나랑은 켄트의 집으로 떠날 수 없다는 거고. 행복한 가정생활을 흉내 내느라."

너태샤는 아주 차분한 목소리로 말했다.

"그 아이한테는 이번이 첫 주말이야. 금요일 저녁에는 사회복지사가 방문해서 아이가 잘 적응하고 있는지 확인할 거래. 아이가 오자마자 내가 집을 비울 순 없잖아."

"그래서 행복한 가족의 모습을 보여주겠다고."

"코너, 지금으로선 그건 불가능한 일이야. 맥도 마찬가지일 거야. 집에 다른 사람을 들이면 둘 다 예전 같을 수도 없고 그럴 필요도 없다고 봐야지."

"멋진 일이군. 하지만 난 그렇게 보지 않아. 당신이 아이를 돌보게 되면……."

"이건 아이를 돌보는 게 아니야. 자기 인생이 있고 관심사가 있는 여자애가 잠시 머무는 것뿐이야. 심지어 집에 잘 있지도 않아."

"그래서 집에 있지도 않다면 그게 무슨 소용이 있어? 서로 대면할 시간도 없다는 얘기잖아."

맙소사, 너태샤는 변호사와 논쟁을 벌이는 게 지긋지긋했다.

"말 좀 꼬아서 듣지 마. 아이가 먼저 우리와 지내고 싶다고 했어. 맥과 나는 어색한 사정을 조금은 무마시킬 수 있겠다 싶었고. 그리고 곤경에 빠진 아이를 도와줄 수도 있겠다 싶었고."

"정말 이타적인 분들이군."

너태샤는 책상을 돌아 나가 코너가 앉아 있는 의자 팔걸이에 걸터앉았다. 그러고는 목소리를 가다듬고 말했다.

"만약 아주 괜찮은 아이가 있는데, 몇 주 동안 지낼 곳이 필요하다고 생각해봐. 게다가 자기가 도와주기만 한다면 앞으로 아이가 꽃길을 걸을 수도 있는 상황이야. 그렇다면 당신도 그렇게 하지 않을까?"

코너가 아무 말도 하지 못했다.

"당신도 아빠잖아. 그 애가 당신 아들 중 하나라고 가정해봐. 당연히 좋은 사람이 나타나서 아들을 데려가주기를 바라겠지?"

너태샤는 코너와 눈을 맞추려고 애썼다.

"우리 집이 팔릴 때쯤이면 그 아이도 집으로 돌아갈 수 있을 거야. 그땐 우리 셋도 각자 갈 길 가는 거지. 모두에게 좋은 일 아닌가?"

너태샤는 팔을 뻗어 코너의 손을 잡으려 했지만, 그가 손을 뒤로 빼며 고개를 옆으로 돌렸다.

"물론. 나도 그 정도는 이해할 수 있어. 하지만 한 가지만 설명해봐."

그는 앞으로 몸을 숙이며 자세를 고쳐 앉았다.

"관련 기관에는 당신들 관계를 어떻게 말했지? 분명 그들 눈에도 이상해 보였을 텐데…… 1년 동안 거의 보지도 않은 데다 누가 봐도 사이 안 좋은 두 사람이 갑자기 가련한 영혼을 떠맡겠다고 나선 거잖아."

너태샤는 깊은 한숨을 내쉬었다.

"아, 아, 알겠어……."

"아니야, 코너. 그건……."

"그런 얘긴 안 한 거지, 그렇지? 아직 같이 사는 부부라고 알고 있구나. 사실 아직 서류상으로는 평범한 부부니까."

그의 말투는 냉랭했다.

"그런 얘기를 꺼내봐야 무슨 소용이야. ……그리고 당신은 그 분야 전문가잖아. 난 내 생각을 바꾼 적이 없고 바꾸지도 않을 거야."

"정말 편리하군."

"모두에게 이야기할 시간이 없었을 뿐이야."

너태샤가 항변했다.

"명백히 그 이상도, 이하도 아니야. 사람들은 나를 직업적으로 알 뿐이고 변호사 매컬리로 받아들이지. 다른 생각을 할 틈도 없었어."

"그래서 지금은 매컬리 부부가 어린 여자애를 입양해 데리고 있다는 거군. 상황 정리가 아주 깔끔하네, 그치? 한 번 더 가족이라니."

"우린 아이를 입양한 게 아니야. 그 아이는 몇 주 동안 머물 데가 필요한 십 대 소녀라고. 제발, 코너. 있지도 않은 사실을 억지로 꿰맞추려 하지 마."

하지만 코너는 사악한 동기와 속임수와 기만이 난무한다고 보는 듯했다. 그는 며칠 동안이나 너태샤와 연락을 하지 않았고, 만나자고 해도 선약이 있다고 변명을 하거나 대놓고 너태샤를 피했다. 곧 돌아올 거야, 너태샤는 자신을 위로하면서도 그날 벌써 열 번도 넘게 휴대전화를 확인했다. 하지만 사무실을 제외하면 아무 데서도 전화가 오지 않았다. 일하자고, 일에나 집중하자고 너태샤는 다짐했다.

집은 조용했다. 앞으로 두세 시간 동안은 아무도 오지 않을 것이고, 다시 혼자만의 집이 될 것이다. 너태샤는 두 손을 모으고 고개를 숙인 채 눈을 감았다. 한참 후에야 물속에서 나오는 사람처럼 고개를 들고 숨을 크게 들이마셨다. 그러고 나서 사무실에 전화를 걸어 자동응답기에 메시지를 남겼다.

"벤, 이 메시지 들으면 노팅엄 사건과 관련된 모든 감정인 진술 좀 모아줄래? 내가 출근하면 볼 수 있게 책상 위에 놔줘. 그리고 법원에서 회신이 오면 바로 연락해주고. 톰프슨 사건에 관련된 지방 당국이 항소할 것 같거든."

또 그런 일이 일어났다. 싱싱한 건초 더미 세 무더기가 사라의 창고 벽 쪽에 놓여 있었다. 여름철 목초지에서나 맡을 수 있는 향기로운 냄새가 희미하게 번졌다. 그 앞에는 아직 개봉하지 않은 사료 포대 하나도 놓여 있었다. 결코 돈을 지불한 적이 없는 것들이었다. 차가운 자물쇠를 손에 든 채 사라는 지난 몇 주 동안 두 번에 걸쳐 받은 선물을 물끄러미 지켜보았다. 부를 먹일 수 있다는 감사함과 안도감이 들면서도 저게 과연 어디서 오는 것인지 몰라 불안과 우려를 떨칠 수가 없었다.

마구간에도 어느새 울긋불긋한 가을이 모습을 드러내기 시작했다. 그와 동시에 밤공기는 점점 쌀쌀해지고 말들은 채워지지 않는 허기로 몸부림치는 듯했다. 사라는 창고를 벗어나 불이 활활 타오르는 난로 주변으로 다가갔다. 카우보이 존이 자기 개와 담소를 나누며 서류봉투 몇 개를 난로에 집어넣고 있었다. 그는 스스로 사무실이라고 부른 벽돌 헛간을 치우는 중이었는데, 몇 년 동안 쌓인 뜯지도 않은 공문들을 태우고 있었다. 사라는 존에게 건초를 살 수 있는지 물었지만 자기 말들에게 필요한 것을 빼고 나머지를 모두 몰티즈에게 팔아버렸다며 겸연쩍은 표정을 지었다.

사라는 건초를 한 아름 안은 채 마당을 터덜터덜 걸어 부의 마구간으로 갔다. 물통에 물을 가득 채우고 잠자리를 정리해주다가도 가끔씩 말의 덮개 안쪽으로 시린 손을 찔러 넣었다. 말의 털은 부드럽고 따뜻했다. 사라는 부가 일정한 박자로 쾌활하게 음식을 씹는 소리에도 귀를 기울였다.

매컬리 부부와 함께 지내면 일이 좀 더 수월하게 풀릴 거라고 사라는 생각했고 어느 정도는 그랬다. 집도 좋았고 학교나 마구간에서도 가까웠다. 하지만 돈이 문제였다. 할아버지 없이 마구간 임대료를 지불하기 위한 방법을 강구해야 했다. 너태샤는 점심값을 주는 대신 한사코 샌드위치를 만들어주겠다고 했고, 버스 요금 대신에 아예 승차권을 끊어주었다. 매컬리 부부는 주말마다 용돈을 챙겨주었는데, 다른 위탁 가정에서는 한 번도 받아보지 못한 것이었다. 하지만 그것만으로는 부의 축사 비용을 충당할 수 없었다.

사라는 지금 돈이 얼마나 남아 있는지 생각조차 하기 싫었다.

문득 너태샤의 방에서 보았던 작은 단지가 생각났다. 저 여자는 거기에 동전이 얼마나 들어 있는지 전혀 모를지도 몰랐다. 방 앞을 지나가던 사라는 그 자리에 못 박힌 것처럼 서서 은색 동전까지 다 합치면 얼추 100파운드는 되겠다고 짐작해보았다. 평소에도 너태샤 매컬리는 액수를 보지도 않고 수표나 영수증에 서명을 하는 것 같았다. 신용카드 명세서를 보란 듯이 식탁에 올려두기도 했는데, 거기 보면 지난달에만 거의 2,000파운드를 사용한 내역이 적혀 있었다. 사라로서는 그 금액이 어느 정도인지조차 가늠할 수가 없었다. 매컬리 변호사는 돈이 너무 많아서 단지에 던져놓은 동전에 대해서는 아무 신경도 쓰지 않을 것 같다. 어쩌면 동전이 호주머니를 짓누르는 게 싫어서 거기다 던져두는 건지도 모른다.

자기 것도 아닌 돈을 집어간다면 할아버지가 뭐라고 호통을 칠지 잘 알았다. 하지만 사라는 자꾸만 이렇게 반박하고 싶어졌다.

'그래서 어쩌라고요? 할아버지는 지금 여기에 없잖아요. 할아버지가 집으로 돌아올 때까지 우리 부를 지킬 수 있는 방법이 뭐냐고요?'

"사라."

사라는 화들짝 놀랐다. 카우보이 존은 어딘가로 가버린 뒤였고, 누군가 들어오면 짖어대던 시바도 아무 소리를 내지 않았다.

"너 보고 깜짝 놀랐다."

사라는 자기 창고 문으로 뒷걸음쳤다. 아직도 자물쇠를 든 채였다.

몰티즈 샐이 입구에 서 있었다. 저녁 어스름에 그의 얼굴이 희미하게 드러났다.

"지나가다가 문이 열려 있는 게 보이더구나. 그래서 별일 없는지 보러 온 거야."

"아무 일 없어요."

사라는 돌아서서 서둘러 창고 문을 잠그느라 애를 먹었다.

"이제 집에 가려던 참이었어요."

"존 대신 네가 문단속을 하니?"

"열쇠들은 저도 늘 가지고 있었어요. 존 아저씨가 일찍 가야 할 땐 제가 자주 도와줬어요. 전…… 아저씨가 이곳을 맡게 되더라도 이 일을 계속할 수 있어요."

"내가 여길 맡게 된다고?"

그의 입 안에서 금색 이빨이 반짝거렸다.

"얘야, 내가 여기 소유자야. 벌써 일주일이 넘었다고."

몰티즈가 문틀에 기대어 서서 말했다.

"하지만 좋아, 네가 열쇠들을 가지고 있어라. 어쨌든 도움될 테니까."

사라는 바닥을 쑤석거리며 가방을 찾았다. 다행히 바깥에서 깜박거리는 노란 불빛 덕분에 빨개진 얼굴이 드러나 보일 것 같진 않았다.

"어디로 가니?"

"집으로요."

"할아버지가 돌아오신 거니?"

"아니요. 전, 다른 사람 집에서 지내고 있어요."

"날이 어두워졌어. 어린 여자애가 밤에 혼자 다니는 건 좋지 않아."

"전 괜찮아요."

사라는 어깨에 가방을 둘러메고 말했다.

"정말이에요."

"내가 태워다 줄까? 시간이 좀 있는데."

불빛이 희미해서 그의 얼굴을 제대로 알아볼 수는 없었지만 돈 많은 사람들이나 태울 것 같은 질 좋은 담배 냄새가 풍겼다.

"안 그러셔도 돼요."

사라는 그를 지나쳐 가려 했지만 몰티즈는 그 자리에 버티고 서서 비켜주지 않았다. 남들을 불편하게 하는 걸 즐기는 사람 같았다. 사라는 자신을 보고 웃던 그의 친구들이 마당 어딘가에 모여 있을 거라는 생각이 들었다.

"건초는 받았지?"

"감사드려요. 죄송해요, 진작 말씀드려야 했는데."

사라는 호주머니에서 그날 아침에 셈해두었던 돈을 꺼냈다.

"지난번에 받은 건초 두 더미 값이에요."

몰티즈에게 돈을 건넬 때 손가락 끝이 스치자 사라는 잠깐 움찔했다. 그는 돈을 받아 들고 불빛 아래서 자세히 살핀 뒤 피식 웃었다.

"얘야, 이게 뭐니?"

"건초와 사료 값이에요. 두 주 분량."

"이걸로는 건초값도 안 나와. 품질이 아주 좋은 거거든."

"한 더미에 2파운드씩 계산했어요. 존한테 늘 그렇게 지불했거든요."

"이건 존의 물건보다 훨씬 좋은 거야. 한 더미에 5파운드짜리야. 네 말에게 최고의 먹이를 주겠다고 내가 말했잖아. 세 배는 더 내야 돼."

사라는 그의 얼굴을 쳐다보았다. 농담을 하는 것 같지는 않았다.

"제겐 그런 돈이 없어요."

사라가 기어들어가는 목소리로 말했다. 시바가 사라의 다리에 코를 부비며 낑낑거렸다.

"거참, 문제네."

몰티즈가 고개를 흔들며 혼잣말을 하듯 중얼거렸다.

"문제야. 밀린 임대료도 있는데."

"임대료가 밀렸다고요?"

"카우보이 존의 장부를 보니 6주 동안이나 임대료 밀렸던데."

"하지만 존이 할아버지를 생각해서 임대료 면제해준다고 했어요."

몰티즈 셸이 담배에 불을 붙이고 말했다.

"그건 그 사람 약속이지, 내 약속이 아니란다. 난 그저 영업 중인 회사와 장부를 넘겨받았을 뿐이야. 거기 보니까 네 이름 밑에 적힌 액수가 꽤 크던데. 난 자선가가 아니야. 받을 건 받아야지."

"존한테 얘기해볼게요. 전……."

"이곳은 이제 내 회사야, 사라. 돈을 지불해야 할 대상은 나라고."

사라는 6주치 임대료와 사료값 등을 재빨리 계산해보고 나서 고개를 저었다.

"전…… 지금 당장은 그런 돈을 마련할 수가 없어요."

"음……."

몰티즈 셸은 사라가 지나갈 수 있게 한 걸음 물러섰다.

"당분간은 어쩔 수 없지. 내가 다른 델 가는 것도 아니니까. 나중에 돈이 준비되면 찾아와라."

너태샤가 법원을 막 나섰을 때 린다가 황급히 돌계단을 뛰어 올라오고 있었다. 변호사와 얘기를 나누던 너태샤가 고개를 돌리자 린다가 숨을 헐떡거리며 종이 한 장을 내밀었다.

"이 여자한테 전화해야 한다고 그러셨죠. 그 여자가 그러는데, 사라라고 하는 여자애가 또 학교에 안 왔대요."

"뭐라고?"

너태샤는 법정에서 다툰 소송으로 아직도 머리가 복잡한 상태였다.

"10시가 좀 넘어 전화가 왔지만 재판 중이라."

린다는 법정을 향해 고개를 끄덕였다. 너태샤가 아직 메시지를 읽지 못한 것을 알아채고 말을 이었다.

"문자로 보내드렸어요. '사라가 오늘 아침에도 학교에 나오지 않았대요'라고요. 이렇게 전하면 변호사님이 무슨 뜻인지 잘 알 거라고 했어요. 그 여자애가 의뢰인인가요? 아이에 대해서도 생각해봤는데요."

너태샤는 시계를 힐끗 보았다. 12시 15분 전이었다.

"맥한테는 전화해줬어?"

"맥이요?"

린다가 물었다.

"변호사님 전남편이요? 제가 왜 그분한테 전화를?"

너태샤는 휴대전화를 찾으며 말했다.

"아니야, 신경 쓰지 마. 나중에 설명해줄게."

전화를 집어든 너태샤는 성큼성큼 복도를 걸어갔다. 그러고는 모여서 있던 변호사들과 의뢰인들을 지나 조용한 구석을 찾았다.

"너태샤?"

뜻밖의 전화에 놀란 목소리였다. 파티장에라도 있는지 전화기를 타고 떠들썩한 웃음소리와 음악이 들려왔다.

"학교에서 전화가 왔어. 또 학교에 안 왔대."

"누가? 사라?"

그는 잠시 말을 끊고 누군가에게 조용히 하라고 지시하는 듯했다.

"하지만 내가 9시 15분 전에 내려줬는데."

"학교 안으로 들어가는 건 봤어?"

잠시 침묵이 흘렀다.

"당신 말을 듣고 보니, 사라가 나한테 손을 흔들던 장면이 떠오르네. 맙소사, 이런 일은 생각도 못 했는데."

"학교에서 전화가 온 게 두 번째야. 아이가 없어지고 두 시간이 지나면 보고하기로 되어 있어. 당신이 이 문제를 처리해줘야겠어. 난 한 시간 후부터는 오후 내내 재판에 매달려 있어야 해서 말이야. 아무래도 4시가 넘어야 끝날 것 같아."

"이런, 제길. 지금 한창 촬영 중인데. 여기 일 끝나면 바로 내려가야 하는데."

전화기를 통해 웅얼거리는 소리가 들려왔다. 뭔가를 고심할 때면 그는 항상 이상한 소리를 냈다.

"좋아, 그럼 당신이 다시 학교에 전화해서 사라가 아직도 오지 않았는지 확인해줘. 난 혹시 사라가 집에 있는지 알아보고 다시 전화할게."

사라는 집에도, 학교에도, 병원에도 없었다. 너태샤가 샌드위치를 먹으며 사무실을 향해 걸어가고 있을 때 맥이 전화를 걸어 사회복지사한테 말하지 말고 저녁때까지 기다려보자고 했다.

"먼저 아이랑 얘기해보고 결정하자."

"무슨 일이 생긴 거면 어쩌려고? 저번엔 수업을 한 시간 빠졌지만 이번엔 달라. 거의 온종일 안 보이잖아. 사회복지사한테 연락해야 돼."

"열네 살이야. 친구들이랑 어디 가서 정신없이 놀고 있을지도 몰라."

"별일 없다면 다행이겠지만."

"돌아올 거야. 그 앤 할아버지한테서 멀리 못 벗어날걸, 아마?"

하지만 너태샤는 마음을 놓을 수가 없었다. 그날 오후에도 심리에 집중하려고 애썼지만 쉽지 않았다. 열두 살짜리 의뢰인 린지와 마지막 심리를 지켜보기 위해 나란히 앉아 있는 사회복지사를 눈앞에 두고서도, 아침에 집을 나설 때 멍한 표정을 짓던 사라의 얼굴이 머리에서 떠나지 않았다. 혹시 아이에게 심각한 문제가 닥친 것은 아닐까 하는 걱정과 자신의 질서정연한 일상에 골칫거리를 들여놨다는 끈질긴 불안감 사이에서 갈피를 잡지 못하고 있었다.

"변호사님 노트요."

벤이 옆자리에 조용히 앉으며 작은 소리로 말했다.

"의자에 놓고 그냥 가셨더라고요."

"이런, 고마워."

너태샤는 지역 관련 단체 변호사의 얘기를 듣는 동안에도 이 문제를 좀 더 신중하게 생각했어야 했다고 자신을 나무랐다. 당분간 맥과 함께 지내야 한다는 사실이 너무 괴로운 나머지, 상황이 훨씬 더 복잡해질 수 있다는 생각을 미처 하지 못했다.

"매컬리 씨 더 추가할 사항은 없습니까?"

판사가 물었다.

너태샤는 상황을 주도하지 못하고 있었다. 평소만큼 집중력을 발휘할 수가 없었다.

"네, 없습니다, 판사님. 이상입니다."

"정신과 의사의 보고서를 제시하실 줄 알았는데요."

벤이 귓속말로 물었다.

제길, 너태샤는 벌떡 일어나서 다시 말했다.

"죄송하지만, 판사님, 한 가지 추가할 사항이 있습니다."


너태샤가 집에 돌아왔을 때 맥은 식탁 앞에 앉아 있었다. 그녀는 가방을 냉장고 옆에 휙 던져놓고는 스카프를 풀며 물었다.

"아직 아무 소식도 없어?"

"아직 없어."

"날이 점점 어두워지고 있는데. 이렇게 보고도 안 하고 무작정 있어도 되나?"

처음 그와 통화를 하면서 싹트기 시작한 불안이 이제 눈덩이처럼 불어나 있었다. 그동안 너태샤는 사회복지사로부터 여러 차례 조언을 들었다. 어쩌면 저들은 매컬리 부부가 어리석고 부주의하다고 평가할지도 몰랐다. 사실 사라가 학교에 잘 가는지 지켜봐달라는 것이 사회복지사의 유일한 부탁이었다. 어쩌면 너태샤의 직업적 전문성에 의심의 눈초리를 보낼지도 몰랐다. 그뿐만 아니라 사라가 혹시 어떤 이유로 물에 빠져 죽으려고 했으면 어쩌나 하는 무서운 생각이 들기도 했다.

'정말 무슨 일이 벌어진 거라면 어쩌지? 난 이런 일에 전혀 준비가 안 되어 있는데. 진짜 부모들이 이런 불안에 익숙해지려면 시간이 얼마나 필요할까.'

"30분만 더 기다려보자."

맥이 말했다.

"6시까지만. 그 정도면 우리도 사라에게 충분한 기회를 주는 거야."

너태샤는 맞은편에 앉아 그가 따라준 와인 한 잔을 받았다. 맥도 더이상 웃지 않았다. 앞서 여유 있어 보이던 태도는 사라지고 침묵과 긴장만이 감돌았다.

"다른 일은 잘 처리하고 온 거야?"

너태샤가 물었다.

맥은 고개를 가로저었다.

"수업이 끝나는 시간에 맞춰 학교에 가봐야 할 것 같아서. 그것도 별의미가 없었지만 말이야."

그는 한숨을 내쉰 뒤 와인을 한 모금 마셨다.

"어차피 마음은 이미 떠나 있었으니까. 괜찮아. 아마 내일 다시 일정을 잡아줄 거야."

두 사람은 잠시 눈이 마주쳤다. '내일 사라가 이곳에 있기만 한다면.'

"나도 법정에서 별 쓸모가 없었어."

너태샤도 같은 심정을 털어놓았다.

"일에 전혀 집중할 수가 없었어. 내가 그 지경인 데 나도 놀랐어."

"정말 당신답지 않았네."

"그랬지."

너태샤는 풀 죽은 목소리로 대답했다. 실제로 소송에도 지고 말았다. 심지어 법정을 나서면서 벤은 소송에 패한 이유가 변호사님 때문이라고 말하기도 했다.

"그럼 아이들은?"

맥이 서글픈 얼굴로 물었다.

그 순간 초인종이 울리는 바람에 두 사람은 화들짝 놀랐다.

"내가 가볼게."

맥이 말하고는 두 손으로 식탁을 밀치며 일어섰다.

너태샤는 그대로 앉아서 와인을 홀짝거렸다. 맥이 현관문을 열고 알아듣기 힘든 소리를 중얼거린 뒤 발소리를 울리며 돌아왔다. 그의 뒤에 스카프로 얼굴을 반쯤 가린 사라가 서 있었다. 입고 있는 옷에서 차가운 저녁 공기가 뿜어져 나왔다.

"돌아온 걸 환영한다."

맥이 사라를 돌아보며 말했다.

"우린 네가 어디 다른 호텔이라도 잡은 건가 했지."

사라는 두 사람을 번갈아 보면서 사태 파악을 하느라 애쓰는 듯했다.

"어디 갔다 왔는지 우리한테 말해줄래?"

맥의 목소리는 밝았지만 조금은 실망감이 뒤섞여 있었다.

사라는 스카프를 풀고 나서 말했다.

"친구 만나서 놀았어요."

"이런 저녁에는 안 되지."

맥이 다시 말했다.

"내 말은, 온종일은 곤란하다고. 학교에 있어야 할 시간은 물론이고."

사라는 무언가를 걷어차는 시늉을 하며 말했다.

"기분이 별로 좋지 않았어요."

"그래서……."

"그래서 산책을 나갔어요. 머리를 식히려고."

너태샤는 더 이상 참을 수가 없었다.

"아홉 시간 동안이나? 머리를 식히려고 아홉 시간이나 산책을 해? 네가 얼마나 자주 문제를 일으키고 있는지 모르는 거야?"

"너태샤……."

"놔!"

너태샤는 맥의 경고를 무시했다.

"난 오늘 네가 어디 있는지 너무 걱정돼서 소송에 지고 말았어. 학교는 시간마다 우리한테 잔소리를 늘어놓고, 맥은 중요한 일을 취소해야 했어. 최소한 우리한테는 어디 가는지 얘기해줘야 하잖아."

사라는 스카프를 손에 든 채 바닥만 내려다보고 있었다.

"넌 우리 책임 아래 여기 있는 거야, 사라. 다시 말하면 네가 여기 있는 동안에는 우리가 너에 대한 법적 책임을 지고 있다는 뜻이야. 그래서 우린 네가 학교에 잘 가는지, 집에는 잘 오는지 확인할 의무가 있는 거야. 알겠니?"

사라는 고개를 끄덕였다.

"그래서, 어디 있었던 거니?"

한동안 길고 불편한 침묵이 이어졌다. 그런데도 사라는 어깨를 으쓱할 뿐이었다.

"안전 쉼터라도 가겠다는 거니? 열흘 동안 벌써 네 번이나 자취를 감추었어. 한 번만 더 그러면, 학교에서 사회복지사한테 먼저 알리게 될 거고, 결국엔 안전 쉼터로 가야 할 거야. 그게 뭘 의미하는지 알아?"

너태샤의 목소리가 높아졌다.

"꼼짝없이 갇히게 되는 거라고."

"타슈……."

"사라가 그렇게 되는 건 우리한테 달려 있어, 맥. 저 사람들이 보기에 우리가 사라를 돌볼 능력이 안 된다고 판단하면, 사라가 자꾸 없어지는 애라고 생각하면 법적 절차를 밟아 그런 데로 보내버릴 거라고."

사라의 눈이 휘둥그레졌다.

"네가 원하는 게 그런 거야?"

사라가 천천히 고개를 저었다.

"자, 자, 진정하자고."

맥이 분위기를 바꾸려 애썼다.

"사라, 우린 단지 네가 규칙을 지켜주길 바랄 뿐이야. 알았지? 우린 네가 어디에 있는지 알아야 하거든."

"전 열네 살이에요."

사라의 목소리는 조용했지만 도전적이었다.

"하지만 넌 우리의 보호를 받아야 해."

너태샤가 말했다.

"여기로 오겠다고 한 건 너야, 사라. 그러니까 적어도 넌 우리가 정한 규칙에 따라야 해."

"죄송해요."

미안해하는 얼굴이 아니라고 너태샤는 생각했다.

"내일부터는 아침마다 맥이 널 태우고 가서 출석 확인 전까지 선생님께 데려다줄 거야. 학교가 끝날 무렵에는 우리 중 하나가 학교 정문에서 기다리고 있을 거야. 네 말을 우리가 신뢰할 수 있을 때까지."

맥이 일어나서 찬장으로 갔고 건조 파스타 한 봉지를 꺼내며 말했다.

"됐어, 그 얘긴 이쯤 하고 다시는 이런 일이 없도록 하자. 사라, 외투 벗고 와서 앉아. 배고플 테니까 내가 뭐 좀 만들어줄게."

하지만 사라는 휙 돌아서서 주방을 나가버렸다. 두 사람은 사라가 무겁게 계단을 오르는 소리와 사라의 방 문이 힘차게 닫히는 소리를 들어야 했다.

잠시 침묵이 흘렀다.

"잘됐어."

맥이 한숨을 쉬며 말했다.

"시간을 좀 주자. 힘든 시기를 보내는 중이잖아."

너태샤는 와인을 삼킨 다음 한숨을 길게 내쉬고 그를 쳐다보았다.

"이 얘길 지금 하는 게 적당한지 모르겠지만 내 방에 있는 단지에서 돈이 없어지고 있어."

너태샤는 맥이 자기 말을 듣고 있는지 정확히 알 수 없었다.

"꽤 많이 없어졌어. 동전 무더기가 쑥 내려간 걸 알아볼 정도였으니까. 저번에는 그 위에 4파운드를 던져놓은 걸 확실히 기억하는데, 어제 보니 없어졌더라고."

맥은 파스타를 저울 위에 계속 쏟아붓고 있었다.

"어, 안 돼…… 그만."

너태샤가 말렸다.

"난 아무 말도 하고 싶지 않아."

맥이 우울한 목소리로 말했다.

"근데 언젠가 밤에 내가 5파운드짜리 지폐를 청바지 호주머니에서 탁자로 떨어뜨린 적이 있었어. 아침에 주워야지 생각하고 있었는데, 나중에 가보니 없어졌더라고."

그는 조용히 주방 문을 닫은 다음 물었다.

"혹시 마약 문제라고 생각하는 거야?"

"잘 모르겠어. 그 정도까지 의심한 적은 없지만."

"그러니까…… 그래 보이진 않는데……."

"옷 때문도 아닌 것 같은데."

너태샤가 말했다. 사라는 패션이나 연예인 잡지에도 관심이 없어 보였고, 아침에도 욕실에서 10분을 넘기는 일이 없었다.

"내가 알기로는 휴대전화도 없어. 담배 냄새도 나지 않고."

"거참, 묘한 일이네."

너태샤가 와인 잔을 노려보다가 말했다.

"맥, 한 가지 말할 게 있는데. 내가 처음 사라를 만난 곳은 슈퍼마켓이야. 거기서 물건을 훔치려 하다가 여직원한테 걸렸거든."

맥이 하던 일을 멈추었다.

"사라가 훔치려 했던 건 피시 핑거 한 봉지였어. 난 우연히 그 현장에 있었고, 사라는 돈을 내려 했다고 주장했지."

'다시 생각해보니 내가 어리석었어. 그때는 좋은 일을 한다고 생각했지. 바보 같았고 지금은 책임을 느껴. 진보적 중산층의 어설픈 자비였지. 잘 알지도 못하면서.'

너태샤가 말을 이었다.

"미안해. 당신한테 미리 얘기했어야 했는데."

그는 말없이 고개를 저었다. 다행히 거기에 대해 부풀려 생각하는 것 같지는 않았다. 너태샤가 머뭇거리며 말했다.

"당신 생각엔…… 우리가……."

맥이 그녀의 말을 가로채듯 말했다.

"당장 내일은 하지 말자."

그러더니 파스타를 끓는 물에 넣었다.

"하루, 이틀만 시간을 줘. 내가 한번 따라가볼게. 사라가 뭘 하며 지내는지 살펴볼게. 일단은 진짜 이유가 뭔지나 알아보자고."

# IO

얼마나 의지가 강하고 패기가 넘치는가.
얼마나 자랑스럽고 위풍당당한가.
바라보기만 해도 기쁘고 경이롭다.

-크세노폰, 『기마술』

이틀 동안 사라는 약속을 충실하게 따랐다. 비록 불만이 가득한 얼굴이 긴 했으나 아침마다 맥이 교실까지 동행해도 아무 말이 없었고, 학교가 끝나면 자기를 태우러 올 때까지 정문 앞에서 땅을 툭툭 차며 기다렸다. 그래도 맥은 십 대 아이들이 아름다운 건 항상 자신이 제일 영리하다고 믿는 자부심 때문이라고 생각했다. 사라도 예외는 아니었다.

사흘째 되는 날, 맥은 학교 앞에 사라를 내려주면서 바쁜 일이 생겨서 학교 안까지 함께 들어갈 시간이 안 되니 혼자 들어가도 괜찮겠냐고 물었다. 그 순간 맥은 사라의 눈이 잠깐 반짝이는 것을 보았지만 재빨리 시선을 거두었다. 이어서 손을 흔들어 인사한 뒤 속도를 높여 그곳을 벗어났다. 바빠서 허둥대는 듯한 모습을 보이며 한 블록을 돌아 나왔다. 맥은 차고 앞에 잠시 차를 세워놓고 20을 센 다음 다시 차를 돌려 학교 옆 번화가로 천천히 나왔다. 아직 등교 중인 학생들이 어깨에 가방을 늘어뜨린 채 줄을 지어 걷고 있었다. 때로는 서로 소리쳐 부르기도 했고, 누군가 가지고 온 휴대전화 주위에 둥그렇게 모여 있기도 했다. 그리고 아니나 다를까, 학교와는 반대편 방향을 향해 반은 뛰다시피 걷고 있는 사라가 보였다. 버스 정류장을 향해 가는 듯했다.

맥은 사라가 돌아보지 않기를 빌었지만 이미 자기가 갈 곳에 온통 정신이 팔려 있는 듯했다. 맙소사, 사라, 그는 조용히 중얼거렸다. 왜 너는 그토록 기를 쓰고 미래를 망치려고 애쓰는 거니? 그때 사라가 어떤 버스에 올라타는 게 보였다. 병원으로 향하는 버스는 아닌 것 같았다. 지난주에 사회복지사가 사라를 할아버지한테 데리고 갔고 그때 병원 위치를 알려준 기억이 났기 때문이다. 맥은 이번 주에 병원에 데리고 가주겠다고 사라한테 약속했고 주소도 따로 적어두었다. 그렇다면 사라는 지금 어디로 가는 것일까?

맥은 사라가 탄 버스 뒤에 있었으므로 더 이상 사라를 볼 수 없었지만, 나중에 사라가 차에서 내리면 다시 볼 수 있을 거라고 생각했다. 그는 눈에 덜 띄기 위해 자기 앞에 한두 차량을 끼어들게 했다. 하지만 교통이 혼잡한 시간대라 자동차나 버스는 거의 앞으로 나아가지 못하고 있었다.

제발 남자 친구 문제이기를, 맥은 라디오를 만지작거리며 빌었다. 만약 그런 이유라면 그 애를 집으로 초대해서 함께 대화를 나눠볼 수도 있으니까. 그런 문제라면 충분히 관리가 가능한 일이었다. 제발 마약 문제만 아니기를.

20분 동안 버스는 런던 시내 한복판을 향해 거의 기어가다시피 했다. 뒤에서는 원성이 자자했는데, 좀 더 빨리 가지 못한다고 소리를 지르거나 무례하게 손가락질을 해대는 사람들도 있었다. 상황이 점점 심각해지자 맥은 잠시 속도를 줄이거나 차를 옆으로 비켜주며 다른 차들이 끼어들도록 했다. 이제는 버스와 너무 멀어져서 사라를 놓치게 되지 않을까 걱정이 앞섰다. 시내 한복판에 가까워질 무렵에는 설상가상으로 비가 내리기 시작했다. 버스가 정류장에 설 때마다 우산을 펼치고 내리는 정장 차림의 직장인들 사이에서 검은 교복을 입은 아이를 찾아내는 일은 쉽지 않았다. 맥은 눈에 불을 켜고 사라를 찾았다. 사람들의 수가 점점 더 불어나면서 사라를 분간하기가 더욱 힘들어졌다. 혹시 사라를 놓친 것은 아닐까, 헛수고를 하고 있는 것일까, 몇 번이나 불안한 생각이 들었지만 이미 시작한 일을 그만둘 수는 없었다.

유리 건물들이 즐비한 금융 지구를 벗어나 때 묻은 건물과 아파트들이 모여 있는 거주 구역으로 들어서자 드디어 익숙한 여자애가 모습을 드러냈다. 사라는 버스에서 뛰어내린 다음 뒤를 돌아 길 한가운데에 있는 안전 구역으로 올라섰다. 맥은 숨을 죽이고 기다렸다. 사라가 오른쪽으로 고개를 돌린다면 자기를 볼 것이기 때문이다. 하지만 사라의 관심은 반대편을 지나는 차량들에만 있는 듯했다. 잠시 후 사라는 잡고 있던 난간을 손에서 놓고 길을 건너갔다. 맥이 길을 잘못 잡았다는 사실을 미처 깨닫기도 전에 사라는 골목 안으로 사라졌다.

"이런, 제길. 빌어먹을."

맥은 소리를 내지르며 버스 뒤에서 차를 획 틀어 나왔다. 그 바람에 뒤에서 오던 차가 끼익 소리를 내며 급정차했고, 그는 사과의 뜻으로 손을 들어 올렸다. 황색 신호가 깜박거리는데도 건널목을 지나쳐 가자 길을 건너려던 여자가 화를 내며 그의 차 옆면을 거세게 두드렸다.

"미안, 미안, 미안."

그는 혼자 중얼거리며 로터리 쪽으로 속도를 높였다. 이어서 부드럽게 원을 그리듯 차를 돌려 반대편 길로 접어들었고, 앞 유리를 뚫어져라 응시하면서 사라가 사라진 작은 골목이 보일 때까지 차를 몰았다. 하지만 골목은 일방통행로였다. 이번에도 길을 잘못 들어온 것이다.

맥은 잠시 머뭇거리다가 무사히 골목을 빠져나갈 수 있기를 기원하면서 액셀을 밟았다. 하지만 반대편에서 누군가가 들어오기 시작했다.

"알아요……. 나도 알아요……."

맥은 반대편에서 달려오는 오토바이 운전자에게 큰 소리로 말했다. 헬멧을 쓴 운전자가 마구 욕설을 퍼부어댔다.

바로 그때 교차로가 보였고 그곳에는 차도, 사람도 보이지 않았다. 시커멓게 얼룩진 빅토리아 시대의 몇몇 건물이 줄지어 늘어서 있을 뿐이었다. 입구에는 주차장도 보였다. 작은 아파트 단지인 듯했다. 왼쪽은 이 동네의 번화가 정도로 보였는데, 버스가 전면을 반쯤 가린 테이크아웃 인도 음식점과 카페 하나가 있었다. 맥은 주저 없이 우회전을 한 다음 자갈길로 차를 몰면서 눈을 부릅뜨고 교복을 입은 여자애를 찾았다. 하지만 아무도 보이지 않았다. 사라는 흔적도 없이 사라져버렸다.

맥은 길을 따라 들어가다가 주차장에 차를 세웠다. 그러고는 한동안 멍하니 앉아서 자신과 사라에게 악담을 퍼부었다.

'아, 진짜 이게 뭐 하는 짓이냐고? 잘 알지도 못하는 여자애 때문에 이렇게 런던을 누비고 다니다니. 도대체 왜?'

어쨌든 몇 주가 지나면 사라는 가버릴 아이였다. 자기 인생을 남자친구나 마약 등으로 망친다 해도 그게 사실 그와 무슨 상관이란 말인가? 사라의 할아버지는 결국 회복되실 것이고 손녀를 잘 이끌어서 둘이 행복하게 살아갈 텐데 말이다.

그때 그의 휴대전화가 울리기 시작했다. 한참을 뒤적거린 후에 조수석 발밑 공간에서 겨우 찾아냈다. 차를 험하게 몰고 오는 동안 소지품들이 호주머니에서 빠져 바닥으로 떨어진 모양이었다. 전화기를 찾기까지 1분이 넘게 걸렸다.

"맥?"

마리아였다.

"어이, 안녕."

그가 대답했다.

"그렇게 말하지 마. 전화한다고 했던 건 당신이잖아. 근데 무슨 일에 그렇게 정신이 팔린 거야?"

마리아는 상처를 받고 멍이 든 것 같은 목소리로 말했지만 맥은 별로 신경 쓰지 않았다. 그녀는 마시는 차 색깔이 맘에 안 들어도 그런 소리를 냈다.

"같이 점심 먹자면서 전화한다고 했잖아."

"아, 이런."

맥이 사과했다.

"미안해, 자기. 내가 무슨 일에 휘말려서 정신이 좀 없었거든. 아직도 끝나지 않았지만."

"일이라니?"

"정확히 말하긴 어렵고."

그는 의자에 등을 깊숙이 기대며 한 손으로 머리를 쓸어내렸다.

"또 전처 일이야? 두 사람 밤새 열정적인 사랑이라도 나눈 거야, 뭐야. 나한텐 이제 아무 관심도 없다는 건가?"

마리아가 말하고 나서 멋쩍은 듯 웃었다.

"너태샤하고는 아무 상관없는 일이야."

"폴란드에서는 너태샤가 가장 인기 있는 창녀 이름인데. 알아?"

"너태샤한테 말해줄게. 그 얘기 들으면 분명 재미있어할 거야."

갑자기 마리아가 누군가에게 소리를 지르더니 다시 돌아와 말했다.

"당신한테 아주 슬픈 이야기를 들려주지. 앞으로 두 주 동안은 날 못 보게 될 거야."

"못 본다고?"

바로 그때 사라처럼 보이는 아이가 좁은 골목 끝에 나타났다. 맥은 밖을 내다보았지만 아이는 몸을 돌려 유모차를 끌고 지나갔다.

"카리브해 지역에서 아주 크고 중요한 일이 잡혀 있다고 말했잖아."

"그랬지."

"「엘르」 스페인 판이야. 누가 촬영을 맡았는지 맞춰봐."

"마리아, 당신도 알잖아. 난 패션 사진작가들은 잘 몰라."

"세비야. 누구나 세비는 알잖아."

맥은 마음이 급했다. 너태샤한테 전화해서 사라를 놓쳤다고 말하고, 사회복지사에게 전화할지 말지를 결정해야 했다.

"그 사람 이번 달 「마리 클레르」 커버 촬영도 했어."

학교에 전화해서 사라에게 중요한 일이 생겼다고 둘러대는 방법도 있다. 일단 급한 불부터 끄고 나중에 어디 갔었는지 추궁하면 된다.

"「마리 클레르」."

마리아는 잡지 이름을 강조해서 되풀이했다.

"아무래도 이번 달엔 내 책이 신문 가판대에 잘못 놓인 모양이야."

"웃기지도 않아."

"마리아."

맥이 단호하게 말했다.

"이만 끊어야겠어. 급하게 전화할 데가 있어서."

"동성애자라도 되려는 거야?"

"오늘은 아니야. 하지만 한번 생각해볼게."

"내 여동생이 동성애자와 결혼했거든. 내가 이 얘기 했나?"

맥은 더 이상 듣고 있지 않았다. 커다란 갈색 말이 철책 문을 나와 길을 걸어가고 있었다. 말은 쓰레기통이 있는 데로 경쾌하게 달리더니 옆으로 잽싸게 비껴 나아갔고, 이번에는 자갈길을 따라 맥을 향해 곧장 달려왔다. 말발굽이 단단한 지면을 두드리며 달그락 소리를 냈다. 그는 눈을 가늘게 뜨고 말이 가까이 다가오는 모습을 지켜보았다. 갑자기 차 안의 공기가 후끈 달아올랐다. 이제 누가 말을 타고 있는지 의심할 여지가 없었다. 맥은 충격으로 온몸에 전기가 통하는 느낌이 들었다.

"마리아, 전화 끊어야겠어. 어디선가 전화가 들어오고 있어. 나중에 다시 얘기해."

그는 전화기를 호주머니에 밀어 넣은 다음 말이 5미터 이상 충분히 멀어져 갔을 때 조용히 문을 열고 차에서 내렸다. 사라는 머리를 뒤로 질끈 묶고 가느다란 몸으로 커다란 동물 위에 가볍게 걸터앉아 있었다. 교복 셔츠가 땀에 젖어 있는 모습도 눈에 띄었다. 말은 다시 한번 옆으로 폴짝 뛰었지만 사라는 전혀 움직임이 없는 것처럼 보였다. 맥은 사라가 몸을 아래로 숙여 말을 안심시키는 것처럼 목을 쓰다듬는 모습을 신기하게 바라보았다.

맥은 차 문을 닫고 재빨리 트렁크로 가서 독일제 카메라 라이카를 꺼냈다. 그러는 동안에도 말을 타고 있는 사라에게서 눈을 떼지 않았다. 드디어 그는 차를 잠그고 사라를 따라가기 시작했다. 가만히 말 위에 앉아 있는 사라는 주변의 소음과 혼란스러운 도시에는 전혀 관심을 두지 않는 것처럼 보였다. 모퉁이를 돌자 사라가 공원을 향해 가고 있다는 것을 알 수 있었다.

마음을 정한 맥은 휴대전화를 꺼내 번호를 눌렀다. 출입구 쪽에 발을 들여놓자 그의 목소리가 바람에 실려 퍼지는 것을 막아주었다.

"교무실이죠? 안녕하세요……. 네, 저는 사라 라샤펠의 보호자인데요. 드릴 말씀이 있어 전화했습니다. 사라가 오늘 아침에 의사 면담을 가야 해서 학교에 갈 수 없게 되었어요. 정말 죄송합니다……. 좀 더 일찍 말씀드렸어야 했는데……."


할아버지가 쓰러지기 전까지 부의 훈련은 대부분 한곳에서 이루어졌다. 할아버지는 부의 뒤쪽에 고삐를 길게 잡고 서서 그의 손과 고삐의 다양한 압력을 부가 여러 지침으로 이해할 수 있도록 이끌었다. 또한 부가 어떻게 몸의 균형을 조절해야 하는지, 어떤 경우에 엉덩이 쪽에 힘을 모으고 언제 왼쪽이나 오른쪽으로 몸을 기울여야 하는지 가르쳤다. 사라는 부의 어깨 근처에 앉아 할아버지가 가르치는 내용을 부드러운 목소리와 힘으로, 때로는 채찍을 살살 흔들면서 보충 지시했다. 할아버지가 이런 식으로 설명을 해나갔기 때문에 사라가 균형감을 잃을 때에도 부는 큰 무리 없이 배울 수 있었다. 평소에도 할아버지는 부가 사라를 책임져야 할 것처럼 말했지만, 사라는 그다지 기분 나쁘게 받아들이지 않았다.

오래전에 할아버지에게는 제론티우스라고 하는 말이 있었다. 3년 동안 할아버지와 함께한 말이라고 했다. 그 말은 훈련을 위한 대용품이 아니라 훈련의 기초이자 목적이었다고 할아버지는 자주 말했다. 모든 고난이도 기술도 그런 기본 원칙에서 나온다는 것을 절대 간과해선 안 된다고 했다.

모두 훌륭한 가르침이었지만, 지금은 달릴 필요가 있다고 사라는 생각했다. 그래서 부가 다리를 뻗으며 몸을 풀 수 있게 이끌었다. 때로는 가로등이나 원뿔형 도로 표지, 배수 덮개 등 6주 전만 해도 눈 하나 깜박이지 않던 장애물을 보고 깜짝 놀라는 부를 조용히 꾸짖기도 했다. 이틀 동안이나 부를 만나지 못했다. 그동안 부는 누군가의 도움으로 먹이와 물을 먹을 수 있었겠지만 마구간 밖으로는 한 발짝도 못 나왔을 것이다. 부와 같은 영리하고 건강한 말에게 그것은 고문이나 다름없었을 것이다. 사라는 부의 고통을 어루만져주어야 한다고 생각했다.

비가 점점 거세게 내리기 시작했다. 사라는 지나가는 차량에 손을 들어 잠깐 멈춰달라고 부탁한 뒤 길을 건넜다. 이제 부의 눈에도 풀밭이 들어왔는지 에너지가 끓어오르는 게 느껴졌다. 비가 와서 공원에는 사람이 거의 없을 것이고 덕분에 별 방해 없이 말을 달릴 수 있었다. 하지만 부가 너무 흥분할 수도 있으니 조심해야 했다. 한동안 갇혀 있다시피 해서인지 부의 발굽은 전기가 통하기라도 한 듯 질척질척한 지면에 곧바로 반응했다.

내 말 들어, 사라는 기좌와 두 다리, 두 손으로 부에게 말했다. 하지만 그동안 부가 얼마나 에너지를 발산하고 싶었을까를 생각하면 사라도 즐거운 기분을 감출 수가 없었다.

르바드, 사라의 마음속에서 작은 소리가 새어 나왔다.

할아버지는 사라에게 그런 기술을 함부로 시도하지 말라고 주의를 주었다. 열망만으로 할 수 있는 동작이 아니라고 했다. 르바드 동작을 하기 위해서는 말이 뒷다리에 무게를 실은 채 45도 각도를 유지하도록 해야 한다. 그것은 힘과 균형을 시험하는 동작으로, 전통적인 마장마술

중에서도 난이도가 높은 기술에 속했다.

얼마 전에 할아버지는 르바드 동작을 수행했고, 사라는 그 광경을 지켜보았다. 그래서 부가 이미 그 동작을 할 수 있다는 것을 알았다.

사라는 축축한 공기를 들이마시며 얼굴에 흐르는 물기를 닦았다. 그리고 작은 원을 그리며 빠른 걸음으로 공원을 몇 바퀴 돌았다. 이어서 잠시 멈춰 서 있다가 다시 앞으로 나아가기 시작했다. 사라는 부가 자신에게 집중하도록 이끌면서 공원 쓰레기통과 차량 진입용 말뚝, 어린이 놀이터 사이의 가상공간을 머릿속에 그렸다. 부가 몸을 다 풀었다는 생각이 드는 순간 드디어 사라는 첫 번째로 고삐를 당기며 보통 구보로 달리기 시작했다. 할아버지의 지시대로 두 번째로 고삐를 당기면서 두 손을 모은 채 몸을 깊숙이 숙이고 두 다리를 뒤로 살짝 붙였다. 불과 몇 분 사이에 사라는 현실에서 완전히 벗어날 수 있었다. 누군가가 정해 놓은 규칙에 따라 살아야 하는 절망감과 앞으로 갚아야 할 돈, 병든 노인의 냄새를 풍기며 무력하게 침상에 누워 있는 할아버지를 보는 고통을 잊을 수 있었다. 열심히 달리는 동안에는 오로지 부와 사라 자신만이 존재했다. 비가 내려 부옇게 변한 대기 속으로 그들의 열기가 섞여들어갔다. 이제 사라는 고삐를 늦추어 부가 움츠렸던 몸을 펴고 긴장을 풀게 했다. 부는 더 이상 거리의 소음이나 이층버스의 위압적인 모습에 영향을 받지 않았다. 한바탕 달리고 나니 여유가 생기고 안정이 찾아왔다. 사라는 부의 목을 쓰다듬으며 할아버지가 이런 모습을 본다면 아주 기뻐하실 거라고 생각했다.

자신이 르바드 동작을 시도하는 게 그렇게 무리일까? 할아버지가 꼭 알 필요가 있을까? 사라는 숨을 깊이 들이마시고 다시 고삐를 모아 잡은 뒤 부가 천천히 달리게 했다. 이어서 속도와 방향을 조절하면서 부가 제자리에서 속보로 걷는 피아페 동작을 하도록 이끌었다. 그러는 동안 등을 똑바로 펴고 앉아 할아버지의 지시 사항들을 기억하려고 애썼다. 뒷다리는 말의 무게중심 아래에 있어야 하고 뒷무릎 관절은 거의 땅에 내려와 있어야 했다. 사라는 등을 약간 뒤로 젖힌 자세로 두 다리를 이용해 부가 에너지를 모으도록 부추겼다. 그런 다음 고삐를 살짝 늦추어 움직임을 조금 둔화시키면서 혀를 끌끌 차는 신호를 보냈다. 사라가 낸 소리를 들은 부는 두 귀를 팔락거리며 긴장한 모습을 드러냈다. 그때 사라는 부가 아직 그 동작을 소화해내기가 어려울 거라는 사실을 깨달았다. 그러려면 또 한 사람, 땅에서 부한테 설명해줄 누군가가 필요했다. 하지만 그 순간 사라는 부의 엉덩이가 살짝 내려앉는 것을 느꼈고, 아주 잠깐 둘 다 중심을 잃는 게 아닌가 하는 두려움에 사로잡혔다. 그러다가 갑자기 부가 앞다리를 들어 올렸고, 사라는 본능적으로 몸을 앞으로 숙이며 부의 목을 끌어안았다. 그 자세를 유지하는 동안 부가 몸을 떠는 게 고스란히 느껴졌다. 부와 사라는 잠시 그렇게 중력을 거스르며 불안하게 서 있었다. 이제까지와는 다른 각도로 공원을 내려다보면서.

잠시 후 부가 불쑥 앞다리를 내렸다. 방심한 틈에 허를 찔리듯 사라는 풀썩 앞으로 몸이 쏠렸고, 곧이어 부가 한두 번 뛰어오르며 앞으로 내달리는 바람에 사라는 떨어지지 않으려고 안간힘을 써야 했다.

사라는 몸을 일으켜 똑바로 앉으며 밝게 웃었다. 내면에서 환희와 기쁨이 솟구쳤다. 사라는 부의 목을 가볍게 두드리고 쓰다듬으며 얼마나 훌륭한 말인지 알려주려고 노력했다. 그리고 몸을 숙여 두 팔로 부의 목을 끌어안은 채 말했다.

"잘했어. 넌 정말 영리한 말이야."

부는 사라의 칭찬을 알아들은 것처럼 연신 두 귀를 팔락거렸다.

"감동적이었어."

뒤에서 목소리가 들려왔다. 가슴이 철렁한 사라가 안장 위에서 몸을 휙 돌렸다.

맥의 외투가 비에 흠뻑 젖어 검은색으로 변해 있었다.

"나도 좀 칭찬해줘도 될까?"

맥이 앞으로 성큼성큼 걸어오더니 부의 목을 쓰다듬으며 말했다.

"정말 멋진 말이구나."

그러고는 어루만지던 손을 거두어 손가락 끝을 맞대고 문질렀다.

사라는 아무 말도 할 수 없었다. 머릿속이 하얘지고 두려움이 몰려오면서 멀미가 날 것 같았다.

"다 끝났지? 이제 돌아갈까?"

맥은 손으로 스페어페니 래인을 가리키며 말했다.

사라는 고삐를 움켜잡으며 고개를 끄덕였다. 가슴이 뛰기 시작했다. 지금이라도 부를 다그쳐 도망갈 수 있었다. 공원을 가로질러 습지대로 달려갈 수 있었다. 맥이 자신을 붙잡기 전에 어디든 갈 수 있었다. 하지만 사라는 가진 게 없었고 갈 데도 없었다.

사라는 축사 마당으로 천천히 말을 몰았다. 부는 목을 축 늘어뜨리고 걸었다. 강도 높은 동작을 수행하느라 지쳤을 것이다. 사라가 앉아 있는 자세도 패잔병의 모습과 다를 바 없었다. 사라는 앞장서 걸어가는 맥의 뒷모습을 물끄러미 바라보았다. 그의 태도만 보아서는 앞으로 어떤 일이 벌어질지 전혀 짐작이 되지 않았다.

사라는 축사 정문 앞에서 멈춰 섰다. 카우보이 존이 그의 헛간에서 나와 문을 열어주며 말했다.

"샤워라도 한 거야? 아주 흠뻑 젖었네."

그는 안으로 들어서는 부를 두드려주다가 사라 옆에서 서성이는 맥을 발견했다.

"뭐 도와드릴까요, 젊은 양반? 달걀이 필요하신가? 아니면 과일이라도? 오늘은 좋은 아보카도도 들여놨는데. 3파운드만 내면 한 상자 다 드릴 수 있어요."

맥은 카우보이 존을 뚫어져라 바라보았는데, 그와 같은 사람을 처음 보는 듯한 눈빛이었다. 그도 그럴 것이 존은 가장 꾀죄죄한 카우보이모자에 붉은 손수건을 목에 두르고 형광 외투를 걸치고 있었기 때문이다. 아니면 그의 누런 이에 물려 있는 마리화나 때문일지도 몰랐다.

"아보카도요?"

정신을 수습한 맥이 물었다.

"괜찮겠네요."

"좋은 정도가 아니라오, 젊은 양반. 적당하게 아주 잘 익었다고. 한번 먹어볼래요? 가격도 이보다 더 좋을 순 없을 거요."

그러면서 존은 비열하게 킬킬 웃었다.

맥은 사라 뒤를 따라 들어가며 말했다.

"길 좀 안내해줄래?"

사라는 부를 마구간으로 데리고 간 뒤 안장과 굴레를 벗겨 빗물을 닦아 조심스럽게 창고 한쪽에 놓았다. 그런 다음 마구간을 청소하기 시작했다. 마당 저쪽 끝에서 카우보이 존이 맥에게 과일과 야채를 보여주고 있었다. 맥은 고개를 끄덕이며 모든 것을 받아들이겠다는 자세로 마당을 둘러보았다. 맥이 이것저것 물으면 존은 여러 말과 그의 암탉과 헛간에 대해서도 자세히 알려주는 듯했다. 맥은 모든 것에 상당한 관심

246

을 보였다. 마침내 사라가 부의 물통에 깨끗한 물을 채워줄 무렵, 존과 맥이 구름다리 아래를 한가로이 걸으며 마구간으로 올라왔다. 비는 더 거세게 내렸다. 비탈길을 지나 자갈길로 빗물이 끝없이 흘러내렸다.

"거기 일은 다 마친 거니?"

사라는 말 옆에 가까이 서서 고개를 끄덕였다.

"이틀 동안이나 안 보이더구나. 여기 오는 데 뭐 문제라도 생긴 거야? 오늘 아침엔 저 늙은 말이 또 도망을 치려고 난리를 부렸단다."

사라는 맥을 힐끗 쳐다본 다음 고개를 숙인 채 중얼거렸다.

"그런 일 정도야."

"할아버지는 만나봤니?"

사라는 힘없이 고개를 저었다. 할아버지를 보면 눈물이 나올 것 같아서 겁이 났다.

"우리 이제 병원에 가볼까?"

맥이 말했다.

사라의 고개가 위로 올라갔다.

"너도 가고 싶지?"

"이 아이를 아슈?"

카우보이 존이 깜짝 놀라 뒤로 물러서더니 맥이 구입한 과일 상자를 가리키며 말했다.

"사라를 안다고요? 그럼 진작 말했어야지요. 사라랑 아는 사이란 걸 알았다면 저런 잡동사니는 절대 팔지 않았을 거요."

맥이 눈썹을 치켜올렸다.

"당신한테 저런 물건을 팔 순 없어요. 내 작업실로 다시 갑시다. 좋은 물건을 드릴 테니. 저건 그냥 오가는 사람들한테 팔면 되고. 할아버지

한테 안부 좀 전해라, 사라. 토요일쯤 들르겠다고 말씀드려. 이거나 전
해드리렴."

그러면서 바나나 한 다발을 사라에게 건넸다.

맥이 존을 따라 작업실로 갈 때 사라는 그의 입가에 미소가 번지는
것을 볼 수 있었다.


차에 오를 즈음에도 사라의 옷은 여전히 마르지 않은 상태였다. 앞
유리에는 주차 위반 딱지가 붙어 있었다. 맥은 딱지를 떼어 조수석 사
물함에 던져 넣으려고 차 안으로 고개를 숙였다가 사라가 몸을 떠는 걸
보았다.

"마른 옷이 필요할 것 같구나. 뒷좌석에 남는 점퍼가 있어. 일단 교복
위에 그거라도 걸치는 게 좋겠다."

사라는 맥이 말한 대로 따랐다. 그는 도로로 빠져나온 뒤 차를 달리
기 시작했다. 머릿속은 무슨 말을 하면 좋을지 생각하느라 분주히 움직
였다. 드디어 차가 신호등 앞에 섰을 때 그가 말을 꺼냈다.

"그러니까 결국 모든 게 이거 때문이었구나. 네가 결석한 것도. 자꾸
만 사라진 이유도."

하지만 너태샤가 잃어버린 돈 얘기는 입 밖에 내지 않았다. 사라는 말
없이 고개만 살짝 끄덕였고, 맥은 손짓으로 신호 보내며 좌회전을 했다.

"근데…… 넌 정말 놀라운 아이야."

그는 한편으로 마음이 놓였다. 다행스럽게도 사라는 조랑말을 타는
아이였던 것이다. 몸집이 큰 조랑말이긴 했지만.

"아까 네가 했던 그게 뭐니? 공중으로 벌떡 일어선 그거."

사라는 맥이 알아들을 수 없는 단어를 중얼거렸다.

"르바드요."

"그게 어떤 건데?"

"고등 마술의 한 동작이에요. 마장마술 같은 거예요."

"마장마술? 동그랗게 뱅뱅 돌고 그러는 거?"

사라가 피식 웃으며 말했다.

"그런 거랑 비슷해요."

"그럼 저 말은 네 거야?"

"저랑 할아버지 거예요."

"아주 영리한 말 같던데. 난 말에 대해선 아무것도 모르지만 굉장해 보이던데. 그런 말은 어떻게 가지게 된 거야?"

사라는 잠시 맥을 바라보았다. 어떤 얘기를 해야 그가 믿을지 따져보는 눈치였다.

"할아버지는 프랑스에서 그 말을 사왔어요. 부는 경주마 셸 프랑세예요. 할아버지가 훈련을 받았던 프랑스 승마학교에서 그런 말을 사용해요. ……할아버지는 승마와 관련된 모든 걸 알고 있는 분이에요."

"모든 걸 알고 있다……."

맥이 사라의 말을 따라했다.

"넌 얼마 동안이나 말을 탔니?"

"제가 기억하는 한 오래됐어요."

사라는 그의 점퍼에 싸여 있다고 봐야 했다. 소매가 무릎을 다 덮을 정도로 내려와 있었고, 아주 위축된 털실 뭉치처럼 보였다.

"우린 할아버지 친구분들을 만나러 프랑스로 가려던 참이었어요. 할아버지가 쓰러지기 전에."

맥은 버스와 트럭 들 사이로 길을 건너는 사라를 보았고, 풀밭에서 원을 그리며 달리는 모습도 보았다. 도대체 자신이 어쩌다 여기까지 오게 된 건지 의아했다.

"그랬다면 특별한 선물이 됐을 거예요."

사라가 조심스럽게 말했다.

"저랑 할아버지한테요. 전 한 번도 외국에 나가본 적이 없거든요."

사라는 점퍼 소매를 만지작거리며 말을 이었다.

"그 기회를 놓치고 싶지 않았어요. 할아버지도 마찬가지였고요."

"그래……."

맥은 백미러를 힐끗 보고 나서 말했다.

"……누군가 아파서 휴가를 연기하는 경우가 종종 있지. 할아버지 상황을 잘 설명하면 여행사에서도 분명히 일정을 연기해줄 거야."

거울을 통해 사라가 손톱을 깨무는 모습이 보였다.

"나중에 그쪽에 전화해보자. 네가 원한다면 내가 도와줄게."

사라가 그를 보며 조심스러운 미소를 보냈다. 벌써 두 번째라고 맥은 생각했다. 이 기회로 뭔가 좋은 계기를 마련할 수 있을지도 몰랐다.

"맞아, 병원에 가기로 했지."

그는 활기차게 말하며 내비게이션을 설정했다.

"히터를 켜야겠다. 할아버지한테 속까지 다 젖은 모습을 보여드릴 순 없지."


말에 대한 것과 마찬가지로 의학 분야에 대해서도 맥은 거의 아무것도 몰랐지만, 병원에 와보니 라샤펠 씨가 당장은 휴가를 떠나지 못하거나 집으로 돌아가는 일조차 쉽지 않으리라는 점은 분명해 보였다. 안타깝게도 그것은 사라의 믿음과는 상관없는 일이었다. 라샤펠 씨는 베개를 받치고 누워 있었는데, 적갈색 피부는 완연한 병자의 낯빛이라고밖에 볼 수 없었다. 두 사람이 병실로 들어설 때에도 그는 깨지 않았고, 사라가 손을 만지자 그제야 눈을 떴다. 맥은 병실 문 근처에 침입자가 된 기분으로 어색하게 서 있었다.

"할아버지."

사라가 부드러운 목소리로 불렀다.

옆에 있는 사람을 알아보았는지 노인의 시선이 곧바로 사라에게 고정되었다. 그는 한쪽 입술이 처진 미소를 지었다.

"이틀 동안 못 와서 죄송해요. 상황이 좀 어려웠어요."

노인은 괜찮다는 듯 고개를 저으면서 손에 아주 작은 힘을 주는 듯했다. 이어서 그의 시선이 맥에게로 미끄러지듯 옮겨갔다.

"이분은 맥이에요. 절 돌봐주신 사람들 중 한 분이에요."

맥은 왠지 조사를 받는 기분이 들었다. 노인은 당장이라도 쓰러질 듯 노쇠해 보였지만 세심하게 살피는 눈빛만큼은 날카로웠다. 꾸짖을 거리를 찾는 사람 같았다.

"아주 친절하신 분이에요, 할아버지. 부인도 마찬가지고요."

사라가 말하면서 얼굴이 붉어졌다. 할아버지를 안심시키려고 애쓰는 것 같았다.

"만나서 반갑습니다. 라샤펠 씨."

맥이 앞으로 걸어 나와 노인의 손을 잡으며 말했다.

"앙샹테.*"

노인의 입가에 작은 미소가 번졌다. 사라도 환히 웃으며 말했다.

---

* 매우 기쁘다는 뜻의 프랑스어.

"불어를 이렇게 잘하시는지 몰랐어요."

"할아버지가 들으시기엔 잘하는 게 아닐 것 같은데."

맥이 말하고는 의자를 침대 옆으로 가져왔다. 사라는 세면용품을 확인하고 사진 위치를 바로잡는 등 할아버지의 보관장을 정리하느라 분주했다. 맥은 침묵이 이어지는 게 불편해서 되는 대로 말했는데, 목소리가 너무 크지 않았는지 괜히 신경이 쓰였다.

"손녀가 말을 타는 걸 봤어요. 재능이 아주 뛰어나던데요."

노인의 눈이 사라에게로 옮겨갔다.

"아침에 말을 타러 나갔거든요."

"좋아."

노인이 천천히 말했다. 그의 음성에서 경첩이 삐걱거리는 것 같은 불협화음이 새어 나왔다.

할아버지의 대답을 듣자마자 사라는 미소를 지었는데, 이번에는 뭔가 전과 다른 느낌을 풍겼다.

"좋아!"

사라는 할아버지의 말을 확인하려는 듯 그 말을 반복했다.

"좋아."

노인이 또 한 번 말했다. 그러자 세 사람은 만족한 듯이 서로 고개를 끄덕거렸다. 이것이 대화의 물꼬를 트는 중요한 계기가 되었다고 맥은 생각했다.

"부가 정말 잘해주었어요, 할아버지. 비도 많이 내렸거든요. 할아버지도 알죠, 비가 올 땐 제대로 달리지도 못했잖아요. 그런데도 집중하려고 애쓰는 것 같았어요. 내 말을 정말 열심히, 잘 들어주었어요."

마치 말을 타고 있는 것처럼 사라는 등을 꼿꼿이 세우고 두 손을 모은 채 말했다. 노인은 사라가 얘기하는 모든 말에 넋을 잃은 채 귀 기울였고, 세세한 사항 하나하나까지 놓치지 않으려는 듯했다.

"할아버지가 봤다면 정말 기뻐했을 거예요."

"저도 그런 광경은 생전 처음 봤어요."

맥이 끼어들었다.

"라샤펠 씨, 전 말에 대해선 하나도 모르지만 말이 그렇게 뒷다리로 버티고 일어서는 모습을 보고 숨이 멎는 것 같았다니까요."

갑자기 침묵이 흘렀다. 노인이 천천히 고개를 돌려 손녀를 보았다. 얼굴에는 더 이상 미소를 찾아볼 수 없었다.

맥은 말을 더듬거렸다.

"굉장히…… 멋진……."

사라는 귀까지 빨개진 것처럼 보였다. 노인은 사라를 계속 노려보고 있었다.

"르바드를 했어요."

사라의 목소리는 죄책감으로 짓눌린 듯 기어들어갔다.

"죄송해요."

노인은 좌우로 크게 고개를 흔들었다.

"부의 에너지가 끓어 넘쳤어요. 주의를 끌 만한 새로운 게 절실히 필요했어요. 부는 도전이 필요했어요……."

사라가 반박을 하면 할수록 노인은 말없이 고개만 세게 저었다.

"탐욕스러운,"

노인이 입을 열었다.

"탐욕스럽지 않은, 작은, 다시."

맥은 노인의 말을 이해해보려고 애썼지만 소용이 없었다. 뇌졸중 환자들이 적절한 단어를 찾지 못해 고충을 겪는다는 얘기를 어디선가 들은 기억이 났다.

"전에, 아니, 말, 말."

결국 좌절감에 빠진 노인은 이를 악물고 사라에게서 고개를 돌렸다.

맥은 당황했고 사라는 손톱만 깨물었다. 노인은 몹시 화가 난 표정으로 잠자코 앉아 있었다. 맥은 자신이 실수한 거라고 생각했다. 거기 없는 것처럼 행동하는 수밖에 없었다. 그때 불현듯 카메라 생각이 났다. 그는 목에 걸려 있는 카메라를 들어 올리며 말했다.

"저, …… 라샤펠 씨? 사라가 말을 탈 때 제가 사진을 좀 찍었는데요. 어떻게 생각하실지 모르겠지만 한번 보시겠습니까?"

그는 침대 위로 몸을 구부린 채 노인에게 디지털 영상을 휙휙 넘기며 보여주었다. 마침내 노인이 노여워하지 않을 만한 이미지가 나오자 화면을 확대했고, 사라는 할아버지의 안경을 얼굴에 대주었다.

노인은 잠시 그 영상을 세밀히 살핀 다음 사라를 돌아보았다. 그러고는 깊은 생각에 잠긴 듯 한동안 눈을 감고 있다가 입을 열었다.

"입."

그의 손가락들이 떨렸다.

사라가 영상을 들여다보며 말했다.

"맞아요, 할아버지. 부도 처음에는 하려고 하지 않았어요. 그러다가 내가 엉덩이 쪽에 힘을 집중시키려고 노력하니까 기운을 얻었어요."

노인은 만족한 듯 고개를 끄덕였다. 그제야 맥은 가슴에서 한숨이 천천히 새어 나오는 것을 느꼈다.

"다른 사진들도 있나요?"

사라가 물었.

"그다음 거는요."

맥은 영상들을 휙휙 넘겨본 뒤 사라에게 카메라를 건네주며 말했다.

"사실 지금 몇 군데 전화할 데가 있거든. 여기서 할아버지랑 사진들을 보고 있으렴. 이런 식으로 넘겨보면 돼. 여기 버튼을 누르면 확대가 되니까 자세히 볼 수 있을 거야. 우린 30분 후에 아래층에서 만나자."

그는 노인의 손을 잡으며 인사했다.

"라샤펠 씨, 만나서 반가웠습니다."

"캡틴이에요."

사라가 말을 거들었다.

"다들 할아버지를 그렇게 불러요."

"라샤펠 캡틴."

맥이 말을 이었다.

"곧 다시 만나길 바랍니다. 집으로 돌아오실 때까지 손녀를 잘 돌보겠다고 약속드릴게요."

하지만 맥은 그날이 언제일지 모르겠다고 생각하며 병실을 떠났다.


"농담하지 마."

"진짜라니까. 사진 한번 볼래?"

맥은 집에 돌아오자마자 출력한 인쇄물들을 너태샤에게 건넸다. 너태샤는 가방에서 안경을 꺼내 사진들을 자세히 살폈다. 그는 너태샤가 전에는 안경을 쓰지 않았다는 사실을 떠올렸다.

"마약 문제가 아니었어."

너태샤가 아무 말도 못 하고 있자 맥이 먼저 말을 꺼냈다.

너태샤도 고개를 끄덕이며 안도하는 듯했다.

"그러네."

그녀는 안경을 벗고 맥을 올려다보았다.

"그런데 뚱딴지같이 말이라니."

그리고는 사진들을 도로 건네며 물었다.

"도대체 우리가 이 말을 어떻게 처리해야 하는 건지 모르겠네."

"우리가 처리할 일은 아니지. 말을 소유하고 돌보는 건 사라니까."

"하지만…… 항상 그랬을까? 내내 거기만 있었을까?"

"없어진 돈에 대해선 언급하지 않았지만 그것도 뭔가 연관이 있지 않을까 싶어."

"사라 같은 애가 어떻게 말을 타게 되었을까?"

"철로가 지나는 구름다리 아래쪽에 말을 데리고 있더라고."

그의 머릿속에는 도시 한가운데에 존재하는 축사 마당의 풍경이 떠 나지 않았다.

"사라 할아버지랑 관계가 있었어. 할아버지가 말을 다루는 사람이었 어. 게다가 그 말도 흔한 말은 아닌 것 같더라. 아주 예민해 보였거든. 사라도 기마술이 보통은 아닌 듯했어. 그런 공중 도약을 시도하는 걸 보면."

"맙소사."

너태샤가 사진을 주의 깊게 살피고는 말했다.

"그러다 다치면 어쩌려고?"

"내가 볼 때 꽤 완벽히 통제하던데."

"우리가 말에 대해 뭘 안다고. 사회복지사는 그런 말 전혀 없었는데."

"그 사람은 전혀 모르지. 알고 싶어하지도 않을 거야. 안다고 해도 사 라한테서 말을 떼어놓을 생각만 하지 않을까?"

너태샤는 어깨를 으쓱했다.

"아무튼 이런 일은 생각지도 못했어. 비슷한 선례가 있었는지도 모르겠네."

"아무한테도 얘기하지 않겠다고 약속했어."

너태샤는 못 믿겠다는 표정으로 말했다.

"우린 그런 약속을 해선 안 돼!"

"어쨌든 난 했어. 그리고 사라도 더 이상 학교에 빠지지 않겠다고 약속했고. 이건 꽤 괜찮은 거래라는 생각도 들어."

맥은 점심시간에 사라를 학교 앞에 내려주면서 급하게 쪽지 한 장을 써주었다. 사라는 맥이 자신과 한통속이 되다니 믿기 힘들다는 표정을 지었다.

"이번 한 번만이야."

그는 경고했지만 목소리는 이미 한없이 부드러워져 있었다.

"집에 돌아가면 다 같이 이 문제를 상의해보자. 알았지?"

사라는 고개를 끄덕일 뿐이었다. 고맙다는 말 한마디 없어 잠깐 서운한 생각이 들었다가, 맥은 혼자 피식 웃으며 차를 돌려 나갔다. 다른 부모와 다를 게 없었다. 그의 친구들이 은혜를 모르는 아이들이라고 불평하는 소리를 얼마나 자주 들었던가?

너태샤는 자리에 앉아서 가정 폭력이나 아동 학대 같은 끔찍한 일에 대해 얘기하면서 불평을 늘어놓았다. 맥이 그 모든 사회 현실에 대해 잘 알고 있다고 여기는 듯했다. 사실 그는 지난 몇 년 동안 너태샤가 자기 일에 대해 얘기하는 어떤 내용에도 귀담아들은 적이 없다는 생각에 양심의 가책을 느꼈다.

"생각해봐. 이건 좋은 소식이야, 타슈. 사라가 마약 같은 위험한 약물과 관계가 없다는 뜻이잖아. 말과 승마에 집착하는 십 대 소녀일 뿐이야. 그 정도는 우리가 어떻게 해볼 수 있어."

"참 쉽게도 말한다."

너태샤는 다소 흥분한 어조로 말했다.

"이건 정말 큰 문제야, 맥. 사라 혼자 말과 관련된 문제를 처리할 수는 없어. 그래서 수업을 빼먹을 수밖에 없었던 거고. 당신도 말했듯이 그동안은 할아버지가 그 문제를 도맡아 하셨겠지. 사라가 학교 수업에 충실하면 그동안에는 누가 말을 돌봐야 하지? 당신이 할 거야?"

맥은 어이없는 웃음을 지으며 말했다.

"난 할 수 없지. 말에 대해서는 아무것도 모르는데."

"난 당신보다 훨씬 더 몰라. 그렇다면 그 일을 맡아줄 누군가가 있어야 하잖아."

맥은 수상한 담배를 피우던 늙은 미국인 남자를 떠올렸다.

"꼭 그렇다고는 생각하지 않지만 당신 말이 무슨 뜻인지는 알아. 쉽지 않은 일이겠지."

두 사람은 한참 동안 아무 얘기도 하지 못했다.

"좋아."

드디어 너태샤가 먼저 말을 꺼냈다. 하지만 눈을 마주치지는 않았다.

"나한테 한 가지 생각이 있어."

# II

최대한 많은 장면과 소음에 노출시켜 친숙해지도록 해야 한다.
말이 그런 광경과 소리에 겁먹을 때마다 화를 내거나 자극하지 말고
잘 달래서 두려워할 필요가 없다는 것을 가르쳐주어야 한다.
　　　　　　　　　　　　　　　　　　-크세노폰, 『기마술』

켄트 아이디어가 완전한 실패작이 될 거라는 점은 시작부터 의심의 여지가 없었다. 하지만 너태샤는 뒤늦게야 그것을 깨달았다. 사라는 말을 옮기자는 생각에 격렬하게 반대했다.

"안 돼요. 부는 내가 계속 지켜볼 수 있는 이곳에 있어야 해요."

"하우 농장에 가면 네 말은 정말 안전할 거야. 카터 부인은 전문 기수잖아."

"제 말에 대해서는 전혀 모르잖아요. 거기 가면 부는 온통 모르는 사람들한테 둘러싸일 거잖아요."

"카터 부인은 말에 대해서는 너보다 훨씬 많은 걸 아는 분이야."

"하지만 부에 대해서는 저보다 모를 거예요."

참으로 알 수 없는 일이라고 너태샤는 생각했다. 사실상 며칠 동안 아무 말도 하지 않던 아이가 지금은 이토록 끈질기게 목소리를 높이고

있는 것이다.

"사라, 너 혼자 모든 걸 다 해낼 수는 없어. 그럴 시간도 안 되고. 너도 비슷한 얘기를 했잖아. 우리가 관련 기관에 알리지 않고 약속을 지켜주길 원한다면 너도 할아버지가 없는 지금 같은 상황에서는 다른 방법을 찾아야 한다는 점을 받아들여야 해. 하우 농장에서 네 말을 일주일 내내 잘 돌봐줄 거야. 우린 주말마다 보러 가면 되잖아. 그때는 하루 종일 네 말과 시간을 보낼 수 있어."

"싫어요."

사라는 팔짱을 낀 채 이를 악물고 말했다.

"제가 모르는 곳으로는 절대로 부를 보내지 않을 거예요."

"너도 곧 알게 될 거야. 지금 있는 곳보다 더 전문적으로 말을 돌보는 곳이라는 걸. 그리고 이건 임시 조치일 뿐이야."

하지만 사라는 자기 말만 일방적으로 내뱉었다.

"부는 지금 있는 곳에서도 행복해요."

사라는 너태샤를 힐끗 보고 말을 이었다.

"아줌마는 부에 대해서 아무것도 몰라요. 부는 스페어페니 래인에서 행복하게 지내고 있다고요."

너태샤는 목소리를 차분하게 내려고 애썼다.

"하지만 현실적으로 그렇게 간단한 문제가 아니야. 할아버지가 언제 돌아오실지 모르는 상황에서 우리가 그 문제를 관리할 수는 없어. 그건 너도 마찬가지야."

"아줌마는 부를 제게서 떼어내려 하고 있어요."

"억지 부리지 마, 사라. 아무도 말을 네게서 빼앗지 않아."

"네 말한테 휴가를 주는 거라고 생각하자."

맥은 사과를 먹으며 팔다리를 아무렇게나 벌리고 앉아 있었다. 여긴 그의 집이기도 했다. 너태샤는 욱하는 심정을 다스려야 했다.

"거기 가면 하루 종일 들판을 어슬렁거리며 자유롭게 보낼 수 있을 거야. 구름다리 아래에 갇혀 지내는 것보다 낫지 않을까?"

변호사의 관점으로 볼 때 맥이 적절한 지점을 건드린 듯했다. 잠시 사라의 눈빛이 흔들렸다.

"그동안 부는 너른 들판에서 자유롭게 걷고 달리지 못했을 거야. 그렇지 않아?"

맥은 먹고 남은 사과 속을 쓰레기통에 던졌다. 금속이 튕기는 소리와 함께 정확하게 안으로 들어갔다.

"가끔은 긴 밧줄을 묶어놓고 풀을 뜯어먹게 해주었어요."

사라는 다소 기가 꺾인 목소리로 말했다.

"그건 넓은 데를 활개 치며 달리는 것과는 전혀 다르지."

"하지만 부는 운송용 화물차를 타본 적이 없어요."

"이번에 타보면 되지."

"하지만 부는……."

"아무튼 사라, 나도 강압적으로 말하긴 싫지만 사실 이 문제는 논의할 만한 사항도 아니야."

너태샤가 단호하게 말했다.

"말을 돌보면서 공부할 순 없어. 맥과 난 말에 대해 아무것도 모르기 때문에 도와줄 수도 없고. 하우 농장 비용은 우리가 기꺼이 낼게. 할아버지가 회복되어 돌아오실 때에도 우리가 도와줄게. 그때 가서 다시 예전처럼 하면 돼. 지금은……, 네가 자꾸 이렇게 나오면 나도 다른 조치를 취할 수밖에 없어."

거실을 나서면서 너태샤는 조금 흔들렸다. 사라 할아버지 얘기를 할 때 맥이 어색하게 바라보던 모습도 개운치가 않았다. 말은 하지 않았지만 뭔가 탐탁지 않게 생각하는 눈치였다. 거실을 나오면서도 사라의 분노가 등 뒤에 꽂히는 것을 느낄 수 있었다.

여행은 대단히 충격적이었다. 토요일에 너태샤와 맥은 뉴마켓의 전문 말 운송 회사에 의뢰해 사라의 말을 옮기는 일에 착수했다. 엄청나게 큰 트럭이 스페어페니 래인의 좁은 골목에 진입하느라 한바탕 사투가 벌어졌다. 나중에 들은 말이지만 트럭 운전자는 축사 주소를 보고 난색을 표했고, 실제로 현장에 도착해서는 당황하는 빛이 역력했다고 했다.

맥이 말했다.

"그 사람은 경주마 마사같이 넓은 장소에만 익숙하거든."

"그리 놀랄 것도 없어. 그쪽에서 청구한 요금을 생각하면."

너태샤가 즉각 반박했다. 대기 중의 미세한 변화를 감지하고 이미 겁을 집어먹은 말은 트럭에 오르기를 끈질기게 거부했다. 사라는 부를 달래느라 진땀을 뺐고, 사람들에게 떨어져 있으라고 거칠게 소리치면서 부가 경사로를 올라 부드러운 천을 씌운 내부로 들어가게 하려고 안간힘을 썼다. 하지만 부는 꿈쩍하지 않았고 오히려 몇 번이나 뒷걸음을 치거나 놀라서 앞다리를 들어 올렸고, 지나가는 사람들을 향해 풀썩 뛰어오르기도 했다. 자갈길을 밟는 말발굽 소리가 온 골목에 요란하게 울려 퍼졌다. 시간이 지연될수록 구경꾼은 더 많이 늘어났고, 말은 더욱 분별을 잃고 날뛰었다. 땀을 뻘뻘 흘리고 눈이 하얘지면서 거의 통제 불능의 상태가 되어갔다. 몇몇 남자애들은 소형 오토바이를 타고 지나갔고, 화물 트럭에 길이 막힌 운전자들은 성질을 내면서 신경질적으로 경적을 울려댔다. 입구에서 담배를 피우고 있던 카우보이 존은 모자를 거꾸로 눌러쓴 채 연신 고개를 흔들고 있었다. 지금 벌어지는 모든 일이 죄다 못마땅한 눈치였다.

사라는 구경꾼들에게 집으로 돌아가라고, 조용히 좀 하라고 몇 번이나 소리를 질렀다. 그 후 트럭 운전자와 조수는 더 이상 일을 미룰 수가 없다고 사라에게 말했다. 어쩔 수 없이 거친 힘과 기다란 밧줄을 동원해 강제로 말을 밀어 넣게 되었고, 트럭에 갇힌 부는 발굽으로 차 벽을 차면서 울부짖었다. 그제야 트럭은 천천히 골목을 빠져나와 고속도로를 향해 달렸다.

사라는 트럭에 같이 타지 못했다(계약상의 조항이기도 했다). 맥은 얼굴이 하얗게 질린 사라를 설득해 자기 차에 타게 했다. 사라의 손바닥에서 피가 흐르고 있었다.

사라는 켄트로 내려가는 길 내내 아무 말도 하지 않았다.


고속도로 휴게소에서 잠깐 정차하는 동안 맥은 너태샤에게 전화를 걸어 모든 진행 상황을 알렸다. 너태샤는 켄트의 집을 정리하기 위해 앞서 내려가 있었다. 맥과 사라한테는 그냥 미리 가 있겠다고만 얘기했지만 사실은 코너의 흔적을 없애기 위해서였고, 더 중요하게는 자기 소유로 남은 마지막 공간을 침해당하기 전에 먼저 가서 대비하고 싶어서였다.

시골집은 방이 두 개였다. 사라가 남은 방을 쓰고 맥은 소파에서 자는 수밖에 없었다. 두 사람을 집에 들이는 생각만 해도 너태샤는 가슴이 답답하고 덫에 걸린 느낌이 들었다. 일단 맥이 왔다가 떠나고 나면 결국 이 집도 실패한 결혼이라는 굴레에 갇히고 말 것이다. 전남편이 살지 않았고 그에 대한 기억도 없는 이 공간은 순수함을 잃고 달갑지 않은 울림을 지니게 될 것이다. 도대체 어쩌다 여기까지 오게 된 것일까? 어쩌면 이리도 철저하게 독립적인 공간과 사적인 관계까지 깡그리 내놓고 말았을까? 코너는 회사에서 마주치거나 실수로 전화를 받게 되면 바쁘다는 핑계로 너태샤를 대놓고 무시했다. 그날 아침에는 자신을 냉대했던 코너에게 뒤늦게 화가 치밀어 이런 문자를 보냈다.

당신 전처가 당신을 공격했다는 이유만으로 날 같은 부류로 생각하면 곤란하지.

분별하는 마음이 고개를 들기 전에 이런 문자도 남겼다.

내가 이런 취급을 받을 이유는 없어, 코너.

너태샤는 버튼을 탁 눌러 화면을 끈 다음 조용한 주방에 앉아 내심 답장을 기다렸다. 하지만 아무 반응이 없었고, 그래서 더 화가 났다.

너태샤는 정원으로 걸어 나갔다. 바람에 머리카락이 나부끼는 것을 보면서 겨울이 다가오고 있다는 걸 알 수 있었다. 잔디를 깎은 지 2주가 지났지만 한기가 들어서인지 풀들은 더디 자랐다. 여전히 고르고 푸릇푸릇해 보였다. 너태샤는 낙엽을 긁어모으고 키 작은 나무들의 가지를 치고 한때 관목이 있던 자리에 구근식물을 길게 심었다. 화단 위에는 초롱꽃들이 줄지어 피어 있었는데, 늦가을의 침침한 대기를 오렌지 빛깔로 물들여주었다. 막대기 같은 가지에도 장미들이 마지막까지 투지를 발휘하며 붙어 있었다. 한때 이곳은 아무도 돌보지 않아 버려진 황

무지였다. 그래도 지금은 어느 정도 정원의 모습을 되찾은 것이다.

너태샤는 심호흡을 한 다음 두 팔로 자신을 끌어안으며 달리 선택의 여지가 없었다고 스스로를 다독였다. 운이 좋으면 맥이 이곳을 다시 찾는 일은 없을 것이다. 주말마다 말과 함께 시간을 보낼 사라만 데려오면 될 것이다. 맥이 이곳을 다녀갔다는 사실을 코너가 알 필요도 없었다. 어쩌면 코너와 사라가 마주칠 수는 있겠지만, 그래도 그는 아이를 키우는 아빠인 데다 아이들과 이야기하는 법을 누구보다 잘 알았다.

너태샤는 검게 젖은 신발을 내려다보며 정원 가장자리를 따라 천천히 걸었다. 사라 때문에 삶의 균형이 깨지지 않기를 간절히 바라면서. 사라와 나눈 대화는 다소 비뚤어진 부분도 있었다. 서로 격앙되어 엇나가기도 했다. 반면 맥은 오빠처럼 편안하고 가벼운 말투로 사라를 대했다. 둘이서 식탁에 앉아 저들만 아는 농담을 주고받거나 할아버지 얘기를 할 때에는 자기도 모르게 소외감을 느꼈다.

너태샤는 사라가 자신을 좋아하지 않는다고 생각했다. 너태샤가 아무리 가벼운 질문을 해도 이상하게 사람들은 심문받는 것처럼 느꼈고, 그래서 의심이 많은 사람으로 오해받는 경우도 많았다. 좀 전에 맥이 전화해서 사라가 차를 타고 오는 내내 아무 말이 없다는 얘기를 전해주었을 때 너태샤는 내심 기쁘기도 했다. 나만 그런 게 아니네, 당신한테도 짜증을 부리네, 그렇게 외치고 싶었다.

너태샤는 사라를 믿지 못했고, 사라도 그 점을 의식하는 듯했다. 아마도 없어진 동전들은 말을 위해 쓰였을 것이다. 물론 약물이나 술과 관련된 징후가 나오지 않은 건 다행이었다. 하지만 사라는 지나치게 자신을 억누르고 드러내지 않는 경향이 있었다. 그래서 아직도 말하지 않은 게 많을 거라는 생각을 떨칠 수 없었다.

너태샤는 이런 생각을 맥에게 말할 수가 없었다. 켄트의 시골집에 대한 존재를 숨겼을 때에는 더더욱 말할 수 없었다. 무슨 말을 하든지 맥의 입장은 한결같았다. 사라는 너무 많은 일을 겪었기 때문에 보호받아야 한다는 것이었다. 그의 말투에는 너태샤가 사라의 처지를 이해해주지 못한다는 은근한 비난이 담겨 있었다.

대단하시군, 너태샤는 그렇게 비꼬고 싶었다. 결국 자신을 좋아하지도 않는 전남편과 잘 알지도 못하는 십 대 소녀를 집에 들이고 빌어먹을 말까지 책임지는 꼴이라니. 어떻게 더 이해심을 발휘하라는 말인가?

1시 15분 전에 맥이 다시 전화했다.

"여기 마구간으로 좀 와줘야겠어. 당신은 이 여자분을 알지?"

"점심을 차리는 중인데."

너태샤는 신선한 롤과 가스레인지 위에 올려놓은 수프 냄비를 보며 말했다.

"그게 중요한 게 아니야. 말이 지금 막 트럭에서 내동댕이쳐지면서 하마터면 누군가를 죽일 뻔했다고."

맥의 목소리가 다급했다.

"이런, 맙소사! 사라가 여자분한테 소리 지르고 있어. 가봐야겠어."

너태샤는 외투를 집어 들고 밖으로 달려 나갔다. 그녀가 도착했을 때 맥은 카터 부인을 진정시키느라 쩔쩔매고 있었다. 부인은 몹시 못마땅한 표정을 지으며 입술을 씰룩거렸다.

"아이가 너무 흥분해 있었어요."

맥이 사정을 얘기했다.

"말 걱정이 심했거든요. 처음부터 그런 말을 하려던 건 아니었을 거예요."

"여기에 말을 맡기려는 사람은 누구나 내 규칙을 따라야 합니다."

"전 부를 여기에 맡기고 싶지 않아요."

마구간 문 뒤에 있던 사라가 다시 끼어들었다. 이따금씩 사라 옆으로 말의 머리가 나타났다가 어둠 속으로 사라지곤 했다.

마구간 안에서 널빤지를 쪼개는 소리가 들려왔다.

"저 말이 벽을 뚫어버린다면."

카터 부인이 너태샤에게 말했다.

"그에 대해 보상도 해주셔야 합니다."

"그건 부를 놀라게 했기 때문이에요."

"사라, 제발."

맥이 말했다.

"그건 우리가 당연히 보상해드려야죠."

우리? 너태샤가 생각했다.

말 운송용 화물차 옆에는 두 남자가 기다리고 있었다. 그중 한 사람이 물었다.

"운송 요금은 누가 처리해줄 겁니까? 우린 이제 가야 합니다."

너태샤가 외투 호주머니에서 지갑을 찾으며 그들에게 걸어가자 남자가 말했다.

"다루기 힘들었어요."

"제가 말에 대해서는 잘 몰라서요."

너태샤가 말했다.

"꼭 저 말만 두고 한 얘기는 아니었습니다."

남자가 대답했다.

너태샤가 돌아섰을 때 사라가 마구간에서 나오고 있었다. 사라와 카터 부인의 언쟁이 점점 더 심각해지는 듯했다.

"지금까지 40년 동안 말을 맡아왔지만 내 축사에서 저런 행동을 하는 말은 본 적 없다. 게다가 너처럼 무례한 아이는 용납할 수가 없어."

"부에게 기회를 주지도 않았잖아요!"

사라가 소리쳤다.

"자기 우리를 떠난 적이 한 번도 없었단 말이에요. 놀라서 그런 거라고요."

"다치기 전에 화물차에서 끌어내려야 했어."

"그건 저한테 맡겼어야 했어요."

"사라, 그만해."

맥이 손가락을 입에 대고 사라에게 말했다.

"자, 모두 진정해요. 손상된 부분에 대해서는 저희가 꼭 보상할게요."

맥이 다시 강조했다.

"저 부인하고는 아무 관계도 맺고 싶지 않아요."

사라가 맥에게 호소했다.

카터 부인은 너태샤를 돌아보며 말했다.

"말이 순하다고 했잖아요. 아이도 예의 바르다면서요."

사라가 입을 열려고 하자 맥이 먼저 큰 소리로 말했다.

"원래 있던 마구간에서는 아주 온순했어요. 저도 봤거든요. 그땐 정말 차분했어요."

"차분했다고요?"

"말을 다룰 줄 아는 사람들하고는 아주 잘 지냈다고요."

사라가 말하면서 발로 땅을 찼다.

"애야, 분명히 말하지만 난······."

"일주일만요."

너태샤가 끼어들었다.

"제발 일주일만 봐주세요. 그때에도 정말 통제가 안 된다고 여기신다면 제가 다시 돌려보내도록 조치할게요."

그러면서 사라를 힐끗 보았다.

"그렇게 되면 우리도 다시 생각해봐야 하겠죠."

화물차가 천천히 움직이며 진입로를 내려갔다. 너태샤는 주방의 냄비에서 엉겨가고 있을 수프 생각이 났다.

"부탁이에요, 카터 부인. 사라도, 말도 몹시 긴장한 탓일 거예요. 게다가 오늘은 데려갈 수도 없잖아요. 당장은 불가능한 일이에요."

카터 부인은 한숨을 내쉬며 사라를 노려보았다. 사라는 마구간 위로 팔을 뻗어 부를 달래려고 애쓰고 있었다.

"하루 지난다고 달라질 것 같진 않지만."

"그렇게 해요."

너태샤가 말했다. 하지만 부인이 뭐라고 할지는 자신이 없었다.

"그럼 다른 말들하고 같이 둘 수는 없으니 모퉁이 너머 건물로 데려가야 할 겁니다."

부인은 말을 마치자마자 휙 돌아서서 자기 사무실로 쿵쿵거리며 걸어갔다.

"훌륭해. 대충 해결됐네."

맥이 말하면서 활짝 웃었다. 예정된 결과였다는 듯이.

"배고파 죽겠네. 자, 사라. 말은 흥분을 가라앉히라고 내버려두고 점심이나 좀 먹자. 그다음에 다시 보러 오자."

사라는 엄청나게 빠른 속도로 수프를 먹고 오후 내내 마구간에서 보냈다. 맥은 사라를 마구간에 있게 하는 게 좋겠다고 제안했다. 영리한 아이니까 잘할 거라는 게 그의 일관된 주장이었다. 카터 부인도 곧 알게 될 거라고 했다. 두 사람 모두 말을 사랑하므로 각자의 방식에 맡겨보자고, 공통된 견해를 찾는 데 그리 오래 걸리지 않을 거라고도 했다.

너태샤는 자신도 그렇게 확신을 가질 수 있다면 좋겠다고 생각했다.

사라가 가고 난 후 두 사람은 식탁에 그대로 앉아 있었다. 맥은 의자에 등을 완전히 기대고 앉아 한때 런던 집 주방에 걸려 있던 너태샤 부모님의 사진과 그때 함께 가져온 그릇들을 요모조모 뜯어보고 있었다.

"이 집은 코너 소유가 아닌가?"

너태샤가 그릇들을 치우고 있을 때 맥이 물었다.

이건 여자의 공간인데, 그의 눈빛이 말해주었다. 너태샤가 주름 장식이나 꽃무늬가 있는 물건들을 별로 좋아하지 않는다는 걸 감안하더라도 꼼꼼하게 내부를 꾸몄다는 사실을 느낄 수 있었다. 우아한 분위기와 세심한 배치를 볼 때 남자의 작품이라고 보기는 어려웠다. 그때 너태샤가 대답했다.

"내가 산 건 아니야, 그게 당신이 궁금한 거라면. 빌렸을 뿐이야."

"난 아무것도 안 물었는데. 다만……."

그는 의자를 돌려 거실을 거쳐 현관 입구까지 죽 돌아보며 말했다.

"……좀 놀랍긴 하네."

너태샤는 무슨 말을 해야 할지 몰라서 입을 다물었다.

"바로 여기가 당신이 주말마다 오는 데로군."

"대부분의 주말이지."

너태샤는 재빨리 그의 말을 수정하며 겸연쩍어했다. 그러면서 접시를 떨어뜨리지 않으려고 신경 썼다.

"난 당신이 시골을 좋아할 거라고 생각해본 적이 없는데."

"나도 내가 이혼녀가 되리라고는 꿈에도 생각해본 적이 없어. 그런데 봐, 그런 일이 일어났잖아."

"당신과 사라를 연결해주는 놀라운 일들도 일어났지."

"그래, 당신이 문간에 다시 나타났을 때에도 아무 신호가 없었어."

너태샤는 싱크대의 물을 틀었다. 뭔가 할 일이 있다는 게 다행이었다. 맥과 함께 이곳에 있다는 게 너무 이상하고 어색했다. 마치 전혀 모르는 사람과 함께 있는 기분이 들었다. 둘이 함께 살았다는 사실이 가끔은 믿어지지 않았다. 그가 너무 달라져서, 이젠 너무 멀어져서 과거에 무슨 일이 있긴 있었나 싶을 정도였다.

"고마워."

맥은 한마디를 툭 던져놓고 침묵했다.

사실 너태샤는 어떤 빈정거림이라도 받을 준비가 되어 있었다.

"뭐가?"

"우릴 여기 데려와줘서. 당신한텐 쉽지 않은 결정이었을 텐데."

그의 목소리에는 비꼬는 듯한 말투가 전혀 느껴지지 않았다. 갈색 눈빛은 진지해 보이기까지 했다. 너태샤는 그게 왠지 더 두려웠다.

"별거 아니야."

"그렇다면 나도 이제 털어놓는 게 낫겠지? 실은 오래전부터 노팅힐에 아파트 한 채를 마련해두었어."

눈이 휘둥그레진 너태샤가 돌아보기도 전에 그가 웃으며 말했다.

"농담이야, 타슈. 그냥 장난친 거야!"

"웃겨 정말."

너태샤는 퉁명스럽게 말하면서도 웃고 있는 자신을 이해할 수가 없었다.

"결국엔 사라도 마음이 누그러질 거야. 당신도 알잖아."

잠시 뜸을 들이던 그가 말했다. 너태샤는 말이 없었고, 맥은 그런 그녀를 가만히 지켜보았다. 그는 싱크대 쪽으로 와서 설거지 그릇들만 보고 있는 너태샤 옆에 섰다.

"내가 보기엔…… 할아버지와 말을 빼면 사라에게 중요한 건 없는 것 같아. 지금까지 일어난 일들을 돌이켜보면 자기 말까지 잃게 될까봐 전전긍긍하는 게 아닐까 싶어. 그래서 더 과잉 반응을 보이는 거겠지. 이해하기 어려운 애는 아니야."

그러면서 빠진 숟가락을 챙겨 건네주었다.

당신한텐 그렇겠지, 너태샤는 생각했다. 하지만 모든 걸 다 인정하기는 힘들었다.

"사진들을 확대하고 정리해봤어."

맥이 다시 자리에 앉으며 말했다.

"내 차에 있거든. 내가 차를 준비할 테니까 당신은 그것들을 좀 보고 있어."

너태샤도 달리 할 일은 없었다. 다만 맥이 컵과 찻숟가락을 찾아 여기저기 뒤지는 모습을 보면서 움찔하지 않으려고 애썼다. 코너와 같이 있던 공간에서 맥이 차를 준비하는 광경이라니, 자신이 현재 바람이라도 피우고 있는 것 같은 이상야릇한 생각이 들어 쓸쓸했다.

두 사람은 거실에 앉아 있었다. 맥은 코너가 즐겨 앉던 의자에, 너태샤는 맞은편 소파에 자리를 잡았다. 맥은 사진 철을 살피며 말했다.

"사라가 말을 맡겼던 이곳은 빅토리아 시대에나 있을 법한 축사 같았어. 자동차랑 이런 물건들만 없다면. 이 늙은 남자 말에 따르면,"

그가 닳고 닳은 카우보이모자를 쓴 나이 든 남자를 가리키며 말을 이었다.

"이런 작은 축사들이 런던 동부 외곽에 아직 몇 개 남아 있다고 하네. 전에는 더 많았는데, 개발업자들이 불도저로 밀어버렸대."

너태샤는 비좁은 축사와 불이 활활 타오르는 난로, 자유롭게 주변을 돌아다니는 닭들을 바라보았다. 신기한 비밀의 장소를 보는 것 같았고 오래전에 없어진 생활 방식을 다시 보는 느낌이었다. 염소들과 덩치 큰 말들, 말라빠진 아이들도 보였다. 높게 쌓아 올린 짚더미 뒤로 환하게 불을 밝힌 날씬한 기차 한 대가 그들 머리 위를 지나고 있었다. 이 지역 사람들은 아래쪽의 이런 진기한 광경을 별로 의식하지 못하는 듯했다. 바로 이곳이 사라가 자란 곳이고 사라가 살아온 세상이었다. 과연 이런 곳은 현대 사회의 어느 영역에 뿌리를 내릴 수 있을까? 사라와 같은 아이는 이 시대에 어떻게 적응해나갈 수 있을까?

"무슨 생각을 그렇게 해?"

너태샤가 사진에서 눈을 떼고 고개를 들었을 때 맥의 시선은 그녀에게 고정돼 있었다. 정말로 알고 싶다는 눈빛이었다.

"한 번도 본 적이 없는 장면들이야. 정말이야."

너태샤의 눈길이 또 다른 사진에 꽂혔다. 말이 앞다리를 들고 있는 사진이었는데, 말 등에는 눈에 익은 인물이 매달려 있었고, 구름 사이로 새어 나온 한 줄기 햇살이 말의 머리를 비추었다. 뒤편으로 보이는 지저분한 거리와는 참으로 극적이고 기묘한 대비가 아닐 수 없었다. 그 순간 너태샤는 머리를 한 대 얻어맞은 것처럼 느닷없이 어떤 장면이 떠올랐다. 언젠가 이와 같은 장면을 본 적이 있었다. 바로 움직이는 기차 안에서였다.

"그런데 어때? 사진은 마음에 들어?"

맥이 기대에 차서 들뜬 목소리로 물었다.

"왜냐하면 사진전을 해볼까 고려하고 있거든. 일단 워털루 근처의 갤러리 큐레이터한테 보여줄 생각이야. 당신도 기억하지? 3~4년 전에 내가 전시회를 열었던 데야. 그 사람한테 얘기했더니 한번 보여달라고 하더라고."

그는 몸을 앞으로 숙이며 너태샤가 잡고 있던 사진 주위로 큰 손을 갖다 댔다.

"이 사진은 바로 여길 잘라내면 좋을 거 같아. 당신 생각은 어때?"

맥은 설명을 계속했다. 이 장면은 디지털이 아니라 필름으로 찍었고, 그의 오랜 라이카 카메라를 사용했으며, 이런 것들은 밀착 인화지 이미지의 대략 10분의 1 정도 크기라고 했다. 또 이런 특이한 장소에서는 어디를 보고 찍어도 작품이 나온다고 했다. 애초의 30개 중에서 지금은 5개 정도만 남아 있지만 머지않아 이 축사도 사라지고 말 거라는 카우보이 존의 얘기도 전했다. 어쩌면 맥은 시리즈를 만들기 위해 남아 있는 다른 축사들을 확인하러 갈지도 몰랐다. 맥은 흥분해서 얘기했고 어느 때보다 열정적이었다. 지난 몇 년을 돌이켜봐도 그가 자기 일에 대해 이토록 장황하게 설명하는 것을 들어보지 못했다.

마침내 그의 목소리가 잦아들었다.

"내 얘기가 너무 지루했지."

맥은 미안한 듯 겸연쩍은 웃음을 짓고는 사진들을 다시 챙겼다.

"아니야."

너태샤가 무릎에 있던 사진들을 건네며 말했다.

"정말이야. 훌륭한 사진들이네. 내 생각엔…… 내가 본 당신 사진들 중에서 최고인 것 같아."

그가 고개를 번쩍 들어 올렸다.

"진심이야."

너태샤가 말했다.

"정말 아름다워. 사진에 대해선 아무것도 모르긴 하지만."

맥이 활짝 웃으며 대답했다.

"하긴 예전에 당신, 렌즈 덮개를 열지도 않고 필름 한 통을 다 찍은 적이 있었지?"

두 사람은 어색하게 웃었다. 한동안 침묵이 이어지자 너태샤는 무릎에 새겨 넣은 문신을 톡톡 두드렸다.

"어쨌든,"

그가 일어서며 말했다.

"벌써 한 시간 반이 지났으니 〈녹원의 천사〉*가 또 어떤 말썽을 일으키고 있는지 가서 보는 게 좋겠어."

너태샤는 탁자 위에 어질러진 잡지들을 정리했다. 이상하게도 뭔가 잃어버린 것 같은 기분이 들었다. 그녀는 맥을 쳐다볼 수가 없었다.

"그래, 그러는 게 좋겠다."


두 사람은 하우 농장으로 이어지는 길을 나란히 걸었다. 너태샤는 찬 공기가 스미는 것을 막기 위해 파란 모직 코트로 몸을 조이듯 감쌌다. 어쩌면 위화감을 느끼는 자신을 보듬는 행위일 수도 있었다. 나란히 걸

---

\* 말을 사랑하는 11세 소녀의 승마대회 도전을 그린 가족 영화.

는 동안 어쩌다 팔꿈치가 부딪치면 그녀는 얼른 옆으로 비껴서 걸었다.

너태샤는 이혼한 부부들이 과거의 상대를 최고의 친구라고 부르는 경우를 여럿 보았다. 그게 어떻게 가능할까? 사랑이든 증오든 그토록 열렬했던 사이가 어떻게 그리 허물없는 관계로 쉽게 변할 수 있다는 말인가? 너태샤는 맥을 너무도 증오해서 죽이고 싶었던 때를 지금도 잊을 수가 없었다. 맥이 옆에 있어주기를 너무도 간절히 원해서 스스로 목숨을 끊고 싶었던 때를 기억에서 지울 수가 없었다. 그런 지극한 감정이 어떻게 한순간에 평범한 우정으로 바뀔 수 있다는 말인가? 어떻게 그는 상처를 내보이지도 않고 그런 지옥에서 벗어날 수 있었단 말인가? 그녀는 결혼 생활의 끝이 이제 거의 임박했다는 사실을 피부로 느꼈다. 그것이 사소한 행동 하나하나에서 드러났고, 때로는 부자연스러운 반응이나 불쑥 화를 내는 방식으로 나타나기도 했다. 하지만 맥은 달랐다. 1년 내내 잔잔한 물 위를 항해하는 사람 같았다. 너태샤는 스카프 안쪽으로 턱을 밀어 넣고 발걸음을 재촉했다. 혼란스러운 마음이 얼굴에 드러나기 전에 빨리 가야 할 것 같았다.

이곳은 도시에서 꽤 떨어진 곳이었고 맥의 사진에서 본 비좁은 축사와도 달랐다. 그림 같은 붉은 벽돌 건물이 있는 널찍한 마당에 중년 여성들과 십 대 소녀들, 무지개 빛깔 승마 바지를 입은 사람들이 트랜지스터 라디오를 틀어놓고 말을 솔질하거나 마구간을 청소하면서 담소를 나누고 있었다. 대화 중간에는 사라에 대한 얘기도 들리는 듯했다.

"걔는 모래 위를 제대로 달리는 법이 없어. 몸을 뒤쪽 어딘가에 묶어놓은 거 같다니까."

"난 다리를 요리조리 잘 움직여서 에스 자형 곡선을 돌고 있었어. 그러다……."

"제니퍼가 개를 보릿짚 위에 세워두었거든. 그때 개가 기침을 하기 시작한 거야."

말들은 돌 디딤대 옆에 끈기 있게 서 있거나, 호기심에 못 이겨 마구간 문 위로 코를 내밀고 있었다. 그러면서도 서로 무언의 교감을 나누고 있는 듯했다. 이곳은 언어와 관습이 이질적인 느낌을 주는 그들만의 세상이었다. 너태샤는 이곳 사람들의 열정을 도저히 이해하기 힘들 것 같았다. 맥은 사람들을 흥미 있게 지켜보면서도 카메라를 들지 않은 두 손을 가만히 두지 못했다.

사라의 말은 부인이 지정한 마구간에 있지 않았다. 마구간 문은 활짝 열려 있었다. 카터 부인이 사무실에서 나와 얘기를 건넸다.

"30분 정도 훈련장을 쓰라고 했어요. 잘한 판단 같지는 않지만요. 저는 말을 쉬게 해야 한다고 생각했지만 아이는 말이 움직이고 달려야 더 빨리 안정을 찾을 거라고 주장하더군요."

부인의 심정은 턱을 다무는 모양새만 봐도 확실히 알 수 있었다.

"도대체 이해가 되시나요?"

"아이의 할아버지가 말에 대해 많이 아시는 분 같았어요. 그래서 아이한테 이것저것 가르치신 듯해요."

"예의범절에 대해선 제대로 가르치지 못하셨네요."

부인이 콧방귀를 뀌며 말했다.

"저는 이제 올라가서 저 애가 훈련장을 얼마나 망쳐놓고 있는지 살펴봐야겠어요."

너태샤는 맥과 눈이 마주쳤다. 하마터면 웃음이 터지려는 걸 간신히 참았다.

두 사람은 관절염에 걸린 듯 약간 절뚝거리는 부인을 쫓아갔다. 그러면서 부인 뒤를 졸졸 따르는 잭 러셀*을 건드리지 않으려고 애썼다. 사라는 모래가 깔린 훈련장 한가운데에 서 있었다. 사라의 말은 고삐 두 개가 길게 묶인 채 사라 주변을 빠르게 돌다가 어떤 보이지 않는 지시에 따라 방향을 바꿔 다시 뒤로 달리고 있었다. 그러다가 속도를 줄이기 시작해 이제는 거의 제자리에서 달리는 것처럼 보였다. 사라는 말의 엉덩이 근처에서 말을 거의 밀다시피 하며 서 있었다. 사실 말 뒤쪽은 위험하기 때문에 웬만하면 서 있으려고 하지 않는 데였다.

너태샤는 두 손을 호주머니에 깊숙이 찌르고 조용히 사라를 지켜보았다. 말이 너무 느린 속도로 나아가고 있어서 무릎을 들어 올린 채 붕붕 떠 있는 것처럼 보였다. 사라가 얼마나 집중하고 있는지는 말의 몸짓과 움직임에 그대로 드러났다. 말의 옆구리가 미세하게 떨렸고 말의 머리는 발굽을 올렸다 내릴 때마다 일정한 박자로 떨어졌다 되튀었다. 잠시 후 사라가 뭐라고 중얼거리자 말은 제자리 뛰기를 멈추고 다시 사라 주변을 작은 원을 그리며 돌기 시작했다.

"말이 발레를 추는 것 같군."

옆에서 맥이 말했다. 그는 카메라를 얼굴에서 떼지 않고 필름 한 통을 다 찍어대고 있었다.

"전에도 한번 사라가 제자리에서 이런 동작을 하는 걸 봤어. 이름이 뭔지는 기억 안 나지만."

"피아페예요."

카터 부인이 설명했다. 부인은 조용히 문 옆에 서서 사라와 말을 뚫어져라 관찰하고 있었다.

---

* 다리가 짧고 몸집이 작은 개.

"잘하는 거 아닌가요?"

맥이 카메라를 내리며 물었다.

"재주가 있는 말이네요."

카터 부인이 인정한다는 듯 말했다.

"사라는 저 말을 타고…… 여러 가지 마장마술 동작을 하고 싶어하죠. 저런 발레 동작 같은 거요. 그리고 또 뭐라더라, 땅 위에서……."

"땅 위를 도약하는 동작이요?"

"네, 맞아요. 그랬던 것 같아요."

부인이 고개를 저으며 말했다.

"아무래도 뭘 잘못 이해하신 것 같네요. 저 또래 여자애가 그런 동작을 할 수는 없어요. 사실 그런 건 유럽 승마학교의 전유물이라고 할 수 있죠."

맥은 잠시 생각하고 나서 다시 말했다.

"분명히 마장마술이라고 했어요."

"글쎄요, 그런 기마술을 익히려면 기초적인 시험에 통과한 뒤 예비 과정과 초보 과정을 거쳐야 해요. 그렇게 기본 실력을 다진 후에야 중등 과정에 오를 수 있는데, 저 아이가 승마 교육 과정을 밟았다는 얘긴 못 들었는데요."

카터 부인이 너무 확신에 차서 말하는 바람에 너태샤는 갑자기 사라에 대한 연민이 치솟았다. 너태샤는 눈앞의 광경을 어떻게 이해해야 할지 몰랐지만 말의 동작 하나하나에 온 신경을 집중하는 사라를 보면서 놀라지 않을 수 없었다. 지금 이 순간만큼은 분개한 십 대의 모습을 전혀 찾아볼 수 없었다. 오로지 침착하게 말을 다루는 능력과 자기 일에 대한 애정, 옆에 있는 말과의 조용하고 적극적인 교감만이 돋보였다.

바로 이런 것이 위대한 열정이 아닐까 싶은 생각도 들었다.

"사라가 말을 다루는 모습은 처음이지?"

맥은 사라의 변호인이라도 되는 것처럼 말했다.

"정말 환상적이야."

"괜찮은 말과 함께 있으면 누구든 그럴싸해 보이는 법이지."

"하지만 말이 이렇게 앞다리를 들어 올릴 때에도 사라는 떨어지지 않고 앉아 있었다고."

그러면서 맥은 말이 뒷다리로 서는 동작을 흉내 냈다.

카터 부인이 눈을 크게 뜨며 단호하게 말했다.

"아무 말이나 뒷다리로 서게 해서는 안 됩니다. 잘못했다가는 말이 뒤로 넘어져 크게 다치거나 심지어 죽을 수도 있어요. 기수도 마찬가지고요."

맥은 무슨 말을 꺼내려는 듯했다. 그러다가 길게 한숨만 내쉬고는 입을 다물어버렸다.

드디어 훈련이 끝나고 사라가 말을 데리고 문 쪽으로 걸어왔다. 말은 머리를 낮추고 걸었는데, 어느 정도 안정을 찾은 것처럼 보였다. 사람들 쪽으로 걸어오는 사라의 등을 코로 쿡쿡 찌르기도 했다.

"부가 여길 마음에 들어해요."

사라가 잠시 지난 일을 잊어버린 듯 밝게 웃으며 말했다.

"행동하는 게 전부 달라졌어요. 바닥이 아주 탄력 있다고 생각하는 것 같아요. 이런 데는 처음이거든요."

"처음이라고? 그럼 집에 있을 때는 어디서 연습을 시키는데?"

카터 부인은 사라와 말이 밖으로 나올 수 있게 문을 활짝 열어주며 말했다. 약간 겁이 난 너태샤도 뒤로 몇 걸음 물러났다.

"주로 공원에서 했어요. 할 만한 데가 정말 없었거든요."

"공원?"

"놀이터 옆에 제가 찜해놓은 데가 있어요."

"공원에서는 연습하면 안 돼. 여름엔 땅이 너무 단단하고 겨울엔 땅이 너무 질척해서 힘줄이 다칠 수 있어. 잘못했다가는 다리가 완전히 망가질 수 있다고."

카터 부인의 목소리에는 질책이 담겨 있었다. 너태샤는 사라가 발끈하는 것을 알아챘다.

"제가 바보인 줄 아세요?"

사라가 쏘아붙였다.

"땅 상태가 좋을 때에만 연습시킨다고요."

잠시 의기양양했던 기쁨의 미소는 온데간데없이 사라졌다. 아이들이 다 그렇지, 너태샤는 생각했다. 적절하지 않은 순간에 나온 매정한 말 한마디면 모든 게 수포로 돌아갈 수 있었다. 너태샤는 사라가 부인에게 다시 미소 짓는 일은 없을 거라고 예상했다.

"아무튼 이제 말을 마구간에 들여놓도록 해. 다른 말들 뒤에 있는 데로. 우리가 상의해서 결정한 거야."

사라가 발길을 멈추고 말했다.

"하지만 거긴 부 혼자 있어야 하잖아요. 부는 다른 말들과 같이 지내는 걸 좋아한다고요."

"소리는 다 들을 수 있어."

카터 부인이 단호한 음성으로 말했다.

"말이 너무 커서 아무 데나 맞지 않아. 게다가 저 말이 발길질해서 망가진 데를 수리해야 한다고."

"카터 부인이 말씀하신 대로 하자."

맥이 달래듯 말했다.

"자, 어서, 지금 말이 행복해 보일 때 얼른 움직이자."

사라는 맥에게 화가 나는지 불만이 가득한 표정을 지었다. 너태샤는 그게 왜 그렇게 불만스러운 일인지 이해할 수 없다가 사라의 얼굴을 다시 보고 나서 깨달았다. 그것은 신뢰의 문제였다. 하지만 사라는 어쩔 수 없이 새로운 마구간으로 말을 데리고 갈 수밖에 없었다.

"좋아요. 그럼 몇 가지 서류를 작성해주셔야 하니 함께 갑시다."

카터 부인이 사무실을 향해 앞장서 걸으며 말했다.

"먼저 보증금을 지불하셔야 하고요. 괜찮으시다면 수리비도 부탁드릴게요."

그러고는 더 빨리 걸음을 재촉했고 그 뒤를 개가 깡충거리며 따라갔다. 부인은 맥의 팔에 손을 올리고(여자들은 틈만 나면 그런 행동을 했다) 말했다.

"보셨다시피 저 말은 꽤 괜찮은 녀석이네요. 매컬리 씨, 저 말을 위한 최선의 길은 새로운 보금자리를 찾아주는 겁니다. 가능성을 실현해줄 수 있는 곳으로 말이죠."

잠시 정적이 흐르고 나서 맥이 대답했다.

"제 생각엔 저 말을 소유한 사람이 결정할 일인 것 같군요."


세 사람은 다시 시골집으로 돌아왔고, 사라는 곧바로 자기 방으로 들어갔다. 너태샤는 깨끗한 수건들을 찾아 진열해놓고 찬장을 깔끔하게 정리하면서 시간을 보냈다. 아래층으로 내려온 다음에야 전화를 확인하지 못했다는 생각이 들었다. 휴대전화는 식탁에 놓여 있었다.

코너가 전화를 걸어왔고 부동산 중개인이 남긴 문자가 하나 있었다.

프리먼 부부가 집 계약을 제안했습니다. 가능하면 빨리 전화 주십시오.

맥은 밖에 나가 장작더미에서 나무를 골랐다. 몸을 굽혔다 폈다 하면서 마른 나무 조각들을 한쪽으로 던져놓았다. 너태샤는 주방으로 가서 전화를 걸었다. 중개인은 원하는 가격보다 2,000파운드 내리는 것이 '합리적인' 거래라고 조언했다. 잠재 구매자가 빨리 이사를 하고 싶어 한다는 말을 전하면서 이렇게 덧붙였다.

"주택 시장 상황을 고려할 때 이번 제안을 받아들이는 게 좋을 것 같습니다."

"일단 상의해보고…… 다시 전화드릴게요. 감사합니다."

너태샤는 간단히 인사하고 나서 전화를 끊었다.

"슈워제네거 같은 근육도 없는 당신이 이런 걸 날랐다니 놀라운데."

맥이 장작을 가득 담은 바구니를 안은 채 비틀거리며 현관으로 들어섰다. 크지도 않은 집에 저렇게 많은 장작이라니. 벽난로 옆에 쿵 하고 바구니를 내려놓자 나무 조각과 먼지가 사방으로 튀었다.

"보통 장작을 두세 개 정도만 집어오지 저렇게 바구니를 통째로 채워 오진 않아."

그는 청바지에 손을 문질러 먼지를 털어내며 말했다.

"그럼 한번 불을 피워볼까? 얼마나 빨갛게 타오를 수 있는지 보라고. 벌써 바깥은 기온이 상당히 떨어졌어."

그가 몸을 과장되게 떨자 외투에서도 나무껍질 같은 부스러기가 사방으로 흩어졌다. 이제 정말 추위가 오는지 그의 귓불이 핑크색으로 변해 있었다.

너태샤는 저렇게 여유를 부릴 수 있는 맥이 신기하기만 했다. 분명 다른 남자의 집이라고 느낄 만한 곳에서 아무렇지도 않게 불을 피울 수 있다는 게 놀라웠다. 그는 불쏘시개 위에 장작 몇 개를 쌓아놓고 쭈그려 앉았다. 그런 다음 신문지 아래에 불을 붙이고 장작에 처음 옮겨 붙은 불이 활활 타오를 때까지 열심히 숨을 불어 넣었다.

"집을 계약하겠다는 제안이 왔어."

너태샤가 전화를 내밀어 보이며 말했다.

"우리가 원하는 가격보다 2,000파운드 싸지만 다른 제한 조건은 없대. 중개인은 빨리 계약하는 게 유리하다고 하네."

맥은 너태샤와 잠깐 눈을 마주친 뒤 다시 벽난로로 눈을 돌리고 말했다.

"당신만 괜찮다면 나도 나쁠 건 없어."

그러고는 불 속으로 장작 하나를 더 던져 넣었다.

"사라한테도 말해야 할 거야."

너태샤가 잠시 뜸을 들인 후 덧붙였다.

"만약…… 일이 빨리 진행될 수도 있으니까 사라가 머물 만한 데를 알아봐야 해."

"그건 그때 가서 생각하자고."

그는 벽난로에서 눈을 떼지 않고 말했다.

"그럼 일단 전화해서 계약하겠다고 할게."

너태샤는 다시 주방으로 갔다. 양말을 신은 발에 딱딱하고 차가운 바닥의 냉기가 그대로 전해졌다.

맥이 자기가 요리를 해도 되겠느냐고 물었다. 그는 요리 재료들을 담아 마른 행주로 잘 덮어놓은 상자를 트렁크에서 꺼내왔다. 그러고는 준비가 다 될 때까지 아무도 보면 안 된다고 엄포를 놓았다. 전남편의 요리 실력을 잘 알고 있었기 때문에 너태샤는 그의 평소답지 않은 행동에도 별 기대를 하지 않았다. 그는 왜 두 사람이 헤어지기 직전인 이 마당에 자꾸만 좋은 모습을 드러내는 것일까? 전보다 더 나아 보였을 뿐만 아니라 더 성숙한 태도로 더 좋은 행동을 실천하고 있었다. 게다가 원래부터 지녀온 매력도 잃지 않았다. 반면에 너태샤의 삶은 그대로 정지해버린 듯했다. 그날그날을 간신히 이어가고 있을 뿐 한 발자국도 더 나아가지 못했다. 드디어 음식이 식탁에 놓였을 때 너태샤는 이상하게 안심이 되면서 마음이 든든했다.

"이건…… 어…… 멕시코 요리 타코야."

그의 말투에서 용서를 구하는 마음이 희미하게 느껴졌다. 파란 접시에는 자갈이 섞인 흙더미 같은 기묘한 음식이 담겨 있었다. 정체를 알 수 없는 내용물이 얇은 기름막 같은 데 싸여 있고 뭔지 모를 빨간 재료가 드문드문 눈에 띄었다. 식탁 위에서 너태샤와 사라의 눈이 마주친 순간 두 사람은 갑자기 터져 나오는 웃음을 참을 수가 없었다.

"미안해……. 시간 맞추는 건 역시 너무 어려워. 소고기를 너무 익힌 모양이야."

"근데 이건 뭐예요?"

사라가 질벅한 더미를 쿡 찌르며 물었다. 꼭 부의 배설물 같다고 너태샤는 애써 웃음을 참으며 생각했다.

"삶아서 튀긴 콩이야."

맥이 말했다.

"넌 콩을 삶아서 튀겨본 적 있어?"

사라는 약간 의심스럽다는 표정을 지으며 고개를 저었다. 농담일지도 모른다는 생각을 하는 모양이었다.

"그래도 보기보다 나쁘지는 않아."

맥은 두 사람을 바라보면서 한참을 기다렸다.

"좋아, 알았어. 어디 가서 먹을 거 좀 사오자."

"이 근처에 테이크아웃 음식점은 없어, 맥. 봐, 여긴 시골이라고."

너태샤가 접시에 담긴 음식을 포크로 부수며 말했다.

"사워크림이랑 치즈를 듬뿍 발라 먹으면 맛이 좀 나을 거야. 멕시코 음식이 다 그렇지, 뭐."

저녁 식사를 마친 후, 사라는 목욕을 하고 나와서 괜찮다면 먼저 자러 가도 되냐고 물었다. 겨드랑이에는 낡은 문고판 책을 끼고 있었다.

"아직 9시 반밖에 안 됐어!"

맥이 소리를 지르며 너태샤와 함께 작은 거실로 나갔다. 이어서 장작이 담긴 바구니에 한 발을 걸쳐놓고 말했다.

"무슨 십 대 아이가 이렇게 재미가 없어?"

"피곤할 거야. 정말 대단한 하루였지. 이해해."

너태샤가 말했다.

"무슨 책이야?"

사라가 옆구리에서 책을 빼 들었다. 표지를 빨간색 종이로 싸고 군데군데 끈적끈적한 테이프가 붙어 있는 책이었다. 기대에 찬 눈빛으로 대답을 기다리는 두 사람에게 사라가 말했다.

"할아버지 거예요. 크세노폰의 책이에요."

"고전 서적도 읽니?"

너태샤가 놀라움을 감추지 못하며 물었다.

"기마술에 대한 책이에요. 할아버지가 자주 읽던 거예요. 저한테도 도움이 될까 해서……."

"옛 그리스인들이 승마에 대해 뭘 가르쳐주는데?"

맥은 사라한테 건네받은 책을 이리저리 넘기며 살펴보았다.

"그렇게 많은 건 아니고요."

사라가 대답했다.

"빈의 하얀 말들을 아세요?"

너태샤는 하얀 종마들에 대해 들어본 적이 있었다. 런던탑의 경비병들처럼 관광객들을 끌어모으는 세계의 명물이라고 알고 있었다.

"그 기수들은 지금도 1735년에 쓰인 이 책의 내용을 참고한대요. 땅 위를 도약하는 동작들, 가령 카프리올이나 크루파드, 쿠르베트* 등은 옛 기수들이 태양왕 루이 14세 앞에서 그 기술을 선보인 후에도 변함없이 전해져오나봐요."

"법의 많은 원칙들도 그 시대까지 거슬러 올라가지. 아무튼 네가 그런 고서에 관심이 있다니 감동인데. 『일리아드』는 읽어봤니? 2층에 한 권이 있어. 어쩌면 너도……."

하지만 너태샤의 말이 끝나기도 전에 사라는 고개를 저었다.

"전 단지 부를 가르치기 위해 보는 것뿐이에요. 할아버지가 여기 안 계시는 동안."

"그 얘기 좀 해봐, 사라. 도대체 그건 뭐니?"

---

* 앞다리를 들어 올린 상태에서 뒷다리로 뛰어오르는 도약.

맥이 다시 타코에 손을 뻗으며 물었다.

"뭐가요?"

"미세 조정이라고 해야 하나. 네가 발을 조금씩 옮길 때마다 말이 다리를 이쪽저쪽으로 움직이고 머리는 정확히 이곳에 두던데. 내 말은, 도약을 하거나 달리는 게 어떤 의미인지는 알 것 같아. 그런데 공원에서 보니까 별것도 아닌 동작을 반복해서 하던데, 도대체 그런 행동은 뭐 때문에 하는 거니?"

질문이 별나다고 생각했는지 사라가 조금 놀란 표정으로 되물었다.

"그게 무슨 소용이냐고요?"

"그런 미세한 동작을 집요하게 수행하는 이유가 뭔지 잘 이해가 안 돼서 말이야."

사라의 머리카락은 감은 지 얼마 안 돼 아직 축축하게 뭉쳐 있었다. 사라는 한참 동안 맥을 바라보고 나서 물었다.

"아저씨는 왜 계속 사진을 찍어요?"

맥은 그런 질의응답이 마음에 드는지 흐뭇하게 웃었다.

"더 좋은 사진을 찍기 위해서지."

사라는 어깨를 으쓱하며 말했다.

"저도 늘 더 나은 동작을 하기 위해 애쓰는 거예요. 말과 나의 완벽한 소통이나 교감을 이루기 위한 것이고요. 고삐를 잡는 손가락의 미세한 움직임이나 압력의 정도에 따라 결과가 달라지기도 하니까요. 말의 기분이나 제 몸의 상태, 땅바닥의 조건에 따라서도 다르고요. 기술적인 문제가 전부가 아니거든요. 말과 나, 두 마음과 두 심장이…… 균형을 찾는 과정이기도 해요."

맥이 너태샤를 향해 눈썹을 치켜올리며 말했다.

"우리도 그런 걸 좀 배워야겠어."

사라는 먼 곳을 응시하듯 눈을 가늘게 뜨고 손으로는 가상의 고삐를 움켜잡는 시늉을 하며 말을 이었다.

"말을 온당하게 이끌 수만 있다면 말은 놀라울 정도로 아름다운 동작을 수행할 수 있어요. 닫혀 있는 문을 열어서 무한한 능력을 드러내도록 하는 거예요. 누가 시켜서가 아니라 스스로가 원해서 하게 해야 하죠. 바로 그때 그 말은 최고가 되는 거예요."

잠시 정적이 흘렀다. 사라는 자기를 너무 많이 내보였다고 생각했는지 조금 어색해했다.

"어쨌든 부가 편안해진 것 같아서 다행이에요."

"너도 곧 말을 다시 데리고 갈 수 있을 거야."

맥이 쾌활하게 말했다.

"한동안 부에게 휴가를 주는 거라고 생각해. 지금을 추억하게 될 날이 곧 올 거야."

"주중에 제가 여기 없으면 부는 별로 행복하지 못할 거예요."

사라는 맥의 조언을 듣지 못한 사람처럼 말했다.

너태샤는 점점 더 조바심이 일었지만 속마음을 들키지 않으려고 애쓰며 말했다.

"하지만 어차피 여기까지 왔잖아. 부가 런던에 그대로 있다 해도 자주 보긴 힘들 거야. 여기에 있으면 적어도 누군가 돌봐주고 있다는 안심은 들잖아. 자, 어서, 사라……."

너태샤도 겉으로 드러내진 않았지만 몹시 피곤했다.

사라는 거실을 떠나려다 말고 돌아서서 말했다.

"근데 집을 파실 거예요? 욕실에 있는 동안 우연히 두 분이 말씀하는 걸 들었어요."

비밀을 말하기에는 집이 너무 작았다. 너태샤가 맥을 바라보았고, 맥은 긴 한숨을 토해낸 후 말했다.

"맞아. 집을 팔 거야."

"어디로 이사하시는데요?"

그는 성냥갑을 천장으로 던져 올린 뒤 다시 잡으며 대답했다.

"글쎄, 이즐링턴 어딘가로 가게 되지 않을까 싶어. 너태샤는 어디로 갈지 잘 모르겠고. 하지만 넌 걱정 안 해도 돼. 한동안은 아무 일도 없을 테니까. 할아버지와 함께 다시 집으로 갈 수 있을 때까지는."

사라는 괜히 꾸물거리며 서 있다가 말했다.

"두 분은 이제 더 이상 같이 살지 않는 건가요?"

질문이라기보다는 의견에 가까웠다.

"맞아."

맥이 명쾌하게 대답했다.

"어쨌든 지금은 어떤 아이 때문에 함께 지내는 것뿐이야. 바로 너."

맥이 사라에게 책을 휙 던졌고 사라가 그것을 받았다.

"우리 걱정은 할 필요 없고."

그는 사라가 불안을 느낀다는 걸 알아챘다.

"우린 좋은 친구야. 모든 게 잘 해결될 때까지 같이 지내는 것쯤이야 문제없어, 그렇지 타슈?"

"그래."

너태샤의 입에서 목쉰 소리가 새어 나왔다. 사라는 너태샤를 가만히 지켜보았다. 상대를 꿰뚫어보고 상대의 불편한 마음을 감지하고 있다고 너태샤는 생각했다.

"내일 아침은 제가 알아서 챙겨 먹을게요."

사라는 겨드랑이에 책을 끼며 말했다.

"최대한 아침 일찍 농장에 가보려고요."

그런 다음 방으로 갔고, 잠시 후 침대로 올라가는 삐걱거리는 소리가 들려왔다.

너태샤와 맥이 런던 집에서 처음으로 밤을 보내던 날이 떠올랐다. 두 사람은 지저분한 바닥에 매트리스만 깔아놓고 잠을 청했다. 너태샤가 살던 아파트에서 짐을 실어 오는 과정에서 침대 구조물을 조립하는 볼트들이 사라져버렸다. 하루 종일 짐을 푸느라 녹초가 다 된 두 사람은 거실 난방기 앞에 매트리스만 깔고 누워 이불로 몸을 감쌌다. 너태샤는 그날 밤을 지금도 생생히 기억했다. 커튼도 달지 않은 유리창 아래에서 맥의 팔을 베고 누웠고, 어두컴컴한 길이 내다보이는 가운데 멀리서 비행기 한 대가 밤하늘을 날아가는 게 보였다. 주위에는 정리하지 못한 상자들이 여기저기 놓여 있었고, 벽지는 바꿀 새가 없어서 누군가가 쓰던 그대로였다. 두 사람의 소유가 되었지만 아직은 내 것 같지 않은 집에서 잠을 청하는 기분은 몹시 어색하고 심란했다. 제대로 준비도 못 한 채 야외에서 캠핑을 하는 비현실적인 느낌이 들었다. 그러는 동안 너태샤의 가슴은 빠르게 뛰었다. 앞으로 그들이 어느 방향으로 나아가게 될지, 이 집은 어떤 공간이 될지 예측할 수 없었지만 불완전한 현재를 즐기고 싶다는 의지 또한 강했다. 행복과 불안이 뒤엉키던 순간이었다.

널찍한 집에서 자신의 몸에 팔을 두른 남편과 나란히 누워 있는 동안 너태샤는 무엇이든 할 수 있을 것 같은 자신감으로 충만했다. 끝없이 펼쳐진 저 하늘에 떠 있는 별처럼 자신은 이제 시작점에 서 있을 뿐이라는 생각이 들었다. 가만히 고개를 돌려 정신은 없지만 매력적인 남자를 바라보며 손으로 잠든 얼굴을 조심스럽게 쓰다듬은 뒤 가볍게 키스했다. 그러자 맥이 몸을 뒤척이고 알아듣기 힘든 소리를 중얼거리며 너태샤를 더욱 가까이 끌어안았다.

너태샤는 커다란 잔에 와인을 따랐다. 텔레비전을 응시하고 있었지만 무엇을 보고 있지는 않았다. 어딘가에 무방비로 노출된 기분이 들었고, 어느새 고인 눈물로 눈이 따가웠다. 뜬금없이 화가 치밀었다. 그녀는 정신없이 눈을 깜박거리고 나서 잔을 들어 와인을 길게 들이켰다.

"이봐."

맥이 조용히 불렀지만, 너태샤는 고개를 돌릴 수 없었다. 느닷없이 우는 모습을 보일 수는 없었다. 그녀의 코는 신호등 불빛처럼 발그스름할 것이다. 맥이 일어나서 다가오는 소리가 들렸다. 그러더니 자리에 앉아 텔레비전을 껐다. 그녀는 속으로 악담을 퍼부었다.

"당신 괜찮아?"

"괜찮아."

너태샤는 애써 씩씩한 목소리로 대답했다.

"텔레비전을 보고 있는 것도 아니잖아."

"조금은 봤어."

너태샤는 다시 잔을 들었다.

"사라 때문에 화가 난 거야?"

"아니야."

너태샤는 자리에서 벌떡 일어서며 말했다.

"말을 옮기고 처리하는 문제가 생각보다 훨씬 어렵다는 걸 알았어.

십 대 아이를 다루는 일은 그보다 더 어렵지만."

맥이 고개를 끄덕였다.

"그래, 간단한 일이 아니지?"

맥이 너태샤를 향해 환하게 웃었다.

잘해주지 마, 너태샤는 마음속으로 중얼거렸다. 이런 거 하지 마, 너태샤는 입술을 깨물었다.

"집을 팔아서 아쉬운 거야?"

너태샤는 아무렇지도 않은 듯 태연한 표정을 지으려고 애썼다.

"어, 뭐…… 그렇게 애착을 느꼈던 집은 아니었어."

"나도 뭐 훌륭하다고 느끼진 않았지만, 그래도 난 그 집이 좋더라."

두 사람은 벽난로 안에서 타오르는 장작을 바라보며 잠시 말없이 앉아 있었다. 시골집 주변은 소리와 빛을 모두 삼켜버린 것처럼 적막하고 어두웠다.

너태샤가 다시 말을 꺼냈다.

"새롭게 설계하고 장식하고 또 만들어나갔던 많은 시간과 수고……. 그 모든 것이 사라진다고 생각하니까 마음이 좋지는 않아. 처음 그 집에 들어갔을 때, 결혼 생활이 끝났다고 여겼을 때 느꼈던 감정들이 떠올라서."

맥은 고개를 끄덕이며 말했다.

"당신이 뒷벽을 없앨 때 찍은 사진들을 아직도 가지고 있어. 커다란 망치를 들고 온몸에 먼지를 뒤집어쓴 채……."

"좀 이상해 보이긴 했어. 꼭 거기 누가 서 있는 것처럼 느껴졌거든. 나무 난간을 새롭게 고친 것도, 욕실에 둥그런 창문을 만들어놓은 이유도 사람들은 모르겠지."

맥은 갑자기 말문이 막힌 사람 같았다.

"그 모든 일이 부질없어지고 우리는 자리를 뜨는 거지."

와인을 마신 탓인지 말이 너무 많아졌지만 자신을 말릴 수가 없었다.

"우리의 일부를 남기고 떠나는 기분이 들어."

두 사람의 눈길이 마주치자 너태샤는 가만히 고개를 돌렸다. 갑자기 장작 하나가 툭 떨어지면서 불똥이 사방으로 튀었다.

너태샤는 거의 혼잣말을 하듯 중얼거렸다.

"그 많은 것들을 다른 사람에게 내주기가 싫을 것 같아."

불꽃이 치직 타오르는 소리와 함께 2층에서 사라가 서랍을 열었다 닫는 소리가 들렸다.

"미안해, 타슈."

그가 잠시 주저하더니 팔을 내밀어 너태샤의 손을 잡았다. 너태샤는 그들의 뒤얽힌 손가락을 물끄러미 바라보았다. 그의 피부가 닿는 묘하지만 익숙한 느낌이 그녀의 가슴에 작은 파문을 일으켰다.

너태샤는 서둘러 손을 뺐다. 두 볼에는 붉은 기운이 감돌았다.

"이래서 내가 술을 잘 안 마신다니까."

그녀는 어색하게 말하며 일어섰다.

"정말 긴 하루였어. 오래 살았던 집을 판다고 생각하니까 괜히 우울해진 모양이야. 하지만 집은 집이지, 뭐."

무슨 생각을 하는지 알 수 없는 표정으로 맥이 대꾸했다.

"물론, 그래봤자 집이지."

# I2

신은 인간에게 언어와 논리로 사람을 가르치는 재능을 주었다.
하지만 말에게는 언어와 논리가 그대로 통하지 않는다는 점을 명심하라.

-크세노폰, 『기마술』

너태샤는 몹시 피곤했지만 밤새 잠을 설쳤다. 지나치게 고요한 시골의 밤이 오히려 숨이 막힐 듯 답답했고, 좁은 집 안에 맥과 사라가 가까이 있다는 사실이 부담스럽기 짝이 없었다. 아래층에서 맥이 자세를 바꿀 때마다 소파가 삐걱거렸고, 새벽에 사라가 맨발로 살금살금 걸어 화장실을 다녀오는 소리도 들렸다. 귀를 더 기울이면 두 사람의 숨소리까지 들을 수 있을 것 같았다. 그러다가 자신이 움직이는 모든 소리를 맥이 들을 수 있겠다는 생각이 들자 잠시 몸서리가 났다. 깜박 잠이 들었다가도 맥과 언쟁을 하거나 낯선 사람이 집으로 들어오는 꿈을 꾸다가 잠이 깨었다. 결국 창문으로 푸른 새벽빛이 새어들고 먼 나무 위로 주홍빛 태양이 희미하게 걸릴 무렵, 너태샤는 억지로 잠을 청하는 일을 포기하기로 마음먹었다. 그러고 나니 오히려 평화가 찾아왔고 주변이 고요해도 더 이상 신경 쓰이지 않았다. 그대로 잠시 누워 차츰 환해지는 천장을 올려다보다가, 자리에서 일어나 실내복을 걸치고 침대에서 내려왔다.

너태샤는 더 이상 맥에게 집착하지 않기로 했다. 집과 관련해 속상한 마음을 드러낸 것이 후회되었다. 바보같이 손을 잡은 일을 곱씹어봤자 소용없는 짓이다. 술이 좀 취해서 경계를 소홀히 하고 말았다. 코너가 그런 자신을 봤다면 무슨 말을 했을지 생각조차 하기 싫었다.

시간을 확인해보니 6시 15분이었다. 너태샤는 난방 장치가 가동되는 둔탁한 소리가 울리는지 귀를 기울였다. 그러고는 투시력을 지닌 사람처럼 닫힌 방문을 뚫어져라 바라보았다. 마치 저 방문 너머 사라가 자고 있는 곳을 꿰뚫어보려는 것 같았다.

내가 너무 이기적이었어, 너태샤는 생각했다. 사라는 눈치가 빠른 아이였다. 자기도 모르게 드러낸 불편한 심기를 감지했을 것이다. 그토록 많은 걸 잃고 다른 사람에게 의존할 수밖에 없는 상황에 처한다면 그 마음이 어떨까? 너태샤는 돈과 배경, 나이 등에서 사라가 절대 누릴 수 없을 우위를 독차지했다고 할 수 있다. 남아 있는 시간만이라도 앞으로는 좀 더 상냥하게 대해주고 타고난 신중함이나 의심병을 자제해야겠다고 결심했다. 비록 얼마 안 되는 기간이지만 함께 있는 동안만큼은 도움이 돼야 했다. 작지만 가치 있는 행동을 하고 싶었다. 게다가 사라에게 집중하면 할수록 맥의 존재를 덜 의식할 수 있을 것이다. 어젯밤과 같은 상황을 또다시 연출하는 일은 없어야 했다.

지금부터는 커피를 내려서 한 시간 정도 마음의 평화를 즐기는 게 좋겠다고 생각했다.

너태샤는 최대한 소리 나지 않게 방문을 열고 밖으로 나갔다. 사라가 자는 방의 문이 약간 열려 있었다. 너태샤는 잠시 문틈을 들여다본 다음 곧바로 문을 밀었다. 이건 엄마들이 잘하는 행동인데, 그녀는 혼자 중얼거렸다. 세상의 모든 엄마는 살그머니 침실 문을 열고 자고 있는 아이를 지켜보는 걸 즐긴다. 너태샤는 그런 마음을 조금은 알 수 있을 것 같았다. 아주 조금은. 어쨌거나 자연스럽게 느끼는 게 느끼려고 애쓰는 것보다는 쉬운 일일 테니까.

그때 전화벨이 날카로운 소리를 내며 울렸다. 너태샤는 깜짝 놀라 손잡이에서 손을 뗐다. 이렇게 이른 아침에 울리는 전화는 나쁜 소식을 전할 가능성이 높았다. 제발 부모님만은 아니기를, 보이지 않는 신에게 빌었다. 여동생들 일도 아니기를.

다행히 전화 저편에서 들리는 목소리는 가족이 아니었다.

"매컬리 부인?"

"네?"

맥이 잠에서 깼다. 그는 소파에 누운 채로 둘둘 감긴 이불을 풀고 있었다.

"카터 부인이에요. 여기 마구간인데요. 너무 일찍 전화해서 죄송하지만 문제가 생겼어요. 댁의 말이 달아나버린 것 같아요."


"도대체 어떻게 나갔다는 거야?"

맥이 눈을 비비며 일어나 앉았다. 그는 오래되어 닳고 해진 티셔츠를 입고 있었다.

"카터 부인 말로는 가끔씩 볼트를 갈아 끼워야 한대. 말들이 문에 쾅하고 부딪쳐서 그런가봐. 아무튼 무슨 말을 하는지 제대로 들을 수가 없었어."

너태샤는 걱정이 이만저만이 아니었다. 이 일을 어쩌면 좋아, 사라한테는 뭐라고 말해야 하지? 난리가 날 텐데, 강제로 말을 이곳에 데려와서 사달이 났다고 비난을 퍼부어댈 것이다.

"어떻게 하지?"

"카터 부인 남편이 오토바이를 타고 나가서 인근을 샅샅이 뒤지고 있어. 카터 부인도 사륜 구동차를 몰고 나갈 거래. 우리한테도 차를 타고 나가서 찾아봐달라고 부탁했어. 말이 고속도로로 나갔을까 걱정하고 있어. 밤새도록 밖에 있었을지도 모른다고."

너태샤는 한기가 드는지 두 팔로 몸을 감쌌다.

"맥, 먼저 사라를 깨워서 말해주는 게 좋겠어."

맥은 얼굴을 문질렀다. 표정을 보니 너태샤만큼이나 두려운 모양이었다.

"하지 마."

그가 스웨터를 입으며 말했다.

"일단 말부터 찾아보자. 가까운 들판 어딘가에 있다면 굳이 아이를 공포에 몰아넣을 필요는 없잖아. 어제 많이 피곤했으니까 사라가 깨기 전에 말을 찾을 수도 있어. 제발 그렇게 되면 좋겠는데."

땅에는 무서리가 내려 있었다. 너태샤와 맥은 차를 몰고 길을 나섰다. 타이어가 아스팔트길 위를 드르륵거리며 굴러가는 소리가 새벽 공기 속에 울려 퍼졌다. 두 사람은 창문을 내린 채 천천히 차를 몰면서 커다란 갈색 말을 찾기 위해 눈을 부릅떴다. 바람이 불 때마다 멀리서 잡목림의 그림자가 흔들렸다. 무서리가 눌린 자국이 보였다. 얼마 전에 무슨 움직임이 있었던 게 분명하다. 너태샤는 머릿속으로 주변 도로들의 지도를 그렸고, 한 번도 쓰다듬어보지 않은 동물이 무슨 생각을 하며 길을 나섰을지 짐작해보았다.

"이건 너무 무모한 방법이야."

맥은 아까부터 그런 소리를 했다.

"산울타리 너머는 보이지도 않아. 엔진 소음 때문에 무슨 소리가 나도 들을 수 없어. 아무래도 걸어 다니면서 찾는 게 낫겠어."

두 사람은 마을 위쪽에 차를 세웠다. 교회 옆에 마땅한 자리가 있다는 걸 너태샤가 기억해냈다. 그곳에서는 계곡의 대부분을 내려다볼 수 있었다. 때마침 코너의 호주머니에는 쌍안경도 들어 있었다. 다만 사라의 갈색 말과 들판을 어슬렁거리는 다른 말들을 구분할 수 있을지는 의문이었다.

날이 밝았지만 공기는 아직 간밤의 한기가 물러나지 않아 상당히 추웠다. 너태샤는 외투를 걸쳤지만 속에는 티셔츠 하나만 달랑 입은 터라 0도의 날씨를 견디기엔 부족했다.

맥은 둔덕 위에 섰다. 떠오르는 태양 빛에 부신 눈을 가늘게 뜨고 묘지 너머를 응시했다. 몸을 웅크리고 있던 너태샤가 쌍안경을 건네주자 그가 물었다.

"당신 괜찮아?"

"좀 춥네. 너무 서둘러 나왔잖아."

사라가 일어났으면 어쩌지? 너태샤는 문득 그런 생각이 들었다. 말이 사라진 걸 벌써 알았으면 어쩌지?

"이거라도 해."

맥이 목도리를 벗어 건네주며 말했다.

"하지만 당신도 추울 텐데."

"난 별로 안 추워. 당신도 알잖아."

너태샤는 목도리를 받아 둘렀다. 남아 있던 그의 온기가 그대로 전해졌다. 그의 체취가 코끝에 퍼져 잠깐 아찔한 기분이 들었지만, 계단 쪽으로 얼른 발걸음을 옮기면서 그런 자신을 제어했다. 그의 몸에선 감귤나무 이파리 같은 냄새가 났다. 그만의 독특한 남성성일까? 이건 또 무슨 말도 안 되는 자기 학대인가? 너태샤는 다시 목도리를 홱 벗어든 다음 맥이 안 보는 사이에 주머니에 쑤셔 넣고 옷깃을 세웠다.

"찾을 수가 없어."

맥이 쌍안경을 내리고 말했다.

"정말 가망 없는 방법이야. 분명 어딘가에는 있을 텐데 높은 산울타리에 가려 보이지 않을 가능성이 커. 아니면 런던을 향해 달리고 있을지도 모르지. 우린 그 말이 얼마나 오래 달릴 수 있는지 모르잖아."

"우리 잘못이야. 그렇지 않을까?"

너태샤가 팔짱을 낀 채 말했다.

"우린 도움을 주려고 했을 뿐이야."

"그래, 지금까지는 어떻게든 그래보려 했지."

너태샤는 발로 땅을 툭툭 차면서 유리 파편 같은 서리가 사라지는 모습을 지켜보았다. 맥은 둔덕 위에서 민첩하게 내려와 그녀의 어깨에 손을 올리고 말했다.

"너무 자책하지 마. 우린 그저 최선을 다하려고 했을 뿐이라고."

그의 음성이 주변으로 울려 퍼졌다. 두 사람은 잠시 서로를 바라보고 서 있었다.

"돌아가는 게 좋겠어."

그가 너태샤를 지나 차로 걸어가며 말했다.

"카터 부인이 이미 말을 찾아냈을지도 몰라."

하지만 아무도 정말 기대하지는 않았다고 너태샤는 생각했다. 사라가 관심을 가지는 그곳에 단순하고 행복한 결말이 있을 것 같지 않다는 예감이 들었다.

　두 사람은 얼마 되지 않는 거리를 아무 말 없이 되돌아갔다. 맥이 아무 얘기를 안 하는 것은 너태샤가 그의 목도리를 두르고 있지 않은 걸 알아차렸다는 뜻일까? 집은 여전히 어둠에 휩싸여 있었다. 그들은 조용히 안으로 들어가며 집 안의 온기에 고마움을 느꼈다.
　"주전자를 올려놓을게."
　너태샤는 외투를 벗은 다음 레인지를 켜고 추위에 빨개진 두 손을 갖다 댔다.
　"사라한테는 뭐라고 얘기해야 하지?"
　"사실대로 말해야지. 근데 어쩌면 사라가 볼트를 제대로 끼우지 않고 왔을지도 몰라. 그렇다면 그건 사라 잘못이야."
　"꽤 철저해 보이던데."
　그는 면도하지 않은 턱을 문지르며 말했다.
　"이런, 제길, 엉망진창이군."
　너태샤는 머그컵을 두 개 꺼내 커피를 내리기 시작했다. 맥은 초조한지 부산하게 거실을 서성거렸다. 창문으로 다가가 커튼을 걷자 희부연 빛이 거실로 밀려 들어왔다. 그와 동시에 지난밤의 흔적이 고스란히 드러났다. 얼룩진 와인 잔과 재로 가득한 벽난로.
　커피를 마시고 카터 부인한테 전화를 해본 다음 사라를 깨워야겠다고 너태샤는 생각했다.
　"타슈."
　"응?"

"이리 좀 와봐."

"왜?"

"저기 창밖을 좀 봐."

너태샤는 조용히 걸어가서 맥에게 머그컵을 건넨 다음 정원을 내다보았다. 네모반듯하게 깔끔했던 잔디밭이 진창으로 변해 있었다. 초롱꽃들은 모조리 사라져버렸고, 마지막까지 꽃을 피우던 장미 줄기들은 부러져서 질척한 땅바닥에 밟히고 뭉개져 있었다. 너른 들판 쪽에 정성스럽게 세워둔 버드나무 울타리는 모두 무너져 사과나무 쪽으로 누웠고, 작은 화분들 역시 판석 위에 떨어져 박살이 나 있었다. 전쟁터가 따로 없었고 범죄 현장을 방불케 했다. 나름대로 심혈을 기울여 가꿔온 아름다운 정원을 누군가 불도저로 무참히 밀어놓은 것 같았다.

너태샤는 숨이 턱 막히며 눈앞에 보이는 참상을 믿을 수가 없어 김이 서린 창문 가까이로 다가갔다.

테라스 왼쪽, 얼마 떨어져 있지 않은 벤치 위에 사라 같은 형상이 누워서 자고 있었다. 사라는 겨울 외투를 입은 채 이불로 몸을 휘감고 있었다. 너태샤가 좋아하던 겨울 이불은 이미 진흙투성이가 되어 구제 불능 상태였다.

벤치 아래로 늘어진 사라의 손끝에서 몇 미터 떨어지지 않은 바로 그곳에, 커다란 갈색 말이 서 있었다. 작은 정원에 비해 몸집이 너무 큰 말은 헐벗은 가지에 매달려 있는 몇 개 안 남은 사과를 따려고 작은 뭉게구름 같은 콧김을 뿜으며 안간힘을 쓰고 있었다.

# 13

말을 돌리려면 기수는 가고자 하는 방향을 먼저 살펴야 한다.

-크세노폰, 『기마술』

사라는 버스 위층에 앉아 주머니에 있던 돈을 네 번째로 세었다. 2주일
치 임대료를 내고 건초 다섯 더미와 사료 한 포대를 구입하거나, 창고
를 2주일 치 물품으로 채우기에 충분한 돈이었다. 다만 몰티즈 샐에게
진 빚을 갚기에는 조금 부족했다. 지금 시각은 3시 15분이었다. 그는 보
통 4시 30분이 지나야 축사에 나타났다. 가진 돈을 카우보이 존에게 맡
기거나 쪽지와 함께 사무실 문 아래에 두면 될 것이다. 운이 좋다면 나
중에 다시 대화를 나눌 수도 있을 것이다. 사라가 돌아온 후에 몰티즈
는 밀린 임대료 얘기를 두 번 했고, 두 번 다 사라는 돈을 마련해보겠다
고 약속했다. 돈을 어떻게 마련해야 하는지는 알 수 없었지만.

아무튼 사라는 다시 돌아오게 되어 다행이라고 여겼다. 부는 시골 농
장으로 보내진 후 일주일이 채 안 되어 스페어페니 래인으로 돌아왔다.
맥과 너태샤는 달리 선택의 여지가 없었다. 농장과 마구간 주인 카터

부인은 거의 정신이 나간 사람처럼 말했다. 부를 찾느라 어두운 동네를 차를 몰고 두 시간이나 헤매 다녔다고 했고, 사라가 무책임하고 멍청한 아이라고 비난했다. 정원에는 말에게 독이 될 수 있는 주목과 쥐똥나무, 여러 가지 풀이 있는데, 그것도 몰랐냐고 질책을 퍼부었다. 평소에 사라 편을 들어주던 맥도 더 이상 나서지 않았다. 너태샤와 맥은 얼마 되지도 않은 정원을 망쳐놓은 사라를 냉랭하게 대했다. 맥이 그렇게 단호한 모습을 보인 것은 처음이었다. 화를 내지는 않았지만 실망한 기색이 얼굴에 역력했다. 두 사람은 길게 한숨을 토해냈다.

맥은 사라와 부를 농장으로 데리고 갈 때에도 실망한 표정을 감추지 못했다. 그는 주머니에 두 손을 깊숙이 찌른 채 너태샤의 작은 정원이 그녀에게는 매우 소중한 것이었음을 경고하듯 말했다. 너태샤가 거기에 대해 감정을 드러내지 않았다고 해서 마음이 상하지 않은 거라고 생각하지 말라고도 했다. 누구나 애정을 느끼는 대상이 있고 그것을 지키고 싶은 마음이 있는 법이라고, 그러니 앞으로는 그 점을 잘 알아야 한다고 강조했다.

너태샤가 현관에서 우는 모습을 보았을 때에는 사라도 마음이 좋지 않았다. 부가 정원에서 그런 말썽을 부릴 줄은 정말 꿈에도 상상하지 못했다. 주변이 식물들로 둘러싸여 있고 자신과 가까이 있으므로 안전할 거라는 생각밖에 하지 못했다. 맥은 더 이상 꾸짖지 않았지만 그때부터 생긴 빈자리 때문에 더 이상 그를 편하게 대하기가 힘들었다. 그는 사라와 너태샤가 당분간 부딪치지 않는 게 좋겠다는 말을 끝으로 입을 다물었다.

아무도 사라가 무엇을 원하는지 말할 수 있는 기회를 주지 않았다. 그렇기에 누구도 사라를 비난할 수는 없었다. 사라는 부와 떨어져 살 수 없다고 오랫동안 사람들에게 말했다. 사라가 낯선 곳에 부를 남겨두지 못한다는 사실을 이해해주어야 했다.

런던으로 돌아온 후에도 며칠 동안은 껄끄러운 분위기가 지속되었다. 너태샤는 그 일에 대해 여전히 마음이 풀리지 않은 듯했다. 가끔씩 너태샤와 맥은 문을 닫은 채 조용히 얘기를 나누곤 했는데, 사라가 눈치채지 못한다고 생각하는 듯했다. 맥은 늘 나중에 나왔다. 그러다 사라와 마주치면 카우보이 존처럼 '서커스 아가씨'라고 부르며 아무 일 없다는 듯 짐짓 쾌활한 표정을 지어 보였다. 그들이 나가라고 할까봐 사라는 잠시 두려운 생각이 들기도 했다. 하지만 다행히 상황은 더 나빠지지 않았고 평범한 일상이 이어졌다. 사라는 이제 좀 더 일찍 일어나 마구간에 들렀다가 학교에 갔다. 고맙게도 맥은 꼬박꼬박 일찍 일어나 사라를 태워다주었고, 아침마다 축사와 부, 카우보이 존의 사진을 찍곤 했다. 그러다가 가르치는 일이 늘어나서 집에 오지 못하는 날이 많아졌다.

지난 저녁에 맥은 사라를 주방으로 불러서(너태샤는 일하는 중이었는데, 그녀는 항상 일을 많이 했다) 종이봉투 하나를 건네며 말했다.

"네가 필요한 돈이 얼마인지 존한테 들었어. 당분간은 우리가 축사 임대료를 내줄게. 대신에 넌 할 일을 해야 돼. 학교에 빠지거나 있어야 할 곳에 없으면 그땐 정말 부를 다른 데로 보낼 거야. 꽤 공평하지?"

사라는 얇은 봉투 속의 지폐를 만지작거리면서 고개를 끄덕였다. 그 봉투를 와락 붙잡지 않는 것만이 사라가 할 수 있는 전부였다. 맥은 사라를 한참 동안 바라보다가 말을 꺼냈다.

"그래서 말인데…… 이제부터는 이 집의 동전이 사라지는 일은 더 이상 일어나지 않겠지?"

사라의 얼굴이 금세 붉어졌다.

"아마 그럴 거예요."

사라가 기어들어가는 소리로 말했다.

사라는 몰티즈에게 빚진 돈에 대해 말할 수가 없었다. 두 사람이 자신에게 여전히 화가 나 있는 동안에는 말할 수 없었다. 맥이 돈을 훔친 것에 대해 사라를 비난하는 동안에는 말할 수 없었다.

사라는 긍정적으로 생각하기로 했다. 두 사람은 분명 좋은 사람들이고, 사라의 말도 지금 함께 있었다. 인생은 생각한 대로 흘러가지 않았지만 할아버지가 아직 돌아오지 못한 상황에서 이 정도면 양호한 편이었다. 하지만 가끔씩, 가령 이른 아침에 버스에 앉아 있노라면 부가 그 부드러운 모래 마당에서 어땠는지가 떠올랐다. 거의 땅 위를 붕붕 떠다니는 것처럼 보였고 최고의 모습을 보여줄 수 있는 그곳을 아주 좋아하는 것 같았다. 매연과 소음과 우르릉거리는 기차가 없는 모래 마당과 부드러운 초원을 빙글빙글 달리던 부를 잊을 수가 없었다. 멀고 먼 수평선을 삼키듯 멋진 머리를 들어 올리고, 현수막을 올린 것처럼 꼬리를 높이 치켜올리던 모습을.


"그래서 요즘은 어떻게 지내세요?"

루스 테일러는 찻잔을 받아 들고 베이지색의 안락한 소파에 등을 기대고 앉았다. 벽에 걸려 있는 예술품들이나 고풍스럽고 윤기가 흐르는 오크나무 마룻장 등을 볼 때 흔히 접할 수 있는 거실은 아니라고 생각했다. 무엇보다 찻잔을 받아서 어디에 두어야 할지 고민하지 않아도 돼서 좋았다.

"다 괜찮으신가요?"

그녀는 사라 라샤펠의 파일을 가방에서 꺼내며 물었다. 오후에 방문할 데가 네 군데나 남았다는 사실은 매우 아쉬운 일이었다. 그 지역에는 이런 안락한 소파가 있을 리 없었다. 펀리 로드의 지저분한 동네에 거주하는 어린 망명 신청자 두 명과 새아빠가 자신을 두들겨 팼다고 주장하는 소년과 마약에 중독된 십 대 미혼모를 방문해야 했다.

매컬리 부부는 서로 얼굴을 쳐다보았다. 분명 소리 없는 신호가 그들 사이를 오가는 듯했다. 이윽고 남자가 말했다.

"좋습니다. ······좋아요."

"사라는 잘 적응하고 있나요? 4주 정도 지난 거죠?"

"4주하고 3일이에요."

이번엔 여자가 말했다. 매컬리 부인은 루스가 집에 들어선 직후에 도착해서 발밑에 가방을 두고 의자에 걸터앉았는데, 그러면서도 루스를 면밀히 관찰했다. 승인이 빨리 나기를 기다리는 눈치였다.

"학교는요? 출석에는 다른 문제가 없나요?"

두 사람은 또 한 차례 눈빛을 교환했다. 매컬리 부인이 말했다.

"처음에는 몇 가지 문제가 있었지만 이제는 다 해결되었다고 생각해요. 우린 어느 정도······ 서로 합의에 이르렀다고 봐요."

"제가 말씀드린 대로 사라에게 몇 가지 제한을 두신 거죠?"

"네, 그랬습니다. 우린 모두 전보다 서로를 더 잘 이해하게 된 것 같아요."

매컬리 씨가 말했다.

'어머, 저 남자 귀여운데. 딱 내 타입이야. 헝클어진 머리에 반짝거리는 눈동자. 하지만 이러면 안 돼.'

루스는 자신을 꾸짖었다. 의뢰인한테 그런 생각을 품어서는 안 되었다. 특히 그의 부인이 저렇게 옆에 앉아 있는 상황에서는 더더욱.

"사라는 건강 상태도 좋습니다."

그가 말을 이었다.

"식사도 잘하고 숙제도 성실히 하고 있죠. 또 자기 나름의 관심 분야도 있는 것 같습니다."

그러고는 부인을 돌아보았다.

"그 밖에는 무슨 말씀을 더 드려야 할지 모르겠네요."

"사라는 아주 잘하고 있어요."

부인도 애써 활기차게 말했다.

"걱정 마세요. 제가 여기 온 건 두 분을 재단하거나 부모로서의 자질을 평가하기 위해서가 아니니까요."

루스가 미소 띤 얼굴로 말했다.

"이번 일은 비공식적인 절차였기 때문에, 저희는 그걸 그냥 친족 돌봄이라고 부르죠. 많은 관여는 하지 않고 있어요. 사라한테도 이미 말했고요. 아이도 이곳에서 잘 지내고 있다고 하더군요. 다만 지난 몇 차례의 과오를 고려하면 가끔 들러서 별일이 없는지 확인할 필요는 있을 것 같아서요."

"저도 동감입니다."

매컬리 씨가 말했다.

"그러셔야죠. 아무튼 학교에서도 다른 문제가 있다고는 듣지 못했습니다. 음악을 크게 틀어놓아서 우릴 못 자게 하는 일도 없죠. 뭐, 남자친구 예닐곱 명에 가벼운 약물 정도? 하하, 농담이에요."

그러자 매컬리 부인이 그를 노려보았다.

루스는 다시 서류를 내려다보며 말했다.

"사라의 할아버지와 관련해서는 새로운 소식이 있나요? 죄송해요. 제가 전화해봤어야 했는데, 이런저런 일에 밀려서요."

"조금씩 회복되고 계세요. 제가 이런 일에 전문가는 아니라서 잘은 모르겠지만."

매컬리 씨가 말했다.

루스는 갈색 치마를 입지 말았어야 했다는 후회가 들었다. 다리가 너무 뭉툭해 보였다.

"아, 네, 뇌졸중으로 쓰러지셨죠? 음, 이런 환자들은 대부분 회복이 더딘 법이죠. 그럼…… 사라가 계속 여기서 지내도 괜찮으시겠어요? 처음에는 몇 주 정도 지내기로 한 걸로 알고 있는데요."

두 사람은 서로의 표정을 확인하는 듯했다.

"엄밀히 말하면, 앞서의 기간까지 포함해 6주가 넘었기 때문에 저희도 검토가 필요하거든요. 두 분께 부모의 책임을 부여하는 특별 후견인 제도를 생각해봐도 될까요?"

"한 가지 문제가 생겼는데요."

매컬리 부인이 말했다.

"이 집이 곧 팔리게 됐어요. 사실 매매 계약이 이뤄진 상태거든요."

"그럼 새로 이사 가는 집에도 사라가 지낼 방이 있는 건가요?"

이번에는 서로 바라보는 일 없이 남자가 먼저 말을 꺼냈다.

"아직은 모르겠어요."

"사라에게 다시 위탁 부모를 찾아주어야 하는 상황인가요? 저희에게 다시 책임을 넘기시는 건가요?"

제발 그렇다고 말하지 말아요, 루스는 마음속으로 조용히 빌었다. 지금 보호 신청이 얼마나 밀려 있는데요. 정말이라니까요. 보호가 필요한 아이들에게 이런 집은 흔하지 않다고요.

"우리도 어떻게 하면 좋을지 생각 중이에요. 아직 어디로 갈지 결정도 못한 상태라서요. 그치, 타슈? 하지만 몇 주 정도는 더 여기서 지낼 수 있어요."

몇 주라고, 몇 주가 지나면 뭐든 결정이 나겠군, 루스는 다소 마음이 놓였다.

"하루라도 빨리 할아버지가 회복돼서 사라와 함께 지낼 수 있기만을 바라야겠군요."

루스가 미소를 지으며 거실을 둘러보았다.

"멋진 집이네요. 떠나기 아쉬우시겠어요."

잠시 침묵이 흐르고, 루스는 몸을 숙여 서류에 손을 올리며 물었다.

"두 분은 어떠세요? 십 대 소녀와 같이 사는 게 익숙하지 않으실 텐데요. 상당히 어려운 일일 거예요."

이번에는 별 말이 없었던 매컬리 부인을 돌아보았다.

"괜찮아요."

"매컬리 부인?"

부인은 신중하게 말을 하는 사람 같아 보였다. 루스는 앞에 있는 서류에서 그녀가 변호사라는 사실을 확인하고 그럴 만하다고 생각했다.

"예상했던 것보다는…… 쉽지 않더군요."

부인은 조심스럽게 말을 꺼냈다.

"솔직히 아이와 함께 산다는 게 어떤 건지 잘 모르겠어요."

"무슨 문제라도?"

부인은 잠깐 생각에 잠기더니 말했다.

"아니요. 제 생각엔…… 뭐랄까…… 다른 방식으로 대상을 봐야 할 것 같았어요."

"십 대 아이들은 우리랑 전혀 다른 사람이라고 봐야 해요."

매컬리 씨가 환하게 웃으며 끼어들었다.

"정말 그래요. 뭔가에 늘 도전하고 저항하죠. 어쨌거나 학교에서는 전보다 훨씬 잘 적응하는 것 같다고 합니다. 사라는 좋은 아이예요."

"혹시라도 나중에 다시 위탁 양육을 고려하시게 된다면 좀 더 어린 아이를 맡으면 좋을 거예요. 위탁 부모로 등록해보시는 건 어떨까요?"

경제적 혜택을 강조해봐야 소용없을 거야, 루스는 생각했다. 이 사람들은 돈이 문제가 아닐 거야.

"실제로 어려움에 처한 아이들은 점점 더 늘어나고 있는데, 위탁 부모 수는 절대적으로 부족하거든요."

"저도 그 점은 잘 알고 있어요."

매컬리 부인이 우울한 목소리로 말했다.

남편이 손등으로 아내의 손을 톡톡 치는 모습이 루스의 눈에 들어왔다. 부드럽게 격려하는 저 태도. 루스는 이상하게도 자기 얼굴이 달아오르는 것을 느꼈다. 그때 매컬리 씨가 나섰다.

"그 부분은 차차 생각해보겠습니다. 지금으로선 그때그때 상황에 따라 대처할 수밖에 없겠네요."

창고 문 아래쪽에 쪽지가 하나 끼어 있었다. 사라는 발로 문을 차서 연 다음 쪽지를 주워서 펼쳐보았다. 휘갈겨 쓴 익숙한 글씨가 눈에 띄었다.

안녕, 서커스 아가씨. 따로 얘기 못 해서 미안한데, 내가 미국에 가봐야 해서 말이야. 내 여동생 알린이 아프거든. 다른 가족이 없기 때문에(이 멍청한 여자가 남편을 셋이나 쫓아 보냈단다) 동생이 괜찮은지 가보지 않을 수가 없구나.

몰티즈 샐이 열쇠를 가지고 있고, 내 동물들 먹이를 챙겨주기로 했는데, 너도 좀 봐줄 거지?

캡틴한텐 이번 주말에 찾아가지 못해서 정말 죄송하다고 전해드리렴. 하지만 한두 주 후면 돌아올 거니까 그때 다시 만나도록 하자.

카우보이 존

사라는 쪽지를 다시 접어 주머니에 넣었다. 존이 없다고 생각하니 이상하게 마음이 불안했다. 미국에 존의 여동생이 있다는 것은 사라도 알고 있었다. 그는 여동생이 얼마나 못생겼는지 모른다며 자주 농담을 하곤 했다. 전에도 여동생을 만나러 몇 차례 미국에 다녀온 적이 있었는데, 그때마다 할아버지가 일을 대신 봐주곤 했다. 할아버지도 누워 있는데 존까지 없다면 축사가 너무 허전할 것 같았다. 그리 길진 않을 거야, 사라는 스스로를 위로했다. 모든 게 다 잘 해결될 거야.

비가 보슬보슬 내리기 시작했다. 누군가 건초와 사료를 흘린 뒤 쓸지 않아서 자갈길이 끈적거렸다. 사라는 입고 있던 외투를 말뚝에 놓고 할아버지의 낡은 외투로 갈아입었다. 할아버지가 작업복으로 입던 옷이었다. 불안을 떨치는 가장 좋은 방법은 일을 하는 것이었다. 사라는 시바의 물그릇을 갈아준 다음, 말들을 둘러보았다. 비뚤어진 깔개를 바로하고 마구간 문들이 단단히 잠겼는지 확인했다. 이어서 부의 마구간을 청소하고 건초와 물을 갈아준 다음 부의 발을 살피고 닭들과 어디서 온 건지 모를 염소들을 쫓아냈다. 그사이에 달걀을 사러 온 란지트와 잠깐 수다를 떨기도 했다. 일을 다 마친 뒤에는 창고로 가서 학교에 신고 갈 신발로 다시 갈아 신었다.

창고 문을 막 잠그려 할 즈음에야 돈 봉투가 생각났다. 사라는 호주머니에 손을 집어넣었다. 그때 누군가의 손이 목덜미에 슬쩍 닿았다. 화들짝 놀란 사라는 주먹을 휘두를 기세로 몸을 획 돌렸다.

"왜 이러는 거야? 널 해치러 온 미친놈인 줄 안 거야?"

몰티즈 샐이 왠지 즐기는 듯한 표정으로 말했다. 그가 사라의 얼굴에 손가락을 흔들 때, 입가에 드러난 금니가 어스름한 창고 주변에서도 반짝 빛이 났다.

사라는 몸서리를 치며 손으로 목덜미를 어루만졌다.

"사랑의 편지라도 전하려는 거야, 서커스 아가씨?"

그가 사라의 손에 든 봉투를 톡톡 건드리며 말했다. 그는 다른 손으로 불붙은 담배를 쥐고 두 발을 벌린 채 단호한 자세로 서 있었다. 마치 이곳이 그의 소유임을 강조하려는 듯했다. 담배 연기와 면도 후 로션 냄새가 건초와 사료의 은은한 향기를 단숨에 몰아내고 말았다.

"나한테 직접 와서 말해도 되는데."

"돈이에요."

사라가 말했다. 당황했는지 목소리가 갈라져 나왔다.

"말씀하신 돈이에요."

"아하……."

그는 사라의 손에서 봉투를 빼앗아갔다. 그의 손가락이 사라의 손을 스치고 지나갔다.

"이제 가야 해요."

사라는 가방을 집어 들며 말했다. 하지만 그는 손을 들어올렸다. 봉투 안을 들여다보고 얼굴을 찡그린 뒤 다시 봉투를 내밀고 물었다.

"이게 뭐지?"

"마구간 임대료예요. 2주 치. 그리고 건초와 사료 값."

바깥에는 비가 아까보다 세차게 내리고 있었다. 시바가 살금살금 움직이며 그들 뒤편으로 들어왔다. 복슬복슬한 털 위에 보석 같은 물방울이 내려앉아 반짝거렸다. 말 한 마리가 울부짖으며 발굽으로 콘크리트 바닥을 긁어댔다.

"그리고?"

그는 기대에 찬 눈으로 사라를 바라보았다. 웃고 있었지만, 비열한 미소였다.

사라는 침을 꿀꺽 삼키고 대답했다.

"그게 다예요."

"밀린 임대료는?"

"아직."

몰티즈 샐은 이빨 사이로 쉭쉭거리는 소리를 내며 고개를 흔들었다.

"저 마구간을 그대로 둔 걸 다행으로 알아. 2주 전에 넌 내게 아무 말도 없이 말을 어디론가 데리고 가버렸잖아. 그게 예의 바른 행동이었다고 생각하니?"

"그건 제……."

"난 저 마구간을 널 위해 내버려두었어, 사라. 다른 사람들한테 내줄 수도 있었는데 말이야. 그런데 넌 아무 일도 없었다는 듯이 다시 나타났어. 감사하다는 말 한마디조차 없었고."

"말씀드리려 했어요. 그건 제 잘못이 아니었어요. 그건……."

"얘야, 그게 누구의 잘못인지 난 관심 없어. 지금 내가 신경 쓰는 건

네가 다시 사라지지 않는다는 걸 어떻게 아느냐는 거지. 빚을 다 갚지 못한 이런 상황에서. 너랑 네 말이 내일 다시 아주 먼 곳으로 가버릴 궁리를 하고 있을지 내가 알 게 뭐냐."

그는 사라에게 한 발짝 다가와 섰다. 사라의 눈이 그의 셔츠 칼라에 머물렀다. 침을 삼킬 때마다 목구멍에서 큰 소리가 울리는 것을 어쩔 수가 없었다. 사라는 풀 죽은 목소리로 말했다.

"안 그래요. 빚을 안 갚고 도망가지 않아요. 할아버지도 늘 값을 치렀어요. 그건 존이 잘 알아요."

이런 일이 있기 전에는 빚을 지지도 않았는데, 사라는 생각했다.

"하지만 존은 이곳에 없어. 네 할아버지도 없고. 여긴 이제 내 축사야. 그 사람들 게 아니라고."

사라는 달리 대답할 말이 없었다.

기차 한 대가 구름다리 위를 우르릉거리며 지나갔다. 그러는 동안 기차에서 새어 나온 빛이 작은 축사를 비추었다. 머리 위를 수많은 사람들이 지나가고 있는 셈이었다. 그들은 대부분 집으로 돌아가는 길일 것이다. 안전하고 위로가 있는 삶의 공간으로. 몰티즈는 뭔가를 고심하는 것처럼 고개를 옆으로 기울였다. 그러더니 사라를 향해 한 발짝 더 다가왔다. 너무 바짝 다가와 서는 바람에 사라는 숨이 턱 하고 막힐 지경이었다.

그는 나지막한 음성으로 말했다.

"할아버지가 아프시다며."

"다들 알아요."

사라가 중얼거렸다.

"네 할아버지 병이 중하다고 존이 그러던데. 그러니까 나한테 확실히 말해야 한다. 내게 빚진 돈을 앞으로 어떻게 갚을 생각이냐?"

그의 목소리는 부드러웠고 노래를 부르는 것처럼 들렸다. 하지만 그 아래에 감춘 위협을 교묘히 숨기고 있었다. 이제는 거리가 너무 가까워서 그의 뜨끈한 숨결을 느낄 수 있었고, 사향 향기 나는 면도 후 로션과 남성성을 상징하는 가죽 재킷 냄새까지 맡을 수 있었다.

사라는 눈을 내리깐 채 있으려고 애썼다. 몰티즈 셀에 대해서는 안 좋은 소문이 무성했다. 감옥에 다녀온 적이 있고 나쁜 친구들이 많으며 캐물어서는 안 될 일들에 관심이 많다고 했다. 그와 상종하지 말라는 소리도 자주 들었다.

"그래서?"

"말씀드렸다시피……."

"넌 내게 아무 말도 안 했어. 아까도 말했듯이 넌 갑자기 어디론가 가버렸어. 그래서 이제 돈을 받아야겠다는 생각을 하게 됐지."

그의 이글거리는 눈빛이 사라를 내려다보고 있었다.

"뭔가 방법을 강구해야겠어, 사라."

사라는 눈을 깜박이며 가쁜 숨소리를 들키지 않으려고 애썼다.

"네가 내 돈을 갚을 방법이 뭐가 있을지 고심해보자고."

어쨌거나 사라는 모든 게 불가항력이었음을 그에게 말하고 싶었다. 밀린 임대료는 사라의 머리에서 떠나지 않았고, 총액을 따져볼 때마다 불안한 마음에 속이 뒤틀릴 정도였다. 심지어는 부를 만나러 올 때에도 그 생각을 멈출 수가 없어서 함께 있어도 마음이 편치 않았다. 하지만 마음 놓고 상의할 사람이 아무도 없었다. 문제의 장본인인 몰티즈 셀 외에는 비밀을 털어놓을 사람이 아무도 없었다.

"청소를 해드릴 수 있어요."

사라가 불쑥 말을 꺼냈다.

"청소하는 애들은 따로 있어, 사라."

"그럼 주말에 축사를 돌보는 건 어떨까요?"

"그런 일에 네 도움 따윈 필요 없어. 넌 결국 계란을 팔거나 빗자루를 들고 이리저리 분주하게 다니겠지. 내겐 별 가치가 없는 일이라고. 그게 무슨 말인지 알아? 가치라는 의미가?"

사라는 고개를 끄덕였다.

"난 사업가야."

그가 고개를 흔들며 말했다.

"그 말은 이제 인내심의 한계를 느낀다는 뜻이야. 나도 네 특별한 처지를 감안해주려고 애썼어. 다른 누구보다 널 이해해주려고 했다고."

그는 뒤를 돌아서 아치형 입구를 바라보았다. 빗줄기가 자갈길 위에 쏟아지듯 내렸고 어슴푸레한 전등 불빛이 출입구를 희미하게 밝히고 있었다. 사라는 그가 이제 돌아가려 한다고 생각했다. 그걸로 끝이라고 생각했다. 하지만 그는 사라를 향해 돌아섰다.

몰티즈가 다시 조용히 한 발짝 다가와 섰다. 사라는 뒤로 한 걸음 물러서 창고 문에 기대었다. 그는 손을 들어 올려 사라의 머리카락에 묻은 건초 부스러기를 떼어내어 눈앞에 들이대고는 굳은살이 박인 손가락으로 튕겨 버렸다.

사라는 눈 깜박이지 않고 몰티즈를 똑바로 보려 애썼다. 잠시 후 그가 천천히 미소를 지었다. 그의 눈빛이 괜찮다고, 이해한다고 말하는 것 같았다. 바로 그때, 사라가 미소를 지으려고 할 때 느닷없이 사라의 오른쪽 가슴에 손을 대고는 엄지손가락으로 천천히 유두를 쓸어내렸다. 너무도 대수롭지 않게 부지불식간에 일어난 일이라 사라가 그의 행동을 인식하기까지 몇 초의 시간이 필요했다.

"꼭 돈으로 갚을 필요는 없어, 사라."

몰티즈가 미소를 지으며 부드러운 목소리로 말하고는 사라가 저항하기 직전에 재빨리 손을 뗐다.

사라의 두 볼이 불에 덴 것처럼 화끈 달아올랐고, 목구멍은 숨이 턱하고 막히는 듯했다.

"꽤 조숙한데."

그가 뜨거운 것이라도 만진 듯 손가락을 흔들면서 말하고는 봉투를 주머니에 넣었다.

"예쁜 여자애를 만나러 가는 길을 네가 방금 내게 알려주었어."

그는 휘파람을 불며 축사 입구를 향해 걸어갔다. 사라는 그대로 얼어붙은 듯 꼼짝도 할 수 없었고, 손에 들고 있던 가방만이 축 늘어져 달랑거렸다.


"오늘 저녁엔 약속이 있어."

루스가 나간 뒤 현관문을 닫으며 너태샤가 말했다. 루스는 떠나기 전에 맥에게 필요 이상으로 환한 미소를 남겼다. 많은 여자들이 그에게 지어 보였던 미소였다. 너태샤는 괜히 부아가 났다. 언니를 만나기로 약속한 것이 얼마나 다행인지 몰랐다.

"알았어. 난 방과 후에 사라를 병원에 데려다주기로 약속했어. 하지만 내일은 집에 못 올 거야. 괜찮지?"

맥은 어디로 간다는 얘기는 하지 않았다.

"그래."

너태샤는 걸음을 옮기려 했지만 맥은 길을 비켜주지 않았다.

"회의가 있어, 맥. 벌써 늦었어."

그는 한때 너태샤가 좋아했던 청바지를 입었는데, 오래 입어서 짙은 남색 빛깔이 바래고 옷감도 닳을 대로 닳아 있었다. 특히 호주머니는 너무 많은 물건을 넣고 다녀서 낡고 해져 있었다. 물건을 넣지 말라고 아무리 간청해도 소용이 없었다. 몇 년 전에 바람이 귓속을 파고들던 어느 주말, 바로 저 청바지 뒷주머니에 손을 찔러 넣고 그에게 기대어 있던 기억이 지금도 생생했다.

"당신한테 주려고 뭘 좀 샀어."

수줍게 말을 꺼낸 맥이 이러저런 구근식물이 담긴 커다란 가방을 내밀었다.

"키우려면 한참 걸리겠지만…… 그날 당신이 너무 슬퍼 보였거든."

너태샤는 가방을 받아 들었다. 제대로 잡지 않으면 손에 흙이 잔뜩 묻는 그물망 가방이었다.

"당신이 괜찮다면 다음 주말에 나도 같이 가서 도와줄게. 적어도 울타리 정도는 고칠 수 있어."

너태샤는 감정을 억누르며 말했다.

"결국 다시 자랄 텐데, 뭐."

너태샤는 맥을 올려다보며 환하게 웃었다.

"어쨌든 고마워."

너태샤는 맥의 갑작스러운 제안에 당혹스럽기도 하고 기쁘기도 했다. 들고 있던 식물들을 한쪽 구석에 내려놓는 동안에도 여러 생각이 스치고 지나갔다. 이런다고 달라질 게 있을까? 너태샤는 묻고 싶었다. 우리가 걸어온 길은 이미 너무 구부러지고 뒤틀린 게 아닐까?

두 사람은 현관에 서서 잠시 각자의 생각에 잠겼다. 하지만 맥이 말을 꺼냈을 때는 두 사람의 마음이 서로 다른 방향으로 나아가고 있었다는 사실이 명확해졌다.

"이런 얘기는 처음 하는 건데, 만약 사라의 할아버지가 회복되지 못하면 어떻게 하지?"

그는 현관문에 기대어 서서 너태샤가 나가는 길을 막고 있었다.

"할아버지 상태가 좋진 않아. 내가 보기에도 쉽게 회복되긴 힘들 것 같아."

너태샤는 한숨을 깊게 내쉬며 말했다.

"그렇다면 사라는 또 누군가의 과제가 되어야겠지."

"누군가의 과제라고?"

"그래, 누군가의 책임이 되겠지."

"그렇다면 사라의 말은 어떡하지?"

너태샤는 자신이 소중히 가꾼 안뜰을 태평하게 짓밟고 다닌 동물과 파괴된 잔해로 뒤덮인 처참한 흔적을 떠올렸다. 그날, 자신에게 품위와 아름다움을 느끼게 해주던 모든 것이 한순간에 사라졌다.

"맥, 우리가 이 집을 떠나는 날이 오면 우린 더 이상 가족이 아니야. 사라에게도 더 이상 안식처를 제공해줄 수 없어. 사라의 말도 마찬가지고. 당신이나 나나 일을 해야 하기 때문에 혼자서는 사라를 돌볼 수가 없어. 우린 그저 날마다 닥친 일들을 해결하며 살아가기도 바쁠 거야."

"결국 우린 사라를 실망시키고 말겠군."

"사라를 실망시키는 건 시스템이야. 사라와 같은 아이들을 보호해줄 자원과 유연성이 부족한 시스템이 원인이지 우리 잘못은 아니야."

너태샤는 그의 표정을 살피며 목소리를 부드럽게 내려고 애썼다.

"사라가 지낼 새 가정이 구해질 때까지 사회복지단체에서 보호구역

내의 임시 거처를 어떻게든 찾아줄 거야. 만약 사라가 또 말을 지키겠다고 필사적으로 나올 경우에는 시골 농장 같은 데를 알아봐줄 수도 있을 테고. 그 편이 사라를 위해서 좋긴 하겠지만."

"그게 그렇게 간단한 문제는 아닐걸."

"글쎄, 나도 주변에 더 물어볼게. 현실적으로 어떤 방법이 있는지도 좀 알아보고."

맥은 여전히 문에서 비켜서지 않았다. 이러다가는 회의 시간에 늦을 것 같았다.

"당신은 사라가 가길 원해?"

"그런 말은 하지 않았어."

"하지만…… 당신은 사라를 별로 좋아하지 않았잖아."

"물론 나도 사라를 좋아해."

"아니, 당신은 사라에 대해 절대 칭찬하는 법이 없었어."

너태샤는 달아오른 뺨을 가릴 만한 게 없는지 가방을 뒤졌다.

"도대체 내가 뭘 어떻게 해야 하는 거지? 날 그렇게 나쁜 사람으로 여기지 마, 맥. 알지도 못했던 사라에게 난 집을 내주었어. 게다가 그 과정에서 우리 관계를 감추고 꾸밀 수밖에 없었어. 그게 다가 아니야. 사라의 말을 켄트로 데려가고 데려오느라 수백 파운드를 지불해야 했지. 그것도 모자라 소중한 정원을 한순간에 잃어버렸다고."

"그런 말을 하자는 게 아니잖아."

"그럼 무슨 말을 하려는 건데? 결합하는 척이라도 하자는 거야? 나도 노력했어, 알아? 사라를 데리고 쇼핑하려고도 했고, 사라의 방도 꾸며주었고, 둘이서 대화를 나누려고 여러 번 시도했어. 오히려 사라가 날 좋아하지 않았다는 점은 어떻게 생각해?"

"사라는 아이야."

"뭐라고? 그래서 사라는 누군가를 싫어할 수 없다는 거야, 아니면 싫어해도 된다는 거야?"

"그런 뜻이 아니라 내 말은, 그런 문제를 극복하는 게 어른이 할 일이라는 거지."

"저런, 당신은 언제부터 그렇게 자녀 교육 전문가가 되었는데?"

"아니, 약간의 인간애를 가진 사람일 뿐이야."

두 사람은 한동안 서로를 노려보았다.

잠시 후 너태샤는 서류철을 집어 들었다. 그녀의 볼은 거의 진홍빛에 가깝게 물들어 있었다.

"정말 훌륭한 인격을 가졌군. 그래서 모두가 당신을 좋아하나? 빌어먹을 그 사회복지사까지 당신 옆에 딱 붙어 앉아 있던데. 무슨 조화인지 모르겠지만 당신은 사라한테까지 그 능력을 발휘하는 것 같더군."

너태샤는 휴대전화를 움켜잡고 덧붙였다.

"하지만 내게 그런 능력이 없다고 공격하진 마, 알았어? 난 최선을 다하고 있다고. 내 집을 포기한 거 외에도 내 관계를 희생하면서까지 두 사람과 매일 여기서 지내면서 행복한 가정을 연기하고 있는 중이니까. 난 하루하루를 힘겹게 버티는 중이고, 빌어먹을, 최선을 다하고 있다고."

"타슈……."

"제발 날 더 이상 타슈라고 부르지 마."

너태샤는 맥을 홱 밀치고는 현관문 손잡이를 비틀어 열고 계단을 뛰어 내려갔다. 여전히 가슴이 쿵쾅거리는 가운데 그의 목소리가 들려왔고, 도대체 왜 이렇게 눈물이 핑 도는지 알 수가 없었다.

"제정신이야?"

조가 고무장갑을 벗어놓은 뒤 식탁에 놓인 와인 잔을 껴안듯이 잡고 있는 너태샤에게 걸어왔다.

"맥이라고? 네 전남편 맥?"

"바로 그게 문제인 것 같아. 아직은 제대로 전남편이 아니라서 집에 대한 공동 소유권을 주장하는 거."

"그럼 너라도 그 집에서 나와야지. 이건 미친 짓이야. 네 얼굴을 좀 봐. 몰골이 말이 아니야."

그때 조의 막내아이 도티가 고무로 된 개뼈다귀를 씹으며 주방으로 걸어왔다.

"안 돼, 도티. 기생충이 끓으면 어쩌려고."

조가 황급히 아이의 입에서 뼈다귀를 빼앗았다. 그러고는 도티가 떼를 쓰기도 전에 말린 살구 한 조각을 입에 물려주었다.

"엄마랑 아빠는 아셔?"

"물론 모르시지. 아직 몇 주밖에 안 됐어."

"얼른 나와서 호텔로 가든가 해. 맥이랑 같이 살 때 넌 정말 정상이 아니었어. 이건 정말 도움이 안 되는 짓이라고. 여름에는 정신을 차리는 것 같더니. 너희 둘! 침대로 가!"

그때 조가 다시 소리쳤다. 거실에서 싸우는 소리가 어렴풋이 들려왔기 때문이다.

"아무래도 쟤네들부터 어떻게 해야겠어. 그리고 도티 좀 재우고 올게, 괜찮지?"

"그래."

너태샤가 말했다. 잼으로 얼룩진 포동포동한 얼굴에 파우더 냄새를 풍기는 사랑스러운 도티가 이곳에 있는 게 다행이라고 생각했다. 위의 두 애들은 이미 유아기를 훨씬 지나 있었다. 도티를 보고 있으면 자신에게 행복을 안겨줄 수도 있었던 소중한 존재들이 아프게 떠올랐다. 너태샤는 그 부재를 아직도 마음에 새기고 받아들이지 못했다.

"자, 타슈 이모한테 안녕 인사 해야지."

너태샤는 편안하게 보이려고 애쓰면서 도티한테 뽀뽀하기 위해 몸을 기울였다.

"안 해."

도티가 조의 다리 사이를 파고들며 떼를 썼다.

"도티, 그러면 못써……. 자, 어서 안녕이라고……."

"됐어. 안 해도 돼. 졸린가보다."

너태샤가 손을 흔들어 물리치며 말했다. 아마도 조는 이런 무뚝뚝한 반응을 아이를 낳아 키워보지 않은 여자의 전형적인 태도로 받아들일 것이다.

"5분만 기다려. 도티한테 이야기 하나만 읽어주고 올 테니까."

오랜 연습에서 나온 능숙한 몸놀림으로 아이를 번쩍 들어 올리는 언니의 모습을 지켜보면서 너태샤는 조의 체중이 꽤 늘었다는 생각을 했다. 조는 애들을 키우느라 몸매가 다 망가졌다고, 운동할 시간조차 없다고 쉴 새 없이 불평하면서도 홍차에 비스킷을 적셔 먹는 버릇을 버리지 못했다.

"이놈의 설탕을 끊을 수가 없다니까."

조가 민망한 표정을 지으며 변명했다.

오랫동안 너태샤는 언니 집에 가는 것을 꺼려했다. 몇 차례 유산을 겪다보니(가족들은 단 한 차례만 알았다) 여기저기 손자국이 나 있고 각종 장난감이 나뒹구는 조의 시끌벅적한 집을 견디기가 힘들었다. 잃어버린 아기들에 대한 기억이 너무도 생생하게 떠올랐기 때문이다. 언니의 세 아이를 부러워할 정도로 냉정하지 못한 자신이 싫었지만, 그냥 바쁜 척하는 것이 서로에게 도움이 되리라는 생각이 들었다. 가족들은 예전에 로스쿨에 지원했을 때부터 그녀를 일 중독자라고 불렀다. 사실 너태샤는 학구적인 데다 사회적으로도 성공한 사람에 속했다. 일이 너무 많아서, 당장 급한 소송이 있어서 가족 모임에 참석하지 못하겠다고 말할 때마다 변명이 너무 궁색하다고 느꼈다. 어쩌면 엄마가 되지 못한 아쉬움과 부러움이 뒤섞여 그렇게 표출된 것인지도 몰랐다.

맥이 떠난 후에 가족들은 그녀의 사생활과 관련해 아무도 감히 얘기를 꺼내지 못했다.

"적어도 네겐 할 일이 있으니까."

가족들은 너태샤가 성공적으로 처리한 몇 가지 업적을 예로 들면서 이렇게 말하곤 했다. 그런 일들이야말로 너태샤가 오래전부터 꿈꿔왔던 소망이라고 믿으면서 위로를 삼는 듯했다.

조는 10분 정도 후에 돌아와 도티의 입에 물려주었던 살구를 개수대에 내던졌다. 그런 다음 손으로 머리카락을 쓸어 넘겨 하나로 묶으며 말했다.

"미용실에 좀 가봤으면 좋겠어. 지난주에도 약속을 잡았다가 갑자기 테오가 병이 나서 못 갔어. 그 바람에 50퍼센트나 물어줘야 했지 뭐야. 너무 뻔뻔한 거 아니니?"

식탁에 앉은 조는 앞에 놓인 와인을 음미하듯 길게 한 모금 마셨다.

"이런 얘기 들어줘서 고마워. 너한테 할 소리는 아닌데. 앞으로는 좀 자제할게."

"괜찮은 거야?"

너태샤가 물었다. 자신을 너무 자기중심적인 사람으로만 생각하는 언니에게 서운한 마음이 들었다. 언니에게 그녀는 결국 아이도 없이 혼자 사는 중년 여자에 불과했던 것이다.

"데이비드는 어때?"

"2주간의 세이셸 제도 출장과 성형 수술 몇 건 외에 아직 정해진 건 없어. 아, 그리고 섹스는, 난 그게 어떤 것이었는지 기억도 안 나."

조가 코웃음을 치며 말했다.

"어쨌든 네 얘기 좀 더 해봐."

이곳은 평범한 사람들의 일상적인 삶을 엿볼 수 있는 집이었다. 반면에 너태샤의 삶은 평범하지 않았다.

"아마 맥은 2~3주 정도 더 있게 될 거야. 별로 얘기할 필요도 없는 것이긴 하지만."

"진심으로 하는 말이야, 타슈. 집에서 나와. 몇 주 정도야 우리 집 방 하나를 내줄 수도 있어. 물론 이 집에서는 네가 5분도 못 가서 미쳐버리고 말겠지만."

조는 말을 마치고 또 한 번 와인을 들이켰다.

"넌 돈이 있으니까 스파가 있는 좋은 호텔 하나 잡아. 일을 마친 후엔 매일 거기서 마사지나 손톱 손질을 받으면서 지내면 좋잖아. 집 문제는 나중에 처리해도 되니까. 맥이 널 몰아내는 꼴이긴 하지만."

"그럴 수 없어."

너태샤는 크레용 하나를 집어 들어 뭔가를 끼적거리며 말했다.

"넌 할 수 있어. 시기만 잘 잡으면 돼!"

"아니, 그런 게 아니야."

너태샤는 한숨을 쉬며 마음을 다지고 말했다.

"우린 어떤 여자애 하나를 데리고 있어."

조에게 이 문제를 털어놓은 후 너태샤는 지난 몇 년 동안 언니를 자주 만나지 않은 것을 후회했다. 예상과 달리 이 문제를 전해 들은 조의 반응은 감동적이기까지 했다. 너태샤가 사라의 이야기를 두 번이나 반복해서 더듬더듬 설명을 마치자, 조는 의자에서 일어나 식탁을 돌아와 여동생을 꼭 안아주었다. 그 바람에 너태샤의 검은 정장에 밀가루 같은 허연 자국이 남았다.

"이런, 타슈. 정말 대견하다. 얼마나 근사한 일인지 모르겠구나. 너 같은 사람들이 좀 더 많아진다면 좋으련만. 진짜 잘했어."

조는 다시 자리에 앉아 눈을 빛내며 물었다.

"그 애는 어때?"

"그게, 생각만큼 쉽지는 않네. 그 애랑 난…… 우린 손발이 잘 안 맞는 것 같아."

"십 대잖아."

"그래, 하지만 맥하고는 비교적 잘 지내는 편이야."

"사담 후세인도 맥하고는 잘 지낼걸. 바람둥이 기질이 다분하잖아."

"나도 노력했어, 조. 하지만 우린 꼭 엇갈린 방향으로만 나아가는 것 같아. 내가 예상한 대로 되는 법이 없어……."

조가 일어나서 문에 기대섰다. 말소리가 아이들한테 들리는지 가늠하는 듯했다.

"너한테 처음 얘기하는 건데, 카트린이 열세 살이 되자마자 생리를 시작했어. 그때부터 귀여웠던 아이는 온데간데없이 사라졌고, 이런 신체적 변화는 아이를 아주 다른 사람으로 만들어버렸지. 아주 역겹다는 듯이 경멸의 눈초리로 날 바라보더라니까. 내가 무슨 말을 해도 아이의 신경을 건드리는 모양이야."

"카트린이?"

"넌 최근에 본 적이 거의 없잖아. 간간이 욕설도 하고 말대답은 또 어찌나 잘하는지. 데이비드는 모르는 척하지만 가끔 돈을 훔치기도 해. 거짓말도 하고. 어줍지 않게 어른 흉내나 내는 버릇없는 여자애야. 내가 엄마고 걔를 사랑하니까 그렇게라도 말할 수 있는 거야. 예전의 카트린을 모르고 언젠가는 다시 돌아올 거라는 믿음이 없었다면 벌써 몇 달 전에 내쫓아버렸을 거야."

너태샤는 조가 그토록 객관적이고 냉정한 어조로 아이들 얘기를 하는 걸 들은 적이 없었다. 엄마라는 존재에 대해 자신이 얼마나 무지했는지, 거부당했다고만 생각한 그 존재에 대해 얼마나 근거 없는 장밋빛 환상을 품었는지 절감하지 않을 수 없었다. 그제야 사라에 대해서 자신이 지나치게 엄격했다는 생각도 들었다.

"네 잘못이 아냐. 게다가 그 애는 갖은 시련을 겪은 모양인데. 그냥…… 거기에 있어주는 것만으로도 그 애한테 도움이 될 거야."

"난 언니랑 달라. 그런 일이 그렇게 쉽게 되지 않는다고."

"말도 안 되는 소리. 넌 훌륭한 사람이야. 불우한 아이들을 위해 네가 하는 일은 다 뭔데?"

"걔네는 의뢰인일 뿐이야. 그건 달라. 물론 나도 노력은 하지만…… 아무튼 그건 다른 문제야. 예전에 변호를 맡았던 한 소년이 저간의 사정을 뒤집어놓은 사건이 최근에 있었어. 그 애는 끔찍한 일을 겪었다고 했지만 나중에는 그게 다 거짓말이었다는 게 드러나고 말았어. 이젠 뭘 해도 내가 또 속고 있는 건 아닌가 싶어 자신이 없어."

"그 애도 널 속이고 있다고 생각하는 거야?"

"아직 전후 사정을 다 안다고는 할 수 없어."

조는 고개를 저었다.

"그 앤 열네 살이야. 네가 모르는 사연이 많을 거야. 짝사랑이나 왕따 문제, 체중 문제로 고민이 심할 수도 있어. 친구 문제로 불화나 갈등을 겪고 있을지도 모르고. 십 대 애들은 우리한테 그런 얘기를 잘 하지 않아. 평가를 받거나 야단맞는 걸 아주 두려워하거든. 그런데도 우린 무조건 치고 들어가서 문제를 해결하려고 노력하지."

너태샤는 언니의 얼굴을 물끄러미 바라보았다. 조는 이런 걸 다 어떻게 알았을까?

"그 애가 무슨 의도를 가지고 널 속이려는 건 아닐 거야. 기꺼이 마음을 열어주는 사람을 마다할 아이는 없어. 그 애랑 너랑 단둘이 외식도 해봐. 단순히 식사가 목적은 아니야."

조는 손톱을 한번 씹은 다음 말을 이었다.

"너무 부담감을 줘서도 안 돼. 나가서 뭐든 함께 해봐. 네가 하고 싶은 걸 해도 좋아. 되도록 가벼운 걸로. 그러면 아이도 조금씩 경계심을 허물게 될 거야."

조는 너태샤의 어깨를 어루만졌다.

"그렇게 해봐. 최소한 집에 있는 재수 없는 놈은 잊어버릴 수 있을걸. 그리고 아이를 집에 데리고 있는 것만으로도 넌 멋진 일을 하고 있다는 걸 잊지 마."

"그리 대단한 일도 아닌데, 뭐."

"별일 아닌 것처럼 치부하지도 마. 정말이야. 이젠 저 두 골칫덩어리를 침실로 밀어 넣고 와야겠어."

그럼 맥은? 너태샤는 묻고 싶었다. 어떻게 하면 맥을 편히 대할 수 있을까? 하지만 조는 이미 자리를 뜨고 없었다.


노인은 사라가 들고 있던 포크를 빼앗아 망고 조각을 천천히, 만족스럽게 입으로 가져갔다. 맥이 병원으로 오는 길에 슈퍼에 들러 사 온 것이었다. 사라는 작은 조각을 하얀색 플라스틱 포크로 찍어 할아버지한테 건네주며 이제 혼자서도 음식을 먹을 수 있게 도왔다.

맥은 노인이 음식을 다 먹을 때까지 기다렸고, 냅킨으로 입가를 훔치자 서류철을 꺼내 들었다.

"제가 캡틴을 위해 뭔가를 가져왔습니다."

노인은 맥을 향해 고개를 돌렸다. 오늘따라 기분이 좋아 보인다고 맥은 생각했다. 움직임이 전보다 민첩해 보였고 말도 덜 어눌하게 들렸다. 두 번이나 물을 달라고 했고 사라를 보면서 "예쁜이"라고 꽤 또렷하게 말을 했다.

맥은 의자를 침대 가까이 끌어다 놓고 앉았다. 서류철을 열어 내용물이 잘 보이도록 하면서 말했다.

"이것들로 캡틴 방을 멋지게 꾸며보려고요."

캡틴이 어안이 벙벙한 표정을 짓기도 전에 맥은 첫 번째 인쇄물을 꺼냈다. 사라와 부가 공원에서 피아페라고 하는 동작을 수행하는 모습을 찍은 A4 크기의 흑백사진이었다. 노인은 그 사진을 뚫어져라 바라본 다음 사라를 돌아보며 "좋아"라고 말했다.

"그날 부가 아주 잘해주었어요. 제 말도 정말 잘 들었고 모든 동작을 아주 열심히 했어요."

사라가 말했다.

"작지만 아름다운 동작."

노인이 불쑥 조심스럽지만 또렷한 발음으로 말했다. 감동한 사라가 침대 가까이로 다가가 할아버지를 껴안으며 파자마에 싸인 그의 어깨에 고개를 파묻었다.

맥은 일부러 시선을 피하고 다른 사진을 꺼내면서 말했다.

"제가 보기에 이 사진은……."

"잘 보이지 않아."

노인이 말했다. 사라는 안경을 노인의 얼굴에 대준 후 사진을 좀 더 가까이 보여달라고 맥에게 손짓했다. 맥은 다른 사진과 함께 두 사진을 노인의 얼굴 가까이에 대주었다. 노인이 인정한다는 듯이 고개를 끄덕였다.

"이것들로 이 방을 꾸며드릴게요."

맥이 말하고는 주머니에서 풀을 꺼내 침대 주변부터 정성스럽게 사진들을 붙이기 시작했다. '손을 씻어주세요'라고 적힌 문구 외에는 휑하니 창백했던 푸른 벽들이 춤을 추는 듯한 사라와 말의 사진으로 가득해졌다. 마지막으로 침대 끝 쪽에도 사진을 몇 개 더 붙였다.

노인은 사진들을 차례차례 하나하나 유심히 살폈다. 마지막 한 모금까지 신중하게 물을 마시는 사람 같았다. 그렇게 하루 종일 저 사진들을 바라보겠지, 맥은 생각했다.

병원으로 오는 동안 차 안에서 맥이 사라에게 뭘 할 건지 귀띔해주자 사라는 아득한 시선으로 말없이 사진들을 훑어보았다.

"괜찮을까?"

아무런 반응이 없자 맥이 걱정이 되는지 물었다.

"뒷다리로 일어서는 그런 사진들은 일부러 포함시키지 않았어. 네가 애초에 하려던 건 아닌 듯해서."

사라는 맥을 보고 미소를 지었지만 왠지 모르게 슬퍼 보였다.

"감사해요."

전혀 예상치 못한 배려에 당황한 듯, 그런 배려를 받아보기는 처음이라는 듯 사라는 떨리는 목소리로 대답했다.

"그리고 최고로 멋진 사진은 여기에 잘 보관해두었지."

액자에 끼운 사진은 포장을 풀지 않아서 사라도 아직 볼 수 없었다. 그것은 비싸지 않은 가벼운 나무틀에 종이 판지를 덧대고 유리를 끼운 액자였다. 사라가 말의 얼굴에 볼을 문지르고 있는 장면이었고, 세부적인 부분까지 또렷이 드러나도록 밝고 선명하게 출력한 사진이었다. 그 사진은 말과의 영묘한 교감에 압도되어 자신도 믿기지 않는 듯 얼떨떨해하는 사라의 표정을 잘 포착하고 있었다. 게다가 고해상도의 흑백사진이었기 때문에 컬러사진으로는 표현하기 힘든 품위와 신비감을 드러낼 수 있었다. 맥은 자신의 작품 중에서도 최고라고 생각했고, 사진을 찍는 순간에도 최고를 예감했다. 완성된 인쇄물을 보았을 때에는 가슴이 빠르게 뛰면서 벅차오르는 감동을 느꼈다.

"부셰."

캡틴이 사진 하나를 응시하며 말했다.

"사라."

"저도 그 사진이 마음에 들었어요."

맥이 말했다.

"지난주 어느 날 아침, 축사를 막 떠나기 직전에 찍은 겁니다. 사라는 제가 사진을 찍는지조차 몰랐을 거예요. 사라의 얼굴에서 느껴지는 밝은 빛이 말의 얼굴로 옮겨 가는 것 같은 신비한 기운이 압권이에요. 사라와 말 둘 다 반쯤 감은 눈으로 서로를 바라보는 모습은 마치 둘만 아는 어딘가에 있는 듯한 아련한 느낌을 주죠."

미술관 관계자도 같은 생각을 밝혔다. 작품을 전시하고 싶다는 의사를 맥에게 전달했다. 그는 작품들이 마음에 든다면서 사라져가는 런던의 일부를 보여주고 과거에 더블린에서 벌어진 말 관련 축제를 떠올리게 만든다고 치켜세웠다. 더욱이 그가 제시한 작품당 가격은 맥의 눈을 벌어지게 만들기에 충분했다.

"캡틴만 괜찮다면 다가오는 봄에 이 사진들을 미술관에 전시해볼까 합니다. 물론 저작권은 캡틴한테 있는 거고요. 이 방에 사진들을 붙인 건 뭔가 볼거리가 있으면 여러 가지로 위안이 될 것 같아서……."

한동안 긴 침묵이 이어졌다. 맥은 웬만해선 불안이나 의심을 갖는 성격이 아니었지만 이번에는 달랐다. 전시회를 연다면 두 사람에게 감당하기 힘든 여지를 주게 될 수도 있다. 노인에겐 잃어버린 것을 떠올리게 할 수도 있고, 잘못했다가는 사라에게 상처를 안겨줄 수도 있다. 어쨌거나 맥은 노인이 날마다 하릴없이 누워 지내는 공간을 기분 좋은 볼거리로 채워주고 싶었다. 아무 즐길 것도 없는 노인의 병실을 손녀의 사진들로 채워주고 싶었다.

맥은 벽 쪽으로 한 발짝 더 다가서며 말했다.

"만약 부담이 된다고 생각하신다면 저도 더 이상……."

노인은 맥을 쳐다보며 가까이 다가오라고 손짓했다. 맥이 몸을 구부리자 노인은 두 손으로 맥의 손을 꼭 움켜잡은 채 쉰 목소리로 중얼거렸다.

"고마워요."

노인의 눈가가 촉촉해졌다.

"고마워요, 매컬리 씨."

맥이 침을 꿀꺽 삼키고는 애써 태연한 미소를 지으며 말했다.

"어려운 일도 아닌데요. 다음 주엔 또 새로운 것들을 가져올게요."

그제야 맥은 사라를 쳐다보았다. 평소답지 않게 사라는 저녁 내내 거의 아무 말이 없었다. 다시는 할아버지를 떠나보내지 않겠다는 듯 그 팔을 꼭 감싸고, 얼굴을 비스듬히 기울인 채 두 눈을 감고 있었다. 급기야 감긴 눈에서 눈물이 주르륵 흘러내렸고 형광등 불빛을 받아 반짝 빛났다. 사라의 모습은 인간의 불행과 고뇌를 극적으로 보여주는 듯했다.

사라는 말수가 적은 데다 때로는 지나치게 현실적이고 자기 말에만 집착해 있어서, 상실감이 얼마나 클지 지켜보는 사람도 자주 잊어버리곤 했다. 어린 시절 내내 함께 지낸 할아버지를 얼마나 그리워하고 있을지 망각할 때도 많았다. 고뇌에 찬 사라를 보고 있자니 다소 거북하고 생소한 기분마저 들었다. 맥은 병실을 나서며 사라에게 말했다.

"아무튼 우린 아래층에서 15분 후에 만나기로 하자. 괜찮지?"

맥은 침대에 사진 액자를 두고 병실을 나왔다. 나오기 직전에 마지막으로 지켜본 장면이 그 후에도 오랫동안 눈앞에 아른거렸다. 사라는 눈물을 보이지 않으려고 할아버지의 어깨에 얼굴을 파묻었고, 당황한 노인은 손녀의 머리를 쓸어주기 위해 떨리는 손을 들어 올리고 있었다.

# 14

어떤 동물이 모든 역할을 완벽하게 수행하지 못한다고 해서
당장 불합격 판정을 내리는 것은 불합리하다.
뭐든 처음에는 부족하기 마련인데,
그것은 능력이 아니라 경험이 없기 때문이다.

-크세노폰, 『기마술』

몇 년 전, 맥과 너태샤가 처음 이 거리로 이사를 들어올 무렵에 이 동네
는 전도유망한 지역이라고 널리 회자되었다. 그렇다 하더라도 당시에
는 낙관적인 전망과 너무 동떨어져 있는 게 아닌가 의심이 들었다. 거
리는 어딜 가나 낡고 지저분했으며, 5년 이상, 10년 가까이 페인트칠을
하지 않은 주택이 전체의 4분의 3은 되는 듯했다. 노란 중앙선도 없는
거리 곳곳에 바퀴가 빠진 주인 없는 차량들이 버려져 있는가 하면, 우
그러진 해치백 자동차들이 젊은 가족들을 끊임없이 실어 날랐다.

　건물을 치장한 벽토가 갈라지고 벗겨진 집들은, 잘못 세운 쥐똥나무
울타리 때문인지 자그마한 앞마당에서 멀찌감치 물러나 있는 것처럼
보였다. 주변에는 방수포를 덮어씌운 오토바이와 찌그러져 맞지 않는
뚜껑이 덮인 쓰레기통들이 눈에 띄었다. 너태샤는 가끔 가던 길을 멈
추고 톰킨스 씨와 서인도 제도 출신 화가, 주택조합 관련 식구들, 메이

비스 부인 등 이웃과 담소를 나누곤 했다. 이들은 모두 다정했고, 날씨에 대한 정보를 주기도 했으며, 맥이 요즘도 집을 손보는지, 거주자 전용 주차를 도입하는 계획과 이 거리에 불교신자가 이사 들어온 사실에 대해 아는지 물었다. 도시의 어느 지역이나 공동체 의식이 있기 마련인데, 이 동네도 그런 면에서는 여느 지역과 다르지 않았다.

이제 톰킨스 씨는 이곳을 떠났고 메이비스 부인은 세상을 떠났으며, 주택조합은 건물을 매각하고 이윤을 챙겼고 세입자들은 어딘가로 거처를 옮겼다. 거의 모든 집들이 갈라진 틈을 메우고 하얗게 페인트칠을 마쳤다. 현관문은 고상한 색채로 바뀌었고 입구 계단 옆에는 잘 다듬은 주목과 월계수를 가지런히 심어놓았다. 작은 정원의 절반 정도는 자갈이 깔린 깔끔한 진입로로 바꾸거나 철로 된 구조물로 둘러싸놓았다. 바깥에는 메르세데스의 번쩍거리는 차량들이 주차돼 있기도 했다. 스트레스로 지친 전문직 종사자들이 서로 간단한 목례만 나누고는 서둘러 갈 길을 재촉했다. 대출의 규모만 살펴봐도 그들이 느긋하게 지내는 이들이 아니라는 것쯤은 알 수 있었다.

어느새 이곳은 부유한 거리가 되었고, 얼마 남아 있지 않은 오랜 거주자들이 사는 낡고 허름한 집들과는 극명한 대조를 이루었다.

이렇게 주택들이 고급화되는 과정에서 너태샤도 경제적인 혜택을 입었지만, 마음 깊숙한 곳에서는 공동체의 양극화를 바라보는 씁쓸한 기분을 떨칠 수가 없었다. 이제 이곳은 지역의 빈부격차를 단적으로 보여주는 거리가 되었다. 출세 지향적인 중산층이 사는 중심을 벗어나면 점점 더 어둡고 힘겹고 위태로워 보이는 집들과 거기에서 벗어날 기회가 점점 더 줄어드는 사람들이 있었다.

이제 이 두 세계가 충돌하거나 접촉할 가능성은 거의 없었다. 그러려면 오로지 범죄(자동차 도난이나 절도, 소매치기)나 상업(중산층은 대부분 청소부나 보모 등을 고용한다), 공식화된 구조(너태샤는 알코올 중독자 부모를 둔 열두 살짜리 아이를 변호하고 있다)를 통해서만 가능했다.

너태샤는 이런 생각을 하면서 샌다운으로 차를 몰았다. 가는 동안에 다 타버린 차량 두 대와 깜박거리는 가로등을 볼 수 있었다. 사라는 열쇠꾸러미를 꼭 쥔 채 너태샤 옆에 조용히 앉아 있었다. 두 사람이 할아버지의 병동을 나온 후부터 사라는 아무 말도 하지 않았다. 너태샤 역시 좀 전의 광경으로 받은 충격에서 아직 벗어나지 못했으므로 사라에게 말을 건넬 엄두조차 나지 않았다. 노인의 초라한 몰골과 베개로 지탱하던 부러질 듯 위태로운 목, 한쪽으로 처진 얼굴은 너태샤와 맥이 떠안은 일이 얼마나 무모하고 중요한지를 극명하게 확인시켜주었다.

"그래도 이 정도까지 회복한 거예요."

뇌졸중 전문 간호사가 쾌활하게 말했다.

"그동안 많은 진전이 있었어요, 그렇죠 헨리?"

"앙리예요."

사라가 낮게 중얼거렸다.

"앙리라고 발음해야 해요. 할아버지는 프랑스 사람이에요."

간호사는 너태샤를 향해 눈썹을 치켜올린 다음 밖으로 걸어 나갔다.

"얼마나…… 얼마나 더 여기 있어야 할까요?"

너태샤가 황급히 간호사를 쫓아가서 묻는 동안 사라는 할아버지한테 인사를 건넸다.

간호사가 약간 당황한 듯 뒷걸음질하며 너태샤를 바라보았다.

"이분은 뇌졸중 환자예요. 그런 질문은 별 의미가 없어요."

"그래도 대충 어느 정도인지는 알려줄 수 있지 않나요? 며칠? 몇 주?

몇 달? 우린…… 저분의 손녀를 돌보고 있어요. 그러니까 대충이라도 알려주시면 도움이 될 거예요."

간호사가 뒤를 힐끗 쳐다보았다. 사라는 이부자리를 정리하며 할아버지한테 말을 건넸고, 할아버지는 사라를 지그시 바라보고 있었다.

"담당 의사를 만나보세요. 하지만 최소한 며칠은 아니라고 확실히 말씀드릴 수 있겠네요. 저라면 몇 주에도 돈을 걸지 않을 겁니다. 라샤펠 씨는 심각한 뇌졸중에 걸리셨고 아직 많은 재활이 필요합니다."

"그렇다면…… 아이가 저분의 간호를 맡을 수는 있을까요?"

"저 아이가요? 안 돼요. 우린 권유하지 않아요. 아이한테는 너무 큰 책임이 따르는 일이에요. 라샤펠 씨는 한쪽으로 불완전마비가 온 상태예요. 혼자서는 씻을 수도 없고 화장실을 갈 수도 없어요. 이미 욕창이 발생했고 언어 능력도 꽤 상실한 상태입니다. 현재 하루에 두 번 물리치료를 받고 있어요. 이제 겨우 혼자 음식을 먹을 수 있게 되었죠."

"이곳에 계속 계시게 될까요?"

"여긴 장기 요양소예요. 집에서 치료와 요양을 하시기엔 아직 적절하지 않다고 보고요. 병원 치료가 더 필요한 단계입니다."

간호사가 시계를 보며 말했다.

"미안합니다. 가봐야 해서요. 아무튼 조금씩 나아지고 있어요. 신기하게도 저 사진들이 도움이 되는 것 같습니다. 마음을 둘 수 있는 거라면 뭐든 좋아요. 저희도 대환영입니다."

너태샤는 뒤돌아서 작은 병실을 둘러보았다. 온 벽면마다 맥의 작품들이 붙어 있었다. 그가 여기 없는 동안에도 '또 다른 맥'이 간호사들의 마음을 사로잡고 환자의 회복을 돕고 있었다.

너태샤는 무질서한 단지의 주차장으로 차를 몰았다. 비가 내리기 시작했고, 처음 사라를 만났을 때 보았던 젊은 애들이 모자를 뒤집어쓴 채 서로 담뱃불을 붙여주고 있었다. 그들은 너태샤가 낡은 볼보에서 내리는 것을 지켜보았지만 누군가의 벨소리가 울리자 시선을 돌렸다.

"다시 가져가려는 게 뭔데?"

너태샤는 축축한 계단을 오르는 사라를 뒤따르며 물었다. 빗방울이 부러진 홈통 위로 떨어지면서 쉬익 하는 소리를 냈고, 과자 봉투와 껌 등이 쌓인 하수구로 소용돌이치며 흘러 내려갔다.

"책 몇 권이요."

그리고 사라가 뭐라고 더 말했지만 알아들을 수가 없었다.

두 사람은 아파트 복도를 나란히 걸었다. 이어서 문의 잠금장치를 풀고 들어가 서둘러 문을 닫았다. 맥이 문틀에 강철 걸쇠를 달아놓은 게 얼마나 고마운지 몰랐다. 사라가 이곳에서 몇 주를 혼자 보내고 나서 얼마 안 되는 소지품만 챙겨 난방장치를 꺼놓고 나왔던 터라, 집 안은 썰렁했다. 사라가 자기 방으로 들어갔고 너태샤 혼자 거실에 서 있었다. 거실은 깔끔하게 정리된 상태였지만 오랫동안 집을 비운 터라 냉랭한 기운이 감돌았다. 사진들도 전부 사라의 방이나 할아버지의 병실로 옮겨놓았기 때문에 벽면은 아무 장식도 없이 휑했다.

서랍들이 열렸다 닫히는 소리에 이어 여행용 가방의 지퍼가 열리는 소리가 들렸다. 너태샤는 사라가 이 집에 돌아오지 못할 거라는 확신이 들었다. 노인이 회복된다 하더라도 계단이 많은 이곳에서 살기는 힘들 것이다. 사라는 이런 현실을 인식하고 있을까? 영리한 아이였다. 앞으로 자신에게 어떤 일이 닥칠지 생각하고 있을 것이다.

그 순간 아직 현관 벽면에 붙은 사진 하나가 눈에 들어왔다. 머리가 희끗희끗하고 사라와 미소가 닮은 여자가 서너 살쯤 돼 보이는 사라를 안고 있는 사진이었다. 사라는 여느 아이와 다를 바 없었다. 가족의 품에 안겨 두려움이나 불확실성이 없는 해맑은 눈을 반짝이고 있었다. 그런데 이제 사라는 타인의 배려에 의존해야만 하는 처지에 놓였다.

너태샤는 자기 손을 내려다보았다. 이건 부모 역할의 부정적인 단면이었다. 다른 누군가의 행복을 전적으로 책임지는 행위였다.


"할 말이 있어. 어디 가서 밥이나 먹자."

두 사람은 소매에 묻은 빗방울을 털어내며 차에 올랐다.

"피자 좋아하니?"

사라는 곁눈질로 너태샤를 보았다. 이런 가벼운 초대에도 놀라는 기색이었다. 너태샤는 미안하고 부끄러운 마음이 들었다. 내성적인 성격을 십분 감안하더라도 사라는 지난 며칠 동안 매우 위축돼 있었다. 두 번이나 자기 방에서 혼자 식사를 하겠다고 했고, 사라를 웃게 만들던 맥하고도 거의 대화를 나누지 않는 듯했다.

너태샤는 언니가 해준 말을 다시 떠올렸다. 어른이라면 뭔가를 해야 한다고, 최소한 시도는 해봐야 한다고 했다.

"가자. 요리하는 걸 별로 좋아하지도 않지만 시간도 너무 늦었잖아. 중심가 끝에 좋은 델 하나 알고 있어."

너태샤는 목소리를 느긋하고 쾌활하게 내려고 애썼다. 사라가 뭐라도 즐거운 반응을 보여준다면 좋겠는데. 그동안 외식할 기회도 별로 없었을 거 아냐, 아무쪼록 제발……

"피자가 아주 맛있는 데야."

"알았어요."

사라가 무릎에 올린 여행용 가방을 움켜잡으며 대답했다.

음식점은 손님이 반쯤 차 있었고, 두 사람은 창가 자리로 안내를 받았다. 너태샤가 마늘빵과 콜라 두 개를 주문하는 동안 사라는 가방을 의자 아래로 가지런히 밀어 넣었다. 어둡고 혼잡한 거리를 내다보고 있다가 햄과 파인애플 피자를 골랐다. 하지만 막상 음식이 나오니 거의 손도 안 대고 너무도 천천히 께지럭거리기만 해서 섭식 장애에 걸린 게 아닌가 하는 의심이 들 정도였다.

둘 사이에 흐르는 침묵이 불편해서 너태샤가 먼저 말을 꺼냈다.

"그래, 넌 늘 그렇게 말에 관심이 많았니?"

사라가 고개를 끄덕이며 모차렐라 치즈를 접시 한쪽으로 밀었다.

"할아버지의 영향을 받은 거야?"

"네."

사라의 눈썹이 살짝 치켜 올라갔다. 그런 어리석은 질문이 어디 있냐고 말하는 듯했다.

"할아버지는 프랑스 어느 지역 출신이시니?"

"원래는 툴롱에 사셨어요. 그러다가 소뮈르로 가셨어요. 승마학교가 있는 곳으로."

너태샤가 집요하게 물었다.

"그런데 어떻게 여기 오시게 된 거야?"

"할머니를 만나서 좋아하게 되었는데, 할머니가 영국에서 사셨죠. 할아버지가 승마를 포기하게 된 것도 그 때문이에요."

"와우."

너태샤는 프랑스 시골에서 샌다운 같은 도시 외곽으로 삶의 기반을 바꾸게 되는 과정을 머릿속에 그려보았다.

"그럼 여기 온 다음엔 뭘 하신 거야?"

"철도 회사에서 일하셨어요."

"할아버지한텐 힘든 시절이었겠구나. 삶의 전부였을 고국과 승마를 떠나오셨으니."

"할머니를 사랑하셨어요."

너태샤의 귀에는 사라의 대답이 거의 비난하는 소리처럼 들렸다. 상황이 정말 그렇게 간단했을까? 누군가를 얼마나 사랑해야 주변 여건이 그다지 중요하지 않은 게 되고, 자신이 헌신해온 모든 것을 과거로 돌릴 수 있게 될까? 분명히 노인은 승마에 열정을 바쳤을 텐데. 아무리 유배를 자처한다 해도 그 열정마저 사라지진 않았을 텐데. 어떻게 상실감을 받아들일 수 있었을까?

사라의 할머니 사진이 기억났다. 사랑받는 것에 익숙한 여자. 사라의 엄마를 잃었는데도 마음이 평온해 보였다. 너태샤는 사소한 말다툼들이 떠올랐다. 무모할 정도로 적의를 쌓아가다 마침내 독이 되어 결혼 생활에 종지부를 찍게 된 언쟁들. 너태샤 세대는 그런 배려와 희생이 넘치는 사랑을 유지하기에는 결함이 있는 것일까?

"아저씨는 어떻게 만난 거예요?"

너태샤는 입으로 가져가려던 포크를 멈추었다. 잠시 후 포크를 접시에 내려놓고 대답했다.

"비행기 안에서 만났어."

"첫눈에 반했나요?"

너태샤는 잠시 생각에 잠겼다가 대답했다.

"그래, 맥은…… 누구나 쉽게 좋아할 만한 사람이지."

사라도 그 점에 대해서는 동의하는 눈치였다.

맥은 너의 마음도 사로잡았잖니? 너태샤는 생각했다. 약간 질투 어린 마음으로.

"아줌마가 떠난 거예요, 아저씨가 떠난 거예요?"

너태샤는 콜라를 한 모금 마시고 입을 열었다.

"글쎄, 그건 그리 간단한 문제가 아닌데……."

"그럼 아저씨가 떠난 거네요."

"누가 집을 떠난 거냐고 묻는다면, 그래, 맥이 떠난 거야. 우린 둘 다 서로 떨어져 지낼 필요가 있다는 점에 동의했지."

"아줌마는 재결합을 원하나요?"

너태샤는 갑자기 얼굴이 화끈 달아오르는 것을 느꼈다.

"지금 이 문제가 중요한 게 아니잖아. 왜 이런 걸 묻는 거니?"

사라는 피자에서 자그마한 크러스트 조각 하나를 집어 입에 넣었다. 그것을 천천히 씹어서 삼킨 다음 입을 열었다.

"할머니는 할아버지가 먼저 돌아가시길 바란다고 말한 적이 있어요. 할아버지를 사랑하지 않아서가 아니라 할머니 없이 할아버지가 어떻게 살아갈지 걱정이 됐기 때문이에요. 할머니는 할아버지보다는 혼자서도 잘 지낼 수 있다고 생각한 것 같아요."

"하지만 할아버지는 너랑 잘 헤쳐오셨잖아."

"할아버지는 할머니가 살아 계실 때만큼 행복하지 못한 것 같아요. 할머니는 언제나 할아버지를 웃게 만들었는데."

사라는 잠시 기억을 더듬는 듯했다.

"전 할아버지를 웃게 만들 수가 없어요. 특히 거기서는요. 할아버진 거길 아주 싫어해요."

"뇌졸중 병동?"

사라가 고개를 끄덕였다.

"할아버지한텐 무척 힘든 곳이겠지."

너태샤는 조심스럽게 대답했다.

"차라리 죽는 게 낫다고 생각하고 있을지도 몰라요."

너태샤는 포크와 나이프를 쥔 채 꼼짝하지 못했다. 사라의 말 속엔 어느 정도 진실이 담겨 있었다. 인생의 대부분을 옥외에서 신체 활동을 하면서 민첩함을 추구해온 사람이 병실에 갇혀 아기처럼 남의 손에 의존해서 살아가야 한다면 정말 견디기 힘들 것이다.

너태샤는 되도록 목소리를 낮추고 말투도 부드럽게 하려고 애썼다.

"할아버지는 회복되실 거야. 간호사도 조금씩 나아지고 계신다 했어."

아마도 사라는 그 말을 듣지 못한 듯했다. 아니면 사실이 아니라고 믿는 건지도 몰랐다. 사라는 다 먹었다는 표시로 포크와 나이프를 접시에 내려놓았다. 배는 고팠지만 더 이상 먹히지가 않았다.

"크리스마스 때까지 할아버지가 집에 돌아올 수 있을까요?"

이번에도 너태샤는 냅킨을 집어 든 채 한동안 움직일 수가 없었다. 그 머뭇거림조차 사라에게는 불가능하다는 의미로 읽힐 게 분명했다.

"그건 내가 뭐라고 말할 수 없지. 난 전문가가 아니니까."

사라는 창밖에 있는 무언가에 시선을 고정한 채 입술을 깨물었다.

"미안해, 사라."

너태샤가 말했다. 사라는 너무 창백해 보였다. 실제로 살도 빠진 것 같았다. 너태샤는 손을 내밀어야 할지 말지 자신이 없었다.

"너도 무척 힘들 거라는 거 알아."

"돈이 좀 필요해요."

"뭐라고?"

"할아버지한테 필요한 물건을 사고 싶어요. 크리스마스 선물이랑 새로운 파자마랑 이런저런 것들이요."

사라는 무미건조하게 말했다. 느닷없이 화제가 바뀌자 어안이 벙벙해진 너태샤는 피자 한 조각을 입에 넣고 씹었다.

"할아버지한테 필요한 물건이 뭔데? 괜찮다면 내일 내가 회사 가는 길에 잠깐 들러서 사다 줄게."

"돈을 주시면 제가 살게요."

"넌 시간이 안 날 거야, 사라. 부랑 학교에 온종일 매여 있잖아."

"점심시간에 잠깐 다녀오면 돼요."

"그건 별로 좋은 생각이 아니야. 점심시간에 학교를 빠져나가면 안 되지. 마땅한 시간이 안 떠오르는데."

"제가 단지에서 동전을 가져갔기 때문인가요?"

"아니야. 난 그냥 네가 더 이상 학교에 빠지지 않았으면 해서……."

"미안해요. 그 점에 대해서는 죄송하게 생각해요. 됐나요? 그땐 부에 대해 말할 수가 없어서 그랬어요. 그 돈은 꼭 갚을게요."

"그럴 필요 없어."

"그럼 할아버지 물건을 사게 해주세요. 제가 고르고 싶다고요."

사라는 끈질기게 주장했다.

"할아버지가 뭘 좋아하는지는 제가 잘 알아요."

사라의 목소리는 식당의 날붙이가 부딪치는 소리보다 높았다.

"할아버지 세면도구와 옷이 자꾸 없어져요. 게다가 사회복지과에서 할아버지 예금 통장을 가지고 가버려서 저 혼자서는 아무것도 살 수 없어요. 정말 필요한 경우가 아니면 통장을 달라고 할 수도 없거든요."

너태샤는 냅킨으로 입을 닦은 다음 말했다.

"그러면 토요일에 나랑 같이 가자. 할아버지한테 필요한 물건이 있으면 뭐든 골라. 그런 다음에 마구간에 내려줄게."

사라의 눈빛은 그런 제안이 탐탁지 않다는 걸 말해주고 있었다.

왜 이 아이는 그토록 혼자 가고 싶어하는 것일까? 너태샤는 이해할 수 없었다. 파자마를 사려는 게 아니어서 그럴까? 돈을 다른 데 쓰려는 걸까? 아니면 자신과 또 어디를 같이 가는 게 부담스러워서일까? 너태샤는 피곤함을 느꼈다. 사라는 창밖을 내다보고 있었다. 처음 보았을 때처럼 정말 이해가 안 되고 속을 알 수 없는 아이였다.

"다른 것 좀 먹을래? 아이스크림이라도?"

사라는 고개를 저었다. 더 이상 너태샤를 쳐다보려고도 하지 않았다.

"계산할게."

너태샤가 지친 목소리로 말했다.

"이제 가는 게 좋겠다. 밖에 나갈 거란 얘기를 맥한테 안 했거든."


너태샤는 사라를 믿지 않는 게 분명했다. 사라는 너태샤의 동전 통에서 돈을 가져갔던 자신에게 화가 났다. 그때 그것을 건드리지 않았다면 지금처럼 가장 필요할 때 사용할 수 있을 텐데.

사라는 여행용 가방 위에 한 발을 올렸다. 그것이 아직 그대로 있어서 정말 다행이었다. 사회복지과에서 아파트 임대료 문제로 할아버지의 연금 수급장과 예금 통장을 가져갔지만 할아버지의 보험 채권에 대해서는 모르는 듯했다. 만약 그것을 현금으로 바꿀 수 있다면 몰티즈셸에게 진 빚을 갚을 수 있을 것이다. 그때까지 그를 피할 수 있을까? 사라는 그와 또다시 마주쳐야 했다. 그는 사라의 가슴을 더듬고 사라의 귀에 대고 속삭였으며, 사라는 온몸으로 전율했다.

무엇보다 그 돈이 절실히 필요했다. 사라는 집에서 가져온 다른 것들도 생각해보았다. 점퍼에 조심스럽게 싸 온 오래된 유리 장식품을 팔면 돈을 마련할 수 있을지도 몰랐다. 그 밖에는 학교 누군가한테서 받은 CD와 몇 가지 다른 것이 있었다.

"이런, 맙소사."

너태샤가 다급한 목소리로 말했다.

"벌써 10시 반이네. 시간이 이렇게 늦었는지 몰랐어."

너태샤는 계산을 하기 위해 서둘러 지갑을 꺼냈다. 소형 기계에 카드를 넣고 비밀번호를 누르면서 웨이터와 가벼운 대화도 나누었다.

2340. 기억하기 쉬운 번호.

사라는 잠시 눈을 감고 있다가 움찔했다. 만약 자신이 지금 무슨 생각을 했는지 할아버지가 안다면 분명히 이렇게 꾸짖을 것이다. 도둑질은 무엇으로도 변명할 수 없다고, 할아버지는 자주 그렇게 말했다. 아래층 남자애들 가운데 한 명이 그 주에 네 번이나 경찰서에 끌려갔을 때에도 그랬다. 무언가를 훔치면 아무것도 얻을 수 없다고, 그 행위로 반드시 명예가 실추될 거라고, 할아버지는 신용카드도 좋아하지 않았다. 갚을 수 없는 것은 절대로 소유하지 않았다.

하지만 너태샤가 또각또각 소리를 내며 차 있는 데까지 젖은 아스팔트길을 걸어가는 동안 네 개의 숫자가 문신을 새기듯 사라의 으슥한 마음에 또렷이 각인되었다.

맥은 마리아를 집에 데려다주기로 약속한 뒤, 얼른 들어가서 차 키를 가져올 테니 계단에서 잠시만 기다리라고 말했다. 사라의 방에 불이 켜져 있는 게 보였다. 너태샤의 차는 보이지 않았다. 늦게까지 일하게 될지도 모른다는 말을 듣긴 했지만 사라를 저렇게 오랫동안 혼자 두다니

의아한 생각이 들었다. 맥이 현관에서 더듬거리며 열쇠를 찾고 있을 때 마리아가 어느새 뒤로 다가와 슬그머니 맥을 밀치면서 말했다.

"들어가자."

"안 돼."

"나한테 빚졌잖아. 지금까지 본 영화 중에 최악이었어. 내 인생에서 손해 본 한 시간 반을 갚아줘야지."

"알았어. 인정해. 하지만 지금은 아니야."

마리아는 우스꽝스럽게 얼굴을 일그러뜨렸다.

"하지만 난 당신이 그립다고. 벌써 한 주가 넘었잖아! 내 하얀 거기를 보여줄게."

마리아는 청바지의 허리띠를 내려 검게 그을린 배를 드러내며 콧소리를 냈다.

"근데 아주아주 작기 때문에 세밀히 들여다봐야 할 거야."

마리아는 아름답지만 단순한 여자였고 무엇보다 맥을 원했다. 하지만 그를 사랑하거나 필요로 하는 건 아니었다. 맥은 오히려 그런 점 때문에 그녀가 마음에 들었다. 거칠고 왕성한 에너지가 좋았고, 자신이 무슨 짓을 해도 상대가 상처받지 않을 거라는 확신이 필요했다.

"미안해. 지금은 안 돼."

"주말에는 여기로 데려왔으면서 왜 지금은 안 된다는 거야?"

맥은 길 아래쪽을 힐끗 보면서 대답했다.

"전처가 곧 돌아올지도 몰라. 그건 올바른 행동이 아니잖아."

마리아가 그의 몸에서 떨어지며 말했다.

"그건 나한테도 올바르지 않아. 당신은 왜 아직도 그런 우울한 여자한테서 벗어나지 못하는 거지? 이미 남자 친구도 있다며?"

"맞아."

"그 남자랑 섹스도 하나?"

"그건 나도 몰라."

그는 불쾌한 목소리로 중얼거렸다.

"아마 그러겠지."

"물론 그러겠지."

마리아는 그의 가슴에 손을 얹고 말했다.

"지긋지긋하고 따분한 두 사람이 함께 있을지도 모르겠군. 그 여자가 지금 남자랑 같이 있지 않다는 걸 당신이 어떻게 알아?"

맥은 그날 아침에 너태샤가 했던 말을 떠올렸다. 오늘 저녁에 늦을지도 모른다고. 그는 아까 크리켓 시합에서도 점수를 내려고 노력했지만 집중이 되지 않았다.

"알 수 없지."

마리아가 활짝 웃으며 말했다.

"그 남자랑 넌더리 나는 섹스를 하고 있을 거라고. 전남편을 생각하며 웃고 있을걸. 근데 그 전남편이라는 사람은 자기 집에서 아름다운 여자 친구랑 감히 섹스를 즐길 엄두도 못 내고 있지. 전처가 돌아와 화를 낼까 싶어서."

마리아가 조롱 섞인 미소를 지으며 심사가 불편해진 그를 놀려댔다.

"당신은 정말 나쁜 여자야."

"어, 이 정도는 아무것도 아닌데."

"어련하시겠어."

"그러니까 들어가자. 당신 방으로 슬쩍 들어가서 빨리 해치우고 나오면 돼. 다시 십 대로 돌아간 기분이 들걸. 와우, 당신이 십 대라니. 나야,

뭐 그리 오래전도 아니지만."

그녀는 맥의 허리를 감싸안더니 두 손을 그의 뒷주머니에 쑥 넣어 그를 앞으로 당겼다.

맥은 시계를 흘낏 보았다. 사라가 잠들었는지는 알 수 없었다.

"내 말 좀 들어봐. 당신 집으로 가는 건 언제?"

"조카 둘이 내 아파트에 와 있어. 거기다 삼촌 루카까지. 아주 바글바글하지. 비고스 같다고나 할까?"

"비고스?"

"음…… 각종 고기와 양배추를 넣고 푹 끓인 폴란드 요리야."

"어, 그거 아주 흥미로운데."

"맥……."

마리아가 약간 쉰 목소리로 중얼거렸다.

"맥……, 난 당신 집이 좋아."

그러고는 그의 머리카락을 빙글빙글 돌리며 말했다.

"당신 방도 좋고, 당신 침대도……."

맥은 단호한 태도를 유지하려 애썼다.

"나도 비고스를 좋아하게 될 거 같군."

마리아는 눈을 가늘게 뜨며 특유의 고양이 같은 미소를 지었다.

"이 말엔 또 무슨 의미가 있는 줄 알아?"

"내겐 영폴 사전이 없어서 말이야."

"골칫거리란 뜻도 있지."

마리아가 그의 귀를 뜯어먹을 기세로 속삭였다.

사라는 어쩌면 잠들어 있을지도 몰랐다. 만약 그렇지 않다 하더라도 그게 그렇게 나쁜 일인가? 저녁에도 사라는 자기 방에 틀어박혀 나오지 않는 경우가 많았다.

너태샤와 맥은 사라에게 자그마한 휴대용 텔레비전을 주었는데, 그들과 보려는 프로그램이 다르거나 함께 있고 싶어하지 않을 때 쓰도록 했다.

마리아는 맥을 조금 더 앞으로 끌어당겼다. 그녀는 아래를 내려다보고는 다시 그와 눈을 마주치며 말했다.

"날 그리워하지 않았다고 말할 수 없을걸."

아마도 너태샤는 코너의 집에 있을 거라고 추측하며 맥은 키득거리는 마리아를 현관 쪽으로 몰고 갔다. 마리아는 집중할 수 있는 시간이 아주 짧은 여자였다. 그러면 안 된다고 내면에서 소리가 터져 나왔지만 그 순간 오래된 속담이 그의 머리를 스치고 지나갔다. 남의 호의를 트집 잡는 것은 무례한 짓이라고.


"불이 켜져 있네. 맥이 벌써 집에 온 것 같아."

너태샤는 더 이상 할 말이 생각나지 않아 입술을 꾹 다물었다. 그 모습이 가느다란 두 선을 포개놓은 것 같다고 사라는 생각했다. 너태샤는 시동장치에서 열쇠를 뺀 뒤 뒷좌석에 던져둔 가방을 집어 들었다. 값비싼 화장품 냄새 같은 게 희미하게 퍼졌다.

"그 가방 들어줄까?"

어린아이로 취급하는 말투였다.

"아니요. 괜찮아요."

사라가 말했다. 여행용 가방을 손에서 놓을 수가 없었다. 그 가방을 지키는 길만이 자신을 버티게 해줄 유일한 방법 같았다.

"내일은 버스를 타고 가야 할 것 같아."

너태샤가 차 문을 잠그며 말했다.

"맥은 아침 일찍 일이 있다고 아까 문자를 보내왔고 나도 아침에 회의가 있어서. 괜찮겠지?"

"네."

"그리고 할아버지한테 필요한 좋은 물건들을 같이 골라보자. 돈 걱정은 하지 말고."

너태샤는 동정 어린 표정을 지었다. 아마 의뢰인들한테도 그런 표정을 지었을 것이다. 집 안은 따듯했다. 사라는 외투를 벗었다.

"이건 내가 널 못 믿어서가 아니야, 사라. 정말이야. 널 믿지 않았다면 우리 집에도 데려오지 못했을 거야. 난 그저 토요일 오후에 너랑 같이 시간을 보내고 싶어서 그래. 오전에 서류 작업을 마치면 마구간으로 데리러 갈 수 있을 거야. 그런 다음에 네가 원하는 가게로 가자. 너만 좋다면 백화점에서 모자를 사도 좋고. 그건 어때?"

사라는 어깨를 으쓱했다. 너태샤를 굳이 보지 않아도 그녀가 짜증이 나 있다는 것을 알 수 있었다.

"너무 늦었으니까 넌 올라가는 게 낫겠어. 아침에 다시 얘기하자."

두 사람이 돌아서는 순간 주방에서 달그락거리는 소리가 들려왔다. 너태샤는 스카프를 벗으며 주방 쪽으로 걸어갔다.

"맥? 사라랑 얘기를 하는 중이었어……."

너태샤가 우뚝 멈춰 섰다. 긴 금발에 남자 티셔츠만 걸친 키 큰 여자가 와인 잔 두 개를 들고 주방에서 나오고 있었다. 샴푸 광고에서나 볼 수 있는 그런 아름답고 윤기 있는 머리카락과 황갈색으로 태운 다리를 가진 여자였다. 발톱은 장밋빛이 감도는 작은 조개껍질들 같았다.

"당신이 너태샤군요."

여자가 미소를 짓고는 잔 두 개를 불안하게 한 손으로 거머쥔 채 다른 한 손을 내밀었다.

"난 마리아예요."

여자가 활짝 웃으며 말했지만 누가 봐도 부자연스러운 미소였다. 사라는 너태샤 뒤편에 서서 흥미진진한 표정으로 두 여자를 바라보았다.

너태샤는 말하는 능력을 상실한 사람처럼 보였다.

"맥이 당신 얘기를 참 많이 했어요."

키 큰 여자가 이렇게 말하고는 내민 손을 슬그머니 거두었다.

"차를 만들려고 했는데, 두유가 없더군요. 유제품은 피부에 그리 좋진 않거든요."

여자의 눈길이 너무 오랫동안 너태샤의 안색을 살폈다.

"그럼, 실례해요. 2층에 올라가볼게요. 누가 기다리고 있어서……."

여자는 환하게 미소를 지으며 너태샤를 지나쳐 갔다. 브래지어를 하지 않은 가슴이 셔츠 밑에서 출렁거렸고 여자가 지나간 자리에 사향 냄새가 떠돌았다.

너태샤는 여전히 움직이지 않았다.

사라는 입을 조금 벌린 채 모든 상황을 지켜보았다. 너태샤는 창백했고 가방 손잡이를 어쩌나 꽉 잡고 있는지 손가락 관절들이 하얗게 도드라졌다. 사라가 억지로 눈물을 삼킬 때와 비슷한 기분일 것 같았다.

사라가 머뭇거리다가 앞으로 걸어 나오며 물었다.

"차 한잔 타드릴까요?"

뭐든 해야 했다. 그런 상황을 겪는 누군가를 지켜보는 일도 쉽지는 않았다.

"난 그냥 우유가 좋아."

너태샤가 힘없이 대답했다.

하지만 너태샤는 사라가 거기에 있다는 사실을 망각한 듯했다. 고개를 들더니 눈을 크게 뜨고 얼굴에 억지 미소를 지으며 말했다.

"그건…… 아주 달콤하거든. 하지만 됐어, 사라."

너태샤는 무슨 말을 하고 있는지 자신도 잘 모르는 것 같았다.

사라는 여행용 가방을 끌어안았다. 빨리 자기 방에 숨기고 싶었지만 그냥 2층에 올라간다면 다른 누군가의 편을 드는 것처럼 보일 수도 있었다. 사라는 방금 일어난 상황에 어떻게 처신해야 할지 알 수 없었다.

"너도 알다시피……,"

너태샤는 손을 들어 볼에 가져갔다. 또다시 얼굴이 분홍빛으로 달아오르기 시작했다.

"너도 알다시피…… 내 생각에 난……."

그때 웃음소리와 함께 문이 열리는 소리가 들렸다. 이어서 맥이 난간에 손을 얹고 계단을 뛰어 내려왔다. 청바지에 러닝셔츠 차림이었다.

"타슈."

당황한 맥이 계단 중간쯤에 멈춰 선 채 말했다.

"미안해. 난 당신이…… 난 사라가……."

너태샤가 맥을 노려보았다. 사라는 그녀가 갑자기 너무 피곤해 보인다는 생각이 들었다.

"멋지네, 맥."

너태샤는 작은 소리로 말하고 나서 한동안 그대로 서 있었다. 잠시 후 스스로에게 뭔가를 확인해주듯 고개를 끄덕거린 다음 돌아서서 그 집을 나가버렸다.

# 15

강요나 통제 아래 수행하는 동작은……
대상이나 관계에 대한 이해 없이 나온 행동이다.
그런 대우를 받는다면 말이든 사람이든 품위 있는 태도보다는
비열한 행동을 하기가 훨씬 쉽다.

-크세노폰, 『기마술』

사라는 가슴께로 끌어올린 무릎을 두 팔로 감싸 쥔 채 침대에 누워 있었다. 또르르 말린 몸 위에는 가벼운 거위 털 이불이 덮여 있었다. 그 모습이 부드러운 둥지나 애벌레의 고치를 닮았다. 이집트산 목화 시트에서는 라벤더와 로즈마리 섬유유연제 냄새가 풍겼다. 두꺼운 회색 커튼 덕분에 방 안에는 은은한 빛이 새어 들어왔다. 하지만 고풍스러운 서랍장과 크고 화려한 거울, 유리 샹들리에 같은 값비싼 물건들 때문에 괜히 마음이 우울했다.

사라는 벽을 응시하며 호흡에 집중했다. 생각을 떨쳐버리면 숨은 몸속을 자연스럽게 들락날락할 수 있다. 무엇을 하든 중요하지 않다. 달리거나 말을 타거나 잠을 잘 때에도 숨은 몸속을 드나들면서 제 일을 하고 우리를 살아 있게 한다. 생각을 너무 많이, 깊게 하는 순간 호흡은

수동적인 것이 된다. 숨이 폐를 가득 채울 때까지 기다리고, 나쁜 생각이 떠오르거나 두려움으로 가슴이 조여오면 잠시 숨을 멈추어야 한다.

이제는 몰티즈 샐을 피할 수가 없었다. 금요일이면 어김없이 그곳에 나타났고 주말에도 자주 나왔다. 그는 더 이상 사라가 어렵게 구해온 것만으로 적당히 넘어가려 하지 않았다. 사라는 눈을 감은 채 숨을 깊게 들이쉬고 내쉬기를 반복하면서 그 생각을 억지로 떨치려 애썼다.

할아버지는 아마 지금쯤 깨어 있을 것이다. 언제나 일찍 일어나는 사람이니까. 지금도 벽을 응시하고 있을까? 아침 햇살에 사랑하는 손녀와 말의 사진들이 서서히 드러나기를 기다리면서? 멋진 말들을 타고 있는 자신을 마음속에 그려보고 있을까? 조용히 집중한 채 널찍한 무대를 춤추듯 달리고 도약하는 모습을 상상하고 있을까? 아니면 약에 취해 반은 잠이 든 채, 침을 질질 흘리며 간호사가 닦아주는 대로 몸을 맡기고 있을까? 늙고 병들어 이해력이 떨어지는 어리석은 사람 취급을 당하면서? 사라는 무릎을 더욱 세게 끌어안았다. 몸이 부르르 떨렸다.

전날 저녁, 할아버지는 떨리는 손으로 사라의 손을 움켜잡았다. 할아버지의 피부는 종이처럼 얇고 건조했으며, 늙은이 냄새 대신에 뭔가 톡 쏘는 냄새와 소독약 냄새가 진하게 풍겨왔다. 할아버지는 더 이상 예전 같지 않았다. 사라가 할아버지를 찾아갈 때마다 조금씩 나아지고 있다는 얘기를 아무리 해도, 할아버지는 조금씩 더 멀어지고 절망하는 듯했다. 숨을 쉴 때마다 할아버지를 구성하는 부분들이 조금씩 빠져나가는 듯했다. 사라는 할아버지의 기분이 어떨지 너무 잘 알 것 같아서 마음이 무거웠다.

너태샤는 가까운 곳에서 욕조에 물을 받는 소리에 잠이 깼다. 눈도 제대로 뜨지 못한 상태에서 이른 새벽부터 텔레비전 볼륨을 최대로 키우고도 아무렇지 않은 사람들의 이기심에 대해 골똘히 생각했다. 욕조에 앉아 있으면서도 텔레비전을 시청해야 하는 이유는 무엇일까? 저런 사람들은 어디에서도 조용히 앉아 있지 못할 것 같았다.

뉴스 특보를 알리는 소리. 6시 반이었다. 종잇장처럼 얇은 벽을 통해 시간을 짐작할 수 있었다. 너태샤는 몸을 일으켜 앉았다. 머리에서 묵직한 두통이 몰려온다는 경고음이 울렸고, 자신이 지금 어디에 있는 건지 잠시 어리둥절했다. 절반 정도밖에 기억나지 않는다는 건 이미 중대한 문제를 암시하고 있었다. 먹구름이 머리 위로 서서히 몰려오는 게 느껴졌다. 그 순간 익숙하지 않은 침대보와 의자 등받이에 걸려 있는 가방이 눈에 들어왔다. 일정한 무늬가 있는 베이지색 카펫과 거의 비어 있는 와인 병도 보였다.

갑자기 전날 밤의 기억이 홍수처럼 밀려들었다. 절망감에 사로잡혀 너태샤는 다시 누워서 눈을 감았다. 시대에 뒤졌다는 듯이 자신을 바라보던 그 여자의 눈빛과 그 눈 속에 담긴 비웃음. 맥이 어떻게 그럴 수 있단 말인가? 너태샤는 눈물을 닦았다. 이것은 결국 마지막 이별이 아니겠는가? 그에게 무엇을 기대했단 말인가? 너무 많은 장면이 떠올랐다. 두 사람이 같이 있을 때면 맥은 늘 여자들에게 둘러싸여 있었다. 심지어 여자들은 너태샤를 장애물로도 여기지 않았다. 맥의 외모는 여자들이 고개를 돌리게 만들었다. 맥은 인간의 매력이라는 사다리에서 한 계단 위에 있었다. 여자들도 그 점을 알았고 너태샤도 인정했다. 처음에는, 자신이 사랑받고 있다고 느낄 때에는 그 점을 별로 중요하게 여기지 않았다. 심지어 너태샤는 나가서 추파를 던져보라고 농담을 하기도 했다. 그러면 맥은 다른 여자들에겐 매력을 느낄 수 없다고 얘기하곤 했다.

그러다가 몇 차례 유산을 겪으면서 너태샤는 여성의 자질과 관련해 자신감을 잃기 시작했다. 순조롭게 임신과 출산을 반복하는 다른 여자들과 자신을 비교하면서 남모르게 부러워하고 절망했다. 너태샤의 눈에 그들은 탐스럽고 에너지가 왕성하고 젊음이 넘쳐 보였다. 반면에 자신은 아주 늙어버린 기분이 들었고 내면도 바싹 말라가는 듯했다. 하지만 맥은 변함없이 자기 자리를 유지하며 매력을 발산하고 있었다. 어쩌면 벌써 자신보다 더 젊고 아름다운 상대와 새로운 관계를 맺고 있을지도 몰랐다. 그의 아기를 낳아줄지도 모르는 누군가와. 지금쯤 그는 어디서 누구와 어울리고 있을까? 너태샤가 그와 비슷한 말을 하면 맥은 버럭 역정을 내곤 했다. 결국엔 점점 말수가 줄어 서로 말을 하지 않는게 편하다고 느끼게 되었다. 코너는 너태샤가 맥에게 아까운 사람이었다고 처음 느끼게 해준 사람이었다.

맥은 이제 너태샤의 남자가 아니었다. 너태샤 혼자만의 남자가 아니었다는 점은 예전에도 마찬가지였다. 같은 공간에 살고 있다는 사실이, 주변 여건에 따라 어쩔 수 없이 함께 지내고 있다는 사실이 그 점을 가려주었을 뿐이다.

너태샤는 무거운 몸을 일으켜 욕실로 가서 물을 틀었다. 그러다가 다시 방으로 가서 텔레비전을 켰다. 볼륨을 최대로 올려서.


사라는 발소리를 내지 않고 걷는 능력이 누구보다 뛰어났다. 지난 몇 주 동안에 맥이 계단을 내려가거나 주방에 있을 때 사라가 소리 없이 나타나는 일이 적지 않았다. 되도록 불필요하게 관심을 끌지 않기로, 그 집에서 최소한의 공간만 사용하며 잡음을 내지 않기로 결심한 사람 같았다. 보통은 십 대 소녀인 사라가 계단을 오르내리면서 내는 작은 삐걱거림 때문에 잠에서 깨는 일은 거의 없었다. 하지만 그때 맥은 벌써 몇 시간째 깨어 있었다.

전날 밤, 마리아는 너태샤가 차를 몰고 떠난 후 족히 30분은 지나고서야 집을 나갔다. 너태샤를 따라가봐야 소용이 없었을 것이다. 맥은 그녀가 어디로 갔는지 알 수 없었고, 찾는다 하더라도 무슨 말을 해야 할지 몰랐다.

맥은 2층으로 올라와 침대에 털썩 주저앉았다. 위로의 뜻으로 내민 와인 잔을 그가 거절하자 마리아는 코웃음을 치며 말했다.

"내가 준 와인을 마시면 그 여자가 화라도 낼까봐? 내가 새것 사다놓으면 될 거 아냐. 그래봐야 마켓에서 산 와인이더만."

그러고는 와인을 한 모금 마시고 덧붙였다.

"폴란드에서는 손님을 그렇게 냉대하면 아주 무례한 사람으로 취급받는다고."

맥은 마리아가 와인 때문에 그러는 게 아니라는 걸 알았지만 잠시 그녀에게 넌덜머리가 났다. 마리아는 일부러 더 잔인하게 말하며 은근히 즐기는 듯했다.

"당신은 가는 게 좋겠어."

맥이 말했다.

"당신은 왜 그렇게 신경을 쓰는데?"

마리아가 소리치고는 청바지를 입으며 여봐란듯이 몸을 좌우로 흔들었다.

"1년 동안이나 보지도 않았으면서. 몇 주 안에 이혼한다고 나한테도 말했잖아."

맥은 대답을 할 수가 없었다. 너태샤의 감정을 건드리고 싶지 않아서였을까? 사실 처음 집에 다시 들어왔을 때, 바보 같았는지는 모르겠지만 조금은 낙관적인 기대를 품었다. 두 사람이 좋은 친구로 남을 수 있지 않을까 하는. 이혼이라는 혼란과 트라우마를 겪고서도 냉소적이지만 재미있고 영리한 여자와 관계를 끊고 싶지 않은 소망 때문이었을까? 아니면 충격과 상처로 창백해진 얼굴이나 분노와 책망으로 이글거리는 눈빛이 한밤중까지 자신을 괴롭힐 것 같은 두려움 때문이었을까?

맥은 자리에서 일어나 찬물로 세수를 했다. 청바지를 입고 조용히 계단을 내려갔다. 사라가 주방에 있었다. 교복을 깔끔하게 다려 입은 채 샌드위치를 만들고 있었다.

"미안하구나."

맥이 피곤한 눈으로 말했다.

"내가 점심을 준비해줬어야 했는데."

그는 까칠한 턱수염을 만지작거렸다.

"보통은 아줌마가 했잖아요."

"알아. 지난밤에는 제대로 생각을 할 수가 없었어. 그런데 축사엔 안 들르니?"

맥이 시계를 힐끗 보고 물었다.

"시간이 빠듯할 것 같은데."

"괜찮아요."

"태워주고 싶은데, 내가 좀……."

"그러지 않아도 돼요."

사라가 말을 가로챘다.

"부한테 사과 갖다줘."

맥은 과일 그릇에서 사과 하나를 집어 사라한테 던졌다. 사라가 재빨리 손을 내밀어 사과를 잡을 거라고 생각했고, 그것은 평소에 둘이서 자주 하던 놀이이기도 했다. 하지만 사라는 옆으로 비켜섰고, 사과는 단단한 석회석 바닥에 쿵 하고 떨어졌다.

그는 떨어진 사과를 집어 든 다음 꼿꼿한 자세로 서 있는 사라의 가늘고 경직된 등을 바라보았다.

"나한테 화가 난 거니?"

"제가 상관할 일이 아니에요."

사라는 건조한 목소리로 대답한 뒤 샌드위치를 깔끔하게 싸서 가방에 넣었다.

맥은 주전자를 들어 컵에 물을 따르며 사과했다.

"어젯밤 일은 미안하다."

"미안하다는 말을 들어야 할 사람은 제가 아닌 것 같은데요."

사라가 외투를 입으며 대꾸했다.

"너태샤가 돌아올지 모르겠어."

그가 힘없이 말했다.

"하지만 여긴 여전히 아줌마 집이잖아요."

"우리 집이지."

"뭐든요."

사라가 어깨를 으쓱했다.

"아까 얘기했듯이 제가 상관할 일이 아니네요."

맥은 커피를 내리면서 열네 살짜리 여자애가 어떻게 저렇게 성인 남자의 신경을 긁을 수 있는지 놀라움을 감추지 못했다. 너태샤의 분노가 컸으리라는 건 알았지만 이런 상황은 예상하지 못했다.

"돈 좀 주실 수 있어요?"

학교 갈 준비를 마친 사라가 그의 뒤에 서서 물었다.

"물론."

그는 뭐든 기꺼이 해주겠다는 듯이 말했다. 이런 면목 없는 상황을 조금이라도 모면할 수 있다면 못 할 게 없었다.

"얼마가 필요한데?"

그러고는 주머니를 뒤지기 시작했다.

"50?"

사라는 조심스럽게 말을 꺼냈다.

그는 주머니에서 꺼낸 돈을 살피고는 은색 동전 하나를 내밀었다.

"50 펜스요?"

"그럼 50파운드를 말한 거야? 그건 좀 그렇지. 내가 오늘 아침엔 할 일이 있으니까. 오후에 인출기에서 돈을 찾아올게. 10파운드를 줄 테니까 친구들이랑 버거라도 사먹으렴."

사라는 기대한 것만큼 기뻐하는 눈치가 아니었다. 그래도 오늘 저녁에 뭘 해줘야 될지 걱정하지 않아도 되니 잘된 일이었다.

일단은 너태샤를 만나 대화를 나눌 필요가 있었다. 하지만 만나더라도 도대체 무슨 말부터 해야 할지 막막했다.


정부 사업과 관련되지 않은 변론 취지서에는 보통 분홍색 리본이 붙어 있었다. 이런 시대착오적인 관습은 불가사의한 서류 정리 방법으로만 치부될 일이 아니었다. 이렇게 리본을 붙이는 데에는 한 가지 이유가 있었다. 변호사 자신을 사건으로부터 감정적으로 분리시키려는 목적이 있었다. 대개 변호사들은 독립적이고 객관적인 태도를 유지하기 위해 따로 교육을 받았다.

몇 가지 사건은 다른 것들에 비해 객관성을 유지하기가 쉬워 보인다고 생각하면서 너태샤는 마이클 해링턴 맞은편에 앉았다. 두 사람은 곧 시작될 페르시 이혼 소송을 논의하기 위해 그의 사무실에서 만났다.

"좀 피곤해 보이는군요."

그가 말했다.

"이 변론 취지서의 세부 사항을 준비하느라 밤을 새는 일은 없기를 바랍니다."

"그럼요."

"내일은 페르시 부인과도 상의할 필요가 있다고 생각해요. 법정 회계사들의 의견도 기다리고 있고요. 내일 회의에 그분들과 함께 와주시겠어요? 그리고 각자 어떤 증인들을 채택할지에 대한 문제도 마무리 지었으면 좋겠습니다."

해링턴 씨가 그녀를 바라보며 말했지만 너태샤는 계속 보고서를 내려다보고 있었다.

"너태샤? 괜찮아요?"

"네, 괜찮아요."

"참석하실 수 있죠?"

너태샤는 다이어리를 살펴보았다. 이미 내일은 일정이 빡빡하게 잡혀 있었다.

"시간을 내볼게요."

"좋습니다. 오늘은 이 정도면 되겠네요."

그가 일어섰고, 너태샤는 서류와 소지품을 정리했다.

"어, 아니요, 제 말은 바로 가시라는 뜻이 아니었어요. 시간이 좀 나시면 마실 것 좀 드시고 가세요."

불쑥 지난밤 일이 생각났다.

"차 한잔 주세요. 감사합니다."

너태샤는 차를 부탁한 뒤 다시 자리에 앉았다.

그가 직원을 부르자 누군가 문틈으로 얼굴을 내밀었다.

"베스, 차 두 잔만 준비해줘요. 설탕은? 하나는 설탕 빼고 부탁해요."

갑자기 그가 화제를 다른 데로 돌렸다. 성인 자녀들에 대한 얘기를 시작으로 새로운 취미 생활로 요트 타기를 즐기고 있다고 했다. 두 사람의 지인으로 최근 법률 추문에 휘말린 한 변호사에 대한 얘기도 나누었다. 드디어 그가 본론을 꺼냈다.

"사실은 언제 한번 만나서 얘기를 나눠보고 싶었습니다. 저희가 요즈음 조직을 개편하는 중이거든요. 변호사 구성도 재조정하고 있죠. 곧 공석이 하나 생길 것 같습니다."

너태샤는 다음 말을 기다렸다.

"그동안 당신 이력을 관심 있게 지켜보았습니다. 리치먼드 대 터너 소송 성과도 훌륭했고, 세쌍둥이 유괴 사건을 처리한 방식도 마음에 들었죠. 제가 얘기를 나눠본 사무변호사들도 당신을 거론하더군요. 전반적으로 평가가 좋던데요."

"감사합니다."

"저희 회사에 공석이 생기면 참여할 의향이 있습니까?"

너태샤는 조금 당황스러웠다. 그녀가 연수를 받던 시절에 '해링턴 레빈슨'은 현대적이고 진보적인 법률회사의 선두주자로 대단한 명성을 유지하고 있었다. 그런데 지금 그 설립자인 마이클 해링턴이 자신에게 적극적으로 제의를 해오고 있는 것이다.

"그렇게 말씀해주시니 아주 으쓱해지네요."

너태샤가 말했다. 그때 직원이 차를 들고 방으로 들어왔다. 두 사람은 직원이 차를 놓고 나갈 때까지 기다렸다.

"그런데 지금 다니는 회사에서 제게 파트너 제안을 했다는 사실을 먼저 말씀드려야겠네요."

"제 생각에 그건 당신에게 최상의 선택은 아닌 것 같은데요. 많은 사무변호사들이 현재 전임 변론 업무로 옮겨가는 추세이지 않습니까? 이곳에서 그 발판을 마련할 수 있을 거라고 봅니다만. 시험 채용 기간을 무리 없이 마치면 2년 이내에 법정에서 모든 변론이 가능할 겁니다."

너태샤는 그가 말하는 내용과 의미를 이해하려고 애썼다. 사실 그녀는 잡다하고 산적한 업무에 시달리는 사무변호사보다는 좀 더 전문적인 법정변호사로서의 지위를 고려하고 있긴 했다. 지금 같은 처지에서는 의뢰인들의 삶과 법적 문제를 다룰 때 장기적이고 지속적인 계획을 마련하는 데 어려움이 따랐다.

"해링턴 씨, 이건 매우 중요한 문제입니다."

너태샤는 코너를 염두에 두고 말했다.

"제게도 면밀히 살피고 고민할 시간이 필요할 것 같습니다."

그가 종이에 뭔가를 써서 너태샤에게 건넸다.

"제 개인 번호입니다. 직원을 통해 연락하지 말고 제게 직접 걸어주세요. 저들은 경비견처럼 절 감시하고 있거든요. 급여나 수습 기간, 사무실 등 회사와 관련해 궁금한 사항이 있으면 언제든지 연락하세요."

"혹시 증빙서류도 요구하시나요?"

"업무와 관련해서는 당신에 대한 거의 모든 걸 알고 있습니다."

그가 웃으며 말했다.

"다음은 어디로 가시나요? 다른 회의가 있나요?"

"그와 비슷한 거죠."

너태샤가 컵과 접시를 탁자에 내려놓으며 말했다.

"나중에 전화드릴게요. 감사합니다. 제안은 신중하게 고려해보겠습니다."

이 집은 현대적이면서 전면이 고른 주변 집들과 특별히 다른 점이 없었다. 다만 이 집 앞에는 구겨지고 더러워진 폴리스 라인 테이프가 쥐똥나무 울타리 아래로 늘어져 쓸쓸하게 바람에 나부꼈고, 그것이 저간의 사정을 말해주고 있을 뿐이었다. 칙칙하게 변한 벽돌 색깔도 저 문 뒤에서 벌어진 사건의 심각성을 보여주는 듯했다.

너태샤는 길 위에 서서 망사 커튼이 쳐진 텅 빈 유리창을 올려다보았다. 26세의 점원은 지금 어디에 있는 것일까? 혹시 저 커튼 뒤에 서서 바깥을 내다보고 있는 것은 아닐까? 아니면 아직도 병원에 있는 것일까? 너무 무서워서 집으로 돌아오지 못하는 것일까? 피해 여성은 그 소년이 자신을 특정한 이유에 대해 생각해보았을까?

알리 아마디가 이 집을 선택한 이유는 무엇이었을까? 세상의 반대편에서부터 시작된 긴 여정이 하필이면 왜 여섯 개의 짧은 계단을 오른 이 현관에서 마무리되고 말았을까? 그 작은 실수가 어떻게 이런 엄청난 사건으로 이어질 수 있었을까?

그때 한 노부인이 쇼핑 카트를 밀며 너태샤 옆을 지나갔다. 너태샤는 옆으로 비켜서며 살짝 미소를 지었지만, 노부인은 냉랭한 눈길로 그녀를 힐끗 쳐다보고는 쓸쓸하면서도 단호하게 가던 길을 걸어갔다.

너태샤는 커다란 응어리 하나가 목구멍에 얹힌 것 같은 느낌이 들었다. 자신은 아무런 단서도 찾아보려 하지 않았다. 어쩌면 서로에게 사과가 필요한 일인지도 몰랐다. 그 아이를 좀 더 확인해봤어야 했다. 그 마을의 이름과 소년이 걸어갔다고 주장한 거리를 조사해봤다면 그 애를 구했을지도 모른다. 뭐라도 했다면 그 애를 구할 수 있었을 것이다.

그때 전화벨 소리가 울렸다.

"4시 15분 약속 잊으신 거 아니에요? 지금쯤 와 계실 줄 알았는데."

벤이었다.

"시간을 좀 미뤄줘."

너태샤는 차 옆에 서서 대답했다. 길 건너편에서 두 여자가 유모차를 밀고 지나가는 게 보였다. 두 여자 모두 휴대전화로 통화를 하고 있었는데, 언뜻 보기엔 각자의 아기나 서로에 대해 전혀 의식하지 않는 것 같았다.

"뭐라고요?"

"아니, 취소해줘. 오늘은 못 들어갈 것 같아."

한동안 침묵이 이어졌다.

"린다한테는 뭐라고 말하죠? 변호사님은 괜찮으세요?"

"어, 사실은 아니야. 몸이 좀 안 좋아. 집에 가야겠어. 정말 미안해. 이번 주 중으로 다시 일정을 조정해줘. 스티븐 하트니까 이해해줄 거야."

하지만 전화를 끊고 나서야 집으로 돌아갈 수 없는 자신의 슬픈 처지가 생각났다.


지금까지 제시카 아널드에게는 남자 친구가 스물세 명이나 있었다. 제시카와 같은 또래가 열네 명, 그보다 위가 네 명, 나머지는 학교 밖, 특히 샌다운과 주변 건물에서 만난 사람들이었다. 현재의 남자 친구들은 좀 더 나이가 많은 사람들이었다. 그들은 성능을 높인 저상차를 타고 학교 앞에서 기다리고 있다가 제시카가 올라타면 요란하게 음악을 틀고 우르릉거리며 출발했다. 제시카는 그들 대부분과 잠을 잤다. 이런 사실은 단순히 '경험'이 있다는 허세 정도로 끝나지 않았다. 화장실에 휘갈겨 쓴 낙서에도 드러나 있었고, 제시카의 책가방에서 떨어진 빈 약통이나 차에 탄 남성들의 낯빛만 봐도 심각하다는 걸 알 수 있었다. 이들은 공원 벤치에 앉아 길고 긴 키스를 나누는 것으로 만족할 사람들이 아니었다. 제시카는 무슨 자랑거리처럼 늘 목에 자줏빛 흔적을 달고 다녔다. 스스로 선택한 것처럼, 자신이 원한 것처럼 그렇게 행동하고 다녔다.

10학년 학생들 가운데 제시카가 성적인 측면에서 한쪽 극단을 보여준다면 사라와 데비 더모트, 살리마는 다른 쪽 극단을 보여준다고 할 수 있었다. 데비는 두꺼운 안경과 치아 교정기를 끼고 다녔고, 살리마는 외출할 때마다 늘 부르카*를 착용하고 남자 애들과 키스는 물론 대화도 나누지 않았다. 사라는 못생겨서가 아니라 성적인 것들에 아예 관심을 두지 않았다.

사라가 아는 남자애들은 초급에서 고급 마술로 발전해가는 부에 대한 얘기를 듣고 싶어하지 않았고, 사라와 함께 축사를 가거나 집으로 가는 버스를 함께 타려고도 하지 않았다. 한두 번 가본 친구들도 마구간 냄새가 지독하다며 불평을 늘어놓거나 소리를 지르면서 말을 불안하게 하고 짚더미 옆에서 담배를 피웠다. 그들은 사라의 생활을 전혀 이해하지 못했다.

---

* 이슬람 여성들의 전통 복식 가운데 하나로, 머리에서 발목까지 덮어쓰는 통옷 형태.

사라는 할아버지한테 학교생활이나 친구 관계에 대한 얘기는 전혀 하지 않았다. 대신 가끔씩 늦은 밤 격한 감정에 사로잡히거나 알 수 없는 이유로 견디기 힘든 상실감에 빠질 때면, 카드르 누아르 학교에 다니는 상상을 했다. 그곳에서 사라는 아주 훌륭한 기수였고, 황금빛 견장에 검은색 제복을 입은 젊고 멋진 대위를 만났다. 젊은 대위는 뛰어나고 영리한 기수였고 말에 대해 모르는 것이 없었다. 스티커를 덕지덕지 붙이고 보험에도 들지 않은 차를 몰고 거리를 질주하는 일도 없었고, 음식 냄새가 풀풀 나는 입으로 아무 데서나 키스를 하지도 않았다. 사라와 젊은 대위의 관계는 승마로 맺어진 순수하고 낭만적인 인연이었고, 제시카와 남자 친구들의 방만한 관계와는 완전히 거리가 멀었다.

이런 상상은 사라가 늘 꿈꾸던 미래였다. 하지만 상상은 언제나 아쉬움만 남긴 채 끝났고, 현실은 너무도 달랐다. 수중에 가진 돈은 몇 개 안 되는 CD와 장식품을 팔아 마련한 7파운드 15펜스와 맥이 준 10파운드가 전부였고, 보험 채권은 현금으로 바꾸려면 최소한 3주는 걸리는 데다 할아버지의 서명이 있어야 했다.

"드릴 말씀이 있어요."

"내 돈을 마련해온 게냐?"

"바로 그 얘기를 하려는 거예요."

"그럼 말해봐."

축사 맞은편에 서 있는 남자들을 보고 사라가 고개를 저으며 말했다.

"저 사람들이 있는 여기선 싫어요."

몰티즈 샐은 털을 손질하는 솔들을 챙겼다. 솔들은 모두 티 하나 없이 깔끔하고 반짝거렸는데, 말의 먼지를 털어낸 적이 있을까 싶었다. 그는 마지막 것을 제자리에 밀어 넣은 뒤 고개를 들고 못마땅한 표정을 지으며 물었다.

"원하는 게 뭐야, 서커스 아가씨?"

사라는 왼쪽 손목에 두른 가방끈을 비틀면서 목소리를 낮추어 조용히 말했다.

"알고 싶어요. 얼마나…… 얼마나 줄여줄 수 있는지…… 만약……."

그는 바로 대답하지 않았다. 미소를 짓지도, 놀라움이나 기쁨을 드러내지도 않았다. 갑자기 요란한 웃음을 터뜨리며 농담한 것뿐이라고, 도대체 자기를 어떤 사람으로 생각한 거냐고 말하지도 않았다. 사실 사라는 반쯤 그렇게 말해줄 거라 기대하기도 했다.

몰티즈 샐은 스스로 무언가를 다짐하려는 듯 고개를 끄덕였다. 사라를 힐끗 쳐다본 뒤 발걸음을 돌렸다. 그는 난로 주위에 모여 있는 사람들에게 걸어갔다. 어느새 차가워진 공기로 사람들의 입에서 하얀 입김이 새어 나왔다. 그래서 연기와 입김이 잘 구분되지 않았다. 몰티즈는 그들에게 손짓하며 뭔지 알아들을 수 없는 말을 했다. 그들은 어깨를 으쓱하더니 주머니를 두드려 열쇠와 담배를 찾는 듯하다가 못 쓰는 종이를 꺼내 난로에 휙 던져 넣었다. 그들 틈에 끼어 있던 랠프는 조금 떨어져서 다시 봐야겠다는 표정으로 사라를 바라보고 있었다. 어쩌면 몰티즈의 관심을 끈 것에 대한 단순한 질투심이었는지도 모른다. 아니면 사라를 다른 사람으로 착각했을지도 모른다는 생각이 들었다. 캡틴의 손녀나 함께 특이한 모험을 했던 친구가 아닌, 그저 거래를 하려고 온 다른 누군가로 오인했을 수도 있었다. 자리를 뜰 때도 사라를 다시 쳐다보지는 않았다.

사라는 부의 마구간으로 다가가 문을 열고 안으로 들어갔다. 그리고 안장을 만지작거리면서 위로를 받기 위해 말의 따뜻한 피부에 머리를 갖다 댔다. 부는 사라의 상태를 확인하려는 듯, 사라가 무엇을 하려는지 알아내려는 듯 큰 머리를 빙 돌렸다. 사라는 손으로 말의 얼굴을 쓰다듬으며 부드러운 피부 아래 숨어 있는 뼈를 더듬었다.

몰티즈가 출입구를 지나 의기양양하게 걸어 들어오는 게 느껴졌다. 엄지손가락과 다른 손가락 사이에는 불붙은 담배를 쥐고 있었다. 남자들이 정문을 빠져나가면서 무슨 말을 외쳐대자 그는 손을 들어 경례를 보냈다. 이어서 마지막 차가 떠나자 그는 문을 닫고 무거운 사슬을 끌어당겨 고리에 걸었다. 이제 축사 안은 캄캄해졌고 시바는 안절부절못하며 이리저리 왔다 갔다 했다. 아마도 카우보이 존이 돌아오기를 기다리는 듯했다.

급기야 시바는 부의 마구간으로 다가와 이 세상 어디에도 보살핌을 받을 데가 없는 것처럼 처량하게 낑낑 소리를 냈다.

"그래서요."

몰티즈가 문 앞에 서자 사라는 목소리를 거칠게 내려고 애쓰며 말했다. 자전거를 타고 지나가는 남자애들한테 빽빽거리며 소리를 지르는 샌다운의 여자애들처럼, 거칠 것이 없다는 듯 목에 힘을 주고 태연한 척하려 노력했다.

"어떻게 해주실 건데요?"

하지만 그는 사라의 말을 못 들은 것처럼 행동했다. 담배를 한 모금 깊이 빨고 나서 마구간으로 걸어 들어와 문을 닫았다. 사라에게서 관심을 거둔 부는 이제 뒤편에서 무심하게 건초를 씹고 있었다. 마구간 안을 비추는 것은 축사 밖에서 새어 들어오는 불빛뿐이었으므로 그의 얼굴을 제대로 분간하기는 힘들었다. 불빛에 더 가까이 있는 사라의 몸만이 오렌지빛 유령처럼 희미하게 보였다.

"윗옷을 벗어."

몰티즈는 아무렇지도 않게 그 말을 뱉었다. 마치 정문을 잠그라고 심부름을 시키는 듯한 건조한 말투였다.

"뭐라고요?"

"윗옷을 벗으라고. 네 몸을 보고 싶으니까."

그는 사라를 쳐다보지도 않은 채 담배를 하나 더 뽑으면서 말했다.

사라는 그를 노려보았다. 지금은 아니야, 사라는 생각했다. 지금은 이런 거에 대한 준비가 전혀 안 돼 있다고, 난 단지 당신이 제안하는 것이 뭔지 따져보고 싶었을 뿐이라고.

"하지만⋯⋯."

"네가 이 문제를 해결하고 싶지 않다면야⋯⋯."

그는 싫으면 관두라는 식으로 고개를 돌리며 말했다.

"넌 무슨 애들 놀이를 하는 줄 아는구나. 내가 널 대단하게 여기는 줄 착각하나본데."

몰티즈는 두 손가락으로 담배를 입술에서 떼어 콘크리트 바닥에 휙 튀겨 내던졌다. 담뱃불이 잠시 발갛게 빛나다가 물기를 머금으며 꺼졌다. 그 순간 차갑게 굳은 그의 얼굴을 보고 사라는 가슴이 쿵쾅거리기 시작했다.

자신이 무슨 행동을 하는지조차 깨닫기 전에 사라는 머리 위로 윗옷을 끌어 올렸다. 부드러운 속옷도 없이 스웨터 하나만 입고 있었기에 차가운 공기가 바로 몸을 훑고 지나가는 게 느껴졌다. 문틈으로 들어오는 찬바람이 따뜻하게 보호받던 맨살을 차가운 손가락으로 후비듯 파고들었다.

몰티즈가 돌아섰다. 사라는 그를 제대로 볼 수 없었다. 하지만 그의 두 눈이 사라의 몸에 머물러 있는 게 느껴졌다. 사라의 가치를 찾아내려고 뚫어져라 응시하고 있었다. 그의 시선은 살갗을 파고들 것처럼 심한 모멸감과 고통을 안겨주었다. 곧 끝날 거야, 사라는 마음속으로 중얼거렸다. 저항하는 자세로 똑바로 서서 버티라고 스스로를 다그쳤다. 그러고 나면 그에게 진 빚을 갚을 수 있게 될 거야, 모두 괜찮아질 거야.

"브래지어도."

그는 천천히 말했지만 명령이나 다름없는 말투였다. 원하면 뭐든 가졌던 사람의 목소리였다.

사라는 방금 들은 말을 다시 한번 확인하려 했다.

"도대체 뭘 원하는 거예요?"

사라는 저항했다.

"그런 말은 안 했잖아요……."

"내게 지금 뭘 할 건지 묻는 거야? 조건을 달기라도 하겠다는 거야?"

그의 목소리가 냉랭하게 굳었다. 사라는 온몸을 떨었고 팔에는 소름이 돋았다. 눈을 감았다. 가슴이 너무 크게 뛰어서 그의 말소리를 알아듣기도 힘들었다.

"브래지어를 벗어."

사라는 침을 꿀꺽 삼키며 뒤로 물러섰다. 이빨이 딱딱 부딪치는 것을 막기 위해 이를 악물었는데, 그것이 두려움 때문인지 추위 때문인지는 알 수 없었다. 사라는 눈을 뜨지 않은 채 브래지어를 벗기 시작했다. 그것은 크기도 크고 싸고 조잡한 것이었다. 할아버지는 양말과 함께 그것을 구입했다. 사라는 할아버지가 뭘 사려는지 알아채고 당황해서 입어보지도 않고 마트를 달려 나왔다. 몰티즈는 이제 브래지어를 벗겨 한쪽 바닥에 떨어뜨렸다. 사라의 상반신이 완전히 발가벗겨졌다. 한기가 다시 한번 사라의 몸을 스치고 지나가자 젖꼭지가 항의하듯 팽팽하게 도드라졌다. 그는 숨을 깊이 들이마시며 좀 더 가까이 다가왔고, 사라는 자신이 깊은 수렁에 빠져들었다는 사실을 깨달았다. 그런 심연이 기다리고 있을 줄은 결코 알지 못했다.

사라는 눈을 뜰 수도, 숨을 쉴 수도 없었다. 그렇게 이도 저도 아닌 무방비한 상태로 서 있었다. 스스로가 몸에서 빠져나와 더 이상 사라가 아닌 상태로 벌거벗은 채 마구간에 서 있었다. 그때 몰티즈의 새 말은 옆 마구간에서 히힝 울었고, 시바는 마구간 밖에서 멍멍 짖어댔으며, 거리에서는 누군가의 얘기 소리가 들려왔다. 이건 자신과 무관하다고 사라는 생각했다. 이제 남자의 뜨겁고 건조한 손이 사라의 차가운 피부를 미끄러지듯 덮쳤고, 남자의 뜨거운 숨결이 얼굴에 훅 끼쳐오며 상스럽고 생경한 언어가 귓속을 파고들었다. 남자의 콧구멍에서는 이상하고 기묘한 냄새가 풍겼으며, 남자가 차가운 돌벽으로 사라를 미는 동안 날카로운 벨트가 사라의 고관절을 아프게 눌러왔다. 그의 역겨운 말과 무자비한 손길이 지속되는 동안 현실 세계는 저만치 멀어져 있었다. 이건 사라의 현실이 아니었다. 도대체 무슨 일이 일어나고 있는 것인가? 더 이상 사라의 인생도, 미래도 존재하지 않는 듯했고, 어떤 말도 할 수 없었다. 뜨거운 숨을 토해내며 분주한 손길로 누군가를 소유한다고 여기는 이 남자가 앞으로 사라의 삶에 어떤 영향을 미치게 될 것인가? 사라는 결국 최면에 걸렸고 아무것도 아닌 사람이 되고 말았다.

그는 이제 사라의 손을 덥석 잡아 자기 쪽으로 끌어당기려고 했다. 사라는 이를 악물고 두려움을 억눌렀다. 아무것도 아니야, 사라는 그 말을 머릿속에서 되풀이했다. 별일 아니야, 다 지나갈 거야. 그때 지퍼를 내리는 듯한 소리가 들려왔고, 부자연스러운 숨소리가 점점 더 귀에 거슬리는 가쁜 호흡으로 바뀌어갔다. 이어서 사라의 손끝에 거친 면직물이 스치더니 부드럽고 따뜻하지만 단단한 무언가가 느껴졌다. 사라는 본능적으로 그것을 만져서는 안 된다는 것을 알아챘다.

사라는 더 이상 참을 수가 없어 손을 와락 잡아 뺐다. 하지만 훨씬 더 강한 손이 사라의 손을 짓누르며 뜨거워진 살과 피부로 다시 가져가려 했다. 그 힘이 사라의 내면에 있던 무언가를 폭발시키며 고함 소리가 터져 나왔다. 사라는 그를 밀치고 때리며 소리 질렀다.

"이거 놔, 저리 꺼져!"

그러자 부가 움찔한 뒤 옆으로 뛰어오르며 발굽으로 마구간 벽을 내리쳤다. 사라는 재빨리 가방과 옷을 낚아채 그의 손아귀에서, 눅눅한 감옥 같은 곳에서 뛰쳐나왔다. 곧바로 정문을 향해 달려가 철책 문을 비틀어 열고 아스팔트길로 달려 나갔다. 차량들로 붐비는 도로의 환한 불빛 아래에서 땀에 젖은 스웨터를 머리 위로 끼워 입었다.


"당신이 여기 있는 이유를 모르겠군."

코너가 맥주잔을 쥐고 있는 너태샤 앞에 서서 말했다.

"오늘 오후에는 리처드가 당신하고 상의할 일이 있다고 하는 걸 내가 변명해줬다고."

너태샤가 계속 말이 없자 그가 다시 덧붙였다.

"린다도 당신 걱정을 하고 있어."

너태샤는 의자에 기댄 채 말했다.

"린다는 모든 사람의 생활에 너무 관심이 많아. 보시다시피…… 난 괜찮아."

코너의 눈이 너태샤 앞에 놓인 빈 술잔들을 훑고 지나갔다. 그는 외투를 벗어 맞은편 자리에 놓았다. 하루 업무가 끝난 시간이라 술집은 사람들로 꽉 차 있었다. 코너는 맥주를 한 모금 마시고 말을 이었다.

"당신 집에 전화했어. 그런데 어린 손님이 전화를 받더니 당신이 어디 있는지 자기도 모른다고 하더군."

너태샤는 맥주를 또 한 모금 마신 뒤 대답했다.

"이제 거기서 지내지 않을 거야."

코너가 너태샤를 빤히 쳐다보며 물었다.

"알았어, 너태샤. 도대체 무슨 일이야?"

"와우, 이제 관심이 생긴 거야?"

"이봐, 뭔가 문제가 생긴 게 틀림없어 보이는군. 5년 만에 처음으로 약속을 깨더니 오후에는 분명한 사유도 없이 회사에 나오지 않았어. 그런데 여기서 이렇게 술을 마시고 있잖아."

"역시 영리한 홈스야."

너태샤의 목소리는 침착하게 가라앉아 있었다. 너태샤는 자신이 샤르도네를 좋아하는 이유가 그 와인이 인기가 없어서라는 사실을 이제야 깨달았다. 왜 좀 더 일찍 깨닫지 못한 걸까?

"알리 아마디가 폭행한 여자의 집에 다녀왔어."

"거긴 왜 갔는데?"

"나도 몰라."

"그래서 만사를 다 제쳐놨구만. 그 일에 왜 그렇게 신경 쓰는 거야?"

너태샤가 눈을 깜박이며 대답했다.

"그 사건에서 벗어날 수가 없어. 그 여자와 그 아이에 대한 생각을 떨쳐버리지 못하겠어."

햇볕에 그을린 가느다랗고 애정 어린 두 손이 너태샤의 목 주위를 감싸 쥐었다.

"어리석은 짓이야, 너태샤. ……그건 이성적인 행동이 아니야."

"어, 내가 좀 취했나봐."

"알았어. 내가 택시 태워서 집에 보내줄게. 어서 일어나자."

코너가 손을 잡아 일으키려 했지만 너태샤는 손을 뿌리치며 말했다.

"집에 안 가."

"왜?"

"호텔에서 지내고 있으니까."

코너는 불발탄이라도 다루는 것처럼 그녀를 조심조심 대했다.

"호텔에서 지낸다고?"

"홀리데이 인이야."

"이유를 물어봐도 돼?"

아니, 너태샤는 외치고 싶었다. 아니, 당신은 오래전에, 문제의 전조가 보이자마자 내 인생에서 떠나가버렸으니까. 아니, 당신은 몇 주 동안이나 나를 무시하고 형편없는 사람처럼 느끼게 만들었으니까. 아니, 당신은 내 행복 따위는 안중에도 없는 사람처럼 행동했으니까.

"그러는 편이 더 간단했으니까."

코너는 묵묵히 앉아 있었다. 너태샤는 맞은편에 앉아 있는 그를 바라보았다. 그는 왜 가지 않고 있을까?

"그게 더 쉬웠어. 됐어? 당신이 옳았어. 집에 있으니까 문제가 자꾸만 복잡해졌어. 잘 대처할 수 있을 거라 생각했지만 실수만 저질렀지. 이제 만족해?"

코너는 아무 말도 하지 않았다. 너태샤는 침을 한 번 꿀꺽 삼키고 앞에 놓인 잔들을 노려보려고 애썼지만 잔들이 자꾸만 출렁거려 보였다.

인상을 찌푸리며 눈을 한 번 질끈 감았다 뜨자 흔들림이 멎었다.

　마침내 너태샤는 마음을 누그러뜨리고 코너를 바라보았다. 그의 눈빛은 온화했지만 표정은 슬퍼 보였다.

　"이런, 너태샤, 미안해."

　그는 자리에서 일어났다. 탁자를 돌아 너태샤 옆에 앉으며 한숨을 지었다.

　"정말 미안해."

　"너무 마음 쓰지 마. 그런 일을 시도한 것 자체가 우스운 짓이었어. 아무래도 내가 정신이 어떻게 됐었나봐."

　"글쎄, 맞아, 그건 그래."

　코너는 너태샤의 어깨에 팔을 둘러 그녀를 끌어안았다. 너태샤는 마지못한 듯 그에게 기대었고 그의 팔에 안겨 긴장을 풀었다.

　"미안해."

　코너가 그녀의 머리에 대고 중얼거렸다.

　"내가 너무 어리석고 질투심에 눈이 멀었어. 난 결코 당신이 불행해지는 걸 보고 싶지 않아."

　"거짓말."

　"그래, 당신이 그 사람과 행복해지는 걸 보고 싶지 않았어. 하지만 절대로 이런 모습을…… 원한 건 아니야."

　"난 괜찮아."

　"아니, 난 괜찮지 않아. 그리고 이건 내 잘못이 커."

　그는 상체를 굽혀 너태샤의 얼굴을 잡아 자기 쪽으로 기울였다. 그리고 말했다.

　"나랑 살아."

"뭐라고?"

"방금 당신이 들은 대로야."

너태샤는 그의 품에서 자세를 바꾼 뒤 말했다.

"코너, 난 잘 모르겠어. 내 삶은 지금 엉망진창이야. 완전히 수렁에
빠진 기분이라고. 어떻게 빠져나와야 할지 모르겠어."

"어떻게 해야 하는지는 내가 알아."

그는 너태샤의 눈을 가린 머리카락을 넘기며 말했다.

"나랑 살면 돼."

"말했잖아. 난 지금……."

코너가 말을 가로챘다.

"그냥 당신이 원하는 대로 지내고…… 살면 돼."

너태샤는 움직이지 않았다. 자신이 그의 말을 정확히 들었는지 자신
할 수가 없었다.

"맥한테 모든 걸 깨끗이 정리하도록 맡겨. 당신을 이런 혼란에 빠뜨
린 건 바로 그자야. 그러니 당신은 와서…… 그냥 와서 나랑 살아."

"이럴 필요 없어."

"나도 알아. 하지만 정말이야. 지난 두 주 동안 난 아무것도 생각
할 수가 없었어. 당신하고 그자가 함께 저녁을 먹고 얘기를 하고 뭐
든……."

그는 얼굴을 한번 문지르고 말을 이었다.

"……누가 알겠냐고. 당신이 설마 또…… 아무튼 더는 알고 싶지 않
지만 나도 생각이 많아졌어. 우리 좀 더 서두르자."

"서두르자고."

너태샤가 코너의 말을 되풀이했다.

"너무 구식이야."

드디어 코너가 청혼을 했다. 너태샤가 몇 달 동안이나 원했던 그 말을 했다. 하지만 너태샤는 그 제안을 쉽사리 받아들일 수가 없었다. 지난밤의 충격 아니면 지난 몇 주 동안의 피로감 때문이었을까? 너태샤는 어떻게 반응해야 좋을지 몰랐다.

"이건 중대한 결정이야, 코너. 우리 모두에게……."

"혼란을 잘 수습해보자."

"말 참 그럴듯하게 한다."

"진심이야, 너태샤."

그는 잠시 머뭇거리다가 말했다.

"사랑해."

너태샤는 남은 잔을 비웠다.

"잘 모르겠어. 조금은 갑작스럽다는 생각이 들어."

"일단 당신은 홀리데이 인에서 계속 지내는 게 좋겠어. 당신은 절대 직접 얘기하는 법이 없다는 거 알아. 늘 에둘러 표현하지."

그는 말을 너무 빨리 했고 웃음소리도 불안하게 들렸다.

너태샤는 불쑥 애정이 솟구치는 것을 느끼며 그의 손을 잡았다.

"오늘 밤은 갈게."

그러고는 코너에게 기대어 안겼다. 너태샤는 눈을 감았고 코너는 그녀의 어깨에 턱을 기대고 쉬었다. 옆 테이블에 앉은 사람들이 힐끗거렸지만 두 사람 모두 신경 쓰지 않았다.

"하나씩 차근차근 풀어나가자."

# 16

적군에 아주 근접해 있을 때에는
말을 마음대로 다룰 수 있게 철저히 대비해두어야 한다. ……
그래야 최소의 손상만으로 최고의 위해를 가할 수 있다.

-크세노폰, 『기마술』

월요일 밤부터 오늘 아침까지 열다섯 번은 전화를 걸었다. 하지만 그때마다 맥은 자동 응답기의 음성만을 들어야 했다. 너태샤의 회사에서는 법정에 갔다는 얘기만 전해주었다. 그들은 더 이상 전화를 건 사람이 누구인지도 묻지 않았다. 아마도 너태샤가 전화를 연결하지 말라고 얘기를 해둔 게 아닐까 의심이 들었다. 맥은 메시지를 남기는 일도 포기하고 말았다. 무슨 말을 하려 했는지도 오래전에 잊어버렸다.

맥은 커피를 한 잔 더 내렸다. 아무리 조심스럽게 부어도 옆으로 물이 새는 너태샤의 주전자를 저주하면서. 그러다가 문득 예전에 결혼 선물로 받은 멋진 이탈리아산 커피메이커 생각이 났다. 그는 그 제품을 어느 보관소에 맡겨둔 채로 있다가 잘 쓰지 않을 것 같은 생각에 물건을 찾는 일을 차일피일 미루었고 결국 그 사실을 잊어버렸다. 지금 돌이켜보면 너무 바보 같은 짓이었다.

사라는 2층에서 자고 있었다. 월요일 저녁에는 집에 돌아와서 곧장 자기 방으로 올라간 뒤 먹을 것도, 마실 것도 거부하고 아무 말도 하지 않으려 했다. 무슨 말을 해도 사라는 핑계를 대기만 하고 눈을 마주치지도 않으면서 자기 방에서 나오지 않았다. 맥은 아직도 벌을 받고 있는 건가 의심이 들었다. 사실은 사라가 갑자기 그렇게 너태샤 편을 드는 것도 잘 이해가 되지 않았다. 맥은 방에서 사라를 불러내 엄밀히 말해 먼저 바람을 피운 쪽은 너태샤였다는 점을 말해주고 싶었다. 하지만 자신의 행동을 정당화하기 위해 열네 살짜리 여자애한테 그런 장광설을 늘어놓는다는 게 얼마나 우스운 일인지는 오래 생각해보지 않아도 알 수 있었다.

어제는 몸이 아프다고 호소하며 하루 종일 방에서 꼼짝을 하지 않았다. 실제로 사라의 얼굴은 반투명에 가까울 정도로 파리하고 기운이 없어 보였다. 그래서 학교를 못 가겠다고 어렵게 맥을 설득할 필요조차 없었다.

너태샤가 집을 나간 지 30여 시간 만인 6시 20분쯤에 맥은 현관문에 열쇠가 꽂히는 소리를 들었다. 너태샤는 조용히 문을 닫고 매트에서 신발을 벗은 뒤 스타킹만 신은 맨발로 복도를 걸었다. 너태샤는 나갈 때 입었던 옷 그대로였는데, 안에 받쳐 입은 티셔츠는 맥이 입던 티셔츠인 것으로 보였다.

두 사람은 서로를 한참 동안 바라보았다.

너태샤가 먼저 말을 꺼냈다.

"오늘 중요한 소송이 예정돼 있어. 옷도 갈아입을 겸 휴대전화 충전기를 가지러 온 거야."

그녀의 얼굴은 화장기 없이 창백했고 머리카락은 자고 일어난 듯 조금 헝클어져 있었다. 피로에 지친 모습이었다.

"당신하고 통화하려고 아주 여러 번 전화했어."

너태샤는 전화기를 흔들어 보이며 대답했다.

"배터리가 떨어졌어. 말했다시피 충전기가 필요해."

그러고는 계단을 올라갔다.

"너태샤, 제발 5분만 시간을 줘. 우린 얘기할 필요가 있어."

"오늘은 시간 없어. 한 시간 내로 사무실에 가봐야 해."

"하지만 꼭 얘기해야 돼. 오늘 저녁엔 돌아올 거지?"

너태샤는 계단 중간쯤에서 멈춰 섰다.

"늦을 거야. 그리고 집에 와서도 할 일이 있어."

"아직도 나한테 화난 거야? 마리아 때문에?"

너태샤는 고개를 흔들었지만 별로 설득력 있어 보이진 않았다.

맥은 계단을 한 번에 두 개씩 올라 너태샤보다 위에 서서 말했다.

"제발 얘기 좀 해. 당신에게도 남자 친구가 없는 게 아니잖아. 이런 제길."

"난 그 사람을 여기로 데려와 당신에게 굴욕감을 주진 않았어."

너태샤가 쏘아붙였다.

"이봐, 지금은 이런 얘기 하고 싶지 않아."

"아니, 해야 돼. 마리아가 여기 있다는 게 당신한테 굴욕감을 주는 일이라고? 당신하고 난 아무 사이도 아니잖아. 당신은 늘 남자 친구가 있다는 사실을 숨기지 않았어. 그리고 매일 그 사람을 만나고 있잖아. 내가 표현이 서툴러서 이렇게 변명하는 게 아니야. 그건 정말 실수였다고. 당신이 집에 오는 걸 알았다면 그 여자를 절대 들이지 않았을 거야."

너태샤는 맥을 쳐다보기 싫은 것처럼 보였다.

"타샤?"

마침내 고개를 들었지만 너태샤의 눈빛은 냉랭했고 자포자기한 사람 같았다.

"이런 얘기 정말 싫어, 맥. 알겠어? 당신이 이겼어. 이 집은 팔릴 때까지 당신이 써. 누구든 원하면 이리로 데려와도 돼. 난 더 이상 신경 쓰지 않을 테니까."

"뭘 더 신경 쓰지 않는다는 거야?"

"이제 이런 가식은 그만두는 게 우리 모두를 위해 좋아."

맥이 계단 한가운데에 서서 두 팔을 벌리는 바람에 너태샤는 지나갈 수가 없었다.

"우와, 우와, 뭐라고? 당신은 그냥 떠나겠다고? 그럼 다 어떻게 되는 건데? 사라는 어쩌고? 나 혼자선 사라를 돌볼 수 없다는 거 당신도 알잖아."

"다음에 지낼 곳을 최대한 빨리 알아볼게. 어쨌든 몇 주 안에는 사라도 떠날 수밖에 없는 상황이었잖아. 그런 다음엔 우리도 날을 잡을 수 있겠지."

"조금만 더 기다려줄 수는 없는 거야? 2주만이라도?"

너태샤는 미리 연습이라도 해둔 것처럼 또박또박 말했다.

"사라 할아버지가 회복되기 어렵다는 건 당신도 나만큼 잘 알 거야. 사라에겐 제대로 돌봐줄 수 있는 가족이 필요해. 축사나 농장을 운영하는 사람이라면 더할 나위 없겠지만. 그리고 신중하지 못한 어른들 사이에 끼여 완충장치 역할을 안 해도 되는 그런 곳이면 좋겠지."

"당신은 지금 상황을 그렇게 처리하고 싶은 거야?"

"다른 방법이라도 있어?"

너태샤는 과감하게 한 발짝 움직였다. 두 사람이 부딪치지 않으려면 맥이 뒤로 물러서는 수밖에 없었다. 그녀에게 유리한 상황이 확실해 보였으므로 너태샤는 또 한 계단을 올라섰다.

"그러면 말은?"

"믿거나 말거나인데, 지금 내게 말이 최우선 사항은 아니야."

"그럼 당신은 사라한테서 말을 떼어놓을 수도 있다는 뜻이야?"

"괜히 사라를 끌어들이려 하지 마. 이건 당신과 나의 문제야. 사라나 다른 사람들 앞에서 우리가 어떻게 행동하든 우린 더 이상 행복한 가정이 되긴 힘들어. 그건 당신도 알 거야."

난간을 잡은 너태샤의 손가락 마디가 하얗게 변했다.

"지난 서른 시간 동안 다른 건 생각할 수가 없었어. 애당초 우린 제대로 된 가정이 아니었기 때문에 사라를 데려오지 말았어야 한 거야. 아무렇지도 않은 척 행동한 건 옳지 못했어."

"그게 당신 생각이군."

"아니, 내가 아는 최선의 방안이야. 우린 이제 좀 더 솔직해져야 해. 사라에게나 우리 자신에게도. 미안하지만 이젠 정말 옷 갈아입고 나가 봐야 해."

너태샤는 맥을 밀치면서 남은 계단을 마저 올라갔다.

"타슈."

너태샤는 그 소리를 무시해버렸다.

"타슈……, 이런 식으로 얘기를 끝낼 수는 없어."

맥은 그녀를 향해 손을 뻗었다.

"제발, 이러지 마. 내가 실수했어."

너태샤는 그를 돌아보았다. 그는 분노와 후회, 슬픔 등 여러 감정이 뒤섞인 얼굴로 서 있었다.

"그럼 우리가 어떻게 얘기를 끝내야 하지, 맥?"

"모르겠어. 하지만 적어도 이건 아니야. 난 당신을 미워하게 될 것 같아······, 이렇게 끝낸다면. 난 단지 우리가······."

"뭐라고? 그럼 우리가 다정하게 손이라도 흔들면서 헤어져야 하는 거야?"

"그런 게 아니라······."

"이혼은 절대 깔끔하지 않아, 맥. 그거 알아? 사람들이 당신을 좋아하지 않을 때도 있어. 그 유명한 맥의 매력이 통하지 않을 때도 있다는 거. 그리고······."

"타슈······."

너태샤는 몸서리치는 한숨을 길게 내쉰 다음 말했다.

"그리고 난, 난 더 이상 당신 옆에 있을 수가 없어."

이른 아침부터 바깥에서 요란한 음악 소리가 들려왔다. 누군가 예의도 없이 자동차 볼륨을 크게 높인 듯했다. 너태샤와 맥은 몇 센티미터밖에 떨어지지 않은 채 계단에 서 있었으므로 둘 다 움직이기가 쉽지 않았다. 맥은 내려가야 한다는 것을 알았지만 발이 떨어지지 않았다. 어디선가 희미한 향기가 느껴졌지만 그것이 너태샤의 것인지는 알 수 없었다. 너태샤는 아직도 난간을 붙잡고 있었다. 그것이 없이는 서 있기조차 힘든 사람처럼.

"이 모든 상황 중에 최악이 뭔지 알아? 내가 정말 견딜 수 없는 게 뭔지 아냐고?"

맥은 아무 말도 못 하고 다음 말을 기다렸다.

"지금 기분이 꼭······ 당신이 떠나기 전에 느꼈던 그런 비참한 기분과 비슷하다는 거야."

너태샤는 갈라진 목소리로 그렇게 말한 뒤, 쿵쾅거리며 방으로 걸어 들어갔다.

2층에서 난간을 붙들고 서 있던 사라는 뒷걸음질하며 방으로 달려 들어갔다. 너태샤의 말들이 귓속을 파고들었다. 모든 게 무너지는 기분이었다. 너태샤는 나갈 것이고 사라도 이 집을 떠나야 할 것이라고 했다. 애초에 사라를 데려오지 말았어야 했다고 말했다. 두 사람의 대화를 모두 이해할 수는 없었지만 그 말만큼은 똑똑히 알아들었다. 사라는 거울 속에 비친 너태샤를 노려보았다. 사라는 크고 두터운 점퍼를 걸치고 청바지 속에는 모직 타이츠까지 입었지만 얼어붙을 것 같은 한기를 느꼈다. 학교 앞에서 루스를 만나 소지품들을 담은 검은 가방들을 뒷좌석에 싣고 또다시 어딘가로 가야 한단 말인가? 저들은 사라에게 그런 말을 해줄 여유조차 없었던 것이다.

사라는 침대 옆 바닥에 주저앉아 두 주먹을 눈에 대고 울음이 터져 나오려는 걸 간신히 막았다. 전날과 간밤에는 피부를 스치던 몰티즈의 손길에 진저리를 쳤다. 귓속을 파고들던 역겨운 말들을 되새기지 않을 수 없어 괴로웠다. 너태샤의 값비싼 크림을 몸에 바르며 그의 냄새와 보이지 않는 흔적을 없애기 위해 사투를 벌였다. 부의 마구간에 떨구고 온 브래지어를 누군가 볼지도 모른다는 생각에 온몸이 부르르 떨렸고, 그게 그곳에 남아 있다는 생각만으로도 화가 치밀었다.

옆방에서 너태샤가 서랍을 여닫는 소리가 들렸다. 붙박이 옷장이 열리며 부드럽게 딸깍거리는 소리도 들렸다.

할아버지한테 말해야 했다. 오늘 아침엔 학교를 빠져야 할 것 같았다. 마구간에 들른 다음엔 할아버지한테 가서 집으로 돌아와달라고 말하는 수밖에 없었다. 할아버지가 집으로 돌아와야 했다. 사람들이 뭐라고 말하든 자신이 할아버지를 돌보겠다고 말해야 했다. 그 방법밖에는 없었다. 할아버지가 돌아온 것을 안다면 몰티즈는 사라를 더 이상 어쩌지 못할 것이다.

"사라?"

그때 너태샤가 방문을 두드렸다. 사라는 얼른 침대로 기어 올라갔다. 이런 모습을 내보이고 싶지는 않았다.

"오셨어요."

잠을 못 잤는지 너태샤의 얼굴은 얼룩덜룩했고 피부는 창백했다.

"잠깐 할 말이 있어서. 지금은 좀 바쁘고 오늘 밤에 우리 얘기 좀 나눌 수 있을까?"

사라는 고개를 끄덕였다. 얘기를 나누자고? 몇 마디 나눈 후에 쓰레기장에 내던지겠다고?

너태샤는 사라를 유심히 바라보며 물었다.

"별일 없는 거지?"

"괜찮아요."

"그래, 좋아. 아까 말한 대로, 오늘 밤에, 우리 셋이서 얘기 좀 하자. 그리고 무슨 문제가 생기면 나한테 전화해. 내 번호 알지?"

너태샤가 간 후 사라는 뭔가가 현관문에 부딪치는 소리를 들었다. 10분쯤 후에 아래층에 가보니 맥의 신발이 떨어져 있는 게 보였다.

축사 바깥에 몰티즈의 사륜 구동차가 주차돼 있는 게 보였다. 그것을 보자마자 사라는 배 속이 뒤틀리면서 자기도 모르게 팔을 엇갈려 모으며 방어 자세를 취했다. 잠시 후 깊은 한숨을 내쉬고는 외투를 목까지 끌어올린 채 축사 안으로 발걸음을 옮겼다.

몰티즈는 축사 맨 끝에 서서 랠프와 그의 패거리 몇 명과 얘기를 나누는 중이었다. 그들은 난로에 손을 녹이며 플라스틱 컵에 커피를 마시고 있었다. 랠프는 사라를 본 듯했지만 몰티즈의 말을 쓰다듬느라 여념이 없었다. 그 행동이 어제 자기 대신 부에게 먹이를 주러 가지 않았다는 뜻이기를 간절히 빌었다. 어제 오지 않은 이유는 몰티즈가 24시간이 지나는 동안 흥분을 가라앉히기를 바라는 마음에서였다. 물론 그 이유가 전부는 아니었다.

하지만 그런 걱정은 불필요했던 것처럼 보였다. 몰티즈는 사라가 정문을 밀고 닫는 소리를 들었을 텐데 고개를 들고 쳐다보지도 않았다. 그가 사라를 알아보지 못했거나 아무 일도 없었던 것처럼 행동하기로 결정했기를 바랄 뿐이었다. 어쩌면 그는 어떤 것에도 당혹감이나 죄책감을 느끼지 않았을지도 모른다.

사라는 곧장 창고로 가서 승마용 부츠로 갈아 신으며 축사 한쪽에서 웅얼웅얼 들리는 대화를 예민하게 의식했다. 제발 아무도 들어오지 말기를 빌면서. 그가 들어오기 전에 옷을 갈아입고 나가야 한다는 조급한 마음에 외투 단추를 제대로 풀기도 어려웠다. 사라는 양동이에 부의 아침 사료를 담고 건초 망을 채워 어깨에 둘러멘 다음 아무하고도 마주치지 않으려고 고개를 숙인 채 마구간으로 힘차게 걸어갔다.

하지만 몇 걸음 떼지 않아 부의 마구간 문이 열려 있는 것을 보고 사라는 건초 망을 바닥에 떨구었다.

부는 거기에 없었다. 마구간 문은 활짝 열린 채였고 짚더미 위에는 아직 배설물이 여기저기 흩어져 있었다. 사라는 축사 마당을 힐끗 돌아보았다. 부가 왜 다른 마구간으로 옮겨진 것일까?

사라는 여기저기 다니며 다른 마구간들을 확인했다. 여러 모양과 색깔의 말들이 머리를 내밀고 있었지만 부는 보이지 않았다. 갑자기 무언가가 목구멍 안쪽을 후벼 파는 듯했고 극심한 공포가 가슴을 짓눌렀다. 사라는 남자들이 모여 서 있는 곳으로 황급히 달려가, 불안을 감추지 못하고 몰티즈에게 물었다.

"부는 어디 있는 거죠?"

"부가 누구야?"

몰티즈는 사라를 돌아보지도 않고 말했다.

"부–후."

누군가 옆에서 중얼거리며 심술궂게 웃었다.

"부는 어디 있어요? 어디로 옮긴 거죠?"

"덫에 걸린 고양이가 있는 거 아냐? 이상한 소리가 들리는데."

그가 귀에다 손을 동그랗게 모아 쥐고 말했다.

"무슨 고양이 울음소리 같은데."

사라는 그가 자기를 보지 않을 수 없게 남자들 무리로 더 가까이 다가섰다. 호흡이 가빠졌고 공포가 번지면서 온몸에 식은땀이 솟았다.

"부 어디 있냐고요? 부를 어디로 옮겼냐고요? 장난 아니라고요."

"내가 웃는 것처럼 보이니?"

사라는 외투 소매를 잡았지만 그는 뿌리쳤다.

"제 말이 어디 있냐고요?"

사라는 따지듯이 물었다.

"네 말이라고?"

"네, 제 말이요."

"네가 말하는 게 그거라면 난 내 말을 팔았을 뿐이다."

사라는 고개를 흔들며 얼굴을 찌푸렸다.

"도대체 무슨 말을 하는 거예요?"

그는 호주머니에 손을 넣어 자그마한 가죽 장정 노트를 꺼냈다. 그러고는 어딘가를 펼쳐서 사라가 볼 수 있게 노트를 내밀었다.

"넌 8주 임대료를 내지 못했어. 8주 동안이나. 거기다 건초값과 사료비도 포함해야지. 네 계약 조건에 따르면 8주 안에 임대료를 갚지 못하면 네 말은 내 것이 되도록 약속되어 있지. 그래서 난 빚을 돌려받기 위해 팔았을 뿐이야."

이제 바깥 거리의 소음은 거의 들리지도 않았다. 감당할 수 없는 울림만이 귓속을 채웠다. 눈앞에서 땅이 쑥 꺼지는 것 같은 충격을 느꼈고, 높은 파도가 출렁이는 갑판 위에 선 기분이 들었다. 사라는 반전을 기다렸고 그가 방금 말한 내용을 부인해주기를 기다렸다.

"이해 못 하는 것 같아서 다시 말하는데, 내가 네 말을 팔았어, 사라."

"당신은……, 당신은 부를 팔 수 없어요! 그럴 권리가 없다고! 무슨 계약을 말하는 거죠? 도대체 무슨 말이냐고요?"

몰티즈가 고개를 삐딱하게 세우며 말했다.

"모두가 계약서 사본을 하나씩 가지고 있단다. 네 창고에도 하나 있을 거다. 아직 못 본 모양인데. 난 축사 소유주로서 법적인 권리를 행사했을 뿐이야."

그의 눈빛은 악취가 진동하는 역겨운 물처럼 시커멓고 싸늘했다. 그들은 하찮은 물건을 보듯 사라를 훑어보았다. 사라는 성기게 깔린 자갈을 발로 툭툭 차고 있는 랠프를 힐끗 보았다. 지금 이 상황은 사실이었다. 랠프의 얼굴에 번진 불편한 기색을 보며 사라는 느낄 수 있었다.

사라는 다시 몰티즈를 향해 돌아섰다. 마음이 너무도 다급했다.

"저 좀 봐요. 돈을 못 갚은 건 정말 미안해요. 모든 게 다 죄송해요. 돈을 가져올게요. 내일까지 가져올게요. 제발 부를 돌려주세요. 할게요……. 뭐든 할게요."

옆에서 다른 사람들이 듣고 있다는 사실을 신경 쓸 여유가 없었다. 사라는 몰티즈가 원하는 것을 들어줄 생각이었다. 매컬리 부부한테서 돈을 훔쳐서라도 부를 찾아야 했다.

"아직도 이해를 못 하는 거냐?"

그의 말투는 점점 더 거칠고 불쾌해졌다.

"이미 팔았어. 설혹 내가 되찾고 싶은 마음이 생기더라도 돌이킬 수 없다고."

"누군가요? 누구한테 부를 팔았나요? 부는 지금 어디 있는 거죠?"

사라는 두 손으로 몰티즈를 부여잡고 물었다.

그는 사라의 손을 비틀어 떼어내며 말했다.

"더 이상 내 알 바 아니야. 다음부터는 재정 관리나 잘해."

그는 손을 뻗어 재킷을 집어 들었다.

"아, 참, 네 말은 그리 좋은 가격에 팔지 못했다. 성질이 워낙 괴팍해서 말이야. 주인을 닮았는지."

그는 무리를 돌아보며 판에 박은 웃음을 기다렸다.

"네가 저번에 한 번 지불했던 돈은 여기 있어."

망연자실해서 서 있는 사라에게 그는 지폐를 꺼내 내밀었다.

"우리 셈은 이제 끝난 거다, 서커스 아가씨. 다른 재주 좋은 조랑말이나 구해봐."

남자들의 얼굴에 희미하게 번진 미소를 보고 사라는 그들이 부가 있는 곳을 알고 있다는 것을 짐작했다. 부를 누구에게 팔았는지 몰티즈가 절대 말해주지 않으리라는 것도 알 수 있었다. 사라가 그의 뜻을 거슬렀기 때문에 복수의 칼을 휘두른 것이다.

사라는 다리에 힘이 빠져 서 있기조차 힘들었다. 비틀비틀 걸어 창고로 돌아가 건초 더미에 무너지듯 주저앉았다. 떨리는 손을 내려다보며 낮은 신음을 토해냈다. 문 뒤쪽 창고 한구석에 하얀 종이 한 장이 어슴푸레한 불빛 아래 떨어져 있는 게 보였다. 계약 내용과 조건이 적힌 종이 같았다. 아마도 몰티즈가 어제 거기다 던져놓고 갔을 것이다.

사라는 고개를 아래로 떨군 채 무릎을 껴안았다. 겁을 집어먹고 날뛰었을 부를 떠올렸다. 트럭에 실려 간 뒤 어느 컴컴한 곳에 갇혀 두려움에 눈을 크게 뜨고 고개를 쳐들고 있을 부를 생각했다. 이미 100만 킬로미터도 훨씬 떨어진 곳에 가 있을지도 몰랐다. 사라는 이가 딱딱 부딪칠 정도로 몸을 떨었다. 고개를 드니 문틈으로 남자들이 수다를 떨며 갑자기 웃음을 터뜨리는 광경이 보였다. 그중 한 사람이 "부-우" 하는 울음소리를 흉내 내고 있었다. 또 누군가는 피우던 담배를 내던져 부츠굽으로 짓밟고 있었다. 랠프가 눈을 반짝이며 창고 쪽으로 시선을 던졌다. 아마도 어두운 그늘 속에 웅크리고 있는 사라를 보는 것이리라. 그러다가 랠프도 시선을 돌렸다.


"잘했어요."

법정을 나서며 해링턴이 말했다.

"증인을 그 정도로 몰아세우다니 대단했어요. 가볍게 해냈네요. 우리 출발이 아주 좋습니다."

너태샤는 서류를 벤에게 넘겨준 다음 가발을 벗으려 했다. 아드레날린이 솟구치며 땀이 솟아나서 머리가 근질근질했다. 두 손을 움켜잡아 머리에서 떼어낸 가발을 호주머니에 집어넣었다.

"내일은 그리 간단하지 않을 거예요."

너태샤가 말했다.

벤은 서류철들을 한참 뒤져서 하나를 골라 너태샤에게 건네주었다.

"그동안 기다렸던 다른 회계사들의 보고서예요. 제가 보기에 새로운 내용은 그다지 많지 않아요. 하지만 변호사님은 아직 못 보셨으니까."

"오늘 저녁에 검토해볼게."

그때 코너가 복도 끝에 모습을 드러내며 너태샤에게 윙크를 보냈다. 너태샤는 벤이 해링턴과 진지한 대화를 나눌 때까지 기다렸다가 코너 를 만나러 갔다.

"어떻게 됐어?"

그가 너태샤의 볼에 입을 맞춘 뒤 물었다.

"어, 나쁘지 않았어. 해링턴 씨가 상대편 금융 청구권의 상당 부분을 제압해버렸어."

"그렇게 대가를 치른 거지. 사무실부터 갈 거야?"

너태샤가 벤을 바라보며 말했다.

"아니, 필요한 서류는 다 챙겨왔어. 가자."

코너가 그녀의 팔을 잡으며 물었다. 전에 없이 소유욕을 내비치는 행 동이었다.

"오늘 저녁엔 시간 괜찮은 거지?"

느닷없이 계단에 서서 항변하던 맥의 모습이 떠올랐다. 당신도 남자 친구가 있지 않느냐고, 왜 마리아 때문에 괴로워하는 거냐고 물었다. 너태샤는 어깨를 움츠리듯 해서 외투를 입으며 대답했다.

"오래는 못 있어. 사라한테 앞으로 어떻게 해야 할지 얘기 좀 하자고 했거든. 하지만 먼저 당신 욕조에서 몸을 푹 담그고 와인 한잔 마신 다음에 할 거야."

코너가 발걸음을 멈추고 말했다.

"와인은 마실 수 있겠지만 욕조는 안 될 것 같은데."

너태샤는 몹시 당황스러웠다.

"애들을 집으로 오라고 했거든. 당신도 만나야 할 거 같아서."

"오늘 밤에?"

"우리도 충분히 오래 기다렸잖아. 애들 엄마하고도 그 문제를 정리했어. 당신도 기뻐할 줄 알았는데."

"하지만······."

너태샤는 한숨을 내쉬었다.

"······큰 소송에 들어간 지 얼마 되지도 않았고, 좀 더 여유가 있을 때 애들을 만나면 좋을 거 같은데."

하지만 코너는 너태샤의 말을 별로 심각하게 받아들이지 않았다.

"당신이 특별히 할 건 없어. 그냥 평소대로 사랑스러운 미소만 지어주면 돼. 그냥 거기에 있어주기만 하면 된다고. 욕조도 쓰고 싶으면 사용하고. 우린 거실에서 빈둥거리고 있으면 되니까."

너태샤가 살며시 미소를 지었다.

"뭐든 해도 좋은 자유를 주겠어. 하지만 넙죽 엎드려 기마 자세를 취해야 할지도 몰라."

그 말이 너태샤의 주의를 끌었지만, 코너는 여전히 싱글벙글한 얼굴로 네 사람이 거실에서 함께 즐거운 시간을 보낼 상상을 하는 듯했다. 너태샤는 사라 생각이 났다. 사라의 앞날을 위해 어떻게 하면 좋을지

진지하게 대화를 나눠볼 생각이었다. 하지만 코너는 막무가내로 너태샤를 현관 쪽으로 데리고 갔다.

"요리는 내가 할게. 행운인 줄 알라고. 토마토케첩을 바른 흰색 빵에 피시 핑거를 올리려고 하는데 어떨 거 같아?"

사라는 버스 전면에 적힌 글자를 제대로 알아볼 수가 없었다. 거의 한 시간째 정류장 의자에 앉아 버스가 지나가는 것을 지켜보고 있었다. 빨간색 버스들이 한 무리의 승객들을 아스팔트길 위에 토해내고 또 한 무리의 승객들을 삼킨 뒤 쉬이익 엔진 소리를 내며 천천히 굴러갔다. 브레이크 등이 어두운 도시의 밤을 밝혔다. 사라는 아무것도 보고 있지 않았다. 눈앞은 눈물로 흐릿했고 손가락과 발가락은 추위로 거의 감각이 없었다. 온몸이 마비된 듯했고, 버스들이 어느 방향으로 가는지 알아볼 수 있었다 해도 어느 것을 타야 할지 선뜻 결정하지 못했을 것이었다.

모든 것을 잃었다. 할아버지는 돌아오지 못하고 있고 부는 가버렸다. 이제는 돌아갈 집도, 가족도 없었다. 사라는 외투를 꽁꽁 싸맨 채 플라스틱 의자에 앉아 호기심 어린 사람들의 시선을 받고 있었다. 그들은 잠시 들러 버스를 기다리다가 자신들의 보금자리로 돌아갔다.

랠프가 두 번이나 사라를 불렀지만 사라는 듣지 못했다. 자신의 고통 속에 너무 침잠해서 망연자실한 상태였다.

"사라?"

랠프가 담배를 입가에 문 채 사라 앞에 섰다.

"너 괜찮아?"

사라는 말을 할 수가 없었다. 랠프가 묻는 말조차 알아듣지 못하는 듯했다. 랠프가 정류장 한구석으로 쑤시고 들어와 줄 서 있는 사람들 틈에 섞였다.

"미안해. 알지? 내가 상관할 수 있는 일이 아니었어."

여전히 사라는 말이 없었다. 다시 입을 열고 말을 할 수 있을지조차 알 수 없었다.

"몰티즈는 어제 그 일을 해버렸어. 네가 엄청 많은 돈을 못 갚고 있다고 했어. 나도 어떻게 해보고 싶었지만 너도 알잖아, 그 사람이 어떤 사람인지⋯⋯. 네가 뭘 해도 어차피 그 사람한테 엮여 들어갔을 거야."

저들이 말들을 해외로 실어 보낸다고 사라는 들었다. 트럭에 쑤셔 넣고 음식과 물도 주지 않는다고 했다. 일부는 너무 약해져서 스스로 서지도 못하고 다른 말들에 눌려 떠받쳐 있을 뿐이라고 했다. 한 줄기 눈물이 사라의 볼을 타고 흘러내렸다.

"어쨌든."

랠프가 요란한 소리를 내며 길 위에다 침을 뱉자 아프리카계 여성이 사납게 쏘아보았다.

"한 가지 말해둘 게 있는데, 내가 들려준 얘기는 절대로 그 사람한테 말해선 안 돼, 알았지?"

사라가 천천히 고개를 들었다.

"네가 뭔가를 알게 된다면 그 사람은 나한테서 얘기를 들었다고 생각할 게 분명해. 그러니까 앞으로는 축사에서든 거리에서든 너하곤 말하지 않을 거야. 난 널 모르는 사람처럼 행동할 거야. 알았지?"

내면에서 불길이 치솟는 느낌이 들었지만 사라는 고개를 끄덕였다.

랠프는 사라를 한 번 힐끗 쳐다본 다음 담배를 길게 한 모금 빨아들였다. 다시 내뿜을 때에는 뭉게구름 같은 그것이 연기인지 입김인지 분간하기가 어려웠다.

"부는 스테프니로 갔어. 자동차 부지 뒤편에 있는. 그 부랑자들이 부를 데려갔어. 몰티즈는 내일 회색 암말과 부를 경쟁시킬 예정인가봐. 암갈색 수레 경주용 말하고도."

"하지만 부는 마차를 끌어본 적도 없어. 지금까지 뭔가에 조종당해보지도 못했다고."

랠프는 난처한 표정을 지으며 말했다.

"이제부터 하겠지. 몰티즈는 아침을 주기 전에 부에다 이륜마차를 매어 끌게 해봤어."

랠프가 어깨를 으쓱했다.

"빠르지는 않았지만 꽤 잘하던데. 회색 암말처럼. 발로 차거나 하지도 않았고."

고삐가 느슨했나, 사라는 잠시 머리가 멍했다. 아마도 부는 몰티즈가 시키는 대로 고분고분 따랐을 것이다.

"어디에서 경주를 벌인대?"

"나랑 상관없는 일이야. 벌써 너무 많이 얘기해버렸어."

랠프는 떠나려 했지만 사라가 손목을 붙잡았다.

"랠프, 제발. 나 좀 도와줘."

사라는 가슴이 쿵쾅거렸다.

"제발."

하지만 랠프는 고개를 저었다.

"나 혼자선 도저히 이 일을 해결할 수 없어."

사라는 애원하듯 말했다. 그러면서도 생각을 멈추지 못했고, 호주머니에 넣은 다른 손은 주먹을 꽉 쥐고 있었다. 랠프는 또 한 번 담배를 빨아들이며 사라가 잡은 손을 애써 모르는 척했다.

"이제 가봐야 돼."

마침내 랠프가 말했다.

사라가 다급하게 말했다.

"저기, 다른 데서 날 좀 만나줘. 경주가 벌어질 장소에서 가깝지 않고 몰티즈가 날 볼 수 없는 곳에서. 가구 공장 뒤에서 만나자. 부의 안장과 굴레도 부탁해."

사라는 호주머니에서 축사 열쇠들을 꺼내 랠프의 손에 꼭 쥐여주며 말했다.

"여기 이거. 몰티즈가 거기 오기 전에 가져올 수 있을 거야."

"어디에 쓰려고?"

"부를 타고 달리려고."

"뭐라고? 마구를 갖추고 달리겠다고? 정말이야? 그냥 달아나겠다고? 나더러 그걸 도와주라고?"

"만나주기만 해, 랠프."

"아니, 그게 내게 무슨 이익이 된다는 거지? 내가 연관돼 있다는 걸 몰티즈가 알게 되면 날 가만두지 않을 거야."

사라는 랠프의 손목을 놓지 않았다. 대신에 지나가는 사람들이 듣지 못하도록 목소리를 낮추고 말했다.

"골드 등급 신용카드를 줄게."

랠프가 웃었다.

"그렇다 해도"

"그리고 비밀번호도 알려줄게. 약속해, 랠프. 큰돈을 가진 사람을 알고 있어. 카드를 정지시키기 전에 현금을 많이 뽑을 수 있을 거야. 아마

"1,000파운드 정도."

랠프가 사라의 얼굴을 유심히 살핀 다음 손에서 팔을 빼내며 말했다.

"날 가지고 놀지 않는 게 좋을걸."

"거기에 있겠다고 약속해줘."

"마구가 없으면 거래는 없어."

랠프는 다시 뒤를 힐끗 돌아본 다음 손바닥에 침을 뱉어 사라에게 들어 보이며 말했다.

"내일 아침 가구 공장 옆. 7시까지 나오지 않으면 난 가버릴 거야."


리엄은 포크로 파스타를 쿡쿡 찌르며 코를 찡그렸다.

"이건 코딱지 같아."

"그게 뭐가 코딱지 같다는 거야."

코너가 차분하게 대응했다.

"그리고 조지프, 발로 식탁을 그렇게 차면 안 되지. 음료수 잔들이 다 엎어지겠어."

"이건 코딱지 맛이 나."

리엄이 계속 주장했다. 그러고는 너태샤를 힐끗 한 번 보았다.

"그건 페스토 소스야. 넌 늘 그걸 먹는다고 엄마가 그러던데."

"이 페스토 소스는 싫어."

이번엔 조지프가 자기 접시를 휙 밀쳐내며 말했다. 그 바람에 조지프의 주스 컵이 너태샤의 파스타에 쏟아질 뻔한 것을 너태샤가 막았다.

아이들은 아빠의 피시 핑거 요리를 먹으려 하지 않았고 피자 레스토랑에 가고 싶어했다. 결국 네 사람은 그곳에 갔고, 45분 동안 머무르면서 코너와 너태샤는 음료를 주문할 때를 빼고는 거의 아무 얘기도 나누지 못했다.

"조지프, 제발 좀 똑바로 앉아줄래? 너 집에서는 그렇게 앉아 있지 않잖아."

"여긴 집이 아니잖아."

"여긴 레스토랑이야."

코너가 말했다.

"그러니까 자세를 더 바로 하고 앉아야지."

"난 이 의자가 마음에 안 들어. 발이 자꾸만 미끄러져."

너태샤는 코너가 옆에 앉은 작은아들을 의자에 똑바로 앉히는 모습을 열 번도 넘게 지켜보았다. 코너의 체념한 듯한 표정을 보면서 의아한 생각도 들었다. 그의 두 아들과 저녁 먹는 일은 마치 교전 중인 두 파벌의 우두머리와 협상하는 것과 같았다. 한쪽이 마무리되면 또 다른 쪽이 반격을 시작했다. 마늘빵은 이래서 싫고 냅킨과 의자는 저래서 싫고 작은아들의 발은 자꾸 미끄러졌다. 사실 이 모든 문제는 아빠를 겨냥하고 있었다. 두 아들은 너태샤를 인정하지도 않았고 대화에 끼워주려고도 하지 않았다.

애들 엄마가 시켰을까? 아빠의 여자 친구에 대해 이런저런 얘기를 들려준 것일까? 그들이 만나기 오래전부터 너태샤는 이미 증오의 대상이 되었던 것일까?

너태샤는 자신을 바라보는 리엄의 눈길을 느끼고 애써 미소를 지어주었다. 필요한 서류들을 검토할 시간이 줄고 있다는 생각은 되도록 하지 않으려 노력했다.

"그럼,"

너태샤는 냅킨으로 입을 닦은 다음 말했다.

"너희들 〈토머스와 친구들〉 좋아하니? 우리 조카는 토머스를 아주 좋아하던데."

"아니요."

리엄이 코웃음을 치며 대답했다.

"그건 애기들이나 좋아하는 거예요."

"하지만 정말 멋진 기차 세트를 얻을 수 있던데. 토머스 캐릭터들이 들어 있는. 나도 봤는데."

아이들은 그녀를 멍하니 바라보기만 했다.

"그럼 뭐 좋아해?"

너태샤는 포기하지 않고 물었다.

"취미가 뭐야?"

"너희들 자전거 타는 거 좋아하잖아, 그치?"

코너가 끼어들었다.

"그리고 컴퓨터 게임도 좋아하고."

"조지프가 내 플레이스테이션을 망가뜨렸어. 우린 그걸 고칠 돈이 없다고 엄마가 그랬어."

리엄이 말했다.

"내가 망가뜨린 거 아니야."

조지프가 억울하다는 듯 불만을 터뜨렸다.

"우린 돈이 없다고 엄마가 그랬어. 돈이 없어서 재미있는 것들을 할 수 없대."

"그렇지 않아."

코너가 말했다.

"아빠가 엄마한테 돈을 얼마나 많이 주는데. 하고 싶은 걸 못 하고 있으면 나한테 말해야지. 아빠가 뭐든 해줄 텐데."

"엄마는 아빠가 돈을 아주 조금밖에 안 준다고 했는데."

"난 닌텐도를 갖고 싶어. 애들은 다 하나씩 갖고 있는데."

리엄이 말했다.

"그건 사실이 아니야."

코너는 점점 불편한 기색을 드러냈다.

"그랬어."

"내 조카들은 컴퓨터 게임을 하지 못하게 되어 있는데. 그래도 다른 재미있는 것들을 하고 놀던데."

"바보들이네."

너태샤는 한숨을 깊게 내쉬며 포크로 파스타를 집어 올렸다.

"자, 자, 애들아, 너태샤에게 재미있는 걸 하자고 해보자. 우리 가끔 리치먼드 공원으로 자전거 타러 가잖아. 우리 자전거 타러 갈까?"

"싫어."

조지프가 말했다.

"빨리 못 탄다고 나한테 소리쳤잖아."

"너한테 소리친 거 아니야, 조. 내가 볼 수 있는 데 있으라고 얘기한 거지."

"하지만 아빠 건 바퀴가 크지만 내 건 작단 말이야."

"그럼 스케이트 타러 갈까?"

코너가 계속 물었다.

"바가지를 썼다고 해놓고."

리엄이 입을 삐죽 내밀며 말했다.

"그래 좀 비싸긴 했지."

코너가 너태샤를 향해 시선을 던지며 덧붙였다.

"하지만 그래도 재밌게 놀았잖아."

"아빠랑 엄마는 맨날 돈 얘기뿐이야."

조지프도 우울한 목소리로 말했다.

너태샤는 이제 얼마 안 되던 식욕마저 완전히 달아나버렸다. 그래서 냅킨을 접어 접시 옆에 놓은 뒤 재킷을 집어 들며 말했다.

"얘들아, 만나서 반가웠어. 난 이제 가봐야 할 것 같구나."

"벌써?"

코너가 너태샤의 팔에 손을 얹으며 말했다.

"8시가 다 돼가. 내일 중요한 일을 치러야 하는 거 당신도 알잖아."

"난 그래도 당신이 오늘 저녁만큼은 우릴 제일 중요하게 여길 줄 알았는데."

"코너⋯⋯."

"애들을 집에 데려다주는 데 30분이면 돼. 오래 안 걸릴 거야. 제발 조금만 기다려줘."

너태샤가 목소리를 낮추고 말했다.

"코너, 사라의 입장이 되어 생각해봐. 사라는 아직 아이야. 그런데 불과 몇 달 사이에 네 번째 집으로 옮겨가야 할 상황이 되었어. 당신 애들과는 또 나중에 만나게 될 거라고."

너태샤는 애들 눈을 의식해 보이지 않게 코너의 손을 잡았다.

"그리고 애들과의 첫 만남은 너무 길지 않은 게 오히려 좋을 거야. 차차 친해지면 되잖아. 지금은 이 문제를 해결하는 게 먼저야. 난 그 애를 맡았어. 외면하고 그냥 떠나보낼 수는 없어."

"그래야지."

코너의 말투가 짧고 단호해졌다. 너태샤가 의자 등받이에 걸어둔 가방을 챙기는 동안 그는 자기 음식 접시만 바라보고 있다가 한마디 툭 던졌다.

"맥도 거기 있나?"

"그건 나도 모르겠어."

"모른다고, 물론 그렇겠지."

사진가가 되기 훨씬 전부터 맥에게는 인생을 살아가는 하나의 전략이 있었다. 상황이 곤란해지거나 감정이 과도하게 작용할 때면, 눈앞에 벌어진 일을 감당하기 힘들 때면 그는 마음에서 울리는 소리를 잠시 멀리했다. 사진을 찍기 위해 구도를 잡을 때처럼 광경이나 대상을 멀리서 관찰하곤 했다. 그렇게 하면 정제되지 않은 감정은 걸러지게 되어 조금은 달라진 마음가짐으로 현실을 대할 수 있었다. 스물세 살이 되던 해, 맥은 관에 모신 아버지의 시신도 이런 식으로 바라보았다. 차갑게 정지한 익숙한 얼굴. 아버지의 죽음도 그렇게 틀을 짰고 조금 떨어진 시선으로 관찰했다. 죽음은 근육을 쉬게 하고 오래 간직해온 긴장을 해소하는 과정이라고. 맥은 너태샤가 두 번째 유산을 하고 난 후 침대에 누워 있던 모습을 지켜보던 생각이 났다. 너태샤는 이불 속에서 몸을 말고 있었는데, 아마도 그런 자세는 잃어버린 태아를 무의식적으로 떠올리는 행동이었을 것이다. 그때부터 너태샤는 자신을 고립시키고 그를 외면하기 시작했다. 맥은 텅 비어가는 아내를 점점 참을 수 없게 되었고, 대신에 빛이 사물을 비추는 방식이나 너태샤의 머리카락 한 올 한 올, 안개 자욱한 이른 아침의 흐릿함 등에 관심을 집중했다.

맥은 지금 다시 그 작업에 돌입했다. 맞은편에 앉아 있는 두 여자를 지켜보면서. 정장을 단정하게 차려입은 조금 나이 든 여자가 소파에 앉아 있는 어린 여자에게 뭔가를 열심히 설명하고 있었다. 자신이 내일 아침에 집을 떠나면 다시 돌아오지 못하는 이유와 어린 여자가 지금보다 나은 또 다른 가정으로 옮겨가야 하는 이유에 대해서.

사라는 다소 두려운 표정을 지었지만 소리를 지르거나 애원하거나 간청하지는 않았다. 너태샤가 말하는 내용을 말없이 들으며 간혹 고개만 끄덕였다. 아마도 너태샤가 집에 들어서는 순간부터 이런 상황을 예측한 것 같았다. 어떻게 하면 상황을 잘 풀어볼 수 있을까 내심 희망을 품었던 맥이 바보 같았는지도 모른다.

그의 주목을 끈 것은 너태샤였다. 그녀는 쿠션에 기댄 채 등을 바로 펴고 태연한 자세로 앉아 있었다. 그것은 폭풍우가 이미 머리 위를 지나갔다는 징조였다. 뒤에 남은 하늘은 청명하지는 않더라도 바람 없이 평온하다는 의미였다. 맥은 너태샤가 이미 마음을 놓아버렸다는 사실을 깨달았다. 그날 밤에 자신이 어떤 행동을 했든 그녀를 놓아줄 수밖에 없었을 것이다. 이런 생각을 하다보니 예상치 못한 고통이 가슴을 짓눌렀다. 한 발 물러서 있던 자신이 오히려 가장 감상적이 되어 혼자 눈물을 훔치고 있었다.

"우리가 뭐든 계획을 세워볼게."

자신도 모르게 불쑥 그런 말이 튀어나오자 방 안이 조용해졌다.

"그래야 한다면 내가 축사 임대료를 내줄게. 우린 네가 무너지게 내버려두지 않을 거야."

마침내 너태샤가 일어섰다.

"맞아."

처음으로 맥을 똑바로 쳐다보며 말했다.

"그냥 하는 소리가 아니야. 진심이야. 이제 난 올라가서 짐을 싸도 되겠지?"

평균 신장보다 조금 작은 35세의 여자, 화장기는 거의 없고 그날 아침 이후엔 빗질도 안 했는지 머리는 헝클어져 있었다. 모델이나 스타일리스트도 아니고 고전적인 아름다움을 지닌 여자는 더욱 아니었다. 맥은 너태샤가 떠나는 모습을 지켜보았다. 사라의 시선이 너태샤의 가방에 꽂혀 있는 것을 눈치 챈 사람은 없었다.

"괜찮은 거니?"

맥이 사라에게 물었다. 2층에서 너태샤가 짐을 꾸리느라 분주하게 오가는 발소리가 들렸다.

"좋아요."

사라가 차분하게 대답했다.

"사실은 배가 좀 고파요."

그가 자기 머리를 찰싹 치면서 억지로 미소를 지었다.

"맞아, 저녁. 뭔가 깜박한 게 있다고 생각했는데. 얼른 가서 만들어줄게. 너도 같이 만들래?"

"네, 조금만 이따 갈게요."

사라가 말했다.

어쩌면 맥에게 잠시 혼자 있는 시간을 주려고 한 것인지도 몰랐다. 최소한 당시엔 그렇게 생각했다. 하지만 그게 아니라는 사실을 맥은 나중에야 깨달았다.

# 17

위험한 순간이 닥치면 명장은 생명의 위험을 무릅쓰고라도
최선을 다해 자기 말을 지킨다.

－크세노폰, 『기마술』

사라는 주차되어 있는 상품 운송용 화물차 뒤편에 서 있었다. 그곳은
두 고가도로가 교차하는 지점에서 대략 100미터쯤 떨어져 있는 지점
이었다. 사라의 입에서 희미한 입김이 새어 나왔다가 금세 눅눅한 대기
속으로 사라졌다. 으슬으슬한 아침 공기 속에 벌써 30분이 넘게 있었더
니 발가락은 서서히 감각을 잃어갔고, 그칠 줄 모르는 가랑비에 재킷은
축축해졌다. 사라는 습지대가 도심까지 이어진 적막한 도로의 가로등
불빛 아래 서 있었다. 옆에는 도시화의 상징인 철탑에 전선들이 그물망
처럼 늘어져 있었다.

　트럭 몇 대가 차례로 진입로에 도착하는 것을 보면서 사라는 거의
희망을 잃어갔다. 자세를 이리저리 바꾸며 어깨에 멘 배낭의 무게를 덜
어보는 것 외엔 달리 할 일이 없었다. 그러면서도 트럭에서 내리는 사
람들한테서 눈을 뗄 수가 없었다. 여기에서도 몰티즈 샐의 무리가 보였

다. 그들은 추운 날씨에도 박수를 치고 웃고 떠들며 담배를 나눠 피웠다. 그들 뒤로 다른 구경꾼들도 차에서 내렸다. 사라가 본 것 중에서 제일 큰 경주가 벌어지는 모양이었다. 고가도로 아래의 샛길은 한 줄로 늘어선 차량들과 뭉게뭉게 쏟아져 나온 군중으로 금방 혼잡해졌고, 이른 아침의 음침한 환경과는 상관없이 명랑하고 기대에 찬 분위기가 감돌았다. 이곳은 사라의 여정이 시작될 곳이었다. 저 사람들과 차량들을 바라보면서 사라는 자신이 떨고 있는 것을 느꼈다. 불안을 떨치려는 듯 호주머니에 손을 집어넣고 플라스틱 카드를 만지작거렸다.

시각은 6시 35분을 가리키고 있었다.

사라는 감각이 없는 발로 과연 달릴 수 있을까 염려되어 부츠 속에서 발가락을 오므려보았다. 남자들은 작은 무리들을 이루어 모여 있었고 일부는 연노랑 우산을 들고 있었다. 대부분 따라잡기에 불과한 경주가 될 거라고 얘기하는 것 같았다. 사라는 랠프에게 확실하게 아는 게 맞느냐고 세 번이나 물었고, 랠프는 매번 그렇다고 맹세했다. 과연 랠프를 믿어도 되는 걸까? 자신과의 우정이 몰티즈 셸에 대한 그의 숭배를 앞설 수 있을까? 혹시 함정일까? 축사 마당에서 자신을 외면하며 돌아서던 랠프의 모습이 머릿속에서 떠나지 않았다. 랠프는 자기 잇속을 차리는 원칙에 따라서만 살아갔다. 그만큼 신뢰하기 힘든 아이였다. 하지만 사라는 그 애를 믿어야 했다. 다른 선택의 여지가 없었다.

배 속에서 꾸르륵 소리가 났다. 이제 6시 40분이다. 이미 오래전에 둘은 이곳에서 만났어야 했다. 계획을 변경할 필요가 있어 보였다. 다른 경주를 말해준 게 분명해 보였다. 부가 오지 않을 거라고 생각하자 심장이 무너져 앉는 듯했다. 부가 오지 않을 경우 어떻게 해야 하는지 생각해보지 않았다. 사라에게는 특별한 대안이 없었다. 매컬리 부부의 집을 떠나온 순간부터 모든 것은 불에 타 사라져버렸다. 사라는 지금쯤이면 깨어나 있을 맥과 너태샤를 떠올렸다. 그들은 사라가 한 짓을 언제쯤 알아차릴까?

그때 차 한 대가 천천히 지나가고 있었다. 운전자가 느리게 움직이는 와이퍼 사이로 사라를 호기심 어린 눈길로 바라보았다. 사라는 호주머니에서 뭔가를 찾는 척하며, 일상적인 하루를 보내러 가는 평범한 사람처럼 보이려 애썼다.

6시 41분이 되었을 때 익숙한 목소리가 바람결에 실려 사라에게 날아왔다.

"남의 떡이 더 커 보이는 법이지. 자, 다들 자기가 한 말에 책임을 져보라고."

카우보이 존이 차량들이 줄지어 늘어선 가운데를 한가롭게 걸어가고 있었다. 그의 낡은 모자가 빗물에 반짝거렸다. 그는 손을 내밀며 사람들과 인사했는데, 사라가 있는 곳에서는 그의 빨간 담뱃불만 보였다.

"공항에서 바로 여기로 온 거야? 비행기가 지체되어 생각이 바뀐 모양이군."

"내가 뭘 생각을 하는지는 신경 끄시고 당신 말의 다리나 걱정하셔. 다리가 세 개뿐인 어떤 개도 당신 말보다는 빠르더라."

한바탕 웃음이 번졌다.

"아직 시작 안 한 거야? 몰티즈가 내게 보낸 문자에 따르면 6시 반쯤 시작한다고 했는데. 지금쯤 침대에 누워 있어야 하겠지만 일정을 과감히 바꿔버렸지."

"이제 곧 올 때가 됐을걸."

갑자기 빵빵 경적이 울리면서 함성이 터져 나와 사라는 고개를 휙 들었다.

때맞춰 도로 위를 지나가는 차들이 하나도 없어 주변에는 정적이 감
돌았다. 남자들은 움직임을 멈추고 눈앞의 상황을 확인하기 위해 잠시
기다렸다. 그러다가 더 잘 보기 위해 앞으로 걸어가 진입로 위로 올라
서기도 했다. 처음에는 아주 작은 점처럼 보이다가 차츰 뚜렷한 형체가
드러나기 시작했다. 거기에 부가 있었다. 연청색 이륜마차의 장대 사이
에 묶인 채 불안하게 고개를 쳐들고 고가도로를 빠르게 걸어오고 있었
다. 머리가 희끗희끗하고 목이 두터운 남자가 부의 뒤편 좌석에 앉아
고삐를 세게 당기고 있었다. 조금 떨어진 곳에서 몰티즈의 회색 암말도
나란히 걸어오고 있었는데, 몰티즈는 마차 너머로 몸을 내밀어 모욕적
인 말을 쏟아내고 있었다.

사라는 자기 말에서 눈을 뗄 수가 없었다. 근육질의 크고 탄탄한 말
이 두 개의 장대 사이에 꼼짝없이 묶인 채 단단한 도로 위를 걸어 자
기 옆을 스치고 지나갔다. 부는 눈가리개 가죽을 쓰고 있어서 눈이 멀
고 힘이 다 빠진 말처럼 보였고, 인질로 잡혀온 동물 같았다. 고가도로
위 차량들이 늘어날 때를 맞춰 그들은 고속도로 출구 경사로에서 출발
해 교차로를 부드럽게 돌아 무리가 있는 곳으로 돌아올 예정이었다. 모
여 있던 사람들은 그들을 보기 위해 진입로 부근으로 움직였지만 사라
는 하얀 화물차 뒤로 물러나 숨을 죽이고 있었다. 그런 다음 두 말이 옆
길로 돌아와 거대한 콘크리트 기둥들 아래 멈춰 서는 것을 지켜보았다.
환호와 함성이 이어졌고, 누군가는 차 문을 두드리며 저항의 목소리를
높였다. 부는 어디서 멈춰야 하는지도 모른 채 마차를 끌었다. 머리를
심하게 뒤로 젖히고 있어서 허리에까지 닿을 것처럼 보였다.

이때 카우보이 존이 말하는 소리가 들렸다.

"도대체 저 말이 여기서 뭘 하고 있는 거야?"

실패하면 어쩌지? 모든 게 잘못되면 어쩌지? 숨이 목까지 차올랐고 터질 듯 부풀어 오른 폐가 떨림을 멈추지 못했다. 생각하라, 가늠하라. 사라는 크세노폰이 기병에게 조언한 내용을 읽으며 밤을 꼬박 지새웠다. 지금 한 구절이 떠올랐다. '적의 위치를 미리, 최대한 멀리 떨어져서 살핀다면 반드시 도움이 될 것이다.'

사라는 하얀 화물차 뒤편에 자리 잡은 채 자기 말에 시선을 고정했다. 내가 여기 있어, 부. 멀리 있는 부를 향해 다짐한 뒤 사라는 출동 준비를 했다.


욕실에서 무슨 소리가 들리는 듯했다. 시계를 힐끗 쳐다본 맥은 너무 이른 새벽임을 확인하고 잠시 어리둥절했다. 그는 그대로 누워서 뭔가 해야 할 일이 있었다는 사실을 희미하게 인식했다. 곧바로 뭔가에 얻어 맞은 것처럼 그날 아침의 의미가 머릿속에 또렷이 각인되었다. 너태샤가 떠날 것이다. 이거였다. 모든 게 끝날 예정이었다.

맥은 벌떡 일어나 앉았다. 샤워기에서 물줄기가 쏟아지는 소리와 환기 장치가 끽끽거리며 돌아가는 소리가 들렸다. 너태샤는 최대한 야단스럽지 않게 조용히 집을 떠나려는 모양이었다.

"이사할 날이 정해지면 와서 정리할게."

어젯밤에 사라가 자기 방으로 올라간 뒤 너태샤가 말했다.

"없앨 게 있으면 없애고 뭐든 점검해줘. 사회복지사한테는 내가 얘기할게. 당신이 하고 싶어하지 않을 테니까. 아무튼 이제부터 난 여기서 지내지 않을 거야."

너태샤는 거의 맥을 쳐다보지 않고 얘기했다. 책장에서 책들을 정리하느라 여념이 없었다.

"이럴 필요 없어, 타슈."

너태샤는 그의 말을 무시했다.

"아주 큰 소송을 맡게 됐어, 맥. 지금까지 했던 것 중에 가장 큰 건이야. 그래서 좀 더 심혈을 기울여야 해."

원한이나 분노가 전혀 없는 말투였다. 맥이 가장 싫어하는 모습이기도 했다. 차단막을 치고 도달할 수 없게 만드는 태도였다. 그렇게 기분을 감추고 냉정하게 처신하면서 맥이 결혼 생활 동안 잘못한 모든 일을 질타하는 듯했다.

그때 초인종 소리가 날카롭게 울렸다. 우체부인가? 이렇게 이른 시간에? 너태샤는 물 흐르는 소리 때문에 듣지 못했을 것이다. 맥은 한숨을 내쉬더니 티셔츠를 입고 나서 계단 쪽으로 걸어갔다.

코너가 문간에 서 있었다. 맥은 깔끔하게 면도를 하고 정장을 말쑥하게 차려입은 남자를 바라보았다. 그리고 처음은 아니지만 자기가 이 남자를 얼마나 싫어하고 있었는지를 새삼 깨달았다.

"맥."

코너가 차분한 목소리로 인사했다.

"코너."

맥은 그 이름을 부르기가 쉽지 않았다. 그는 우두커니 서서 상대가 무슨 말을 해주기를 기다렸다.

"너태샤를 데리러 왔어요."

너태샤를 데리러 왔다고? 그는 너태샤를 실어야 할 짐처럼 말했다. 맥은 잠시 머뭇거리다가 그가 현관으로 들어올 수 있게 한 발짝 뒤로 물러섰다. 하지만 그가 문턱을 넘어 한 발짝 다가설 때마다 억울한 마음을 감추기가 힘들었다. 코너는 이 집에 무슨 자격이라도 있는 사람처럼 당당하게 걸어 들어오더니 거실로 가서 친숙하고 여유 있게 소파에 앉아 신문을 펼쳐 들었다.

맥은 입술을 깨물며 말했다.

"제가 앉아서 얘기를 나눌 필요는 없겠죠. 당신이 여기 있다고 전해 주죠."

맥은 방금 벌어진 상황에 끓어오르는 분노를 느끼며 계단을 올라갔다. 자신이 고르고 구입한 소파에 저 인간이 앉아 너태샤를 데려가기 위해 기다리고 있다니. 하지만 이런 원시적인 분노와 저항으로 치를 떨면서도 불쑥 마리아의 모습이 머릿속에 떠올랐다. 반은 벗은 몸으로 양손에 와인 잔을 들고 있는 광경. 너태샤의 고통을 은근히 즐기던 여자.

물소리는 멈춰 있었다. 맥은 침실 문을 두드리고 나서 기다렸다. 아무런 반응이 없자 다시 문을 두드린 뒤 망설이던 끝에 문을 열었다.

"타슈?"

너태샤의 모습이 거울에 비쳐 보였다. 그녀는 커다란 타월로 몸을 감싼 채 거울 앞에 서 있었다. 젖은 머리카락에서 흐르는 물방울이 벗은 어깨 위로 떨어지고 있었다. 그가 들어서자 너태샤는 움찔 놀라며 손으로 입을 가렸다. 그런 방어의 몸짓에는 강한 힐책이 담겨 있었다.

"문을 두드렸는데, 대답이 없어서."

방 안에는 반쯤 싸다 만 가방들이 여기저기 입을 벌린 채 누워 있었다. 이 집을 완전히 떠나겠다는 마음이 여실히 느껴졌다.

"미안, 좀 놀랐어."

"코너가 왔어."

너태샤의 눈이 크게 벌어졌다.

"여기 올 거라곤 생각 못 했는데."

"글쎄, 아래층에서 기다리고 있어. 당신을 데리러 왔다더군."

자기도 모르게 살짝 빈정거리는 말투가 튀어나왔다.

"아."

너태샤는 침대에서 실내복을 집어 들어 몸에 걸친 다음 수건으로 머리를 닦으며 말했다.

"잠깐 기다리라고……. 아니야, 신경 쓰지 마."

맥은 열린 가방의 가장자리를 손으로 쓸었다. 그 안에 접힌 옷들은 대부분 처음 보는 것들이었다.

"이제 끝인가. 당신 정말 가는구나."

"그래. 당신이 예전에 그랬던 것처럼."

너태샤가 머리를 빗으며 거침없이 말했다.

"사라는 일어났어?"

"아직 확인 못 했어."

"어젯밤에 깜박하고 얘기 못 한 게 있더라고. 수학여행 관련 통신문에 서명해야 했는데."

"내가 할게."

너태샤는 정장 한 벌을 침대에 내려놓은 다음 청색 재킷에 어울릴 만한 셔츠를 고르는 중이었다. 신혼 시절에 그녀는 옷을 입을 때마다 서로 어떤 게 어울리는지 항상 맥에게 묻곤 했다. 당시엔 그것이 둘 사이의 일상이자 재미였다.

맥은 팔짱을 낀 채 말했다.

"그럼…… 당신 우편물은 어디로 보내야 하지?"

"그럴 필요 없어. 며칠에 한 번은 들를 테니까. 혹시라도 상의할 일이 있으면 언제든 전화해. 사회복지사한테는 어떻게 할까? 오늘 오후에 법정에서 나오면 내가 전화할까?"

"아니, 사라랑 먼저 얘기해볼게. 나도 생각 좀 더 해보고. 어느 때가……."

맥은 '최선일지'라는 다음 말을 할 수 없었다. 사라에게는 어떤 것도 최선이 될 수 없을 것이다.

"타슈……."

너태샤는 등을 보인 채 대답했다.

"왜?"

"난 이런 게 싫어."

맥이 말을 꺼냈다.

"상황이 다소 복잡해진 건 알겠는데, 난 왜 모든 게 이런 식으로 끝나야 하는지 모르겠어."

"우린 이미 충분히 얘기했어, 맥."

"아니, 우린 하지 않았어. 우린 여기서 거의 두 달을 함께 살았지만 진정한 대화는 전혀 나누지 못했어. 우리 둘의 문제에 대해서도 얘기를 못 했을 뿐만 아니라……."

맥이 갑자기 뒤를 돌아보았다. 코너가 문 앞에 와 있었다.

"짐 때문에 도움이 필요할 것 같아서 왔어."

그는 면도 후 로션까지 바르고 온 듯했다. 이렇게 이른 아침에 그런 것까지 챙겨 바르는 남자가 몇 명이나 될까?

"여기 침대 위에 있는 것들도 다 가져갈 짐이야, 너태샤?"

너태샤가 대답하려고 했지만, 맥이 말을 가로채고 코너 앞을 막아서며 말했다.

"괜찮다면 아래층에서 기다려주시면 좋겠는데요."

잠깐 무거운 침묵이 흘렀다.

"전 너태샤의 짐을 가지러 온 겁니다."

"허락도 없이 제 침실로 들어오셨군요."

맥이 천천히 말했다.

"그러니 나가주시기를 부탁합니다."

"그렇지 않은 것 같은데요. 엄밀히 말해서……."

맥이 코너에게 한 발짝 더 다가서며 말했다.

"잘 들어요."

그의 목소리에서 제대로 다스리지 못한 적의가 느껴졌다.

"이 집의 절반은 제 소유예요. 제 침실에서 나가주실 것을 정중하게 부탁드립니다. 우리 침실에서. 아직은 법적으로 제 아내인 사람과 사적인 대화를 마칠 수 있도록 아래층에서 기다려주시죠."

너태샤는 머리를 빗던 손을 멈추고는 두 남자 사이를 힐끗거렸다. 그런 다음 코너를 향해 고개를 끄덕였다.

"차에 가 있을게."

코너가 말하고는 방을 나갔다. 그의 손에 들린 차 열쇠가 허세를 부리듯 쨍그랑 소리를 냈다.

방 안은 이제 너무 조용했다. 욕실 환기 장치만 찰깍찰깍 소리를 내며 돌아갔다. 맥은 심박동수가 서서히 내려가는 걸 느꼈다.

"음, 이제 됐어."

맥은 애써 미소를 지었지만 입꼬리가 처진 미소가 나오고 말았다. 자신이 너무 바보 같다는 생각이 들었다. 너태샤의 표정만으로는 그녀가 무슨 생각을 하는지 알 수 없었다.

"그래."

너태샤는 짧게 답하고는 다시 분주하게 몸을 움직였다.

"이제 나갈 준비를 해야 돼, 맥. 그리고 사라랑 상의해보고 어떻게 할지 계획이 마련되면 오늘 밤에라도 전화해줘."

그러더니 옷을 집어 들고 욕실로 들어가버렸다.


이번 경주는 몰티즈의 회색 암말과 부가 맞붙기로 되어 있었다. 부가 이길 가능성은 거의 없다고 랠프는 말했다. 그래서 부가 진다는 데 많은 돈이 걸려 있다고 했다. 용모는 수려하지만 경주에서는 질 게 뻔하다고 했다.

화물차 뒤편 유리한 위치에 서서, 사라는 기수가 마차에서 뛰어내린 다음 고삐를 잡은 채 부의 둔부를 발로 세게 걷어차는 모습을 지켜보았다. 부는 깜짝 놀라 옆으로 물러나면서 고통에 겨워 머리를 뒤로 둥그렇게 구부렸다. 사라의 입에서 항의하듯 신음이 터져 나왔고 그와 동시에 자기도 모르게 발이 앞으로 나갈 뻔했다. 하지만 사라는 마지막 순간에 자신을 제어해 몸을 낮게 수그렸고, 눈을 꼭 감은 채 무분별하게 행동하지 않으려고 정신을 집중했다. 대략 100미터쯤 떨어진 곳에 몰티즈 무리 중 한 사람이 암말의 고삐를 잡고 있었다. 그는 라이터 불꽃 주위로 두 손을 오므려 담배에 불을 붙이는 중이었다.

"자네가 저 말에게 먹인 건 정말 진기한 비타민이 틀림없어, 몰티즈."

그가 라이터를 호주머니에 집어넣으며 말했다.

"상대는 저쪽에 가면 분명 힘이 빠지고 말 거야."

"거센 바람에 겁을 먹겠지. 거기서 우리가 온 힘을 다하면 돼."

"아까도 말했지만 이 경주는 벌써 끝난 거나 마찬가지야."

부는 이제 춤을 추듯 요동을 쳤다. 마차의 무게를 못 견뎌했고 또 다시 걷어차일까 두려워하는 듯했다. 게다가 그 기수는 트럭의 사이드미러에 부를 거칠게 매어놓고 으르렁거리듯 소리쳤다. 마치 협박하듯 손을 들어 올리고는 다른 쪽으로 가버렸다. 사라는 그의 커다란 뒤통수에 보이지 않는 총알을 발사했고 마음속으로 그에게 발길질을 해댔다. 지금까지 이토록 분노로 가득 차서 몸을 떨어본 적이 없었다. 그래도 간신히 숨을 가다듬고 조금 떨어져 있는 카우보이 존을 힐끗 돌아보았다. 그는 부를 보면서 몰티즈와 다급하게 대화를 나누는 듯했다. 그가 머리를 흔들자 모자에서 빗물이 떨어졌다. 몰티즈는 어깨를 으쓱하며 다시 담배에 불을 붙였다. 존은 몰티즈의 어깨에 손을 얹고 무리에서 떨어진 곳으로 데려가려고 애쓰는 듯했지만, 몰티즈는 돈을 세고 있던 무리가 부르는 소리에 발길을 돌리고 가버렸다.

사라는 이제 마음이 한결 차분해졌다. 크세노폰이 신중하게 계획하고 사냥꾼이 집중력을 발휘하듯, 주차된 차량들과 고가도로의 거대한 콘크리트 기둥들에 몸을 숨겨가며 조금씩 꾸준히 앞으로 나아갔다. 이제 1미터도 안 되는 곳에 부가 있었다. 흐르는 땀과 빗물에 젖어 짙어진 털이 보일 정도로 가까웠고, 작은 이륜마차에 부를 매어놓은 끈이 몇 개인지 알아볼 수 있을 정도로 근접했다. 날 보고 소리치면 안 돼, 사라는 부에게 조용히 타일렀다. 회색 암말 옆에서 남자들이 언쟁을 벌이고 있었다. 몰티즈는 자기가 승자가 되어 부를 차지하게 될 거라고 큰소리를 쳤고, 다른 남자가 그 말에 반박하고 나섰다. 몰티즈의 말이 이런 경주에서 두세 번 실패한 전적이 있다고 주장하자 반대하는 의견과 동의하는 의견이 시끌벅적하게 터져 나왔다.

"이제 출발해야겠어."

누군가 아일랜드 억양이 섞인 말투로 소리쳤다.

"경찰관들이 여기로 오고 있대."

사라는 미끄러지듯 부의 옆으로 바짝 다가섰다. 마구에 매이고 눈가리개를 쓴 부는 누가 옆에 왔는지 보려고 목을 길게 뺐다.

"쉬이."

사라는 부를 진정시키며 들썩거리는 옆구리를 손으로 쓰다듬었다. 그러자 부가 알아차린 듯 두 귀를 앞뒤로 흔들었다. 사라는 남자들을 힐끗 쳐다본 다음 마차에 연결된 장대와 죔쇠들을 민첩하게 매만지며 확인했다.

시끄럽게 떠들던 소리가 잠시 잠잠해져서 사라는 재빨리 기둥 뒤로 몸을 숨겼다. 심장이 불규칙하게 쿵쾅거렸다. 이윽고 다시 소리가 높아졌고 이번에는 더 확실한 언쟁이 벌어진 듯했다. 슬며시 내다보니 한창 돈을 세고 나누는 광경이 보였다. 지금이 절호의 기회라는 것을 사라는 깨달았다. 돈을 세고 분배하는 동안에는 다른 데를 돌아보지 않을 것이기 때문이다.

이제 몇 초밖에 남지 않았다. 마차에 연결된 끈을 만지작거리는 사라의 손가락이 파르르 떨렸고, 아드레날린이 솟구치며 심장이 뛰는 소리가 두 귀를 자극했다. 머리 위를 지나는 차량들 소리마저 삼켜버릴 정도였다. 곧 널 여기서 풀어줄게, 부. 세 개 남았어. 다음은 두 개. 이제 하나 남았어. 사라는 소곤소곤 중얼거렸다. 자, 어서.

사라가 마지막 끈을 만지작거리다가 젖은 가죽에 손가락이 미끄러질 때였다.

"야, 너!"

그 외침에 사라는 가슴이 덜컹 내려앉았다.

머리보다 목이 더 굵은 커다란 남자가 사라를 향해 걸어오고 있었다. 그의 걸음걸이는 보폭이 아주 길었고 위협적이었다.

"야, 너! 거기서 뭘 하려는 속셈이야?"

사라의 불안이 옮겨 갔는지 부도 몸을 이리저리 흔들었다. 사라는 쉬쉬 하며 가만히 있으라고 부를 타이르면서도 자꾸만 미끄러지는 쥠쇠에 대고 속이 타서 중얼거렸다. 다른 남자들도 뒤를 힐끗 돌아보기 시작했다. 뭔가 문제가 생겼다고, 저 여자애는 못 보던 앤데 누구지 하는 표정들이었다. 존의 당황스러운 표정과 사라를 알아보고 충격에 빠진 몰티즈의 얼굴도 눈에 띄었다.

덩치 큰 남자가 갑자기 달려오기 시작했다. 웬일인지 마지막 쥠쇠는 잘 풀리지 않았다. 사라는 그것을 확 비틀어 떼어냈고 한순간 멎었던 숨이 물을 뿜듯 터져 나왔다. 마차에 연결돼 있던 두 장대가 쩽그랑 소리를 내며 땅바닥에 떨어진 순간 남자는 1미터밖에 안 되는 거리에까지 다가와 있었다. 부를 가둔 덫은 풀렸다. 사라는 황급히 갈기에 매인 끈을 잡고 재갈에 연결된 줄을 푼 다음 부의 등에 뛰어올랐다.

"뛰어!"

사라는 소리치면서 두 다리로 부의 옆구리를 조였고, 커다란 말은 기다렸다는 듯이 진입로를 향해 달려 나갔다. 부의 근육은 엄청난 힘을 끌어모으고 있었고, 사라는 뒤로 떨어지지 않기 위해 갈기를 손가락에 휘감고 악착같이 붙들었다.

대혼란이 일어났다. 고함 소리와 함께 엔진의 회전 속도를 올리는 소리가 뒤에서 들려왔다. 사라는 부의 목까지 몸을 낮추고 흥분해서 목소리를 높였다.

"계속 달려!"

그러면서 부의 다리에까지 늘어져 있던 기다란 고삐를 서투르게 잡아당겼다. 사라는 고가도로로 이어지는 작은 경사로로 말을 몰았고 몇 걸음 달리지 않아 길 위로 올라섰다. 고속도로의 두 차선을 가로지르듯 달리자 당황한 차들이 급정거를 했다. 끼익 하는 타이어 소리가 귀를 찢는 듯했고 경적 소리가 요란하게 울려 퍼졌다.

사라는 저 도시 위 고가도로를 전속력으로 달렸다. 차들 사이를 거리낌 없이 질주했으므로 운전자들은 사라를 피하느라 이리저리 방향을 바꿔야만 했다. 지금 사라에게는 저 멀리 펼쳐진 습지대밖에 보이지 않았고 온몸을 휘도는 맥박 소리 외엔 아무것도 들리지 않았다. 저들이 자신의 뒤를 쫓고 있을 거라는 생각밖에 할 수 없었다. 사라는 어디로 가야 할지 알았다. 지난밤 내내 머릿속에서 이 순간을 얼마나 연습했는지 모른다. 도주로를 달리고 또 달렸다. 그리고 저기에 그곳으로 가는 길이 가까워지고 있었다. 몇백 미터 앞쪽에 정체된 차량들로 혼잡한 출구가 보였다. 일단 거기까지만 가면 산업단지로 빠질 수 있을 것이고, 저들도 더 이상 사라를 쫓을 수 없을 것이다.

그때 파란색 작은 해치백 차량이 갑자기 갓길로 차를 돌리기 시작했다. 차들이 너무 느리게 움직이자 운전자는 뒤쪽에서 달려오는 말을 보지 못하고 차선을 바꾸려고 한 모양이었다. 사라는 숨을 헉 들이마시며 재빨리 부의 속도를 확인했다. 저 차가 앞으로 끼어들고 이미 두 차선이 줄지어 늘어선 차들로 가득한 상태라면 사라는 꼼짝없이 막히고 말 것이다. 중앙분리대를 뛰어넘을 수도 없었다. 마주 오는 차량들과 정면으로 부딪칠 것이기 때문이다. 빠져나갈 방법이 보이지 않았다. 그 순간 뒤를 힐끗 보니 몰티즈의 빨간색 사륜구동차가 경적을 울려대며 차들 사이를 빠져나오려고 안간힘을 쓰고 있었다. 고가도로를 벗어나지 못한다면 잡히는 건 시간 문제였다. 사라는 침을 꿀꺽 삼켰다. 담즙이 올라온 것처럼 입 속에서 쓴맛이 났다.

사라는 방향을 바꾸고 있는 차를 노려보았다. 마음속으로는 제발 길 좀 비켜달라고 빌면서. 달리 선택할 방법이 없었다. 용서해줘요, 할아버지, 사라는 조용히 읊조리며 부의 갈기 한 줌을 꼭 잡은 뒤 그 차의 보닛을 향해 멈추지 않고 달렸다.

부는 사라의 요구에 혼란스러워하며 잠시 주저하는 듯했지만 사라가 두 다리로 압박하며 재촉하자 용기를 내더니 순식간에 등 근육을 뻗으며 차 위로 높이 뛰어올랐다. 한순간에 사라는 크세노폰이 되어 말을 타고 벌이는 전투의 함성을 들었고, 자신의 온몸과 마음을 용기 있는 동물에게 의탁했다. 보호를 받았고, 분노와 영광이 뒤섞인 상태에서 오로지 생존만을 요구했다. 온 세상이 정지해버린 것 같았다. 사라의 입에서 소리 없는 외침이 새어 나왔다. 눈을 감았다 뜨자 하늘 외에는 아무것도 보이지 않았다. 하지만 그것도 잠시, 쿵 하는 소리와 함께 부와 사라는 아래로 떨어졌다. 부는 미끄러운 땅바닥에 발을 헛디뎠고, 그 바람에 사라는 말의 목에서 거의 떨어질 뻔했지만 긴 고삐와 갈기를 미친 듯이 붙들고 매달렸다.

부는 다시 도로 위를 포효하며 질주했다. 부의 다리는 흐릿한 형체만 보였다. 사라는 왼손을 뻗어 마구를 잡은 다음 말 등으로 몸을 끌어올렸다. 드디어 그들은 고가도로를 벗어나 수로로 이어지는 옆길로 빠질 수 있었다. 꽉 막힌 도로의 소음과 귀에 거슬릴 정도로 요란했던 경적 소리도 차츰 희미해져갔다.

"첫 번째 증인은 누구야?"

너태샤는 오늘 아침에 필요한 서류들이 제대로 준비되었는지 다시 한번 확인해달라고 벤에게 문자를 보냈다. 이어서 30분 후에 법정 밖에서 기다릴 것인지를 묻는 문자도 보냈다. 그녀는 지금 코너와 함께 커피숍에 와 있었다.

"우리 쪽 증인인 아동 심리학자야. 학대 혐의를 제기할 수도 있다는 점을 들어 남편을 압박할 생각이야. 해링턴 씨는 페르시 부인을 조용히 만나 협상에서 좀 더 유리한 고지를 점할 수 있게 설득해보려나 봐."

누굴 바보로 아세요.

벤이 답장을 보내왔다.

그건 내가 판단해.

너태샤도 응답했다.

"그 부인은 원하는 걸 얻게 될 거야."

코너가 씁쓸하게 말했다.

"지금까지 드러난 것만으로도 충분하다고 봐. 훌륭한 아버지라면 자기 이름을 더럽히지도 않을 거야. 난 당신이 비열한 방법은 쓰지 않을 거라 믿어."

너태샤가 팔꿈치로 슬쩍 찌르며 말했다.

"그것만이 아이를 엄마와 함께 지내게 할 수 있는 유일한 방법이야. 이건 이혼 소송이야, 코너. 당신이 지금의 나라도 똑같이 했을 거야."

너태샤는 실눈을 뜨고 맞은편 벽에 붙어 있는 거울을 보면서 물었다.

"내 머리 괜찮아? 해링턴 씨가 언론에서도 이번 소송에 주목할 거라고 했는데."

"좋아."

너태샤는 그의 말을 달리 생각할 여유가 없었다. 소송에서 이기는 것도 중요했지만 이번 소송을 통해 마이클 해링턴에게 자신의 능력을 과시할 필요도 있었다. 사실 그의 제안은 너태샤의 머릿속을 떠나지 않았다. 지금과 같은 인생의 혼란으로 좌절과 스트레스에 시달리는 자신에게 작은 선물이 될지도 모르는 일이었다. 매일매일 의뢰인들과 부대끼며 그들의 입장을 대변하는 이 일을 하지 못한다면 차라리 죽는 게 나을 것 같았다. 너태샤는 다시 알리 아마디를 생각했다. 만약 해링턴 레빈슨으로 옮긴다면 그와 같은 실수를 또다시 저지를 가능성은 거의 없을 것이다.

너태샤는 그 제안에 대해 코너에게 말하지 않았다. 아직은 말하고 싶지 않았다.

코너는 자기 발로 너태샤의 발을 건드리며 말했다.

"난 오늘 아침 별일 없으니까 당신을 내려준 다음에 짐 갖다줄게."

너태샤가 놀라서 물었다.

"정말 그래줄 수 있어?"

"물론. 하지만 짐을 푸는 일까지는 못 해. 내가 집안일을 다 하는 남편이 될 거란 기대는 하지 마."

"고마워, 코너."

"천만에. 말했잖아. 한두 시간 정도는 별일이 없어서 하는 거라고."

"내 말은, 날 집에 있게 해줘서 고맙다는 거야."

그는 한동안 아래만 내려다보고 있다가 고개를 들어 묘한 시선으로 너태샤를 보았다.

"왜 그런 말을 하는 거지? 당신은 손님이 아니야."

그는 얼굴을 한번 찡그리고 다시 말을 이었다.

"설마 잠깐 머무는 거라는 얘기는 아니지? 그냥 임시방편이라는 뜻은 아니지?"

"바보 같은 소리 하지 마. 하지만 솔직히 얼마 동안이나 있게 될지는 잘 모르겠어. 이렇게 직진을 해도 되는 건지 모르겠어서……."

"여우를 피했는데 호랑이를 만날까봐?"

"난 그렇게 말하지 않았어. 오히려 우리 둘 다 문제가 있는 사람이라고 주장한 건 당신이야."

"문제 있는 두 사람이 서로를 메워주는 거지. 제대로 알라고."

너태샤는 자기 차례가 왔다는 걸 그제야 알았다.

"어, 미안해요. 디카페인 스키니 라테 부탁해요."

"전 더블샷 마키아토 한 잔 주세요."

"아무튼 내가 이 소송을 잘 마무리할 수 있게 빌어줘, 코너. 지금 당장은 다른 걸 생각할 여유가 없어."

너태샤는 코너가 무슨 말이라도 해주기를 기다렸지만 아무 대답도 듣지 못했다. 너태샤는 가방에 손을 집어넣으며 애써 쾌활하게 말했다.

"이건 내가 살게. 최소한 이 정도는 해야지. 나 때문에 아침도 못 먹었을 텐데. 머핀 좋아해?"

그러면서 지갑을 열었다.


랠프는 보이지 않았다. 사라는 가구 공장 구내로 슬그머니 들어가서 모퉁이를 돌아 운송용 화물차들에 가려 눈에 잘 띄지 않는 주차장 쪽으로 갔다. 가빴던 호흡도 한결 차분하게 가라앉고 있었다. 다만 빗물이 계속 얼굴을 타고 흘러내려서 앞을 또렷이 보려면 연신 눈을 훔쳐야만 했다. 사라는 미끄러지듯 말에서 내렸다. 부는 지치고 불안해 보였다. 지난 이틀간의 사건들로 충격이 컸을 것이고, 줄기차게 쏟아지는 빗속을 달렸으니 그럴 만도 했다. 사라는 고삐를 끌고 앞장서 걸었다.

"랠프?"

사라가 외쳐 불렀다.

아무런 대답이 없었다. 사무실 건물의 빈 창문들만 무심하게 주변을 내려다보고 있었고 사라의 목소리도 빗소리에 묻혀버렸다. 가구 공장의 덧문들은 아직 내려져 있는 상태였다. 앞으로 30분 정도는 지나야 하나둘씩 출근을 시작할 것이다.

사라는 화물차 뒤를 힐끗 보며 앞으로 나아갔다.

"랠프?"

역시 대답이 없었다.

또 한번 얼굴에 흐르는 빗물을 닦았다. 점점 자신이 없어졌다. 30분 전부터 솟구쳤던 아드레날린이 몸 밖으로 배어 나오는 기분이었다. 아무도 없는 주차장에 여자애 혼자 곤경을 기다리고 서 있는 꼴이었다.

랠프는 오지 않을 것이다. 오지 않는 게 당연해 보였다. 랠프가 오리라고 믿은 건 너무 순진한 생각이었다. 사라와 어디서 만나기로 했는지 이미 몰티즈에게 말했을지도 모른다. 사라는 잠시 움직임을 멈추고 주변을 관찰했다. 만약 몰티즈 무리가 뒤를 쫓았다면 사라는 자신을 막다른 골목에 가둔 셈이었다.

사라는 기어오르는 공포를 억누르며 합리적으로 사고하기 위해 애썼다. 안장이 없이도 먼 길을 달릴 수 있을까? 형편없이 낡은 이 굴레만으로 가능할까? 대답은 간단했다. 대안이 전혀 없다는 것이다. 바보처럼 여기서 기다리는 위험을 무릅쓸 수는 없었다. 누군가 곧 자신을 찾아낼 게 뻔했다. 사라는 고삐를 왼손에 몰아 쥐고 부의 등에 올라탈 준비를 마쳤다.

"소리칠 필요 없어, 서커스 아가씨."

랠프가 머리 위로 모자를 눌러쓴 채 출입구 쪽에 나타나 사라를 향해 어슬렁거리며 걸어왔다.

"우라질!"

랠프는 부를 돌아보며 거친 말을 뱉었다.

사라는 움직이지 않으려는 부를 끌고 랠프에게 달려가 물었다.

"가져왔지?"

랠프는 손을 내밀었다.

"카드부터 먼저."

"널 속이진 않아, 랠프."

사라는 호주머니에 손을 넣어 지폐 뭉치를 꺼냈다.

"카드는 어디 있는데?"

"빼낼 수가 없었어. 하지만 여기 20파운드가 있어."

"집어치워. 날 바보로 아나?"

"50파운드."

"이 안장을 팔아도 그것보단 많이 받을 수 있다고. 150파운드."

"100파운드 줄게. 내가 가진 전부야."

랠프가 손바닥을 내밀었다. 사라는 몰티즈한테서 돌려받은 돈을 건넸다. 그 돈을 처리해버려서 차라리 기뻤다.

"안장은 어디 있어?"

랠프는 지폐를 세느라 정신이 없는 가운데 출입구 쪽을 가리켰다. 사라는 안장을 얹어놓는 동안 랠프에게 부를 잡아달라고 부탁했다. 안장 끈을 묶을 때에는 또다시 가슴이 두근거렸다. 이어서 조잡한 굴레를 벗겨 담장 너머 불모지로 휙 던져버리고는 부의 굴레를 씌웠다.

"근데 말이야."

랠프가 돈을 청바지 주머니에 쑤셔 넣으며 말했다.

"넌 참 이상한 구석이 있는 애야."

사라는 등자에 발을 올리고 말 등으로 가볍게 뛰어올랐다. 부는 뒷걸음질 치며 다시 달리고 싶어 안달이 났다.

"어디로 갈 거야? 몰티즈가 뒤를 쫓을 텐데. 스테프니 부근이나 화이트채플 지구에 가봤자 소용없어. 강 아래쪽으로 가는 게 좋을 거야."

"이 부근에 있진 않을 거야. 잘 들어, 랠프. 하나 더 부탁할 게 있어."

"절대 사절."

랠프는 고개를 흔들며 말했다.

"나한테 너무 많은 요구를 하네."

"세인트 테레사 병원에 가줘. 할아버지한테 얘기 좀 전해줘. ……나랑 부는 휴가를 보내러 간다고. 그렇게 전하면 무슨 뜻인지 아실 거야. 곧 전화하겠다고 전해드려."

"내가 왜 네 말을 다 들어줘야 하지? 오늘 아침엔 너 때문에 6시 15분에 일어나야 했다고. 그런 건 반칙이야."

"제발 부탁이야, 랠프. 이건 정말 중요해."

랠프는 두둑한 주머니를 두드린 뒤 어슬렁거리며 거리를 걸었다.

"뭐, 할 수 있으면."

랠프의 운동화는 열두 살짜리가 신기엔 지나치게 헐렁해 보였다.

"하지만 내가 좀 바빠서……."


"지금 통화하긴 곤란한데. 막 나가려던 참이야."

맥이 사진 가방을 현관 바닥에 내려놓으며 말했다.

"신용카드가 없어졌어, 맥. 어젯밤에 내 가방을 놓아둔 탁자에 혹시 있지 않아?"

맥은 대답 대신에 잠시 주춤했다. 너태샤는 집을 나가면서 놓고 간 물건을 맥이 찾아서 가져다줄 거란 기대조차 하지 않은 듯했다. 그는 주변을 두리번거리고 나서 말했다.

"아니, 없어. 거기엔 아무것도 없는데."

한동안 침묵이 흘렀다. 전화기 너머로 사람들의 얘기 소리와 컵이 부딪치는 소리가 들려왔다. 너태샤가 혼잣말하는 소리도 들렸다.

"빌어먹을."

맥이 눈썹을 치켜올렸다. 너태샤는 웬만해선 욕을 하는 법이 없었다.

"어디서 잃어버린 거야?"

"사라는 집에 있어?"

"아니, 방에 가봤는데 없었어. 우리보다 먼저 나갔나 봐."

"사라가 내 신용카드를 가져간 것 같아."

"뭐라고?"

"방금 말했잖아."

맥은 눈을 위로 치켜뜨며 말했다.

"또 사라 탓이네. 당신이 딴 데 놔둔 것인지도 모르잖아."

"아니야, 맥. 지갑을 열었을 때부터 카드가 없었어."

"그래서 사라가 가져갔다고 믿는 거야?"

"당신일 리는 없잖아, 그렇지 않아? 사라가 가져간 게 분명해."

"하지만 사라는 비밀번호도 모르잖아."

누군가 소리 죽여 말하는 소리가 들리더니 너태샤가 말을 이었다.

"제길, 법원에 가봐야 해. 늦으면 큰일이야. 맥, 당신이……."

"오후에 학교에서 데리고 올 때 물어볼게."

"카드를 정지시켜야 할지 말지 모르겠네."

"아직 정지시킬 필요는 없어. 만약 사라가 가져갔다 해도 구내식당에서는 쓸 수도 없을 테니까. 내가 사라랑 먼저 얘기해볼게. 무죄 해명이 필요할 거야. 두고 봐."

"무죄 해명이라고? 내 카드를 가져간 것에 대해서?"

"이봐, 사라가 정말 그랬는지 확실히 모르잖아. 당사자랑 얘기해본 다음에 결정하자고. 사라가 할아버지 선물 사고 싶다고 했다면서?"

둘 다 한참 동안 말이 없었다.

"그래, 그랬지. 하지만 그런 말을 했다고 해서 도둑질이 용인될 수는 없어."

맥이 다시 반박을 하려고 했지만 너태샤가 가로막았다.

"그거 알아, 맥? 힘든 삶을 살았다고 해서 다 희생자는 아니야."

맥은 전화를 끊고 현관에 우두커니 서 있었다. 처음에 너태샤의 말을 듣고 짜증이 났지만 감정적인 반응을 보이지 않으려고 노력했다. 너태샤가 자기 의뢰인들에 대해 그토록 냉소적인 태도를 취하는 걸 본 적이 없었다. 맥은 바로 그 점이 마음에 들지 않았다.

맥은 카메라 가방을 집어 들다가 문득 전날 밤에 사라가 이상할 정도로 침착했다는 기억이 났다. 자신이 저녁을 준비하러 간 뒤에 사라가 한동안 거실에 남은 이유도 궁금했다. 당시엔 사라가 자신을 배려해준 행동이었다고 믿었다. 지금도 그걸 의심하는 건 아니지만.

맥은 그대로 좀 더 서 있다가 발길을 돌려 2층으로 천천히 올라갔다. 그리고 사라의 방문을 열었다.

혼자서 십 대 소녀의 방에 들어오니 괜히 침입자가 된 것 같아 기분이 좋지 않았다. 뭔가를 만질까 신경이 쓰였는지 벌써 두 손을 호주머니에 찔러 넣고 있었다. 자신이 뭘 찾으려고 하는지는 알 수 없었다. 다만 모든 게 그대로 있다는 안도감을 얻고 싶었던 것만은 분명했다. 먼저 옷장을 열어보고 안도의 한숨을 내쉬었다. 사라의 옷들과 신발이 있었다. 침대도 깔끔하게 정리가 되어 있었다. 방 안은 별다른 게 없어 보였다. 맥은 뚜벅뚜벅 걸어 방에서 나오다가 갑자기 뒤를 돌아보았다.

사라 할아버지의 사진이 보이지 않았다. 사라가 읽고 있던 기마술 관련 책도 보이지 않았다. 두 가지가 놓여 있던 조그만 탁자 위가 텅 비어 있었다. 이번엔 욕실로 가보았다. 칫솔과 머리빗과 비누가 보이지 않았다. 게다가 난방기 뒤쪽 벽에 하나뿐인 사라의 교복이 걸려 있었다.

맥은 아래층으로 달려 내려와 전화기를 낚아채듯 집어 들었다.

"타슈?"

그는 다짜고짜 말하고 나서 작은 소리로 욕설을 중얼거렸다.

"네, 너태샤가 법정에 있다는 건 저도 압니다. 하지만 어떻게 연락 좀 해주시면 안 될까요? 아주 급한 일이라서요. 얘기 좀 전해주세요. ······ 집에 문제가 생겼다고."

# 18

내가 만약 기수가 된다면 날개라도 단 듯한 기분일 것이다.

-크세노폰, 『기마술』

비는 이제 그쳤다. 사라는 부두를 따라, 시티 공항 쪽을 향해 풀이 나 있는 길가를 활기차게 달렸다. 물기가 마르자 말의 털 색깔도 점점 밝아지기 시작했다. 등에 태운 사라의 익숙한 느낌과 목소리에 안도했는지 부는 완전히 차분해졌다. 하지만 사라의 가슴은 여전히 불안하게 쿵쾅거렸고, 하도 자주 뒤를 돌아봐서인지 목이 뻐근하게 아파왔다.

광활한 공간이 펼쳐졌고 잿빛 하늘은 아득히 멀게만 느껴졌다. 도심의 건물들은 들쑥날쑥 어렴풋이 보일 뿐이었다. 덕분에 사라와 부는 좀더 빨리 달릴 수 있었다. 그러다가 점점 도심에 가까워지자 언제라도 도망치거나 진로를 바꿀 수 있게 가장자리를 골라 달렸다. 차가 오는지 확인하고 아스팔트 도로를 건넜다. 부의 발굽 소리가 대기 중에 울려 퍼졌다. 배수로를 뛰어넘어 풀숲에 이르러 다시 천천히 말을 몰았다.

잿빛 구름이 서서히 걷히더니 갑자기 눈앞에 공항이 드러나 보였다.

이 길을 따라가다보면 런던 브리지에 이를 것이고 교통이 혼잡할 게 불을 보듯 뻔했다. 게다가 말을 타고 가는 여자애는 사람들의 시선을 단숨에 사로잡을 것이다. 그래서 사라는 동쪽으로 방향을 틀었고 뉴햄과 벡튼 지구에 끝없이 이어진 주택 단지를 빠져나왔다. 이어서 울리치의 평지를 가로지르며 카나리 부두의 반짝거리는 송신탑을 뒤로했다.

교통 혼잡 시간대가 지나며 끝없이 이어지던 차량과 도심을 향해 촘촘하게 밀려들던 자동차 행렬도 차츰 그 수가 눈에 띄게 줄어들었다. 이따금씩 차량들이 사라 옆을 지나 블랙월 터널로 이어지는 지름길 위를 질주했지만 사라는 별 관심을 두지 않았다. 어떤 남자는 샌드위치를 먹으며 운전했고, 또 어떤 젊은 남자는 강렬한 비트의 음악에 취해 있었다. 사라는 바람막이 점퍼를 입었는데, 얼굴이 반쯤 가려지도록 모자를 뒤집어썼다. 지금 지나는 곳은 특별한 목적이 없는 한 들를 일이 전혀 없어 보였다. 크고 작은 창고들과 싸구려 호텔 몇 개가 전부였는데, 갑자기 늘어난 차도에 둘러싸여 고립된 것처럼 보였다. 기업의 중간 간부들이나 영업 사원들 사이에나 알려질 만한 곳이었다.

사라는 피곤한 부가 숨을 고르도록 속도를 줄여 걸으며 도로 표지판을 확인했다. 시들어버린 잔디만 남은 불모지에 지저분하고 허름한 술집 하나가 덩그렇게 서 있었고 조금 떨어진 곳에 낡은 집 몇 채가 보였다. 뒤편에는 새로 지은 아파트 단지도 보였다. 구름 사이를 비집고 나온 햇빛 한 조각이 템스강을 희미하게 비추는 가운데 양옆으로 콘크리트 건물이 늘어선 페리 선박장도 보였다. 사라는 뒤를 한번 힐끗 돌아본 다음 그곳으로 말을 몰았다.


"엘스워스 씨, 성명을 말씀해주시겠습니까?"

"피터 그레이엄 엘스워스입니다."

"감사합니다. 다음은 직업을 말씀해주세요."

"아동, 특히 트라우마를 겪고 있는 아이들을 대상으로 하는 심리치료 및 상담 센터를 운영하고 있습니다."

"3년 넘게 이 센터를 운영해오셨고 이 분야 최고 전문가들 중 한 사람으로 인정받고 있는 게 사실인가요?"

엘스워스는 자세를 바로 하고 대답했다.

"네, 그 분야에 관련해서는 몇몇 학술지에 여러 논문을 발표하기도 했습니다."

너태샤는 서류를 내려다보았다. 너태샤 뒤에서 페르시 부인이 우아하게 차려입은 발을 불안하게 두드리며 초조와 좌절이 섞인 한숨을 들릴 듯 말 듯 내쉬었다.

"엘스워스 씨, 당신은 정신적 외상을 입은 아이들이 대체로 비슷한 방식으로 트라우마에 대처한다고 보십니까?"

"아닙니다. 어른들과 마찬가지로 아이들도 매우 다양한 방식으로 트라우마에 대처한다고 봐야 합니다."

"그러니까 외상 사건에 대한 표준 대응은 없다고 보시는 거군요."

"네, 그렇습니다."

"그렇다면 외상 사건에 대해 드러내놓고 반응하는 아이들도 있다고 볼 수 있겠네요. 예를 들면, 눈물을 터뜨리거나 친구들 혹은 부모에게 털어놓는 식으로요. 반면에 또 어떤 아이들은 충격적인 경험을 폭로하지 않고 혼자서 참아낸다는 얘기고요."

엘스워스는 잠깐 생각에 잠긴 뒤 말했다.

"아동의 성장 과정과 주변 사람들과의 관계에 달려 있다고 볼 수 있겠죠. 물론 외상 사건의 성격에 따라서도 달라질 테고요."

"예를 들어 아이들이 자신에게 벌어진 나쁜 일을 밝히는 게 부모에게 해가 된다고 생각한다면 그 사실을 마음에 담아두려고 할지도 모르겠네요?"

너태샤는 여전히 익숙하지 않은 가발 때문에 또다시 머리가 근질근질하기 시작했다. 뒤통수를 긁고 싶은 충동과 싸우지 않으면 안 되었다.

"저는 이번 사건이 바로 그런 경우에 해당한다고 보고 있습니다."

곧바로 페르시 씨가 너태샤를 노려보았다. 키가 크고 살집이 좋으며 1년에 세 번 정도는 호화로운 휴가를 보냈을 것 같은 피부색을 가진 그는 너태샤에게 시선을 고정한 채 꿰뚫어버릴 것처럼 쏘아보고 있었다. 당하는 사람으로선 몹시 불안을 느낄 만한 눈빛이었다. 페르시 부인이 그토록 동요하고 발작적이 되는 이유를 이해할 만했다.

"덧붙여서 한 가지만 더 묻겠습니다. 가령 갈등을 겪고 있는 부모가 관련된 경우, 아이들은 자신의 나쁜 경험이 부모의 갈등을 더욱 심화시킨다고 생각해서 그 증거를 숨기려고 할 수도 있겠네요?"

"그것은 잘 알려져 있는 심리 현상입니다. 사실을 밝히는 게 부모의 관계에 나쁜 결과를 초래한다고 믿는 경우 아이들은 부모를 보호하려고 하죠."

"그 부모가 가해자라 해도 그런가요?"

"이의 있습니다."

페르시 쪽 변호사가 일어섰다.

"재판관님, 저흰 이미 페르시 씨가 아이를 학대한 증거가 없다는 점을 밝혔습니다. 따라서 이런 식의 질문을, 저런 감정적인 언어를 사용해서 이어간다는 것은 문제를 호도할 염려가 있습니다."

너태샤가 판사를 돌아보며 말했다.

"재판관님, 전 단지 명백한 물리적·신체적 증거가 없거나 아이의 증언이 없다 하더라도 그런 외상 사건이 벌어지지 않았다고 단정할 수 없다는 점을 규명하려고 하는 것뿐입니다."

페르시 씨의 변호사이자 이 분야의 거물급인 심프슨은 노골적으로 투덜대는 어조로 비아냥거렸다.

"물론 어떤 사람들은 폭행당했다고 말하는 여성에게 흉터를 보여달라고 해서는 안 된다고 주장하지요. 하지만 이 경우는 다릅니다. 아이가 학대를 받았다고 얘기하는 것도 아니잖아요?"

그는 너태샤 같은 일개 사무변호사와 맞서는 게 영 자기 수준에 맞지 않는다고 여기는 듯했다. 그런 편견이 여전히 존재한다는 사실을 단적으로 보여주고 있었다.

"재판관님, 발언을 계속해도 좋다고 허락하신다면 아이들이야말로 주변 사람들을 보호하기 위해 트라우마를 숨길 가능성이 훨씬 더 높다는 점을 말씀드리겠습니다."

판사는 고개를 들지 않고 말했다.

"계속하세요."

너태샤가 다시 서류를 내려다볼 즈음 벤이 슬며시 와서 그녀의 손에 쪽지를 쥐여주었다. 쪽지에는 '맥, 긴급 통화 원함'이라고 적혀 있었다. 주변의 시선이 소홀한 틈을 타서 너태샤가 속삭이듯 물었다.

"뭘 하겠다는 건데?"

"나도 몰라요. 아주 중요한 일이라고 전화해달라고 했어요."

하지만 지금 전화를 할 수는 없었다.

"매컬리 변호사? 계속 진행할 겁니까?"

"네, 재판관님."

너태샤는 벤에게 가라고 슬쩍 신호한 뒤 말을 이었다.

"엘스워스 씨, 아빠 혹은 엄마를 두려워하는 아이는 다른 부모에게 문제를 털어놓기 힘들어할 가능성이 높다고 보시나요?"

"재판관님……."

"발언을 허락합니다. 매컬리 변호사, 대신 요점을 벗어나지 않도록 당부합니다."

엘스워스가 판사를 힐끗 본 뒤 말했다.

"아이의 연령과 환경에 따라 다르겠지만, 네, 저는 가능성이 있다고 봅니다."

"연령과 환경에 따라 다르다는 건 무엇을 의미하죠?"

"어, 제가 만난 어린 환자들을 종합해보면 아이들의 나이가 어릴수록 외상 사건을 제대로 숨기지 못하는 경우가 많았습니다. 그들의 고통을 분명히 표현하지는 못한다 해도 다른 행동 양식으로 드러내는 사례가 많았죠. 자다가 오줌을 싼다거나 강박 신경증을 보이기도 하고 평소답지 않은 공격성을 내비치는 경우도 있습니다."

"그렇다면 어느 연령이 되면 아이가 자신의 고통을 실제로 숨길 수 있다고 보십니까? 그런 경우엔 앞서 설명하신 이상 행동들을 전혀 보이지 않나요?"

"아이에 따라서도 다르겠지만 일곱, 여덟 살인데도 자신에게 벌어진 일을 놀라울 정도로 완벽하게 숨기는 아이들을 보았습니다."

"매우 심각한 외상 사건에서도 그런가요?"

"네, 몇몇 경우에는 그랬습니다."

"그렇다면 이번 사건처럼 아이가 열 살인 경우에는 충분히 그럴 만하다는 얘기가 되겠군요."

"네, 맞습니다."

"엘스워스 씨, 부모 소외 증후군에 대해 들어보신 적이 있나요?"

"네, 있습니다."

"이것은…… 이를 정의한 글을 인용해서 말하면 '부모의 반대나 비난에 강박적으로 사로잡힌 아이의 정서 장애'를 의미합니다. 다시 말해 부당하고 비정상적인 명예 훼손이라고도 할 수 있죠. 박사님도 그런 주장이 타당하다고 보시나요?"

"거기에 대해선 전문 분야가 아니라서 자신 있게 말할 순 없지만 어느 정도 타당해 보이는군요."

"엘스워스 씨, 오랫동안 심리의학 학술지에 논문을 발표하고 현장에서 아이들을 치료해오신 분으로서 부모 소외 증후군의 임상 사례가 존재할 거라고 생각하시나요?"

"제 생각엔 적절한 표현이 아닌 것 같네요."

"좋습니다. 다른 식으로 얘기해보죠. 박사님이 지금까지 치료한 아이들은 얼마나 되는지 말씀해주시겠습니까?"

"전체를 말하는 건가요, 아니면 현재 운영하는 센터의 경우를 말하는 건가요? 전체를 종합하면 아마 수천 명에 달할 겁니다. 대략 2,000명은 훌쩍 넘어가죠."

"그중에서 부모 소외 증후군에 해당하는 증상을 보인 아이들이 있었나요?"

"실제로 부모 중 한쪽을 나쁘게 생각하도록 설득당한 아이들을 많이 보았습니다. 심지어는 수년에 걸쳐 적대감을 키워온 아이들도 있었습니다. 저는 부모의 이혼 때문에 심각한 피해를 입은 아이들을 수없이 많이 보았으니까요. 하지만 그렇다고 그런 심리 상태가 곧바로 그 증후군의 증거가 된다고 보지는 않습니다. 잘못하다가는 그런 질병을 과장하는 결과를 초래할 수도 있으니까요."

너태샤는 잠시 생각에 잠긴 뒤 말했다.

"엘스워스 씨, 이혼이나 양육권 소송이 진행되는 동안 자행되는 아동의 신체적 혹은 성적 학대와 관련해 허위 보고가 이루어지고 있다는 주장이 있던데, 그 점에 대해서는 어떻게 생각하시나요?"

"네, 그런 현상에 주목한 논문들이 최근에 많이 발표되고 있다고 들었습니다."

"권위 있는 학자들의 논문인가요? 그런 논문들이 최근 어떤 결론에 도달하고 있는지 알려주시겠습니까?"

"2005년에 발표된 최근의 한 논문은 허위 보고일 가능성이 매우 적다는 결론을 보여주고 있습니다. 그해에 발표된 다른 논문들도 잘못된 주장일 가능성이 1~7퍼센트에 불과하다고 보고 있습니다."

"1~7퍼센트라고요?"

이 수치가 자기 말을 확인시켜준다는 듯 너태샤는 고개를 끄덕이며 말했다.

"그렇다면 학대 혐의가 타당하다는 주장이 90퍼센트 이상이 된다는 거네요? 박사님도 비슷한 생각을 가지고 계신가요?"

그는 잠시 생각한 뒤 대답했다.

"저는 오히려 아동 학대 관련 보고가 축소되는 경향이 있다고 생각하는 편입니다."

너태샤는 마이클 해링턴이 만족스럽게 웃고 있는 모습을 보았다. 하지만 지금 자신이 미소를 보여서는 안 되는 일이었다.

"이상입니다. 재판관님."

　남쪽을 항해할 배가 들어올 울리치 페리 선착장에는 기다리는 사람이 아무도 없었다. 일렬로 늘어선 벤치는 텅 빈 채 황량했다. 양복을 차려입은 몇몇은 이미 몇 분 전에 목적지가 다른 배에 승선해서 출발한 뒤였다. 배가 부두에 들어오자 사라는 잠시 주저하다가 부를 데리고 기다란 경사로에 올라 차량용 갑판 쪽으로 갔고, 조타실에서 멀리 떨어진 곳에 자리를 잡았다. 부는 주변을 이리저리 둘러보았고, 엔진이 부르르 떨기 시작하자 미끄러운 바다 위를 몇 차례 움직였지만 이 이상한 운송 수단에 대해 그다지 겁을 집어먹은 것 같지는 않았다. 배 안에는 트럭도, 자동차도 보이지 않았다. 텅 빈 갑판에는 사라와 부 말고는 아무것도 없었다. 사라는 다시 뒤를 힐끗 돌아보았다. 배가 빨리 출발하기를 기다리면서 마지막 순간까지 트럭이 나타나지 않기를 기원했다. 합리적으로 생각하면 저들이 자신을 쫓아올 가능성이 거의 없다는 것을 알았지만 두려움은 뼛속 깊이 박혀 있었다. 실제로 그와 비슷한 트럭은 어디에나 눈에 띄었고, 상존하는 위협 요소였다.

　사라는 부의 고삐를 팽팽하게 쥐고 서 있었다. 그때 조타실에서 승무원이 나왔다. 키가 크고 희끗희끗한 턱수염에 허리가 구부정한 남자가 눈앞에 마주한 광경을 확인하려는 듯 한동안 꼼짝도 하지 않고 서 있었다. 이윽고 남자가 사라를 향해 천천히 걸어왔다. 사라는 고삐를 쥔 손을 더욱 세게 움켜쥐고 조만간 닥칠 입씨름에 대비했다. 하지만 가까이 다가선 남자의 얼굴에는 미소가 번져 있었다.

　"여기서 일한 지 30년이 되었지만 배에서 말을 보는 건 처음이야."

　그는 부에서 조금 떨어져 서서 연신 머리를 흔들어대며 말했다.

"1930~1940년대에 페리에서 일한 우리 아버지야 말이 끄는 탈것들을 실어 나르던 때를 기억하겠지만 말이야. 말을 한번 쓰다듬어봐도 되겠니?"

안도감과 함께 긴장이 풀리면서 사라는 말없이 고개를 끄덕였다.

"정말 멋진 말이구나."

남자는 부의 목을 쓰다듬으며 말했다.

"아름다운 말이야. 예전에는 말들이 저 꼭대기에 탔고 사람들은 저 아래 앞쪽에 있었다고 하더라."

남자는 배를 떠받치고 있는 노란색과 하얀색으로 칠해진 다리를 가리키며 말했다.

"말 상태는 괜찮지? 행실도 바르지?"

"네, 걱정하지 마세요."

사라가 작은 소리로 말했다.

"이 말 이름은 뭐니?"

사라는 잠깐 머뭇거리다가 말했다.

"부셰예요."

그리고 왜 그랬는지는 모르겠지만 이렇게 덧붙였다.

"프랑스의 유명한 기수 이름을 본떠서 지었어요."

"이름도 근사해, 그치?"

남자는 부의 이마를 쓸어내렸다.

"훌륭한 말에 어울리는 근사한 이름이야. 나한테 엽서가 하나 있는데 말이야. 거기 보면 낡은 마차를 끄는 말이 배에 오른 사진이 있어."

"저기……."

사라는 말끝을 흐렸다.

"저 말은, 그러니까 우린 얼마를 내야 하는 거죠?"

그는 놀란 표정을 지으며 말했다.

"이 배는 돈을 낼 필요가 없단다. 1889년부터 이 페리를 타면서 돈을 낸 사람은 아무도 없어."

그러고는 빙그레 웃었다.

"내가 이 일을 시작했을 때에는……."

하지만 남자는 말을 다 맺지 않고 뻗정다리로 걸음을 옮겨 조타실로 들어가버렸다.

배가 다시 부르르 몸을 떨더니 템스강 한 귀퉁이에서 부드럽게 출발해 물살을 가르며 흐린 강물 한가운데로 나아갔다. 사라는 부와 함께 갑판 위에 홀로 남았다. 뱃전의 기중기 옆에 서서 황량하고 적막한 강 줄기를 내려다본 뒤 템스 장벽*과 제당소의 허름한 건물로 시선을 옮기며 축축한 공기를 들이마셨다.

사라는 배가 고팠다. 지금까지 열두 시간 동안 배 속을 뒤트는 불안을 빼면 위를 자극한 게 아무것도 없었다는 사실이 이제야 떠올랐다. 메고 있던 배낭을 내려 열어보니 과자가 몇 개 들어 있었다. 사라는 과자를 쪼개 한 조각을 부에게 주었다. 과자를 맛본 부가 부드러운 입술로 사라의 외투를 끈질기게 밀어대는 바람에 한 조각을 더 건네주지 않을 수 없었다.

사라는 이제 강 한가운데에 서서 눈앞에 펼쳐진 초현실적인 풍경과 기묘한 절경에 취해 있었다. 강기슭에서 멀어질수록 사라의 호흡은 점점 안정을 찾아갔다. 길고 어두컴컴한 터널을 빠져나온 것처럼 사라의

---

* 런던 울리치 지역 템스강에 있는 홍수를 조절하기 위한 구조물.

마음에 드리운 그늘도 어느새 걷혔고, 지난 몇 달 동안 사라의 가슴을 억눌렀던 혼란과 불안과 두려움도 서서히 사라졌다. 이제 모든 게 단순해졌다. 사라는 자기도 모르게 미소를 지었고, 팔을 휘둘러 지난 몇 주 동안 위축되었던 근육을 풀어주었다.

"자, 여기."

사라는 부에게 과자 한 조각을 더 건네며 힘찬 목소리로 말했다.

"우리도 이제 갈 시간이야."


벤은 너태샤에게 '맥이 린다에게 네 번이나 전화했음'이라고 적힌 쪽지를 또 건넸다.

너태샤는 머리핀을 꽂아 가발을 다시 고정하면서 쪽지를 힐끗 보았다. 사무변호사는 최근에 와서야 가발을 쓰는 특권을 부여받았다. 너태샤는 그런 전통에 반대했지만 동료들은 모두 가발을 쓰는 게 좋다고 강조했다. 그래야 상대측에서 그녀를 무시하거나 가볍게 보지 않는다는 것이었다.* 하지만 너태샤는 의뢰인들의 소송비용을 높이는 데에만 가발이 이용된다고 보았다.

"맥한테 이걸로 전화해줘."

너태샤는 벤에게 꺼놓은 휴대전화를 건네며 속삭였다.

"맥의 번호가 저장돼 있을 거야. 전화해서 휴정 시간이 될 때까지 연락할 수 없다고 말해줘."

"린다 말로는 제정신이 아닌 것 같다고 했어요. 사라가 어디론가 가

---

* 영국 법조계에는 재판할 때 법조인들이 하얀 가발을 쓰는 전통이 아직도 남아 있는데, 신분 보호 수단인 익명성과 법조인의 지위를 드러내는 상징성이라는 기능이 있음.

버렸다고 하는 거 같던데요.”

맞은편에서는 심프슨 변호사가 엘스워스의 증언을 조목조목 비판하려고 애쓰고 있었다. 그게 저 사람의 일이라고 너태샤는 생각했다. 그는 자기 분야에서 최고 전문가라고 할 수 있었는데, 전문가 증인을 법정에 부르는 비율이야말로 그 증거였다.

“내 카드에 대한 얘기를 들은 후에 결정하자고 전해줘. 그리고 내가 전화를 받을 수 없으니까 다시 전화해봐야 소용없다고 해.”

너태샤는 다시 메모를 시작하며 정신을 집중했다.

증인석에 앉아 있는 페르시 부인의 가는 손가락들이 다른 쪽 손목을 감싸 쥐고 있었다.

“당신 말은 모두 아이가 아빠한테 학대를 당했다는 얘기군요.”

부인의 눈이 커졌다. 세심하게 화장을 했지만 심리적 중압감을 감출 수는 없었다. 너태샤는 판사를 힐끗 쳐다보았다. 판사는 둘의 대화를 조용히 지켜보고 있었는데, 그리 관심 있는 표정은 아닌 듯했다.

“밖에서 저 문제를 의논해야겠군. 하지만 지금까진 괜찮았어.”

너태샤는 중얼거리면서 심프슨의 말에 귀 기울이기 위해 몸을 좀 더 앞으로 숙였다.

몇 분이 지나지 않아 벤이 다시 와서 ‘간 게 아니라 사라진 거라고 함’이라고 적힌 쪽지를 전했다.

너태샤는 쪽지에 휘갈겨 적었다.

‘??? 어디로?’

‘그분도 모른대요. 집에 아무도 없어요?’

너태샤는 고개를 푹 떨구었다.

“매컬리 변호사.”

앞에서 목소리가 들려왔다.

"무슨 일인가요? 괜찮습니까?"

너태샤는 가발을 바로잡으며 대답했다.

"네, 괜찮습니다. 재판관님."

"잠깐 휴정이 필요한가요?"

너태샤는 재빨리 생각한 뒤 말했다.

"허락해주신다면요. 갑자기 급히 처리해야 할 문제가 생겨서요."

판사는 심프슨을 돌아보았다. 그는 계획적인 게 아니냐는 듯 노골적인 반감을 드러내며 너태샤를 노려보았다.

"좋습니다. 그럼 10분 동안만 휴정하도록 하겠습니다."


맥은 벨소리가 다 울리기도 전에 전화를 받았다.

"사라가 사라졌어. 떠나버렸어. 몇 가지 소지품만 챙겨서."

"학교엔 연락해봤어?"

"시간을 벌어뒀어. 학교에 전화해서 사라가 아프다고 말했어. 만약 사라가 거기 나타나면 실수한 거라고 얘기하자고 생각했거든."

"그런데 사라가 거기 없었다는 거군."

"감쪽같이 사라졌어, 타슈. 사진도, 칫솔도, 전부 없어."

"마구간에 간 건지도 모르잖아. 할아버지한테 갔을 수도 있고."

"병원에도 전화해봤지. 오늘은 아무도 찾아오지 않았대. 틀림없대. 난 지금 마구간에 가는 길이야."

"사라는 절대 말을 놔두고 갈 애가 아니야."

너태샤가 자신 있게 말했다.

"잘 생각해봐, 맥. 사라는 말을 내버려둘 애도 아니지만 할아버지를 두고 멀리 떠날 애는 더더욱 아니야. 그 애한테 할아버지는 누구보다 소중하잖아."

"나도 당신 말이 맞기를 바라지만 정말 이런 상황이 너무 싫군."

맥의 목소리는 평소답지 않게 매우 신경질적이었다.

문득 전날 밤 이상할 정도로 조용하고 고분고분했던 사라가 떠올랐다. 그런데도 너태샤는 앞으로 있을 큰일을 아무 소란도 떨지 않고 받아들이는 사라에게 고마웠고, 가타부타 물어볼 생각도 못 했다.

"난 지금 법정에 다시 들어가야 해. 마구간에 도착하면 전화해줘. 사라가 내 카드를 가져간 게 맞을 거야. 어쩌면 그 카드를 가지고 할아버지 물건들을 사러 갔을지도 몰라."


카우보이 존이 녹이 슨 차에 기대서서 젊은 애들 중 하나와 얘기를 나누고 있었다. 그때 맥이 축사 정문을 박차고 들어섰고, 셰퍼드 개가 으르렁거리며 짖어댔지만 거들떠보지도 않고 곧장 구름다리 쪽으로 걸어갔다. 부의 마구간 문은 활짝 열려 있었고, 안에는 아무도 없었다.

"어, 저……, 존? 맥입니다. 저 기억나시죠? 사라의 친구입니다."

존은 들고 있던 담배를 입에 물고 맥과 악수를 나눈 뒤, 입술을 오므리고 말했다.

"아, 네, 물론 기억합니다."

"사라를 찾고 있는데요."

"지금 모두들 찾고 있죠. 여기서부터 틸버리 부두까지 찾아다니고 있습니다. 내가 없는 동안 도대체 무슨 일이 있었는지, 젠장."

얘기를 나누던 소년이 존과 맥을 계속 번갈아 쳐다보고 있었다.

"아까도 말씀드렸지만 사라가 갑자기 사라졌어요. 제가 여기 사정은 잘 몰라서."

"안 좋은 일이 있었나봅니다. 자세한 것까진 모르겠지만."

"사라가 여기도 없는 건가요?"

"아주 잠깐 보았을 뿐이죠. 무슨 일인지 나한테 아무 얘기도 안 했는데. 정말 어이가 없습니다."

카우보이 존이 곤란한 표정을 지으며 머리를 흔들어댔다.

"잠깐만요. 사라를 보셨다고요? 오늘?"

"네, 봤어요. 오늘 아침 7시쯤 봤습니다. 공중으로 날아오른 곡마단의 말처럼 부를 빼앗아 고가도로 위로 달아난 게 마지막이었죠. 어떻게붙잡히지 않고 달아날 수 있었는지는 사라와 신만이 알 거요."

"사라가 승마에 참가했던 겁니까?"

"승마요?"

카우보이 존이 답답해 죽겠다는 듯이 맥을 바라보며 말했다.

"아무것도 모르는 거요?"

"뭘 말이에요?"

"나도 아침 내내 사라를 찾으러 다녔다고요. 근데 가버렸어요. 아무도 눈치채지 못하게 말을 빼돌려서 달아나버렸다니까요."

"어디로 갔는데요?"

"내가 그걸 알면 사라가 지금 여기 서 있겠죠!"

존은 짜증이 나는지 이를 드러내며 침을 삼켰다. 소년이 옆에서 라이터 불꽃 위로 얼굴을 낮게 숙이며 담배에 불을 붙였다.

맥은 사라의 창고로 가면서 물었다.

"여기 열쇠를 갖고 계신가요?"

"난 이제 더 이상 여기 주인이 아니라오. 열쇠는⋯⋯."

"내가 가지고 있어요."

소년이 말했다.

"사라가 줬어요. 자기가 없으면 말에게 먹이를 주라고 하면서."

"그러면 네가……."

카우보이 존이 기다란 손가락으로 소년을 밀치며 말했다.

"이 아이 이름은 랠프예요."

소년은 호주머니 속을 만지작거리더니 아주 큰 열쇠 꾸러미를 꺼냈다. 그러고는 열쇠들을 하나하나 유심히 살피더니 그중에서 하나를 골라냈다. 맥은 그 열쇠로 자물쇠를 푼 다음 문을 열었다. 창고 안은 버림받은 것처럼 휑했다. 선반에는 안장도, 굴레도 없었고, 굴레 끈과 솔 몇 개만 상자에 남아 있었다.

"존? 사라가 말을 어디로 데려갔을지 짐작 가는 데가 혹시 없나요?"

카우보이 존은 눈을 위로 치켜뜨더니 옆에 있는 랠프를 쿡쿡 찔렀다.

"어서 말해. 아는 게 있으면."

존이 재촉했다.

"어, 저, 사라가 말을 데려갔어요. 나한텐 치워야 할 말똥만 잔뜩 남겨놓고. 사람들 성화도 장난이 아니에요. 여기서 일어나는 일은 대충 다 알지만 사라가 어디 갔는지는 정말 몰라요."

랠프가 말했지만 존은 소년을 의심스러운 눈초리로 쳐다보았다.

"근데 병원에 계신 사라 할아버지한테 어떻게 말해야 할지 모르겠네요. 사라가 어디로 갔는지 모른다는 말을 어떻게 해야 할지."

맥은 한참 동안이나 눈을 감았다 뜬 뒤 한숨을 길게 내쉬며 말했다.

"저도 마찬가지입니다."

태양이 하늘 높이 떠올랐다. 하지만 1년이라는 시간을 통틀어 살피면 그리 높이 떠 있는 것도 아닐 것이다. 사라는 햇빛을 정면으로 받으며 걸었다. 모자 아래에서 눈을 가늘게 뜬 채 해가 지기 전에, 부가 피로를 느끼기 전에 얼마나 멀리 갈 수 있을지 가늠해보았다.

지구력이 뛰어난 말은 하루에 80~90킬로미터 정도는 이동할 수 있다고 했다. 사라는 그런 글을 읽은 기억이 났다. 그러려면 일반적인 도보 훈련과 함께 끈질긴 노력으로 근육을 강화시켜야 하고, 규칙적으로 비탈을 오르내리면서 등과 엉덩이의 힘도 길러야 한다. 게다가 발 상태를 꼼꼼히 확인해주어야 하고 다리도 제대로 보호해주어야 한다.

부는 그런 훈련과 조치를 받아본 적이 없었다. 사라는 빠르고 활기차게 교외를 지나치며 이제 다트퍼드행 이정표를 따라가면 된다고 부에게 말했다. 한결 여유로워진 부의 걸음에서 활력이 느껴졌고 쫑긋거리는 귀와 지치지 않는 걸음걸이에서 희망이 엿보였다. 사라는 부에게 속도를 좀 더 줄이라고 말하면서 다리를 살짝 조였다.

좀 더 붐비는 지역으로 들어서자 말을 타고 가는 여자애의 모습은 사람들의 호기심을 끌기에 충분했다. 승합차 운전자들이 지나가면서 기묘한 소리를 질러댔고, 점심거리를 사기 위해 튀김 음식 전문점 앞에 줄지어 모여 있던 아이들도 환호성을 터뜨렸다. 하지만 사라는 계속 고개를 숙인 채 지나갔고, 대개는 사라가 지나가고 난 뒤에야 자신들이 무엇을 보았는지 깨닫는 듯했다.

드디어 사라는 현금 인출기를 사용하기에 알맞은 조용한 거리를 발견했다. 말에서 내린 사라는 부를 데리고 포장도로를 건너 인출기가 있는 곳으로 걸어갔다. 그리고 호주머니에서 카드를 꺼내 기계에 넣고 외워두었던 비밀번호를 입력했다. 그 번호는 사라의 머릿속에 선명하게 각인되어 잊으려 해도 잊을 수가 없었다. 기계는 사라의 요청을 들어줄지 말지 고민하는 것처럼 윙윙거리는 소음을 냈다. 좀처럼 끝날 것 같지 않은 시간이 흐르는 동안 쿵쾅거리는 가슴을 주체하기가 힘들었다. 지금쯤 두 사람은 알고 있을 것이다. 너태샤는 사라가 무슨 짓을 저질렀는지 깨닫고는 배신감에 치를 떨고 있을 것이다. 사라는 쪽지라도 남겨 자신의 행동을 설명하고 싶었지만 적절한 말을 찾을 수가 없었다. 지금도 머릿속은 두려움과 충격과 상실감으로 혼란스럽기만 했다.

이윽고 화면에 메시지가 반짝거리며 나타났다. '인출할 금액을 누르세요. 10파운드, 20파운드, 50파운드, 100파운드, 250파운드' 지난 몇 주 동안 제대로 먹지도, 자지도 못한 탓에 글자들이 흐릿하게 보였다. 사라는 도둑질을 하고 싶지 않았다. 하지만 매컬리 부부가 알게 되는 즉시 카드는 정지될 것이다. 그렇게 되면 돈을 구할 방법이 전혀 없게 된다.

이것만이 유일한 기회였다.

사라는 한숨을 길게 내쉬고는 키패드에 손을 올렸다.


정오 무렵에 너태샤가 법정에서 나왔을 때 맥이 밖에서 기다리고 있었다. 그는 등을 보이고 서 있다가 너태샤가 부르는 소리에 몸을 휙 돌리고 말했다.

"사라가 말을 데리고 가버렸어."

너태샤는 방금 들은 말을 이해하지 못하겠다는 듯 눈만 깜박거리더니 어이없는 웃음을 지으며 물었다.

"사라가 말을 데리고 가다니 무슨 말이야?"

"사라가 말을 데리고 도망갔다고."

"하지만 사라가 말을 데리고 어딜 갈 수 있었다는 거지?"

너태샤의 시선이 맥의 어깨를 넘어 카우보이 존에게로 옮겨갔다. 존은 알 수 없는 노래를 흥얼거리며 느긋하게 복도를 걸어오고 있었다.

"도대체 전화를 못 하는 이유를 모르겠네요."

그는 그르렁거리며 말하고는 맥의 어깨에 손을 올렸다. 그에게서 오래된 가죽 냄새와 젖은 개한테서 풍기는 냄새가 났다.

맥은 한 발 물러나 존을 앞으로 내세우며 말했다.

"너태샤, 이분은…… 카우보이 존이셔. 부가 지내는 마구간을 운영하시지."

"운영했지. 제기랄! 내가 그걸 계속 가지고 있었더라면 이런 혼란한 사태는 겪지 않았을 텐데 말이에요."

카우보이 존은 너태샤의 손을 잠깐 잡았다 뗀 뒤 몸을 구부려 손수건에 기침을 했다.

너태샤는 움찔하고 놀랐는데, 손은 여전히 공중에 떠 있는 상태였다. 주변에 있던 몇몇 사람들이 그들을 힐끔힐끔 쳐다보았다. 비싼 옷을 차려입은 금발의 여자도 복도를 지나가다가 존의 기침 소리에 깜짝 놀란 듯했다.

"그럼 이제 어떻게 하죠?"

"일단 사라를 찾아야죠. 지역을 나누어서 이리저리 알아보는 수밖에요. 말을 타고 가는 여자애라면 사람들 눈에 금방 띌 거요."

"하지만 오늘 아침에도 찾아다녔지만 아무도 못 봤다고 했다면서요. 이분이 사라를 습지대 근처에서 보았다고 하셨거든."

맥이 설명했다.

존은 모자챙을 만지작거린 뒤 먼 곳을 응시하며 말했다.

"사라는 어디로 갈지 정해놓았을 겁니다. 그게 내가 말할 수 있는 전부예요. 지금쯤 등에 배낭을 메고 속도를 내며 달리고 있을 겁니다."

"사라는 모든 걸 계획했던 거야. 경찰에 신고해야 돼, 타슈."

존은 고개를 세차게 저으며 말했다.

"참견하기 좋아하는 자들을 끌어들이지 않는 게 좋을 거요. 애초부터 사라를 이런 혼란에 빠지게 한 것도 다 그런 사람들이니까. 경찰? 안 돼요, 안 돼. 사라는 나쁜 짓을 한 적이 없어요. 물론 이런 혼란을 초래한 장본인이지만 정말 나쁜 짓은 안 했다니까요."

맥과 너태샤의 눈이 마주쳤지만 둘 다 말이 없었다. 너태샤가 아무 말이 없자 맥이 곤란했는지 먼저 말을 꺼냈다.

"사라가 실종됐어. 우리에게 법적 의무가 있다고 말한 건 당신이야."

너태샤는 복도를 내려다보며 눈만 깜박거리고 있었다.

"타슈?"

"아직은 신고하지 않는 게 좋을 거 같아. 어쨌든 지난번에는 나타났 잖아."

너태샤의 말에 맥은 고개를 숙였다. 너태샤는 존을 돌아보며 물었다.

"혹시 사라가 갈 만한 데를 아시나요?"

"사라가 갈 만한 데는 할아버지를 보러 가는 것밖에 없는데."

"그럼 일단 거기로 가보자."

맥이 서둘러 말했다.

"할아버지께 말씀드리고 어떻게 하면 좋을지 물어보자. 타슈?"

너태샤는 한참 동안 맥을 쳐다보다가 대답했다.

"난 지금 갈 수 없어, 맥. 아직 재판이 진행 중이라고."

"타슈, 사라가 없어졌어."

"나도 잘 알아. 하지만 사라는 전에도 여러 번 이랬어. 사라가 한동안 없어질 때마다 모든 일을 중단할 수는 없다고."

"한 가지 덧붙이자면, 이번엔 금방 돌아올 것 같지는 않아요."

존은 모자를 벗은 뒤 정수리를 긁었다.

"아무튼 난 재판에 다시 들어가봐야 해."

너태샤가 법정을 가리키며 말했다.

"이번 소송은 나한테 정말 너무 중요해. 당신도 알잖아."

너태샤는 맥의 눈을 마주 볼 수가 없었다. 맥은 분노로 배 속이 뒤틀리는 것 같았다.

"재판을 중단할 수는 없어, 맥."

"그렇다면 당신을 곤란하게 만들어서 미안하군."

맥이 딱 잘라 말했다.

"나중에 사라가 나타나면 코너의 집으로 연락해주지. 됐지?"

"맥!"

너태샤가 따지듯 소리쳤지만 맥은 이미 몸을 돌린 뒤였다. 지금까지 너태샤가 보인 행동 중에서 이보다 더 실망스러운 적은 없다고 맥은 생각했다.

"맥!"

카우보이 존이 발을 질질 끌며 따라오는 소리가 들렸다. 그는 숨이 차는지 씨근거리며 말했다.

"빌어먹을, 이 계단들을 또 내려가야 하는군."


"말은 가슴이 넓을수록 더 근사해 보이고 힘도 더 센 법이야. ……그러면 당연히 그 목에 매달린 기수를 더 잘 보호해줄 수도 있지."

사라는 할아버지한테 안겨본 기억이 없었다. 숨 쉬는 것만큼 자연스러울 정도로 자신을 안아주던 할머니와는 달랐다. 학교에서 돌아오면 사라는 제일 먼저 할머니가 앉아 있는 의자로 달려갔고, 그러면 할머니는 사라를 꼭 끌어안아주곤 했다. 할머니의 옷에서 풍기는 따뜻하고 달콤한 향기가 사라의 코를 가득 채웠고, 이불처럼 푹신한 가슴에 기대고 있으면 거기보다 더 행복하고 안전한 곳은 없을 것 같았다. 잘 자라고 인사를 할 때에도 할머니는 필요 이상으로 오랫동안 사라를 끌어안아주곤 했다.

할머니가 돌아가신 후, 슬픔에서 헤어 나오지 못한 사라가 가끔씩 할아버지한테 기대면 그는 사라의 어깨에 손을 올려 두드려주곤 했다. 하지만 할아버지한테는 자연스러운 행동이 아니었다. 사라가 기운을 회복하고 고개를 들면 할아버지는 그제야 겨우 안도하는 표정을 지었다. 사라는 상실의 고통만큼이나 스킨십의 부족을 느꼈고, 오랜 시간이 흐른 뒤에야 자신이 무엇을 가장 그리워했는지를 깨달았다.

대략 1~2년 전부터 할아버지는 자주 식탁에 앉아 있곤 했다. 아침 일찍 사라가 마구간에 다녀오면 식탁에 앉아 책을 읽고 있는 할아버지를 볼 때가 많았다. 한번은 조용히 다가가 할아버지한테 무엇을 읽고 있는지 물은 적이 있었다. 너무 익숙해서 호기심조차 일지 않던 책이었다. 할아버지는 책을 조심스럽게 식탁에 내려놓은 다음 사라에게 설명하기 시작했다. 시인의 능력을 가진 남자이자 전장을 지배했던 장군이자 폭력이나 통제를 사용하는 대신 말의 몸 상태와 기분을 존중하면서 말과 인간의 조화로운 관계를 주장했던 사람에 대해서. 그러고는 몇 구절을 읽어주기도 했다.

사라는 할아버지한테 좀 더 가까이 다가갔다.

"그렇기 때문에 항상 말을 대할 때 흥분하거나 화를 내선 안 된다고 하는 거란다. 존중하는 마음으로 친절하게 말을 다뤄야 해. 그런 얘기들이 여기에 들어 있어. 이 책을 쓴 사람은 기마술의 아버지라고 인정받는 사람이야."

할아버지가 책을 톡톡 두드리며 말했다.

"말을 진짜 사랑하는 분인가봐요."

사라가 말했다.

"아니, 꼭 그런 건 아니야."

할아버지는 고개를 저으며 단호하게 말했다.

"그 사람 주장은…… 사랑에 대한 게 아니야. 이 책에는 사랑에 대한 얘기가 하나도 나오지 않아. 그는 감상적인 사람이 아니야. 중요한 것은 동물의 강점을 어떻게 최대한 이끌어내어 활용하느냐는 점이야. 이는 사람이 말과 함께 힘을 합쳐 탁월함을 추구하는 과정이란다. 단순히 서로 껴안고 키스하는 걸 의미하는 게 아니야."

할아버지가 얼굴을 일그러뜨리며 말하자 사라가 웃었다.

"이건 감정의 문제가 아니야. 최선의 방법은 말과 사람이 서로 이해하고 존중하는 거지. 그는 그걸 잘 알았어."

"잘 이해가 안 돼요."

"말은 애완견과는 다르단다, 얘야. 말은 힘이 세고 어떤 경우에는 사람에게 해를 끼칠 수도 있는 위험한 동물이야. 하지만 말은 자유의사가 있는 동물이기도 해. 널 보호해주고 널 위해 행동하는 동기를 부여할 수 있지. 그러면 스스로 뭘 하고 싶은지 알게 되고 훌륭한 일을 해낼 수도 있어."

할아버지는 사라를 지그시 바라보았다. 사라가 잘 이해했는지 확인하려는 듯했다. 하지만 사라는 실망스러웠다. 부가 자기를 사랑한다고 믿고 싶었기 때문이다. 부가 자기를 따라다니는 것은 음식을 얻고 싶어서라기보다는 자기와 함께 있고 싶어서라고 생각했기 때문이다. 사라는 부를 목표 달성을 위한 수단으로 여기고 싶지 않았다.

할아버지는 사라의 손을 쓰다듬으며 말했다.

"크세노폰은 더 나은 것을 추구할 뿐이야. 그가 요구하는 것은 최고의 보살핌과 존중, 일관성, 공정함, 다정함 같은 것들이지. 사랑해주기만 하면 말들이 더 행복할까? 그렇진 않아."

하지만 사라도 나름대로 입장이 단호해서 할아버지 말에 쉽게 동의할 수 없었다.

"물론 그가 추구하는 것에는 사랑도 포함되어 있단다."

할아버지는 눈가에 주름을 지으며 말했다.

"그가 추구하는 것, 제안하는 것에는 분명히 사랑이 있어. 그는 말로만 그러는 게 아니기 때문에 모든 사소한 행동에도 사랑이 포함돼 있다고 봐야지."

할아버지는 식탁을 탕 치며 말했다.

그때는 미처 몰랐던 의미를 이제는 이해할 수 있을 것 같았다. 할아버지가 사라를 얼마나 사랑하는지를 말하려 했던 것만큼이나 가슴에 와닿았다.


사라와 부는 시팅본에서 조금 떨어진 곳에 자리를 잡고 잠시 쉬기로 했다. 사라는 고삐를 길게 잡고 부가 들판 가장자리의 무성한 풀을 뜯어 먹게 했다. 드디어 참을 수 없을 정도로 배가 고파진 사라도 배낭에 싸 온 빵을 하나 먹었다. 조용한 길가의 젖은 풀에 비닐봉지를 깔고 앉아 부가 고개를 쳐드는 모습을 지켜보았다. 부는 한가로이 풀을 뜯다가도 먼 하늘로 까마귀가 날거나 잡목림에서 사슴이 얼핏 모습을 드러낼 때마다 고개를 들었다.

탁 트인 지대가 나오면 사라는 빠르게 말을 몰았다. 쟁기로 갈아놓은 들판 가장자리를 따라 전속력으로 달렸고, 부의 다리를 보호하기 위해 가능하면 말이 다니기에 좋은 길을 골라 다녔다. 그러는 동안에도 내내 고속도로를 가까이 두고 달렸고 차 소리가 들리는 구역을 벗어나지 않았으므로 길을 잃을 염려는 없었다. 맘껏 풀을 뜯은 부는 다시 원기를 회복한 듯했다. 처음으로 길게 뻗은 평지가 나오자 부는 몇 번이나 껑충 뛰어올랐고, 신이 나서 고개를 홱 쳐들고 꼬리를 높이 치켜올렸다. 사라는 자기도 모르게 덩달아 웃음이 나왔고, 남은 길을 생각해서 에너지를 축적해두어야 함에도 흥분한 부를 더욱 부추겼다.

부가 이렇게 자유로웠던 적이 있었던가? 저 멀리 푸른 지평선을 바라보았던 적이 있었던가? 이토록 부드러운 흙을 밟으며 달려본 적이 있었던가? 사라 역시 언제 이런 자유를 누려보았는지 기억도 나지 않았다. 오랜만에 사라는 남겨두고 온 과거를 잊고 훌륭한 동물과 하나가 되는 즐거움에 흠뻑 빠졌다. 그런 순수한 기쁨을 나누면서 자신의 뜻을 기꺼이 따라주는 부의 놀라운 능력에 감사했다. 사라와 부는 작은 울타리와 배수로를 뛰어넘으며 들판 가장자리를 나는 듯이 달렸다. 사라의 기분에 전염된 부는 점점 더 속도가 빨라졌고, 작은 도로를 건널 때에는 속도를 줄이는 대신 귀를 쫑긋 세우고 땅을 집어삼킬 듯 긴 다리를 쭉 뻗었다.

'내가 만약 기수가 된다면 날개라도 단 듯한 기분일 것이다.'

크세노폰의 말처럼 사라는 날개를 단 것 같았다. 부가 더 빨리 달리도록 재촉하면서 사라는 침을 꿀꺽꿀꺽 삼키고 웃고 감격의 눈물을 흘렸다. 태초부터 말들이 두려움 때문에, 기쁨에 겨워, 영광을 위해 달렸듯이 부는 제 몸을 날릴 것처럼 다리를 쭉쭉 뻗으며 내달렸다. 사라는 막지 않았다. 어디로 가는지는 중요하지 않았다. 사라의 가슴은 터질 듯 벅찼다. 할아버지가 말한 게 바로 이런 감정이었을까. 그것은 한 동작을 완성해내기 위한 끝없는 시간도, 무엇을 이룰 수 있는지 가늠하는 지루한 과정도 아니었다. 땅을 박차는 부의 발굽 소리에 맞춰 할아버지가 했던 한마디가 사라의 마음을 쿵쿵 울렸다.

'이것만이 네가 벗어나는 길이야'라고 할아버지는 말했다.


"오늘 오후에는 벌써 손님이 두 번째네요. 환자분이 아주 기뻐하시겠어요."

존과 맥이 캡틴의 방에 들어서자 간호사가 문을 닫으며 말했다. 그러더니 잠시 주저하다가 말을 이었다.

"한 가지 말씀드릴 게 있는데요, 지난 며칠 동안 환자분 상태가 썩 좋지 못했어요. 오늘 오후에 좀 더 세밀히 살펴보겠지만 뇌졸중이 한 차례 더 온 게 아닌가 의심하고 있습니다. 아마 환자분의 말을 알아듣기가 더 어려울 거예요."

맥은 존의 얼굴에 번진 실망과 당혹감을 보았다. 존은 무너진 캡틴과 마주하기 위해 주차장에서 이미 담배 한 대를 피우고 들어왔지만 별 소용이 없어 보였다.

"두 번째 손님이라고요?"

맥이 물었다.

"손녀가 다녀갔나요?"

"손녀요?"

간호사가 밝은 표정으로 말했다.

"아니요……. 남자아이였는데. 환자분을 잘 아는 것 같았어요. 착한 아이더군요."

카우보이 존도 잘 모르겠다는 표정으로 고개를 절레절레 저었다. 이어서 그들은 노인한테 가까이 다가갔다.

노인은 머리를 베개 뒤로 조금 젖힌 채 누워 있었고 입은 살짝 벌어진 상태였다. 불과 며칠 사이에 10년은 더 늙은 것 같았다.

두 사람은 침대 양쪽으로 각각 가서 노인을 깨우지 않도록 조심스럽게 의자에 앉았다. 맥은 여기 계속 있어야 할지 말지 고민하면서 손가락으로 무릎을 톡톡 두드렸다. 존은 노인의 얼굴을 들여다본 다음 벽면을 장식한 사라와 부의 사진들 중 하나에 시선을 고정한 채 말했다.

"사진들이 훌륭하군요. 캡틴도 보고 아주 좋아했겠어요."

그들은 한동안 계속 그렇게 앉아 있었다. 아무도 노인을 깨워 그 엄청난 소식을 전할 엄두를 내지 못했다. 그 소식을 들으면 노인이 얼마나 상심할지 상상조차 할 수 없었다. 노인의 호흡은 얕고 가빴다. 마치 숨결 하나하나가 존재하기조차 버거운 육신의 안타까운 몸부림 같았다. 노인의 왼손은 시트에 덮인 가슴 위에 올라간 채였는데, 힘이 다한 동물의 발톱을 보는 듯했다. 두 볼은 홀쭉했고 피부는 건조한 데다 연보랏빛 핏줄이 비칠 정도로 반투명에 가까웠다. 옆 테이블 위에는 밀크티가 담긴 투명 컵이 놓여 있었다.

드디어 맥이 침묵을 깨고 속삭이듯 말했다.

"말할 수가 없겠어요, 존."

"캡틴한테 사실을 숨길 권리가 당신에겐 없어요. 사라는 하나밖에 없는 가장 가까운 가족인데, 지금 사라지고 없는 거란 말이오. 캡틴한텐 우리가 사라를 찾도록 도울 권리가 있어요."

그런데 저 노인이 뭘 어떻게 도울 수 있단 말인가? 맥은 그렇게 묻고 싶었다. 이 소식을 전해봤자 노인에게 고통만 줄 뿐 무슨 득이 되겠는 가? 맥은 팔꿈치를 무릎에 괸 채 머리를 떨구었다. 차라리 여기가 아닌 다른 곳에 갔더라면 좋았을 뻔했다. 밖에 나가 거리를 샅샅이 뒤지며 사람들에게 확인하고 싶었다. 경찰서에 가서 부모가 되려 했으나 실패 한 사실을 고백하고 싶었다. 사라의 친구들을 찾아가 시시콜콜 물어보 고 싶었다. 말을 탄 여자애가 한순간에 온데간데없이 사라질 수는 없었 다. 분명히 누군가는 목격했을 것이다.

"어이…… 이봐요, 캡틴……."

맥이 고개를 들자 카우보이 존이 미소를 짓고 있었다.

"좀 어때요? 이런 세상에, 몹쓸 노인네 같으니라고. 아직도 이렇게 누 워 있다니 지겹지도 않아요?"

캡틴은 존을 향해 천천히 고개를 돌렸다. 그마저도 노인한테는 몹시 버거운 일처럼 보였다.

"뭐 좀 드릴까요?"

존이 몸을 앞으로 기울이며 말했다.

"물 한잔 마실래요? 아님 좀 더 센 걸로? 내 주머니에 작은 술병이 하 나 있는데."

그러면서 환한 미소를 지어 보였다.

노인이 눈을 깜박거렸다. 어쩌면 재미있다는 신호를 보낸 것인지도 몰랐다. 아니면 그냥 눈을 깜박거린 것에 불과할지도.

"나도 캡틴이 좋지 않다는 얘기는 들었어요."

노인은 아무 말 없이 존의 얼굴을 멍하니 바라볼 뿐이었다.

맥은 존의 심리도 매우 불안하다는 것을 느낄 수 있었다. 그는 맥을 한번 힐끗 쳐다본 뒤 노인에게로 고개를 돌렸다.

"캡틴, 저……, 한 가지 알려드릴 게 있는데요."

존은 침을 꿀꺽 삼켰다.

"이 얘길 안 할 수가 없는데, 사라가 큰일을 저질렀어요."

노인은 연푸른 눈을 깜박이지도 않고 존을 물끄러미 쳐다보았다.

"사라가 말을 데리고 가버렸어요. 어쩌면 우리가 여기 온 사이에 다시 축사로 돌아가 있을 수도 있겠지만 내 생각엔 사라가……."

존은 한숨을 깊게 내쉬고는 다시 말을 이었다.

"아무래도 부를 데리고 어디론가 달아난 것 같아요."

존의 뒤쪽 벽에 붙은 흑백사진 속에서 사라가 부의 목에 기대선 채 환하게 웃고 있었다. 바람에 흩날린 머리카락들이 입 주위를 가리고 있었다.

"걱정시켜드리고 싶진 않지만,"

이번엔 맥이 거들었다.

"말씀드리지 않을 수가 없네요. 사라는 저희랑 잘 지내고 있었어요. 정말입니다. 캡틴과 함께 있을 때만큼은 아니지만 사라도 어느 정도는 만족한 생활이었어요. 다만 무슨 걱정거리가 있었는지 저희한테 말해주지도 않았어요. 그런데 오늘 아침 사라의 방에 들어가보니 캡틴이 보시던 책과 사라의 배낭이 보이지 않았습니다. 욕실에도……."

"맥……."

존이 끼어들었다.

"……칫솔이랑 몇몇 소지품이 보이지 않았어요. 물론 존의 말처럼 지금쯤 마구간으로 돌아와 저희를 기다리고 있을 수도 있겠지요. 하지만 지금 상황에서는 여쭤보지 않을 수가 없네요. 혹시 사라가 갈 만한 데가 있을까요?"

"맥, 잠깐 입 좀 다물어보라니까요."

맥이 하던 말을 뚝 멈췄다.

존이 노인을 향해 고개를 끄덕이고 있었다.

"뭔가 말하려고 안간힘을 쓰는 중이야."

존이 그렇게 말한 뒤, 모자를 벗고 허리를 숙여 노인의 입에 자기 귀를 최대한 가까이 댔다. 두 사람의 눈이 마주쳤다.

"아니라고요?"

존이 의아한 표정을 지으며 되물었다.

맥도 숨이 가쁜 노인의 중얼거림을 듣기 위해 자리에서 일어나 상체를 앞으로 기울였다. 하지만 기계 장치의 소음과 밖에서 간호사들이 떠드는 소리 때문에 제대로 알아들을 수가 없었다. 그때 존이 의자에 앉아 "나도 알아"라는 노인의 말을 전했다.

그러고 보니 엄청난 소식을 전해 듣고도 노인은 전혀 동요하지 않았다. 그의 안색에 불안의 흔적이 전혀 보이지 않았다. 맥과 존의 시선이 다시 마주쳤다.

"캡틴도 안다고 하는데."

# 19

말을 듣지 않는 말은 무익할 뿐만 아니라
때로는 배신자 역할을 하기도 한다.

—크세노폰, 『기마술』

오후 서너 시경부터는 비가 제대로 내렸다. 처음에는 한두 방울 간간이 떨어지는가 싶더니 먹구름이 바람을 타고 빠르게 몰려오면서 빗방울이 굵어지기 시작했다. 불과 몇 분이 지나면 한낮의 햇살이 자취를 감출 것 같았다. 서서히 해가 지면서 펼쳐지는 아름다운 석양은 이미 기대하기 힘들어 보였다. 아니나 다를까. 햇빛이 잠깐 세상을 비추고는 검은 구름이 하늘을 뒤덮으면서 억수 같은 비가 쏟아져 내렸다.

갑자기 운전자가 사라 앞으로 방향을 틀어 차를 세웠다. 깜짝 놀란 사라가 황급히 고삐를 당겼다. 남자가 차창 밖으로 고개를 내밀며 호통을 쳤다.

"너 바보야! 형광색 옷이라도 입어야 할 거 아니야. 둘 다 차에 치이고 싶어!"

사라는 뭐라고 항변하고 싶었지만 주눅이 들어 꺽꺽거리는 목쉰 소리만 나왔다.

"죄송해요. 저, 집에 두고 나왔어요."

"그럼 큰길로 나가든가. 네가 잘 보이는 곳으로."

남자가 말하는 동안 브레이크 등이 계속 깜박거렸다.

이제 날은 어두컴컴해졌고 비는 한 시간째 줄기차게 쏟아지고 있었다. 원기를 상실한 부는 고개를 푹 숙인 채 느릿느릿 발걸음을 뗐었고, 갈기는 흠뻑 젖어 목에 찰싹 달라붙어 있었다. 사라는 부의 기운을 북돋워주고 싶었지만 정작 자신도 지치고 힘이 들었다. 소중한 물건들을 담은 배낭은 물기를 머금어 더욱 무겁게 늘어졌고, 오랫동안 안장에 앉아 있느라 엉덩이가 너무 아팠다. 아무리 자세를 요리조리 바꿔보아도 헛수고였고 고통을 줄일 수는 없었다. 안장은 물에 젖어 색이 시커멓게 변했고, 방수 재킷을 빼면 청바지도 물이 줄줄 흐를 정도로 흠뻑 젖어 있었다. 이런 거친 여정을 계속해야 한다면 젖은 옷감에 피부가 쓸려 견딜 수 없는 지경에 이르고 말 것이다. 다행히 멀지 않은 곳에 도시의 불빛이 희미하게 일렁이는 게 보였다. 이제 곧 쉴 수 있을 거야, 사라는 부에게 말을 건넸다.

고속도로에 가까워지자 차량들 소리에 귀가 먹먹했다. 사라는 도로의 가장자리를 따라 걷다가 뛰다가를 반복했다. 반짝이는 전조등 불빛과 지루한 함성은 무시했고, 넓은 갓길을 줄지어 달리는 트럭들을 지나쳐 앞으로 나아갔다. 그 밖에도 졸음운전이 의심되는 택시들과 소형 텔레비전 불빛이 싸구려 내부 장식을 비추는 차량들, 내부에 가족사진이나 벌거벗은 여자 포스터를 붙여놓은 대형 화물차들도 눈에 띄었다. 어떤 운전자들은 사라를 힐끗 쳐다보며 알아들을 수 없는 소리를 질러대기도 했다.

부는 너무 지쳐서 사소한 것에도 민감하게 반응했다. 조금씩 불안을 느끼는 듯했고 다리에 힘이 빠져 가끔 휘청거릴 때도 있었다. 그럴수록 사라는 자세를 바로 하고 고삐를 몰아 쥐었다. 고속도로가 부드럽게 곡선을 그리는 지점을 지나 언덕 꼭대기에 이르자 부두에 정박해 있는 페리 몇 척이 보였다. 페리들은 창문마다 불을 밝힌 채 물을 헤치고 나아갈 때를 기다리는 듯했다.

앞으로 2~3킬로미터 정도만 더 가면 될 듯했다. 사라는 내면에서 무언가가 꿈틀거리는 것을 느꼈다. 조금만 더 가면 된다고 타이르면서 부의 목을 부드럽게 쓸어주었다. 그리고 이렇게 중얼거렸다.

"넌 할 수 있어. 저기까지만 가는 거야. 그리고 다시는 널 떠나보내는 일은 없을 거야. 약속해."


"성함을 말씀해주시겠습니까?"

"콘스턴스 데블린입니다."

"직업을 말씀해주십시오."

"노브리지 스쿨의 교사입니다. 4학년 담임을 맡고 있고 이 학교에서 11년째 일하고 있습니다."

여교사는 물을 한 모금 마신 다음 비가 후두두 떨어지는 천장 채광창을 올려다보았다.

"데블린 씨, 루시 페르시를 언제부터 알고 지냈나요?"

"글쎄요. 작은 학교라서요. 입학할 때부터 알았던 것 같은데요. 작년에는 내내 가르쳤고요. 어학 개인 교습을 하기도 했습니다. 루시는 거의 2년 동안 과외 수업을 받아왔죠."

"좀 더 크게 말씀해주시겠습니까? 말소리가 잘 들리지 않습니다."

판사가 말했다.

여교사의 얼굴이 약간 붉어졌다. 너태샤는 미소를 지어 보이며 여교사를 안심시켰다. 법정 밖에서도 콘스턴스 데블린은 초조한 마음을 감추지 못했는데, 이런 곳에 오는 게 내키지 않는다고 너태샤에게 몇 번이나 호소했다. 지금껏 법정에 와본 적이 한 번도 없으며, 학교에서도 이혼 소송에 휘말리는 것을 탐탁지 않게 여길 거라고도 했다. 너태샤는 즉시 여교사의 면모를 따져보았다. 독신녀로서 자기 고유의 영역에서만 편안하게 살아온 데다 평범한 사람들과는 다소 동떨어진 고급 사립학교의 고상한 분위기에 길들여졌을 것이다. 자기 일에 헌신적이긴 했지만 동료들 사이의 사소한 오해나 불화에도 쉽게 눈물을 쏟는 사람이었다.

"될 수 있으면 질문을 적게 해주셨으면 합니다."

그녀는 손까지 떨면서 말했다. 그 모습은 신중하고 단호한 말투와는 아무리 봐도 어울리지 않았다.

"당신이 맡은 학생들을 잘 안다고 말씀하셨죠, 데블린 씨?"

너태샤는 최대한 목소리를 부드럽게 내려고 노력했다.

"네, 어쩌면 다른 선생님들보다 더 잘 안다고도 할 수 있을 거예요."

여교사는 통통한 손가락 사이에 손수건을 신경질적으로 비틀어 감으며 판사를 쳐다보았다.

"저흰 학급 수도 아주 적은 편이에요. 작지만 훌륭한 학교죠."

"그렇다면 루시 페르시는 어떤 아이였나요?"

콘스턴스 데블린은 잠시 뜸을 들이다 말했다.

"루시는 결코 외향적인 아이가 아니었어요. 수줍음을 많이 타는 편이었죠. 그래도 항상 즐겁게 생활했고 표정도 밝았어요. 수치에 대한 이해력이 뛰어났고 읽기와 쓰기 능력은 평균 이상이었죠."

여교사는 아이를 생각하며 잠시 미소를 짓다가 금세 얼굴이 굳었다.

"그런데 작년에는…… 조금 뒤로 밀렸어요."

"뒤로 밀렸다고요?"

"성적이 떨어졌어요. 학교생활도 쉽지 않았어요."

"성격이 변했나요?"

"제가 보기엔 점점 더 내향적이 되고 고립되어가는 것 같았어요."

그때 벤이 법정에 들어와 너태샤 뒤에 조용히 앉았다. 너태샤는 또 쪽지를 전해줄 거라 짐작했지만 대신에 그는 학업 성적표들을 모아놓은 파일 하나를 건넸다. 너태샤는 갈피를 잡을 수가 없었다. 맥은 지금쯤 이미 병원에 도착했을 것이다. 만약 거기서 사라를 찾았다면 전화해서 알려주지 않았을까?

"데블린 씨, 여기 보면 루시가 많이 결석한 걸로 나와 있는데요."

"네, 빠진 날이 꽤 많이 있었습니다."

"학기마다 평균 보름 정도는 빠졌군요. 루시의 부모님도 알고 계셨던 거죠?"

"그랬다고…… 생각합니다. 우린 주로 페르시 부인하고만 얘기를 나눴거든요."

"주로 페르시 부인하고만 얘기를 했다고요."

너태샤는 그 대목을 한 번 더 짚고 넘어갔다. 그 순간 페르시 씨가 자신의 변호사에게 뭐라고 속삭이는 모습이 보였다.

"그러면 페르시 부인은 그즈음 딸이 무엇 때문에 결석을 한다고 하셨나요?"

"그리 특별한 사유는 아니었어요. 루시가 몸이 안 좋다거나 두통이 있다고 말씀하셨죠. 가끔은 별 말씀이 없을 때도 있었죠."

"그렇다면 학교에서는 잦은 결석에 대해 어떻게 생각했나요?"

"우린 결석일이 너무 많아서 걱정했습니다. 그리고…… 루시의 행동이 변한 것도."

"더 내향적이 되고 성적이 떨어진 걸 말하는 건가요?"

"네."

"데블린 씨, 교직에 종사하신 지 얼마나 되셨나요?"

"24년 됐습니다."

여교사는 목소리가 다소 상기되어 있긴 했으나 처음보다 한결 차분해진 모습이었다. 대답을 하면서 법정을 힐끗 둘러보는 여유도 생긴 것 같았다.

너태샤도 미소를 지어 응원을 보냈다.

"지금까지의 경험을 토대로 판단할 때 아이의 성격과 성적이 변하고 결석이 잦아진다면 그 이유가 뭐라고 생각하십니까?"

"이의 있습니다."

심프슨이 벌떡 일어서며 말했다.

"증인의 추정을 유도하고 있습니다."

"재판관님, 저는 이 분야에서 오랜 경력을 가진 데블린 씨의 경험이 매우 타당한 분석의 근거가 될 수 있다고 믿습니다."

"매컬리 변호사, 질문을 바꿔 말해주십시오."

"데블린 씨, 당신의 경험에 비추어볼 때 그런 행동의 변화는 가정 내 문제와 관련이 있다고 보십니까?"

"이의 있습니다, 재판관님."

"앉아주세요, 심프슨 변호사. 다른 표현을 써주기기 바랍니다, 매컬리 변호사."

"가정에 문제가 있을 경우 아이는 학교에서 대체로 어떤 변화를 보이는지 말씀해주시겠습니까?"

"글쎄요……."

여교사가 페르시 씨 쪽을 불편하게 바라보며 대답했다.

"……먼저 부진한 성적을 들 수 있겠고요. 내향적이거나 파괴적인 행동을 보이고, 때로는 둘 사이를 오가기도 합니다."

"교직에 있는 동안 가정에 문제가 있는 아이들을 많이 보셨나요?"

"아, 네."

여교사가 다소 지친 표정으로 대답했다.

"하지만 사립학교 교사들이 일일이 가정의 불화나 붕괴에서 아이들을 보호해주지는 못한다고 생각합니다."

"데블린 씨, 만약 가정에서 대단히 심각한 사태가 벌어졌다면, 가령 루시가 부모의 이혼이라는 충격보다 훨씬 더 나쁜 일을 겪었다면 당신은 그것을 알아챌 수 있었다고 생각합니까?"

긴 침묵이 이어졌다. 판사마저도 펜을 두드리며 기대에 차서 바라보았다. 여교사가 생각을 가다듬는 것을 기다리는 동안 너태샤는 '맥이 전화했어?'라고 휘갈긴 쪽지를 벤에게 건넸다.

벤은 고개를 저었다.

"데블린 씨?"

마침내 판사가 끼어들었다.

"질문 들으셨습니까?"

"네, 들었습니다."

여교사의 목소리는 작았지만 발음은 정확했다.

"그 대답은 몰랐을 거라는 겁니다."

빌어먹을, 너태샤는 속으로 중얼거렸다.

데블린은 두 손을 앞에 놓인 나무 탁자에 올려놓고 말했다.

"아이가 말이 없어지면 그 아이가 어려움을 겪고 있구나 하는 정도
만 알 수 있습니다. 루시의 모든 행동, 가령 말수가 줄고, 한때는 재미있
어하던 것에 흥미를 잃고, 친구들과도 소원해지는 모습을 보면서 루시
가 어려움에 빠졌다는 것 정도만 알 수 있었습니다."

데블린은 한숨을 내쉬고는 다시 말을 이었다.

"루시 같은 아이들이 겪는 고통이 무엇인지 정확히 알 수는 없습니
다. 아이들이 말을 해줄 정도로 우리를 신뢰하지 않기 때문이죠. 아이
들은 선생님한테도, 부모한테도 말하려 하지 않아요. 선생님이나 부모
가 듣고 싶어하지 않는 말을 하면 화를 낼지도 모를 거라고 생각하기
때문입니다. 매컬리 변호사님, 아이들은 대개 아무도 자기 말을 들으려
하지 않을 거라고 믿기 때문에 얘기를 하지 않는 경우가 많습니다."

법정 안은 매우 조용했다. 데블린은 이제 상기된 얼굴로 루시의 부모
에게 직접 말했다. 목소리는 점점 커졌고 절박함마저 느껴졌다.

"저는 이런 일들을 여러 해 동안 지켜봐왔습니다. 아이들의 세계가
그들의 의도와 무관하게 붕괴되어가는 광경을 옆에서 보았습니다. 아
이들은 아무 힘이 없죠. 어디에서 누구와 살고, 새로운 아빠와 엄마는
누가 되고, 심지어는 자기들의 이름이 새로 바뀌는 것에 대해서조차 아
무런 권한이 없습니다. 아이들의 롤모델로 취급받는 우리 교사들 역시
'괜찮아, 인생이란 그런 거야, 결국 거기에 맞춰 잘 지내는 수밖에 없어'
라는 말 외엔 할 수 있는 말이 없답니다. 그러니 아이들의 학업 성적이
떨어지지 않는지 평소에 잘 살펴야 합니다."

"데블린 씨……."

판사가 말을 시작하려 했다.

하지만 둑이 무너져 내린 듯 데블린은 계속해서 말을 쏟아냈다.

"하지만 현실은 그렇지 않아요. 그건 배반이라고 봐야 하죠. 우린 모두 침묵으로 일관해요. 왜냐하면……, 왜냐하면 사는 게 힘드니까요. 그리고 때로는 아이들도 그것을 배워야 해요. 그렇지 않나요? 그게 인생이니까요. 하지만 제가 있는 위치에서 본다면, 이런 잃어버린 아이들, 갈 길을 몰라 방황하는 아이들, 생각보다 더 외로운 아이들은……, 글쎄요, 솔직히 말하면 그런 아이들이 더 큰 타격을 받든 아니든 제가 신경 쓸 수 있는 문제는 아니라고 생각합니다."

여교사는 통통한 손으로 얼굴에 흐른 땀을 닦으며 말을 이었다.

"네, 알아요. 매컬리 변호사님이 제게 물어본 게 뭔지. 이게 제 대답입니다. 그리고 이렇게 온갖 요소가 뒤섞인 이혼 소송에서 누가 득을 보고 실을 가지는지 가리기 위해 제가 여기 서서 질문을 받고 있다는 사실만으로도 솔직히 공모자가 된 것 같은 기분이 드네요."

페르시 부인은 얼어붙은 듯 아무 말도 없이 앉아 있었다. 반면에 그 남편 페르시 씨는 성난 목소리로 자기 변호사에게 이렇게 중얼거렸다.

"정말 못 들어주겠구먼. 저 여자 정말 말도 안 되는 소릴 하고 있어."

"데블린 씨……."

너태샤는 제지하고 싶었지만 여교사가 다시 손을 드는 바람에 더는 어쩔 수가 없었다.

"당신은 제게 이 문제에 대한 입장을 물어보셨는데요. 그래서 한 가지만 말씀드릴게요. 아이들은 위기를 견디고 살아남을 것입니다."

데블린은 고개를 끄덕이며 단호하게 말했다.

"아이들은 좀 더 빨리 자랄 것이고 결국엔 좀 더 현명하게 성장할 것입니다. 아이들은 더 이상 어떤 것도 신뢰하지 않을 것이고, 아마 좀 더 냉소적인 사람이 되겠죠. 모든 게 또다시 무너지는 것을 기다리면서 인생을 살아가게 되겠죠. 자신의 고통을 감내하면서까지 아이를 이해하고 지원할 사람은 극히 드물 것이기 때문입니다. 제 경험으로 판단할 때 대체로 부모들은 시간과 노력을 기울여 세심하게 주변을 살피지 못했어요. 어찌 보면 너무 이기적인 거죠. 그러니 제가 뭘 알겠습니까? 전 부모도 아닌데요. 게다가 전 결혼도 하지 않았어요. 일한 만큼 월급 받는 직장인에 불과하답니다."

드디어 여교사가 말을 마쳤다. 법정은 완전히 정적에 휩싸였다. 빠른 속도로 발언 내용을 기록하던 속기사들도 이제야 한숨을 돌릴 수 있었다. 데블린은 심호흡을 크게 하며 마음을 진정시키는 듯했다. 그러고는 판사를 돌아보며 말했다.

"일어나도 좋은지 물어봐도 될까요? 이젠 정말 가고 싶은데요."

판사는 몹시 당혹스런 표정으로 너태샤를 힐끗 돌아보았다. 너태샤는 말없이 고개를 끄덕였고, 심프슨도 같은 반응을 보인 듯했다.

데블린은 가방을 집어 들고 단호한 태도로 문을 향해 걸어갔다. 그러다가 페르시 부부가 앉아 있는 곳에 이르러 잠시 멈춰 서더니 떨리는 목소리로 말했다.

"루시가 나쁜 길로 빠지는 것은 시간문제예요. 그러니 모든 일을 제쳐두고 루시의 얘기에 귀 기울여줘야 할 겁니다."

너태샤는 가만히 서서, 깔끔하게 차려입은 아담한 여자가 육중한 나무 문 사이로 사라지는 모습을 지켜보았다. 오른쪽 어딘가에서 불만에 가득 차서 중얼거리는 소리가 들려왔다. 너태샤는 문득 이 모든 광경을 다른 사람의 시선으로 보고 있는 듯한 기분이 들었다. 예를 들면 서로에게 활을 겨누는 대신 공동의 적에 분노하는 부모의 시선이나 예상치 못한 사건의 반전에 즐거워하는 청소년의 시선 혹은 판사의 시선으로 상황을 대하고 있었다. 너태샤는 가발의 핀을 뽑기 시작하며 말했다.

"재판관님, 잠시 휴정을 신청합니다."


"뭘 원하니?"

사라는 도보통행인* 티켓 사무실에 서 있었다. 재킷에서는 연신 물이 뚝뚝 떨어지고 있었다. 모자를 벗긴 했지만 긴 부츠에 흠뻑 젖은 청바지를 입은 여자애는 사람들의 시선을 끌기에 충분했다.

"티켓 주세요. 사람 하나와 말 하나요."

사라는 조용한 목소리로 말했다.

"장난하냐?"

뚱뚱한 남자는 사라를 힐끗 쳐다본 다음 지지를 구하려는 듯 줄 선 사람들을 바라보았다. 여기가 뭐 하는 덴 줄 모르냐는 표정이었다.

"말들도 받아주는 줄 알았는데요. 다들 해협을 건너오잖아요. 제 말은 심지어 프랑스에서 왔다고요."

사라는 말하고 나서 부의 통행증을 내밀었다.

"그럼 여기까지는 어떻게 온 거니?"

"배를 타고 왔어요."

"말이 노를 저어 왔다는 거야?"

사라의 뒤에서 키득거리는 웃음소리가 들렸다.

---

* 자동차를 동반하지 않은 승객.

"페리를 탔어요. 보세요. 돈도 있다고요. 여기 통행증도 있어요. 정말 꼭……."

커다란 유리창 뒤편의 남자가 조금 떨어진 곳에 앉아 있는 누군가에게 손짓을 했다. 똑같은 제복을 입은 동료가 일어나서 창 쪽으로 다가왔다. 남자가 설명하자 여직원은 사라의 흠뻑 젖은 차림새와 손에 들고 있는 통행증을 눈여겨본 다음 말했다.

"사람들과 함께 말을 데리고 탈 수는 없어."

"저도 그건 알아요."

마음이 불안해지자 목소리가 딱딱하게 나왔다.

"그 정도로 바보는 아니에요. 말을 태울 승선권을 어떻게 끊는지 알고 싶을 뿐이라고요."

"대형 수송 차량에 실어야지. 전문 회사를 찾아가봐. 그리고 수의사의 검역 서류도 필요해. 가축 수송에 대한 환경식품농무부의 규칙이 따로 있거든."

"제 말은 가축이 아니에요. 셀 프랑세 종이에요."

"난 말 종류 같은 건 관심 없고. 아무튼 동물이 해협을 건너려면 엄격한 검사와 관리를 거쳐야 해."

"저 좀 도와주시겠어요? 그런 회사는 어디서 찾으면 되나요? 정말 급해요."

환하게 불을 밝힌 습한 사무실이 점점 자신을 포위해오는 것 같은 기분이 들었다. 사라는 바깥 난간에 부를 매어놓았다. 창문을 통해 부가 얌전하게 서 있는 모습이 보였다. 몇몇 사람들이 둥그렇게 둘러싸고, 부모의 팔에 안긴 아이들이 부를 만지려고 팔을 뻗고 있는데도 말이다.

"오늘 밤 꼭 해협을 건너야 해요."

사라의 목소리가 갈라져 나왔다.

"그럴 방법은 없어. 서류 없이는 불가능해. 우린 보행자 페리에 말을 태울 수 없어."

누군가 혀를 쯧쯧 찼다. 사라는 불쑥 피로를 느꼈고, 좌절감에 눈물이 핑 돌았다. 그래봤자 소용없어. 누군가 그렇게 말하는 것 같았다. 결국 사라는 말없이 발길을 돌려 문을 향해 걸어갔다.

"여기서 그게 가능하다고 생각한 거야?"

등 뒤에서 사람들이 비웃는 소리가 들려왔다. 차가운 바람이 옆구리를 파고들었다.

사라는 부를 매어놓은 끈을 풀었다. 수송 차량? 서류? 이런 것들을 어떻게 생각할 수 있었겠는가? 사라는 건너편에 있는 페리를 바라보았다. 경사로가 내려와 있었다. 차량들이 지상과 배의 간극을 메우며 천천히 이동했고, 형광 외투를 입은 남자들의 안내를 받아 가지런하게 대열을 이루었다. 저 남자들을 지나쳐 부를 태울 수 있는 방법은 없어 보였다. 도저히 가능한 일이 아니었다. 꾹꾹 참아온 흐느낌이 가슴속을 파고들며 짓눌렀다. 어떻게 이토록 바보 같을 수 있었단 말인가?

그때 한 남자가 사라에게 다가왔다. 그는 온화한 눈길로 부를 이리저리 살폈다. 말에 대해 제법 잘 아는 사람 같았다.

"무슨 경마 대회라도 참가하려는 거니?"

"아니요……, 네."

사라는 눈을 닦으며 황급히 말했다.

"네, 경마 대회에 참가하려고요. 프랑스에 가야 해요."

"저기서 네가 말하는 걸 들었어. 일단은 가축우리로 가봐야 할 것 같구나."

"가축우리요?"

"말들을 위한 숙소 같은 데지. 저 길로 대략 7킬로미터쯤 가면 있단다. 거기 가면 네 문제를 해결해줄 거야. 자, 여기."

그는 명함에 이름을 대충 적어 사라에게 건네며 말했다.

"교차로에 가서 세 번째 진출로를 따라 5미터쯤 가면 보일 거야. 기본적인 것들만 갖추어져 있지만 깨끗하고 그리 비싸지 않단다. 말이 쉬기에 적당할 거야."

사라는 명함을 내려다보았다. '윌릿스 농장'이라고 적혀 있었다.

"감사합니다."

사라가 인사했지만 그 사람은 벌써 저만치 가버린 뒤였다. 사라의 음성이 바닷바람에 실려 공중에 흩어졌다.


너태샤는 의자에 편안히 앉아 은색 말을 차례차례로 넘겨보았다. 사진은 색깔이 조금 바래 있었다. 손으로 문질러보니 손가락에 잿빛 자국이 약간 묻어났다.

리처드 대표는 의뢰인과 대화를 나누는 중이었다. 낡고 오래된 건물의 노후한 방음 탓에 그의 우렁찬 목소리는 바로 옆방에서 얘기를 하고 있는 것처럼 들렸다. 그는 밝게 웃고 나서 이제 쾌활하고 격정적인 목소리로 말하고 있었다. 너태샤는 문득 의아한 생각이 들었다. 지난 몇 년 동안 자신이 전화로 얘기한 내용을 린다는 어떻게 들었을까? 자동차 안전 검사를 예약하고 자궁암 검사를 미루고 심지어 자신의 실패한 결혼 생활에 대해 씩씩거리며 얘기하기도 했다. 너태샤는 자신의 말소리가 밖에서 이렇게 잘 들릴 거라는 생각을 한 번도 해본 적이 없었다.

4시 15분 전이었다.

책상 위에는 내용과 날짜를 깔끔하게 정리해서 붙여놓은 서류철들이 쌓여 있었다. 너태샤는 읽던 책을 그 위에 조심스럽게 올려놓았다. 그녀가 보기에 사라와 알리 아마디는 다르지 않았다. 사라는 기회를 엿보다가 행동에 옮긴 것이다. 대체로 아이들은 그랬다. 유년 시절의 경험이 이후의 행동을 좌우하는 경우가 많았다. 사라의 행동은 예상하지 못했지만 납득하기 어려운 것은 아니었다.

화가 나긴 했지만 아이를 나무랄 수만은 없다는 것도 잘 알았다. 오히려 아무 대가 없이 사라를 자신의 인생에 받아들일 수 있다고 생각한 자만을 탓해야 했다. 굳건하게 다져온 존재 기반에 흠결을 낼 거라는 예상은 하지 못했다. 알리 아마디와 마찬가지로 사라의 경우도 치러야 할 대가가 만만치 않았다.

페르시 부인을 설득하는 데에는 거의 한 시간 가까이 걸렸다. 너태샤는 자기 대신 리처드 대표가 이 소송을 맡아서 잘 처리해줄 거라고 강조해서 얘기했다.

"하지만 전 당신이 해주길 원해요."

부인이 항의하듯 말했다.

"당신은 제 남편이 어떤 사람인지 잘 알잖아요. 함께해주겠다고 말했잖아요."

"마이클 해링턴 씨에게도 잘 말해두었어요. 그분은 이 분야에서 아주 훌륭하고 권위 있는 분이죠. 제 말을 믿어도 좋아요, 페르시 부인. 제가 없어도 불리해질 일은 없어요. 일이 잘 해결되면 저도 며칠 내로 복귀할 수 있고요. 그동안에는 리처드가 알아서 변호해줄 거예요."

너태샤는 '불편을 끼친 점'에 대해 어느 정도 수임료의 삭감을 감수해야 했다. 페르시 부인이 마지막 청구서에 그 점을 꼼꼼히 지적하지는 않겠지만, 거래 조건의 변화에 따라 일처리는 확실하게 해둘 사람이었다. 의뢰인을 보유하려면 그런 점은 감안해야 한다고 리처드는 강조했다. 집에 급한 일이 생겼다는 사유에 대해서도 그는 은근히 불쾌감을 드러냈다. 별안간 아이가 있는 동료들에 대한 연민이 울컥 치솟았다.

"너태샤? 내가 들은 얘기가 설마 사실은 아니겠지?"

코너가 노크도 없이 불쑥 들어서며 물었다. 반쯤은 예상한 일이었다.

"진짜야."

짤막하게 대답한 뒤 너태샤는 일어나서 서랍을 열고 열쇠를 찾았다.

"맞아, 페르시 소송 건을 잠시 넘겼어. 내가 없어도 다들 잘 처리해주겠지. 운이 좋으면 당장 내일이라도 돌아올 수 있어."

"이 소송을 절대 놓쳐선 안 돼, 너태샤. 이게 얼마나 큰 건인데. 신문에 나올 거라고."

"내가 없는 동안 리처드가 책임지고 하겠지. 재산 문제는 해링턴이 담당할 거고. 오늘이 지나면 양육권 문제도 합의를 볼 거야. 우리의 소심한 데블린 여사가 부탁을 들어줄 수도 있었는데."

코너는 너태샤의 책상에 한 손을 얹은 채 서서 말했다.

"페르시 부인은 당신이 해주길 원한다며. 나서서 도와줄 수야 없겠지만 소송이 한창 진행 중인 시기에 떠나는 건……."

"이미 부인과는 얘기했어. 더 이상 추가할 증인도 없고. 나머지는 해링턴에게 맡기면 돼."

코너는 고개를 절레절레 흔들었다. 너태샤는 목소리를 높였다.

"코너, 루시의 행복에는 아무도 관심을 기울이지 않아. 이번 소송은 온통 돈 문제 아니면 어떻게 하면 보복을 제대로 하느냐에 혈안이 돼 있는 것 같아. 대부분의 이혼 소송이 그렇긴 하지만."

"그런데 당신은 어딜 가려는 거야?"

코너가 물었다.

"나도 몰라."

"모른다고?"

그때 린다가 차 한 잔을 들고 방으로 들어왔고 그 뒤를 따라 벤이 들어왔다.

"정말 재미있는 일이네요."

린다가 중얼거렸다.

"집에 급한 일이 생겼어."

너태샤가 서류 가방을 닫으며 말했다.

코너가 너태샤를 노려보며 말했다.

"그 여자애 말이야. 사회복지센터에 다시 일임하는 줄 알았는데. 이제 다른 사람이 돌봐주기로 한 거 아닌가?"

너태샤의 눈이 조용히 하라고 말하는 듯했다. 벤과 린다는 호기심 어린 눈으로 쳐다보고 있었다.

"맥이 처리하게 맡겨둬."

"난 그럴 수 없어."

"맥이요?"

린다는 이제 못 들은 척하지도 않고 끼어들었다.

"변호사님 전남편이요? 그분이 무슨 상관이신데요?"

너태샤는 린다의 말은 무시했다.

"맥은 어디서부터 풀어나가야 할지 모르는 것 같아. 혼자서는 해결 못 할 거야."

"어, 그래. 결국 우린 항상 맥 때문에 모든 걸 중단해야 하는군."

"그런 게 아니야."

"그럼 경찰이 처리하게 하면 되잖아. 이건 절도 사건이야."

린다가 차를 탁자에 내려놓으며 물었다.

"이거 제가 도와드릴 수 있는 일 아닌가요?"

너태샤는 아무 말도 하지 않았다.

코너는 턱에 힘을 주고 말했다.

"너태샤, 다시 한번 말하지만 이 시점에서 소송을 그만두면 당신 경력에도 타격이 클 거야."

"달리 방법이 없어."

"너무 호들갑스럽게 굴지 마."

"누가 호들갑스럽다는 거야?"

"너태샤, 이건 페르시 이혼 소송이야. 마이클 해링턴한테도 말했다면서. 이 소송의 결과가 당신이 대표 파트너가 될지 안 될지를 결정하게될 거라고 말이야. 그리고 이건 우리 회사의 명성과도 관련된 일이야. 어쩌면 처음부터 당신을 속여서 자신을 돌보게 만들었을지도 모를 그런 의심스러운 애를 찾기 위해 모든 걸 다 포기해선 안 된다고."

너태샤는 일어나서 창문 쪽으로 갔다.

"린다, 벤, 잠깐 자리 좀 비켜줄래요?"

그러고는 두 사람이 나갈 때까지 기다렸다가 조용한 목소리로 말을 꺼냈다. 두 사람이 문 밖에서 듣고 있을 게 뻔했기 때문이다.

"코너, 난……."

"당신은 그 애가 도둑질하는 걸 봤다고 하지 않았나? 그래서 그 애를 믿지 못했다면서. 첫날부터."

"당신은 전모를 모르잖아, 코너."

"나야 당연히 모르지."

"좋아, 그럼 그게 당신 애들 중 하나라면 어떻게 할 것 같아?"

"하지만 그 애는 당신 애가 아니잖아. 빌어먹을, 그게 중요한 지점이라고!"

"그래도 난 법적 책임을 지고 있어. 게다가 그 앤 아직 열네 살이야."

"오늘 아침에 당신 신용카드 훔쳤다고 저주를 퍼붓던 애기도 하지."

"그 애가 도둑질을 했다고 해서 내 책임이 없어지는 건 아니야."

"그렇다고 어린 도적이 당신의 경력을 망쳐도 될 만한 가치가 있을까? 불과 몇 주 전만 해도 그 애가 당신 경력에 흠을 내고 있다고 걱정하지 않았나?"

너태샤는 방금 코너가 애기한 도적이니, 경력이니, 흠이니 하는 말들이 오히려 무가치하다고 치부해버리고는 외투를 집어 들었다.

"너태샤."

코너가 다급하게 외쳤다.

"미안, 말이 잘못 나왔어. 난 그냥 당신을 지켜주고 싶어서 그랬을 뿐이야."

"당신이 이러는 건 날 지켜주려고 한 게 아니야, 코너. 내 경력을 보호해주려는 것도 아니야."

"그럼 그게 뭘 의미한다는 거지?"

"맥 때문일 거야. 당신은 내가 사라에 대한 책임을 다할 경우 맥을 상대해야 한다는 사실을 참을 수 없는 거야."

"잘난 척 좀 그만하시지."

"그게 무슨 뜻이야?"

"나도 이 회사의 파트너야, 너태샤. 당신이 이 소송 도중에 사라진다면 단순히 금전적 손해를 보는 것으로 끝나지 않아. 우리 명성에도 엄청난 타격을 주게 된다고. 만약 의뢰인들 사이에 소송 중 불리한 상황에서 버려질 수 있다는 생각이 퍼져 나간다면 다음 소송에서 괜찮은 고객을 잡는 게 얼마나 어려워질지는 자명한 일이라고."

"누가 모른대? 하지만 난 내일 돌아올 수도 있어. 그리고 해링턴 씨한테도 얘기할 거고, 아마 그 사람도 이해해줄 거야."

"제길, 이젠 내가 더는 어떻게 할 수가 없겠군. 당신은 모든 걸 내던지려고 하는데 말이야."

코너는 단어 하나하나에 무섭게 힘을 주며 말했다.

"심지어 좋아하지도 않는 아이와 자기 인생을 비참하게 만들어버린 전남편한테. 그렇다면 좋아, 행운을 빌어줄게."

그의 목소리는 얼음처럼 차가웠다.

"제발 그럴 만한 가치가 있기를 빌어."

이 건물은 아주 튼튼하게 지어진 건물이 아니었다. 그렇다 해도 코너가 문을 어찌나 세게 닫고 나갔는지 책장에 쌓여 있던 책 몇 권이 쏟아져 내릴 정도였다.


부가 먼저 그 소리를 들었다. 최근 1킬로미터를 걷는 동안에는 너무 힘들어하는 것 같아서 한 걸음을 옮길 때마다 사라는 죄책감에 눈물이 날 지경이었다. 부는 고개를 낮게 숙인 채 발굽을 질질 끌면서 걸었다. 온몸의 근육이 축 늘어져서 더 이상은 갈 수 없다고 애원하는 듯했다. 하지만 사라는 달리 방법이 없었다. 사라 역시 온몸이 쑤시며 뼛속까지 피로가 몰려왔으므로 앞으로 나가라고 재촉할 수밖에 없었다. 드디어

1킬로미터 정도를 앞둔 오른편에 윌렁스 농장을 알리는 팻말이 보였다. 부가 조금이라도 한숨을 돌릴 수 있도록 사라는 말에서 내려 걷기 시작했다. 눈물과 빗물이 한데 섞여 사라의 볼을 타고 흘러내렸다.

바로 그때 거센 바람에 실려 그 소리가 들려왔다. 먼 곳에서 요란한 소리가 울렸고, 끙끙거리는 소리, 끼익 하는 소리도 들렸다. 남자들의 목소리가 높아졌다가 돌풍이 잠깐 방향을 바꿀 무렵에 잦아들었다. 부는 고개를 치켜들며 번개같이 반응했다. 한순간에 피로를 잊은 듯 멈춰 서서 뜻밖의 소리에 온몸을 틀었다. 말은 부정적인 동물이라고 했던 할아버지 얘기가 기억났다. 말들은 항상 최악을 예상한다고 했다. 아무리 용감한 부라도 몸을 떨기 시작했고, 사라도 몸을 움찔하며 떨리는 몸을 억눌러야 했다. 희미한 그 소리는 저 앞에서 끔찍한 일이 벌어지고 있다는 것을 말해주는 듯했다.

사라와 부는 앞으로 걸어갔다. 부는 조심조심 몽롱한 걸음을 옮겼다. 눈앞에 벌어진 광경을 마주하기가 두려우면서도 보지 않을 수 없는 마음이 그대로 드러났다. 잠옷 차림으로 공포 영화를 보고 있는 여자의 모습과 유사했다.

출입구에 이르러 사라와 부는 그들 앞에 벌어진 상황을 지켜보았다. 거대한 화물차가 마당 한가운데에 주차돼 있었다. 차량 뒤쪽에서 환한 불빛이 흘러나왔는데, 뜻밖에도 붉은 불빛이 마당을 화려하게 비추고 있었다. 누비 재킷을 입은 한 여자가 두 손을 얼굴에 댄 채 경사로 가장자리를 배회했다. 차 안에서는 두 남자가 이상한 자세로 버티는 말과 힘겨운 씨름을 벌이고 있었다. 한 사람이 말 뒤쪽을 억지로 내리누르는 중이었고 앞쪽은 잘 보이지가 않았다. 칸막이 하나는 쓰러져 있는 듯했고, 두 남자는 서로에게 소리치며 손짓을 주고받았다.

여기저기에 피가 보였다. 바닥에도 흘러 있었고 화물차 벽면에도 튀어 있었다. 미세한 연무 입자에 실려 사라의 입술에까지 닿았고 희미하게 쇠 맛이 느껴졌다. 부는 두려운 마음에 힝힝거리며 뒷걸음쳤다.

"멈출 수가 없어. 묶을 게 하나 더 필요해, 밥."

말의 목 주변에 무릎을 꿇고 있는 남자가 뭔가를 주사한 다음 주사기를 옆으로 휙 던졌다. 그의 팔과 얼굴이 모두 벌겋게 달아올라 있었다. 말은 다리를 버둥거리며 격렬하게 몸부림쳤다. 뒤쪽에 있던 몸집이 큰 남자가 말발굽에 무릎이 차이자 저주 섞인 말을 퍼부어댔다.

"수의사가 오고 있어."

여자가 소리쳤다.

"하지만 몇 분은 걸릴 거야. 제이크의 집에까지는 왔을걸."

여자는 화물차로 올라와 쓰러진 칸막이를 괴어놓으려고 했다.

"시간이 몇 분밖에 안 남았어."

"제가 할 수 있는 일이 있을까요?"

그들 앞에까지 다가간 사라가 물었다. 여자가 고개를 돌려 부와 사라의 승마용 모자를 눈여겨보았다. 뭔가 도움이 될까 따져보는 눈빛이었다. 그러더니 마구간을 향해 고개를 휙 돌리며 말했다.

"앨 저기다 넣어야 하거든. 이거 좀 들어 올리게 도와줘."

"저 앤 보험에도 안 들었잖아, 재키."

늙은 남자가 툴툴거리며 바닥에 있는 볼트를 풀려고 안간힘을 썼다.

"다른 방법을 쓰지 않으면 이걸 말에서 분리할 수가 없겠어."

뒤쪽의 남자가 아일랜드 억양이 섞인 말투로 말했다.

"이런, 이봐, 이 난장판을 어떻게 할 생각이냐고?"

그의 머리가 잠시 칸막이 뒤로 사라졌다.

"이 진정제는 전혀 효과가 없어. 주사기 또 가진 거 있어, 재키?"

사라는 재빨리 부를 마구간 쪽으로 밀어다 놓은 다음 다시 화물차로 달려왔다.

"저쪽 사무실에 가면 보관장이 있거든."

여자가 사라를 향해 소리쳐 말했다.

"잠겨 있지 않으니까 그 뭐더라, 로미피딘이라고 적혀 있는 약병이랑 주사기를 찾아서 가져다줄래?"

사라는 채 말이 끝나기도 전에 사무실로 달려갔다. 이런 끔찍한 상황을 두고 볼 수만은 없었다. 화물차에서는 여전히 발작적으로 쿵쾅거리는 굉음과 힝힝거리는 소리가 터져 나왔다. 사라는 보관장을 열어 이리저리 뒤져 작은 약병과 플라스틱으로 포장된 주사기를 찾아냈다. 화물차로 돌아왔을 때 여자는 이미 손을 쭉 뻗고 기다리고 있었다.

"이런 맙소사. 재키, 이놈이 다리를 걷어찬 모양이야."

화물차 안에서 다급한 목소리가 들려왔다. 피가 고무 매트를 적시더니 자갈이 깔린 마당으로 떨어져 내리고 있었다. 끈적끈적한 피가 돌 모양 그대로 타원형으로 번져나갔다.

"진정제를 또 한 번 놓는 수밖에. 그게 충분하지 않다면 별 소용이 없겠지만 말이야. 도대체 수의사는 언제 오는 거야?"

"여기 이거 좀 잡고 있을래?"

재키가 사라에게 손짓하며 말했다.

사라는 화물차 위로 올라가 심하게 찌그러진 칸막이 아래쪽을 잡았다. 아래쪽은 이미 피로 뒤범벅이 되어 손이 자꾸만 미끄러졌다. 사라는 옆에 있는 말을 보지 않으려고 마당 쪽으로 고개를 돌렸다.

재키는 이빨로 주사기의 플라스틱 포장을 뜯었다. 이어서 약병의 마개를 비틀어 열고 주삿바늘을 병에 꽂아 피스톤을 당겼다. 그런 다음 주사기를 화물차 안쪽으로 넘겼다. 그때 말의 뒷다리가 치고 들어오는 바람에 사라는 몸을 풀썩 뒤로 피했다.

"이크, 괜찮니, 얘야?"

사라는 말없이 고개를 끄덕였다. 두 남자는 온몸이 피에 젖어 미끄러운 바닥을 우왕좌왕하고 있었다. 말은 움직임이 다소 둔해진 듯했지만 여전히 흥분한 상태였다. 사라의 청바지와 재킷에도 어느새 피가 묻어 있었다.

"그만, 어이, 어이, 이제 가만히."

아일랜드 남자가 말을 진정시키고 있었다.

"저거 봐, 재키. 눈이 감기고 있어. 진정제가 효과를 발휘하나봐. 그렇지만 칸막이를 치워야 다리를 어떻게 해볼 텐데."

사라는 등이 아팠지만 말을 할 수 없었다. 문득 고개를 드니 전조등 불빛이 흔들리며 마당을 비추고 들어오는 게 보였다. 이어서 차 문이 쾅 하고 닫히며 젖은 발자국 소리가 들려왔다. 붉은 머리의 남자가 급하게 왕진 가방을 열며 경사로 위를 달려오고 있었다.

"세상에, 상태가 심각하군요."

"말이 자기 다리를 어떻게 한 것 같아요, 팀."

"피를 엄청 많이 흘렸네요. 얼마나 오랫동안 흘린 거죠?"

"몇 분 됐어요. 압박대를 대줬지만 금방 틈이 벌어져 소용없었어요."

말은 이제 아주 약하게 다리를 튕기는 것을 빼면 거의 움직임이 없었다. 사라는 수의사가 등을 보인 채 웅크리고 앉아 진찰하는 모습을 지켜보았다. 하지만 수의사가 움직일 때마다 아일랜드 남자와 칸막이에 가려 보이지 않았다.

"뭐가 어떻게 된 건지 모르겠어요. 우리가 말을 내리려고 할 때 저 한 살배기 동물은 완전히 겁에 질려 있었죠. 마구 날뛰다가 어딘가에 앞다리가 끼이거나 세게 받쳤나봐요. 그걸 끌어내리다가 상처를 입은 거 같아요. 너무 순식간에 벌어진 일이라 정확한 건 알 수 없었어요."

"고통을 자초하는 말들을 보면 정말 놀랍더군요. 자, 이 칸막이가 없어야 내가 좀 더 자세히 볼 수 있겠어요. 여자분들은 뒤쪽 끝으로 가주시고 우린 말을 조금만 앞쪽으로 당긴 다음 저 칸막이를 치웁시다."

사라는 땀을 닦으며 정신을 가다듬었다. 옆을 돌아보니 여자의 얼굴도 벌겋게 상기되어 있었다. 여자의 재킷에서는 피와 담배 연기가 뒤섞인 냄새가 났다. 마침내 가운데 커다란 칸막이가 제거되었다. 남자들은 칸막이를 비스듬히 맞들고 경사로를 조심스럽게 내려가 화물차 옆에 세워놓았다.

재키는 두 손을 청바지 앞쪽에 문질러 닦았다. 바지에 자국이 남는 것쯤은 전혀 신경도 쓰지 않는 듯했다.

"너 괜찮니?"

사라는 고개를 끄덕였다. 사라의 바지도 검붉은 핏자국으로 얼룩덜룩했다.

"이리 와."

여자가 말했다.

"이제 여기서 네가 할 수 있는 일은 없어. 우린 사무실로 가자. 난 차나 한잔 마셔야겠어. 너도 마실래?"

사라는 뜨거운 차를 마실 생각만으로도 너무 감격스러워서 잠깐 말문이 막혔다. 재키를 따라 작은 사무실로 들어간 사라는 재키가 말한 곳에 조용히 앉았다. 회색 플라스틱 의자에 금방 기다란 핏자국이 났다.

"아주 골치 아픈 일이야."

재키가 주전자에 물을 채우며 말했다.

"우리가 잃어버리는 말은 1년에 몇 마리 정도인데, 그럴 때마다 난 참 이유를 모르겠어. 그건 톰의 잘못도 아니야. 톰은 아주 신중한 사람이거든."

재키는 뒤쪽의 사라를 힐끗 보며 물었다.

"설탕 넣을래? 충격을 받았을 때에는 설탕이 도움이 되지."

"네, 넣어주세요."

사라는 몸을 떨며 말했다. 아까 칸막이가 제거될 때 언뜻 말을 보았다. 부와 비슷한 종 같았다.

"너 두 개, 나 두 개. 빌어먹을 말 같으니라고."

커다란 화이트보드가 한쪽 벽에 걸려 있었다. 거기에는 말 열네 마리의 이름이 적혀 있었고, 그 옆에는 각종 서류와 환경식품농무부 지침서, 비상전화번호 목록도 꽂혀 있었다. 다양한 화물수송회사의 명함과 특이한 크리스마스카드, 이름을 모르는 말들의 사진들도 있었다. 재키가 옆에 와서 차를 건넸다.

"여기."

사라는 차를 받아 들었다. 시린 손을 녹여줄 찻잔의 온기가 눈물 나게 고마웠다.

"저분들이 나오시면 저분들 차는 제가 준비할게요. 저 말을 치료하려면 시간이 좀 걸리겠어요."

"저 말이 살 거라고 생각하니?"

재키는 고개를 저으며 말했다.

"난 회의적이야. 상태가 저렇게 엉망인 말은 처음 봐. 다리를 어딘가에 세게 후려친 게 분명해. 게다가 저런 순종 말은 다리가 허약하거든."

재키는 책상 뒤편 의자에 털썩 주저앉아 시계를 힐끗 올려다보았다. 그러더니 이제 처음 만나는 것처럼 사라를 물끄러미 쳐다보며 물었다.

"말을 타기엔 시간이 너무 늦었구나. 이 근처에서 온 게 아니지?"

"저……, 전 여기로 가보라는 말을 듣고 왔어요. 하룻밤 쉬어갈 마구간이 필요해요."

재키는 사라를 유심히 살폈다.

"너 어딘가에서 달아난 거니?"

사라는 차를 한 모금 마시고는 고개만 끄덕거렸다. 지난 몇 달 동안 배운 게 있다면 될수록 말을 적게 하는 편이 유리하다는 것이었다.

"아주 어려 보이는데."

사라는 재키의 눈을 보며 말했다.

"다들 그렇게 얘기해요."

그러고는 애써 미소를 지었다.

재키는 책상 위에 커다란 책을 펼치며 말했다.

"어, 우린 당연히 네게 마구간을 대여해줄 수 있지. 남은 게 하나 있을 거야. 네 말 이름은 뭐니?"

"부셰예요."

"통행증은?"

사라는 배낭에서 부의 통행증을 찾아 건네주며 말했다.

"예방접종은 지금까지 다 했어요."

재키는 통행증을 휘익 넘겨 숫자를 휘갈겨 적은 다음 사라에게 다시 건넸다.

"하룻밤에 25파운드란다. 건초와 먹이가 포함된 가격이지. 고형 사료는 따로야. 필요한 게 있으면 얘기하고. 해결해줄 테니까."

"며칠 묵어도 될까요? 여행에 필요한 일들을 처리해야 해서요."

재키는 볼펜을 만지작거리며 말했다.

"비용만 지불하면 네가 원하는 만큼 지낼 수 있지. 연락 가능한 번호만 남겨주렴."

"저도 여기 머물면 안 될까요?"

"밀짚 위에서 자는 걸 좋아하지 않는다면 힘들어."

재키가 한숨을 쉬며 말했다.

"따로 숙소를 잡아둔 데가 없는 거니?"

"이곳에서 함께 머물 수 있는 줄 알았어요."

"우린 사람들 잠자리까지는 취급하지 않는단다. 그러려면 꽤 번거롭거든. 운전자들은 자기들 화물차에서 자거나 또 어떤 사람들은 간이 숙박을 이용하기도 하지. 하지만 넌……. 괜찮다면 연락처 하나 알려줄게. 여기."

재키는 벽에 붙은 목록 중 하나를 가리켰다.

"촉박하게 방을 구하기에는 이곳이 적당할 거야. 하룻밤에 40파운드고 욕실이 딸린 침실이지. 캐스가 널 챙겨줄 거야. 연중 이맘때가 제일 조용한 편이야. 내가 전화를 해둘게."

"여기서 먼가요?"

"저 길로 6킬로미터쯤 가면 돼."

사라의 어깨가 축 처졌다. 한동안 말이 없던 사라는 목소리를 차분하게 내는 것도 잊어버린 채 말했다.

"전 여기까지 말을 타고 왔어요. 거기까지 갈 다른 방법이 없어요."

사라의 목소리가 옷깃에 파묻혔다. 사라는 너무 피곤했다. 더 이상은 걸을 힘조차 없었다. 사무실 바닥에라도 자게 해달라고 빌고 싶었다.

두 사람은 얼굴을 들고 서로를 바라보았다. 재키는 앞에 있는 서랍에서 담배 한 갑을 꺼내 포장을 뜯었고, 담배 하나를 꺼내 책상 위에 탁탁 다졌다. 이윽고 잠시 뜸을 들인 뒤 말을 꺼냈다.

"여기까지 말을 타고 왔다고? 어디서부터?"

사라는 심장이 두근거리는 소리를 들으며 말했다.

"그건…… 좀 복잡해요."

재키는 담배에 불을 붙인 다음 의자에 기대어 길게 한 모금 빨았다.

"지금 곤란한 상황이니?"

지금까지와는 달리 말투가 딱딱했다.

사라는 그런 말투에 익숙했다. 누군가 상대를 곱지 않은 시선으로 바라볼 때 나오는 말투였다. 그래서 대답했다.

"아니요."

"저 말은 네 거니?"

"통행증을 보셨잖아요?"

여자가 사라를 노려보았다.

"제 이름이 거기 적혀 있어요. 보세요. 도움이 필요할 때 저한테 연락이 오게 되어 있다고요. 네 살 때부터 함께한 말이에요."

수의사가 가방을 들고 화물차에서 나오고 있었다.

"뒤쪽에 남는 방이 하나 있어. 25파운드고 간단한 저녁이 제공될 거야. 톰에게도 오늘 저녁을 약속했으니 테이블에 하나 추가한다고 큰 차이는 없겠지. 하지만."

재키는 몸을 숙이며 말했다.

"명부엔 기재하지 않을 거다. 별로 현명한 일 같진 않아. 널 재워주긴 하겠지만 혹시라도 안 좋은 일에 말려들고 싶진 않구나."

문이 열리면서 대화가 중단되었다. 두 남자가 걸어 들어오자 작은 사무실이 꽉 찬 듯했다. 아일랜드 남자가 고개를 절레절레 흔들었다.

"고생했어."

재키가 차분한 목소리로 말했다.

"여기 앉아, 톰. 차 한 잔 줄게. 밥, 당신도 옆에 앉아."

"사라."

재키가 불렀다. 사라는 두 손으로 찻잔을 움켜쥐고 있었다. 쓸데없는 말이나 행동을 해서 이곳에 머물 기회를 잃게 될까 두려웠다.

"앞다리 골절에 동맥이 절단됐어. 불쌍한 녀석."

아일랜드 남자의 얼굴은 충격으로 하얗게 질려 있었고 피부는 온통 핏자국으로 범벅이 되어 있었다.

"팀은 서류에 서명할 새도 없이 가야 했어. 암말의 새끼를 받으러 갔어. 하나가 가니 하나가 오네, 그치?"

"이런, 빌어먹을 차."

재키가 주전자를 탕 내려놓으면서 말했다.

"여기에 약물 한 방울이 필요하겠어."

그러더니 책상 서랍에서 갈색 액체가 든 병 하나를 꺼냈다.

"사라, 넌 빼고."

재키는 사라의 나이를 대충 짐작했을 것이다. 그녀는 남의 일이나 불필요한 사건에 쓸데없이 연루되는 것을 철저히 경계하는 사람 같았다.

사라는 고개를 숙인 채 말했다.

"저는 그냥 차가 좋아요."

# 20

마음이 격앙된 상태에서는 절대로 말을 다루어선 안 된다.
분노와 초조, 두려움 등 불안정한 인간의 감정은
말과의 효과적인 소통을 방해할 뿐이다.

−크세노폰, 『기마술』

비가 내렸지만 너태샤는 벌써 사무실에서 나와 있었다. 깔끔한 정장 차림에 힐을 신고 종종걸음을 치며 아스팔트길을 걸어왔다. 맥의 차를 보자마자 서류 가방과 핸드백을 팔에 낀 채 서둘러 달려왔다. 맥은 안도감을 느꼈다. 그의 눈에 익숙한 너태샤의 모습이 아직 남아 있는 것 같았기 때문이다. 그는 상체를 굽혀 조수석 문을 열어주며 미소를 지었다. 너태샤는 뒤에서 경적을 울려대는데도 아랑곳없이 여유 있게 차에 올라탔다.

"난 당신이……."

"아무 말도 하지 마."

너태샤가 말을 끊었다. 약간 경직된 표정이었고 머리카락은 비에 젖어 반들반들했다.

"사라를 찾는 대로 어차피 당신과 난 다시 볼 필요가 없는 거니까, 알았지?"

맥의 입가에서 미소가 사라졌다. 그는 본격적으로 교통 흐름에 끼어들려다가 멈춰 섰다.

"혼잡한 도심을 뚫고 여기까지 날 데리러 와줘서 고마워, 맥. 내가 고마워해주기를 바라는 거지? 하지만 이런 뜻밖의 외출을 고대했다고는 말 못 하겠어. 이제 됐어?"

너태샤는 화가 나서 얼굴이 군데군데 벌겋게 달아올라 있었다.

"당신이 굳이 올 필요는 없었는데. 당신도 그러지 않았나?"

"사라는 내 책임이기도 해. 당신도 그 점을 분명히 지적했잖아."

맥의 인내심은 이미 바닥까지 떨어진 상태였다.

"그거 알아? 지금 같은 상황에서 자꾸 그런 허튼소리를 하면 아주 힘들어질 거야. 함께 가자고 하면서 계속 이런 식이면 당장이라도 그 집에 내려줄게. 이럴 바에야 각자 자기 차로 가자고."

"허튼소리라고? 사라를 찾기 위해 내가 뭘 포기했는지, 어떤 불이익을 감수해야 했는지 당신이 알기나 해?"

"다시 만나서 반가워요."

앞좌석 사이로 카우보이 존이 불쑥 고개를 내밀며 인사하자 너태샤가 화들짝 놀랐다.

"뒤에서 듣는 사람이 있다는 걸 알려줘야겠다고 생각했어요."

그러면서 존은 담배에 불을 붙였다.

너태샤는 입을 벌린 채 맥을 돌아보았다.

"말에 대해 잘 아시잖아."

맥이 설명했다.

"게다가 사라가 어릴 때부터 알고 지낸 분이고."

너태샤가 아무 말도 못 하자 맥이 한 가지 제안을 했다.

"일단 우리가 둘을 찾아내면 당신이 말 문제를 어떻게 해결할 수 있지 않을까?"

너태샤는 핸드백을 뒤지며 물었다.

"그래서 사라는 어디 있는데? 무슨 얘기 들은 거 있어? 나도 가능하면 빨리 하던 일에 복귀해야 해."

"어."

맥이 대답을 얼버무린 뒤, 드디어 차를 출발시켜 다른 차량들 사이로 끼어들었다.

"따지고 보면 직장다운 직장에 다니는 사람은 당신밖에 없으니까."

"큰 소송을 한창 진행하던 중이었잖아."

"그래, 그렇다고 했지."

너태샤는 몸을 돌려 맥을 쳐다보며 물었다.

"무슨 뜻이야?"

"무슨 뜻이긴. 이번 결정이 당신에겐 무척 어려웠을 거란 얘기지. 당신 인생에도 적잖은 지장을 줄 텐데. 나 역시 당신에게 방해만 됐어."

"꼭 그렇지만은 않아."

"아니, 맞아. 근데 당신도 이번 일에 책임 있다는 건 생각해봤어?"

카우보이 존은 의자에 등을 기대고 앉아 얼굴 위로 모자를 내려 쓰며 중얼거렸다.

"이런, 제길."

"나한테?"

차가 너무 막혔다. 맥은 창밖으로 오른팔을 내밀고 다른 차선으로 끼어들려 했지만 그쪽도 움직임이 둔하기는 마찬가지였다.

"그래, 당신한테."

맥이 말했다. 어쩌면 하루 종일 왔다 갔다 운전을 너무 많이 한 탓인지도 몰랐다. 사라가 어디 있는지 몰라서 두려웠기 때문인지도 몰랐다. 자신을 적이나 가해자로만 바라보는 너태샤가 야속했기 때문인지도 몰랐다. 그래서 이렇게 덧붙였다.

"사라를 위해 중대한 작업을 중단하고 적극적으로 나선 건 결국 당신이었어. 하지만 이것만은 알아줘. 지금 이 상황에서 제일 난처한 사람은 자신뿐이라고 생각하겠지만 나도 내 일을 취소해야 했고, 존 역시 더 좋은 일을 포기하고 여기 있는 거야."

맥은 운전대를 확 틀어서 안쪽 차선으로 재빨리 쌩 하고 끼어들었다. 갑자기 차 안의 공간이 자신을 향해 오그라드는 느낌이 들었다.

"만약 당신이 떠나지 않고 당신의 상처받은 자존심보다 사라를 먼저 생각했다면 이런 혼란을 겪지 않았을지도 몰라."

"결국 나 때문에 이런 일이 벌어졌다는 거야?"

"당신도 무관하지 않다는 걸 말할 뿐이야."

너태샤의 목소리가 높아졌다.

"흥, 여자 친구를 집으로 데려온 사람이 누군데 그래. 사라가 보는 앞에서 속옷만 입은 여자를 과시하고 다니지 않았나?"

"난 그 여자를 과시하고 다니지 않았어!"

"그 여잔 거의 아무것도 입지 않은 채였어. 내 집, 우리 집에 들어갔는데, 빌어먹을 그 화려한 모델이 속옷 차림으로 나를 향해 실실 웃고 있었다고!"

"집안 얘기를 들으니 귀가 솔깃해지네요."

존이 끼어들었다.

"그게 사라가 보기에 적절했다고 생각해? 사라 앞에서 행복한 가정인 것처럼 행동해놓고?"

"그게 사라가 사라진 것과 무슨 상관이 있다는 거지?"

"화목한 분위기에는 전혀 기여할 수 없었지, 그렇지 않나?"

"미안하다고 말했잖아."

맥이 운전대를 탕 치며 말했다.

"다시는 안 그러겠다고 했잖아. 제발 그만해. 당신도 남자 친구를 우리 집에 들이지 않았나? 바로 내 침실에?"

"그건 당신 침실이 아니야."

"우리 침실이었지."

"좋은 게 좋은 거라고."

존이 말하고는 담배를 깊이 빨았다.

"그 사람은 당신이 집에 있을 때는 한 번도 온 적이 없어."

"그건 당신이 다른 데 갈 데가 있었기 때문이겠지."

너태샤는 의자에 기댄 채 팔짱을 끼며 말했다.

"당신이 그 얘길 언제나 꺼내나 했지."

"그 얘기라니?"

"시골에 있는 작은 집 말이야. 이런 식으로 경고를 받다니."

너태샤는 고개를 저으며 비아냥거렸다.

"언젠가는 들어야 했겠지만 말이야."

맥은 너태샤를 힐끗 쳐다보았다.

"도대체 그건 무슨 뜻으로 하는 말이지?"

"합의할 때가 오면 그 문제를 제기할 거란 뜻이었어."

"이런, 맙소사. 터무니없는 소리 좀 하지 마. 당신이 빌린 작은 집까지 내가 노릴 거라 생각한 거야? 당신이 주말을 보낼 호화 여객선을 가졌대도 난 신경 안 쓴다고."

"방해하고 싶지는 않지만,"

존이 다시 몸을 앞으로 내밀며 담배 연기를 길게 내뿜었다.

"잠깐 내 말 좀 들어보라고요. 두 사람 말을 듣고 있다보니, 우리가 지금 중요한 걸 놓치고 있는 게 아닌가 싶어서요."

맥은 차 안의 공기가 몹시 거북하고 불편해서 가슴이 답답했다.

너태샤는 운전석에서 좀 더 멀찌감치 떨어져 앉았다. 과적 차량에 탑승한 것처럼, 오염된 사람 옆에 앉은 것처럼 갑갑하고 불안했다. 여기만 아니라면 다른 어느 곳이라도 좋을 것 같았다.

"우리가 사라를 찾을 때까지만 양쪽 다 휴전을 선언하면 안 되겠습니까? 그게…… 좋을 것 같은데."

모두 말이 없었다. 맥은 입술을 꽉 다문 채 도시를 가로질러 동쪽으로 차를 몰았다.

"난 좋아요."

너태샤가 작은 소리로 말하고는 낡은 시가지 지도책을 집어 들었다.

"근데 어디로 가는 거야?"

"사라는 어쩌면 거길 가려고 하는지도 몰라요."

존이 빙그레 웃으며 말했다.

맥은 꼿꼿하게 정면만 응시한 채 말했다.

"프랑스."

그러고는 사라의 여권을 너태샤의 무릎에 던졌다.

"사라는 프랑스로 갈 생각인 거야."

꽉 막힌 블랙월 터널을 통과하는 내내 너태샤는 병원에서 무슨 일이 있었는지 설명을 들었다. 그런데도 몇 번이나 다시 물었다. 그들이 노인의 말을 제대로 알아들은 게 맞는지, 노인의 정신이 온전하다고 볼 수 있는 건지 카우보이 존이 짜증 낼 정도로 집요하게 물었다.

"비록 중병에 걸리긴 했어도 캡틴 정신은 당신만큼이나 또렷하다니까요."

존이 투덜거렸다. 그가 너태샤를 별로 좋아하지 않는다는 걸 맥은 느낄 수 있었다. 의심 많은 눈을 반짝거리며, 축사 마당을 쉭쉭거리고 다니는 거위를 보듯 너태샤를 쳐다보았기 때문이다.

"설사 제대로 알아들었다 해도 사라가 그런 생각을 했다는 것 자체를 도저히 믿을 수가 없어요. 사라가 말을 타고 거기까지 갈 수 있을 거라고……. 거기가 어디죠?"

"지도를 봐."

맥은 도로에만 시선을 고정한 채 손가락으로 가리켰다.

"대충 여기에서 프랑스까지 중간쯤 되는 곳이야."

너태샤가 눈을 가늘게 뜨고 살폈다.

"하지만 거기까지는 가기 힘들 거야, 그렇지 않을까?"

"해안으로는 가지 않을 겁니다. 말이 해협을 수영해서 건널 수는 없으니까."

"존과 난 사라가 아직 도버까지는 못 갔을 거라고 생각해."

마침내 차가 어둑어둑해진 저녁 하늘로 나왔다. 터널을 빠져나오니 맥은 기분이 한결 가벼워지는 것을 느꼈다. 그는 오른쪽 방향등을 켜고 간선도로로 진입했다.

"거기까지 가려면 말도 충분한 휴식이 필요할 거라고 했어."

너태샤는 날카로운 소리로 기침을 한 뒤 창문을 열고 고개를 돌렸다. 잠시 기분 나쁜 침묵이 흘렀다.

"그거 내가 짐작한 그거 맞아요?"

너태샤가 물었다.

"그거라고만 하면 어떻게 알아먹어요?"

존이 대꾸했다.

"내가 당신 머릿속을 들여다본 것도 아닌데."

"그거…… 마리화나예요?"

존은 입술 사이에 물고 있던 담배를 꺼내 들고 세심하게 살폈다.

"나도 이게 그거라면 좋겠소."

"차 안에서 담배를 피우면 안 돼요. 맥, 말씀 좀 드려."

"어, 그렇다고 내가 지금 차에서 내릴 순 없잖소, 부인?"

너태샤는 고개를 창 쪽으로 돌려버렸다. 거울을 통해 재미있다는 듯 싱글거리는 존의 눈이 보였다.

너태샤는 다시 고개를 들고 숨을 깊게 내쉰 다음 말했다.

"카우보이 씨, 차 안에서는 되도록 담배를 절제해주시면 정말 감사하겠어요. 최소한 이렇게 차가 정체돼 있는 동안만이라도요."

그러고는 자세를 바로 하고 꼬리를 물고 있는 차들을 바라보았다.

"미안하지만 이게 차멀미를 덜어준단 말이지요. 게다가 앞에서 두 사람이 계속 싸우는 바람에 내가 스트레스를 엄청 받았거든요. 스트레스가 우리 노인들한테는 아주 안 좋아요."

너태샤는 침을 꿀꺽 삼켰다. 금방이라도 폭발할 것 같은 표정이었다.

"그러니까 요지는 이거군요. 우리가 담배를 못 피우게 하면 차멀미로 토하거나 스트레스로 죽을지도 모른다는 거군요."

"대충 그렇다고 봐야죠."

맥은 너태샤가 숨을 고르기 위해 안간힘을 쓰는 모습을 지켜보았다. 아무래도 시간이 좀 걸릴 듯했다. 요 근래 며칠 만에 처음으로 맥은 웃음이 나오려는 걸 애써 참았다.


카우보이 존의 말에 따르면 런던의 러시아워가 한 시간 정도에 그쳤던 때도 있었다고 했다. 하지만 지금 교통은 하교 시간이 지났는데도 여전히 느렸고, 차량들의 행렬은 점점 더 길어져서 거의 네 시간째 풀릴 기미가 보이지 않았다. 정말 최악의 시간대를 골라 출발한 셈이었다. 이런 상황이 지속된다면 화장실 문제도 걱정이었다.

설상가상으로 비는 폭우로 변하기 시작했다. 맥의 차는 A2 대로의 기다란 줄에 끼여 있었다. 기다랗게 이어진 빨간 브레이크 불빛의 행렬은 끽끽거리며 움직이는 와이퍼 사이로 마치 거대한 붉은 공룡의 꼬리가 꿈틀거리는 것처럼 보였다.

너태샤는 거의 30분째 말없이 휴대전화로 문자를 보내거나 서류를 넘기며 메모를 하고 있었다. 때로는 누군가와 재판과 관련해 조용하지만 열띤 통화를 하거나 코너로 추정되는 이와 속삭이듯 대화를 주고받았다. 너태샤가 통화를 마친 뒤 전화기를 가방에 넣는 모습을 보고 맥은 내심 기쁘기까지 했다. 그는 아까부터 계속 라디오 채널을 이리저리 돌려대고 있었다. 현재 교통 흐름 뉴스를 찾기 위해서였다.

"도대체 왜 그렇게 정신없이 돌려대는 거야?"

너태샤가 톡 쏘듯 말했다.

"우리가 옴짝달싹 못하는 건 뻔한데."

맥은 슬며시 동작을 멈췄다. 전화 통화로 너태샤의 기분이 좋지 않다는 걸 알 수 있었다. 말과 관련된 뉴스가 나올까 찾아보는 중이었다고 변명해봤자 소용없을 것이다.

"내 생각엔 지금쯤 사라는 런던을 벗어나 있지 않을까 싶어."

맥은 운전대를 톡톡 두드리며 말했다.

"다음 교차로에서 A2 대로를 빠져 B 도로를 따라갈까 해. 운이 좋으면 사라를 앞지를 수 있을지도 모르지."

맥은 창문 밖으로 손을 내밀어 옆 차선에 끼워달라는 신호를 보냈다.

"사라가 갈 만한 데를 최대한 쫓아보다가 저녁 8시가 돼도 못 찾으면 경찰에 신고하는 게 좋을 것 같아요."

거울로는 존의 모자밖에 보이지 않았고 그 모자가 끄덕거리는 게 보였다.

"그것도 한 방법이 되겠지만, 난 왠지 경찰이 썩 마음에 들지 않더라고요."

"그건 마리화나를 창문 밖에 던져버려야 하기 때문 아닐까요?"

"내가 죽기 전에는 그걸 내 손에서 빼앗지 못할 거요."

"그건 그때 가서 처리하죠."

너태샤도 지지 않고 맞받아쳤다.

맥은 너태샤를 힐끗 보고 말했다.

"다른 방법도 생각해봤는데. 당신 신용카드를 정지시키면 더 이상 돈을 구할 수 없으니 사라도 발길을 돌리지 않을까?"

너태샤도 고민하는 듯했다.

"그런데 돈이 떨어지도록 만들었다가 사라가 더 큰 위험에 빠지면 어떡해?"

카우보이 존이 끼어들었다.

"돈이 없다고 해서 그만둘 애는 아니라고 봐요. 사라는 결심한 건 꼭 하는 애라고."

"어쨌든 그건 사라가 이미 얼마를 인출했느냐에 달려 있겠지만, 만약 그걸 계속 쓰게 놔둔다면 사라가 어디까지 갈지 모르는 일이야. 손쉽게 달아나도록 도와주는 셈이 될 거야."

맥이 말했다.

"근데 정말 사라가 카드를 가져갔다고 확신합니까?"

존이 물었다.

"내 말은, 사라를 오래 알고 지낸 사람으로서 남의 걸 훔칠 애가 아니라고 보는데."

맥은 너태샤가 슈퍼마켓에서 피시 핑거를 훔친 일이나 집에서 없어진 돈 얘기를 할 거라고 예상했다. 하지만 너태샤는 골똘히 생각에 잠긴 채 잠자코 앉아 있었다.

"타슈?"

"그걸 계속 쓰게 놔둔다면,"

너태샤는 혼잣말을 하듯 중얼거렸다.

"사라의 행방을 추적하는 데 도움이 될 거야. 카드사에 전화해서 마지막 거래 내역을 확인하면 쉽게 알 수 있을지도 몰라."

그러고는 맥을 향해 돌아앉았다. 이번에는 그를 비난하는 태도를 전혀 보이지 않았다.

"아마 두세 시간 안에 거래가 발생할 거야. 그렇게 되면 경찰 개입 없이도 사라가 어디쯤 있는지 알 수 있어. 만약 사라가 그걸로 호텔을 예약한다면 금상첨화지. 거기로 곧장 가면 되니까."

너태샤는 엷은 미소를 띠고 말했다.

"그렇게 되면 오늘 밤에라도 사라를 찾을 수 있어."

카우보이 존은 담배 연기를 길게 내뿜은 다음 말했다.

"사라가 그렇게 바보같이 행동하지는 않을 거요, 부인."

"난 부인이 아니에요."

너태샤가 씩씩거리면서 다시 창문을 열었다.

"그쪽도 창문을 좀 열어요. 차 안이 담배 연기로 아주 꽉 찼다고요."

15분쯤 후에 너태샤가 의기양양하게 말했다.

"다트퍼드. 정오가 되기 몇 분 전에 사라가 다트퍼드에서 100파운드를 인출했어. 일단은 됐어. 그 부근을 찾아보자고."


지도에 나와 있는 길은 그리 어렵지 않아 보였다. 너태샤는 손가락으로 빨간 선을 따라가며 생각했다. A2 대로는 시팅번과 질링엄, 캔터베리를 직선으로 잇는 길이었다. 하지만 차가 그 길을 따라 서행과 정체를 반복하며 이동해 오는 동안 말을 타고 가는 여자애의 모습은 아직까지 보지 못했다. 비가 쏟아져서 날은 어두컴컴했고 세 사람이 내뿜는 숨결 때문에 창문은 뿌옇게 흐려 있었으므로 쉽게 발견할 수 있는 여건도 아니었다.

너태샤는 묵묵히 앉아 있었다. 런던에서 멀어질수록 마음속에 자리 잡은 덩어리가 더욱 크게 느껴졌다. 길을 가면 갈수록 자신이 이 일의 중요성을 점점 더 깊이 인식하게 되는 것을 깨달았다. 사라는 80킬로미터 반경 어딘가에 있을 것이다. 하지만 다트퍼드에서 동쪽으로 갔을 가능성도 배제할 수 없었다. 자기를 쫓는 자들이 도버 항구로 향할 거라 예상하고 소규모 항구로 방향을 바꾸었을지도 모른다. 더 나쁜 경우는 그들의 예상 자체가 잘못된 것일 수도 있다는 점이다. 어쩌면 사라의 목적지가 프랑스가 아닐 수도 있지 않은가.

캔터베리에 가까워질 무렵, 너태샤는 그들이 너무 멀리 온 게 아닌가 하는 생각이 짙어졌다. 사라가 여기까지는 오지 않았을 것 같다는 불안한 심경을 두 남자에게 토로하기도 했다. 그러면서도 사라와 비슷한 사람이 있지 않을까 싶어 희뿌연 가로등 불빛 아래를 오가는 사람들을 놓치지 않고 살폈다.

"돌아가야 하는 거 아닐까?"

하지만 맥은 사라가 분명히 이 길을 따라갔을 것이며 지금 당장 보이지 않는다 해도 계속 가야 한다고 주장했다.

"사라는 아침 7시에 도시를 출발했어. 지금쯤은 훨씬 더 멀리 갔을 수도 있어."

그러더니 운전대 위로 몸을 구부려 어두운 지평선 부근으로 눈길을 던졌다. 존은 확신이 서지 않는 표정이었다. 그 말은 강했으므로 사라가 무엇을 요구하든 들어주었을 테지만⋯⋯.

너태샤가 존을 돌아보며 물었다.

"어떻게 예상하는지 말씀 좀 해보세요."

이제 차 안은 어두워져서 존의 얼굴이 제대로 보이지 않았다.

"난 다만 사라와 말이 사고를 당하지 않았기만을 바랄 뿐이오."

7시 무렵이 되자 교통 흐름이 조금씩 나아지기 시작했고, 도버행 이정표도 자주 눈에 띄었다. 그들은 네 번 정도 차를 세웠다. 한 번은 존이 또다시 화장실을 가야 한다고 해서였고, 나머지는 호텔이나 간이 숙박 표지판이 보였기 때문이었다. 하지만 너태샤가 안에 들어가 여자애와 말이 체크인을 하지 않았는지 물어볼 때마다 접수처 직원들은 예외 없이 정신 나간 사람을 대하듯 그녀를 쳐다보았다. 그들을 탓할 수는 없었다. 누가 들어도 미친 소리 같을 테니까.

차로 돌아오면 너태샤는 어김없이 두 남자에게 물었다. 사라가 파리로 갈 거라고 노인이 말한 걸 믿느냐고 지겹게 묻는 바람에 맥은 얼간이 취급 좀 그만하라고 소리를 질렀다. 그러는 동안에도 벤은 너태샤 없이 파트너 회의가 진행되고 있다는 문자를 충실하게 보내왔다.

린다가 걱정 마시라고 하네요.

30분 전부터는 그들 모두 자신감이 급격히 떨어지고 있었다. 맥은 악천후와 먹을 것이 부족한 불리한 여건을 감안해 여자애를 태운 말이 시속 25킬로미터라는 변변치 않는 속도로 얼마나 멀리 이동이 가능할지 수식까지 동원해 계산해보기도 했다.

"사라는 캔터베리 바깥 어딘가에 머물고 있지 않을까 싶어."

맥은 그렇게 결론을 내린 듯했다.

"그게 아니라면 우린 시팅번으로 되돌아가야 할 것 같아."

"비를 흠뻑 맞았을 텐데."

존이 안타까운 목소리로 말하고는 소매로 뿌연 유리창을 쓱쓱 문질렀다.

"어딘가 차를 세우고 호텔마다 전화해서 사라를 봤는지 물어봐야 하지 않을까?"

너태샤가 제안했다.

"근데 누가 휴대전화 좀 빌려줘야겠어. 내 건 배터리가 떨어져가네."

맥이 호주머니에서 휴대전화를 꺼내 너태샤에게 건넸다. 너태샤는 그것을 받으면서 결혼 생활 마지막 해를 떠올리지 않을 수 없었다. 그

기간 내내 맥은 늘 휴대전화를 감추기 바빴다. 여자와 주고받은 문자들이나 결혼 생활의 붕괴를 암시하는 흔적들 때문이었을 것이다.

"고마워."

너태샤가 말했지만 사실 그것을 쓰고 싶지 않았다. 그 여자한테 받은 메시지들을 포함해 맥의 통화 목록을 우연히라도 보고 싶지 않았다.

"나도 소변이 마려워요."

또 존이었다.

"어차피 기름도 넣어야 해요."

맥이 말했다.

"난 도버로 가자고 제안하고 싶어요. 사라가 향하는 곳이 거기라면, 혹시 사라를 지나쳤다 해도 큰일은 아닐 테니까."

"하지만 만약 사라가 캔터베리에서 멈췄다면 내일까지 도버에 간다고 장담할 순 없잖아."

"글쎄, 난 달리 내놓을 만한 제안이 없는데."

맥이 말했다.

"게다가 이젠 어두워서 아무것도 볼 수가 없어. 어둠 속을 밤새 달려봤자 소용없을 거야. 일단 도버로 가자. 그런 다음엔 당신이 제안하는 대로 할게, 타슈. 전화를 쓸 수 있는 숙소도 정하고. 거기 머물면서 여기저기 전화도 해보고 뭐라도 좀 먹자. 우리 모두 너무 지쳤어."

"그런 다음엔?"

너태샤는 계기판 위에 맥의 휴대전화를 조심스럽게 내려놓으며 물었다.

"글쎄…… 당신 카드로 사라가 어디 머물고 있는지 찾길 빌어야지. 제길, 나도 거기까지밖에 모르겠어."

호텔은 별 특색 없는 중간급의 다국적 체인점이었다. 나지막한 갈색 벽돌 건물 두 개가 유리 통로로 연결되어 있었다. 너태샤는 쭈글쭈글해지고 땀에 젖은 정장 차림으로 건물 규모에 비해 너무 큰 로비에 서서 기다렸다. 갑자기 어딘가에 앉아 뭐라도 먹고 마시고 싶은 생각이 간절해졌다. 맥은 저 앞에서 호텔 프런트 직원들과 얘기를 나누고 있었다. 그중 누군가가 그에게 미소를 지었는데, 언뜻 보기에도 명백히 업무와는 무관한 미소였다. 너태샤는 그 광경을 보고 기분이 상해 고개를 돌렸다. 카우보이 존은 한쪽 벽에 붙은 안락의자에 다리를 벌린 채 앉아 앙상한 어깨 사이에 고개를 무겁게 떨구고 있었다. 몇몇 손님들이 다소 거리를 두고 그 앞을 지나가는 것을 보면서 아주 잠깐 존이 안쓰럽다는 생각이 들었다. 하지만 그가 고개를 들고 젊은 여자에게 음탕하게 윙크하는 모습을 보고는 방금 느낀 연민마저도 후회가 되었다.

"좋습니다."

맥이 뒷주머니에 지갑을 밀어 넣으며 말했다.

"그럼 2인실 하나와 1인실 하나로 주십시오."

"하지만 우린 방이 세 개 필요하잖아."

"남는 게 그게 다래. 다른 데 알아보고 싶으면 그렇게 해도 되지만 난 완전히 지쳤어. 사실 난 아무래도 좋거든."

어느 방에서 잘 생각인데? 너태샤는 묻고 싶었다. 하지만 맥의 얼굴이 너무 피곤해 보여서 말없이 그를 따라 승강기로 향했다.

문제를 해결해버린 건 존이었다.

"난 목욕하고 뭐 좀 먹어야겠어요."

그는 2층 승강기 문이 열리자마자 맥이 들고 있던 열쇠 하나를 가져 갔다.

"다음 일이 정해지면 전화해요."

그러고는 승강기에서 내려버렸다. 너태샤와 맥 둘만 남은 승강기 안에는 어색한 분위기가 감돌았다.

예전에 묵었던 호텔 방과 마찬가지로 그 방도 건물 맨 끝에 있었다. 두 사람은 카펫이 깔린 복도를 소리 없이 걸어갔다. 객실 문에 다다랐을 때 너태샤는 무슨 말을 하려고 했지만 맥이 열쇠를 건네며 먼저 말을 꺼냈다.

"전화는 당신이 해줘. 난 페리 선착장에 가서 혹시 사라가 있는지 확인하고 올게."

"뭐 좀 먹어야 하지 않아?"

"밖에서 먹을게."

너태샤는 그가 등을 보인 채 복도를 걸어가는 모습을 지켜보았다. 축 처진 어깨를 보면서 문득 그가 사라에 대해 얼마나 큰 책임감을 느끼고 있는지 알 수 있었다.

절망에 빠진 맥의 초췌한 모습을 뒤로하고 너태샤는 서둘러 방으로 들어갔다. 잠시 앉아 쉬면서도 자신의 부재가 경력에 미칠 불이익에 대해 생각하지 않으려고 애썼다. 분노 대신에 느껴야 했던 부끄러움과 도버의 비 내리는 거리를 헤매고 있을 전남편에 대한 생각도 떨치려고 노력했다. 그리고 너태샤 매컬리는 삶이 고달프고 힘들 때마다 항상 했던 일들을 했다. 주전자를 불에 올리고 노트와 펜을 꺼내고 전화를 걸기 시작했다.


10시 반이 다 돼서야 맥이 돌아왔다. 너태샤는 프런트에서 전화번호부를 빌려 도버 내의 모든 호텔뿐만 아니라 15킬로미터 반경 안에 있는

510

모든 호텔과 간이 숙박에도 전화를 걸었다. 하지만 말을 데리고 온 여자애를 보거나 그런 얘기를 들은 사람은 아무도 없었다. 맥에게 전화를 해볼까 하다가 그만두었다. 사라에 대해 뭐라도 들었다면 벌써 전화를 했을 것이다.

30분 전쯤엔 카우보이 존이 자기 방에서 전화를 걸어 다른 일정이 없으면 몇 시간 눈을 붙이겠다는 말을 전해왔다. 너태샤는 그러라고 하면서도 그의 방이 불붙는 일이 없기를 바란다는 말을 빼놓지 않았다. 목이 너무 뻣뻣하고 피곤해서 그녀는 룸서비스에 음식과 와인 한 병을 주문해놓고 방 안을 이리저리 걸어 다녔다. 머리 위로 팔을 뻗고 있을 때 문 두드리는 소리가 들렸다.

맥이 복도에 서 있었다. 그는 아무 말 없이 너태샤를 지나쳐 들어와 한쪽 침대에 털썩 주저앉았다. 그러더니 뒤로 쓰러져 누우며 한 팔을 눈에 대고 천장의 불빛을 가렸다.

"아무것도 없어."

마침내 맥이 입을 열었다.

"온데간데없이 사라져버렸어."

너태샤는 와인을 한 잔 따라서 맥에게 내밀었다. 그는 녹초가 된 몸을 일으켜 잔을 받았다. 그의 턱은 까칠하게 자란 수염으로 거뭇거뭇했고, 그의 옷에서는 서늘한 바다 냄새가 풍겼다.

"도버항 여기저기를 뒤지고 다녔어. 혹시나 해서 해안까지 내려가서 다 둘러봤어."

"페리 사무실에도 가봤어?"

"차량을 싣고 있는 사람들한테 물어봤지. 누구라도 오면 볼 수밖에 없는 사람들이었어. 동물들은 전부 화물차에 실려 수송된다고 하더군.

사라는 여기서 더 멀리 갈 수는 없을 거야, 타슈. 그건 불가능해."

그들은 와인을 마시며 한동안 말없이 앉아 있었다.

"사라가 다른 항구로 간 거라면 어쩌지? 내 생각에 도버는⋯⋯. 혹시 하리치나 시팅번이라면 어쩌지? 잘못 알고 하리치 쪽으로 갔을 수도 있잖아."

"우리 힘에 부치는 일 같아. 아무래도 경찰에 알리는 게 좋겠어."

맥이 말했다.

"당신은 사라를 너무 과소평가하고 있어, 맥. 사라는 이 일을 계획했고 내 카드까지 가져갔어. 어딘가에 안전하게 있을 거야."

"하지만 당신도 호텔마다 전화를 걸어봤다며?"

너태샤는 어깨를 으쓱했다.

"어쩌면 이렇게 멀리까지 오지 못했을지도 몰라. 그리고 잉글랜드 남부에 있는 모든 호텔에 전화를 해본 건 아니잖아. 어쩌면 농장이나 마구간 같은 데 있을지도 모르고. 이 근처 어디에 친구가 있을 수도 있어. 사라가 있을 만한 데는 셀 수도 없이 많아."

"그러니까 경찰에 신고해야 한다는 거야."

너태샤는 낙심한 듯 다른 침대 끝에 걸터앉아 탄식을 내뱉었다.

"세상에 맙소사, 사라. 도대체 어디 있는 거니? 그럼 당신은 뭘 어떻게 해보겠다는 생각이야?"

너태샤는 자기도 모르게 그런 말이 튀어나왔다.

"난 사라가 계획적으로 그랬다고는 생각 안 해, 타슈."

"그럼 내 카드도 우연히 가져가게 됐다는 거야?"

"그만큼 절박했을 거야."

"뭣 때문에? 우린 사라가 요구하는 모든 걸 해줬어. 사라의 말도 돌봐줬어. 난 사라와 함께 쇼핑을 가려고 했어. 할아버지 선물로 사라가 원하면 뭐든 다 사주려고 했다고."

너태샤는 고개를 세차게 흔들었다.

"아니야."

피로와 두려움이 한꺼번에 몰려들었다.

"좁히기 힘든 일이라는 생각이 들어. 사라는 우리 규칙이나 일상을 좋아하지 않았어. 원할 때마다 말을 찾아가서 볼 수 없는 게 싫었을 거야. 우린 사라가 학교에 가도록 강요했잖아. 규칙을 너무 강요해서 이런 혼란이 온 거야. 이게 사라가 우리에게 되갚는 방식인가봐."

"우리에게 되갚는다고?"

"당신은 사라가 우리와 비슷한 생각을 한다고 여길 거야. 물론 우리와 비슷한 면도 있지. 하지만 사라는 처음 봤을 때부터 이해하기 힘든 아이였다는 걸 당신도 인정할 필요가 있어. 사라 라샤펠이 정말 어떤 아이인지 우린 잘 몰라."

너태샤는 고개를 들어 자신을 물끄러미 쳐다보는 맥을 마주보았다.

"왜?"

신경이 쓰인 너태샤가 물었다.

"세상에, 당신이 이토록 매정한 사람이었다니."

그 말은 강력한 한 방이었다.

"내가 매정한 사람이라고?"

너태샤는 천천히 읊조렸다. 속에서 알 수 없는 응어리가 불쑥 치솟았지만 꾹꾹 누르려고 안간힘을 썼다. 당신은 왜 늘 그렇게 생각하는 거지? 왜 나를 그런 식으로 몰아가는 거지? 너태샤는 말하고 싶었다.

"좋아, 맥. 그런데 당신은 왜 항상 사라를 희생자로만 여기는 거야?

아직 열네 살이라서? 주변에 아무도 없어서?"

문득 알리 아마디의 모습이 눈앞에 떠올랐다.

"그런 사실이 면죄부가 될 수는 없어. 사라는 내게서 카드를 훔쳤고 우리를 알게 모르게 기만해왔어. 그리고 이젠 말도 없이 달아나기까지 했고."

"당신은 늘 사라를 나쁘게만 바라봤지."

"아니, 난 당신처럼 장밋빛 색안경을 쓰지 않았을 뿐이야."

"그럼 왜 여기 있는데? 왜 굳이 사라를 찾는 거야?"

"사라가 걱정되고 또 행복하게 살길 바라는 마음에서지."

"과연 정말 사라의 행복 때문일까? 당신이 실패한 모습을 보여주기 싫어서가 아니고?"

"그건 도대체 또 무슨 소리지?"

"당신한테 유리한 상황은 아니잖아, 그렇지 않나? 길을 잃거나 버려진 아이들의 법률 대변인인 당신이 직접 맡은 아이를 제대로 돌보지 못한 거잖아. 경찰에 신고하지 않으려는 것도 그 때문 아닌가?"

"당신이 어떻게 감히?"

너태샤는 들고 있던 와인을 그의 얼굴에 뿌리고 싶은 욕구를 간신히 참았다.

"난 그런 아이들을 매일 만나. 법정에서는 불쌍하고 무력하게 앉아 있지만 떠나고 나면 한 시간도 안 돼 신이 나서 내게 욕설을 해대기도 하지. 대체로 그들은 밖에 나가자마자 바로 다른 차를 털거나 가게 물건을 훔치러 간다는 것도 잘 알아. 많이 속아봤거든. 그 아이들은 어리석지도 않고 언제나 무력한 것도 아니야."

너태샤는 신발을 카펫에 벗어 던지고 말을 이었다.

"어떤 측면에서 사라는 괜찮은 아이지만 그런 아이들보다 더 나을 것도, 더 못할 것도 없어. 내 판단이 이렇다고 해서 내가 나쁜 사람 취급을 당할 이유는 없다고 생각해. 당신이 날 어떻게 생각하고 싶은지는 모르겠지만 말이야."

너태샤는 말을 마치자마자 욕실로 가서 문을 쾅 닫은 다음 변기 뚜껑에 앉았다. 덜덜 떨리는 두 손을 들어 올렸다. 끓어오르는 분노를 도저히 참을 수가 없어 욕실 매트와 수건들을 사정없이 문에다 내던졌다.

침실에서는 아무 소리도 들려오지 않았다.

너태샤는 그 자리에 그대로 앉아 있었다. 몇 분이나 시간이 흘렀는지 알 수 없었다. 맥이 일어나서 방을 나갈 때까지 기다리는 중이었다. 그는 이제 더 이상 너태샤와 같이 있고 싶지 않을 것이다. 카우보이 존과 방을 같이 쓰는 게 낫지 않겠느냐고 말할 생각이었다.

하지만 그가 한 말 중에 부인할 수 없는 사실이 있다는 점은 그녀의 가슴을 아프게 짓눌렀다. 너태샤는 경찰이 개입하는 것을 원하지 않았다. 사라를 맡게 된 상황을 포함해 사라를 제대로 돌보지 못하고 심지어 기본적인 안전 문제조차 지켜주지 못한 사실에 대해 시시콜콜 설명하고 싶지 않았다. 게다가 사라를 찾을 수만 있다면 더 능력 있는 사람한테 조용히 보내면 된다는 막연한 생각도 있었다.

너태샤는 몸서리치며 긴 탄식을 내뱉었다. 맥이 격분하는 것도 이해할 만했다. 하지만 개인적인 이해관계를 전혀 따질 필요가 없는 상황과 자신을 동등하게 비교할 수는 없다. 그런 조건에서라면 누구든 쉽게 좋은 사람이 될 수 있다. 두 사람의 결혼 생활도 마찬가지였다. 너태샤는 고개를 숙이고 싸구려 욕실 세제 냄새를 깊이 들이마셨다. 그 냄새가 머릿속을 깨끗이 씻어주기를 바라면서. 맥이 자신을 얼마나 괴롭힐 수 있는지를 확인하는 게 싫었다. 중요한 부분을 꿰뚫어보는 게 싫었다.

욕실에서 나왔을 때 너태샤의 표정은 한결 차분해져 있었다. 마음속으로는 어떻게 얘기할지 분주하게 따져보는 중이었다. 하지만 방 안은 조용했다. 맥은 한 팔로 얼굴을 가린 채 침대 위에서 잠들어 있었다. 너태샤는 다른 침대로 조심조심 걸어가 그를 물끄러미 바라보았다. 이 사람, 전남편, 전처에 대한 반감과 혐오로 좌절한 남자.

너태샤는 이 남자에게서 눈길을 거두지 못했다. 지난 두 달 동안 이 남자를 제대로 바라본 적이 없었다는 생각이 이제야 들었다. 너태샤의 시선이 그의 팔에서 색 바랜 티셔츠를 입은 가슴으로 옮겨갔다. 얼마나 많이 저 가슴에 안겼던가? 동시에 얼마나 자주 등을 돌렸던가? 얼마나 많이 소리 없이 눈물을 흘려야 했던가? 그토록 열렬하게 사랑을 표현해놓고 저 남자는 어떻게 그렇게 상대를 경멸할 수 있었을까?

너태샤는 남은 와인을 모두 잔에 따라 오랫동안 삼키면서 가슴에 차오른 분노를 억눌렀다. 그러고는 일어나서 맥의 침대 끝에 접혀 있던 이불을 끌어당겨 그의 가슴까지 덮어주었다.

그리고 전등을 껐다. 너태샤는 자기 침대로 가는 대신 창문 옆에 자리를 잡고 앉아 바람이 휘몰아치는 주차장과 그보다 멀리 있는 칠흑 같은 바다를 내다보았다. 어느새 그들은 어두운 거리를 휘적휘적 걷고 있었다. 그들을 이끈 건 여자애와 말의 어슴푸레한 형체라도 찾으려는 희망과 기대였다.

너태샤가 잠에서 깼을 때 목은 뻣뻣했고 다리는 의자 위로 불편하게 접힌 채였다. 방 안에는 푸르스름한 새벽빛이 희미하게 비쳐들고 있었다. 맥은 이미 나가고 보이지 않았다.

# 21

말이 의무를 수행하도록 가르치는 최선의 방법은
배운 대로 행동할 때마다 칭찬과 애정을 아끼지 않는 것이다.

-크세노폰, 『기마술』

마지막 마구간까지 청소와 정리를 막 끝냈을 무렵, 사라는 톰의 목소리를 듣고 화들짝 놀랐다.

"놀라게 하려던 게 아니었는데."

톰이 다른 쪽 마구간 문에서 나오며 말했다.

"전, 전 여기 계신 줄 몰랐어요."

목도리를 두른 채 말하다보니 뜨끈한 입김이 도로 피부에 감겨왔다.

"아침 식사 하자고 얘기하러 온 거야. 재키가 지금 준비하고 있거든. 네가 말들을 돌보고 마구간 청소도 해주었다고 아주 기뻐하고 있어."

사라는 눈을 가늘게 뜬 채 떠오르는 태양을 마주 보며 말했다.

"잠이 일찍 깨서요. 게다가 제 옷들을 빨아주셨거든요."

"아하, 은혜에 보답한다는 뜻이었구나. 부모님이 아주 예의 바르게 키우셨네."

톰이 활짝 웃으며 말했다. 그는 좀 전에 화물차 청소를 끝낸 모양이었다. 얼마 전까지 마구간 뒤편에서 고압 호스의 물살이 강철 표면을 때리는 소리와 솔로 북북 문질러 닦는 소리, 즐거운 휘파람 소리 등이 희미하게 들려왔다. 어제 저녁 식사 시간만 해도 톰은 충격에서 헤어 나오지 못해 침울한 모습이었다. 결국 말이 살아나지 못했기 때문이다. 재키가 기운을 북돋워주기 위해 많은 노력을 기울였지만 그는 식사를 제대로 하지 못했다. 사라 역시 거의 신경쇠약에 걸릴 만큼 피곤했기 때문에, 아무 말 없이 앉아 자기 몫의 음식을 먹은 다음 조용히 일어나 방으로 갔다. 밤이 되었을 때 재키와 그녀의 남편은 어느 정도 기분이 나아진 듯했다. 사라가 잠에 빠져들 무렵 두 사람이 웃으며 얘기하는 소리를 언뜻언뜻 들을 수 있었다.

사라는 6시 반이 막 지났을 때 잠에서 깼고, 주변이 생소해서 잠시 어리둥절했다. 그러다가 금방 기억이 돌아왔고, 침대에서 벌떡 일어나 티셔츠 차림으로 부가 잘 있는지 확인하러 달려 나갔다.

부가 마구간 문 위로 얼굴을 내밀고 나지막한 울음소리를 내자 그제야 한숨 돌릴 수 있었다. 사라는 서늘한 새벽 공기에 몸을 떨며 마구간 안으로 들어갔다. 부는 빌려 온 깔개 위에 조용히 서 있었다. 전날의 강행군이 조금은 후유증을 남긴 듯했다. 사라는 부의 다리를 확인하고 발을 들어본 다음, 부의 목에 얼굴을 대고 부드럽게 쓰다듬어주었다. 방으로 돌아왔지만 다시 잠을 잘 수가 없어서 사라는 옷을 챙겨 입고 나와 부의 마구간을 청소하기 시작했다.

사라가 다른 마구간들을 청소한 것은 톰이 생각하는 것 같은 자선 행위가 아니었다. 뚜렷한 계획이 없는 상태에서 며칠을 더 이곳에 머물려면 무슨 일이든 해야 했다. 자세한 것은 잘 모르지만 동물을 옮길 때

도중에 쉬게 하는 장소가 있다는 얘기를 들었다. 예를 들면 이민 또는 이주 가정 소유의 조랑말들, 수상의 영예를 안고 집으로 돌아가는 경주마와 대회 참가 말들은 그런 데서 쉴 수 있다고 했다. 이런 동물들에게는 미지의 새로운 삶에 대한 기대가 있다. 반면에 가치를 상실한 말들, 가령 기력이 다하고 병약한 말들은 수송 트럭에 실려 갈 뿐 그런 휴식을 누릴 수 없고, 그러다가 결국은 도축장에 내버려지게 된다.

"어제는…… 너도 보기 힘들었을 거야. 악몽으로 남지 않았으면 좋겠구나."

톰은 눈가에 주름이 많은 사람이었다. 아마 웃음이 너무 많거나 햇빛을 피하느라 자주 눈을 찡그렸기 때문일 것이다. 말소리를 듣지 않아도 그가 아일랜드 사람이라는 것쯤은 어렵지 않게 짐작할 수 있었다.

사라는 고통에 시달리던 말을 떠올리며 쇠스랑에 기댄 채 물었다.

"어제 그 말은 고통이 심했을까요?"

"쇼크 상태였기 때문에 별로 그렇진 않았을 거야. 사람하고 비슷해. 게다가 수의사가 고통을 덜 수 있게 신속하게 조치해줬어."

"많이 슬프세요?"

그는 어깨를 으쓱했는데, 조금 놀란 눈치였다.

"어…… 아니, 그 녀석은 내 말도 아닌데, 뭘. 난 말 소유자가 아니야. 그냥 여기저기 동물들을 실어 나를 뿐이지."

"말 주인은 슬프겠죠?"

"너무 마음에 담아두지 마라. 물론 쉽진 않겠지만. 그 녀석은 다리가 부실한 변변찮은 경주마였을 뿐이야. 원소유자는 그 녀석을 프랑스 중개인한테 싼값에 팔아버렸단다. 솔직히 말하면 내가 아침에 전화를 걸었을 때 그는 보험금 청구 외에는 별 관심이 없더구나."

사라는 마구간 바닥의 말라버린 흙을 발끝으로 제거하면서 물었다.

"이름이 뭐였어요?"

"말 이름? 어, 이런, 뭐였더라. 갑자기 물으니까⋯⋯."

톰이 위를 올려다보며 기억을 더듬는 듯했다. 그 순간 사라는 그를 제대로 볼 수 있었고, 조금은 간담이 서늘해지는 느낌을 받았다. 그의 왼팔은 진짜가 아니라 피부색과 같은 고무로 만든 의수였다.

"디아블로."

그가 큰 소리로 사라를 쳐다보며 말했다. 사라는 뭔가를 훔쳐보다 들킨 사람처럼 당황해서 얼굴이 벌게졌다.

"아니, 디아블로 블루. 맞아. 그게 그 녀석 이름이야. 재키한테 네가 곧 온다고 얘기할까? 난 칸막이를 고치러 도버로 얼른 가봐야 하거든."

사라는 잠시 생각에 잠겼다. 어쩌면 어제저녁 톰이 재키 부부보다 더 많이 괴로워했기 때문인지도 몰랐다. 혹은 마구간을 지나칠 때마다 말들의 코를 쓰다듬는 그의 손길이나 가짜 손 때문인지도 몰랐다. 하지만 사라는 분명히 느꼈다. 그가 위협적인 존재는 아니라는 것을.

"저도 좀 같이 타고 가도 될까요?"

사라는 외투를 입으며 물었다.

"현금인출기가 있는 데를 가야 되거든요."


서류상으로는 아일랜드에 거주하는 것으로 돼 있지만, 톰 케닐리는 대부분의 시간을 말들을 수송하면서 잉글랜드와 아일랜드, 프랑스를 오가며 살았다. 그는 한때 기수였다고 사라한테 알려주었다. 말을 타다 사고로 한쪽 팔을 잃기 전까지. 그 후 직업을 구하기가 정말 힘들었고, 결국 운송 일을 시작하게 되었다고 했다.

누구나 이 일을 할 수는 없을 거라고 그는 말했다. 말들은 절대 고분고분하게 실리지 않기 때문에 동물을 안전하게 싣고 내리려면 많은 인내심과 차분한 자세가 필요하다고 했다. 또한 말의 심리와 행동을 잘 읽어야 하고 말이 경사로에 오르기 전에 뒤로 물러서며 저항하는 것에 대비해야 하며 화물차에 올라서도 말이 발을 차거나 앞발을 들어 올릴지 어떨지 말보다 먼저 알아채야 한다고 했다. 그는 늙은 말들을 비롯해 경험이 많은 대회 참가용 말, 다리가 탄탄한 경주마 등도 운송했다. 그럴 때에는 식은땀을 흘리며 운전할 정도였다고 했다. 어제저녁 사건이 있기 전까지 6년 동안 일하면서 사망 사건은 단 한 차례였다고 했다. 하지만 그렇다고 그는 자기 일을 포기하지 않았다.

"이 일은 내게 잘 맞아."

톰이 말했다. 두 사람은 칸막이를 용접공한테 맡겼고, 그는 정오 무렵까지 수리해놓겠다고 약속했다.

"난 말들이 좋아. 게다가 내 여자 친구는 아주 독립적인 사람이라 충분한 자유를 줘야 하거든."

"여자 친구도 말을 좋아하나요?"

톰이 활짝 웃으며 말했다.

"많이 좋아하지는 않아. 그 친구는 내 일에는 별 관심이 없어."

"나도 말을 좋아해요."

사라는 얼굴이 빨개져서 말했다.

"저기 현금인출기가 있네."

톰은 화물차를 천천히 몰아 편의점 옆에 차를 댔다. 사라는 앞자리에서 내려 길을 건넜다. 이어서 주머니에서 카드를 꺼내 기계에 넣고 비밀번호를 눌렀다. 톰이 지켜보고 있는지 뒤를 힐끗 돌아본 다음 숨을 죽이고 기다렸다.

이번에는 기계가 강렬한 거부음을 낼 거라는 최악의 상황을 예상했다. 그런데 이럴 수가. 아니었다. 놀랍게도 기계는 자기 의무를 성실히 수행하고 있었다. 사라는 추가로 100파운드를 인출한 뒤 카드와 돈을 주머니 깊숙이 넣었다. 할아버지한테 조용히 용서를 빌었고, 맥과 너태샤한테도 깊이 사죄했다. 사라가 다시 길을 건너려고 할 때 창유리에 빨간 테를 두른 낡은 공중전화 부스가 눈에 띄었다. 톰은 신문을 읽고 있는 듯했다. 사라는 얼른 부스 안으로 들어갔다가 지독한 소변 냄새에 코를 찡그렸다. 다행히 카드 사용이 가능해서 번호를 눌렀다.

연결음이 여러 번 울렸지만 받지 않아서 포기하려는 순간, 딸깍 소리가 울렸다.

"뇌졸중 병동입니다."

"라샤펠 씨와 통화하고 싶은데요?"

지나가는 화물차의 소음 때문에 사라는 소리를 질러야 했다.

"누구요?"

"라샤펠 씨요."

다시 한쪽 귀를 막고 말했다.

"저 사라예요, 손녀요. 할아버지한테 연결 좀 해주시겠어요? 4호실이에요."

잠시 침묵이 있었다.

"잠깐만 기다려요."

사라는 좁은 부스 안에 서서 분주한 도로를 멍하니 바라보았다. 운전석에 앉아 기다리던 톰이 사라가 있는 곳을 쳐다보며 천천히 해도 된다는 듯 고개를 끄덕였다.

"안녕, 사라. 나 도슨 간호사야. 전화는 연결해주겠지만 한 가지 말해 둘 게 있어. 할아버지 상태가 좀 안 좋아지셨어. 그쪽에 소음이 있으면 할아버지가 무슨 말을 하는지 알아듣기 힘들 거야."

"지금은 어떠세요?"

선뜻 대답이 나오지 않자 사라는 가슴이 철렁했다.

"몇 시쯤 올 수 있니? 너랑 네 위탁 부모님 모시고 얘기 좀 나눠야 할 것 같은데."

"지금은 갈 수 없는데."

사라는 기어들어가는 소리로 말했다.

"오늘은 갈 수 없는데요."

"할 수 없지. 어, 할아버지는…… 그런대로 괜찮으셔. 하지만 말씀은 제대로 못 하실 거야. 너도 크게 얘기해야 해. 연결 상태가 별로 좋지 않구나. 아무튼 할아버지 바꿔줄게."

발소리에 이어 문이 끼익 하고 열리는 소리가 들려왔다. 이어서 작게 들리는 말소리.

"라샤펠 씨, 손녀 전화예요. 전화기 귀에 대드릴게요. 괜찮죠?"

사라는 잠시 숨을 가다듬고 말했다.

"할아버지?"

아무 말이 없었다.

"할아버지?"

긴 침묵만 이어졌다. 어떤 소리가 들린 것도 같았다. 지나가는 차들 소리에 알아듣기도 힘들었다. 사라는 다른 귀를 더 세게 막았다. 간호사가 다시 끼어들었다.

"사라, 할아버지는 듣고 계시니까 지금은 네 얘기만 하는 게 좋겠다.

대답하기 힘드시니까 기대하지 말고."

사라는 침을 꿀꺽 삼키고 다시 말했다.

"할아버지? 저 사라예요. 오늘은 갈 수가 없어요."

또 소음이 지나간 뒤, 차분하게 격려하는 간호사의 음성이 들렸다.

"할아버지는 네 말을 듣고 계셔, 사라."

"할아버지, 저 지금 도버에 있어요. 부를 빼내 와야 했어요. 그렇게 유리한 상황은 아니에요. 말씀드릴 게 있어서 전화했어요."

사라의 목소리가 갈라졌다. 사라는 눈을 감은 채 평정을 유지하려고 애썼다. 지금 자신의 감정을 할아버지에게 알리고 싶지는 않았다.

"우린 소뫼르로 갈 거예요. 저랑 부요. 우리가 언제까지 떨어져 있어야 하는지는 저도 모르겠어요."

사라는 기다렸다. 무슨 말이라도 듣고 싶어서, 할아버지의 반응을 예상해보면서. 대답을 들을 수 없다는 것은 고통스러울 정도로 답답한 일이었다. 그 속에 담긴 수많은 뜻을 읽어내야 했다. 시간이 길어질수록 의지는 줄어들 수밖에 없었다.

"미안해요, 할아버지."

사라는 크게 소리쳤다.

"하지만 저도 이럴 수밖에 없었어요. 할아버지는 알죠? 할아버지는 절 이해해줄 수 있죠?"

사라는 더 이상 참지 못하고 울기 시작했다. 뜨거운 눈물방울이 콘크리트 바닥과 사라의 발 위에 후두두 떨어졌다.

"부를 지키고 제가 안전해지기 위해서는 이 방법밖에 없었어요. 제발 용서해줘요."

사라는 속삭이듯 말했다. 할아버지가 알아듣기 힘들다는 것을 알면서도. 그래도 할아버지는 여전히 말이 없었다. 사라는 간호사가 다시 전화를 받을 때까지 소리 죽여 울었다.

"하고 싶은 말은 다 한 거니?"

간호사가 밝은 목소리로 물었다.

사라는 소매로 코를 문질러 닦았다. 누워 있는 할아버지의 모습을 선명하게 떠올릴 수 있었다. 불안한 얼굴로 분노를 억누르고 있는 모습을. 비록 아주 먼 곳에서 앓아누워 계시지만 사라는 차가운 비난의 눈빛을 느낄 수 있었다. 할아버지가 어떻게 이해해주겠는가?

"사라? 내 말 듣고 있니?"

사라는 코를 훌쩍이며 말했다.

"네, 듣고 있어요."

크게 소리를 내려니 목소리가 점점 부자연스러워졌다.

"화물차 한 대가 지나갔어요. 공중전화 부스에 있거든요."

"어, 네가 뭐라고 하는지 정확히는 안 들리지만 할아버지가 내게 말을 전하라고 하시는구나."

사라는 자꾸만 눈물이 고여서 두 눈을 지그시 감았다.

"할아버지가 '잘했다'고 하시는구나."

짧은 침묵이 지나갔다.

"뭐라고요?"

"분명히 그러셨어. '잘했다'고. 지금 내게 고개도 끄덕이셨어. 그럼 조만간 보자."


다시 화물차에 오른 사라는 붉어진 눈시울을 감추기 위해 고개를 창쪽으로 돌렸다. 머리카락으로 얼굴을 비스듬히 가린 채 차에 시동 소리가 들리기를 기다렸다.

'잘했어.' 할아버지의 소리 없는 이 말이 귓가를 쟁쟁 울렸다.

톰은 좀처럼 시동을 걸지 않았다. 결국 사라는 그를 돌아보았다. 그는 사라를 계속 지켜보고 있었다.

"좋아. 얘야, 무슨 일인지 나한테 말해주겠니?"

사라는 목소리를 차분하게 가다듬고 말하기 시작했다. 그날 아침 내내 머릿속에서 연습한 이야기를. 별다른 표정을 짓지 않고 되도록 눈을 맑게 빛내면서.

"프랑스로 간다고?"

톰이 사라의 말을 반복해서 물었다.

"후원을 받으러 프랑스로 간다고? 뇌졸중 환자들을 위한 기금을 모으기 위해. 그런데 넌 아직 서류들을 준비하지 못했다고."

"도버에서 그것들을 받을 수 있을 거라 생각했어요. 어떻게 하면 좋은지 물어봐도 될까요?"

두 사람은 노변 카페에 앉아 있었다. 톰은 사라에게 머핀과 차를 사주었다. 접시에 놓인 머핀은 비닐 포장지에 쌓여 있었는데, 눅진하게 굳은 상태였다.

"그럼 혼자서 여행 중인 거야?"

"전 혼자서도 잘 다녀요."

"그래 보이긴 해."

"절 도와줄 수 있으세요?"

그는 의자에 등을 기대고 앉아 한동안 사라를 살펴본 뒤 미소를 지었다.

"이렇게 하면 어떨까, 사라. 내가 널 후원해줄 테니까 네가 가지고 있는 후원서를 나한테 주렴."

사라는 휘둥그레진 눈으로 주변을 힐끗힐끗 쳐다보았고, 톰은 그런 사라를 지켜보고 있었다.

"제 생각엔……. 저, 가방을 놔두고 왔는데요."

"아무튼 그런 방법도 있다는 거야."

"부의 여행 서류를 어떻게 발급받으면 되는지 알려주실래요?"

톰은 말을 할 것처럼 하다가 멈추고 창밖으로 시선을 돌렸다. 지붕 위 짐칸에 잔뜩 짐을 실은 자동차들이 페리 선착장을 향해 줄을 지어 나아가고 있었다. 사라는 눅눅해진 머핀의 포장지를 만지작거렸다. 포장지엔 유통기한도 적혀 있지 않았다. 모르긴 해도 3주는 훨씬 지났을 것 같았다.

"내게도 너랑 비슷한 또래의 의붓딸이 있단다."

톰은 조용히 얘기를 꺼냈다.

"그 아이는 네 나이 때 자주 곤경에 빠지곤 했어. 주로 모든 걸 마음에 담아두고 자기 혼자 문제를 해결할 수 있을 거라 생각했기 때문이지. 결국."

그는 쓴웃음을 지으며 잠시 기억에 잠겼다.

"결국 우린 그 아이를 설득했지. 아무한테도 말하지 않는 것보다 더 나쁜 건 없다고. 그렇지 않을까?"

하지만 톰이 틀렸다고 사라는 생각했다. 맨 처음에 자신이 이런 혼란에 빠지게 된 건 사실을 곧이곧대로 말했기 때문이었다. 만약 첫날 저녁에 자신이 너태샤에게 사실대로 말하지 않았더라면…….

"사라, 너도 지금 곤란한 처지에 있는 거지?"

사라는 최대한 무표정한 얼굴을 지어 보였다. 그러면서도 동시에 사과해야 할 것 같은 기묘한 감정에 빠졌다. 하지만 사라는 이렇게 주장하고 싶었다. 좋은 의도라도 결과적으로 해를 끼칠 수 있다는 점을 이해할 필요가 있다고.

"말씀드렸잖아요."

사라는 차분한 목소리로 말했다.

"승마 후원을 받으러 간다고요."

톰은 입술을 오므렸다. 불편한 표정이라기보다는 약간 체념한 듯한 표정이었다. 그는 커피를 한 모금 마시고 말했다.

"재키가 지난밤에 널 재워주길 꺼려했던 건 알지? 재키한테는 문제를 직감하는 능력이 있어."

"전 숙박비를 지불했어요."

"그랬겠지."

"전 다른 사람들과 다르지 않다고요."

"물론. 다만 말을 데리고 바다를 건너야 하는데, 수송 차량을 구하지 못한 십 대 소녀지."

"말했잖아요. 전 요구하는 대로 돈을 지불할 수 있다고요."

"그래, 나도 네가 그럴 수 있다고 믿는다."

"그런데요."

사라는 톰이 얼른 고개를 들고 말해주길 기다렸다. 그는 무슨 흥미로운 그림을 보듯 커피를 뚫어져라 내려다보고 있었다.

"그 카드를 나한테 맡기는 게 어떨까?"

"뭐라고요?"

"돈을 인출할 때 사용한 카드 말이야."

"현금으로 드릴게요."

사라는 배 속이 뒤틀리는 것을 느꼈다.

"카드로 받는 게 좋겠구나. 내가 널 도와주려면. 별일은 아니야."

두 사람의 눈이 마주쳤다.

"물론 네 이름과 그 카드에 적혀 있는 이름은 다르겠지만."

사라는 접시를 밀치고 자리에서 일어났다.

"그거 알아요? 전 그냥 차를 얻어 탈 필요가 있었다고요. 절 태워줬다는 이유로 제 일에 간섭하려고 하지 마세요. 이러쿵저러쿵 따지는 사람은 별로예요. 절 도와줄 생각이 없다면 가만히 내버려두시라고요."

그렇게 말한 뒤 사라는 문을 열고 나갔고, 주차장을 가로질러 큰길로 성큼성큼 걸어갔다.

"얘야, 얘야."

톰이 뒤에서 사라를 부르는 소리가 들렸다.

사라가 돌아서지 않자 톰이 큰 소리로 말했다.

"수의사 없이는 서류를 얻을 수 없어. 며칠, 아니 몇 주가 걸릴 거야. 게다가 서류에 서명할 수 있으려면 열여덟 살이 돼야 해. 내가 보기에 사라, 넌 아직 그 나이가 안 된 것 같은데. 그리고 재키가 얼마나 오래 널 받아줄지도 모르겠다. 네가 아무리 마구간 청소를 열심히 한다 해도. 그러니 다시 한번 생각해봐."

사라가 걸음을 멈췄다.

"내 생각엔 집으로 돌아가는 게 좋을 것 같다."

그는 온화한 표정으로 말했다.

"너도, 네 말도."

"하지만 안 돼요. 전 갈 수 없어요."

사라는 두려운 생각에 눈물이 왈칵 솟구쳤고 눈을 깜박이자 그대로 흘러내렸다.

"전 아무것도 잘못하지 않았어요. 나쁜 아이가 아니에요. 하지만 돌아갈 순 없어요."

톰이 계속 사라를 빤히 쳐다보았다. 사라는 시선을 떨구어 그 눈길을 피했다. 마치 모든 걸 꿰뚫어보는 듯했다. 뭐가 정직하지 못하고 뭐가 약한지. 그렇지만 몰티즈 샐하고는 달라 보였다. 동정과 연민이 담겨 있는 눈빛이었다.

"정말 꼭 가야 해요."

차들이 도로 위를 빠르게 획획 지나갔다. 이렇게 속도를 올려도 되나 싶을 정도였다.

"자세한 건 말씀드릴 수 없지만 전 꼭 프랑스에 가야 해요."

사라는 바닷바람이 얼굴을 때리는 차가운 주차장에 서 있었다. 재킷을 차에 두고 내린 탓에 한기를 막을 방법이 없어 두 팔로 몸을 감쌌다. 톰은 사라를 좀 더 노려보고 나서 발길을 돌렸다. 자기 화물차로 몇 걸음 옮기는가 싶었는데, 멈춰 서서 다시 사라에게 돌아와 말했다.

"그러면…… 만약 내가 도와주지 않겠다고 하면 어떻게 할 거니?"

"다른 사람을 찾아봐야죠."

사라가 도전적으로 말했다.

"절 도와주겠다는 사람이 있을 거라고 생각해요."

"그게 바로 내가 걱정하는 부분이다."

그는 체념하듯 중얼거리고는 잠시 생각에 잠겼다.

"좋아, 내가 널 프랑스로 가게 해줄 수 있을지도 모르겠구나. 너와 네말. 대신에 나한테 말해야 한다. 그게 거래 조건이야, 사라. 무슨 일이 있었는지 얘기하면 도와줄게."

'디아블로 블루'는 좀처럼 경사로 위로 걸어가려 하지 않았다. 힝힝
거리면서 앞발을 자꾸 아래로 내리려 했고 눈동자는 하얗게 번뜩였다.
목은 활처럼 휘고 근육이 팽팽하게 긴장되어 있었으며 귀는 연신 앞뒤
로 팔락거렸다. 톰이 다리에 감아준 푹신한 붕대가 불편한지 거북한 자
세로 움직이며 계속 발을 헛디뎠다.

그래도 톰은 당황하지 않았다. 디아블로 옆에 조용히 서서 말이 움직
이기를 거부하면 부드럽게 말해주고, 말이 뒤로 물러나지 않는 순간을
놓치지 않고 줄을 길게 조절해 긴장을 풀어주었다. 사라한테는 굴레를
씌우게 도와달라고 하면서 사라가 말을 달래는 동안 머리 위에서부터
두 귀와 양옆으로 조심스럽게 줄을 내렸다.

"말이 뒷걸음치면 긴장하고 있다는 증거야."

톰이 설명했다.

"우리가 잘못 다룬 결과이기도 하지. 그래도 그건 수송 차량의 생소
한 기계장치들보다야 낫지. 휴, 이제 됐어. 너무 걱정 마라. 이제 천천히
해도 되겠다."

"재키 아줌마가 1시 반쯤 돌아오신다고 했는데요."

"어, 우린 그보다 훨씬 전에 가게 될 거야."

톰은 경사로에 앉아 쉬면서 손으로 말의 코를 쓰다듬었다. 세상 모든
시간이 다 제 것인 양 여유로운 몸짓이었다.

하지만 사라는 톰처럼 마음이 편하지 않았다. 재키는 이것저것 캐묻
고 설명을 요구할 것이다. 더 나쁠 경우 톰을 설득하려 할지도 모르고
그 결과 톰이 다른 결정을 내릴지도 모르는 일이었다.

"아줌마는 사료 가게에만 들렀다 오실 거예요. 제가 한번 해보는 건 어떨까요?"

"아서라."

톰이 고개를 저었다.

"넌 지금 너무 긴장해 있어. 사실 네가 저기 서 있다고 해서 도움될 건 없으니까 차에 가서 앉아 있어."

"아니, 전……."

"차에 가 있어. 금방 끝날 거야."

톰의 말투로 보아 더 얘기해봤자 소용없을 것 같았다. 이미 화물차에 실린 다른 말들은 불안하게 힝힝거리며 울어댔다. 그중 한 녀석은 건초 한 가닥을 잡아당기더니 칸막이 위로 갈색 머리를 내밀며 바깥의 동정을 살폈다. 사라는 걱정스럽게 뒤를 힐끗거리며 톰이 매어놓은 줄 끝의 커다란 갈색 말을 돌아본 다음 화물차 앞쪽으로 걸어갔다. 사라는 조수석 자리에 올라탄 뒤 주머니에 손을 넣어 카드를 만지작거렸다.


"일 처리하는 데 얼마나 쓸 수 있지?"

톰이 물었을 때 사라는 그를 잘못 판단한 건가 두려운 생각이 들어 뒤로 주춤 물러섰다.

"잠깐만 카페로 다시 가서 얘기 좀 하자."

사라는 경멸의 눈초리로 혹시 사기꾼이 아닐까 그를 찬찬히 살폈다. 톰은 재킷 호주머니에서 휴대전화를 꺼내 어딘가로 전화를 걸었다. 두 사람은 아까와 같은 테이블에 앉았다. 비닐로 포장된 눅진한 머핀이 테이블에 그대로 놓여 있었다.

"클라이브? 나야, 톰 케닐리. 말들 관련해서 할 얘기가 있어서."

사라는 톰 맞은편에 조용히 앉아 기다렸다. 톰은 누군지 알 수 없는 남자에게 화물차에 생긴 문제를 설명하기 시작했다. 상대방의 아이들 안부를 묻는 걸 보니 잘 아는 사이 같았다.

"자네한테 이 얘길 안 할 수가 없어서 말이야. 지난번에 말한 보험 처리에 조금 문제가 생겼어. 용접공이 그러는데, 칸막이의 볼트가 빠지면서 구멍이 뚫렸대. 그땐 잘 몰랐거든. 무슨 말인지 알지? 그렇게 되면 자네도 돈이 나올 가능성이 줄고 내 보험금도 치솟게 된다고. 그래…… 그래, 그렇지. 자네 말들 중에 이 디아블로 블루는 말이야, 내가 서류를 뒤져보니 데저트 오키드 연맹에도 등록되지 않았더구먼. 내 말이 무슨 뜻인지 알아들었지?"

톰이 웃었다.

"그게 맞지? 그래. 나도 그 녀석이 좋은 종은 아니라고 생각했지. 나한테 미리 부탁했으면 좋았을 텐데. 이번 건은 현금 보상으로 해결하고 서류 문제를 피하는 게 어떨까? 그게 자네한테도 유리하지 않을까? 여러모로 귀찮은 문제를 피할 수 있을 거야."

그런 다음 톰은 5분 정도 더 수다를 떤 뒤 클라이브한테 책임지고 일을 마무리한 뒤 금요일까지 말 두 마리를 안전하게 데려가겠다고 약속했다. 앞으로도 오랫동안 함께 잘해보자는 인사도 전했다. 마침내 전화를 끊은 뒤 몇 초가 지나자 그의 입가에 남아 있던 결연한 미소가 사라졌다. 그는 휴대전화를 주머니에 집어넣고 말했다.

"됐다. 넌 이제 저 친구의 죽은 말에 대한 대가로 350파운드를 지불해주면 돼. 다시 현금인출기로 가면 그 카드가 임무를 대신해주겠지?"

"무슨 말씀인지……."

"그게 바로 네 말에게 필요한 서류 비용이야."

톰이 말했다.

"하느님이 도와주시기도 했겠지만 그게 바로 네 티켓값이란다."

그 후로도 아주 긴 10분이 더 걸렸다. 그동안 사라는 생살이 드러날 정도로 손톱을 물어뜯었고, 이어서 둔탁하게 툭툭 차는 말발굽 소리와 쿵 하는 소리가 들려오자 드디어 경사로가 올라갔다는 사실을 알 수 있었다. 곧이어 볼트가 당겨지고 안전장치가 제자리에 미끄러져 들어가는 소리도 들려왔다. 운전석 문이 열리고 찬바람이 쑥 밀려들어오면서 톰이 의자에 올라앉았다.

"대체로 말해서 그다지 나쁘지 않아. 다른 두 녀석이 많이 실려 다녀 봐서 디아블로를 도와줄 거야."

그가 활짝 웃으며 말했다.

"이제 한숨 돌려도 돼."

드디어 톰이 시동을 걸었다. 화물차가 진동을 하며 거대한 엔진이 잠에서 깬 듯 낮게 으르렁거렸다. 사라는 안전벨트에 손을 뻗었다.

"재키한텐 쪽지를 남겼니?"

톰이 거울을 조절하며 물었다.

"현금도 같이요. 경로를 바꿔서 딜 쪽으로 갈 거라고 했어요."

"좋아. 자, 이제 가자. 그렇게 긴장하지 않아도 돼. 이 차엔 충격 흡수 장치가 장착돼 있어서 아주 부드럽게 달릴 수 있으니까. 말들에게는 더할 나위 없이 좋지. 우리보다 더 편하게 갈걸. 저 차선 끝에 닿기 전에 네 말도 건초를 먹기 시작할 거야. 내가 장담하지."

사라는 자신이 지금 걱정하는 게 디아블로 블루의 상태가 아니라는 말을 할 수가 없었다. 정말 두려운 것은 세관 공무원들이 서류에 적힌 내용을 너무 꼼꼼히 확인하지 않을까 하는 우려였다. 말에 대해 잘 아는 누군가가 놀라운 사실을 알아채면 어쩌나 하는 염려였다. 여행 서류가 발급되고 나서 3주 만에 말이 5센티미터가 넘게 자랐다는 점을.

"정말 후회 없겠어?"

톰이 물었다.

"너도 알겠지만 지금도 돌아가기에 늦지 않았어. 난 아직도 네 위탁 부모한테 얘기하면 해결책을 찾을 수 있을 거라고 믿고 있거든."

분명 "잘했어"라고 할아버지가 말했다. 간호사가 그 말을 재차 확인해주었다.

"전 가고 싶고, 갈 거예요."

사라는 고개를 끄덕이며 단호하게 말했다.

그러고는 사이드미러를 들여다보았다. 마구간이 조금씩 뒤로 밀려가고 있었다. 현재는 부셰인 그 말이 방수포를 뒤집어쓰고 누워 있는 곳. 그곳에 누워 지역 도축장에서 데리러 올 때까지 기다리고 있을 것이다. 사라의 눈앞 계기판 위에는 통행증과 여행 서류가 든 낡은 서류철이 놓여 있었다.

"알았어."

톰은 바퀴를 크게 돌려 큰길을 향해 화물차를 몰았다.

"너와 디아블로 블루 그리고 나에게도 대단한 여행이 되겠구나."

# 22

카우보이 존은 달걀과 베이컨, 튀긴 빵이 담긴 네 번째 접시를 가지고 자리에 앉아 두 손을 비비적거렸다.

"나쁘지 않아."

그는 냅킨을 옷깃에 밀어 넣으며 말했다.

"고속도로 근처 호텔 음식치고는 괜찮은 편이야."

맥은 커피를 또 한 모금 마시고 말했다.

"아침을 네 접시나 먹는 사람은 처음 봐요."

그러고는 거의 다 떨어져가는 뷔페 음식들을 힐끗 쳐다보았다.

"돈은 다 냈어요."

존이 말했다.

"그러니까 본전을 뽑아야지."

사실 돈은 내가 냈는데, 맥은 들리지 않게 중얼거렸다. 하지만 이렇듯 유쾌한 사람과 함께 있는 것만으로도 위안이 되었으므로 아무 말도 하지 않았다. 호텔 식당 안은 여행자들로 북적거렸다. 통화를 하느라 정신이 없는 영업사원들을 비롯해 음식을 흩뿌리며 먹는 어린아이들을 돌보느라 여념이 없는 엄마들, 슬그머니 신문 뒤로 빠져 있는 아빠들. 때로는 얼굴이 달덩이만 한 동유럽 아가씨가 다가와 커피를 가득 따라주고 가기도 했다. 그러면 존은 또 이렇게 말했다.

"와우, 좋아요! 고마워요!"

존은 오늘 아침에는 원기를 회복한 듯했다. 그는 닳아빠진 갈색 모자를 쓴 채 미소를 머금었고 칼라와 소맷동도 잘 다려져 있었다. 반면에 며칠 동안이나 옷도 못 갈아입은 맥은 스스로 생각해도 너무 초췌한 사람처럼 느껴졌다. 새벽부터 잠이 깬 그는 더 이상 잘 수도 없고 달리 할 일도 없어서 다시 항구 근처로 나가보았다. 햇살이 희미하게 밀려오는 이른 아침부터 페리들이 드나들고 있었다. 머리 위를 선회하는 갈매기들의 쓸쓸한 울음소리도 들렸다. 도대체 사라는 어디에 있는 건지, 순간 맥은 뱃속을 휘도는 두려움에 사로잡혔다.

맥은 8시가 막 지나서 돌아왔다. 방에 들어와보니 창가 의자에 있던 너태샤가 보이지 않았다. 나갈 때만 해도 거기 쪼그려 잠들어 있었는데, 지금은 침대 위에 몸을 웅크리고 누워 있었다. 방 안은 여전히 고요했고, 간간이 복도에서 들려오는 알아들을 수 없는 목소리만이 방 안의 정적을 깨뜨렸다. 너태샤는 호기심 많은 아이처럼 무릎을 턱까지 끌어올린 자세였고, 머리카락이 얼굴의 반을 덮었고, 자면서까지 얼굴을 찡그리고 있었다. 탁자 위에 있던 그녀의 휴대전화는 분주하게 빛이 번쩍거리며 아침 일찍부터 문자가 들어오는 것을 조용히 알렸다. 맥은 혹시 사라한테서 연락이 왔을지도 모른다는 생각에 문자를 확인해볼까 하다가 너태샤를 깨울 수도 있고 사생활을 침해하는 행동 같아서 그만두었다. 대신에 욕실로 가서 거품이 제대로 나지 않는 호텔 비누로 최선을 다해 몸을 씻은 다음 아침을 먹으러 아래층으로 내려갔다. 카우보이 존은 이미 꽤 오래전부터 아침을 먹고 있는 중인 듯했다.

"그래서 오늘 계획은 어떻게 됩니까, 대장?"

존이 튀긴 빵의 한 귀퉁이로 접시에 괸 계란을 싹싹 훔치며 물었다.

"아무 단서도 찾지 못했어요."

"어…… 생각을 좀 해봤는데, 난 사라가 이 근처 어딘가에 있다는 데 돈을 걸겠소. 다른 덴 가지 않았을 것 같아요. 내가 사라를 아는 한은 아니야. 프랑스까지 말을 헤엄치게 할 수는 없잖소. 내가 봤을 때는 프랑스에 가기 위해 말을 맡겨둘 만한 데를 찾으러 다니거나 옴짝달싹 못한다는 걸 깨닫고 어딘가에 머물면서 어떻게 할지 구상 중일 것 같아요."

"하지만 전 사라가 말을 두고 간다는 건 상상하기 힘들어요."

맥은 켄트에서 짧게 머물렀을 때의 일을 떠올렸다.

존이 활짝 미소를 지으며 말했다.

"내 말이 맞을 테니 두고 봐요. 사라는 십중팔구 여기로 와서 머물고 있을 거요. 그러니 경찰에는 아직 신고하지 말고 이 일대를 구석구석 찾아봅시다. 일단 마구간마다 전화를 걸어보고 호텔에도 전화해서 부인의 카드를 사용한 여자애가 있는지 확인해보자고요."

맥은 의자에 깊숙이 앉아 말했다.

"참 수월하게 말씀하시네요."

"원래 최고의 계획은 간단한 법이라오. 달리 대안이 없다면……."

그때 너태샤가 테이블 옆으로 다가왔다. 머리카락은 젖어 있었고, 꼴찌로 일어났다고 비난이라도 받는 사람처럼 조심스럽게 걸어왔다.

"여기."

맥이 의자를 빼주며 물었다.

"커피 마실래?"

"늦잠 자려고 한 건 아니었는데. 나 좀 깨우지 그랬어."

"당신에겐 휴식이 좀 필요하다고 생각했지."

그 순간 맥은 너태샤의 얼굴이 희미하게 번득이는 것을 알아차렸고, 그것을 애써 감추려 한다는 것도 느꼈다. 간밤의 언쟁 때문인지 별 뜻 없는 말도 쉽게 오해를 불러일으키는 듯했다.

"당신 전화기."

너태샤가 휴대전화를 넘겨주며 말했다.

"방에 두고 나갔더라고. 당신 여자 친구가 계속 전화했어."

"아마 오늘 아침에 예정돼 있던 일 때문일……."

맥이 얘기를 시작했지만 너태샤는 이미 음식을 가지러 간 뒤였다.

존이 몸을 앞으로 숙이며 말했다.

"난 다른 생각도 좀 해봤어요."

맥은 그의 말을 귀담아듣지 않았다. 너태샤는 빵 바구니 옆에 서서 휴대전화에 대고 빠르게 말하며 고개를 흔들었다.

"우리가 너무 지나치게 걱정하고 있는 건지도 몰라요."

맥이 다시 테이블을 향해 돌아앉았다.

"사라의 할아버지는 그 말을 아주 잘 훈련시켰다오. 지금까지 내가 본 어떤 말보다 훌륭했지요. 나도 꽤 오랫동안 말을 관리해온 사람인데."

"그래서요?"

"그러니까 그 말과 함께 있으면 사라는 안전할 거란 말이오."

"누구랑 있으면 안전하다고요?"

너태샤가 토스트 한 조각을 입에 문 채 자리에 앉으며 물었다.

"부 말이야. 사라는 부랑 같이 있으면 안전할 거래."

너태샤는 토스트를 접시에 내려놓았다.

"그 말이 뱀의 공격을 막아주기라도 한다는 건가요? 위험이 다가오고 있다고 미리 경고라도 해준다는 건가요?"

카우보이 존은 모자를 뒤로 젖히고 너태샤를 바라본 다음 비난의 눈초리로 맥을 돌아보았다.

"내 말은, 사라가 피하고 싶은 상황을 빨리 벗어나거나 달아날 수 있을 거라는 얘깁니다. 말한테 겁먹는 사람들이 꽤 많거든요. 어린 여자애한테 접근하려는 사람들도 사라를 쉽게 건드리지 못할 거란 말이죠."

존은 식은 커피를 벌컥벌컥 마신 다음 말을 이었다.

"그러니까 사라가 혼자 있을 때보다는 말과 같이 있으면 더 안전할 거란 말입니다."

너태샤는 주스를 조금 마시고 말했다.

"하지만 사라가 말에서 떨어질 수도 있잖아요. 말 때문에 안 좋은 일을 겪게 되거나 말을 훔치려고 하는 사람한테 오히려 공격을 당할 수도 있고."

존은 너태샤를 경계의 눈빛으로 바라보며 말했다.

"와우, 당신은 정말 대단한 정신을 가진 사람이군요. 어떻게 변호사가 됐는지 알 수 있겠어요."

그때 좀 전에 다녀간 젊은 웨이트리스가 테이블 옆에서 머뭇거렸다. 맥은 자신의 잔을 들어 올려주었다. 웨이트리스가 가고 나서 맥은 자신에게 고정된 너태샤의 눈길을 알아차렸다. 결코 호의적인 시선이 아니었다.

"내 생각에 맥, 당신은 차라리 내가 웨이트리스였으면 하고 바라는 것 같아."

"그건 또 무슨 뚱딴지같은 소리야?"

"당신은 영리한 여자를 아주 좋아한다고 말하곤 했던 남자였지. 그러다가 결국 그 '영리한'이라는 단어는 '복잡한'이나 '까다로운'이라는 단어로 바뀌지만 말이야. 그래서 그 순간부터는 스물두 살짜리 웨이트리스나 모델을 좋아하기로 마음먹은 거겠지."

너태샤는 얼굴이 상기되어 말했다.

"거기에 잘못된 점이 있다는 말이지요?"

존이 빙그레 웃으며 말했다.

맥은 커피를 마시며 위안을 찾고자 했다.

"어쩌면 내게 화내지 않는 사람들이 편하다고 느꼈는지도 몰라."

그 말은 너태샤한테 당혹감을 안겨주었다. 맥은 너태샤의 낯빛이 변하는 것을 보고 신경이 쓰였다.

존이 곤란했는지 자리에서 일어섰다.

"당신들을 보면 내가 왜 혼자 지낼 수밖에 없었는지를 알겠어요. 아무튼 무슨 방안이 생기면 전화하쇼. 얼른 달려 내려올 테니."

너태샤와 맥은 존이 한가롭게 식당을 가로질러 가는 모습을 지켜보았다. 너태샤는 토스트를 한 입 베어 문 뒤 접시에 내려놓으며 말했다.

"미안해. 그러지 말았어야 했는데……."

"타슈?"

너태샤가 고개를 들었다.

"우리 사라를 찾을 때까지만이라도 싸우지 않으면 안 될까? 난 이 모든 게…… 너무 소모적이라는 생각이 들어."

너태샤의 얼굴에 살짝 분노가 일렁거리다가 사라지는 게 보였다. '소모적이라고? 이게 내 잘못이라고 생각해?'라고 말하는 듯했다.

"당신 말이 맞아. 말했잖아, 미안하다고."

너태샤가 풀 죽은 목소리로 말했다.

식당을 나가면서 존이 좀 전의 웨이트리스를 향해 모자를 벗어 들었다. 맥은 그가 공손하게 허리를 굽혀 인사하는 모습을 지켜보았다.

"좋아. 당신 계획은 뭐야? 난 아무런 실마리도 못 찾았어."

"사라는 멀리 못 갔을 것 같아."

너태샤가 말했다.

"사라한테 시간을 좀 주는 게…… 4시까지? 만약 그때까지 사라를 찾지 못하면, 좋아, 경찰에 신고하자."


너태샤와 카우보이 존은 매표소 바깥 벤치에 앉아 있었다. 두 사람 다 바람을 막을 요량으로 머리를 외투 안쪽으로 잔뜩 움츠리고 있었고, 머리 위에서는 갈매기들이 새된 소리로 울고 있었다. 그날 아침, 그들은 호텔 방에서 잉글랜드 남쪽 대부분의 호텔과 마구간에 전화를 돌렸고, 초조와 불안을 참을 수 없어 밖으로 나왔다. 시간은 느릿느릿 흘러갔고, 시간이 흘러도 사라의 행방이 오리무중 상태에서 한 치도 벗어나지 못하자 불안감은 점점 더 커져갔다. 두 사람은 삭막한 이동식 가건물 옆에 앉아 승객들이 꾸준히 드나드는 모습을 지켜보았다. 그들은 버스에서 내려 티켓을 구입하러 가거나 단순히 화장실을 이용하기 위해 매표소를 들락거렸다. 때때로 벤이 이것저것 묻기 위해 전화를 걸어왔고 가끔 리처드가 전화를 하기도 했다. 너태샤는 소리를 질러가며 대답했지만 세찬 바닷바람에 허무하게 흩어져버리곤 했다. 카우보이 존은 중간중간 일어나 아스팔트길 위를 왔다 갔다 하면서 태연하게 담배를 피워댔고 앙상한 손으로 모자를 눌러쓰기도 했다.

"여기서 이러고 있어봤자 소용없다니까요."

존이 바다를 향해 시선을 돌리며 말했다.

너태샤는 그 말을 별로 귀담아듣고 있지 않았다. 대신에 좀 전에 린다한테서 들은 얘기를 떠올리고 있었다. 전날 저녁 파트너 회의에서 코너가 너태샤를 변호해주었는지 묻자 린다는 이렇게 대답했다.

"그러는 것 같았어요."

하지만 그녀의 말투로 보아 코너가 적극적으로 변호하지는 않았다는 것을 알 수 있었다.

"묘하게도 변호사님을 정말 옹호해주신 분은 해링턴 씨였어요. 변호사님의 전략이…… 꽤 획기적이었다고 말씀하셨거든요."

너태샤가 그런 소식에도 그다지 기뻐하지 않자 린다는 약간 의외라는 눈치였다.

그날 아침에 있었던 재판은 순조로운 편이었다고 했다. 리처드가 주치의에게 질문했고, 해링턴이 법정 회계사에게 질문을 던져 재정적 손실을 주장하는 페르시 씨의 주장을 날카롭게 비판했다고 했다. 벤은 페르시 씨가 충격을 받은 듯했다고 전했고, 내일쯤 해링턴이 합의를 제안해볼 것 같다고 했다. 너태샤는 훌륭한 성과가 있었다고 벤에게 말하면서도 마음속에서 꿈틀거리는 부러움과 상실감을 애써 억눌러야 했다.

그때 맥이 손바닥을 몇 번 마주치며 두 사람을 향해 걸어왔다. 그의 앞머리가 바람에 밀려 위로 솟구쳤다. 그를 보고 있자니 너태샤는 자신의 꾸깃꾸깃해진 정장과 퀴퀴한 냄새가 나는 블라우스가 자꾸만 신경이 쓰였다. 법정에 섰던 신발을 그대로 신고 도시를 헤매고 다녔더니 발도 몹시 아팠다. 사라를 바로 찾지 못하면 새 옷과 편한 신발부터 사야겠다고 생각했다.

"아무 흔적도 없어?"

너태샤는 고개를 흔들었다.

"말을 보았다는 사람이 아무도 없어. 하지만 어제 오후 매표소 직원들하고는 다르대. 교대 근무 중인가봐. 근데 데이터 보호법 때문에 승객 목록은 보여줄 수가 없대."

맥은 작은 소리로 욕설을 내뱉었다.

"신용카드 회사에서도 연락이 없어?"

"그건 아직 좀 더 기다려봐야 돼. 사용하고 처리되려면 보통 몇 시간 걸리니까."

세 사람은 이제 더 이상 다른 방법이 생각나지 않았다. 뚜렷한 계획이 서지 않자 전날의 절박함은 서서히 사라지고 침울한 기분이 그 자리를 대신했다.

그날은 시간이 매우 더디 흘렀다. 그들은 쪼개져서 교대로 책임을 맡았다. 일부는 도버 주변을 차를 이용하거나 걸어 다니면서 사라를 수소문했고, 나머지는 호텔 방에 남아 전화번호부에 나온 번호로 여기저기 전화를 돌렸다. 캐슬 스트리트의 한 과자점 주인이 말을 타고 가는 여자애를 보았다고 호언장담했지만 그 이상의 정보는 주지 못했다. 맥은 갈수록 깊은 좌절에 빠졌지만 그래도 포기하지 않고 길 가던 사람들과 가게 주인들, 페리 직원들에게 열심히 묻고 다녔다. 카우보이 존은 호텔 방으로 돌아가 전날 저녁에 전화해본 호텔들에 다시 전화를 걸어 물어보았고 그러다가 깜박깜박 졸기도 했다. 너태샤는 길을 다니면서도 회사에서 걸려오는 전화에 일일이 응답해주었고 결국 오늘밤에도 돌아가기 힘들 것 같다고 설명했다. 그녀는 축축한 도버 거리를 걸으며 서서히 몰려오는 절망감과 싸웠다.

세 사람은 6시에 선착장 근처에 있는 술집에서 만나기로 한 터였다. 너태샤는 호텔에서 저녁을 먹고 싶어했으나 존은 깔끔하게 치워놓은 답답한 방구석에 1분이라도 더 있다가는 머리가 돌아버리고 말 거라고 하소연했다. 변화하는 유행 따위에는 전혀 관심이 없어 보이는 술집 안에는 맥주와 찌든 담배 냄새가 풀풀 났다. 자리에 앉자마자 존은 안정을 느끼는 듯했다.

"바로 이거지."

마치 제집처럼 편안한 곳을 찾은 듯, 그는 닳아빠진 벨루어 의자를 두드렸다.

너태샤는 두 남자가 가운데 바로 갈 때까지 기다렸다가 전화번호를 눌렀다. 그러고는 자리에 앉아 다른 손으로 나머지 귀를 틀어막았다. 머리 위에서 스포츠 경기 결과를 알리는 텔레비전 소음을 막기 위해서였다. 연결음이 여덟 번 울릴 때까지 대답이 없었다. 너태샤는 그가 발신번호를 보고 전화를 받을지 말지 결정하지 못하고 있을 것이라고 생각했다.

"코너?"

"그래."

"잘 지내고 있는지 궁금해서."

"사라는 찾았어?"

"아니, 아직."

"어디쯤 있는 거야?"

"도버야. 분명히 이쪽으로 온 것 같은데, 우린 아직 못 찾고 있어."

말을 내뱉고 나서 너태샤는 '우리'라는 단어를 쓰지 말걸 하는 후회
가 들었다.

"그렇군."

긴 침묵이 이어졌다. 너태샤는 뒤를 돌아 맥이 여자 바텐더와 얘기를
나누는 모습을 힐끗 보았다. 어쩌면 존과 함께 이곳에서 무엇을 하고
있는지 설명하고 있는 건지도 몰랐다. 여자가 눈썹을 치켜올리며 고개
를 저었기 때문이다. 지난 스물네 시간 동안 지겹도록 지켜보아야 했던
반응이다.

"코너?"

"그래."

"난 그냥 궁금해서⋯⋯."

너태샤는 손가락으로 머리를 쓸어 넘기며 말했다.

"우리 사이가 아직 괜찮은 건지 확인하고 싶었어. 난 상황을 이대로
내버려두는 게 마음에 걸려."

잠시 뜸을 들이던 코너가 대답했다.

"우리 사이가 괜찮은지 확인하고 싶다고?"

"그런 식으로 일을 떠안기고 와서 미안해. 하지만 난 모든 걸 다 맥한
테 맡길 수가 없었어."

텔레비전 소음이 컸지만 그의 숨소리를 똑똑히 들을 수 있었다.

"당신은 아직도 모르는 거야?"

"그 일에 대해선 설명했잖아. 해링턴 씨가 오늘 재판을 잘 마무리했
다는 얘기도 들었어. 내가 거기 없어도⋯⋯."

"아니, 당신은 몰라."

그의 말투가 다소 부드러워졌다.

"뭘 말이야?"

"한 번이 아니야, 너태샤. 한 번이 아니라고. 이와 비슷한 일로 당신 일이나 생활을 집어던지려 할 때마다 당신은 나한테 도움을 요청한 적이 없었어."

"뭐라고?"

"나한테는 도움을 요청할 생각조차 안 했잖아. 한 번도. 그게 무슨 뜻인지 알아?"

맥은 지금 바텐더 여자와 얘기를 나누며 웃고 있었다.

"난 당신이 그런 말을 할 거라곤 생각도……."

너태샤가 말했다.

"당신은 그럴 생각조차 안 했어. 당신과 맥에게 무슨 일이 일어나고 있는지는 모르겠지만 난 자신의 감정에 대해서조차 솔직하지 못한 사람과 어울리고 싶지 않아."

"그런 말이 어디 있어. 난……."

하지만 코녀는 이미 전화를 끊은 뒤였다.


사라는 빵 한 조각을 공중에 흔들어대며 말했다. 큰 목소리로 영어를 말하는 게 주변 테이블에 앉아 있는 프랑스 손님들의 주목을 받는다는 사실을 의식하지 못하는 듯했다.

"그 사람들은 형제애 같은 게 있었대요. 그리고 검정색 모자와 제복을 착용했다고 해요."

"글쎄, 그건 그냥 유행의 문제겠지."

톰이 놀리듯 말했다.

사라는 그의 말은 별로 신경 쓰지 않고 말을 이었다.

"그리고 그 사람들은 자기 말들한테 어떤 동작을 하도록 시킬 수 있었대요. 대략 한 걸음 넓이의 의자를 뛰어넘기도 했대요. 의자를 뛰어넘는 게 얼마나 어려운 일인지 아세요?"

"상상할 수 있지."

"할아버지는 항상 말씀하셨죠. 카드르 누아르에 가고 나서야 인생에서 처음으로 사람들의 이해를 받는 게 어떤 건지 알았대요. 마치 자기 나라 말을 하는 몇 안 되는 사람들이 한곳에 모여 사는 것 같은 기분이 들었대요."

"그 기분 나도 알지."

"그 사람들은 아주 열심히 배우고 익혔대요. 할아버지는 아침 6시부터 말을 타기 시작해서 여러 말로 여러 동작을 훈련하느라 하루 종일 말을 탈 때도 있었대요. 사람들마다 기초에서부터 고등마술까지 수준도 천차만별이었고요. 거기 있는 말들도 모두 다양한 동작을 철저히 연마해야 했죠. 할아버지가 좋아했던 말은 카프리올을 가장 잘 소화해냈다고 했어요. 그게 뭔지 아세요?"

"아니."

사라는 볼을 불룩하게 한 뒤 말했다.

"말이 할 수 있는 가장 어려운 동작 가운데 하나예요. 전투 동작에서 유래한 거래요. 수천 년은 거슬러 올라가나봐요. 말이 앞다리를 끌어당겨 높이 뛰어오르면서 뒷다리를 수평으로 걷어찬 뒤 원래의 자리로 부드럽게 착지하는 동작이에요. 전 그게 전장에서는 어떤 모습이었을지 자주 상상해보곤 했어요. 말이 공중으로 뛰어오르면서 누군가를 찌르는 거잖아요. 와우!"

그러면서 말이 뒷다리를 걷어차는 모습을 흉내 냈다.

"무시무시하네."

"아무래도 효과가 좋았던 게 틀림없어요. 아니면 그 동작이 이렇게 오랫동안 유지되고 전해질 리가 없잖아요."

사라는 자기가 계산을 하겠다고 우겼다. 톰은 훔친 신용카드로 저녁을 얻어먹는 게 영 마음이 불편했지만 사라는 할아버지가 회복되시면 전부 갚을 거라며 그를 안심시켰다. 하긴 지금으로서는 사라를 믿어주지 않을 도리가 없었다.

두 사람이 프랑스에 도착해 고속도로를 달리고 있었을 때 사라는 점점 활기를 띠기 시작했다. 수다스럽고 확신에 찬 모습은 전날 저녁의 조용하고 수심이 가득한 모습과는 영 딴판이었다.

"할아버지의 친구인 존 아저씨는 항상 우리가 서커스 묘기를 부린다고 하시지만 그건 묘기가 아니에요. 그 동작들을 직접 보면 아저씨도 이해하실 수 있을 거예요. 말들은 그 동작을 하고 싶기 때문에 하는 거예요. 스스로 하고 싶도록 말들을 훈련시키기 때문이에요. 그런 경우에는 심한 긴장이나 압박감 없이 동작을 수행하게 돼요. 그런 이유로 말들은 정말 천천히 차근차근 실력을 향상시키게 되고 그 결과 별 저항 없이 자기들의 임무를 이해하게 되는 거예요."

사라는 초콜릿 무스를 한 입 가득 떠 넣고 말을 이었다.

"이런 게 단순히 경주를 위해 말을 훈련하는 방법과 같다고 할 수 있겠어요?"

톰은 커피가 거의 목에 걸린 것처럼 캑캑거리며 대답했다.

"아니, 아니, 정말 아니지."

휴게소 카페 문이 열리면서 또 다른 프랑스인 가족이 들어왔다. 엄마는 두 아이에게 뷔페 음식들을 가리키며 먹고 싶은 것들을 가져오라고 말하는 듯했다.

"그럼 할아버지랑 단둘이 산 지 얼마나 된 거야?"

"4년이요."

"엄마하고는 전혀 연락도 안 하고 지내니?"

"엄마는 할머니보다도 먼저 돌아가셨어요."

"안됐구나."

"아니에요. 제 말이 너무 냉정하게 들릴지 모르겠지만…… 엄마는 늘 문제를 일으키는 사람이었어요. 엄마가 떠났을 때 전 아주 어렸어요. 전 할머니가 그리울 뿐이에요."

사라는 발을 안쪽으로 밀어 넣고 초콜릿 한 조각을 잘랐다.

"할머니와 할아버지는 정말 행복하게 사셨어요. 엄마가 별로 그립지 않다고 하면 사람들은 믿지 않지만 전 정말 단 하루도 엄마가 그리운 적이 없었어요. 엄마와 함께 지냈을 때를 생각하면 기분이 우울해져요. 많은 걸 기억하지는 못하지만 무서웠던 기억이 나요. 할머니, 할아버지 하고 같이 살게 된 다음부터는 한 번도 무섭지 않았어요."

사라는 프랑스 시골 지역을 가리키며 말했다.

"전 할아버지를 이곳으로 모셔올 거예요. 말씀드렸지만 저흰 11월에 여기로 오려고 했었어요. 할아버지도 정말 기다렸어요. 하지만 그 무렵 할아버지가 뇌졸중으로 쓰러졌고 모든 게……."

사라는 한동안 말이 없었는데, 심란한 마음을 추스르는 듯했다.

"내가 여기 온 걸 알면 할아버지한테도 힘이 될 것 같아요. 다시 건강해져서 여기 오면 정말 행복해하실 거예요."

"넌 아주 자신감이 넘쳐 보이는구나."

"할아버지는 프랑스에서 최고의 기수들 가운데 한 사람이었어요. 할

아버지는 말이 공중에 뛰어오르게 할 수 있었고, 가능할 것 같지 않은
일들을 해낸 분이세요."

사라는 초콜릿 조각을 입에 넣었다.

"지금 해보고 싶은 건 일단 수십 킬로미터쯤 말을 달리는 거예요."

톰은 사라를 물끄러미 바라보았다.


너태샤는 휴대전화를 탁 눌러 끄면서 욕설을 늘어놓았다. 밤이 어두
운 가운데 세 사람은 자동차 공장과 별 특징 없는 사무실 건물이 즐비
한 도시 공업지구의 현금인출기를 확인하고 막 돌아와 도버 주변을 정
처 없이 돌아다니고 있었다. 신용카드 회사에 따르면 그곳은 현금이 인
출된 마지막 장소였다. 아주 가까워진 듯한데, 여전히 사라의 흔적을
찾을 수가 없자 작은 차 안에 감도는 긴장감이 서서히 상승하는 것이
느껴졌다. 앞서 다짐한 것처럼 경찰에 신고하자는 말을 꺼내는 사람은
아무도 없었다. 사라가 가까이 있다는 사실을 알고 있었기 때문이다.
자그마한 플라스틱 조각이 그 사실을 입증해주었다. 그런데 말을 탄 여
자애가 왜 그런 장소까지 가게 된 것일까?

너태샤는 카우보이 존을 향해 돌아앉으며 물었다.

"사라의 할아버지는 어떻게 지금의 거주지에 살게 되었는지 얘기 좀
해주세요. 그게 잘 이해가…… 어, 그리 바람직한 동네도 아니잖아요?"

"어떻게 그런 장소에서 살기 시작했는지 궁금하다는 거죠?"

맥이 어깨를 으쓱하며 말했다.

"우린 그분이 말을 잘 다루는 아이로 손녀를 기르려고 했다는 점을
빼면 아무것도 모르니까요."

존은 흡족한 표정으로 거드름을 피우며 의자에 편히 기대앉았다.

"알았어요. 앙리 라샤펠에 대해 얘기해주죠. 앙리는 그리 넉넉지 못한 농가에서 태어났소. 아버지가 꽤 문제가 많은 사람이었던 모양이에요. 젊어서 일찌감치 집을 나와 군대에 갔다고 합니다."

너태샤는 존이 이야기하는 것을 좋아하고 남의 이야기도 잘 듣는 그런 사람이라고 생각했다. 맥도 사람들이 살아가는 이야기를 듣는 것을 좋아했다. 사진 관련된 일을 하면서 몸에 밴 습관이기도 했다.

"군대에 가서 처음으로 말을 타게 되었고 그 후에 기병대로 옮겨갔다고 해요. 1950년대에는 기병대에서 기반을 닦고 승승장구했나봐요. 그러다가 전쟁이 끝난 후에는 새롭게 재건된 카드르 누아르라는 승마 학교에 가게 된 거죠. 그건 결코 작은 성과가 아니었소. 그 나라 전체에서 아주 극소수에게만 허락되는 엘리트 학교였으니까. 앙리는 그 학교에 대한 자부심이 대단했어요. 그때 얘길 할 때면 몸이 더 꼿꼿해졌다니까요."

"근데 어쩌다 샌다운에서 살게 된 거예요?"

존은 너태샤를 노려보며 대답했다.

"여자 때문이죠. 사랑하는 여자가 생긴 거요."

카드르 누아르는 1960년에 처음으로 영국에서 행사를 열었고, 그때 앙리 라샤펠은 맨 앞줄에서 지켜보던 검은 머리의 작은 여자를 보게 되었다. 여자는 행사가 열리던 3일 내내 그 자리에 나왔다. 말을 그다지 좋아하지 않았지만 친구와 함께 하루도 빠지지 않고 나와 행사를 지켜보았다. 말을 타는 모습이 너무도 근사한 검은 제복의 젊은 남자에게서 눈을 뗄 수 없었기 때문이다.

앙리는 어느 날 저녁 공연이 끝난 후 그 여자를 만나러 나왔고, 그 순간부터 지금까지의 모든 일과 업적은 예행연습에 불과한 것이 되어버렸다.

"내가 생각하기엔 사랑이라고 할 만한 것도 별로 없어 보였지만 앙리한테는 엄청난 충격과 감동이었던 모양이에요."

존은 담배를 하나 더 피워 물며 말했다.

"그때 두 사람은 함께 3일 저녁을 보냈고, 그 후 6개월 동안 최대한 많은 시간을 할애해 서로를 찾아가거나 편지를 주고받으며 보냈던 모양이에요. 문제는 여자와 떨어져 있는 시간을 참기 어려워했다는 점이죠. 사랑에 빠진 젊은이들이 어떤지 알잖소. 게다가 앙리는 뭐든 어중간하게 하는 법이 결코 없었소. 점점 승마에 흥미를 잃고 훈련을 소홀히 하게 되었고, 당연히 공연도 제대로 될 리가 없었지요. 학교에서도 말들이 많았지만 앙리는 오히려 그런 비난에 회의를 품기 시작했소. 결국 그들의 방식을 따르든지 아니면 떠나라는 말을 듣고 홧김에 학교를 떠났고, 영국으로 와서 여자와 결혼하게 된 겁니다. 그리고……."

"그 후로 행복하게 살았다."

너태샤가 결론을 내렸다. 액자에 들어 있던 사진과 많은 사랑을 받았던 여자를 떠올리면서.

"장난해요?"

존이 너태샤를 물끄러미 바라보며 말했다.

"도대체 누가 그 후로 행복하게 살았다는 거요?"

# 23

말을 듣지 않는 말은 무익할 뿐만 아니라
해가 되는 행동을 할 때도 많다.

―크세노폰, 『기마술』

앙리 라샤펠은 1년이 채 되기도 전에 자신이 끔찍한 실수를 저질렀다
는 사실을 깨달았다. 그건 플로렌스의 잘못이 아니었다. 플로렌스는 앙
리를 사랑했고 항상 자신을 아름답게 가꾸며 좋은 아내가 되기 위해 노
력했다. 남편이 행복한지 늘 신경을 곤두세우며 불안해했기 때문에 앙
리는 자책감 같은 걸 느꼈고, 때로는 그것이 짜증 섞인 행동으로 분출
될 때도 많았다. 이 역시 그녀의 잘못이 아니었다.

　앙리는 카루젤 축제가 열리기 전날에 플로렌스에게 청혼했다. 공연
이 끝나고 나서 가쁜 숨을 헐떡이며 피와 모래가 범벅이 되었던 바로
그때, 플로렌스 주변에 앉아 있던 군중은 모두 일어나서 환호하며 소뮈
르 거리로 몰려나갔다. 오토바이를 타는 사람들도 있었고 대부분 술을
마시며 즐거운 시간을 보냈다. 미래를 계획하고 꿈과 열정에 부풀었다.
다음 날 아침, 앙리는 아침 훈련에 나가는 대신 여행 가방에 얼마 되지

않는 소지품들을 챙긴 다음 위대한 신에게 면담을 요청했다. 그리고 그곳을 떠나겠다는 뜻을 밝혔다.

위대한 신은 앙리의 검은 눈과 부어오른 볼을 유심히 쳐다본 다음 책상 위에 펜을 내려놓았다. 한동안 침묵이 있은 뒤 그가 물었다.

"우리가 뒷발굽의 편자를 떼어내는 이유가 뭔지 아나, 라샤펠?"

앙리는 고통스럽게 눈을 껌벅이며 말했다.

"다른 말들이 다칠 수 있기 때문이 아닌가요?"

"불가피한 상황에서 말들이 마구 요동치며 발길질을 해댈 때 실수로 자기 몸을 다치게 할까봐 그런 거라네."

위대한 신은 두 손을 책상에 내려놓은 채 말했다.

"앙리, 자네가 이러면, 예상한 것보다 더 깊은 상처를 스스로에게 줄 수도 있어."

"대단히 죄송한 말씀이지만 더 이상 이곳에서 행복할 것 같지가 않습니다."

"행복? 내가 자네를 자유의 몸으로 만들어주면 행복할 것 같은가?"

"네, 그렇습니다."

"자기 일에 대한 사랑으로 이뤄낸 것이야말로 이 세상에서 가장 큰 행복이지. 이곳이 자네 세상이야, 앙리. 그건 바보라도 알 수 있을 거라네. 어떤 사람을 자기 세상에서 밀어내버리고 그 사람이 행복하기를 기대할 수는 없어."

"죄송하지만 전 이미 마음의 결정을 내렸습니다. 이곳을 떠나고 싶습니다."

결심을 굳히고 자신의 미래가 선명하게 보이는 것 같아 기분이 좋았다. 하마터면 마음을 바꿀 뻔했던 유일한 순간은 마지막으로 제론티우스를 보러 지붕이 덮인 마구간으로 갔을 때였다. 앙리가 다가가자 커다란 말이 히힝 울며 그의 호주머니를 쿡쿡 찔러댔고, 손으로 코를 간지럽히자 그의 어깨에 머리를 기대고 쉬었다. 플로렌스를 만나기 전까지는 자신이 사랑한 대상을 손에서 놓을 필요가 없었다. 이 멋지고 순한 말을 어쩔 것인가?

앙리는 눈을 감은 채 따뜻한 피부에서 풍기는 친숙한 냄새를 깊이 들이마셨고 벨벳처럼 부드러운 콧구멍을 만지작거렸다. 하지만 모진 마음으로 이를 악물고 가방을 어깨에 둘러멨다. 앙리 라샤펠은 단호하게 등을 돌리고 승마학교의 문으로 걸어갔다.


영국으로 건너간 뒤 처음 몇 달은 그런대로 참을 만했다. 신혼 생활이 주는 호젓한 만족감에 젖어 별다른 시련을 느끼지 못했다. 플로렌스는 하루에도 수없이 자신을 바라보는 앙리와 그의 관심에 행복해했다. 그녀의 가족은 딸을 꼼짝 못하게 흔들어놓은 프랑스 청년을 조금은 경계하는 듯했지만, 예의 바른 사람들이었다. 앙리가 누구를 데려와도 마찬가지였을 그의 아버지만큼 적대적이지는 않았다. 영리하게도 플로렌스는 앙리가 처음 그분들을 만나러 갈 때 제복을 입도록 권했다. 전쟁의 상흔이 아직 가시지 않은 부모 세대가 제복을 입은 남자를 좋지 않게 볼 리는 없었기 때문이다.

"프랑스에서 정착할 생각이 없는 게 확실하지?"

그녀의 아버지가 여러 차례 확인했다.

"이 아인 누구보다 식구들과 끈끈한 애정을 느끼며 살았어. 집에서 너무 멀리 떨어져 살면 어려움이 클 걸세."

"이제 제집은 여기입니다."

앙리는 정말 그렇게 믿고 대답했다. 옆에 앉아 있던 플로렌스가 기쁨으로 얼굴이 상기되었다.

앙리는 그 집에서 거주한 뒤 불과 몇 주 만에 결혼식을 올렸다. 너무 신속하게 일을 치르는 바람에 동네 사람들은 한동안 두 사람이 지나다닐 때마다 플로렌스의 허리를 살피며 의혹의 눈길을 던지기도 했다. 앙리는 일자리를 찾기 위해 런던 전역과 교외를 돌아다니기 시작했다. 승마 교사 자리를 알아보았는데, 취미 생활을 위한 승마는 여전히 부자들의 전유물이었다. 몇 번인가 임시로 자리를 얻었지만 부족한 영어와 이해하기 힘든 발음, 승마에 대한 엄격한 소신 때문에 오래가지 못했다. 게다가 앙리는 말을 대하는 영국인들의 태도를 이해할 수 없었다. 그들은 승마 기술이나 경주의 측면에서도 잘못된 생각을 가지고 있는 듯했다. 말과 협력하거나 말이 스스로 강점을 드러내도록 격려하기보다는 말을 지배하는 데에만 관심이 있어 보였다.

앙리는 영국에 대해 실망감을 느끼기 시작했다. 음식은 기병대에 있을 때보다도 질이 떨어졌다. 사람들은 통조림에 든 음식을 즐겼고, 저렴하면서도 신선한 식재료를 살 수 있는 마켓은 거의 찾아볼 수가 없었다. 빵은 스펀지를 먹는 것처럼 아무런 맛이 없었고, 간 고기로 조리한 새로운 형태의 음식이 많았다. 예를 들면 고기 경단 같은 패고트와 동그랑땡 같은 리솔레, 세퍼드 파이* 등이다. 가끔씩 앙리는 고향에서 신선한 재료들을 가져와 토마토 샐러드와 말린 허브를 곁들인 생선 요리를 만들기도 했다. 하지만 플로렌스의 부모님은 그가 차린 저녁 식탁을 보고 무슨 큰일이라도 낸 것처럼 눈이 휘둥그레졌다.

---

\* 다진 고기와 양파와 감자를 이겨서 구운 것.

"아무튼 고맙네, 앙리. 이렇게 친절하게 음식을 다 만들다니."

장모님이 말했다.

"미안하지만 내가 좋아하는 음식은 아니네."

장인어른은 식탁 가운데로 접시를 밀치며 말하곤 했다.

으스스한 잿빛 하늘을 보노라면 때로 숨이 막힐 지경이었다. 그럴 때마다 앙리는 클러큰웰에 있는 좁은 집으로 돌아가 자신이 속박에서 벗어나 이곳에 온 사실을 다시금 떠올렸다. 능숙하지 못한 언어로 무언가를 주장한다는 건 불가능했다. 그래서 가족 식사 자리는 늘 긴장되었다. 장인어른 마틴은 차를 마시면서 사위에게 아직도 새로운 일자리를 못 구했는지 묻곤 했다. 앙리는 아직 못 구했다는 대답밖에 할 수 없었다. 좀 더 나은 일자리를 구하기 위해 영어 실력을 키우고 있다는 말은 하지 않았다. 그러다보니 늘 뒤로 밀려나 앉아 있기 일쑤였다.

플로렌스는 탁자 아래서 앙리의 손을 꽉 움켜잡으며 말했다.

"앙리는 재능이 뛰어나요, 아빠. 조만간 앙리의 재능을 알아보는 사람이 나타날 거예요."

언어의 장벽 덕분에 오히려 깊이 없는 대화에 끼어들 필요가 없으니 차라리 감사한 일이라고 그는 생각했다.

밤이 되면 앙리는 제론티우스 꿈을 꾸었다. 그는 샤르도네의 익숙한 장소로 제론티우스를 타고 나갔다. 느린 구보로 움직이며, 늙었지만 용감한 말에게 여기서 다리를 교차하고 저기서 옆걸음으로 재빨리 치고 나가도록 지시했다. 그는 춤추듯 움직였고 뒷다리를 축으로 앞다리로 원을 그리듯 방향을 바꾸었으며 뒷다리를 굽혀 몸을 일으키는 완벽한 르바드 동작을 해냈다. 그러고 나면 여지없이 잠에서 깨었고, 시내 중심가가 내다보이는 비좁은 침실에서 마주하는 건 칙칙한 갈색 가구

들뿐이었다. 그의 옆에는 아내인 플로렌스가 머리에 롤러를 만 채 숨을 쌕쌕거리며 잠을 자고 있었다.

1년이 지나가면서 앙리는 자신이 얼마나 중대한 실수를 범했는지 인정하지 않을 수 없었다. 영국 사람들은 프랑스인보다 공정하지 못한 듯했고, 앙리가 입을 열면 의심스러운 눈초리부터 보냈다. 나이가 많은 남자들은 앙리가 잘 모를 거라고 생각하며 전쟁에 대해 경멸적인 발언을 했다. 주변에 보이는 사람들은 배움에 대한 열의나 스스로를 향상시키려는 욕구가 없어 보였다. 그들은 오로지 금요일에 마실 술값을 버는 일에만 관심이 있는 것 같았다. 아니면 자기들 집에만 콕 박혀 지냈는데, 날씨가 아주 좋은 날에도 커튼을 드리운 채 텔레비전을 보느라 혼이 빠져 있었다.

플로렌스는 앙리가 불행을 느낀다는 사실을 감지했다. 그래서 그를 더 많이 사랑하고 칭찬했으며, 상황이 나아질 거라 위로하면서 그의 상실감을 보상해주기 위해 애썼다. 앙리는 플로렌스의 눈에서 절박함을 보았고, 그녀의 사랑이 조금씩 집착으로 변하고 있다는 느낌을 받았다. 다음 주부터 다시 일자리를 찾으러 다녀봐야겠다는 생각이 들었다. 물론 할 일이 생길 거라는 기대는 별로 하지 않았다. 플로렌스가 실망감을 감추려 하면 할수록 앙리에게는 더 많은 자책과 후회가 밀려들었다.

영국에 온 지 15개월이 다 되어갈 무렵인 4월에 앙리는 용기를 내어 바르쥐에게 편지를 썼다. 그는 자기 의사를 솜씨 있게 전달하는 사람이 아니었으므로 다음과 같이 최대한 본론만 간략하게 편지를 적었다.

그리운 친구여,
학교에서 날 다시 받아줄 가능성이 있을까? 땅만 밟고 살기가 너무 힘들다네.

편지를 우체국에 넘긴 뒤 앙리는 심한 자책을 느끼면서도 한편으로는 희망을 품었다. 플로렌스는 이해해줄 것이다. 설마 남편이 돈도 못벌고 집 하나 사줄 수 없는 무능한 사람이 되는 것을 원하겠는가? 결국엔 프랑스에서도 잘 적응하고 살아갈 것이다. 그런데 혹시라도 문제가 생긴다면? 이 부분에서 자괴감이 들었지만 앙리가 돌아가지 못한다면 그에게는 불행한 일이고 플로렌스도 행복할 수 없을 것이다. 어떤 남자도 자기가 좋아하는 일을 오랫동안 포기하고 살기 힘들다는 걸 누구보다 잘 헤아려줄 것이다.

그날도 앙리는 지루하게 이어지는 저녁 식사 시간을 편지가 대륙을 향해 날아가고 있을 거라는 생각으로 버텨냈다. 그날 저녁 메뉴는 닭고기였다. 장모님인 제이콥스 부인이 요리한 치즈 소스를 얹은 닭고기는 가죽을 씹는 것 같은 느낌이 들었다. 그 옆에는 내용물을 알아볼 수 없게 깍둑썰기 해놓은 야채 더미가 놓여 있었다.

앙리는 말없이 앉아 음식을 부지런히 입으로 날랐다. 장인어른 제이콥스 씨는 '러시아 놈'이 우주로 간 사실에 대해 곱지 않은 시선을 보냈다. 유리 가가린*의 탐험이 개인적으로는 아주 달갑지 않은 모양이었다.

"사람들을 하늘 높이 보내서 뭘 어쩌겠다는 건지 모르겠어. 그건 자연의 법칙을 거스르는 짓이야."

제이콥스 씨가 불만을 토로했다.

그런 얘기를 들으면서 앙리는 장인어른이 변화를 좋아하지 않는 사

---

\* 최초로 우주 비행에 성공한 구소련의 우주비행사.

람이라는 생각이 들었다. 그런 측면에서 보면 딸과 프랑스인 사위야말
로 눈에 거슬리는 존재들일 것이다.

"아주 흥미진진한 일 같아요."

플로렌스가 조심스럽게 말했다.

앙리는 조금 놀랐다. 플로렌스가 아버지의 견해에 반박하는 경우가
거의 없었기 때문이다.

"정말 낭만적이에요."

플로렌스가 닭고기를 가지런하게 자르며 덧붙였다.

"별들이 반짝이는 하늘 위로 사람이 날아가서 우리를 내려다본다는
생각만 해도 얼마나 근사한지 모르겠어요."

플로렌스는 앙리를 보면서 비밀스러운 미소를 지어 보였다. 제이콥
스 부인도 두 사람을 바라보면서 엷은 미소를 지었다.

"플로렌스가 자네한테 할 얘기가 있는 모양이야."

부인이 어리둥절한 표정을 짓는 앙리를 보면서 말했다.

플로렌스는 냅킨으로 입을 닦은 뒤 무릎에 내려놓으며 얼굴을 살짝
붉혔다.

"뭔데?"

"좀 더 나중에 말하려고 했는데, 안 되겠네요. 엄마한테만 말했거든
요. 앞으로 우리 식탁에 자리 하나를 더 만들어야 할 거 같아요."

"왜?"

제이콥스 씨가 신문에서 눈을 떼며 물었다.

"누가 오나?"

플로렌스와 부인이 웃음을 터뜨렸다.

"아니요, 아빠, 아무도 안 와요. 저, 저 임신했어요."

플로렌스가 식탁 위에 놓인 앙리의 손을 잡으며 말했다.

"우리 아기를 가졌어요."

제이콥스 부인은 나중에 딸 내외가 자기들 방으로 돌아간 뒤 프랑스 사람들은 보통 저렇게 반응하느냐고 남편한테 물었다. 프랑스인들이 아무리 세련되고 복잡하다 해도 아내의 임신에 남편이 그토록 충격을 받는 모습을 지금껏 본 적이 없었다고 했다.

앙리는 아파트를 나서다가 층계참에서 우편배달부를 만났다. 바르 쥐는 자신의 성격답게 일주일 만에 답장을 보내왔다. 앙리는 봉투를 열 고 재빨리 편지를 읽어 내려갔다. 그의 얼굴엔 아무런 감정이 담겨 있 지 않았다.

위대한 신은 훌륭한 분이니 자네를 이해해주실 거야.

자네가 겸손한 마음으로 그분께 다가간다면 한 번 정도는 실수를 용 서해주시겠지.

무엇보다도 자네가 뛰어난 기수라는 사실을 잘 아시니까.

내 친구가 돌아오는 날을 기대하겠네.

"좋은 소식인가요?"

우편배달부가 반으로 접힌 잡지를 47호 우편함에 넣으며 물었다.

앙리는 편지를 구깃구깃 뭉쳐 호주머니 깊숙이 쑤셔 넣으며 말했다.

"죄송합니다. 영어를 잘 못해서요."

"두 가지 길이 있네."

위대한 신은 그렇게 말했다. 하지만 이토록 빨리 길 하나가 사라질 수도 있다는 점은 왜 말해주지 않은 것인가?

앙리는 현관문을 열고 비좁은 통로로 들어섰다. 너무 익힌 양배추 냄새가 아파트에 진동했다. 그는 잠시 눈을 감고 오늘 저녁엔 또 무슨 음식이 나올지 두려운 마음을 달랬다. 그때 무슨 소리가 들려와서 우뚝 멈춰 섰다. 거실에서 들려오는 흐느낌 소리였다.

주방문이 열리며 플로렌스가 나타났다. 그녀는 통로 쪽으로 다가와 발을 들어 올려 앙리를 안으며 키스했다.

"무슨 일이야?"

앙리는 그녀가 술 냄새를 감지하지 못하기를 바라며 물었다.

"아기가 태어나면 프랑스로 가겠다고 부모님께 말씀드렸어요."

플로렌스의 목소리는 차분했고 두 손은 가지런히 모은 채였다. '프랑스'라는 말에 또 한 차례 흐느낌 소리가 이어졌다.

앙리는 어리둥절한 표정으로 아내를 바라보았다.

플로렌스는 남편의 손을 잡고 말했다.

"오랫동안 생각했어요. 당신은 내게 모든 걸 주었어요. 모든 걸."

플로렌스는 배를 흘끗 내려다본 다음 말을 이었다.

"하지만 당신이 여기서 행복하지 않다는 걸 잘 알아요. 폐쇄적인 마음을 가진 사람들과 무작정 함께 있어달라고 하는 건 당신한테 너무 가혹한 일일 거예요. 말과 관련해선 영국이 너무 다르다는 거 알아요. 그래서 부모님께 말했어요. 출산하고 몸이 회복되는 대로 가겠다고요. 당신이 거처를 마련할 거라고요."

플로렌스는 앙리의 얼굴을 살폈다.

"카드르 누아르에서도 당신을 다시 받아주지 않을까요? 나도 좀 익숙해지면 학교 근처에 집을 얻어 지낼 수 있을 것 같고요. 아이 키우면서 프랑스어도 배우죠, 뭐. 당신 생각은 어때요?"

앙리가 별다른 반응을 보이지 않자 당황한 플로렌스가 소맷동을 만지작거리더니 다시 말을 이었다.

"지금 바로 가겠다고 말씀드릴까 하는 생각도 했어요. 하지만 프랑스 의사와 제대로 대화도 못 하면서 어떻게 출산을 할지 자신이 없었어요. ······엄마도 걱정이 많으실 것 같고요. 그래서 아기를 낳은 후에 가는 게 좋겠다고 판단했어요. 내가 결정을 잘한 건가요, 앙리?"

이 용감하고 아름다운 영국 여자에게 앙리는 크나큰 감동을 받았다. 자신이 그런 여자의 남편감이 되는지조차 자신이 없었다. 앙리는 한 발 앞으로 걸어 나가 아내의 머리카락에 얼굴을 묻고 속삭였다.

"고마워. 당신은 이게 어떤 의미인지 모를 거야. 우리에게 더 나은 미래가 올 거야. ······우리에게도, 우리 아기한테도."

"당신이 그럴 줄 알았어요."

플로렌스가 부드러운 음성으로 말했다.

"당신이 다시 날 수 있으면 좋겠어요, 앙리."


집에 도착하기 전부터 아기 울음소리가 들렸다. 가느다란 울음소리가 조용한 동네에 울려 퍼졌다. 방문을 열기 전부터 앙리는 눈앞에 펼쳐질 광경이 선했다.

플로렌스는 구유 위로 몸을 구부린 채 부드러운 소리를 내면서 아기 얼굴 위에 손을 흔들어대고 있었다. 앙리가 다가서자 그제야 고개를 돌렸다. 얼굴은 창백해져 있었고 두 눈에는 불안한 심경이 그대로 드러나 보였다.

"얼마나 오랫동안 울고 있었던 거야?"

"그리 오래된 건 아니에요. 정말이에요."

플로렌스는 허리를 펴고 옆으로 물러섰다.

"엄마가 나간 후부터 그랬어요."

"근데 왜……?"

"당신 없을 때 아기를 안는 게 무서워서 그러죠. 손이 또 내 맘대로 안 돼요. 오늘 오후에도 컵을 떨어뜨렸어요. 그리고……."

앙리는 입술을 지그시 깨물고 말했다.

"당신 손엔 아무 이상이 없다고 의사 선생님도 말씀하셨잖아. 자신감을 좀 가져봐."

앙리는 아기 침대에서 시몬을 들어 올려, 그 자그마한 아기를 능숙하게 가슴에 안았다. 그러자 아기는 단박에 울음을 그쳤다. 시몬은 조그만 입을 벌려 앙리의 셔츠를 빨며 우유를 달라고 보챘다. 플로렌스는 구석에 놓인 의자에 앉아 아기를 받으려고 두 팔을 내밀었고 딸이 안전하게 품에 안긴 걸 확인한 다음에 두 팔을 접었다.

플로렌스가 아기에게 우유를 먹이는 동안 앙리는 부츠를 벗어 문 옆에 가지런히 두었다. 그런 다음 외투를 벗고 난로 위에 주전자를 올렸다. 앙리는 결국 철도회사에 일자리를 구했다. 다행히 일은 그리 나쁘지 않았다. 임시로 하는 일이라 생각하니 그리 나쁠 것도 없었다. 두 사람은 아무 말이 없었다. 방 안의 정적을 깨는 건 쪽쪽 우유를 빠는 소리와 간간이 지나가는 차 소리뿐이었다.

"오늘은 밖에 좀 나갔어?"

"그러려고…… 해봤는데, 아기를 안기가 겁이 나서."

"장인, 장모님이 사주신 유모차 있잖아. 거기 태워서 나가면 되지."

"미안해요."

"미안하다는 소리 하지 마."

"하지만 난…… 앙리……."

'그럴 필요 없어. 너무 복잡하게 생각할 필요 없어. 아기에 대해서도 조금만 덜 불안해하면 돼. 손이 말을 듣지 않는다는 말도 안 되는 푸념은 이제 그만해. 그건 그냥 현기증일 뿐이야.'

시몬이 태어나고 몇 주가 지났을 때 의사는 그것을 '신경과민'이라고 불렀다. 플로렌스는 자신의 몸이 말을 듣지 않는다고 호소하기 시작했다. 산모들에게 때때로 나타날 수 있는 증세라고 의사는 앙리와 제이콥스 부인한테 설명했다. 플로렌스의 검사를 끝내고 세 사람은 좁은 복도에 서서 얘기를 나눴다. 그런 증상을 호소하는 산모들은 실체가 없는 공포와 위험을 느낀다는 것이었다. 심지어 환각을 일으킬 때도 있다고 했다.

"그래도 이분은 최소한 아기와의 연대감은 뚜렷합니다."

의사가 말했다.

"산모와 아기는 당분간 외할머니와 함께 지내는 게 좋을 듯합니다. 산모가 엄마로서 좀 더 편안함을 느낄 때까지 기다려주셔야 합니다."

앙리가 달리 무슨 말을 할 수 있었겠는가? 그는 동의의 표시로 말없이 고개를 끄덕였다. 다만 그가 도버 해협을 건너는 일에 얼마나 많은 기대를 품고 있었는지 아무도 관심이 없다는 게 놀라울 뿐이었다.

플로렌스는 또 울고 있었다. 앙리는 그녀가 고개를 숙인 채 아기 옷에 떨어진 눈물방울을 닦아내는 모습을 보면서 그를 내리누르는 질식할 것 같은 무게를 느꼈다. 얼마나 더 오래 기다려야 하지? 그는 아내에게 소리치고 싶었다. 앙리는 제론티우스를 생각했다. 어쩌면 지금도 마구간 문 위로 머리를 내밀고 자신을 기다리고 있을지도 몰랐다.

"미안해요. 프랑스가 답이라고 생각한 거 나도 알아요."

플로렌스가 조용히 말했다.

상황이 그랬다. 둘 사이에는 몇 주 동안이나 말하지 못한, 말해봤자 결론이 나지 않는 고약한 문제가 놓여 있었다. 플로렌스는 현재 혼자서 대처할 능력이 없었으므로 아기에게 닥칠 가능성이 있는 사고를 무릅쓸 수는 없었다. 당분간 카드르 누아르에 돌아가는 것은 불가능한 일이 돼버렸다. 거기서 플로렌스를 돌볼 수는 없었다. 그에게는 그녀를 맡길 만한 가족도 없었고, 간병인을 구할 돈도 없었다.

아내의 부모가 있는 이곳에 남아 있는 수밖에는 달리 방법이 없었다.

앙리는 일어나서 플로렌스에게 다가가 말했다.

"바르쥐한테 편지를 쓸게."

플로렌스가 얼굴을 들었다.

"그게 무슨……."

"영국에 좀 더 머물 거라고."

앙리는 이를 악문 채 어깨를 으쓱했다.

"괜찮아, 정말."

'다른 누군가가 결국 내 말을 타게 되겠지.'

아기는 손가락을 활짝 펴고 엄마의 살갗을 잡으려고 바둥거리고 있었다.

"내가 좀 나아지고 나면……."

플로렌스가 작은 소리로 말했다.

'내년이 되면 새로운 기수가 내 자리를 대신하겠지.'

플로렌스가 그의 목에 팔을 두르고 흐느낄 때 부끄럽게도 앙리는 절망적인 심정 외에는 아무 생각도 할 수가 없었다. 잠시 이런 의혹도 들었다. 손을 제대로 쓸 수 없다던 여자가 어떻게 이토록 단단하게 매달릴 수 있는 거지?

"내가 앙리를 만난 건 그 후로 1년쯤 지난 때였소. 내 축사 위쪽에 있는 철길에서 일했지요. 고향을 떠나온 뒤 처음으로 말들을 본 모양이오. 정확히 말하자면 수레를 끌지 않는 말을 뜻하는 거요."

존은 모자를 뒤로 젖혀 썼다.

"어느 날 오후 고개를 들어보니 앙리가 내 늙은 암말을 신기루 보듯 쳐다보고 있었어요. 그때 우리는 둘 다 그 지역에 온 지 얼마 안 된 외지인들이었소. 난 손을 들어 인사를 건넸죠. 앙리는 마구간 앞에 서서 샌드위치를 먹으며 내 암말의 코를 내내 문지르고 있었지요. 사람들은 대부분 앙리가 좀 뻣뻣하다고 했지만 난 그 사람이 좋았소. 그때부터 우린 그럭저럭 친하게 지냈어요. 가끔 내 사무실에 앉아 차를 마시면서 이런저런 이야기를 나누었다오. 언젠가 프랑스에 돌아가면 작은 농장을 운영하겠다는 말을 했고, 돈을 좀 벌면 승마학교를 세우고 싶다고도 했죠."

"그건 플로렌스도 원한 건가요?"

너태샤가 물었다. 이야기에 어찌나 깊이 빠져들었는지 애당초 세 사람이 차를 몰고 다니는 이유를 깜박 잊어버릴 정도였다.

"플로렌스는 앙리가 요청하면 뭐든 해주려고 했지요. 자신이 앙리에게 많은 짐을 지운 사실에 대해 자책감이 심했던 것 같아요. 하지만 그런 병을 가지고는 외국에서 살기 힘들다는 걸 잘 알았던 거죠. 어쨌든 플로렌스는 남편에게 뭐라도 보상해주고 싶어 남은 힘을 다 바쳤어요."

"잘 이해가 안 가요. 병이라뇨?"

존이 이맛살을 찌푸리며 두 사람을 쳐다보았다.

"둘 다 몰랐어요?"

"뭘 말이에요?"

"사라가 아무 말도 안 한 거요? 사라 할머니는, 그러니까, 거 뭐라더라? 다발성 경화증을 앓았어요. 몇 년 동안이나 휠체어 신세를 져야 했지요. 사라는 아주 어릴 때부터 할아버지를 도와 할머니를 보살펴주었다오."


그들은 도버에 가기를 단념하고 해안 도로를 따라 딜 쪽으로 가기로 결정했다. 맥은 어둠 속에서 운전을 하며 호텔 이름들을 외쳐댔다. 혹시 너태샤가 아직 전화를 걸어보지 않은 데가 있는지 확인하기 위해서였다. 그녀는 아직도 존과 얘기를 나누는 중이었다. 앙리 라샤펠의 고뇌에 찬 인생 이야기에 완전히 사로잡힌 듯했다.

"사라가 할머니, 할아버지에 대해 얘기하는 걸 들으면 두 분은 아주 사이가 좋으셨던 것 같은데요."

존은 약간 코웃음을 치며 말했다.

"물론 사이가 좋긴 했지만 앙리의 인생은 비탄과 후회의 삶이었다고 해도 과언이 아닐 거요."

"그 이유엔 사라의 엄마도 포함되나요?"

"아, 이런, 시몬은 아주 엉망이었죠. 성질이 불같은 데다 따지기 좋아하는 성격이었어요. 앙리하고는 아주 딴판이었죠. 앙리가 모든 걸 안으로 삭이는 편이었다면 시몬은 별 고민 없이 분출하는 스타일이었어요. 플로렌스는 딸을 전혀 다루지 못했어요. 그럴 힘도 없었고. 앙리는 사라한테 하듯 시몬을 엄하게만 다루려고 했죠. 너무 고리타분한 훈육 방법이었지. 시몬이 동네 남자애들하고 어울리면서 늦게까지 돌아다니는 것을 아주 못마땅해했어요. 플로렌스의 상황이 앙리를 더욱 방어적인 사람으로 만든 측면도 있지만요. 하지만 시몬은 그런 게 전혀 통하지 않았어요. 아빠하고는 사사건건 부딪쳤지. 앙리가 딸을 자기 쪽으로 끌어당기려 하면 할수록 시몬은 계속 다른 데로 벗어났어요."

존은 또다시 담배에 불을 붙였다.

"앙리도 이제는 딸을 잘못 다루었다는 점을 인정하고 있죠. 좀 더 느슨하게 대해줬어야 했는데. 그런 면에선 둘이 비슷했다고 봐도 돼요. 아무튼 뭔가를 잃었다고 생각할 때에는 현명하게 행동하기가 쉽지 않은 법이니까."

너태샤가 옆을 힐끗 보니 맥도 존의 이야기에 귀를 기울이고 있는 듯했다.

"방법이 잘못되었다는 점을 이해할 즈음엔 시몬은 이미 약물에 빠져들기 시작해서 되돌리기가 쉽지 않았소. 게다가 시몬이 파리로 달아나 버려서 4~5년간 소식조차 제대로 들을 수 없었다오. 물론 돈이 필요할 때만 연락을 해왔죠. 부부는 가슴이 찢어지는 듯했을 거요. 앙리는 모든 게 자기 탓이라고 여기는 듯했소.

그러다가 10~11년 전쯤 어느 날 시몬이 자그마한 아이를 데리고 문간에 나타났던 거요. 자신이 감당할 수가 없다고 말하면서. 프랑스에서 아기를 낳은 거지요. 아무런 설명도 없었어요. 부부는 엄청난 충격을 받았다오.

시몬은 며칠 안정을 찾는가 싶었지만 아이를 맡겨놓고 집을 나갔어요. 가끔씩 집에 들렀지만 나중에는 나타나지도 않았소. 결국 앙리 부부는 양육권 신청을 했고 시몬은 심리가 이루어지는 날에도 나타나지 않았다오. 처음에 앙리는 제정신이 아니었소. 아이를 돌보는 부담을 느끼지 않도록 플로렌스를 신경 쓰느라 정신이 없었지만 사실 부부는 사라를 옆에 두게 되어 정말 행복해했어요."

존이 환한 미소를 지으며 말했다.

"양육권을 얻게 된 날, 부부는 삶의 활기를 되찾은 것처럼 보였소. 그때까지 본 모습 중에서 가장 행복해 보였다오. 그러다가 시몬이 죽었다는 날벼락 같은 소식을 듣고는 충격에 빠졌죠. 그동안 앙리는 꽤 오랫동안 딸을 찾아다니며 돈을 보내주고 난처한 상황에 처한 시몬을 여러 차례 구해주기도 했소. 그렇게 딸을 바로잡아보려고 끝까지 노력했지요. 하지만 사라는 그런 사실을 자세히 알지 못했어요. 아직 어린 손녀를 보호해주고 싶은 할아버지의 마음이랄까, 굳이 얘기하지 않았으니까. 어린애가 그런 것까지 알 필요도 없고."

존의 이야기가 이어졌다.

"아무튼 플로렌스가 4년 전쯤 눈을 감았을 때, 장례식이 끝난 후 앙리는 지방 의회로부터 한 가지 혜택을 제안받았어요. 장애인들을 위해 1층 공간을 포기하면 지원금을 준다는 거였죠. 바로 그 돈을 받아 샌다운의 아파트로 이사하고 훌륭한 부셰를 장만할 수 있었던 거예요. 그때부터 앙리는 다시 예전의 모습을 되찾는 것 같았어요. 여러 면에서 사라에게도 유리한 상황이 되었죠."

"사라가 자신을 닮기를 바랐겠군요."

너태샤가 생각에 잠겨 말했다.

카우보이 존은 고개를 저었다.

"그거 알아요, 변호사 양반? 앙리는 결코 사라가 자신을 닮기를 원하지 않았소. 당신이 아는 것만으로 사라를 판단해선 안 됩니다. 노인은 사라를 정말로 바르게 키우고 싶어했소."

사라는 잠이 들었다. 톰은 밤새 차를 몰면서 옆자리에 앉아 몸을 웅크리고 고개를 창에 기댄 채 잠이 든 사라를 가끔씩 힐끗 돌아보았다. 그와 동시에 거의 반사적으로 CCTV 모니터를 확인했다. 사라의 말이 다른 두 말과 칸막이를 사이에 두고 바짝 경계한 자세로 서 있는 모습이 화면에 비쳤다.

톰은 자신이 지금 무슨 일을 하고 있는지 케이트한테 말하지 않았다. 어떻게 반응할지 뻔했기 때문이다. 분명히 미쳤다고 하면서 무책임하다고, 한 아이의 인생을 위험에 빠뜨리고 있다고 비난할 것이다. 사실 자신도 의붓딸 사빈느가 다른 나라로 도망을 치면서 낯선 사람의 차를 얻어 타고 간다는 사실을 안다면 두려움과 걱정으로 제정신이 아닐 것이다.

하지만 그렇다고 어떻게 사라를 그냥 가게 놔둘 수 있단 말인가? 심지어 톰은 바로 조금 전까지 신나서 조잘거리는 사라를 보면서 부럽다는 생각까지 했을 정도였다. 과연 자신의 꿈을 좇아 달려 나가는 사람이 이 세상에 얼마나 존재하겠는가? 자신이 원하는 게 무엇인지 아는 사람이 얼마나 되겠는가? 사라가 앞으로의 여행과 말에 대한 사랑, 할아버지, 혼자서 꿈꿔왔던 단순한 삶에 대해 말할 때 톰은 자신이 얼마나 세속적인 관심과 걱정에만 파묻혀 살아왔는지 다시 한번 실감했다.

그럼에도 톰은 도로변에 차를 멈추고 경찰에 알려야 하는 것은 아닌지 열 번도 넘게 생각하고 또 고민했다. 그러다가 다시 CCTV 화면을 돌아보았다. 사라의 말이 잠시 고개를 치켜든 채 카메라를 응시하고 있는 모습이 보였다.

"사라를 돌봐주시오, 늙은 친구."

톰은 조용히 읊조렸다.

"사라를 어디까지 도와야 하는지는 신만이 아시겠지."


8시 15분쯤에 그들은 화장실을 이용하기 위해 패스트푸드점에 들렀다. 존은 설탕 두 개가 들어간 블랙커피를 큰 컵으로 주문했다. 화장실을 더 자주 가게 될 거라는 너태샤의 지적에도 아랑곳하지 않고 병원에 전화를 걸기 위해 공중전화가 있는 곳으로 성큼성큼 걸어갔다. 그는 날마다 잊지 않고 전화를 걸었는데, 어떤 상황인지 노인이 알고 싶어할 것이기 때문이라고 했다.

"이번엔 뭐라고 얘기할 거예요?"

너태샤가 물었다.

"사실대로 말해야죠. 사라가 근처에 있다는 정도는 파악했지만 정확히 어디에 있는지는 모른다고. 앙리는 괴팍한 노인네라서 어쩌면 사라한테 우리가 찾지 못할 데로 가라고 얘기했는지도 몰라요."

그렇게 말한 뒤 존은 연신 키득거리며 공중전화가 있는 곳으로 사라졌다.

너태샤는 테이블로 돌아와 주문한 음료가 놓인 쟁반을 맥 앞에 놓았다. 맥은 문자를 확인하고 있었는지 급하게 휴대전화를 눌러 껐다. 너태샤는 신경 쓰지 않으려고 애썼다.

"그런 사연이 있었는지는 정말 몰랐어."

맥이 말을 꺼냈다.

"사라가 얘기를 안 했으니까."

"우리도 물어보지 않았잖아."

"사라는 정말 아무런 얘기도 없었어. 할머니, 할아버지에 대해 내가 사라한테 들은 거라곤 두 분이 행복했다는 얘기밖에 없었다고."

맥이 커피에 크림을 넣고 휘저으며 말했다.

"어쩌면 그게 사라가 중요하게 여기는 유일한 기억인지도 모르지."

너태샤가 커피 잔을 들었을 때 존이 고개를 저으며 돌아왔다. 그의 표정이 침울해 보였다.

"여기서 헤어지는 게 좋을 것 같소. 앙리의 상태가 좋지 않아요. 사라가 근처에 없다면…… . 아무튼 누군가는 노인 옆에 있어야 할 것 같소."

"그렇게 안 좋으세요?"

"병원에서 와달라고 했소. 저쪽에선 사라를 찾았지만 지금 당장은 불가능하다고 말했어요."

존은 주머니 안에서 부산하게 손을 놀리며 무언가를 찾는 듯했다. 갑자기 지친 기색이 역력했고 더욱 노쇠해 보였다.

너태샤는 커피 따위는 잊은 채 가방에 손을 뻗으며 일어났다.

"우리가 역까지 데려다줄게요. 그리고 이거요."

그러면서 현금을 건넸다.

"기차를 타고 가요."

"돈은 필요 없어요, 부인."

존이 성마른 얼굴로 말했다.

"당신이 아니라 어르신을 위해서예요. 혼자 있게 해선 안 되잖아요. 제발 별일이 없어야 할 텐데요. 역에 내리면 택시를 타요. 역 앞에서 잡을 수 있을 거예요."

너태샤가 건넨 지폐를 내려다보는 존의 늙고 건조한 얼굴에 우울한 미소가 번졌다. 그는 돈을 받으면서 너태샤에게 인사를 건넸다.

"아무튼 고맙소. 노인의 상태가 어떤지 알게 되는 대로 전화하지요."

역까지 가는 동안 존의 빈정거리는 유머를 들을 수 없자 너태샤는 괜히 불안한 생각이 들었다.

그들이 기차역 주차장에 도착했을 때 너태샤의 휴대전화가 울렸다.

"네, 너태샤 매컬리입니다."

너태샤는 전화를 받으며 차에서 내리는 존을 돌아보았다.

"뭐라고요? 다시 한번 말씀해주시겠어요?"

전화 상태가 좋지 않자 맥에게 한 손을 펄럭이며 빨리 엔진을 끄라고 신호를 보냈다.

"정말인가요? ……알려주셔서 정말 감사합니다. ……네, 다시 연락드릴게요."

"별일이라도 생긴 거요?"

존이 뒷좌석 문을 잡은 채 서서 물었다. 한시라도 빨리 기차를 타고 싶어 안달이 난 표정이었지만 너태샤의 얼굴에 떠오른 긴박한 표정이 그의 발목을 붙잡고 있었다.

너태샤가 전화를 끊었다.

"뭔데 그래?"

맥이 물었다.

"신용카드 회사야. 당신도 내 말을 믿기 어려울 거야. 사라가 프랑스에 있대."

# 24

실패를 막는 최선의 방법은……
자기 말의 능력을 철저하게 파악하는 것이다.

-크세노폰, 『기마술』


사라는 말들과 피와 고속도로가 뒤섞인 꿈을 꾸고 있었다. 그러다가
차가운 공기가 훅 불어오는 바람에 잠이 깼다. 톰이 운전석 창문으로
밖을 내다보고 있었다. 사라는 자세를 바로 하고 앉았다. 계기판 위의
시계는 8시 15분 전을 가리키고 있었다.

"잘 잤니?"

톰은 옷을 반듯하게 차려입고 면도도 깔끔하게 한 상태였다. 잠에서
깬 지 이미 꽤 오랜 시간이 지난 듯했다.

"여기가 어디예요?"

주변은 신기할 정도로 밝았다. 영국에 있을 때보다 전반적인 색조가
몇 단계 더 밝은 느낌이 들었다. 차에서 그리 멀지 않은 곳에 아주 깔끔
한 마구간 건물이 보였다. 빨간 기와지붕을 얹은 벌꿀 빛깔의 마구간
양옆으로 윗면을 평평하게 깎아놓은 산울타리가 빽빽하게 둘러쳐 있었

다. 대문 옆에는 잘 다듬은 주목을 심은 커다란 화분들이 놓여 있었다. 마구간을 열심히 청소하는 남자의 모습도 보였는데, 더러워진 지푸라기들을 쇠스랑에 하나 가득 퍼서 손수레에 힘차게 날랐다.

"블루아 외곽이야."

톰이 대답했다.

"간밤에 아주 푹 자더구나."

"부는 어디에 있어요?"

이번에도 당장 그 걱정부터 들었다.

"디아블로를 말하는 거니? 축사에 있지."

톰은 엄지손가락을 들어 마구간을 가리켰다.

"우린 어젯밤 늦게 여기 도착했어. 네가 너무 깊이 잠든 바람에 깨워서 차에서 내리게 할 수가 없었단다. 디아블로는 왼쪽에서 세 번째 마구간에 있어. 아주 괜찮은 상태야. 여기 도착했을 때 입에 침과 거품이 좀 많이 묻어 있었지만 지금은 아주 좋아."

사라는 마구간 쪽을 돌아보며 눈을 깜박였다. 부가 건초 망 쪽으로 코를 내미는 모습이 눈에 들어왔다.

"지난밤에는 내가 옆에 있어줄 수 있었지만 이젠 나도 칼레로 돌아가야 해, 사라. 안타깝지만 여기서 우린 헤어져야 할 것 같구나."

사라는 생각을 가다듬으려고 애썼다. 그때 톰이 크루아상 두 개를 건넸다. 축사 주인한테서 얻어온 것이었다. 그러고는 사라가 가야 할 길을 표시해둔 작은 지도를 펼쳤다.

"프랑스 남서부로 가려면 여기서 100킬로미터도 넘게 가야 해."

톰이 말하면서 지도 위의 빨간색 도로를 손으로 짚어 내려갔다.

"내가 할 수만 있다면 널 데려다주겠지만 더 이상은 시간을 할애할 수가 없단다. 어쨌든 말을 타고 달리기에 좋은 날씨고, 이 도로는 꽤 한 적할 거야. 특별히 곤란한 상황이 닥칠 거라곤 생각하지 않지만 조심해서 가야 한다. 알았지?"

사라는 갑작스러운 전율로 가슴이 죄어오는 것을 느꼈다. 지도에 소뮈르라는 지명이 적혀 있었다. 지도상으로는 불과 몇 센티미터밖에 떨어져 있지 않은 곳이었다.

"바로 여기에 임시 축사가 또 하나 있어."

톰은 한 마을 이름 위에 볼펜으로 동그라미를 그려 넣었다.

"만약을 대비해 전화번호는 여기 적어놓았다. 내가 미리 전화해두었으니 그쪽에서 널 기다리고 있을 거야. 오늘 밤엔 거기서 음식을 먹을 수 있을 테지만 혹시 모르니 먼저 뭐라도 좀 먹어두는 게 좋을 거고. 그리고 명심해야 할 건 거기서 부르는 말 이름은……."

"디아블로 블루요."

사라가 말했다.

"이제 마음의 준비는 된 거야?"

불안한 마음에 톰의 얼굴은 심각했고 어두운 그늘이 드리워 있었다.

"네, 좋아요."

사라는 말뿐만 아니라 나름대로 자신감에 차 있었다. 어쨌든 바다를 건너 여기까지 오지 않았던가? 자신은 가장 훌륭한 말과 프랑스를 여행하는 중이고, 멀리서나마 할아버지는 손녀를 위해 축복을 빌어주고 있을 것이다.

"여기엔 내 번호를 적어두었어. 당부할 게 하나 있는데, 언제든 어려움에 닥치면 나한테 전화해줄 수 있지? 목적지에 도착하면 잊지 말고 전화해주렴."

톰은 지도를 다시 접어 사라의 손에 쥐여준 다음 덧붙였다.

"꼭 전화해야 한다. 네가 안전한지 꼭 알아야겠으니."

사라는 고개를 끄덕이면서 지도를 호주머니 깊숙이 밀어 넣었다.

"그리고 아무하고도 얘기할 생각은 하지 마. 특히 나 같은 아저씨하고는. 그냥, 그냥 고개 숙인 채 거기 도착할 때까지 계속 가는 거야."

사라는 다시 고개를 끄덕였다. 이번에는 엷은 미소를 지어 보이면서.

"유로화로 바꾼 돈도 잘 가지고 있지?"

사라는 배낭에 손을 넣어 봉투를 찾아 만지작거렸다.

톰이 한숨을 내쉬며 말했다.

"제발 별일이 없어야 할 텐데. 넌 내가 만난 히치하이커들 중에 가장 희한한 애야. 아무튼 너와 너의 커다란 말에게 행운이 있기를 빈다."

말을 마치고도 그는 한참을 주저했다. 자신의 행동이 옳은지 여전히 확신하지 못하는 듯했다.

"전 괜찮을 거예요, 톰 아저씨."

사라는 씩씩한 척했지만 이제 곧 혼자 남게 될 거라고 생각하니 가슴이 답답하고 서글퍼졌다. 지금까지는 톰이 함께해주어서 안전했다. 사라와 부에게 아무 일도 일어나지 않을 수 있었던 건 그의 보살핌 덕분이었다. 사라는 느닷없이 그의 의붓딸이 부럽다는 생각이 잠깐 들었다. 그가 자기 일처럼 해결하려 했던 딸의 고충들까지도. 잠시 후 사라는 이렇게 덧붙였다.

"정말 감사드려요."

"아, 뭐."

톰은 앞으로 한 발짝 걸어 나와 손을 내밀었다. 사라는 그 손을 잡으면서 겸연쩍은 느낌이 들었다. 톰 역시 그런 생각이 들었는지 두 사람은 잠시 어색하면서도 환한 미소를 나누었다.

"너랑 함께 여행하게 되어 즐거웠다, 사라."

톰은 사라가 말에 오를 때까지 기다렸다가 자신의 화물차 쪽으로 걸어갔다.

"네 할아버지는 참 좋으신 분 같더구나."

톰이 갑자기 뒤로 돌아서서 소리쳤다.

"네가 거기 도착하게 되면 틀림없이 아주 기뻐하실 거다."


프랑스의 들판은 영국에서 도버로 향하던 도중의 들판보다 더 넓었다. 경계선이 보이지 않을 정도로 사방팔방으로 평평하게 트인 지역이 눈앞에 펼쳐졌다. 하지만 눈에 보이는 지형은 영국에서와 크게 다르지 않았다. 지상을 덮고 있는 울퉁불퉁한 갈색 흙덩어리들은 거친 파도가 일렁이는 바다를 닮았다. 한결 기운을 되찾은 부는 푸른 초원의 가장자리를 따라 두 귀를 쫑긋 세운 채 행복한 걸음을 성큼성큼 내딛었다. 단단한 땅 위를 걷는 게 매우 기쁜 모양이었다. 말의 털 역시 여름철보다는 겨울철에 좀 더 텁수룩하게 자란다. 사라가 자고 있는 동안 톰이 부의 털을 빗겨준 게 분명했다. 부의 털은 티끌 하나 없이 깨끗하고 전혀 엉켜 있지 않았다. 부와 사라는 이질적인 느낌이 드는 땅 위를 터덜터덜 걸었다. 그렇다고 아주 생소한 것은 아니었다. 할아버지의 이야기 속에 늘 등장하던 나라였고, 어린 시절부터 자주 들어왔던 언어였다. 옥외 광고게시판에 나오는 장면이나 도로표지판에 적힌 글자들을 보면서 사라는 이 나라가 자신에게 말을 걸어오는 듯한 느낌이 들었고, 자신의 이해를 구하는 듯한 묘한 착각에 사로잡혔다.

사라는 한적한 거리를 빠르게 걸으며 작은 마을을 여럿 지나쳤다. 회색 톤의 비슷비슷한 작은 집들이 죽 늘어서 있었는데, 창가에 정성스럽게 화단을 가꾸거나 밝게 칠한 덧문이 내려진 집들도 보였다. 겨드랑이에 신문을 낀 채 바게트 두 개를 든 남자가 바로 옆을 지나가면서 사라에게 '봉주르'라고 인사를 건넸다. 말을 타고 지나가는 여자애를 특별히 신기하게 바라보는 것 같지는 않았다.

"봉주르."

사라도 기쁘게 인사를 건넸다. 여기 와서 처음으로 내뱉은 프랑스 말이었다. 사라는 광장 한구석에 놓인 여물통 앞에 멈춰 섰다. 거기서 부는 두 귀를 우스꽝스럽게 펄럭이며 꿀꺽꿀꺽 물을 삼켰다. 말에서 내린 사라는 찬물로 세수를 한 다음 자리를 잡고 앉아 크루아상을 먹으며 30분 정도 휴식을 취했다. 그러는 동안 한 엄마가 어린아이 둘과 함께 다가왔고, 사라는 아이들이 부를 쓰다듬는 모습을 가만히 지켜보았다. 여자는 부가 아주 멋진 말이라고 칭찬을 아끼지 않았고, 사라는 셀 프랑세 종이라고 프랑스어로 대답해주었다. 할아버지로부터 그 말을 귀에 못이 박이도록 들으며 자랐지만 직접 자기 입으로 말하고 나니 기분이 이상했다.

"아, 카드르 누아르에서도 비슷한 말을 본 것 같아요."

여자가 말했다. 친숙한 이름을 들은 게 반갑고 자극이 되었는지도 몰랐다. 사라는 자주 이용하는 스포츠 센터나 자기 집이라도 되는 것처럼 카드르 누아르에 대해 수다를 늘어놓고 말았다.

사라는 다시 말에 올라 투르를 가리키는 이정표를 따라 걸음을 재촉했다. 마을의 한쪽 끝에서 출발해 풍차가 있는 곳을 지나 다리를 건너자 10분이 채 안 되어 다시 탁 트인 시골 지역이 나타났고, 고가도로 아래에 거대한 터빈이 윙윙거리며 돌아가는 널따란 들판을 지나갔다. 터빈이 돌 때마다 쿵쿵 소리가 울리자 자신의 심장이 뛰는 소리가 아닌가 하는 의심이 들었다. 조금씩 속도를 높여 앞으로 나아갈수록 기분이 상쾌해지는 것을 느꼈고, 사라는 할아버지가 어릴 때 불러주던 동요를 흥얼거리기 시작했다. 그러다가 얼굴을 반쯤 가린 목도리를 내린 뒤 더욱 신이 나서 노래를 불렀다.

"아하, 초콜릿 아저씨! 오호, 카카오 아저씨……."

사라의 목소리가 서리가 내린 텅 빈 들판에 울려 퍼졌다. 재갈을 씹고 있던 부가 고개를 홱 쳐들었다. 목적지를 불과 몇 시간 거리에 앞두기라도 한 것처럼 좀 더 빨리 달리고 싶어 안달이 난 듯했다. 하지만 사라는 여전히 고삐를 꽉 쥔 채 차가운 공기가 피부를 스미고 들어오는 것을 느꼈다. 온몸의 감각이 한층 더 예민해지는 것 같았다. 마치 모든 세포 하나하나가 이 새로운 풍경을 흡수하고 있는 듯했다. 사라와 부는 아무도 주목하지 않는 이 넓은 들판에서 자유를 만끽했다. 천년의 세월이 흐르는 동안 말을 타고 가던 여행자들이 바로 이런 자유를 느끼지 않았을까.

드디어 프랑스에 왔어요, 할아버지, 정말 아름다운 곳이에요, 사라는 조용히 중얼거리면서 병상에 누워 있는 할아버지를 떠올렸다. 그리고 이제 하려고 하는 일에 대해 생각을 집중했다. 할아버지의 음성과 가르침이 들리는 듯했다. 사라는 자세를 좀 더 바로 하고 종아리의 각도를 정확하게 맞춘 다음 고삐를 짧게 잡고 보통 구보로 말을 몰기 시작했다. 부는 리듬에 맞춰 우아하게 발을 내딛으며 들판 가장자리를 힘차게 달렸다. 만약 할아버지가 이 모습을 본다면 틀림없이 만족스러운 미소로 고개를 끄덕거릴 것이다.

너태샤는 어릴 때 지루한 자동차 여행이 너무 싫었다. 야영지나 바닷가 이동식 주택, 장터 등에서도 즐거웠던 기억은 별로 없었다. 특별히 맛있게 먹었던 음식이나 함께 시간을 보낸 친척들에 대한 기억도 없었다. 누군가가 어린 시절 여행에 대해 물으면 끊임없이 이어지던 고속도로밖에 생각나지 않았다. 앞좌석의 부모님은 지치지도 않고 입씨름을 벌였고, 뒷좌석의 언니와 동생은 슬쩍 발길질을 하거나 꼬집거나 양쪽에서 짓눌러왔다. 그러다가 고속도로 출구가 다가올 즈음이면 "이제 거의 다 왔어?"라는 질문이 여기저기서 터져 나왔다. 때로는 누군가 차멀미 때문에 구토를 하기도 했는데, 그 냄새가 아직도 코끝에 비릿하게 느껴졌다.

세월이 30년도 더 흘렀지만 탁 트인 도로를 달리는 기쁨이나 새로운 목적지를 향해 가는 설렘으로도 그때의 불안과 두려움을 없앨 수는 없었다. 결혼하고 나서 함께 휴가를 보낼 때에도 맥은 장거리 자동차 여행을 좋아해서 무작정 달리다가 기분 내키는 데서 숙소를 정하거나 아니면 밤새도록 운전을 했다. 하지만 너태샤는 그런 여정을 별로 즐기지 못했다. 예약해놓은 숙소도 없고 음식을 못 먹을 수도 있다는 불확실성 때문에 불안하면서도 자신의 그런 따분한 생각이 그의 즐거운 여행을 망칠까봐 전전긍긍했다. 결국 두 사람을 다 만족시킬 대안이 없었으므로 2~3년 전에는 패키지여행을 하기로 합의를 보았다. 그 결과 너태샤는 주로 수영장 옆에 앉아 몰래 챙겨온 서류들을 뒤적거렸고, 그러는 동안 맥은 잃어버린 물건을 찾아 헤매는 사람처럼 번잡한 호텔 주변을 두리번거리다가 결국에는 술집에서 새로 만난 친구들과 술잔을 기울이곤 했다.

너태샤의 신용카드는 어제 저녁 프랑스의 한 고속도로 휴게소에서 사용되었다. 하지만 문제는 거래가 발생한 상호명이 프랑스 북부 일대에 일곱 군데나 된다는 점이라고 신용카드 회사 직원이 말해주었다.

"아무래도 마구간을 찾아다녀야 할 것 같아."

맥이 어젯밤 페리를 타고 오면서 말했다. 너태샤와 맥은 어제저녁에 도버 해협을 건너는 마지막 페리에 가까스로 오를 수 있었다. 너태샤는 말없이 앉아 깨끗하게 닦인 창문을 통해 어둠 속을 휘도는 바다의 물살을 내려다보고 있었다. 그러면서 카드사 직원의 말을 곱씹으며 어떻게 하면 좋을지 열심히 고민했다. 사라는 어떻게 말을 데리고 도버 해협을 건널 수 있었을까? 어떻게 프랑스 땅을 밟을 수 있었던 것일까? 아무리 생각해도 납득이 가지 않았다.

"근데 사라가 아니면 어쩌지?"

불쑥 너태샤가 물었다. 맥이 물병 하나를 건네며 옆자리에 발을 올리자 너태샤는 살짝 옆으로 비켜 앉았다.

"무슨 소리야?"

그는 물병의 마개를 열어 물을 한 모금 마신 다음 소리쳤다.

"신이여, 저는 목이 마르나이다."

수염을 깎지 못해서 턱에는 까칠한 수염이 듬성듬성 자라 있었다.

"사라가 카드를 누군가에게 판 거라면 어떡하지? 혹시 도난당한 거라면? 우리가 엉뚱한 사람을 쫓고 있는 거라면 어쩌지?"

"그것도 불가능한 일은 아니지만 그 누군가가 프랑스로 가는 우연의 일치가 가능할진 모르겠어. 게다가 우리에겐 다른 단서도 없잖아, 안 그래?"

너태샤는 탁자 위에 놓인 지도를 가리키며 말했다.

"여기 거리 좀 봐, 맥. 말은 잘하면 하루에 50~60킬로미터 정도 이동

할 수 있다고 존이 그랬잖아. 그렇다면 사라가 그날 도버까지 간다는
건 아주 힘든 일이었을 거야. 사라는 말을 타고 어떻게 도버 해협을 건
넜을까? 프랑스에서는 또 어떻게 다니고 있는 걸까? 봐봐, 소뮈르는 칼
레에서 500킬로미터 가까이 떨어져 있다고. 사라가 그렇게까지 멀리
이동할 수 있을 것 같진 않아."

"그래서 무슨 말을 하려는 건데?"

너태샤는 의자 깊숙이 몸을 기대며 불확실한 목소리로 말했다.

"우린 돌아가는 게 좋을 거 같아. 아니면 경찰에 신고하든가."

맥이 고개를 저으며 말했다.

"이봐, 우린 지금 중요한 행동 방침을 수행하는 중이잖아. 일단 소뮈
르로 가보자고."

"우리가 틀린 거라면 어쩌려고?"

"그럼 우리가 틀리지 않았다면 어떡하게? 사라는 거기 외엔 달리 갈
데가 없을 거야. 할아버지도 그러셨잖아. 신용카드 정보도 그렇고."

너태샤가 창밖을 내다보며 말했다.

"내 생각엔…… 아무래도 우리가 틀린 거 같아. 어제 아침에 경찰에
신고했어야 했어. 당신이 옳았어. 이 모든 게 외부에 알려지는 게 싫어
서 신고하고 싶지 않았어. 인정해. 하지만 이제 우리 능력을 벗어난 일
같아, 맥. 이건 실종된 열네 살 소녀를 책임지는 일이야. 그것도 우리가
잘 모르는 다른 나라에서. 페리에서 내리는 대로 경찰에 신고하자. 그
게 우리가 책임지는 방법이야."

"아니."

맥이 단호하게 말했다.

"우리가 경찰에 신고하는 순간 사라는 말을 잃어버리게 될지도 몰라.

어쩌면 모든 걸 잃어버릴지도 모른다고. 안 돼. 사라는 우리가 알지 못하는 곳에 있을 뿐이야. 어디로 가야 하는지 정확히 알고 있을 거야. 난 사라가 잘 있을 거라고 믿어."

"그건 당신이 결정할 일이 아니야."

"알아. 그러니까 만약 잘못된 거라면 내가 책임질게."

"나도 사라의 위탁 보호자야."

맥이 너무 빤히 쳐다보며 말하는 바람에 너태샤는 약간 당황했다.

"그거 알아? 만약 당신이 정말 경찰에 신고하고 싶었다면 어제 이미 했을 거야. 당신도 잘 알 거야, 타슈. 우린 둘 다 경찰이 개입하는 걸 원치 않는다는 걸. 이유야 다르겠지만 말이야."

결혼해 함께 살 때도 이렇게 확신에 찬 맥의 모습은 본 적 없었다.

"어쨌든 우린 여기까지 왔고, 사라가 어디로 갈지도 대충 알고 있어. 그러니까 말이 머물 데를 찾아다니면서 기다려보는 게 좋을 거야."

맥의 말에 마음이 상한 탓인지 너태샤는 자기도 모르게 목소리가 딱딱하게 나왔다.

"만약 당신이 틀린 거라면, 혹시라도 사라가 안전하지 못하다면, 우리가 생각한 장소에 없다면 그 모든 걸 감수할 수 있겠어, 정말?"

그때 이후로 둘은 거의 말을 하지 않았다. 맥은 페리에서 내린 후 밤새 차를 몰았다. 다만 고속도로를 택하는 대신 말이 달리기에 좋은 작은 도로를 골라 다니면서 운전하는 내내 어두운 주변을 살폈다.

너태샤는 깜박깜박 졸다가 맥의 소리에 잠이 깨곤 했다. 그는 작은 소리로 통화를 하고 있었다.

"그렇지 않아. 아니야, 자기. 그건 좋은 생각이 아니야. 나도 알아."

너태샤는 불편한 듯 얼굴을 돌린 채 다시 눈을 감았다. 그가 전화를 끊을 때까지 가슴이 불규칙하게 뛰는 게 느껴졌다. 10분 정도가 지났을 때 너태샤는 일부러 하품을 크게 했다. 그러자 맥이 휴게소에 들러 잠시 눈을 붙이자고 제안했다. 새벽 1시경이었고, 주변에 호텔은 없어 보였다.

"오래 잘 순 없을 거야. 기껏해야 두 시간 정도. 그런 다음 계속 달리자고."

서로 말없이 어색한 눈빛을 교환한 뒤 너태샤는 모든 걸 받아들이자고 마음먹었다. 그들은 텅 빈 도로를 벗어나 휴게소 주차장으로 차를 몰았다. 그곳에는 달랑 전등 하나만이 불을 밝히고 있었다. 다른 차들은 전혀 없었고, 주차장 한쪽 면에는 제멋대로 자라난 키 작은 산울타리가 보였다. 세계대전 당시 전투가 벌어졌던 지역답게 눈앞에 펼쳐진 들판은 역사의 무게를 짊어진 듯 어둠 속에서 애절한 느낌을 자아냈다. 엔진이 몇 번 공회전을 하고 나서 멈춰 섰다. 차 안이 너무 조용했다.

둘은 나란히 앉아 어색하게 앞만 바라보고 있었다. 분위기만 보자면 예전에 첫 번째 키스를 나누기 직전의 비현실적인 느낌과 묘하게 닮았다고 너태샤는 생각했다.

맥 역시 껄끄러운 분위기를 감지했는지 전에 없이 서먹하고 공손하게 굴었다. 그는 너태샤의 의자 등받이를 뒤로 젖혀주었다. 너태샤는 고맙다고 깍듯이 인사한 뒤 등받이를 다시 조금 올리고 외투를 둘둘 말아 머리 밑에 괴었다. 아침에는 얼마나 더 구겨져 있을지 상상하면서.

"내 재킷도 빌려줄까? 난 안 추운데."

"아니, 괜찮아."

맥은 결혼 생활 내내 그랬던 것처럼 금세 잠에 빠져들었다. 마치 순식간에 벼랑 끝으로 떨어져버린 사람 같았다. 의자 등받이를 뒤로 젖히고 있었기 때문에 그의 옆모습이 희미한 불빛 아래 그대로 드러나 보였다. 그는 팔 하나를 이마에 비스듬히 올린 채 규칙적인 숨소리를 내고 있었다.

너태샤는 잠이 잘 오지 않았다. 다른 나라에까지 와서 차 안에서 잠을 청하려니 그럴 만도 했다. 자연스레 생각은 직장에서 놓쳐버린 기회와 이제는 더 이상 자신을 사랑하지 않는 남자에게로 옮겨갔다. 지금 이 순간 같은 하늘 아래 어딘가에서 외롭게 방황하고 있을 여자애도 생각했다. 점점 한기가 몰려왔다. 맥의 재킷을 받을 걸 그랬다는 후회와 함께 언젠가 자신이 변호를 맡았던, 주차장에서 몇 달 동안이나 잠을 잤다고 털어놨던 한 소년이 떠올랐다. 결국 소송은 승리로 끝났지만 결과적으로 소년에게 도움이 되었는지는 잘 기억나지 않았다.

길게 늘어진 시간이 몹시 더디게 흘러갔다. 오랫동안 사랑하겠노라 약속하고 평생을 함께 보내리라 희망했던 남자가 옆에서 잠을 자고 있었다. 이 드넓은 우주 공간에서 한때 부부로 살았던 남자. 나란히 자동차 앞자리에 앉아 담소를 나누며 뒤에 앉은 아이들의 흥겨운 얘기 소리를 행복하게 듣고 있었어야 할 남자였다. 너태샤는 어둠 속에 누워 이혼을 한다고 해서 번민이 사라지고 상처가 아무는 게 아님을 어렴풋이 깨달았다.


"린다, 나야. 너태샤."

"어떻게 돼가고 있어요? 가정 문제는…… 잘 해결됐나요?"

다들 알게 된 게 분명했다. 코너가 모든 걸 얘기해준 듯했다. 강렬한 아침 햇살 아래 구겨진 치마와 여기저기 긁힌 자국이 난 스타킹이 고스란히 드러났다.

"아니, 아직이야."

"지금 어디세요? 언제 돌아오시는 거예요?"

두 사람은 몇 시간 동안이나 잠을 잤고 동이 트고 나서야 눈을 떴다. 맥이 일어나 앉아 너태샤의 어깨를 흔들어 깨웠다. 어리둥절한 표정으로 눈을 뜬 너태샤는 몇 초가 지나서야 자신이 어디서 잠을 잔 건지 깨닫는 눈치였다. 두 사람은 게슴츠레한 몰골로 조용히 몇 시간을 달린 뒤 휴게소에 들러 간단히 세수를 하고 매무새를 다듬었다.

"잘 모르겠어. 생각보다 오래 걸리네. 벤 좀 바꿔줘."

"지금 대표님하고 외근 중이에요."

"리처드하고? 벤이 왜 리처드하고 나간 거야?"

"아무도 전화 안 했어요?"

"아니…… 왜?"

"페르시 부부가 합의를 봤거든요. 오늘 아침에 페르시 씨 쪽에서 새로운 제의를 해왔어요. 페르시 부인이 기대한 것 이상이었죠. 부인도 동의를 했고요. 대표님은 앞으로도 부인이 그 입장을 고수할지는 모르겠다고 하시지만 지금으로선 두 분이 합의한 상태거든요."

"다행이네."

"그래서 지금 페르시 부인과 함께 축하의 자리를 나누고 계시죠. 마이클 해링턴 씨와 함께 벤도 데리고 나가셨어요. 울슬리 레스토랑으로 가서 샴페인을 터뜨릴 거라고 하셨죠. 페르시 부인은 벌써 다른 사람으로 변한 거 같았어요. 제가 벤한테 조심하라고 얘기해줬어요. 배고픈 사자가 지나가는 영양을 쳐다보듯 벤을 눈여겨보더라니까요."

리처드는 굳이 전화를 해주지도 않았다. 너태샤는 소송이 만족스럽게 종결된 사실에 대해 잠깐 안도했지만 자신이 그 소송에 대해 아무런 인정도 받지 못할 거라는 생각에 마음이 쓰라렸다. 리처드의 시야에 이미 너태샤의 자리는 사라져버린 듯했다.

그 순간 너태샤는 자신이 파트너 지위에 오르지 못할 거라는 확신이 들었다. 최소한 올해는 어려웠다. 어쩌면 몇 년간은 불가능한 일이 될지도 몰랐다.

"린다, 혹시……."

너태샤는 뭔가를 물어보려다가 이내 한숨을 내쉬었다.

"아니야, 신경 쓰지 마."

뻐근한 통증이 관자놀이를 파고들었다. 너태샤는 이틀째 옷도 갈아입지 못한 몰골로 프랑스의 고속도로 휴게소 주차장에 서서 관자놀이를 주물렀다. 어쩌다 여기까지 오게 된 것일까? 너태샤는 눈앞에서 빠르게 스쳐 지나가는 차량들을 바라보며 상념에 빠졌다. 연수생들에게 늘 충고했던 일을 정작 자신은 지키지 못했다. 의뢰인들과 적당히 거리를 유지하는 일에도 실패했다. 곤란에 빠진 아이들의 삶이야말로 전염성이 매우 강하다는 사실을 잠시 잊고 있었다.

"그래서 지금은 어떠세요?"

"잘 있어."

너태샤는 대충 둘러댔다.

"여기 분들은 이번 일을 어떻게 활용해야 하는지 잘 모르시는 것 같아요."

린다가 조심스럽게 말을 꺼냈다.

"변호사님은 속을 잘 안 드러내시는 것 같고요."

"그래서 지금 이렇게 대가를 치르고 있잖아."

"변호사님이라면 일을 더 잘 처리했을 거라고 보는 견해도 있어요."

너태샤는 눈을 지그시 감고 말했다.

"이제 가봐야 해, 린다. 나중에 다시 전화할게."

맥이 저쪽에서 주차장을 가로질러 걸어오고 있었다. 바로 여기가 연옥이라는 생각이 들었다. 직장과 일은 엉망이 돼버렸고, 사생활은 이리저리 찢겨 너덜너덜해진 기분이었다. 게다가 자신과 전남편은 작은 차 안에 꼼짝없이 갇혀 각자가 내린 결정을 정당화하기 위해 언쟁을 벌이기 일쑤였다.

"아 참, 변호사님! 하마터면 깜박할 뻔했네요. 아침 일찍 여기 누가 찾아왔는지 아세요? 아마 상상도 못 할걸요."

그때 맥이 걸음을 멈추고 막 차에서 내리는 노부인 두 명을 향해 말을 거는 모습이 보였다. 그가 무슨 말을 해도 노부인들은 즐겁게 웃었다. 집을 나가기 오래전부터 자신에게는 보여주지 않던 환한 미소를 지켜보며 너태샤는 마음 한구석이 위축되는 것을 느꼈다.

"응?"

"알리 아마디요."

너태샤의 두 눈이 크게 벌어졌다.

"지금 뭐라고 했어?"

"놀라실 줄 알았어요. 알리 아마디라고 했어요."

"하지만 그럴 리가 없어! 그 아인 다시 유치장으로 들어갔는데. 사건이 재판에 회부되기도 전에 어떻게 나온 거지?"

린다가 웃으며 말했다.

"우리가 신문에서 읽은 그 아이는 다른 알리 아마디였어요. 아마디가 이란에서는 아주 흔한 이름 중 하나라는 사실을 아세요? 이란판 존 스미스라고 할 수 있지요. 아무튼 변호사님이 담당했던 아마디가 오늘 아침에 인사차 찾아왔었어요. 9월부터 학교에 다니기로 했답니다. 꽃다발까지 들고 와서 변호사님 방에 놔두었죠."

너태샤는 전화기를 다른 귀로 옮기며 야트막한 담장에 걸터앉았다.

"하지만……."

"알아요. 확인을 해봤어야 했는데. 동명이인일 줄은 우리도 생각지 못한 거죠. 하지만 다행이긴 해요, 그렇지 않나요? 인간에 대한 신뢰를 회복한 셈이니까요. 아, 그리고 그 작은 말 목걸이도 제가 돌려줬어요. 괜찮죠? 그걸 받더니 아주 기뻐하더라고요."

"하지만……, 하지만 그 아이가 여행 거리를 거짓으로 말한 건 사실이야. 내가 그 사건을 왜곡하도록 한 건 변함없는 사실이라고."

"제가 벤한테 물어본 것도 바로 그 점이에요. 통역사가 왔을 때 서류를 꺼내 다시 한번 봐달라고 부탁했거든요. 그랬더니 아주 흥미로운 점이 발견되었어요."

너태샤는 아무 말 없이 듣기만 했다.

"알리 아마디는 정말 13일 동안 1,500킬로미터를 이동했다고 말했어요. 하지만 그 거리를 다 걸은 건 아니었어요. 통역사를 포함해 우리 모두가 그렇게 추정했던 것뿐이었어요. 아마디가 떠나기 전에 벤이 다시 물어봤는데, 와우, 영어를 어찌나 잘하던지, 변호사님도 믿기 어려웠을 거예요. 정말 놀라웠어요. 어쨌든 벤이 물어보니까 그 거리의 일부만 걸었다고 하더라고요. 일부는 트럭을 얻어 탔고, 또 일부는 말이나 노새를 얻어 탔대요. 그게 그렇게 된 거였어요. 변호사님한테 절대 거짓말을 한 게 아니었어요."

그 후에 린다가 무슨 얘기를 더 했는지는 정확히 기억이 나지 않았다. 너태샤는 피로에 지쳐 지끈거리는 머리를 아래로 숙였다가 진심으로 감사하는 마음을 담아 두 손을 모은 채 소년을 생각했다. 13일 동안 정말 1,500킬로미터를 이동했고 진실만을 얘기했던 아이를.

고개를 들었을 때에는 몇 발자국 떨어지지 않은 거리에 맥이 양손에 플라스틱 컵을 든 채 다가와 있는 게 보였다. 그녀가 고개를 들자 갑자기 딴 데를 바라보는 걸 보니 한동안 죽 지켜보고 있었던 모양이다.

이윽고 너태샤는 전화를 끊고 커피를 받아 들며 말했다.

"좋아. 당신이 이겼어. 소뮈르로 가자고."

아무래도 길을 잘못 든 게 분명해 보였다. 사라는 닳고 닳은 작은 지도를 다시 펼쳐보았다. 하지만 아무리 들여다보아도 길을 잘못 들게 된 이유를 알 수 없었다. 이 길을 따라가면 톰이 전화를 해둔 임시 축사가 나와야 했지만 눈앞에 보이는 건 언제 끝날지 알 수 없는 공업단지뿐이었다. 지금까지 몇 킬로미터 정도는 선로를 따라 이동했지만 톰이 건네준 지도에는 더 이상 선로가 표시되어 있지 않았으므로 이 길을 계속 가야 할지 말지조차 판단이 서지 않았다. 이제는 자신의 직감을 믿고 가면서 투르행 이정표가 나오기만을 기다리는 수밖에 없었다. 하지만 도로 표지판이 나타나기는커녕 초록의 풍경은 런던 외곽을 연상시키는 삭막한 광경으로 서서히 변하고 있었다. 텅 빈 작업장과 주차장이 즐비하고, 커다란 대형 매장 포스터들이 광고판 위에서 황량하게 펄럭이는 콘크리트 지역이 펼쳐지기 시작했다. 이따금씩 기차 한 대가 사나운 소리를 토하며 지나가는 바람에 부가 움찔 놀라기도 했다. 그러고 나면 다시 한참 동안 적막감이 감도는 가운데 간간이 차 한 대만이 고요한 대기를 휘저으며 지나갔다.

태양이 지기 시작하면서 기온은 점점 떨어져갔다. 사라는 제대로 된 방향을 가고 있는지조차 알 수가 없어 걸음을 멈추고 다시 지도를 들여 다본 다음 동서를 분간하기 위해 하늘을 올려다보았다. 하지만 태양 주 위로 구름이 몰려 있어 그림자로 방향을 읽어내기가 쉽지 않았다. 설상 가상으로 배가 너무 고팠다. 오는 길에 눈에 띄는 마켓 아무 데나 들르 지 않은 게 몹시 후회되었다. 쉬지 않고 가야 한다는 생각밖에 못 했고, 지금쯤이면 마구간에 도착해 있을 거라고 너무 자신했기 때문이다.

눈앞에 펼쳐진 광경은 갈수록 황폐하고 절망적인 느낌을 주었다. 건 물들은 하나같이 꽤 오랫동안 사람의 손길이 닿지 않은 듯했다. 아마도 철도 대피선을 향해 가고 있는 게 분명해 보였다. 선로가 갈라지면서 수많은 객차들이 정차해 있는 철길이 여럿 보이는 데다 머리 위로 솟은 철탑에는 복잡한 전선들이 뒤얽혀 있었기 때문이다. 왔던 길로 돌아가 는 수밖에는 달리 방법이 없었다. 사라는 긴 한숨을 내쉬고는 말 머리 를 돌리기 시작했다.

"여기서 뭐 해?"

사라는 안장 위에서 황급히 고개를 돌렸다. 전동 자전거를 포함한 자 전거 다섯 대가 보였다. 그중 두 대에는 뒷좌석에까지 사람이 앉아 있 었다. 한 쌍은 헬멧을 썼고 나머지 한 쌍은 아무것도 쓰고 있지 않았다.

"여기서 뭐 하냐고?"

사라는 대답하고 싶지 않았다. 말하는 순간 영국인이라는 사실이 드 러날 것이기 때문이다. 사라는 아무 말 없이 시선을 거둔 채 왼쪽으로 방향을 돌려 계속해서 걸음을 옮겼다. 저 사람들을 그대로 지나쳐 가기 힘들 거라는 불길한 예감이 들었지만 저들이 관심을 거두고 가주기만 을 바라는 수밖에 다른 도리가 없었다.

"소를 잃어버리기라도 한 건가, 카우보이?"

사라는 자기도 모르게 두 다리로 부의 옆구리를 감싸 안았다. 잘 훈련된 말은 기수가 느끼는 긴장감을 어렵지 않게 감지한다. 이런 동작과 함께 고삐에 압력이 가해지자 부는 단번에 주의를 집중하는 듯했다.

"이봐!"

한 사람이 목청을 높이자 뒤에 있던 다른 사람들이 야유를 보내며 서로 얘기를 주고받았다. 사라는 무표정한 얼굴로 계속 말을 몰았지만 막다른 골목으로 가고 있는 건지 아닌지조차 알 수가 없었다. 창고 규모의 건물들과 황폐한 주차장들로 이루어진 산업단지는 어마어마하게 넓었다. 벽마다 검고 붉은 페인트로 휘갈긴 낙서들이 가득한 걸 보면 꽤 오랫동안 대책 없이 버려져 있었다는 것을 알 수 있었다.

"이봐, 내 말 안 들려!"

뒤에서 전동 자전거의 회전 속도가 올라가는 소리가 들려오자 사라의 가슴이 거칠게 뛰기 시작했다.

"이봐, 내 말 안 들리느냐고, 빌어먹을!"

"저리 가요."

사라는 목소리에 힘을 주어 말했다.

그들이 웃기 시작했다. 그중 하나가 야유를 보내며 사라의 말을 흉내냈다.

"저리 가요!"

조금씩 어둠이 내려앉는 거리를 사라는 속보로 걷기 시작했다. 뒤에서 전동 자전거가 미끄러지며 속도를 올리는 소리가 들려왔다. 멀지 않은 곳에 가로등 불빛들이 일렁이는 게 보였다. 다시 간선도로로 접어든다면 전동 자전거라도 더 이상 쫓아오지 못할 것이다.

그때 자전거 한 대가 사라 옆까지 바짝 다가왔다가 뒤로 물러났다.

부가 긴장을 느끼는지 두 귀를 쫑긋 세우며 신호가 떨어지기를 기다렸다. 사라는 한 손을 말의 목에 댄 채 부에게서 위안을 얻고자 했다. 그러면서도 자신이 느끼는 공포를 전하지 않으려고 안간힘을 썼다. 저들은 금방 가버릴 거야, 사라는 부에게 조용히 말했다. 지루해져서 우리를 내버려두고 갈 거야. 그 순간 앞서 다가왔던 자전거가 느닷없이 사라 앞으로 미끄러져 들어왔다. 부가 갑자기 멈춰 서며 궁둥이를 아래로 내리고 머리를 위로 솟구쳤다. 자전거 두 대가 원을 그리며 도는 동안 나머지 세 대는 사라와 정면으로 마주 섰다. 사라의 모습은 목도리로 얼굴을 반쯤 가리고 모자를 눈까지 내려 쓴 상태였다.

누군가 땅바닥에 담배꽁초를 던졌다. 사라는 아주 차분하게 앉아 무의식적으로 부의 어깨를 쓰다듬고 있었다.

"빌어먹을! 사람 말을 무시하는 게 얼마나 무례한지 몰라?"

북아프리카 계통의 외모를 지닌 청년이 사라를 향해 고개를 디밀고 말했다.

"난, 난 투르에 가야 해요."

사라는 최대한 목소리를 떨지 않도록 애쓰며 말했다.

"투르에 가고 싶다……."

웃음소리가 기분 나쁘게 들렸다.

"내가 투르에 데려다줄게. 여기 타."

그가 뒷자리를 두드리며 말하자 모두들 웃었다.

"그 배낭 안에 뭐가 들어 있지?"

사라는 그들을 하나하나 둘러보며 대답했다.

"아무것도."

"아무것도 없는 것치곤 너무 빵빵한데."

빡빡 깎은 머리에 야구 모자를 눌러쓴 창백한 얼굴의 청년이 전동 자전거에서 내렸다. 사라는 숨을 가다듬으려고 애썼다. 이 사람들은 동네에서 마주쳤던 남자애들하고 다를 게 없어, 사라는 혼잣말을 중얼거렸다. 서로에게 자신을 과시하려는 것뿐이라고. 겁먹지 않았다는 것을 보여줘야 해.

민머리 청년이 천천히 사라에게 다가왔다. 그는 지저분한 카키색 재킷을 입었고, 윗주머니에는 담배 한 갑이 꽂혀 있었다. 이어서 몇 발짝을 남겨놓고 멈춰 서서 사라를 똑바로 쳐다보더니 느닷없이 앞으로 튀어나와 "후와!" 하고 소리를 질렀다.

부가 놀라서 힝힝거리며 뒤로 풀썩 뛰어오르자 청년이 웃음을 터뜨렸다.

"진정해."

사라가 두 다리로 말의 옆구리를 조이며 말했다. 그는 담배를 한 모금 빨더니 다시 앞으로 다가왔다. 이제 이들은 행동을 멈추지 않을 것이다. 새로운 게임 혹은 남을 괴롭히는 흥미로운 놀이를 발견한 애들 같았다. 사라는 이들에게서 빠져나갈 최선의 경로를 모색하며 조심스럽게 거리를 가늠해보았다. 이들은 이 지역을 아주 잘 알 것이다. 수많은 시간을 지금 같은 행동을 하며 보냈을 것이고, 자전거로 곳곳을 누비며 시간을 허비했을 것이다. 또한 좌절과 권태를 몰아내기 위해 약탈할 거리를 찾아다녔을 것이다.

"후와!"

이번에는 마음의 준비가 된 상태였고, 부도 잠깐 움찔할 뿐 뛰어오르지는 않았다. 사라는 다리와 팔로 부를 단단히 감싸 안은 채 움직이지 말라고 조용히 속삭이면서 두려움을 느낄 기회를 주지 않았다. 그럼에도 부는 여전히 불안정해 보였다. 커다란 눈은 연신 뒤를 힐끗거렸고 활처럼 휜 목에는 긴장감이 역력했으며 고삐 끝에 걸린 입은 불안하게 재갈을 씹고 있었다. 드디어 자전거들이 다시 엔진 속도를 올리기 시작했고, 사라는 자신이 무엇을 해야 하는지 감지했다.

"제발 절 그냥 보내주세요."

사라가 간청했다.

"가방을 보여주면 그냥 보내주지."

민머리 청년이 사라의 가방을 가리키며 말했다.

"이봐, 빌어먹을! 가방을 보여달라고. 안 그러면 말고기 파이를 만들어줄 테니까."

북아프리카계 청년도 가세하며 말고기에 대한 얘기로 겁을 주었다. 그 얘기는 사라에게 결정적인 자극이 되었다. 사라는 두 다리로 부에게 말없이 신호를 보냈다. 불안과 긴장으로 여전히 얼어붙어 있던 부는 이제 얌전히 다리를 들어 올리며 제자리에서 걸음을 떼기 시작했다. 신중하지만 리드미컬하게 한 번에 두 다리를 들어 올렸다.

"저거 봐! 말이 춤을 추네!"

사라의 행동에 잠시 혼란을 느끼던 청년들이 야유를 보내면서 다시 자전거의 엔진 속도를 높이기 시작했다. 사라는 입을 앙다물고 주변의 소음을 차단하면서 온 힘을 다해 부의 힘을 끌어모으고자 애썼다. 부는 머리를 가슴 쪽으로 숙이고 다리를 더욱 높이 들어 올렸다. 비록 긴장과 두려움을 떨치진 못했지만 사라의 요구대로 행동할 준비를 마친 듯했다. 사라는 누군가 자신을 향해 소리치는 소리를 들은 것 같았지만 그 소음은 귀에서 울리는 요란한 맥박 소리에 묻혀버렸다.

"그러면 사람도 저렇게 춤을 추는 건가?"

민머리 청년이 좀 더 가까이 다가오며 말했다. 그의 얼굴에 번진 미소에는 냉정함과 비열함이 담겨 있었다. 그 미소를 보는 순간 몰티즈 셀이 떠오른 사라는 오른 다리에 힘을 주어 부가 그를 조심스럽게 벗어나도록 했다. 이어서 부는 사라의 요구에 응답하며 테르 아 테르 동작에 돌입하면서 주변에 감도는 긴장을 모조리 빨아들이는 듯했다. 청년들 사이에서도 위험스러운 에너지가 느껴졌다. 사라는 혼란과 소요에 대한 그들의 갈망을 감지할 수 있었다. 제발, 이번 한 번만, 날 위해 이 일을 꼭 해줘, 간절한 염원을 담아 사라는 부에게 속삭였다.

"끌어내려!"

누군가 소리 지르며 사라를 말에서 내리도록 손짓했다. 그와 동시에 손 하나가 자신의 다리로 뻗쳐오는 것을 감지한 사라는 황급히 뒤꿈치로 부의 옆구리를 죄면서 "이랴!" 하고 구령을 내질렀다. 그 순간 부는 그들 머리 위 공중으로 높이 솟아오르며 뒷다리를 수평으로 걸어찼다. 카프리올! 세상이 정지한 듯 멈춰 섰다. 아주 짧은 순간 사라는 2천 년 전에 전사들이 내려다보았을 광경을 보는 듯했다. 위대한 동물들이 중력을 거스르고 공중으로 뛰어오를 때 공포로 가득한 적들의 얼굴.

사라 아래로 두려움과 분노의 외침 소리가 울렸다. 자전거 두 대가 쓰러져 나뒹굴었고, 계속해서 서 있던 민머리 청년이 뒤로 넘어지며 엉덩방아를 찧었다. 부의 앞발굽이 지상에 내려와 닿는 순간 사라는 뒤꿈치로 말의 옆구리를 치며 "뛰어!"라고 외쳤다.

"달려!"

위대한 부는 전동 자전거들을 쏜살같이 비껴 달린 다음 모퉁이를 미끄러지듯 돌아 지금까지 달려왔던 아스팔트길 위를 다시 질주했다.

그로부터 수백 킬로미터 떨어져 있는 어두운 병실에서 앙리 라샤펠은 고개를 모로 기울인 채 간호사들의 부축을 받고 있었다. 그는 벽면에 붙은 사진 속 말의 흐릿한 이미지에 시선을 고정하고 그것이 또렷하게 보일 때까지 눈을 부릅떴다. 어느 순간 눈앞으로 바싹 다가온 말은 무지갯빛 눈을 빛내며 그를 돌아보고 있었다. 한없이 따뜻하고 부드러운 기운을 뿜어내며 앙리의 눈을 들여다보았다. 그는 근원을 알 수 없는 불안과 혼란을 느끼며 건조하고 따가운 눈을 몇 번이나 깜박였다. 그러다가 앙리는 "제론티우스!"라고 반갑게 소리쳤고, 말은 답례를 하듯 코를 내밀며 천천히 눈을 끔벅거렸다. 그는 어떻게 제론티우스와 함께 이곳에 오게 되었는지 기억하려고 애썼다. 하지만 아무것도 제대로 떠오르지 않았다. 지금으로서는 이 새로운 흐름에 몸을 맡기고 낯선 이들의 얼굴과 보살핌을 저항 없이 받아들이는 일만이 최선으로 보였다.

　앙리는 종아리까지 올라온 부츠의 뻣뻣한 가죽과 목을 감싸고 있는 검은색 부드러운 모직 칼라를 느낄 수 있었고, 저 멀리 어딘가에서 동료 기수들이 즐겁게 담소를 나누며 웃는 소리도 들을 수 있었다. 졸인 설탕 같은 장작이 타는 냄새와 무두질을 끝낸 따뜻한 가죽 냄새가 콧속을 파고들었고, 루아르 계곡에서 불어오는 부드러운 산들바람이 피부를 스치고 지나갔다. 안장에 걸터앉은 앙리는 붉은 장막 밖으로 말을 몰았다. 장갑을 낀 두 손은 가죽 고삐 위에서 환하게 빛났고, 그의 두 눈은 쫑긋 선 두 귀 사이에 조용히 머물렀다. 그는 제론티우스의 길고 강인한 다리가 성큼성큼 움직이는 것을 느낄 수 있었고, 자신의 걸음걸이만큼이나 친숙한, 독특하고 우아한 발걸음을 통해 기쁨과 환희를 만끽했다. 제론티우스는 이번에도 그의 기대를 저버리지 않았고, 그는 날개를 단 사람이 된 듯했다.

그런데 이번에는 분명 뭔가 다른 게 있었다. 앙리는 제론티우스에게 아무런 지시나 요청을 할 필요가 없었다. 둘 사이에 텔레파시가 있어서 그가 말의 옆구리에 박차를 가하기 전에, 체중의 변화를 주거나 호령을 하기 전에 제론티우스가 먼저 알고 반응했다. 앙리는 이 고귀한 생명체에게 놀라움을 금치 못했다. 그토록 오랫동안 이 생명체를 외면했던 자신을 용서할 수가 없었다.

말은 기다란 목을 동그랗게 구부린 채 공연장 한가운데로 나아갔다. 전등 불빛 아래에서 비단결처럼 부드러운 털이 반짝거렸다. 환호와 기대가 소용돌이치는 가운데 제론티우스는 앞발을 들어 올렸고 썩 하는 소리와 함께 뒷다리로 벌떡 일어섰다. 도저히 믿기 힘든 높이로 한 치의 흔들림도 없이 고개를 거만하게 들고 기쁨에 환호하는 군중을 내려다보았다. 앙리는 헉 하는 소리를 내지르며 말의 등 쪽으로 몸을 기울인 채 두 다리로 말의 몸통을 조이고 매달렸다. 제론티우스와 앙리는 마치 하늘에 둥둥 떠서 내려올 필요조차 없는 것처럼 보였다.

바로 그때 앙리는 그녀를 보았다. 노란 드레스를 입고 앞좌석에 서서 머리 위로 가냘픈 손을 들어 올리는 여인. 자긍심으로 눈물이 그렁그렁한 채 얼굴에 가득 미소를 띠고 열심히 박수를 치고 있는 여인.

플로렌스! 앙리는 소리쳐 불렀다. 플로렌스! 무대에서 터져 나온 박수소리는 그의 귀를 먹먹하게 했고 그의 가슴을 가득 메웠다. 여인과 함성은 혼연일체가 되어 그를 압도하고 그의 가슴을 부풀리고 고양시켰다. 그리하여 날카롭게 울리는 기계 소리와 다급하게 외쳐대는 목소리, 병실 문을 벌컥 여는 소리를 저 멀리로 떠내려 보냈다.


맥이 방 문을 두드리며 물었다.

"준비됐어? 부인이 얘기한 저녁 식사가 8시인 거 기억하지?"

너태샤는 볼품없는 바지와 빨간 면 셔츠를 입고 있었다. 근처 할인점에서 구매한 유일하게 몸에 맞는 옷들이었다. 그녀는 걱정스러운 목소리로 대답했다.

"5분만 시간을 줘. 아래층에서 만나."

곧이어 맥이 복도를 한 발짝씩 걸어갈 때마다 나무판자가 삐걱거리는 소리가 들려왔다. 너태샤는 가방을 뒤져 지치고 창백한 얼굴을 보완해줄 마스카라나 화장품을 찾았다.

두 사람은 5시 무렵 이 소도시에 도착했다. 맨 처음에 찾아간 곳은 카드르 누아르 국립 승마학교였는데, 문이 굳게 닫혀 있었다. 맥이 끈질기게 벨을 누르자 인터폰을 통해 짜증스러운 목소리를 들을 수 있었다. 그 사람에 따르면 이곳은 크리스마스 2주 후까지는 대중에게 개방되지 않는다고 했다. 맥이 다른 걸 물어봐도 시큰둥하게 대답했고, 말을 타고 온 영국 여자애는 보지 못했다고 했다. 맥이나 너태샤 모두 프랑스어를 잘하지 못했지만 특별히 프랑스어에 유창하지 않더라도 남자의 목소리에서 냉소와 불신을 감지하는 데에는 아무 문제가 없었다.

"어쨌거나 사라는 우릴 여기까지 데려왔네."

너태샤가 말했다. 그녀는 신용카드 회사에 다시 확인해보았지만 새로운 사용 내역은 없었다는 대답만 들었다. 사라는 전날 저녁 이후에는 더 이상 돈을 인출하지 않았다. 이 점이 안도할 상황인지, 우려할 상황인지는 너태샤도 갈피를 잡을 수가 없었다.

샤토 드 베리에르 호텔은 중세풍의 소도시 중앙에 자리 잡고 있었고, 바로 뒤에는 카드르 누아르 승마학교가 있었다. 이 호텔은 크고 화려하고 아름다웠다. 두 사람이 결혼 생활 초기에 묵었던 호텔들과 유사했다. 당시만 해도 두 사람은 서로에게 자신의 존재를 내세우고 싶어하던 시절이어서 맥은 꼬박꼬박 면도 후 로션을 바르고 너태샤가 무슨 옷을 입든 칭찬을 아끼지 않았다. 너태샤도 그의 모든 행동이 재미있고 사랑스러워 보이던 때였다. 하지만 불과 2년도 되지 않아 모든 게 불만스러워 보일 정도로 상황은 달라졌다.

"이왕이면 크고 깔끔한 데 묵자고."

맥이 말했다. 그는 짐짓 쾌활한 목소리를 내려고 애썼지만 프랑스 땅에 발을 내딛는 순간부터 점점 커져가는 두려움을 어쩔 수가 없었다. 그 점에서는 너태샤 역시 크게 다르지 않았다. 지난 몇 시간 동안 두 사람은 서로를 매우 조심스럽게 대하기까지 했다. 상황이 너무 심각하게 번져서 다른 감정을 느낄 여유조차 없었다. 앞으로 어떤 결과가 나올지 누구도 예측할 수 없는 상태가 되고 말았다.

너태샤는 아래층으로 내려갔다. 맥은 통나무 장작이 활활 타오르는 벽난로 앞에 앉아 호텔 주인한테 지금까지 벌어진 일들을 설명하고 있었다. 프랑스인 여주인은 못 믿겠다는 표정을 지으며 끈기 있게 이야기를 듣고 나서 물었다.

"두 분 생각에 아이가 칼레에서 여기까지 말 타고 왔다는 말이죠?"

"사라는 틀림없이 카드르 누아르로 향했을 거예요."

맥이 설명했다.

"우린 단지 그곳의 누군가와 만나 얘기를 들어보고 싶을 뿐입니다. 그래서 사라가 그곳에 왔는지를 알고 싶은 겁니다."

"매컬리 씨, 만약 열네 살짜리 영국 아이가 동행자 없이 말을 타고 이곳에 나타났다면 소뮈르 전체가 알았을 거예요. 정말 그 아이가 이렇게 먼 곳까지 올 수 있으리라 믿는 건가요?"

"우린 사라가 어제 저녁 파리 외곽에서 돈을 인출한 것도 확인했습니다."

"하지만 500킬로미터가 넘는 거린데……."

"불가능하진 않아요."

너태샤가 알리 아마디를 떠올리면서 단호하게 말했다.

"우린 가능하다고 생각해요."

여주인과 맥이 잠시 시선을 교환했다.

"하지만 지금 거기엔 아무도 없답니다."

여주인이 말했다.

"원하신다면 경찰에 전화해서 그와 같은 신고가 접수된 적이 있는지 알아봐드릴게요."

"그렇게 해주신다면 감사하겠습니다."

맥이 인사를 전했다.

"감사합니다. 정말 큰 도움이 될 것 같습니다."

그러고 나서 여주인은 그들의 식사를 확인하러 자리를 떴다.

"당신 괜찮아?"

"좋아."

너태샤는 창밖으로 고개를 돌렸다. 그러면서 저 울타리 말미의 수풀에서 사라가 나타나주면 얼마나 좋을까 생각했다. 요즈음 너태샤는 여기저기서 불쑥 나타나는 사라의 환영을 보곤 했다. 사라는 주차된 차들 뒤편에서, 좁은 길 끝에서 느닷없이 나타났다가 순식간에 사라졌다.

'사라는 틀림없이 여기로 올 거야.'

알리 아마디를 생각할 때면 그 아이의 굳은 의지나 그 아이가 보내주었다는 꽃다발 대신 자신의 실패가 먼저 떠올랐다. 자신이 엄청난 실수를 저질렀다는 자괴감이 가슴을 무겁게 짓눌렀다.

이토록 낭만적인 장소에서 맥과 마주앉아 저녁을 먹고 있다는 사실도 비현실적으로 느껴졌다. 너태샤는 배가 별로 고프지 않아 술잔만 연거푸 기울였다. 자기도 모르는 사이에 세 잔, 네 잔째가 되었다. 암묵적인 동의라도 한 듯 두 사람은 사라에 대해 아무 언급도 하지 않았다. 너태샤는 달리 할 말이 없었고, 시선을 어디에 두어야 할지도 몰랐다. 맥과 마주 앉아 있었지만 두 눈은 그의 손과 피부, 헝클어진 머리카락 등으로 옮겨 다녔다. 평소와 달리 맥은 거의 아무 말도 없이 음식만 꾸역꾸역 밀어 넣고 있었다.

"음식 맛이 괜찮지?"

맥은 말하고 나서야 너태샤가 음식에 손도 대지 않은 것을 보았다.

"괜찮네."

너태샤가 짧게 대답하자 맥은 그다음에 무슨 말을 해야 할지 몰라 난감해하는 듯했다. 너태샤는 더욱 어색해졌고, 디저트 대신 욕조에 몸을 담가야겠다는 그의 말을 듣자 안도의 한숨이 새어 나왔다.

"난 정원을 좀 거닐다 들어갈게."

너태샤가 말했다.

"정말? 공기가 찬데."

"바람 좀 쐬고 싶어."

너태샤는 애써 미소를 지으려 했지만 잘 되지 않았다.

바깥에 나오니 찬 공기가 바로 폐부를 파고들어 너태샤는 외투 자락을 단단히 여몄다. 어디선가 장작을 때는 희미한 냄새가 코끝에 실려왔다. 오른쪽으로 고개를 돌리니 웅장하고 고전적인 학교 건물의 정면이 보였고, 누르스름한 자갈이 깔린 소뮈르의 거리도 한눈에 들어왔다.

너태샤는 마로니에 나무가 있는 곳으로 걸어가 하늘을 바라보았다. 우아하게 뻗은 가지들 사이로 오염되지 않은 광활한 지역이 도시의 은은한 불빛을 받아 드러나 보였다. 그 장면을 보는 순간 더 이상 아무 생각도 들지 않았다. 자신의 직장과 기회를 빼앗긴 소송, 파괴된 관계에 대해서 이제 더는 아쉽지 않았고, 심지어 사라에 대한 걱정마저 떨쳐버릴 수 있었다. 잠시 후 결코 거짓을 말하지 않았던 아마디가 머릿속에 떠오르면서 그 아이에 대한 신뢰가 얼마나 쉽고 빠르게 무너졌는가를 깨닫고 부끄러움을 느꼈다.

시간이 얼마나 흘렀을까, 자갈길을 밟는 소리를 듣고 너태샤는 퍼뜩 정신을 차렸다. 발소리의 주인공은 맥이었다. 그녀의 가슴이 거칠게 요동쳤다.

"뭐야? 경찰이야?"

맥이 전화기를 들고 있는 모습을 보고 너태샤가 물었다.

"사라를 찾았대?"

그의 머리카락이 젖어 있지 않은 걸 보니 아직 목욕을 하지 않은 모양이었다.

"카우보이 존이야."

그의 얼굴이 몹시 심각해 보였다.

"사라 할아버지가 오늘 저녁에 돌아가셨대."


너태샤는 아무 말도 할 수 없었다. 맥이 웃으면서 사과해주기를, 말도 안 되는 농담이었다고 말해주기를 기다렸다. 하지만 맥은 그런 말은커녕 당혹감을 감추지 못했다.

"이런 맙소사, 타슈. 이제 우린 어떡하지?"

가벼운 바람이 불어오자 플라타너스 가지들이 흔들리며 살짝 삐걱거리는 소리를 냈고, 너태샤는 얼굴에 예리한 한기를 느꼈다.

"사라를 찾아야 해."

그녀의 입에서 유별나게 새된 음성이 새어 나왔다.

"꼭 찾아야 돼. 지금으로선 다른 방법이······."

가슴속에서 무언가가 울컥 치솟았다. 끔찍할 정도로 낯설고 숨 막히는 기분이 들면서 공포가 온몸을 휘감았다. 너태샤는 성큼성큼 걸어 맥을 지나친 뒤 호텔을 향해 달려갔다. 고상하면서도 휑뎅그렁한 복도를 지나 마호가니 계단을 단숨에 올라 자기 방으로 들어갔다. 너태샤는 참았던 눈물을 주르륵 흘리면서 커다란 침대에 엎드려 두 팔로 머리를 감쌌다. 두꺼운 이불에 파묻혔다. 왜 이렇게 눈물이 흐르는지 알 수가 없었다. 하나밖에 남지 않은 혈육을 잃고 낯선 이국땅에 홀로 남은 소녀 때문일까, 자신이 오판했던 가련한 소년 때문일까, 아니면 스스로 초래한 이 모든 혼란 때문일까. 연거푸 마신 술과 이질적인 환경, 혼란스러웠던 지난 이틀 동안의 경험이 한데 뒤엉키면서 터져 나온 격렬한 흐느낌을 주체할 수 없었고, 심연에서 끓어오른 분노로 온몸이 뒤틀렸다.

뒤에서는 끈질기게 쫓아오는 자전거 소리가 들렸다. 사라는 두려움에 사로잡혀 가쁜 숨을 몰아쉬며 죽어라고 달렸다. 희미한 불빛만이 감도는 어둠 속을 부는 목을 빳빳이 세운 채 발굽에서 불꽃이 튈 정도로 질주했다. 그러다가 사라는 부의 머리를 오른쪽으로 휙 틀어 길처럼 보이는 곳으로 날아들 듯이 달렸다. 그 순간 뒤에서 타이어가 끼익 하는 소리를 내면서 "미친 새끼!"라고 소리치는 위협적인 음성이 들려왔다. 그곳은 대형 슈퍼마켓 주차장이었던 것이다.

하지만 사라는 속력을 줄일 수가 없어 주차장을 그대로 가로질러 내달렸다. 카트를 밀던 사람들이 깜짝 놀라 멈춰 섰고 후진하던 자동차도 급정거를 했다. 이제 전동 자전거들도 여기저기 흩어져버린 듯 시야에 들어오지 않았다. 슈퍼마켓 쪽으로 간다면 또 많은 사람들이 달려들 것이므로 사라는 부를 뒤로 잡아끌려고 했다. 하지만 부는 목에 잔뜩 힘을 주고 절대 휘둘리지 않으려고 했다. 이 세상에 홀로 길을 잃은 말처럼 두려움에 몸이 굳어 있었다.

사라는 상체를 뒤로 젖히며 "워, 워!" 하고 소리쳤지만 부를 멈춰 세울 수는 없었다. 이대로 달릴 수밖에 없다는 것을 깨달은 사라는 자그마한 난간과 움푹 팬 곳을 뛰어넘어 빈 주차장을 달렸다. 멀지 않은 곳에 커다란 건물들이 모여 있는 게 보였다. 낮은 담장 너머에는 툭 트인 전원지대가 펼쳐져 있는 것 같았다. 사라는 등자에 발을 딛고 서서 한쪽 고삐를 잡아당겼다. 급선회하듯 가던 방향을 확 틀어 한순간에 속도를 줄이는 방법이었다.

하지만 사라는 담장이 얼마나 가까워졌는지, 방향을 틀고자 했던 각도가 정확히 어느 정도였는지 제대로 판단하지 못했다. 더욱이 담장 한쪽의 급경사면을 뒤늦게야 발견했다. 공포에 사로잡힌 부는 순간적으로 앞다리를 공중으로 들어 올렸고, 말과 기수가 실수를 깨달은 시점은 이미 일이 벌어지고 난 후였다.

주변의 소리가 한순간에 사라져버렸다. 사라는 검은 하늘 위로 솟구쳤고 자신의 입에서 튀어나온 것 같은 비명을 희미하게 인식했다. 부는 발을 헛디디며 비틀거렸고, 사라는 땅바닥으로 곤두박질치며 떨어졌다. 도로의 표면에서 빛이 번쩍하는 게 보였고 무언가가 끔찍하게 으스러지는 소리가 들렸다. 그러고는 모든 게 암흑이었다.

방문을 두드려보아도 아무 대답이 없자 맥은 조심스럽게 손잡이를 돌렸다. 그러면서도 이런 행동이 또다시 반감을 불러일으킬까 두려움이 앞섰다. 그렇다고 그냥 다시 방으로 돌아갈 수는 없었다. 너태샤의 표정은 당황한 기색이 역력했고 달빛에 드러난 얼굴은 핏기가 사라져 침착함이라곤 전혀 찾아볼 수가 없었다.

"타슈?"

맥은 부드럽게 불러보았다. 그래도 반응이 없자 천천히 문을 열었다.

너태샤는 침대 위에 엎드려 두 팔로 머리를 감싸고 있었다. 맥은 그녀가 잠들어 있는지도 모른다고 생각했다. 그래서 조용히 문을 닫으려고 하는 순간 어깨가 들썩이는 것을 보았고, 흐느낌을 억누르는 징조임을 단숨에 알아차렸다. 맥은 그대로 서서 옴짝달싹할 수가 없었다. 최근 몇 년 동안 너태샤는 그에게 눈물을 보인 적이 없었다. 14개월 전 맥이 집을 떠날 때, 현관에 서서 당혹스러운 시선으로 그를 지켜보던 모습만이 유일하게 기억났다. 정장 차림이던 너태샤는 냉정함을 잃지 않기 위해 이를 악물고 서서 그가 짐을 끌고 나가는 모습을 바라보았다.

하지만 그건 1년도 더 지난 일이었다.

맥은 주저하며 나무 바닥을 걸어갔다. 그가 이름을 부르며 어깨에 손을 올리자 너태샤가 움찔했다.

하지만 너태샤는 다른 반응을 보이지 않고 그대로 누워 있었다. 대답을 할 수가 없는 건지, 그냥 나가주기를 바라는 건지 맥은 갈피를 잡을 수가 없었다.

"왜 그래?"

그가 물었다.

"무슨 일이야?"

너태샤가 이불에서 고개를 들었을 때 얼굴은 백지처럼 창백했고 눈물로 얼룩덜룩했다. 맥은 눈물로 번진 마스카라 자국을 닦아주고 싶은 충동을 간신히 억눌렀다.

"사라를 못 찾으면 어떡하지?"

눈물로 글썽한 두 눈이 반짝 빛났다.

너태샤가 이토록 마음속 깊이 고뇌하는 모습을 드러내다니 맥은 놀라우면서도 생소했다. 그는 그런 너태샤에게서 눈을 뗄 수가 없었다.

"꼭 찾게 될 거야."

달리 할 수 있는 말이 없었다.

"이해가 안 돼, 타슈……."

너태샤는 몸을 일으켜 앉은 다음 무릎을 끌어당겨 안고 그 속에 얼굴을 파묻었다. 얼굴을 묻고 말하는 바람에 무슨 소리인지 알아듣기가 쉽지 않았다.

"어르신은 우리를 믿으셨을 텐데."

맥은 너태샤 옆 침대에 앉으며 말했다.

"그래. 하지만……."

"당신이 옳았어. 다 내 잘못이야."

"아니…… 아니야……."

맥이 중얼중얼 말을 잇지 못했다.

"그런 어리석은 말이 어디 있어. 난 그런 식으로 말한 적 없어. 그건 당신 잘못이 아니야."

"내 잘못이야."

너태샤가 울먹이느라 알아듣기 힘든 소리로 말했다.

"난 그분의 기대를 저버리고 말았어. 사라를 실망시키고 제대로 돌보지도 못했어. 하지만 그건 너무…….”

“당신은 할 만큼 했어. 당신이 말한 대로 최선을 다했어. 우린 둘 다 최선을 다했어. 이런 일이 일어날 줄은 우리도 몰랐잖아.”

맥은 자기가 한 말이 너태샤를 자극할 수 있다고 생각한 적이 없었다. 지금까지 그가 어떤 말을 하든 너태샤는 전혀 휘둘리는 것 같지 않았기 때문이다.

“이봐, 신경 쓰지 마. 그건 다 그냥 지나가는 소리였어. 내가 화가 나서…….”

“아니야. 당신 말이 맞아. 내가 나가지 말아야 했어. 그냥 집에 있었더라면…… 사라가 내게 좀 더 마음을 열어주었을지도 몰라……. 하지만 난 당신 주변에 있을 수가 없었어. 사라 옆에 있을 수가 없었어.”

너태샤가 입은 붉은색 셔츠는 두 팔이 온통 검은 눈물 자국으로 얼룩덜룩했다. 맥은 너태샤에게 손을 뻗고 싶었지만 그랬다가 다시 마음을 닫아버릴까 두려웠다. 대신에 조심스럽게 되물었다.

“사라 옆에 있을 수가 없었다고?”

너태샤의 표정은 이제 한결 차분했고 흐느낌도 가라앉은 듯했다.

“사라는 내가 아이들을 다룰 능력이 없다는 것을 아프게 깨닫게 해주었어. 사라를 데리고 있으면서 깨달았어…… 어쩌면 내가 아이를 가지지 못한 데에는 그럴 만한 이유가 있었는지도 몰라.”

너태샤는 어렵게 침을 삼킨 뒤 말을 이었다.

“그리고 나중에 사라한테 일어난 일을 보면 내 생각이 틀리지 않은 것 같아.”

목소리가 갈라지는 듯하더니 너태샤는 다시 몸을 떨면서 흐느끼기 시작했다. 갑자기 그녀가 몹시 여리고 왜소해 보였다.

맥은 당혹스러웠다. 별안간 너태샤가 잃어버린 아기들을 떠올리며 비통함에 빠졌기 때문이다.

"아니야, 타슈."

맥은 조용히 말하면서 그녀의 손을 잡았다. 손가락은 눈물로 축축하게 젖어 있었다.

"아니……, 아니, 그렇지 않아……. 제발……."

그는 끈질기게 부정하며 너태샤를 잡고 가까이 끌어당겼다. 그리고 자기가 뭘 하는지도 모른 채 두 손에 힘을 주고 그녀를 흔들며 말했다.

"이런, 제발, 아니야……. 기회가 주어졌다면 당신은 정말 훌륭한 엄마가 되었을 거야. 당신이 그랬을 거라는 건 내가 알아."

맥은 너태샤의 머리 위에 얼굴을 대고 머리카락에서 풍기는 익숙한 냄새를 들이마셨다. 어느새 그의 눈에서도 눈물이 흘러내렸다. 그때 너태샤의 두 팔이 그에게 매달리듯 그의 등을 조심스럽게 어루만졌다. 어쩌면 그것은 지금까지 그를 필요로 하고 원했다는 조용한 신호였는지도 모른다. 두 사람은 그렇게 어둠 속에서 서로를 부둥켜안은 채 그들이 잃어버린 아기들과 그들이 포기해버린 공동의 삶을 늦게나마 아파하고 함께 슬퍼했다.

"타슈……."

맥이 작은 소리로 중얼거렸다.

너태샤의 흐느낌은 이제 잦아들었고, 아무도 묻지 않는 질문 하나가 그들이 머무는 공간을 채우고 서로의 손길이 스쳐간 피부에 새겨졌다. 맥은 두 손으로 그녀의 얼굴을 들어 올린 다음 얼룩진 눈자위와 축축해진 피부를 살피며 그녀의 마음을 읽어내고자 애썼다. 그리고 그 얼굴에서 아무 생각도 할 수 없게 만드는 무언가를 보았다.

맥은 고개를 숙인 채 너태샤의 얼굴을 어루만지며 익숙하면서도 생소한 그녀의 아랫입술에 부드럽게 키스했다. 너태샤는 잠시 움찔하며 주저하는 듯했고, 맥의 내면 깊숙한 곳에서도 '이게 뭐지?' 하는 울림이 들려왔다. 바로 그때 그녀의 가는 손가락들이 그의 손을 쓰다듬었고, 들릴 듯 말 듯한 탄식과 함께 그녀의 입술이 그의 입술 위를 더듬기 시작했다.

맥은 안도와 희망이 섞인 한숨을 토해내며 그녀를 눕혔고, 그녀의 목과 머리카락에 키스한 뒤 구겨진 블라우스의 단추를 만지작거렸다. 그는 너태샤의 피부에서 풍기는 사향 냄새를 맡으며 서투른 희망에 부풀었다. 어느 순간 그녀가 그의 뒤로 다리를 감아오는 게 느껴졌다. 전에는 한 번도 그런 적이 없었다. 너태샤의 돌발적인 행동에 맥은 복잡하고 미묘한 감정에 사로잡혔다.

맥은 눈을 뜨고 창밖에서 비쳐드는 어슴푸레한 불빛 속에서 너태샤를 내려다보았다. 얼룩진 마스카라와 헝클어진 머리카락, 부드러운 목선과 희미하게 뛰는 맥박의 떨림 등이 그의 남성성을 더욱 자극했다. 함께 사는 동안에는 일찍이 느껴보지 못한 감정이었다. 익숙한 땅을 다시 밟는 것과는 달랐다.

"당신을 원해."

너태샤가 그의 귀에 대고 속삭였다. 그 말은 그녀 자신에게도 놀라움을 안겨주는 듯했다.

"당신을 원해."

너태샤가 다시 한번 말했다. 맥은 셔츠를 머리 위로 끌어올렸다. 그가 할 수 있는 유일한 대답이었다.

# 25

*만약 말에게 좋지 않은 일이 발생한다면*
*기수 자신도 심각한 위험에 처하게 된다.*

*—크세노폰, 『기마술』*

하얀 새가 머리 위에서 날고 있었다. 새는 윙윙 소리를 내면서 크고 느리게 원을 그리며 날았다. 그 소음은 점점 더 커지더니 참기 어려운 지경이 되어서야 다시 줄어들었다. 사라는 밝은 불빛에 부신 눈을 깜박이며 새를 바라보았고, 제발 좀 조용히 해달라고 마음속으로 빌었다.

소음이 점점 커졌지만 사라는 꼼짝도 할 수가 없었다. 이번에는 몸을 맞댄 땅이 부르르 떨렸고, 머리와 어깨에 밀려오는 통증 때문에 절로 얼굴이 찡그려졌다. 제발, 이제 그만해, 너무 시끄러워. 자신의 감각 속으로 무자비하게 침범해 들어오는 새를 보며 사라는 일그러진 두 눈을 감았다. 마침내 또다시 참을 수 없는 지경이 되었을 때 신기하게도 그 소리가 멎었다. 멍한 상태로 안도하고 있을 때 또 다른 소음이 신경을 건드렸다. 문이 쾅 하고 닫히는 소리. 누군가의 외침 소리.

'악, 내 어깨.'

사라는 속으로 비명을 질렀다.

'너무 추워. 발에 아무런 감각이 없어.'

그때 눈앞이 흐릿해지는 것을 느끼고 눈을 가늘게 떴다. 알 수 없는 검은 형체가 자신을 내려다보고 있었다.

"괜찮니?"

상황 파악도 하기 전에 공포가 엄습했다. 뭔가 잘못됐어, 크게 잘못됐어. 사라는 고통도 잊은 채 심하게 눈을 깜박거리며 자신을 내려다보는 남자의 형체를 알아보려고 애썼다. 그제야 자신이 배수로에 누워 있다는 사실을 깨달았다. 사라는 땅바닥을 움켜잡을 기세로 몸을 일으켜 콘크리트 기둥에 부딪칠 때까지 기를 쓰고 뒤로 기어갔다.

남자들, 전동 자전거, 끔찍했던 공포.

농부는 1미터가 안 되는 거리에 서서 근심이 가득한 얼굴로 사라를 바라보고 있었다. 그리 멀리 떨어지지 않은 곳에 그의 크고 노란 농기계가 보였는데, 문이 열려 있는 걸 보면 급히 뛰어내린 게 분명했다.

"뭘 어쩌려고?"

농부가 물었다.

사라는 눈을 마주치기가 두려워 주변을 두리번거렸고, 쟁기로 갈아 놓은 들판과 저 멀리 보이는 산업단지 건물들을 두루 살폈다. 산업단지, 어둠 속에서 높이 뛰어오르던 일.

"내 말."

사라가 말하면서 벌떡 일어서려다 고통의 비명을 내질렀다.

"내 말이 어디 있죠?"

농부가 뒷걸음질 치며 그대로 가만히 있으라고 사라에게 손짓했다.

"내가 경찰에 연락할게, 알았지?"

하지만 사라는 이미 일어나서 휘청거리며 앞으로 나아갔고, 연신 눈을 깜박이며 주변을 둘러보고 고함을 질렀다.

"부! 부!"

농부가 두껍고 뭉툭한 손가락으로 휴대전화 버튼을 주저주저하며 누르고 있을 때 사라는 그의 의심을 알아차리지 못했다. 만약 그 모습을 보았다면 그의 마음을 읽었을지도 몰랐다. 약에 취한 걸까? 미친 걸까? 사라의 한쪽은 온통 진흙투성이였고 얼굴은 심한 타박상을 입은 상태였다. 누가 봐도 문제가 있어 보였다.

"도움이 필요하지 않니?"

농부가 조심스럽게 물었다.

하지만 사라는 그 말을 듣지 못했다.

"부!"

사라는 콘크리트 기둥을 부여잡고 계속 부를 외쳐 부르기만 했고, 균형을 유지하려 애쓸 때마다 온몸에 몰려오는 통증으로 움찔움찔 놀랐다. 눈앞은 여전히 흐릿했지만 까마귀 몇 마리가 날고 있는 텅 빈 들판을 알아볼 수는 있었다. 애타는 절규에도 사라의 목소리는 고요한 아침의 대기 속으로 허망하게 사라졌다.

사라는 다시 농부에게 돌아서서 간청하듯 물었다.

"말 한 마리 못 보셨어요? 갈색 말이요? 셀 프랑세요?"

사라는 추위와 두려움으로 온몸이 떨려왔다. 어떻게 이런 일이 있을 수 있단 말인가? 여기까지 와서 지금 이럴 수는 없었다. 부를 잃어버렸다는 두려움에 사라는 정신을 차릴 수가 없었고 무력감에서 헤어날 수가 없었다. 지금 이 현실이 사실이라면 엄청나게 끔찍한 일이었다. 부는 어디 가지 않았을 거야. 절대 멀리 가지 않았을 거야.

농부는 이제 농기계 문 옆에 서 있었다.

"내 도움이 필요하지 않니?"

그가 다시 물었다. 이번에는 덜 걱정스러운 목소리였고, 이 어린 이 방인이 아니라고, 괜찮다고 말해주기를 은근히 바라는 눈치였다.

실제로 사라는 이미 절뚝거리며 앞으로 걸어 나갔고, 어디를 찾아다 녀야 하는지도 모른 채 부를 외쳐 부르느라 여념이 없었다. 부가 사라 졌다는 엄청난 충격 때문에 사라는 어깨를 부수고 머리를 망치로 때리는 듯한 고통을 느낄 겨를조차 없었다.

사라는 드넓은 들판을 거의 다 헤매고 다닌 뒤에야 부가 단순히 사라진 게 아닐지도 모른다는 불길한 생각이 들었다.

너태샤는 옆자리가 허전해서 잠이 깼다. 맥이 화장실을 가는 소리를 얼핏 들은 것도 같았다. 맥의 팔과 다리가 자신을 감싸면서 지그시 누르던 느낌과 자신의 목에 불어오던 그의 따뜻한 숨결이 아직도 생생했다. 그가 옆에 없다는 생각을 하자 넓은 침대에 편하게 누워 있다는 느낌보다는 불안하게 어딘가를 떠돌고 있다는 생각마저 들었다.

맥이 화장실에서 변기를 들어 올리는 소리가 들렸다. 평범한 부부생활을 보여주는 듯한 이런 사소한 소음을 들으며 너태샤는 엷은 미소를 지었다. 그러고는 이불 속으로 더 깊이 파고들어 간밤의 환희와 욕망을 드러내주는 후끈한 공기에 취했다. 자신의 입술에 와 닿던 그의 입술과 부드러운 손길, 그의 무게, 자신을 살피던 눈길이 또다시 생각났다. 지난 시간의 흔적들이 한순간에 씻겨 내려가는 듯했다. 너태샤는 자신의 행동에 대해서도 생각했다. 전혀 예상치 못하게 솟구치던 욕망과 아무 거리낌이 없었던 몸짓. 스스로 생각해도 자신이 맞나 싶을 정도로 너태샤도 놀랐고, 맥도 놀라는 눈치였다. 그의 눈에 꽤나 만족스러운 모습이었을 거라는 생각이 너무 느닷없긴 했지만 이런 자신감을 느끼는 게 도대체 얼마 만인지 몰랐다.

너태샤는 맥이 누웠던 자리로 미끄러져 들어가 그의 몸과 피부가 남기고 간 온기와 체취를 들이마셨다. 그때 변기 물 내리는 소리와 흐르는 물에 손을 씻는 소리가 들려왔다. 그들이 일어나 다시 사라를 찾아 나서기 전에 다시 한번 그를 끌어안는다면 나쁜 걸까? 용기와 기운을 얻기 위해 그의 입술과 손길을 한 번 더 느끼고 그의 몸을 더듬는다면 나쁜 걸까? 너태샤는 자신이 그를 사랑하고 있다는 것을 알았고, 그 깨달음이 안도감으로 다가왔다. 이제 더 이상 힘들게 싸우지 않아도 된다는 의미인 것 같았다.

너태샤는 기쁜 마음으로 심호흡을 했다. 마스카라가 번져 얼룩진 눈을 아무렇지도 않게 비비고 뒤통수에 엉겨 붙은 머리카락을 매만졌다. 그녀는 막연한 기대로 몸이 상기되고 곤두서는 것을 느끼면서 맥이 어서 와주기를 조용히 기다렸다. 그가 와서 자신을 감싸고 자신 안에 들어와주기를 원했다. 그의 몸을 이토록 그리워한 적이 있었던가 싶을 정도였다. 코너한테서는 이런 감정과 욕구를 결코 느끼지 못했다.

바로 그때 너태샤는 어떤 목소리를 들었다. 처음에는 복도에서 모르는 사람이 얘기하는 소리인 줄 알았다. 하지만 가만히 귀 기울여 들어보니 맥이 누군가와 대화를 나누는 소리 같았다. 그녀는 이불로 몸을 둘둘 감싼 채 침대에서 내려와 맨발로 욕실 문으로 걸어갔다. 그러고는 잠시 망설이다가 나무판자로 된 낡은 문에 귀를 가져다 대었다.

"자기, 이 문제는 나중에 얘기하자. 당신은 안 돼."

맥이 웃으면서 얘기하고 있었다.

"아니, 난 아니야……. 마리아, 지금은 이런 얘기 하고 싶지 않아. 말했잖아, 아직 찾고 있다고. 그래, 15일에 만나……. 나도."

그가 다시 웃었다.

"이제 가야 돼, 마리아. 집에 가면 얘기해줄게."

달콤한 밀랍 향기에 이어지는 재난의 예감일까? 너태샤는 참담한 심정이 되어 화장실 문에서 물러섰다. 미소는 사라졌고 연금술을 부린 것처럼 혈류를 타고 흐르던 온기는 순식간에 냉기로 바뀌었다. 그녀가 막 침대로 돌아왔을 때 맥이 화장실에서 나왔다. 너태샤는 얼굴을 문지르면서 호흡을 가다듬었지만 그를 어떻게 마주해야 할지 난감했다.

"깨어 있었네."

맥이 말했다. 너태샤는 그의 시선이 자신에게 머물러 있다는 것을 느낄 수 있었다. 수면 부족 탓인지 목소리가 다소 거칠었다.

"지금 몇 시야?"

너태샤가 물었다.

"8시 15분."

너태샤는 맥박이 불안하게 뛰는 것을 느꼈다.

"이제 가보는 게 좋겠어."

그렇게 말하고 그녀는 옷을 찾기 위해 바닥을 두루 살폈다. 그의 얼굴을 도저히 마주 볼 수가 없었다.

"일어나려고?"

맥이 약간 놀란 눈치였다.

"그러는 게 좋을 것 같아. 경찰이 오면 말해야 할지도 모르잖아. 호텔 여주인이…… 전화해서 물어봐준다고 했으니까."

적갈색 서랍장 아래에 속옷이 떨어져 있는 게 보였다. 저게 어쩌다

저기에 떨어져 있을까 생각하니 얼굴이 화끈거렸다.

"티슈?"

"왜?"

너태샤는 그에게 등을 돌린 채 속옷을 끌어당겼다. 얇은 이불이 벗은 몸을 가려주고 있어 그나마 다행이었다.

"당신 괜찮은 거야?"

"응, 괜찮아."

너태샤는 이불을 휘감은 채 간신히 속옷을 입고 나서 그를 돌아보았다. 아무 일도 없는 것처럼 밝고 태연한 눈빛을 보이려고 애쓰면서. 하지만 그 눈빛 뒤에는 그가 천천히, 고통스럽게 죽기를 바라는 고약한 마음이 숨어 있었다.

"왜? 괜찮지 않아야 해?"

맥은 너태샤의 기분을 탐색하려고 애쓰는 듯했다. 어깨를 으쓱하며 미소를 지었지만 조금은 어리둥절한 표정이었다.

"여기서 하던 일을 계속해야지."

너태샤는 아무렇지도 않게 말하고는 맥이 무슨 말을 더 하기 전에 나머지 옷들을 챙겨 욕실로 들어가버렸다.


경찰관은 이 호텔에 오기 전에 카드르 누아르 승마학교 행정 직원들에게 사실 확인을 마친 상태였다.

"말씀하신 여자아이가 그곳에 왔다는 얘기는 못 들었다고 합니다."

경찰관이 말했다. 그들은 1층 응접실에 앉아 여주인이 대접한 커피를 마시며 대화를 나누었다. 여주인은 적당히 거리를 두고 앉아 있었다.

"대신에 만약 그런 아이가 온다면 꼭 알려주겠다고 약속했습니다. 여기 계속 머무르실 건가요?"

너태샤와 맥은 서로를 힐끗 쳐다보았다.

"그럴 것 같습니다."

맥이 말했다.

"사라가 올 가능성이 제일 큰 곳이니까요. 우린 그 애가 올 때까지 여기 머물 예정이에요."

그들의 사연을 들은 경찰관은 호텔 여주인과 비슷한 반응을 보였다. 한마디로 못 믿겠다는 표정이었고, 아이 혼자서 그토록 먼 길을 온다는 게 불가능하다는 의혹을 숨김없이 드러냈다.

"아이가 카드르 누아르로 향했을 거라고 생각하신 이유를 물어봐도 될까요? 카드르 누아르가 엘리트 학교라는 사실을 아십니까?"

"아이의 할아버지 때문이에요. 그분은 과거에 거기서 배우셨거든요. 아주 오래전에는 뭐라고 불렀는지 모르겠지만요. 사라가 이곳에 올 거라고 짐작한 사람이 바로 아이 할아버지입니다."

경찰관은 그 대답이 꽤 만족스러운지 수첩에 몇 가지 사항을 재빨리 적어 넣었다.

"그리고 사라는 현재 제 신용카드를 사용하고 있어요. 프랑스에서도 도중에 한 번 사용한 사실을 확인했어요."

너태샤가 덧붙였다.

"모든 정황을 따져보면 사라의 목적지는 여기가 분명해 보여요."

경찰관의 표정이 무엇을 의미하는지는 알 수 없었다.

"80킬로미터 반경 안의 경찰관들에게 알리고 경계 태세를 취하도록 하겠습니다. 어디선가 연락이 오는 즉시 알려드리죠."

그는 어깨를 한번 으쓱하더니 말을 이었다.

"하지만 여기서는 말을 타고 가는 여자애를 분간하기가 쉽지 않을 겁니다. 소뮈르 같은 지역에서는 말 타고 다니는 사람이 흔하니까요."

"우리도 압니다."

너태샤가 대답했다.

경찰관이 돌아가고 나서 두 사람은 한동안 말없이 앉아 있었다. 너태샤는 주변을 두리번거리며 두터운 커튼과 유리 상자에 담긴 박제한 새들을 살펴보았다.

"차를 타고 여기저기 좀 다녀보자고. 하루 종일 호텔에 앉아 있는 것보다 나을 거야. 무슨 일이 생기면 부인이 전화해준다고 했으니까."

맥이 말하면서 그녀의 팔을 잡으려고 했다. 하지만 너태샤는 슬쩍 몸을 피하며 가방에서 무언가를 찾는 척했다.

"우리 둘 다 갈 필요는 없을 것 같은데."

너태샤가 단호하게 말했다. 그 말에 기분이 상한 듯한 맥을 보면서 하마터면 손이 올라갈 뻔했다.

"난 학교 주변을 좀 둘러볼 테니 당신 혼자 다녀와. 필요한 일 있으면 전화하고."

"말도 안 돼. 우리가 따로 다닐 이유가 뭐가 있어? 우린 같이 다녀야 한다고."

잠시 침묵이 흘렀다. 너태샤는 그를 쳐다보지 않고 소지품들을 챙긴 뒤 말했다.

"알았어."

그러고는 응접실을 나섰다.


쟁기로 갈아놓은 들판 가장자리에 말발굽 자국이 있었다. 사라는 들판으로 달려 나가 그것들을 살펴보았다. 끈적끈적한 진흙이 잔뜩 묻은 두꺼운 줄 하나가 사라의 부츠에 달라붙었지만 다른 것은 보이지 않았다. 마침내 들판 저쪽 끝까지 샅샅이 살폈지만 포장도로 위에 진흙 덩어리 몇 개만 남아 있을 뿐 부의 흔적은 더 이상 보이지 않았다.

그 후에도 사라는 한 시간이 넘게 걸으며 부를 찾아다녔다. 들판을 이리저리 헤매고 잡목림을 헤치고 다니다보니 어느새 다른 마을에까지 다다라 있었다. 하도 소리를 질러서 목은 쉴 대로 쉬었다. 온몸이 얼어붙은 듯 떨려왔고 어깨 통증이 극심한 가운데 아무것도 먹지 못해 배속이 꼬이듯 아팠다. 차들은 사람을 못 보는 건지, 신경을 안 쓰는 건지 사라 옆을 쌩 하고 지나갔다. 가끔은 사라가 도로 가까이 다가가면 요란하게 경적을 울리는 차도 있었다.

그 마을에 도착했을 때 우선 눈에 띈 것은 줄줄이 늘어서 있는 가게들이었다. 그중에서도 빵가게에서 풍기는 냄새는 이루 말할 수 없이 그윽하고 달콤했다. 하지만 그림의 떡에 불과했다. 사라는 차가워진 손을 호주머니에 넣어 동전 세 개를 꺼냈다. 유로였다. 이게 왜 호주머니에 들어 있는지 잘 기억이 나지 않았다. 톰은 봉투에 돈을 담아 배낭에 넣어주었다. 전날의 간단한 거래 후 남은 돈이었다. 사라는 동전과 빵가게, 광장 반대편의 공중전화 부스를 번갈아 쳐다보았다. 모든 것을 잃었다. 여권을 비롯해 부의 서류, 남은 돈과 너태샤의 신용카드까지.

지금 자신을 도와줄 수 있는 사람은 하나밖에 없었다. 사라는 외투 안주머니에 손을 넣어 할아버지 사진을 꺼냈다. 사진은 잔뜩 구겨져 있어서 엄지손가락으로 구겨진 부분들을 정성스럽게 폈다.

사라는 몸을 꼿꼿이 세우고 광장을 가로질러 담배 가게를 향해 걸어갔다. 그리고 가게 앞에 서서 전화 통화를 하고 싶다고 말했다.

"어디서 떨어진 거니?"

가게에 앉아 있던 여자가 안쓰러운 눈길로 물었다.

사라는 진흙투성이 옷을 의식하고 고개를 끄덕였다.

"실례지만……."

말을 꺼내놓고 사라는 발자국을 남기지 않았나 잠시 뒤를 돌아보았다. 여자는 사라의 얼굴을 유심히 살피면서 걱정스러운 듯 얼굴을 찡그렸다.

"어, 그런데, 마실 것 좀 줄까?"

사라는 고개를 저으며 영어로 해달라고 말했다. 목이 쉰 탓에 목소리가 잘 나오지 않았다.

"집에 전화를 해야 해요."

여자는 사라의 손바닥에 놓인 동전 세 개를 바라보았다. 그러고는 한 손을 뻗어 사라의 옆얼굴을 쓰다듬으며 말했다.

"머리에 상처가 났구나, 어? 제라르!"

잠시 뒤 콧수염을 기른 남자가 뒤쪽에서 나타났다. 그는 체리색 시럽이 든 병 두 개를 움켜쥐고 있다가 탁자에 내려놓았다. 여자는 사라를 가리키며 남자에게 뭔가를 중얼거렸다.

"전화?"

남자가 말했다. 사라가 공중전화 부스로 가려 하자 남자가 고개를 저었다.

"아니, 아니, 그건 안 돼."

사라는 어찌 할지 몰라 잠시 주저했다. 여기가 안전한 곳인지는 모르겠지만 달리 선택권이 없다고 생각하며 사라는 남자를 따라 어두운 복도로 걸어갔다. 자그마한 서랍형 상자 안에 전화기가 놓여 있었다.

"이걸로 해."

남자가 말했다. 사라가 동전을 내밀자 남자는 고개를 저으며 말했다.

"필요 없어."

사라는 영국 국가번호가 뭐였는지 골똘히 생각한 뒤 전화번호를 눌렀다.

"뇌졸중 병동입니다."

영국인의 목소리를 듣자 예기치 못한 감정이 복받쳤다. 갑자기 고국이 그리워진 것이다.

"사라 라샤펠이에요."

사라의 목소리에 긴장한 기색이 엿보였다.

"할아버지 좀 바꿔주세요."

잠시 침묵이 흘렀다.

"잠깐만 기다려줄래, 사라?"

뭔가 중얼거리는 소리를 들은 것 같았다. 상대가 손으로 수화기를 막고 무슨 말을 한 듯했다. 사라는 불안한 마음으로 시계를 힐끗 보았다. 속으로는 가게 주인이 너무 많은 요금을 달라고 하면 어쩌나 걱정하면서. 출입구 쪽을 보니 여자가 누군가에게 커피를 대접하며 얘기를 주고받고 있었다. 아마도 사라에 대해 수군거리는 게 아닐까 싶었다. 말에서 떨어진 영국 여자애.

"사라?"

"존 아저씨?"

간호사를 예상하고 있던 사라는 존의 목소리를 듣고 깜짝 놀랐다.

"너 지금 어디 있는 거니?"

몸이 얼어붙는 듯했다. 사라는 그에게 뭐라고 얘기해야 할지 몰랐다.

자신이 어디 있는지 존에게 말해도 괜찮다고 할아버지는 생각할까? 아니면 말하지 않는 게 좋다고 생각할까? 진실을 말하는 게 역효과를 낳을 때도 있지 않았던가.

"할아버지한테 직접 말하고 싶어요. 할아버지 좀 바꿔주세요."

"사라, 네가 어디 있는지 나한테 말해야 돼. 우린 널 찾고 있어."

"안 돼요."

사라는 단호하게 말했다.

"아저씨한테 말할 수 없어요. 할아버지한테 말하게 해주세요."

"사라……."

"이건 중요한 일이에요, 아저씨. 정말 중요하다고요. 제발 그렇게 해주세요. 상황을 어렵게 만들고 싶지 않아요."

사라는 금방이라도 눈물이 나올 것 같았다.

"그럴 수가 없구나, 얘야."

"제발요. 그저께도 할아버지랑 통화를 했어요. 아저씨가 전화기를 귀에 대주시면 할아버지가 제 말을 들을 수 있을 거예요."

"얘야, 어……, 할아버지가 가셨다."

사라는 벽 쪽을 돌아보았다. 그때 누군가 텔레비전을 켰다. 멀리서 울리는 함성과 축구 경기를 중계하는 아나운서의 흥분한 목소리가 들려왔다.

"어디로 가셨는데요?"

아주 긴 침묵.

"얘야, 이런, 할아버지가 돌아가셨어."

밑에서부터 한기가 올라와 순식간에 사라의 몸을 덮어버렸다. 사라는 고개를 세차게 흔들며 말했다.

"아니에요. 그럴 리가 없어요."

"얘야, 지금 바로 와야 한다. 이제 돌아올 시간이야."

"거짓말이죠?"

사라는 이가 딱딱 부딪치도록 입이 덜덜 떨렸다.

"정말 너무 안타깝구나."

사라는 전화를 탕 소리가 나게 내려놓았다. 사라는 온몸이 부들부들 떨려 어딘가에 앉고 싶었다. 그래서 리놀륨 바닥에 조용히 주저앉았다. 방이 천천히, 빙글빙글 도는 것 같았다.

"어, 이런!"

몇 분이나 흘렀는지 알 수 없었지만 사라는 여자가 남편에게 소리치는 것을 어렴풋이 들었고, 두 사람에게 의지한 채 발을 질질 끌며 가게 앞쪽으로 나온 것을 기억했다. 두 사람은 사라를 인조가죽으로 된 긴 의자에 앉혔고, 여자는 따뜻한 코코아가 담긴 컵을 사라 앞에 놓은 뒤 각설탕을 넣고 휘휘 저었다.

"저거 봐!"

가게에 있던 손님이 말했다.

"쟤 얼굴에 핏기가 하나도 없어!"

다른 누군가도 쇼크가 온 것 아니냐는 얘기를 하는 듯했다. 사라는 그 모든 음성이 먼 곳에서 웅얼거리는 소리로밖에 들리지 않았다. 여러 얼굴들의 동정 어린 눈길이 느껴졌고, 또 누군가가 사라의 모자를 벗기는 바람에 지저분한 머리카락을 내보이는 게 부끄럽다는 생각도 들었다. 이제 사라에겐 아무것도 남지 않았다. 할아버지는 돌아가셨고 부도 사라져버렸다.

여자는 사라의 손을 주물러주면서 따뜻한 코코아를 마시라고 했다.

사라는 그것을 공손하게 받아 마시면서도 자기도 모르게 컵을 집어 던질까봐 두려웠다.

"네 말을 잃어버린 거니?"

누군가가 물었다. 사라는 머리가 멍해서 한참이 지나서야 고개를 끄덕였다.

"말 색깔이 어떻게 되니?"

"갈색이요."

사라는 풀 죽은 목소리로 말했다. 무중력 상태에 빠진 것처럼 이상하게 무게가 하나도 느껴지지 않았고, 사람들의 말소리도 일정한 거리를 두고 들려오는 듯했다. 사람들이 자신을 잡은 손을 놓으면 공기 중으로 둥둥 떠다니다 영원히 사라질지도 모르겠다는 생각이 잠시 들었다. 이제 자신을 이 지구에 붙들어 매줄 사람이, 자신을 돌봐줄 사람이 하나도 남지 않았다. 나아갈 곳도, 돌아갈 곳도 없었다. 어쩌면 부는 사라가 정신을 차린 그런 배수로에 누워 죽어 있을지도 몰랐다. 그 청년들이 멀리까지 부를 쫓아갔을지도 모른다. 아니면 이 거대한 나라에서 길을 잃거나 누군가에게 잡혀 다시 나타나지 못할지도 모른다. 그리고 할아버지는……. 자신이 없는 동안 할아버지는 세상을 떠났다. 다시는 할아버지 손을 잡을 수 없고, 할아버지가 말을 솔질하거나 훈련시키는 모습을 볼 수 없으며, 할아버지의 앙다문 턱도 영영 볼 수 없게 되었다. 텔레비전 앞에 함께 앉아 뉴스를 보며 얘기를 나눌 수도 없게 되었다. 도대체 말이 되는 게 하나도 없어 보였다.

문득 자신의 미래가 머릿속에 선명하게 각인되었다. 이 우주 속에서 완벽하게 혼자가 된 작은 점 하나. 몸을 누일 집도, 함께 고락을 나눌 사람도 없다는 참담한 기분이 들면서 금방이라도 쓰러질 것처럼 현기증이 일었다. 그때 사라는 사람들이 자신을 유심히 지켜보고 있다는 사실을 알고는 저들이 어서 여기를 떠나주길 바랐다. 그리고 이 긴 의자에 누워 100년 동안 잠을 자고 싶다는 생각을 했다.

사람들은 계속 우려하는 소리들을 늘어놓았다. 사라는 눈꺼풀이 처지는 것을 느꼈고, 그러자 여자는 또다시 코코아 컵을 사라의 입에 갖다 대었다.

"쇼크가 왔나봐."

누군가 말하더니 사라의 상태를 확인하려고 눈꺼풀을 들어 올렸다.

"전 괜찮아요."

하지만 이 말은 사실이기도 했고 사실이 아니기도 했다.

"말 색깔이 갈색이라고 했니?"

사라 앞에 서서 담배를 피우고 있는 깡마른 남자가 물었다.

사라가 고개를 들고 깡마른 남자를 쳐다보았다.

"크기는 어느 정도나 되지? 이 정도?"

그는 손을 자신의 어깨 가까이까지 높이 들어 보였다.

갑자기 정신이 확 깬 사라가 연신 고개를 끄덕거렸다.

"그럼, 같이 가보자."

남자가 말했다. 가게 여주인이 팔을 받쳐주었고 사라는 고마운 마음에 가슴이 울컥했다. 다리는 감각이 거의 없을 정도로 약해져 있어서 누가 조금만 건드려도 금방 구부러질 것만 같았다. 어두침침한 가게 안에 있다가 아침 햇살이 가득한 야외로 나오니 눈이 몹시 부셨다. 여자는 사라를 데리고 뒷좌석에 올라탔고 깡마른 남자가 운전석에 올랐다. 이 사람들이 나를 몹쓸 데로 데리고 갈 수도 있겠구나, 사라는 멍하니 생각했다. 사라는 할아버지가 하지 말라고 당부했던 모든 행동을 하고 있었다. 그렇다 하더라도 이제는 더 이상 걱정하고 조심할 힘조차 없었다. '할아버지가 이 세상에 존재하지 않기 때문이야.' 사라는 마음속에서 그 말을 되풀이했다. 그런데도 별다른 슬픔이 일지 않았다. 이상했다. 이제 아무것도 느낄 수 없게 된 것일까.

2~3킬로미터쯤을 달린 후 그들은 어느 농장 안마당으로 차를 몰았고, 군데군데 녹이 슨 농기계와 탑처럼 쌓아놓은 볏짚더미들이 눈에 띄는 진입로로 들어섰다. 그들이 차에서 내리자 거위 한 마리가 쉬익쉬익 소리를 내지르며 다가왔고 깡마른 남자가 발로 거위를 쫓아냈다.

이어서 커다란 헛간 모퉁이를 돌았을 때 사라의 눈앞에 부가 나타났다. 부는 외양간 안에 있었고, 부의 안장과 굴레도 출입구 한쪽에 얌전하게 놓여 있었다.

"부?"

부를 부르면서도 사라는 도저히 믿을 수가 없었다. 어깨의 통증도 한순간에 사라진 듯했다.

"이게 네 말이 맞니?"

남자가 물었다.

그때 부가 확실히 맞다고 대답하듯 나지막한 울음소리를 냈다.

"농부가 오늘 아침에 과수원에서 발견했단다."

사라는 그의 말을 거의 듣고 있지 않았다. 자신을 붙들어주고 있던 손을 확 뿌리치고 부를 향해 발걸음을 재촉했다. 출입구 쪽으로 기어가듯 걸어가 우사 안으로 뛰어들었다. 그리고 부의 목을 끌어안고 눈물로 얼룩진 얼굴을 부비며 엉엉 울었다.

어린 소녀가 말 한 마리 때문에 그토록 서럽게 우는 게 가능한 일일까? 가게로 돌아온 그들은 담배를 피우며 담소를 나누었고, 사라도 따뜻한 코코아와 바게트 반쪽을 먹을 수 있었다. 사라는 30분을 꼬박 내리 울었고, 그러는 동안에도 피투성이가 된 부의 무릎에 붕대를 감아주고 부를 쓰다듬고 뭐라고 계속 속삭이면서 부의 곁을 떠나려 하지 않았다. 말과 그토록 진한 교감을 이루는 아이를 그들은 한 번도 본 적이 없다고 했다.

"아주 가끔 그런 여자애들이 있지."

가게 여주인이 걸레를 들고 병들을 닦으며 말했다.

"그 나이 땐 동물에 대한 애정이 대단하거든. 나도 그랬어."

여자는 잠시 말을 끊고 신문에서 눈을 돌린 남편에게 동의를 구하듯 고개를 끄덕였다.

"물론 그건 지금도 마찬가지지만."

여자가 말을 덧붙이고 나서 주방으로 들어가자 손님들이 웃음을 터뜨렸다.


맥은 너태샤가 차에 오르기를 기다렸다가 시동을 걸었다. 너태샤는 오전 내내 거의 아무 말도 하지 않았다. 그가 무슨 말을 하려 하면 은근히 반감을 드러내거나 무언의 질책을 보내왔다. 왜 그런 반응을 보이는지 맥은 도저히 이해가 되지 않았다. 분명히 어젯밤에는 자신을 원하지 않았던가. 그건 절대 맥이 밀어붙인 일이 아니었다. 도대체 무엇 때문에 너태샤가 자신을 이런 식으로 대하는지 알 수가 없었다.

특별히 잘못한 일이 있는 것 같지도 않았다. 간밤에 그토록 열정적이고 애정에 목말라했던 사람과 지금 이렇게 마음의 문을 닫고 차갑게 앉아 있는 사람을 도저히 일치시킬 수가 없었다. 그날 아침 맥은 너태샤의 몸을 끌어안고 그녀의 목덜미에 입술을 댄 상태에서 잠이 깼다. 그 순간 첫 번째로 든 생각은 흥분과 설렘이었다. 여러 가능성을 확인했기 때문이다. 둘 사이를 가로막고 있던 장벽이 부서지면서 무한한 가능성이 열렸고, 아직 늦지 않았다는 믿음이 피어올랐다. 솔직히 맥을 놀라게 한 점은 단순히 섹스 행위만은 아니었다. 너태샤가 자신의 껍질을 한 꺼풀 벗겨냈다는 점, 그래서 오랫동안 자신을 고립시킬 수밖에 없었던 내면의 응어리를 드러냈다는 점이 중요했다. 그런 후에도 너태샤는 또다시 눈물을 쏟았고, 맥은 그런 그녀를 아낌없이 위로해주었다. 그동안 떨어져 지내면서 그 많은 시간을 허비했다는 사실이 안타까울 뿐이었다.

'당신을 원해.'

그렇다면 오늘 아침은 어떻게 이해해야 할까? 맥은 이 변덕스럽고 복잡한 아내를 사랑했지만 아내가 또다시 세워놓은 장벽을 허물 수 있을지에 대해서는 자신이 없었다. 당신 말이 맞아, 맥은 속으로 말했다. 남자들은 '어려운' 여자들에게 진저리를 치곤 하지. 멋진 일이지만 견뎌야 할 게 많거든.

"혹시 당신 오늘 아침에 내가 통화하는 거 들은 거야?"

맥이 불쑥 물었다.

너태샤는 거짓말을 잘하지 못했다.

"아니."

그녀는 두 볼이 벌게져서 대답했다.

"나랑 마리아는 별 사이가 아니야. 굳이 말하자면 친구 사이라고 해두지. 오늘 같이 하기로 한 일이 있었어. 그래서 취소해야 했어."

너태샤가 손을 흔들며 말했다.

"저거 봐, 다 왔어."

"난 그저 새로운 남자 친구일 뿐이라고."

그가 변명했지만 너태샤는 이미 차에서 내린 뒤였다.

맥은 국립 승마학교 앞에 주차한 뒤 너태샤를 따라 사무실로 들어가 한 여자와 악수를 나눴다. 머리를 하나로 묶은 여자는 야외에서 보내는 시간이 많은지 선명한 구릿빛 피부가 돋보였다. 여자는 전날 오해한 부분에 대해 사과했는데, 직원이 잘 몰라서 그런 것 같다고 설명했다.

너태샤가 설명을 하는 동안 맥은 말을 타고 있는 기수들의 사진을 유심히 살펴보았다. 기수들은 챙이 있는 모자를 쓰고 수술이 달린 제복을 입었으며, 갈색 말들은 비현실적인 각도로 서 있거나 공중에 붕 떠 있었다. 신기하게도 45도 각도로 두 다리를 버티고 선 말이나 그 등에 올라탄 기수들의 모습이 너무도 자연스러워 보였다. 그 밖에도 영예의 명단이 보였는데, 1800년대 이후로 1년에 한두 명씩만 선출된 카드르 누아르의 모든 기수들 이름이 적혀 있었다. 그중에서도 한 이름이 금방 눈에 들어왔다. 라샤펠, 1956~1960. 맥은 노인을 생각했다. 아마도 노인은 당신 인생의 한 부분이 여기 이렇게 영광스럽게 기록되어 있다는 사실을 결코 몰랐을 것이다. 인생의 한때를 탁월함과 아름다움을 추구하며 살다 간 사람의 지난날을 돌아보는 것이 맥은 서글펐다. 다만 노인의 강렬한 열망과 사라에 대한 치열한 가르침을 조금은 더 잘 이해할 수 있을 것 같았다.

맥은 사라의 사진첩을 꺼내며 말했다.

"여기, 이건 사라와 말을 찍은 사진들입니다. 이 사진에서는 사라의 얼굴을 좀 더 잘 볼 수 있죠."

여자가 사진들을 살피며 고개를 끄덕였다.

"말을 아주 잘 타는군요."

하지만 그저 예의를 차리거나 기분을 맞춰주기 위한 말인지 아닌지는 알 수 없었다.

"사라 할아버지의 이름이 라샤펠입니다. 바로 이분이죠."

맥이 명단의 한 이름을 가리키며 말했다.

"그분과 함께 지내시나요? 저흰 동창회도 자주 갖는 편인데요."

"그분은 어젯밤에 돌아가셨어요."

너태샤가 말했다.

"사라가 달아난 이유와 관련이 있나요?"

"아니에요."

너태샤가 맥을 힐끗 보며 대답했다.

"사라는 아직 모르고 있을 거예요."

여자가 맥에게 사진들을 돌려주며 말했다.

"더 이상 도움을 드리지 못해서 죄송합니다. 하지만 뭐라도 소식을 들으면 바로 알려드릴게요. 여기 오신 김에 좀 둘러보시겠어요?"

두 사람은 안내를 맡은 젊은 남자를 따라 모래가 깔린 대형 야외 조련장으로 나갔다. 그곳에는 검은 모자를 쓴 한 남자가 활기 넘치는 밤색 말을 몰고 있었는데, 줄지어 늘어선 깔끔한 마구간에서 십여 마리의 말들이 그 광경을 지켜보고 있었다.

두 사람이 걸어가는 동안 젊은 남자가 이런저런 것들을 설명하기 시작했다. 이쪽은 장애물 뛰어넘기에 능숙한 말들이 있는 곳이고, 저쪽은 마술용 말들이 있는 곳이라고 했다. 모두 합치면 300마리 정도가 된다고 덧붙였다. 이 학교에는 수많은 규율과 규칙이 존재하고 적용 기준도 매우 높다고 했다. 아직도 이런 데가 있었다니 맥은 신기하기만 했다.

"우리가 왜 이런 걸 구경해야 하지?"

마구간 건물이 늘어선 가로수 길과 모래 공연장 옆을 걷는 동안 너태샤는 가끔씩 툴툴거리며 불만을 토로했다. 하지만 지금으로선 달리 할 수 있는 일이 없다는 것쯤은 너태샤도 모르지 않을 것이다. 이곳을 둘러보면서 맥은 사라가 무엇을 하고 싶어했는지를 더 잘 이해할 수 있었다. 집에서 수백 킬로미터가 떨어진 곳에 와서야 비로소 사라에게 좀 더 가까이 다가간 기분이 들었다.

너태샤는 휴대전화를 꺼내며 말했다.

"신용카드 회사에 다시 전화해봐야겠어. 두세 시간이 지났으니까."

"여긴 휴가차 오신 건가요?"

너태샤가 성큼 저만치 걸어갔을 때 젊은 가이드가 강한 억양의 영어로 물었다.

"그렇진 않습니다."

맥이 대답했다.

"사진가이신가요?"

젊은 남자가 맥의 가방을 가리키며 다시 물었다.

"네, 하지만 일 때문에 여기 온 건 아닙니다."

"카루젤 축제를 꼭 찍어가세요. 카드르 누아르의 한 해를 기념하는 훌륭한 축제거든요. 모든 기수들이 나와 공연을 펼친답니다."

그때 맥의 전화가 울렸다.

"잠시만요."

"무슨 일이야?"

너태샤가 급히 전화기에서 고개를 떼며 물었다. 맥은 고개를 돌린 채 손으로 머리카락을 쓸어 넘기며 통화에 집중했다.

"이런, 맙소사."

전화를 끊으며 그가 중얼거렸다.

"사라가 안 거지?"

너태샤가 넘겨짚으며 물었다.

"할아버지가 돌아가신 걸 사라가 안 거지?"

맥이 고개를 끄덕였다.

너태샤는 손으로 입을 막으며 말했다.

"이제 자기 곁에 아무도 없다는 사실을 안 거잖아."

맥은 자신의 낯빛이 어땠을지 궁금했고 그건 너태샤도 마찬가지였을 것이다. 두 사람은 주변의 말들과 환경을 망각한 채 한참 동안 서로를 바라보고만 있었다. 마침내 맥이 말을 꺼냈다.

"신용카드를 정지시켜, 타슈. 사라가 결국 이곳에 오는 걸 포기한다면 우린 그 애가 아무 데도 못 가게 막아야 돼."

"하지만 그렇게 되면 사라가 위험에 처할지도 모르는데. 음식이나 잠잘 데를 마련할 돈이 충분한지 아닌지 우린 모르잖아. 밤에는 굉장히 춥다고."

"사라를 찾아 프랑스 전역을 다닐 수도 있겠지만 말이 머물 만한 데는 셀 수 없이 많아. 이런 방법은 이제 중단하는 게 좋겠어."

"나도 그 점은 인정해. 그렇지만 유일한 돈줄을 끊는 게 과연 현명한 방법일까 싶어서."

"차라리 영국에서 그 돈줄을 끊어버렸다면 사라가 여기까지 오지도 못했을 거야."

이런 말이 너태샤를 탓하는 것처럼 들릴지도 모르겠지만 맥은 어쩔 수 없었다.

"그랬다 해도 사라는 다른 방법을 찾았을 거야."

"아무튼 우린 이틀 낮과 밤을 꼬박 찾아다녔지만 사라가 어디 있는지 여전히 모르잖아……."

그때 젊은 가이드가 귀에 무전기를 댄 채 프랑스어로 급히 말했다.

"잠깐만요, 제 말 좀 들어보세요."

그러고는 무전기로 들은 얘기를 전했다.

"영국 여자애가 왔다고 하는데요. 말과 함께요. 푸르니에 부인께서 두 분을 모시고 오라고 하세요."


사라가 상상한 것은 이런 식이 아니었다. 말을 타고 의기양양하게 도착할 거라 생각했다. 처음 이틀 동안에는 그런 꿈에 부풀어 있었다. 제2의 고향이라고 굳게 믿었던 곳에 가게 된다면 얼마나 기쁘고 자랑스러울까 기대가 컸다. 할아버지가 귀에 못이 박히도록 얘기한 탓인지 그곳은 운명처럼 느껴졌고 뼛속 깊이 새겨졌다.

하지만 마지막 10킬로미터 정도를 남기고는 쉬지 않고 발을 움직여야 한다는 것 외에는 아무 생각도 할 수 없었다. 소뮈르를 향해 터벅터벅 걸을 뿐이었다. 넓고 멋진 거리와 황토 빛깔 건물들, 세월이 흘러도 변함없이 아름다운 강변의 정취에 눈을 돌릴 여력도 없었다. 무릎에 붕대를 감은 채 기진맥진해 있는 부는 사람들의 눈길을 끌기에 충분했다. 부상당한 말을 타지도 못하는 사라를 보면서 안쓰러운 눈길로 혀를 끌끌 차는 사람들도 있었다. 사라의 몰골도 말이 아니었기 때문이다. 얼굴은 퍼렇게 멍이 들어 있었고 옷은 진흙투성이였다. 8킬로미터, 6킬로미터, 4킬로미터……. 사라는 멈춰선 안 된다고 부를 다그쳤고, 사라지지 않는 어깨 통증과 두통을 이를 악물고 참아냈다.

드디어 승마학교 표지판을 발견했을 때 사라는 절규에 가까운 탄식을 내뱉었다. 부근에는 편자 모양의 건물도 눈에 띄었다. 하지만 말들은 하나도 보이지 않았다. 구내 마당을 걸어 다니는 남자들은 검은 제복을 입고 있지도 않았다. 사라는 그중 한 남자에게 물었다.

"여기가 카드르 누아르가 아닌가요?"

"아니!"

남자는 제정신인가 하는 눈빛으로 사라를 바라보았다.

"1984년에 여기서 없어졌어. 일레르 드 퐁텐에 있지."

그는 교차로 쪽을 가리키며 말했다.

"여기서 그리 멀지는 않아. ……한 5킬로미터 정도 되려나?"

사라는 잠시 생각에 잠겼다. 그만큼을 또 걸어가야 한단 말인가? 주저앉고 싶은 마음을 다잡고 사라는 남자가 가르쳐준 대로 힘겹게 발걸음을 떼었고, 몇 개의 교차로와 작은 마을을 지나쳤다. 다시 길을 잃은 게 아닐까 걱정이 될 정도로 한참을 걸은 후에야 길고 푸르른 길에 접어들었는데, 양쪽으로 말들이 여기저기 흩어져 있는 들판이 보였다.

그리고 바로 저기에 그게 보였다. 생각했던 것보다 더 크고 현대적이었다. 할아버지가 보여준 사진에서처럼 고색창연하지 않았다. 보안시설을 완비한 정문을 시작으로 여섯 개의 커다란 공연장을 갖추고 있었고, 레스토랑과 주차장, 기념품 가게도 보였다. 사라가 열려 있는 문을 통과해 말을 몰자 몇몇 사람들이 고개를 돌리고 주목했다. 사라의 눈은 피로와 통증으로 거의 감기기 일보 직전이었다. '기수 조련장'이라는 표지판을 보고 나서야 이제 지난했던 여정이 끝났음을 알 수 있었다.

사라는 지붕이 덮인 공연장 쪽으로 부를 몰고 갔다. 입구에는 입장료와 공연 시간을 포함한 다음 공연의 목록이 상세하게 적혀 있었다. 마구간에서부터 입구로 이어진 콘크리트 길 위에는 톱밥 같은 말발굽 자국이 보였다. 커다란 나무 문 저쪽에서 어떤 남자의 목소리가 새어 나왔다. 사라는 자세를 바로 하고 심호흡을 한 뒤 상체를 약간 숙여 몇 차례 문을 탕탕 두드렸다. 잠깐 정적이 흐르는 듯하더니 안에서 누군가 "앉아!" 하고 지시하는 소리가 들렸다. 사라는 숨을 가다듬은 뒤 다시 문을 두드렸고, 이후에도 몇 번이나 사라는 주먹으로 나무판자를 내리쳤다.

그때 빗장이 미끄러지는 소리가 들리더니 문이 열리면서 커다란 동굴 같은 내부가 드러났다. 바닥에 모래가 깔린 현대적인 느낌의 대성당을 보는 듯했다. 가장자리에는 마구를 장착한 수많은 말들이 늘어서 있었고, 특유의 금색 수술이 달린 검은 제복을 입은 기수들이 말 등에 앉아 있었다. 한창 총연습을 진행하던 듯했다. 숨죽인 분위기는 경건했고, 근육을 뽐내는 말들의 동작에 집중하느라 다들 여념이 없었다.

문을 연 남자가 사라를 보더니 팔을 아래위로 흔들면서 프랑스 말로 크게 나무랐다. 사라는 너무 지쳐 그가 하는 말을 거의 알아들을 수가 없어서 좀 더 가까이 다가가 말했다.

"위대한 신에게 드릴 말씀이 있어요."

사라의 목소리는 피로와 고통이 겹쳐 날카롭게 갈라졌다.

"위대한 신에게 이야기해야 해요."

어안이 벙벙한지 잠시 침묵이 흘렀다. 사라는 남자가 주저하는 틈을 타 성큼성큼 안으로 들어섰다. 부의 두 귀가 쫑긋 일어섰다.

"안 돼! 안 돼!"

무전기를 든 남자가 다급하게 사라를 쫓아갔다.

"무슨 일이지?"

챙이 있는 모자를 쓴 나이가 지긋한 남자가 무대 한쪽 끝에서 그들을 향해 걸어왔다. 그의 얼굴엔 굵직한 주름살이 보였고 눈은 반쯤 감은 것처럼 처져 있었다. 검은 제복은 먼지 하나 없이 깨끗했고 풀을 먹인 듯 빳빳했다. 마치 옷이 몸을 떠받치고 있는 것 같았다.

"죄송합니다. 저도 영문을 모르겠습니다."

젊은 남자가 사라의 고삐를 잡아채고는 부를 출입구로 끌어당겼다.

"안 돼요!"

사라는 남자의 손을 찰싹 때리며 부를 앞으로 밀었다.

"부를 놔줘요. 난 그냥 위대한 신에게 할 말이 있단 말이에요."

나이 든 남자가 사라를 향해 성큼성큼 다가왔다. 그는 붕대를 감은 부의 무릎과 사라를 바라본 다음 말했다.

"내가 위대한 신인데."

사라는 자세를 좀 더 바로 한 채 앉았다.

"얘야,"

그의 목소리는 낮고 위엄이 있었다.

"넌 들어올 수 없단다. 여긴 카드르 누아르야. 아무나……."

"전 여기서 말을 타야 해요."

사라가 끼어들어 주장했다.

"전…… 전 꼭 여기서 말을 타야 한다고요."

이제 다른 기수들도 점점 하던 동작을 중단하기 시작했다. 사라는 모든 사람의 주목을 끌었다.

"전 돌아갈 수 없어요. 제발 여기서 말을 타게 해주세요."

그는 손을 들어 사라에게 나가라는 동작을 해 보였다.

"미안하지만 여긴 네가 있을 곳이 아니란다. 너와 네 말은 조건에 맞지……."

그때 사라는 무전기를 든 또 다른 남자를 보았다. 아마도 경비요원을 추가로 호출한 모양이었다. 당황한 사라는 외투 주머니를 뒤적거려 할 아버지 사진을 꺼내 소리쳤다.

"이것 좀 봐주세요! 이분은 앙리 라샤펠이에요. 이분을 아시죠? 여기 계셨잖아요."

그러면서 떨리는 손으로 그의 눈앞에 사진을 내밀었다.

위대한 신이 사라의 손에서 사진을 가져가며 물었다.

"앙리 라샤펠?"

그러고는 사진을 유심히 들여다보았다. 그때 다른 경비요원이 사라를 향해 다급하게 외치는 소리가 들려왔다.

"제 할아버지예요."

목구멍 안에서 불쑥 울어리가 올라왔다.

"제발 부탁드려요. 할아버지가 저더러 이곳에 가라고 말씀하셨어요. 제발 여기서 말을 타게 해주세요."

나이 든 남자는 몸을 돌려 다른 기수들을 힐끗 쳐다본 다음 다시 사진을 들여다보았다. 그가 사진을 살피는 동안 다른 경비요원이 다가와 그의 귀에 대고 무슨 소리를 중얼거린 다음, 무전기에도 뭐라고 얘기하며 고개를 끄덕였다. 그러더니 두 사람은 일제히 사라를 올려다보았다.

나이 든 남자가 사라를 가늠하듯 살핀 뒤 천천히 말했다.

"네가……, 네가 영국에서부터 여기까지 말을 타고 왔다고?"

사라는 숨죽인 채 고개를 끄덕였다.

그는 이해하기 어렵다는 듯 고개를 저으며 중얼거렸다.

"앙리 라샤펠."

그러고는 성큼성큼 걸어 사라에게서 조금씩 멀어져 갔다. 반짝거리는 그의 검은 부츠 주변으로 모래 구름이 피어올랐다. 사라는 더 이상 무엇을 해야 할지 몰라 말 등에 차분한 자세로 앉아 있었다. 이건 사라 더러 이제 가보라는 뜻일까? 무전기를 들고 있던 남자도 그의 뒤를 따라가는 게 보였다. 두 사람은 다른 기수들에게 제자리로 돌아가라고 손짓하며 공연장 한쪽에 줄을 서라고 지시하는 것 같았다.

위대한 신은 커다란 무대 끝에 섰다. 그는 한참 동안 사라를 바라본 다음 고개를 끄덕이며 말했다.

"시작해."


여자애가 어디 있는지에 대해 잠시 혼동이 있었다. 안내를 맡았던 젊은 남자는 처음에 잘못 알아듣고 두 사람을 야외 조련장으로 데리고 갔다가 황급히 경로를 바꾸었다. 너태샤는 종종거리며 맥의 뒤를 따라갔다. 구두를 신은 발에 물집이 생겨 걷기가 쉽지 않았다. 그녀는 아직 기뻐할 때가 아니라고 생각하며 맥에게 말했다.

"사라가 아닐지도 몰라."

그러면서도 은근한 기대와 흥분을 드러내지 않을 수가 없었다.

맥은 눈썹을 치켜올리며 말했다.

"하지만 이 부근에서 말을 몰고 온 영국 여자애는 흔치 않을걸?"

젊은 가이드가 그들에게 손짓했다. 두 사람은 서둘러 안마당을 지나 마구간이 기다랗게 이어진 길을 걸어갔다. 말들은 각자의 공간에서 한가롭게 먹이를 먹고 있었다. 너태샤는 아까 만났던 머리를 하나로 묶은 여자가 흰색 대형 건물 바깥에 나와 있는 것을 알아보았다.

"여기요."

여자가 손을 흔들며 말했다.

"그 애는 주 공연장인 실내 조련장에 있어요."

너태샤가 다가가자 여자는 눈을 크게 뜨며 미소를 지어 보였다.

"영국에서 여기까지 혼자 왔다는 거죠? 정말 믿을 수가 없네요."

"네, 맞아요."

너태샤가 대답했다.

그들은 다양한 사진과 금박을 입힌 졸업생 명단이 전시돼 있는 로비를 지나 조련장으로 함께 갔다. 커다란 문이 열리자 앞서가던 맥이 갑자기 그 자리에 우뚝 멈춰 섰다. 이 건물은 장대한 규모 외에도 승마와 관련해 기념비적인 건축물로도 유명했다. 울림이 큰 조련장 안에는 말 등에 올라탄 검은 제복의 기수들이 점점이 흩어져 있었다. 옛 거장의 그림 속으로 걸어 들어가는 기분이라고 너태샤는 생각했다. 마치 500년 전으로 거슬러 올라가는 착각이 들 정도였다. 무전기를 든 남자가 머리를 묶은 여자에게 무언가를 말하자 여자는 너태샤와 맥에게 자신을 따라오라고 손짓했다.

맥이 너태샤의 소매를 잡아당기며 조용히 말했다.

"조심해, 타슈."

너태샤는 맥의 발자국을 그대로 밟으며 따라갔고 마침내 무대 옆쪽에 도착했다.

사라는 말을 탄 채 아주 천천히 중앙으로 나아가고 있었다. 켄트에서 그토록 탄탄하고 활기와 윤기가 넘치던 사라의 말은 진흙투성이에 여기저기 긁힌 상처로 볼품이 없어졌다. 무릎에는 붕대가 대충 아무렇게나 감겨 있었고, 꼬리에는 꺼끌꺼끌한 씨앗들이 잔뜩 달라붙어 있었다. 두 눈은 극심한 피로로 움푹 꺼져 보였다. 하지만 말보다 더 안쓰러운 몰골은 사라 쪽이었다. 사라의 얼굴은 창백하다 못해 유령을 보는 것 같았다. 커다란 멍은 한쪽 눈을 거의 뒤덮을 정도였고 등과 오른쪽 다리는 진흙으로 범벅이 되어 있었다. 커다란 말에 비해 사라는 너무 작아 보였고 두 손은 추위에 얼어붙어 벌겠다. 그런데도 사라는 그 모든 것을 전혀 의식하지 못하는 듯 자기가 하는 일에 몰두해 있었다.

거기서 얼마 떨어지지 않은 곳에 검은색 외투와 승마용 바지를 차려입은 나이 지긋한 남자가 부자연스러울 정도로 꼿꼿한 자세로 서서 사라를 유심히 살피고 있었다. 사라는 부에게 보통 구보 혹은 속보로 나아가도록 지시했고, 말 등에 앉아 무표정한 얼굴로 지켜보는 기수들 주위를 작고 우아한 원을 그리며 돌았다. 너태샤는 사라에게서 눈을 뗄 수가 없었다. 마치 다른 사람을 보는 것 같았는데, 얼마 전보다 허약하고 몇 년은 더 나이를 먹은 것처럼 보였다. 말은 다시 속도를 줄여 속보로 걷다가 거대한 공간을 대각선으로 가로지르듯 나아갔다. 이어서 발레 동작을 하듯 발굽을 획획 튀기며 전진했는데, 한 걸음을 내딛을 때마다 다리가 잠시 공중에 떠 있는 것처럼 보였다. 그러더니 속도를 완전히 줄여 제자리에서 앞서 했던 동작을 되풀이했다.

사라는 온 신경을 집중한 모습이었고, 팽팽한 긴장이 거무스름한 눈 주변과 앙다문 입술에 고스란히 드러나 보였다. 너태샤는 사라의 뒤꿈치가 미세하게 움직이는 것을 보았고 고삐를 통해 세심하게 지시하는 것을 알아챘다. 신기하게도 말은 기진맥진한 몸으로 그 지시를 받아들이고 따르는 듯했다. 너태샤는 말에 대해서는 아무것도 몰랐지만 그런 모습들이 너무도 아름답다는 느낌이 들었다. 긴 세월에 걸친 꾸준한 훈련과 노력, 말과 인간의 진정한 교감을 통해서만 가능한 일일 것이기 때문이다. 너태샤는 옆에 앉아 있는 맥을 힐끗 돌아보았다. 그는 상체를 앞으로 숙이고 두 눈을 사라에게 고정한 채였는데, 그 모습에서 사라가 성공하기를 간절히 바라는 마음을 엿볼 수 있었다.

부는 일정한 리듬에 맞춰 춤을 추는 것처럼 다리를 위아래로 움직였고, 과제를 충실히 이행하겠다는 결연한 의지를 보여주려는 듯 커다란 머리를 아래로 숙였다. 입에서 흘러나온 침 자국이 약간 우스꽝스러워 보이긴 했지만 부는 엉덩이와 뒷다리에 힘을 싣고 원무를 추듯 아름답게 움직였다. 유연하면서도 절제된 동작에 너태샤는 뜨거운 박수를 보내고 싶었다. 사라는 부에게 무슨 말을 속삭이며 기다란 목을 쓰다듬었다. 그 모습을 바라보는 너태샤의 눈에 눈물이 글썽거렸다. 그때 말이 갑자기 뒷다리로 벌떡 일어섰고, 온몸으로 전율하며 중력에 맞서는 듯한 동작에 몰두했다. 길을 잃은 아이와 상처 입은 말이 혼신의 노력을 다하는 모습을 지켜보면서 너태샤는 감동의 눈물을 흘렸다.

그 순간 맥이 그녀의 손을 움켜쥐었다. 너태샤는 그 따뜻한 손이 너무도 고마웠고 자신의 손이 달아나지 못하도록 서서히 조여오는 힘에 안도했다. 사라는 커다란 무대 가장자리를 천천히 돌면서 아름답고 절도 있는 걸음을 뽐냈다. 이번에는 그 움직임이 너무 더뎌서 사라의 몸이 허공에 아로새겨지는 듯했다. 너태샤가 나이 지긋한 남자를 보기 위해 고개를 돌렸을 때 말에 탄 기수들이 일제히 모자를 벗는 놀라운 광경이 펼쳐졌다. 그들은 경건한 몸짓으로 모자를 가슴께로 가져간 다음, 한 사람씩 같은 방향으로 나아가며 사라를 향해 머리를 숙였다.

드디어 맥은 너태샤의 손을 놓고 카메라의 셔터를 눌러대기 시작했다. 너태샤는 황급히 휴지를 찾았고, 자신이 무한한 기쁨과 자랑스러움을 느끼고 있다는 사실을 깨달았다. 사라가 보여준 동작은 참으로 아름다웠다. 그러므로 누군가는 그것을 기록해두어야 했다.

부는 속보에 이어 보통 구보로 나아갔고, 기수들은 서로를 힐끗거리며 모자를 다시 썼다. 그들 스스로도 자신의 행동에 놀란 듯했다. 사라는 무대 중앙으로 걸어가 위대한 신과 정면으로 마주 섰다. 말은 탄탄한 다리를 가지런하게 정렬한 채 서 있었고, 어깨는 땀으로 번들거렸다.

"사라가 해냈어."

맥이 흥분한 목소리로 중얼거렸다.

"사라, 잘했어. 넌 해냈어."

사라는 거칠게 숨을 내쉬며 나이 지긋한 남자에게 고개를 숙여 경의를 표했다. 승리의 깃발을 나부끼며 전투에서 돌아온 전사처럼. 나이든 남자도 모자를 벗어 고개를 끄덕였다. 너태샤가 앉아 있는 자리에서도 사라가 얼마나 뚫어지게 남자를 바라보고 있는지, 그의 판단을 듣기 위해 사라의 모든 세포 하나하나가 얼마나 곤두서 있는지 알아볼 수 있었다. 너태샤 역시 숨을 죽인 채 맥의 손을 잡기 위해 다시 손을 뻗었다.

위대한 신은 앞으로 걸어 나왔다. 그는 아까는 발견하지 못한 무언가를 찾아내려는 것처럼 사라를 지그시 바라보았다. 그의 눈길은 부드러웠지만 표정은 다소 침울했다.

"아니야. 미안하지만 아니야."

그는 말하고 나서 손을 뻗어 부의 목을 쓰다듬었다.

사라는 믿기지 않는다는 듯 두 눈이 크게 벌어졌다. 부의 갈기를 움켜잡은 채 관람 구역을 힐끗 돌아보고 나서야 처음으로 너태샤와 맥을 알아본 듯했다. 그들을 보자마자 사라는 들릴 듯 말 듯 희미한 소리를 내며 의식을 잃고 말에서 미끄러졌다.

# 26

죽은 자에 대해 과도하게 슬퍼하는 것은 어리석은 행동이다.
그것은 살아 있는 자에게 상처가 될 수 있기 때문이다.

—크세노폰, 『기마술』

샤토 드 베리에르 호텔로 온 사라는 아무 저항 없이 너태샤가 어루만지는 손길을 받아들였다. 오히려 안도하는 마음과 함께 너태샤가 사라지면 어쩌나 하는 두려움마저 내비쳤다. 두 사람은 사라를 다그치지 않았고, 지금은 물을 때가 아니라는 것에 충분히 공감했다.

샤토 호텔에 도착했을 때 너태샤는 사라를 2층 자기 방으로 데리고 가서 어린아이를 대하듯 옷을 벗기고 커다란 침대에 눕혔다. 가녀린 어깨에 이불을 덮어주자 사라는 곧바로 눈을 감고 잠이 들었다. 너태샤는 옆에 앉아 잠이 든 사라의 몸에 한 손을 올렸다. 그 작은 접촉이 틀림없이 위로를 가져다줄 것이라고 믿으면서. 이토록 창백하고 움푹 꺼진 눈을 가진 사람을 본 적이 없었다. 그동안 사라가 어떤 일을 겪었을까 생각하니 너태샤는 가슴 한쪽이 무너지는 것 같았다.

위대한 신의 판정이 내려지고 나서 너태샤는 잠시 머리가 멍했다. 그러다가 사라가 모래 바닥으로 쓰러지자 두 사람은 동시에 무대 중앙으로 달려 나갔다. 맥은 생명이 꺼져가는 듯한 가녀린 몸을 들어 올렸고, 위대한 신은 말의 고삐를 움켜잡았다. 터져 나오는 탄성을 희미하게 의식하며 푸르니에 부인은 두 손으로 얼굴을 가렸다. 무게가 전혀 없는 물건을 들어 올리는 것처럼 맥은 아무 힘도 들이지 않고 사라를 번쩍 안아 들고 밖으로 나갔다. 그들은 일단 사라를 사무실로 데려가 눕혔고, 다행히 사라는 잠시 후 정신을 차렸다. 너태샤는 사라의 머리를 부드럽게 안아주었다. 이 험난한 여정으로 사라는 두 사람과 멀어질 수밖에 없었지만 이제 그들은 사라를 어떻게 대해야 하는지 알게 되었다.

나중에 잠에서 깼을 때 사라는 어리둥절한 표정으로 맥을 올려다보더니 다시 눈을 감았다. 눈앞에 닥친 현실을 어떻게 감당해야 할지 난감할 것이다.

"다 괜찮아, 사라."

너태샤는 땀에 젖어 엉겨 붙은 사라의 머리카락을 쓸어내렸다.

"넌 혼자가 아니야. 넌 이제 혼자가 아니야."

하지만 사라는 그 말을 듣고 있는 것 같지 않았다.

국립대학에서 급하게 호출되어 온 수련의는 쇄골 골절과 심각한 타박상을 진단했지만 지금 당장 필요한 것은 충분한 휴식밖에 없다고 조언했다. 사람들은 임시방편으로 차와 음료, 비스킷 등을 가져오며 알아들을 수 없는 프랑스어로 이런저런 말을 보탰다. 너태샤는 현실을 받아들이기 힘들어하는 사라가 힘과 용기를 낼 수 있도록 꼭 안아준 다음 지금까지 취해온 잘못된 방식에 대해 진심으로 사과했다.

"믿을 수가 없어."

사라의 이야기는 승마학교 전체에 빠르기 퍼져 나갔고, 프랑스의 거의 절반을 말을 타고 달려온 영국 소녀를 보기 위해 챙 달린 모자에 승마바지를 차려입은 많은 사람들이 다녀갔다.

"그럴 리가 없어."

맥이 사라를 차에 태울 때에도 어디선가 그런 소리가 들려왔다. 거기에는 감탄과 함께 비난의 의미도 포함되어 있을 것이다. 사라가 혼자서 여기까지 오게 된 것은 부당하고 불합리한 상황들에 맞선 결과라는 점을 두 사람도 부정할 수 없었으며, 어떤 비난에도 할 말이 없었다.

부는 동물병원에 보내져 상처 치료를 받은 뒤 그날 밤에는 승마학교 마구간에서 머물도록 결정되었다. 부에게 필요한 최소한의 조치를 취하도록 지시한 사람은 위대한 신이었다. 맥은 위대한 신과 함께 마구간 앞에 서서 부가 먹고 마시는 모습을 살폈다. 부는 두툼하게 깔린 짚더미가 만족스러운 듯 낮은 울음소리를 냈다.

위대한 신은 맥을 돌아보지 않은 채 말했다.

"말에 대해 많은 걸 안다고 자부해왔지만 이 녀석은 절 또 놀라게 하는군요."

"인간도 마찬가지입니다."

맥이 덧붙였다.

위대한 신은 맥의 어깨에 손을 얹고 말했다.

"내일 다시 얘기를 나눌 수 있을까요? 10시에 제게 와주십시오. 사라에 대한 설명이 필요할 것 같습니다."

사라가 다시 잠이 들었다. 너태샤는 사라를 곁에 두기 위해서는 이정도 노고는 감수해야 한다는 마음으로 옆에서 자리를 지켰다. 오후가되고 저녁으로 기울면서 하늘은 점점 잿빛으로 변하고 있었다. 지금까지 너태샤가 먹은 거라곤 초콜릿바 하나와 객실 냉장고에 있던 물 한

병이 전부였고, 한 일이라곤 이전 투숙객이 남기고 간 책 몇 페이지를 읽은 게 다였다. 사라는 거의 뒤척이지도 않았다. 꿈짝도 하지 않는 게 의심스러워서, 가끔 몸을 일으켜 숨을 쉬는지를 확인한 뒤 다시 앉기도 했다.

8시가 조금 지나 조용히 문을 닫고 나오자 복도에 앉아 있던 맥이 일어섰다. 그는 꽤 오랫동안 거기 그렇게 앉아 있었던 모양이었다. 그의 눈 주위에 드리운 주름 하나가 지난 며칠 동안의 긴장과 불안을 고스란히 보여주고 있었다.

"사라는 괜찮아. 다만 잠이 깊이 들었어. 보고 싶으면⋯⋯."

맥은 고개를 저었다. 그러고는 긴 한숨을 내쉬며 애써 미소를 지어 보였다.

"우린 사라를 찾았어."

"그래."

그런데도 기대했던 것만큼 기쁨을 나누지 못하는 이유가 무엇인지 너태샤는 알 수가 없었다.

"계속 생각해봤어⋯⋯."

맥이 잠시 머뭇거리다가 말을 이었다.

"사람들에게 사라가 어떻게 보였을지⋯⋯, 어떤 일이 일어났을 수도 있었는지⋯⋯."

"나도 알아."

그들은 움직이지도 않고 한참을 그렇게 서 있었다. 복도에서는 광택제 냄새가 심하게 풍겼고 오래된 양탄자는 모든 소리를 다 빨아들이는 듯했다. 너태샤는 맥에게서 눈을 떼지 못했다.

맥은 한 발짝 더 다가와 자기 방을 향해 고개를 까딱거리며 물었다.

"내 방에 가지 않을래? 내 말은, 사라가 침대에서 자고 있으니까, 당신이 누울 데가 없지 않을까 해서……."

'또 다른 미라이는 늘 어디에나 있는 법이지.'

너태샤는 건조하고 사무적인 목소리로 대답했다.

"사라를 혼자 두면 안 될 것 같아. 난 소파에서 자도 돼."

"당신 말이 맞아."

"그래."

"옆방에 있으니까 필요하면 언제든 불러."

맥은 미소를 지으려 애썼지만 그의 얼굴은 슬퍼 보였다. 이제 사라를 찾았으니 어떤 식으로든 결론을 내려야 한다는 것을 잘 아는 듯했다. 너태샤는 더 이상 자신을 억제하지 못하고 그의 눈 주위에 늘어난 주름을 손으로 더듬으며 말했다.

"당신도 좀 쉬어야 해."

자신을 바라보는 맥의 눈빛을 보면서 너태샤는 다시 혼란에 빠졌다. 상처받기 쉬운 것들, 사랑……. 강철 문이 스르르 미끄러지고 오래 자리를 지키던 무언가가 어디론가 사라진 느낌이었다.

맥은 호주머니에 손을 찌른 채 자기 발만 내려다보았다.

"난 괜찮아."

그는 너태샤의 눈을 보지 않고 말했다.

"당신하고 사라도 잘 자. 아침에 불러줘."


잠을 너무 깊이 잔 탓인지 눈을 떴을 때 이곳이 어디인지 금방 분간이 되지 않았다. 사라는 베개에서 머리를 들어 올리고 모래가 들어간 것 같은 껄끄러운 눈을 깜박이며 기다란 창문을 내다보았다. 멀리 마로니에 나무 이파리가 바람에 나부끼는 게 보였다. 그때 차 한 대가 지나갔고, 그 소리에 잠이 확 달아났다.

사라는 몸을 밀어 올려 간신히 일어나 앉았다. 살갗에서는 퀴퀴한 냄새가 났고 옷은 더럽기 짝이 없었다. 너태샤를 발견한 것은 그때였다. 그녀는 안락의자에 몸을 웅크린 채 앉아 잠이 들어 있었다. 담요를 턱까지 끌어올리느라 맨발이 비어져 나왔다.

사라는 너태샤의 손이 자신의 머리카락을 쓸어내리던 느낌이 희미하게 떠올랐고, 자신을 부를 때 너태샤의 목소리에 두려움과 안도가 묻어나던 것도 기억났다. 곧이어 공연장에서 있었던 일이 생생하게 떠올랐다. 위대한 신이 "아니야"라고 말할 때 그의 눈에 어리던 슬픈 표정을 잊을 수가 없었다.

고통스러운 무언가가 사라의 가슴에 박혔다. 사라는 부드럽고 하얀 베개 위에 다시 누워 높디 높은 천장을 응시했다. 자신과 거대하고 공허한 세상 사이에 가로놓인 장벽을 생각했다.

"아니야."

위대한 신은 그렇게 말했다.


"사라가 말하고 싶어하지 않는다면 다그치지 않는 게 좋을 거야."

맥이 계산을 하는 동안 너태샤는 넓은 호텔 로비에 서 있었다.

그녀는 차 뒷좌석에 앉아 기다리고 있는 사라를 내다보았다. 사라는 관자놀이를 뒷좌석 창문에 기댄 채 멍하니 앞을 응시하고 있었다.

"할아버지에 대해서도 말하고 싶지 않은 것 같아, 맥. 아무 말도 하고 싶지 않은가봐."

경찰은 블루아 인근 도로에서 사라의 여권과 함께 빈 지갑과 몇 가지 소지품을 발견했다. 그렇게 소중히 여기던 크세노폰의 낡은 책을 돌려받았는데도 사라는 무력감에서 벗어나지 못하는 것 같았다.

맥은 신용카드를 돌려받은 뒤 호텔 여주인에게 감사 인사를 전했다. 부인은 사라가 먹을 수 있게 음식을 포장해주겠다고 한사코 우겼다. 모두가 사라에게 잘 먹어야 한다고 지겹도록 얘기했다. 하지만 너태샤는 사라의 인생을 송두리째 삼켜버린 거대한 구멍을 음식으로 채울 수는 없을 거라고 생각했다.

"사라는 너무 지쳐 있어."

맥이 말했다.

"아마 오랫동안 그 생각을 품어왔을 거야. 우리가 짐작하는 것보다 훨씬 더 오래 전일 수도 있어. 근데 실현 불가능하다는 얘기를 들은 거잖아. 설상가상으로 할아버지는 돌아가셨고, 800킬로미터가 넘게 말을 달려왔으니까. 충격이 컸을 거야. 지치고 실망했겠지. 게다가 사라는 십대 소녀야. 누구하고도 얘기하고 싶어하지 않는 시기라며."

너태샤가 팔로 몸을 감싸며 말했다.

"그래, 당신 말이 맞아."

무겁게 내려앉은 구름들에 가려 태양이 드문드문 얼굴을 내밀었다. 그래서인지 샤토 드 베리에르에서 카드르 누아르에 이르는 길지 않은 코스가 얼마나 멋지고 고풍스러운지 아무도 제대로 보지 못하는 듯했다. 정문을 지키는 수위는 그들이 올 거라는 연락을 미리 받은 게 분명해 보였다. 그들이 정문을 통과할 때 뒷좌석을 호기심 어린 눈길로 들여다보았기 때문이다.

푸르니에 부인이 마구간 밖에서 그들을 기다리고 있었다. 부인은 두 사람을 아주 반갑게 맞이해주었는데, 어제 겪은 일로 충분히 친숙한 사이가 되었다고 생각하는 것 같았다. 이어서 부인은 사라의 어깨를 조심스럽게 쓰다듬으며 활짝 웃는 얼굴로 물었다.

"오늘은 좀 어떠니, 사라? 잠은 잘 잤니?"

"좋아요."

사라가 건조한 어투로 대답했다.

"우리가 바르쥐 선생님을 기다리는 동안 잠깐 말을 보고 올래? 부셰는 아주 편안한 밤을 보냈단다. 정말 강인한 말 같더구나. 여기서 고작 하루를……."

부인이 공연장이 있는 건물로 그들을 안내하려 할 때 사라가 말을 자르고 대답했다.

"아니요."

잠시 어색한 침묵이 흘렀다.

"안 볼래요. 지금은요."

맥이 사과의 뜻을 담아 말했다.

"사라는 위대한 신과 얘기를 나누고 싶을 거예요."

푸르니에 부인은 미소를 잃지 않고 말했다.

"물론 저도 그럴 거라 생각합니다. 그럼 함께 가시죠."

교장실 안에는 많은 사진과 자격증, 메달 등이 가지런하게 붙어 있었다. 이번에도 맥은 그것들을 면밀히 살펴보았다.

잠시 후, 위대한 신 바르쥐가 들어왔다. 뭔가 중요한 일을 처리하고 돌아온 듯했다. 그는 기노 씨라는 분을 데리고 왔는데, 학사 행정과 관련된 일을 담당하는 사람 같았다. 사라는 너태샤와 맥 사이에 앉아 있었다. 더 이상 자기 입지를 다지기를 포기한 사람처럼 안으로만 움츠러들어 있었다. 너태샤는 사라의 손을 잡으려고 손을 꿈틀거리다가 그만두었다. 오늘 아침에 깨어난 후부터 사라는 자기 주위에 다시 견고한 벽을 세운 듯했다. 어제 느꼈던 유연한 모습은 찾아볼 수 없었다.

위대한 신은 특유의 검은 제복에 반짝반짝 광을 낸 부츠를 신고 있었다. 머리카락이 납작하게 눌린 걸 보니 말에서 내린 지 얼마 되지 않은 듯했다. 그는 책상에 앉아 한동안 사라를 유심히 관찰했다. 저 정도밖에 안 되는 몸으로 어제의 동작을 해낸 것에 다시 한번 놀라는 눈치였다. 그의 설명에 따르면 카드르 누아르는 해마다 학생을 5명 이상은 받아들이지 않으며, 대개는 1~2명 정도에 그친다고 했다. 이 나라에서 가장 실력이 출중한 기수들이 감독하는 시험을 거쳐야 하며, 선발 대상의 최소 연령이 18세라는 설명도 덧붙였다. 이런 과정 외에도 이 학교에 입학하려면 프랑스 국적도 필요하다고 했다.

"네가 프랑스에서 태어났더라면 좋았겠다."

너태샤가 아쉬운 표정을 지으며 말했다.

사라는 아무 말도 하지 않았다.

"이 모든 문제를 떠나서 난 네가 보여준 모습이 매우 훌륭했다고 말하고 싶구나."

그는 책상에 몸을 기대며 말을 이었다.

"네가 앞으로 우리 체계가 요구하는 부분을 충족시켜준다면 몇 년 안에 다시 너와 네 말이 여기로 돌아오지 못할 이유는 없단다. 하지만 지금으로선……."

그러고는 고개를 저은 뒤 덧붙였다.

"……아직은 너를 받아들이는 데 어려움이 있구나."

그는 자기 손을 내려다보며 말했다.

"네 할아버지는 아주 훌륭한 기수였다는 점을 꼭 말해주고 싶다. 할아버지가 떠난 사실이 난 늘 안타까웠다. 이 학교에 남아 지도자가 됐어야 할 분이었어. 할아버지도 네가 보여준 모습을 본다면 매우 자랑스러워하실 거다."

"하지만 그래도 절 받아주시지는 않을 거잖아요."

"부인, 저희가 14세 아이를 받아들일 수 없는 점을 이해해주시길 바랍니다."

사라는 고개를 돌리며 입술을 깨물었다.

맥이 끼어들어 위로했다.

"사라, 네가 재능이 뛰어나다고 하신 말씀 들었지? 너와 부가 어떻게 하면 계속 훈련을 잘 받을 수 있는지 우리가 알아볼게. 언젠가는 여기로 다시 돌아올 수 있을 거야. 우리가 도와줄게."

사라는 아무 문양 없는 흰 운동화만 바라보고 있었다. 그날 아침 맥이 갈아입을 옷 한 벌과 함께 급하게 사온 것이었다. 긴 침묵이 흘렀다.

바깥에서 콘크리트 바닥을 치는 말발굽 소리와 말 울음소리가 희미하게 들려왔다.

'사라, 제발 무슨 말이든 해줘.'

드디어 사라가 고개를 들고 위대한 신을 바라보며 물었다.

"그렇다면 제 말은 받아주실 수 있나요?"

"뭐라고?"

위대한 신이 눈을 깜박이며 되물었다.

"제 말을 받아주실 수 있냐고요? 부셰 말이에요."

너태샤가 맥을 힐끗 돌아보았다. 그의 얼굴에도 당혹스러운 표정이 서려 있었다.

"사라, 넌 부를 아무 데도 보내고 싶어하지 않잖아."

"전 지금 아줌마가 아니라 선생님께 묻고 있는 거예요."

사라가 단호하게 말했다.

"받아주실 수 있나요?"

위대한 신은 너태샤에게 눈을 깜박거린 다음 말했다.

"지금 당장 대답하기는 적절하지……."

"부에게 재능이 있다고 생각하시나요?"

"그렇고말고. 게다가 용기도 있는 말 같더구나."

"그렇다면 제 말을 드리고 싶어요. 전 더 이상 필요하지 않아요."

방 안은 정적에 휩싸였다. 행정실에서 나온 남자가 위대한 신의 귀에 대고 무슨 말을 소곤거렸다.

너태샤는 그들을 향해 몸을 기울이며 말했다.

"제 생각엔 사라가 아직 지친 상태이고……."

"제 말을 끊지 말아주세요!"

사라의 목소리가 작은 방 안에 쩌렁쩌렁 울렸다.

"다시 한번 말씀드리지만 전 더 이상 부가 필요 없어요. 가능하다면 부를 데려가주시겠어요?"

사라의 말투는 고집스럽고 집요했다.

위대한 신은 상대의 진심이 어디까지인지 알아내려는 듯 사라를 유심히 살핀 다음 얼굴을 찡그리며 물었다.

"이게 정말 네가 원하는 거니? 부를 카드르 누아르에 맡기는 게?"

"네."

"그럼, 좋다. 감사히 받겠습니다, 부인. 아주 훌륭한 말인 건 분명하니까요."

사라는 무거운 짐을 내려놓은 듯한 기분이 들었다. 그동안 사라는 어찌나 턱에 힘을 주고 있었던지 두 볼이 울퉁불퉁 도드라져 보이기까지 했다. 사라는 어깨를 펴면서 너태샤에게 살짝 기댄 채 말했다.

"감사해요. 그럼 이제 가도 될까요?"

모두 어안이 벙벙해서 꼼짝도 못하고 있었다. 맥은 입을 벌리고 눈을 동그랗게 뜬 채였고, 너태샤는 왠지 불편하고 기분이 좋지 않은 느낌이 들었다.

"사라……, 이건 중대한 결정이야. 넌 그 말을 아주 사랑했잖아. 그건 지금도 마찬가지라고 알고 있는데. 시간을 두고 생각하는 게 좋지 않을까? 넌 너무 끔찍한 일을……."

"아니요, 더 이상 필요하지 않아요. 이번에는 제 얘길 들어줄 사람이 필요해요. 부는 여기서 지낼 거예요. 이제 우리가 돌아가면……, 전 지금 가고 싶어요."

사라가 말했지만 아무도 움직이지 않았다.

"저 먼저 일어날게요."

지체할 틈이 없었다. 그들은 일제히 자리에서 일어섰고, 맥은 어정쩡한 눈빛을 던지고 급하게 사라를 따라 눈부신 햇살 아래로 나갔다.

"부인,"

사라가 멀어져 가자 위대한 신은 두 손으로 너태샤의 손을 잡으며 말했다.

"사라가 부를 보고 싶어한다면, 마음이 바뀐다면 언제라도 좋습니다. 아직 어린아이입니다. 게다가 한꺼번에 많은 일을 겪었으니까요."

"감사합니다."

너태샤가 정중히 인사했다. 뭔가 더 말을 하려 했지만 목구멍 깊숙이 박혀서 나오지 않았다.

위대한 신은 창밖으로 고개를 돌려 햇살을 받고 서 있는 사라를 바라보았다. 사라는 팔짱을 낀 채 발로 돌멩이를 툭툭 차고 있었다.

"사라는 할아버지를 많이 닮았어요."


그들이 소뮈르를 벗어나자마자 비가 내리기 시작했다. 지평선 너머 으스스한 지점에서 모의를 하던 먹구름들이 이제 그들을 향해 획획 몰려오고 있었다. 세 사람은 아무 말 없이 조용히 차를 달렸다. 맥의 차는 빗물이 깃털처럼 날리는 아스팔트길 위를 달렸고, 맥은 도로 위에만 정신을 집중했다.

너태샤는 그런 그가 부러웠다. 이 작은 차 안에 감도는 침묵에 숨이 막혔다. 어딘가로 달아나 혼란스러운 마음을 차분히 가다듬고 싶었다. 가끔씩 고개를 돌려 사이드미러에 비친 사라를 엿보기도 했다. 뒷좌석에 앉은 가녀린 소녀는 무표정한 얼굴로 지나가는 풍경을 내다보고 있었다. 하지만 사라한테서 새어 나온 무겁고 침울한 기운은 이미 차 안 곳곳에 퍼져 수습이 불가능할 정도였다. 너태샤는 두 번 정도 사라를 설득하려 애썼다. 아직 늦지 않았다고, 다시 돌아가 말을 데려올 수 있다고. 사라는 처음엔 그 말을 무시했지만 두 번째에는 두 손으로 귀를 막았다. 그런 모습을 지켜보면서 너태샤는 너무 속상했지만 더듬더듬 말끝을 흐릴 수밖에 없었다.

시간을 주자고, 계속 스스로에게 다짐했다. 입장을 바꿔서 생각하자고. 하나밖에 남지 않은 혈육을 잃었고, 돌아갈 집도 없는 셈이었다. 그렇다 하더라도 너태샤는 이해할 수가 없었다. 자기 말을 지키기 위해 그토록 열심히, 물불 안 가리고 싸우던 애가 이제 와서 그리 쉽게 말을 포기하는 이유가 뭘까?

너태샤는 카드르 누아르를 나오기 직전을 떠올렸다. 위대한 신은 그들을 마구간으로 데려가기 전에 말했다.

"떠나기 전에 네 말을 보고 가는 게 좋겠구나, 사라. 말 상태가 어떤지, 만족스러운지 네가 확인하고 갔으면 좋겠구나."

너태샤는 그의 의도가 무엇인지 짐작했다. 부를 보게 되면 사라의 마음이 바뀔지도 모른다고, 혹시라도 그런 결정을 재고해볼지도 모른다고 생각했을 것이다.

하지만 사라는 거의 마지못해 따라갔고, 가서도 멀찌감치 떨어져 있기만 했다. 너무 멀리 떨어져 있어서 마구간의 높은 문 너머를 제대로 볼 수조차 없었을 것이다. 위대한 신이 사라를 재촉하기도 했다.

"오늘 아침 네 말이 얼마나 좋아졌는지 한번 봐주렴. 우리 수의사가 얼마나 치료를 잘했는지 말이야."

자자, 어서, 사라, 너태샤는 속으로 다그쳤다. 정신을 차리고 네가 지금 뭘 하려 하는지를 보라고. 그런데도 사라는 부를 다시 떠맡는 일에 대해 더 이상 아무 관심이 없는 듯했다. 대신에 아주 잠깐 수의사가 치료한 데를 힐끗 보았을 뿐이다. 그때 부가 마구간 문 위로 고개를 쑥 내밀고 주인에게 반갑다는 소리를 냈다. 그것도 배 속 깊은 데서 나오는 듯한 절절한 울음소리였지만 사라는 돌아보지도 않았다. 사라는 어깨를 움츠린 채 두 손을 호주머니에 찌르고 있다가 위대한 신에게 고개 숙여 인사한 뒤 돌아서서 차를 향해 걸어갔다. 그러자 부는 두 귀를 쫑긋 세우고 멀어져 가는 사라를 눈으로 좇았다.

너태샤의 뇌리를 떠나지 않는 것은 사라와 사라가 잃어버린 것들만은 아니었다. 비가 퍼붓듯 내리면서 앞 차량들의 브레이크 등이 희미해지고 시야도 흐릿해졌다. 너태샤는 운전대를 잡고 있는 맥의 손을 멍하니 바라보았다. 어느새 차는 칼레에 점점 가까워지고 있었다. 그들이 영국을 떠나지 않았다면 모든 게 그럭저럭 마무리되었을 것이다. 마지막 몇 주 동안 누가 그 집에 남을지에 대한 얘기가 있었고, 재정 문제에 대해서도 별 무리 없이 결론이 났을 것이다. 그러고 나면 맥은 새로운 집을 얻어 갈 것이고, 너태샤도 남은 짐을 챙겨 제 살길을 찾아갈 것이다. 그런데 지금은 아무것도 남지 않은 기분이 들었다. 소중한 집을 잃은 것은 물론이거니와 직장 내 입지도 위태로운 상황이 되었다. 게다가 새로운 관계의 형성에도 실패했다. 사랑하는 남자를 잃고 말았다. 기대했던 삶을 더 이상 이어갈 수 없다는 건 너무도 실망스러운 일이었다.

너태샤는 눈을 감았다. 잠시 후 다시 눈을 뜨고 고속도로 저편 마을을 바라보았을 때 구부정한 자세로 자전거를 타고 지나가는 한 소녀가 눈에 띄었다. 아이는 우중충한 날씨와는 달리 밝고 활기차게 텅 빈 거리를 달리고 있었다. 문득 몇 달 전, 기차를 타고 갈 때 런던 뒷골목에서 보았던 한 소녀의 모습이 떠올랐다. 뒷다리로 일어선 말을 타고 있던 소녀. 기차가 순식간에 지나쳤지만 너태샤는 그 모습을 알아보았다.

그런 기억에 젖어 있던 너태사에게 별안간 어떤 목소리가 귓속을 파고들었다. 자신의 증인으로 서면서 긴장감을 감추지 못했던 콘스턴스 데블린. 당시 그녀는 떨리는 음성으로 이렇게 말했다. '루시가 나쁜 길로 빠지는 것은 시간문제예요. 그러니 모든 일을 제쳐두고 루시의 얘기에 귀 기울여줘야 할 겁니다.'

"맥, 차 좀 세워줘."

"뭐라고?"

"차 세우라고."

너태샤는 이런 상태로 그냥 집에 돌아갈 수 없다는 생각밖에 없었다.

맥은 어딘가에 차를 세운 뒤 당혹스러운 표정으로 그녀가 차에서 내려 뒷문을 여는 것을 지켜보았다.

"내려."

너태샤가 사라에게 말했다.

"너랑 나 얘기 좀 하자."

사라는 내키지 않는 표정을 지으며 머뭇거렸다.

"싫어?"

너태샤는 나오는 대로 말을 내뱉었다.

"네가 나랑 얘기할 때까지 우린 아무 데도 가지 않을 거야, 사라. 자, 어서, 내려."

그러더니 다짜고짜 사라의 손을 잡아 차에서 끌어내린 뒤 빗속을 뚫고 반대편 카페의 차양 아래로 걸어갔다. 맥이 따져 묻는 소리가 들렸지만, 너태샤는 그냥 좀 내버려달라고 단호하게 소리쳤다.

"좋아."

너태샤는 의자를 하나 꺼내 앉았다. 다른 손님은 없었고 가게가 문을 연 것인지도 알 수 없었다. 사라를 여기까지 데리고는 왔지만 무슨 말을 어떻게 할 건지 뚜렷한 생각은 없었다. 그냥 이대로 돌아갈 수는 없었다. 무겁고 고통스러운 침묵에 둘러싸인 채 아무 시도도 하지 않고 앉아 있을 수만은 없었다.

사라는 불신이 가득한 시선을 던지며 너태샤 옆에 앉았다.

"좋아, 사라. 난 변호사야. 지금까지 많은 시간을 상대의 의도를 파악하고 상대를 앞지르기 위해 노력하며 살아왔어. 그리고 그런대로 꽤 영리한 판단을 해왔어. 사람들을 움직이게 하는 힘이 무엇인지 잘 파악하는 편이지. 근데 지금은 기를 쓰는데도 잘 안 되네."

사라는 테이블만 응시하고 있었다.

"자기 말을 지키기 위해 거짓말하고 훔치고 남을 속이는 일도 마다하지 않던 애가, 유일한 목표를 가지고 말 주위에만 맴돌던 애가 이제 와서 그 말을 버리는 이유가 뭔지 난 도저히 이해할 수가 없어."

사라는 여전히 아무 말이 없었다. 고개를 비스듬히 돌리고 무릎에 손을 가지런히 올린 채 앉아 있기만 했다.

"그냥 성질을 부려보는 거니? 무책임하게 공중에 던져버리면 누군가 나서서 너를 위해 규칙을 바꿔줄 거라 생각하는 거니? 만약 그런 거라면 그 사람들은 아무것도 바꾸지 않을 거라고 말해줄게. 300년 전부터 정해진 규칙에 따라 움직이는 사람들이니까. 그들은 널 위해 규칙을 바꾸지는 않아."

"전 바꿔달라고 부탁한 적 없어요."

사라가 톡 쏘듯 말했다.

"좋아. 그럼, 언젠가는 네가 훌륭한 기수가 될 거라는 그분의 말씀이 진심이 아니라고 생각하는 거니? 난 정말 모르겠어. 왜 넌 노력조차도 하지 않는지."

그래도 사라는 대답하지 않았다.

"할아버지 때문이니? 할아버지가 안 계셔서 이제 말을 돌볼 수 없다고 판단한 거야? 우리가 도와줄 수 있어, 사라. 너랑 나 출발이 좋지 않았다는 건 나도 알아. 하지만 그건 우리가 서로에게 솔직하지 않았기 때문이야. 앞으로 얼마든지 나아질 수 있다고 생각해."

너태샤는 기다렸다. 의뢰인에게 얘기하는 것처럼 들렸을 거라는 점도 잘 알았다. 그래도 어쩔 수 없었다. 이게 내 목소리인걸, 너태샤는 속으로 중얼거렸다. 이게 내가 할 수 있는 최선인걸.

사라는 가만히 듣기만 하다가 한마디 던졌다.

"이제 집으로 가도 될까요?"

너태샤는 눈이 가늘어지도록 얼굴을 찌푸리며 말했다.

"뭐? 그게 다야? 결국 아무 말도 안 하겠다고?"

"그냥 가고 싶어요."

너태샤는 익숙한 분노가 커지는 것을 느꼈다. 왜 이렇게 상황을 어렵게 만드는 거니, 사라? 왜 그렇게 완강해서 상처를 키우는 거니? 너태샤는 소리를 지르고 싶었지만 크게 심호흡을 한 뒤 차분하게 말했다.

"아니, 그럴 수 없어."

"왜요?"

"난 누가 언제 거짓말을 하는지 알 수 있어. 넌 지금 나한테 거짓말을 하고 있어. 네가 무슨 일인지 말할 때까지 난 널 아무 데도 데리고 가지 않을 거야."

"진실을 원하시나요?"

"그래."

"진실에 대해 말하고 싶으신 거죠?"

사라가 쓸쓸하게 웃었다.

"그래."

"아줌마는 늘 사실을 얘기한다고 하지만."

사라의 목소리에는 조롱하는 듯한 어투가 엿보였다.

"무슨 의미로 그렇게 말하는 거지?"

"음……, 일테면, 아줌마는 여전히 아저씨를 사랑하면서도 왜 말하지 않는 거죠?"

사라는 맥이 기다리고 있는 차를 향해 고개를 까딱거리며 말했다. 빗물로 깨끗이 씻긴 앞 유리를 통해 지도를 꼼꼼히 살피는 맥이 보였다.

"너무 눈에 보여서 애처로울 지경이에요. 차 안에서 보면 아저씨 옆에서 뭘 어째야 하는지 모르는 것 같아요. 가끔씩 아저씨를 몰래 훔쳐보는 것도 알아요. 그러다가 우연히 눈이 마주치기도 하잖아요. 그렇지만 아줌마는 아무 말도 하지 않을 거잖아요."

너태샤는 침을 꿀꺽 삼켰다.

"그건 복잡한 문제야."

"맞아요. 복잡하겠죠. 안 그런 게 어딨겠어요. 저도 마찬가지예요."

한숨을 돌린 뒤 사라는 다시 말했다.

"때로는 사실을 말하는 게 상황을 더 고약하게 만들기도 해요. 상황을 더 좋게 만드는 게 아니라요. 잘 아시지 않나요?"

마침내 너태샤는 길 건너편에 있는 맥을 돌아보며 말했다.

"네 말이 맞아. 좋아, 네 말이 맞다고. 하지만 내가 맥에 대해 무슨 감정을 가지든 난 그걸 받아들일 수 있어. 그런데 널 보면, 사라, 구명 밧줄을 내던져버리는 사람 같아. 고통을 사서 하는 사람 같아."

너태샤는 상체를 숙이며 말했다.

"왜 그러는 거니? 도대체 스스로에게 이러는 이유가 뭐니?"

"그래야 했으니까요."

"아니, 넌 그럴 필요 없었어. 몇 년 후엔 좋은 기수가 될 거라고 그분도 그러셨잖아. 네가 노력하기만······."

"몇 년 후에는요."

"그래, 몇 년 후엔. 넌 아직 어려서 아주 긴 시간처럼 느끼겠지만 금방 지나가."

"그냥 절 좀 내버려두실 순 없나요? 제가 옳은 결정을 하는 거라고 그냥 믿어주실 순 없나요?"

"아니, 네 결정은 옳지 않아. 넌 네 미래를 망치고 있어."

"아줌마는 이해 못 해요."

"상처받는다는 이유만으로 인생에서 모든 사람을 배제해선 안 돼."

"아줌마는 몰라요."

"제발 날 좀 믿어줘."

"난 부가 떠나게 놔줘야 했어요."

"아니, 넌 그럴 필요가 없었다는 거야. 맙소사! 할아버지가 널 위해 가장 바라셨던 게 뭔지 생각해봐. 네가 한 행동을 아신다면 뭐라고 하시겠니?"

사라가 갑자기 고개를 획 돌리더니 사나운 기세로 소리쳤다.

"할아버지도 이해했어요!"

"난 그렇게 생각하지 않아. 할아버지는……."

"부를 놔줘야 했어요. 그게 부를 지키는 유일한 방법이었다고요!"

갑자기 침묵이 이어졌다. 너태샤는 아주 침착하게 물었다.

"부를 지킨다고?"

사라는 침을 삼켰다. 그때 너태샤는 사라의 눈가에 어린 반짝이는 액체를 보았다. 하얗게 변한 손가락 마디가 미세하게 떨리는 것을 보았다. 너태샤는 부드러운 목소리로 다시 물었다.

"사라, 무슨 일이 있었던 거니?"

갑자기, 사라가 울기 시작했다. 슬픔에 짓눌린 끔찍한 울음이었다. 너태샤가 서른여섯 시간 전에 울었던 소리와 흡사했다. 완전한 상실감과 철저한 외로움에서 터져 나오는 억눌린 흐느낌이었다. 너태샤는 잠시 주저하다가 사라를 꼭 끌어안아주면서 위로했다.

"괜찮아, 사라. 괜찮아."

그렇게 한참 동안 이어진 흐느낌은 서서히 잦아들면서 간간이 딸꾹질이 터져 나왔다. 드디어 사라는 들릴 듯 말 듯한 소리로 말하기 시작했다. 비록 중간에 말이 뚝뚝 끊어지긴 했지만 혼자서 오래 감추어두었던 이야기, 갚지 못한 빚과 공포, 굴욕에 대한 이야기를 털어놓았다. 너태샤의 눈에도 눈물이 가득 고였다.

뿌옇게 흐려진 앞 유리를 통해 너태샤가 사라를 끌어안고 있는 모습이 보였다. 어찌나 세게 끌어안았는지 가녀린 몸이 부서질까 걱정이 될 정도였다. 그러더니 이제 고개를 끄덕이면서 무슨 말을 중얼거리는 것 같았다. 너태샤가 무슨 말을 하든 사라는 아무 저항 없이 조용히 안겨 있었다. 맥은 어찌해야 할지 몰랐지만 너태샤에게 무슨 계획이 있는 것만은 분명해 보였다. 지난 사흘에 대해 어떤 결론을 끌어내리려고 애쓰는 거라면 굳이 방해하고 싶지는 않았다.

그래서 맥은 차 안에서 지켜보며 기다리기로 했다. 그리고 너태샤가 지금의 상황을 올바른 방향으로 이끌어줄 방법을 찾아주길 바랐다. 그는 뾰족한 방안이 떠오르지 않기 때문이다.

카페 주인인 듯한 여자가 두 사람이 앉아 있는 테이블로 다가왔다. 너태샤는 뭔가를 주문한 다음 맥이 있는 쪽으로 고개를 돌렸다. 시선이 부딪쳤다. 너태샤는 눈을 반짝이며 자기들한테 오라고 손짓했다.

맥은 차에서 내려 문을 잠근 다음 차양 아래로 걸어갔다. 둘 다 미소를 짓고 있었다. 다정하게 붙어 있는 모습을 보이는 게 당혹스러운지 수줍은 미소들이 얼굴에 피어올랐다. 이제 정말 전처가 될 너태샤는 아름다워 보였고 심지어 승리의 기쁨에 가득 차 있는 것처럼 보였다.

"맥, 계획에 변화가 생겼어."

너태샤가 말했다.

맥은 사라를 힐끗 보았다. 사라는 앞에 놓인 바구니에서 빵을 고르고 있었다.

"계획의 변화라는 게 말과 관련이 있나?"

맥이 의자 하나를 잡아당기며 물었다.

"정답."

맥은 그들 뒷자리에 앉았다. 어느새 하늘이 맑게 개고 있었다.

"그거 정말 다행스런 일이군."


영국으로 돌아오는 길 내내 너태샤는 사라와 함께 뒷좌석에 앉아 자그마한 소리로 대화를 나누었다. 가끔씩은 목소리를 크게 내어 맥을 대화에 끌어들이기도 했다. 그들은 오늘 당장 소뮈르로 가지는 않기로 결정했다. 사라는 부를 데려다줄 믿을 만한 남자를 알고 있다고 말했다. 너태샤는 카드르 누아르에 전화를 걸었다. 그들의 전화를 예상하고 있었다는 듯 부가 아주 잘 지내고 있다는 말을 전해왔다. 사라는 안도의 미소를 감추지 않았다. 부는 누군가 데리러 갈 때까지 거기서 안전하게 지내게 될 것이다. 너태샤는 사라가 직접 데리러 가지는 못할 것이라고 말했다. 치러야 할 장례식이 있기 때문이라고 했다.

가끔씩 맥은 뒤를 힐끗거리기도 했다. 두 사람은 머리를 맞대고 앞일에 대해 상의했는데, 이제는 서로 마음을 터놓은 사이가 된 것처럼 보였다. 사라는 아마 너태샤와 함께 지내게 될 것이다. 그들은 모든 가능성을 고려하는 듯했다. 기숙학교도 한 가지 대안으로 나왔다. 너태샤는 언니한테 전화를 걸어 물어보았는데, 처형은 말을 맡아주는 데를 한 곳

알고 있다고 했다. 런던에서 좀 떨어진 곳에는 말을 맡기는 곳이 여럿 있다고도 했다. 몰티즈와도 별문제가 없을 것이라고 너태샤는 사라를 안심시켰다. 사라의 서명이 없이는 그가 말에 대해 어떤 주장을 내세우든 아무 효력이 없다고 했다. 또한 그와 같은 내용을 명시하고 가까이 오지 못하도록 경고하는 법적 문서를 그에게 보낼 것이라고 덧붙였다. 앞으로 부는 안전할 것이며, 지금까지와는 다른 생활을 누리게 될 것이라고도 했다. 어디가 될지는 몰라도 푸른 들판을 달릴 수 있을 것이라고 강조했다.

맥은 너태샤가 최고의 해결책을 마련하고 있다고 생각했다. 가끔 앙리 라샤펠이라는 이름이 거론될 때면 사라의 얼굴이 일그러지기도 했지만 그럴 때마다 너태샤는 손을 내밀어 사라의 손을 잡아주거나 어깨를 두드려주었다. 대단한 건 아니지만 혼자가 아니라는 사실을 일깨워주는 따뜻하고 너그러운 행동이었다.

맥은 이 모든 광경을 백미러를 통해 지켜보았다. 너태샤에게 고마우면서도 이상하게 소외감이 들었다. 너태샤가 일부러 그를 따돌리는 게 아니라는 것을 알았고, 앞으로 그들 둘 사이에 어떤 일이 생기든 그는 사라를 자신의 인생에서 배제하지 않을 것이었다. 어쩌면 너태샤는 그들이 함께 밤을 보낸 것은 실수였다는 점을 이런 식으로 부드럽게 표현하고 있는 것인지도 몰랐다. 한편으로는 코너와의 관계를 의식한 행동인지도 모른다. 그렇다면 결국 그날 밤은 어떻게 해석해야 할까? 예술가의 마지막 작품 같은 것? 마지막 인사? 맥은 물어볼 엄두가 나지 않았다. 뭔지는 알 수 없지만 행동으로 보여주고 싶었던 모양이라고 맥은 혼자 넘겨짚고 정리하기로 했다.

그들이 칼레에 도착했을 때 사라는 부를 안전하게 영국으로 데려다줄 거라고 소개한 남자에게 전화를 걸었다. 사라는 너태샤의 전화기를 가지고 저만치 떨어진 곳으로 걸어가 통화를 했다. 조용히 혼자 대화를 나눌 필요가 있다는 듯이. 다른 나라에 부를 놔두고 가는데도 사라의 얼굴이 저토록 편안해 보인다는 게 맥은 신기하면서도 놀라웠다. 하긴 함께 있지 못한다면 자기 나라든 다른 나라든 별다를 게 있겠는가.

"당신 너무 조용한데."

너태샤가 물었다. 사라가 저만치 떨어져 통화를 하는 동안 그녀는 페리를 타기 위해 늘어서 있는 자동차들 사이를 걸어왔다.

"내가 굳이 나서서 얘기할 게 없을 뿐이야."

맥이 대답했다.

"두 사람이 알아서 일을 착착 풀어나가는 것 같던데, 뭐."

그러자 너태샤는 기묘한 표정을 지어 보였다. 그의 말투에 뭔가 다른 게 섞여 있다고 생각한 듯했다.

"여기요."

사라가 돌아와서 말했다. 둘 중 누구도 말을 꺼낼 틈이 없었다.

"톰 아저씨가 통화를 하고 싶대요."

그러면서 너태샤에게 가까이 다가와 휴대전화를 건넸다. 그렇게 사라는 둘 사이를 연결해주는 역할을 맡았다.

맥은 너태샤가 통화하는 모습을 지켜보았지만 머릿속이 너무 복잡해서 무슨 얘기를 나누는지 제대로 들을 수가 없었다. 너태샤의 내면에 변화가 일면서 표정이나 태도도 눈에 띄게 밝아지고 부드러워졌다. 비록 엄마가 되지는 못했으나 새로운 목표를 찾은 사람 같았다. 문득 맥은 자신의 기분을 감출 수가 없을 것 같아 고개를 돌려버렸다.

"아니요, 그건 정말 그렇지가……. 진심이세요?"

잠시 말이 끊긴 후 다시 이어졌다.

"네, 네, 저도 알아요."

통화가 끝난 것 같아 맥은 다시 몸을 돌렸다. 너태샤가 사라에게 통화 내용을 전했다.

"돈을 안 받겠다고 하는데. 내 말이 통하지가 않아. 어차피 그쪽 방향으로 가고 있다고 하면서 돌아올 때 부를 데리고 오겠다고 하네."

사라는 잠시 미소를 지었지만 놀라는 눈치였다. 고맙긴 했지만 너태샤만큼이나 당혹스러운 얼굴이었다.

"하지만 한 가지 조건은 있었어."

너태샤가 덧붙였다.

"대신에 네 첫 번째 공연에 자기를 꼭 초대해줘야 한다는 조건이야."

젊은 사람들이 아름다운 건 희망이 되살아날 가능성이 많기 때문이라고 맥은 생각했다. 때로는 신뢰할 수 있는 말 몇 마디 덕분에 믿음의 불꽃이 다시 타오르기도 한다. 미래는 장애와 실망이 가득한 길이 아니라 그 자체로 경이로운 대상이라는 믿음.

"꽤 괜찮은 거래 같지?"

너태샤가 말했고, 사라가 고개를 끄덕였다.

맥은 차로 걸어가면서 생각했다. 어른들도 그럴 수 있다면 좋을 텐데.


너태샤는 열쇠를 돌려 현관문을 연 뒤 어두운 벽을 더듬어 불을 켰다. 새벽 1시가 막 지난 시간이었다. 잠에 취한 사라는 집 안에 들어서자마자 내내 집에 있었던 사람처럼 계단을 올라갔다. 너태샤는 사라를 따라 올라가 이부자리를 잘 펴준 뒤 깨끗한 수건을 건네주었다. 금방 잠이 들겠구나 생각하며 방을 나와 천천히 계단을 내려왔다.

사라가 다시는 사라지지 않으리라는 확신이 든 것은 48시간 만에 처음이었다. 확실히 뭔가가 달라졌다. 그들 사이의 지형에 엄청난 변화가 있었다. 막중한 책임을 떠안았음에도, 사실상 수년 동안의 경제적 의무와 감정의 롤러코스터를 감수해야 한다는 것을 알면서도 너태샤는 오랫동안 경험하지 못한 진한 흥분과 설렘을 느꼈다.

맥은 거실 소파에 눈을 감은 채 앉아 있었다. 긴 다리를 뻗어 스툴 위에 올린 채였고, 차 열쇠는 아직도 손에 쥐고 있었다. 너태샤의 시선이 구겨진 옷을 걸치고 피곤에 지친 한 남자에게 한참을 머물렀다. 이제 고개를 돌려야 했다. 이대로 계속 바라보는 것은 스스로를 학대하는 행위나 마찬가지였다.

맥이 하품을 하며 미끄러진 몸을 밀어 올렸다. 너태샤는 자신의 시선을 그가 느꼈을까봐 허둥지둥 딴청을 부렸다. 그제야 바닥에 사진들이 잔뜩 깔려 있다는 걸 깨달았다. 열 장이 넘는 사진들이 반들반들한 나무 바닥 위에 줄지어 늘어서 있었다. 며칠 전, 사라가 사라진 걸 알아챈 그날 아침에 경황없이 펼쳐둔 채 집을 나선 게 분명했다. 너태샤는 사진 속의 흑백 이미지들을 눈으로 죽 훑었다. 이런저런 동작들을 하고 있는 말들과 실제보다 밝은 톤으로 찍은 카우보이 존의 얼굴, 사진에 대한 욕구가 새롭게 불타오른 것을 보여주는 여러 이미지들. 그중에서도 특히 어떤 사진 하나가 그녀의 눈길을 사로잡았다.

여자가 통화를 하고 있는 사진이었다. 여자는 카메라를 전혀 의식하지 못한 채 웃고 있었다. 등 뒤로 헐벗은 가지들이 늘어선 정원이 보였고 주변에는 낮은 채도의 은은한 불빛이 흐르고 있었다. 여자는 아름다웠다. 따사로운 겨울 햇살이 피부를 비추었고, 두 눈은 뭔지 모를 기쁨으로 부드럽게 빛났다. 게다가 카메라의 시선은 단순히 어떤 이미지를

보여주는 것으로 끝나지 않았다. 그 사진에서 대상에 대한 은밀하면서
도 따뜻한 시선을 느낄 수 있었다.

너태샤는 사진을 몇 초간 더 들여다보고 나서야 사진 속의 여자가
자신이라는 것을 깨달았다. 자신이 보기에 가장 이상적인 모습이었고,
스스로도 미처 인식하지 못한 모습이었다. 이혼이라는 악다구니 속에
파묻혀 있던 모습이었을까. 너태샤는 내면의 무언가가 팽팽하게 부풀
어 올랐다가 터져버린 느낌이 들었다.

"이건 언제 찍은 거야?"

맥이 눈을 뜨고는 말했다.

"몇 주 전에, 켄트에서."

너태샤는 사진에서 눈을 뗄 수가 없었다.

"맥? 이게 당신이 나를 바라보는 시선이야?"

이제 그녀는 맥을 똑바로 쳐다볼 엄두가 났다. 자기 앞에 있는 남자
의 얼굴에 낯선 슬픔이 어려 있었다. 피로에 지친 피부는 칙칙했고 단
단히 오므린 입술은 미리부터 낙담하고 체념한 마음을 여실히 드러냈
다. 맥이 천천히 고개를 끄덕였다.

너태샤는 가슴이 쿵쾅거리기 시작했다. 앙리와 플로렌스 생각이 났
다. 빗속에서 그간 감춰둔 진실을 용기 있게 말하던 사라 생각도 났다.

"맥."

너태샤는 두 눈을 사진에 고정한 채 말을 꺼냈다.

"할 말이 있어. 내 안의 가장 어리석고 구차한 모습을 드러내는 것이
라 할지라도 이 말을 당신한테 해야겠어."

그리고 숨을 깊이 들이마신 뒤 말했다.

"당신을 사랑해. 언제나 당신을 사랑했어. 너무 늦었다 할지라도 내

가 얼마나 안타까워하는지 당신이 알아줬으면 좋겠어. 당신을 이대로 가게 한다면 내 인생의 가장 큰 실수가 될 것 같아."

너태샤의 목소리가 살짝 떨렸지만 가쁜 숨소리에 묻혔고, 사진을 들고 있던 손도 미세하게 떨렸다.

"이제 알겠지? 당신이 날 사랑하지 않는다 해도 상관없어. 난 진실을 말했으니까. 내가 할 수 있는 모든 걸 다 했으니까. 당신이 날 사랑하지 않는다 하더라도 진실이 사라지거나 바뀌진 않을 테니까."

너태샤는 머뭇거리지 않고 단숨에 속마음을 털어놓았다.

"사실은 상관없진 않아."

그리고 덧붙였다.

"조금은 괴롭겠지. 하지만 그래도 말해야 했어."

맥이 재빨리 물었다.

"코너는?"

평소에 보여주던 느긋함은 찾아볼 수 없었다.

"끝났어. 그 사람하고는……."

"젠장."

그가 말하고는 벌떡 일어났다.

"이런, 제길."

"왜 그래?"

느닷없는 감정의 분출과 평소답지 않은 그의 욕설에 놀라 너태샤도 따라 일어섰다.

"뭣 때문에 그렇게……."

"타슈."

맥이 그녀의 이름을 부르고는 사진을 밟고 성큼성큼 다가왔다. 사진들이 매끄러운 바닥 위에서 미끄러졌다. 두 사람은 이제 몇 센티미터밖에 떨어져 있지 않았다. 너태샤는 숨을 죽였다. 너무 가까이에 마주하고 있어서 피부의 온기까지 느껴질 정도였다. 아니라고 말하지 마, 너태샤는 속으로 빌었다. 끔찍한 농담은 하지 마, 떠나더라도 부드럽게 말해줘, 난 두 번 다시 이러지 못해.

"타슈."

맥이 두 손으로 너태샤의 얼굴을 감쌌다. 그의 목소리가 낮게 갈라져 나왔다.

"내 아내."

"무슨 뜻으로……."

"다시는 날 가로막지 마."

그의 목소리는 거의 분노에 가까웠다.

"날 멀리하지 마."

너태샤는 사과의 말을 하려 했지만 그 말은 그의 입술에 막혔고 그들의 진한 키스와 눈물에 묻혔다. 맥은 그녀를 번쩍 안아 들었고 너태샤는 그를 온몸으로 휘감았다. 몸과 몸이 맞닿았고 그녀의 얼굴이 그의 목을 파고들었다.

"길고 긴 길을 돌아왔어."

두 사람이 침실로 향하는 계단을 오를 때 너태샤가 말했다. 이번에는 그의 손가락을 움켜잡으며 물었다.

"정말 우리가 다시 잘할 수 있을까?"

"한 번에 한 걸음씩, 타슈."

맥은 윗방에서 자고 있는 소녀를 향해 고개를 치켜들며 말했다.

"하지만 적어도 우린 그게 가능하다는 것 정도는 알고 있어."

# 에필로그

말은 참으로 아름다운 동물이다. ……
믿기 힘들 정도로 멋진 동작을 선보일 때에는
아무도 눈을 뗄 수 없을 것이다.
─크세노폰, 『기마술』

낮에는 집에서 그레이스 인 로드 뒤편의 좁은 골목까지 오는 데 45분밖에 걸리지 않았다. 교통이 혼잡한 시간대였다면 30분은 더 걸렸을 것이다. 너태샤는 시계를 힐끗 보고 나갈 때까지 서류작업을 마무리할 시간이 몇 분밖에 남지 않았다는 것을 확인했다.

"교통 혼잡을 피할 수 있을까요?"

린다가 서명이 필요한 법률 서류를 한 아름 안고 들어오며 물었다.

"아무래도 안 될 거야."

너태샤가 대답했다.

"게다가 금요일인데."

"아무튼 좋은 시간 보내세요. 월요일 아침 9시에 새로운 분이 온다는 거 잊지 마시고요. 출입국관리 전문가래요."

너태샤는 일어나서 가방에 물건들을 챙기면서 말했다.

"안 잊어버렸어. 자기도 너무 늦게까지 있지 말고, 알았지?"

"전 좀 더 있어야 해요. 정리해야 될 서류들이 있어요. 지난주에 왔던 임시직원이 제가 짜놓은 것들을 다 망쳐버렸거든요."

'매컬리 앤 파트너스'는 난산의 고통을 톡톡히 치렀지만 벌써 1년 반이라는 시간이 흘렀다. 시간이 좀 걸리긴 했지만 너태샤는 결국 자신의 선택이 옳았다는 생각이 들었다. 당시에 데이비슨 브리스코에 남는건 아무 의미가 없었다. 너태샤의 얘기를 전해 들은 코너가 매우 불편한 반응을 보였기 때문이다. 그는 너태샤와 맥이 재결합을 하기 오래전부터 둘이 함께하게 될 거라고 믿은 듯했다. 게다가 페르시 소송의 여파가 너무 컸다. 리처드는 더 이상 너태샤를 파트너로 받아들일 생각이 없는 듯했다. 너태샤가 회사에 돌아온 첫날부터 더 이상 회사의 중요 인물로 여기지 않는 게 너무도 빤히 보였다. 심지어 그녀가 보는 앞에서 벤에게 점심을 먹으러 나가자고 할 때도 많았다. 너태샤는 회사를 떠날 때가 왔다는 걸 깨달았다.

린다가 있어서 얼마나 다행인지 모른다. 린다는 기꺼이 너태샤와 함께해주었다. 사무실을 운영할 때 믿을 만한 조력자를 옆에 둔다는 것은 전문적인 면에서나 정서적인 면에서 엄청난 이득이 된다. 데이비슨 브리스코는 너태샤를 잃은 것보다 린다 스미스를 잃은 게 더 큰 타격으로 작용했을 것이다.

"주말 잘 보내, 린다."

너태샤는 인사하면서 외투를 팔에 던지듯 걸치고 뛰어나갈 채비를 했다.

"변호사님도요. 뭐든 잘 풀리길 빌어요."

그레이스 인 로드는 이미 차량들로 빽빽하게 밀집해 있었고, 늘어선 줄은 웨스트 엔드까지 구불구불 이어졌다. 2~3분이 지났을 무렵 너태샤는 건너편 도로에 들어서는 그를 발견했다. 너태샤는 도로의 한쪽을 돌아본 다음 서류 뭉치를 가슴에 움켜잡은 채 천천히 움직이는 차량들 사이를 달려 길을 건너갔다.

"딱 제시간에 왔지."

맥이 으스대며 말했다. 너태샤는 몸을 기울여 그에게 키스했다.

"어때, 서비스가?"

"대단해."

너태샤는 발밑 공간에 서류들을 던져놓은 다음 고개를 돌려 유아용 의자에 앉아 활짝 웃고 있는 아기를 바라보았다.

"이크, 아빠 재킷에 온통 바나나를 묻혀놓았구나."

"설마, 농담이지?"

맥이 말하고는 뒤를 휙 돌아보았다.

"어이쿠, 이를 어쩐담?"

"사라가 우릴 아주 자랑스러워할 거야."

너태샤는 키득거리며 안전벨트를 채운 다음 이동식 쓰레기통이 돼버린 맥의 차를 둘러보았다.

그 말은 두 사람이 학교 행사에 나타날 때마다 자주 사용하는 농담이 돼버렸다. 그러려고 한 건 아닌데, 그들은 늘 냄새나는 아기 토사물이나 비슷한 것들을 어깨장식처럼 달고 맥의 낡은 차에서 내렸다. 다른 부모들이 타고 온 번쩍거리는 사륜 구동차나 커다란 메르세데스 차종들에 둘러싸여 있으면 말썽꾸러기 초등학생이 된 것 같은 기분이 들었다. 한번은 카우보이 존과 함께 학교를 방문한 적이 있는데, 맥은 교장 선생님 부인께 존을 소개하면서 '사라의 예전 선생님'이라는 표현을 쓰고 즐거워하기도 했다.

"여기서 서커스 기술도 가르치나요?"

카우보이 존이 능청스럽게 질문을 던졌고, 부인은 무슨 말을 해야 할지 몰라 멍하니 그를 바라보기만 했다. 그러자 존은 또 이렇게 물었다.

"부인, 좋은 아보카도가 있는데, 한 쟁반 사실래요?"

존은 사라의 학교에서 차로 한 시간 거리의 시골에서 살았다. 그는 비 막이 판자를 댄 작고 하얀 시골집에서 그의 늙은 말 두 마리와 함께 지냈고, 지금도 여전히 지나가는 사람들에게 출처가 불분명한 농작물을 팔았다. 사라가 돌아왔을 때 그는 평소와는 달리 어색한 표정과 말투로 실망시켜서 미안하다고 사라에게 사과했다. 캡틴한테도 면목이 없다고 하면서 몰티즈가 도대체 왜 그런 행동을 했는지 이해할 수가 없다고 했다. 자신이 캡틴의 빚을 청산해준 사실을 몰티즈도 알았다고 했다. 사라는 너태샤를 돌아보며 조용히 말했다.

"아줌마한테 얘길 했어야 했는데. 누구한테라도 털어놓았어야 했어요."

그 후에는 아무도 스페어페니 래인의 마구간에 대해 다시 언급하지 않았고, 그것은 암묵적인 동의 같은 것이었다.

"그런데 이번에는 또 무슨 행사지?"

맥이 물었다. 교통 흐름은 주요 도로를 향해 가면서 한결 유연해지고 있었다.

"그게……."

너태샤는 가방 안을 뒤적이며 통신문을 찾았다.

"……연말 기념행사인데, 재능 발표회 같은 건가봐. 악기 연주도 있고 시 낭송도 하고."

맥이 끙 하는 신음을 냈다.

"그리고 사라가 노래도 하네. 설마."

너태샤의 말에 그가 잠시 뒤를 힐끗 돌아보았다.

"사라가? 하던 거나 잘하지. 지금 우리가 무슨 얘길 나누는지 전혀 모르겠지?"

맥이 말하고는 옆으로 빠지면서 줄줄이 늘어선 자동차들 뒤에 섰다.

"사라는 부를 타고 있어야 한다고."


일과 육아 사이에서 균형을 유지하는 것이 얼마나 힘든 일인지는 누구나 다 아는 사실이다. 하지만 실제로 겪어보지 않고서는 그것이 얼마나 심신을 지치게 하는 일인지 진정으로 이해한다고 할 수 없을 것이다. 너태샤의 경우에는 10개월 사이에 두 아이와 말 한 마리를 얻었다. 정말 아이러니한 사실은 스트레스를 줄이고, 술을 적게 먹고, 긍정적으로 생각하고, 때를 잘 골라 성관계를 가지라는 조언을 수없이 듣고 나서야, 그로부터 오랜 시간이 흘러 가장 걱정을 많이 하고 술도 많이 먹은 3일 동안에 임신이 되었다는 점이다.

너태샤와 맥은 그렇게 얻은 아들 양쪽에 누워 통통한 팔다리와 앙증맞은 볼, 맥을 닮아 숱이 많은 머리를 지켜보면서 행복을 맛보았다. 아무래도 이 아이는 올 때가 돼서 왔다고밖에 볼 수 없었다.

켄트의 집은 오래전에 계약을 완료하고 다른 작은 집을 빌렸으며, 팔려고 내놓았던 런던 집은 매매를 취소했다. 맥과 너태샤와 아기는 사라가 기숙학교에 있는 주중에는 런던 집에서 지냈다. 신중하게 고른 사라의 학교는 M25 대로의 북서쪽 말미에 있었는데, 말을 수용하는 데다 사라에게 필요한 교육을 제공하는 이 나라에서 몇 안 되는 학교 중 하나였다. 사라가 받는 장학금을 감안하더라도 그 비용은 만만치 않았다. 학기 말에 등록금 고지서가 날아올 때마다, 그래서 식탁에 마주 앉아 의기소침해질 때마다 맥은 이렇게 말하곤 했다.

"가정을 꾸려가려면 이 정도 비용은 감수해야지."

그들은 돈을 아까워하지는 않았다. 그 덕분에 사라는 잘 지냈고, 이런저런 이유로 가족을 잃은 다른 십 대 아이들에 비하면 평범하고 안정적인 생활을 할 수 있었다. 사라는 특별히 공부를 잘하지는 못했지만 열심히 하는 편이었고 친구들과도 사이가 좋았으며, 무엇보다 중요한 것은 조금씩 행복을 누려가고 있다는 점이었다.

주말이 되면 두 사람은 사라의 학교에서 6~7킬로미터쯤 떨어진 곳에 새로 빌린 작은 집으로 차를 몰고 가서 사라와 함께 지냈다. 사라는 주로 부의 이런저런 행동, 칭찬받을 일과 실망스러운 점에 대해 시시콜콜 떠들어댔지만 차츰 친구들과 지낸 얘기도 늘어놓기 시작했다. 천성적으로 사교적인 성품이 못 되었지만 두세 명 정도 친구를 데려온 적도 있었다. 모두 예의 바르고 졸업 이후의 삶을 생각할 정도로 목적의식이 있는 아이들이었다.

사라는 쉽게 마음을 열거나 다정다감한 성격은 아니었다. 타고난 수줍음과 소심함은 어쩔 수 없어서 마음이 불안해지거나 기분이 나빠지면 자기도 모르게 벽을 쌓는 버릇을 버리지는 못했다. 하지만 작은 집에서 그들과 함께 있을 때는 아주 편안해하는 것 같았다. 데이비드와 헬렌과 소피에 대해, 예정된 행사장으로 이동할 때 수송 차량에 오르지 않으려 했다는 아무개의 말에 대해 신이 나서 조잘대곤 했다. 그런 모습을 보면서 너태샤와 맥은 식탁을 사이에 두고 조용히 만족스러운 미소를 주고받기도 했다. 그들 모두가 먼 길을 달려왔다.

학교 운동장은 어느새 들어찬 자동차들로 빽빽했다. 번쩍번쩍 윤이 나는 차들이 모이면서 크리켓 구장 한쪽에 각양각색의 조각보 이불을 펼쳐놓은 것 같았다. 부모들은 줄지어 잔디밭을 가로질러 걸어갔다. 여자들은 대부분 남편에게 매달려 우아하게 차에서 내린 다음 굽 높은 신발을 신고 웃으면서 걸었다. 맥이 관리인의 안내를 받으며 주차하는 동안 사라가 먼저 그들을 발견하고 달려 나갔다. 사라는 구김살 하나 없는 승마바지에 새하얀 셔츠를 입고 있었다.

"안 잊어버렸네요."

차에서 내려 다리에 달라붙은 치마를 살피는 너태샤에게 사라가 말했다.

"잊어버리면 안 되지."

맥이 사라의 볼에 입을 맞추며 말했다.

"잘 지냈니?"

사라는 이미 뒷좌석 문을 당겨 여는 중이었다.

"안녕, 헨리, 우리 꼬마 병사! 얘 좀 봐!"

그러고는 능숙하게 안전벨트를 푼 다음 아기를 들어 품에 안았다. 머리카락을 잡으려고 조그만 손을 뻗는 동생에게 환한 미소를 지어 보이며 말했다.

"더 컸네!"

"하얀 셔츠가 온통 바나나 범벅이 될지도 몰라. 잘 지냈어?"

너태샤는 사라에게 입을 맞추며 아기만 큰 게 아니라고 생각했다. 그들이 매주 이곳을 찾을 때마다 사라는 조금씩 성숙한 여성으로 변해가고 있었다. 그들이 처음 만났을 때 사라는 작고 깡마른 아이였다. 지금은 너태샤보다 키가 컸고 자기 말처럼 탄탄하고 윤기가 있어 보였다.

"준비는 다 된 거니?"

"넵. 부도 멋지게 단장하고 있어요. 우아, 보고 싶었어. 정말 보고 싶었어."

사라는 헨리를 꼭 껴안고 흔들면서 까르륵거리는 웃음소리를 듣고 싶어 안달이었다.

헨리는 이 새로운 가족을 끈끈하게 이어준다고 너태샤는 생각했다. 너태샤와 맥이 임신이라는 충격적인 사실을 확인하고 몇 주가 지나 사라에게 그 소식을 알리려고 할 때, 사회복지사들은 사라가 내밀린다는 느낌을 받고 불안정한 심리 상태에 빠질지도 모른다고 우려를 나타냈다. 하지만 두 사람은 그 반대일 거라고 예상했고, 결과적으로 그들이 옳았다는 게 드러났다. 무조건적인 사랑을 줄 수 있는 작은 존재 덕분에 모든 상황이 순조롭게 흘러갔다.

그들은 함께 행사장을 향해 걸어갔다. 벌써 많은 사람들이 자리를 메우고 있었다. 교복을 입은 한 소년이 그날 저녁 행사의 프로그램을 적은 유인물을 건네주었다. 카루젤 축제에 대한 사라의 설명이 맨 처음에 올라가 있는 것을 보고 너태샤는 가슴이 뿌듯했다.

"이번 주말에 헨리를 봐줄까요?"

사라가 헨리의 손가락에 말린 머리카락을 능숙하게 풀면서 말했다.

"전 상관없어요. 별다른 계획이 없거든요."

"무슨 파티가 있는 걸로 알고 있는데."

너태샤가 가방에서 물티슈를 찾으며 말했다. 바나나 자국이 벌써 사라의 하얀 어깨 위를 기어가고 있었다.

"같은 학년 여자애들하고 어디 간다고 하지 않았어?"

아주 잠깐 눈을 힐끗거렸을 뿐인데, 맥은 그것을 놓치지 않았다.

"어허, 이거 뭐지?"

"뭐긴요? 헨리를 봐주겠다고 얘기했을 뿐인걸요."

맥은 일부러 목소리를 엄격하게 내려고 애쓰며 말했다.

"무슨 속셈이 있는 거지, 아가씨?"

"좋은 자리를 맡아놨어요. 보세요. 근데 헨리 자리는 따로 없어요. 어차피 무릎에 앉힐 거잖아요. 여기가 제일 잘 보이는 자리예요."

맥은 잠시 뜸을 들이다가 물었다.

"얘기해봐. 뭐냐고?"

맥은 언제나 너태샤보다 사라의 마음을 더 잘 읽었다. 사라는 짐짓 당황한 것처럼 굴었지만 얼굴엔 환한 미소가 어려 있었다.

"실은 어떤 과정에 합격했어요."

"무슨 과정?"

"소뮈르에서요. 6주 동안 여름철 특별 교육과정이 있어요. 바르쥐 선생님이 직접 주재하시는 거래요. 오늘 아침에 편지를 받았거든요."

"사라, 정말 멋지구나."

너태샤가 사라를 끌어안으며 감격했다.

"놀라운 성과야. 기회가 없어서 아쉬워했는데."

"여기 선생님들이 저희들 모습을 담은 CD와 추천서를 보내주셨어요. 바르쥐 선생님이 그걸 보시고 눈에 띄게 발전하고 있다는 답장을 주셨어요. 저한테 직접 써주셨어요."

"와우, 정말 대단한데."

"그렇긴 한데,"

사라가 잠시 머뭇거렸다.

"교육비가 너무 비싸요."

그러면서 기어들어가는 목소리로 금액을 말했다.

맥이 탄성을 내지르며 말했다.

"도대체 아기를 얼마나 많이 봐야 되는 거야?"

"하지만 전 꼭 가야 돼요. 이번에 잘해내면 나중에 지원할 때 큰 도움이 될 거래요. 제발요, 뭐든 할게요."

너태샤는 지난주에 자동차 전시실에서 맥과 함께 살펴보았던 스테이션 왜건이 머릿속에 떠올랐다가 펑 하고 사라지는 것을 느꼈다.

"알았어. 우리가 방법을 찾아볼게. 걱정하지 마. 할아버지 돈이 남아 있을지도……."

"정말요? 정말요?"

그때 누군가 사라를 부르는 소리가 멀리서 들려왔다. 사라는 뒤를 돌아보고 나서 손목시계를 확인하며 작게 중얼거렸다.

"가보는 게 좋겠다."

곧이어 관현악단의 연주소리가 울려 퍼졌다. 사라는 안고 있던 헨리를 너태샤에게 내밀면서 사과의 말을 건넸다. 그러고는 마구간으로 달려가며 소리쳤다.

"감사해요!"

사라는 잠시 뒤돌아서서 사람들의 머리 위로 손을 높이 흔들며 큰 소리로 말했다.

"정말 감사드려요! 언젠가는 꼭 갚아드릴게요!"

너태샤는 아들을 가슴에 꼭 끌어안으며 사라가 달려가는 모습을 지켜보았다. 그리고 조용히 말했다.

"넌 이미 갚았어."

사라는 안장을 묶는 뱃대끈을 조절하고 자세를 바로 한 다음 오늘 아침 내내 부의 갈기에 한 땀 한 땀 엮어놓은 땋은 끈 장식을 매만졌다. 급하게 세워진 대형 스크린 뒤의 공간에서 사라는 사람들이 자리를 잡는 광경을 지켜보았다. 너태샤가 맥에게 헨리를 안긴 뒤 가방에서 카메라를 꺼내는 장면과 맥이 카메라를 받아 들면서 애정 어린 눈빛으로 고개를 끄덕이는 모습도 보였다.

사라는 맥의 사진들을 좋아했다. 이곳 사라의 방에도 그가 찍어준 사진들을 곳곳에 붙여놓았다. 할아버지가 돌아가신 후에 맥은 샌다운의 아파트에서 찾아낸 오래된 사진들, 일테면 사라와 할머니의 사진들과 제론티우스를 타고 있는 할아버지의 빛바랜 사진들을 모두 모아 스캔을 받은 다음 기술적인 조작을 통해 이미지들을 더욱 선명하고 크게, 할아버지의 얼굴이 좀 더 잘 보이도록 만들었다. 할아버지의 장례식 날, 맥과 너태샤는 그렇게 보완한 이미지들을 커다란 액자 몇 개에 담아 사라의 방에 놔둔 뒤 집에 돌아왔을 때 사라에게 보여주었다. 그러면서 이런 말을 덧붙였다.

"우린 너의 진짜 가족은 아니지만 두 번째 가족이 되고 싶어."

사라는 그들이 왜 아기에게 헨리라는 이름을 지어주었는지 결코 묻지 않았지만 그 이유를 짐작할 수 있었다. 그 이름이, 그 이름을 받은 아기가 그들과 사라를 이어주길 바라는 마음이었을 것이다. 말이 안 되긴 했지만 가끔씩 맥을 통해 할아버지의 모습이 언뜻언뜻 보일 때도 있었다. 사라는 아직도 곳곳에서 할아버지를 보았다. 특히나 자신이 부에게 가르쳐준 많은 것들에서 진한 여운을 느꼈고, 지금도 말을 탈 때마다 할아버지의 음성이 귓가를 울리는 듯했다.

'지금의 저를 봐주세요, 할아버지.'

사라는 가만히 중얼거렸다.

저녁 공기 속에 갓 베어낸 잔디의 향긋한 풀 냄새가 감돌았다. 무대 뒤편에 마련된 찻집에서는 달콤한 딸기향도 풍겨 나왔다. 잠깐의 정적이 머물더니 이윽고 관현악단의 연주가 시작되었다. 몇 주 동안이나 연습한 바이올린 음악이었다. 그 소리를 들은 부가 두 귀를 쫑긋 세웠고, 곧이어 앞으로 수행할 임무를 준비하며 자세와 무게를 가다듬는 게 느껴졌다.

오늘 밤 그들은 이웃 마을의 작은 집에서 음식을 먹으며 즐거운 시간을 보낼 것이다. 아마도 맥은 남자애들 얘기를 꺼내며 사라를 놀려댈 것이고, 너태샤는 헨리 목욕시키는 걸 도와달라고 부탁할 것이다. 사라가 그 일을 얼마나 좋아하는지 알면서도 너태샤는 언제나 부탁한다는 표현을 썼다. 이제 두 달 후면 사라는 프랑스에 가게 될 것이다.

사라는 문득 자신의 존재감을 확인할 수 있었다. 어떤 소속감 같은 것도 느꼈다. 그것은 누가 요구한다고 해서 느낄 수 있는 게 아니었다.

사라는 자신의 승마 강사인 워버턴 선생님을 돌아보았다. 그는 부의 고삐를 잡고 서서 작은 소리로 리듬을 타고 있었다.

"준비됐지?"

그가 고개를 들고 물었다.

"내가 말한 거 잊지 말고. 밝고 차분하게, 허리를 펴고 앞으로."

사라는 자세를 좀 더 바로 하고 앉은 다음 부의 옆구리를 두 다리로 부드럽게 감싸며 말을 몰고 나갔다.

# 호스 댄서

| | |
|---|---|
| 펴낸날 | 초판 1쇄 2020년 2월 14일 |

| | |
|---|---|
| 지은이 | 조조 모예스 |
| 옮긴이 | 이정민 |
| 펴낸이 | 심만수 |
| 펴낸곳 | (주)살림출판사 |
| 출판등록 | 1989년 11월 1일 제9-210호 |

| | |
|---|---|
| 주소 | 경기도 파주시 광인사길 30 |
| 전화 | 031-955-1350　팩스　031-624-1356 |
| 홈페이지 | http://www.sallimbooks.com |
| 이메일 | book@sallimbooks.com |

| | |
|---|---|
| ISBN | 978-89-522-4179-5　03840 |

이 도서의 국립중앙도서관 출판시도서목록(CIP)은 서지정보유통지원시스템 홈페이지
(http://seoji.nl.go.kr)와 국가자료공동목록시스템(http://www.nl.go.kr/kolisnet)에서
이용하실 수 있습니다.(CIP제어번호: CIP2020004298)

책임편집·교정교열 박규민